PARIS. TYPOGRAPHIE DE HENRI PLON, IMPRIMEUR DE L'EMPEREUR,
RUE GARANCIÈRE, 8.

HISTOIRE

DES

ARTS INDUSTRIELS

AU MOYEN AGE

ET A L'ÉPOQUE DE LA RENAISSANCE

PAR

JULES LABARTE.

TOME PREMIER.

PARIS

LIBRAIRIE DE A. MOREL ET Cie

RUE BONAPARTE, 13.

—

MDCCCLXIV

PRÉFACE.

Lorsque le style de la Renaissance italienne et le goût pour les arts de l'antiquité se furent répandus en Europe, au commencement du seizième siècle, tous les édifices élevés depuis la chute de l'empire romain et toutes les productions artistiques du moyen âge tombèrent dans un profond mépris. Bientôt il passa pour constant que, durant tout le cours de cette longue période, l'art ne s'était révélé que dans un état de dégradation complète. On supposa qu'il n'y avait plus aucune utilité, aucun enseignement à tirer des immenses travaux de cette longue période ; les artistes en toutes choses ne cherchèrent leurs inspirations que dans les œuvres de l'antiquité, et toute la science archéologique se concentra sur l'étude et sur l'interprétation des monuments des anciens.

Les édifices eurent cruellement à souffrir pendant les trois siècles et plus que subsistèrent ces injustes préjugés ; néanmoins, à la fin du siècle dernier, ils laissaient encore sur le sol des preuves gigantesques de leur existence. Mais la fragilité des meubles ne put opposer aucune résistance à l'influence de la nouvelle mode, ils furent presque tous détruits ou abandonnés. La Renaissance, au surplus, ne fit en cela que suivre l'exemple qui lui avait été donné. Chaque siècle, à son tour, entraîné par

le goût du changement, avait méprisé, anéanti ou trans-
formé en objets nouveaux le mobilier civil et très-souvent
même le mobilier religieux des âges précédents.

La Renaissance eut son tour. Les œuvres de son architecture ne furent pas jugées assez imposantes au siècle
de Louis XIV, qui rechercha en tout le grandiose; et
quant aux objets mobiliers, leur forme si pure et si gra-
cieuse, les ornements si fins et si délicats qui les décoraient, les arabesques si spirituellement composées, les
figurines si capricieuses dont ils étaient enrichis, tout
cela ne put les sauver : ils parurent mesquins, et furent
à leur tour abandonnés ou transformés.

Sous Louis XV, la noblesse du style à laquelle visaient
les artistes du grand roi fut taxée de lourdeur, et les
productions de l'industrie subirent encore une nouvelle
transformation, d'où résultèrent le maniéré et la profusion
des ornements. Enfin, au moment où l'industrie artistique cherchait une meilleure voie, les excès révolution-
naires et un retour passionné et irréfléchi vers le style
de l'antiquité, portèrent le dernier coup aux productions
des arts industriels de toutes les époques antérieures.

Sous le premier Empire, les artistes qui se vouaient à
l'industrie, bien loin de puiser des inspirations dans
les monuments dédaignés du moyen âge et de la Renaissance, se laissèrent uniquement diriger par l'école de
David, qui eut une influence fâcheuse sur tous les produits de l'industrie artistique. Rien n'était moins appro-
prié à l'ornementation des meubles et des objets usuels
ou à la décoration intérieure des appartements, que les
emprunts faits par les artistes industriels à l'antiquité,
qu'ils avaient mal étudiée et qu'ils ne comprenaient pas.

Entièrement absorbés par cette prétendue imitation de l'antique, ils ne tenaient aucun compte ni de la nature de la matière, ni de la fonction des choses, ni de la convenance des ornements. Aussi les œuvres de cette époque, dénuées de toute grâce, se font-elles remarquer, pour la plupart, par la pauvreté de la conception, la lourdeur des profils, la roideur des formes et la sécheresse des ornements.

Vers la fin du règne de Louis XVIII, les exagérations de l'école du premier Empire produisirent dans les arts un mouvement de rénovation et de délivrance ; on voulut arracher l'art industriel aux étreintes de l'antiquité, et retremper à d'autres sources toutes les productions de notre industrie artistique. On comprit que le sentiment de l'art au moyen âge n'avait pas dû se manifester seulement dans les monuments de l'architecture sur lesquels les écrivains romantiques avaient d'abord appelé l'attention en en révélant la beauté, et que les instruments du culte, les meubles, les armes, les joyaux et même les ustensiles domestiques, devaient porter l'empreinte du talent et de l'imagination des artistes des anciens temps. On sentit aussi la nécessité de faire revivre les monuments-meubles de la Renaissance, dont le style s'adaptait d'une manière si heureuse à la décoration des armes, des meubles, des étoffes, des vases et des bijoux.

Ces motifs, qui rendaient indispensable la connaissance des productions des arts industriels du moyen âge et de la Renaissance, furent parfaitement appréciés ; mais les modèles manquaient à l'étude. Déjà, il est vrai, dans les premières années de ce siècle, à une époque où l'école de David était prédominante et professait le plus pro-

. fond mépris pour tout ce qui s'éloignait des traditions classiques, quelques hommes avaient commencé à recueillir les monuments-meubles des premiers âges des sociétés modernes : Alexandre Lenoir, qui, au moment de la tourmente révolutionnaire, sut arracher aux coups du vandalisme tant de précieux monuments de la sculpture nationale des temps passés, Vivant-Denon, directeur des musées sous l'Empire, Villemain, qui dès 1806 avait commencé à publier un grand ouvrage sous le titre de *Monuments français inédits,* Revoil, quoique élève de David, Charles Sauvageot et Du Sommerard furent les premiers à s'en occuper, et devinrent les promoteurs de la révolution artistique qui s'opéra plus tard dans l'industrie. Ce fut en effet des œuvres renfermées dans leurs collections que s'inspirèrent les artistes industriels qui, cherchant une nouvelle voie, abandonnèrent les premiers le style pseudo-classique de l'Empire.

Mais ces collections étaient tout à fait insuffisantes ; celles de Sauvageot et de Du Sommerard n'avaient pas encore l'importance qu'elles ont acquise depuis. Avant de remettre en lumière les arts du moyen âge et de la Renaissance dans leur application aux instruments du culte et aux monuments de la vie privée, il fallait donc chercher et recueillir en beaucoup plus grand nombre les débris dispersés de ces monuments. Dédaignés depuis plusieurs siècles, ils se trouvaient enfouis dans les réduits les plus obscurs des sacristies, relégués dans les greniers, employés aux usages les plus vulgaires, livrés aux enfants ou répandus dans une foule de mains qui en ignoraient la valeur.

Les difficultés attachées à ces recherches ne rebutèrent

pas certains esprits studieux, actifs et patients. Dans les dernières années de la Restauration, il se forma un certain nombre de vrais amateurs qui s'instruisirent avec ardeur et acquirent les connaissances que ces recherches nécessitaient. Tout en satisfaisant à leur goût, ils prirent à cœur de compléter la réhabilitation des antiquités du moyen âge et des élégantes productions de la Renaissance, afin de substituer à la froide imitation de l'antiquité mal comprise, des conceptions variées qui pussent s'appliquer, suivant la destination des objets, aux instruments du culte, aux meubles, à l'orfévrerie, aux armes, aux vases, à tous les objets usuels enfin que l'art se plaît à embellir. Parmi ces chercheurs passionnés il faut nommer MM. Carrand, de Pourtalès, de Monville, d'Ivry, Brunet-Denon, Durand, Fiérard, Debruge Duménil et de Renesse-Breidbach. Sauvageot, malgré cette concurrence et sans se décourager, continuait à employer son intelligence et toutes ses ressources à augmenter sa collection. Plein de zèle pour la restauration de l'art industriel, il accueillait avec empressement les artistes de la nouvelle école; souvent il leur fournissait de bons modèles et leur suggérait d'excellentes idées.

En 1832, Du Sommerard transporta sa collection, qui était devenue l'une des richesses archéologiques de Paris, dans l'ancien hôtel de Cluny, qui devint dès lors un véritable musée public fréquenté par tout le monde.

A peu près à la même époque, la collection Debruge Duménil acquérait une grande importance et était visitée par les artistes. Les émaux incrustés du moyen âge, les émaux peints de Limoges, les ivoires sculptés, les faïences italiennes abondaient dans cette collection; mais elle surpassait toutes les autres par le grand nombre de pièces d'orfévrerie et de bijoux qui s'y trouvaient réunis [1].

Nous avons cité de préférence ces trois collections particulières, parce que les deux premières sont devenues la propriété de la France, et que la troisième, organisée comme un musée public par les enfants de M. Debruge Duménil, a subsisté ainsi pendant onze années, et est venue puissamment en aide aux études archéologiques et aux progrès de l'industrie artistique.

Le gouvernement français laissait tout faire aux particuliers, sans se douter que la réhabilitation des monuments-meubles du moyen âge et l'étude des productions artistiques du seizième siècle devait conduire les arts industriels en France vers une véritable renaissance, et leur procurer vingt ans plus tard un triomphe complet et incontesté dans une exposition ouverte à Londres (1er mai 1851) des produits de l'industrie de toutes les nations.

Cependant l'exposition de 1839 vint démontrer que de grands progrès s'étaient accomplis dans les arts industriels, et surtout que toute indécision avait cessé. La rénovation était complète, et un grand nombre d'habiles artistes, qui, sans se rendre de serviles copistes, avaient puisé leurs inspirations dans les œuvres du moyen âge ou dans celles de la Renaissance, s'étaient révélés.

Le gouvernement français ne tarda pas à se préoccu-

---

[1] Nous avons fourni des renseignements sur l'organisation de cette collection, et nous en avons donné le catalogue dans notre ouvrage ayant pour titre : *Description des objets d'art qui composent la collection Debruge Duménil, précédée d'une introduction historique;* Paris, 1847.

per de cette nouvelle situation de l'industrie. Les objets
d'art recherchés par de simples amateurs commençaient
à prendre une grande valeur, les collections particulières disparaissaient l'une après l'autre ; il sentit enfin
l'importance qu'il y avait de recueillir et d'exposer à
tous les yeux les précieux débris de l'art des anciens
temps, afin de fournir des modèles aux artistes qui se
vouaient à l'ornementation des productions de l'industrie. Par une loi du 29 juillet 1843, les chambres
législatives autorisèrent le gouvernement à faire l'acquisition de l'hôtel de Cluny et de la collection de Du
Sommerard. Cet hôtel fut réuni au palais romain des
Thermes, et devint un musée d'antiquités nationales,
dont la conservation fut confiée à M. Edmond Du Sommerard, fils du savant archéologue qui en avait été le
fondateur. Depuis 1843, les différents gouvernements
qui se sont succédé ont accordé des subventions au Musée
de Cluny. Bien que faibles, elles ont suffi, grâce au
zèle bien entendu du conservateur, à augmenter la collection de pièces remarquables. On y compte aujourd'hui
près de quatre mille objets.

Le Musée du Louvre, qui faisait partie de la dotation
usufruitière de la couronne, resta à cette époque en
dehors de ce mouvement archéologique, et se contenta d'exposer sans classification les pièces qui provenaient de l'ancienne collection. Il est vrai que Charles X,
ayant acquis de M. Durand une très-belle et très-nom-
breuse collection de vases grecs et de bronzes antiques,
avait laissé dans le Musée quelques objets du moyen âge
et de la Renaissance qui s'y trouvaient mêlés, et que
plus tard, en 1828, il avait fait encore l'acquisition de la

collection de M. Revoil; mais, sous le règne de Louis-
Philippe, la création du Musée de Versailles absorbait
les ressources de la liste civile, et tous ces objets restèrent dispersés dans différentes salles du Louvre, et abandonnés, pour la plupart, sous la poussière dans des
armoires à contre-jour.

La révolution de 1848 ayant fait rentrer dans les
mains de l'État les collections du Louvre, les deux assem-
blées qui se succédèrent sous la République accordèrent
au Musée des allocations assez considérables. Une somme
de deux millions fut affectée à la restauration de la
galerie d'Apollon et des deux grands salons, et l'on
créa un nouveau département de conservation pour
les collections du moyen âge et de la Renaissance.
La direction en fut confiée à M. le comte de Laborde,
qui donna à tous les objets une classification métho-
dique, et qui en publia un Catalogue raisonné d'un grand
intérêt [1].

Sous l'administration actuelle, la création du Musée
des Souverains, destiné à renfermer les armes, les bijoux,
les meubles, les livres ayant appartenu aux souverains
qui ont régné en France, fit entrer au Louvre beaucoup
de belles pièces tirées des bibliothèques et d'autres dépôts
publics. De bons achats faits dans les ventes étaient encore
venus augmenter les collections, lorsque la mort de
Charles Sauvageot [2] et l'acquisition que fit faire l'Em-

---

[1] *Notice des émaux, bijoux et objets divers exposés dans les galeries du Louvre;* Paris, 1853.

[2] En 1856, Sauvageot avait fait gratuitement une donation de sa collection au Musée, après en avoir refusé 500,000 francs; il s'en était seulement réservé la jouissance. Le ministre d'État le nomma conserva-teur honoraire et lui donna un logement au Louvre, où sa collection

pereur du Musée Campana dotèrent le Louvre d'un nombre considérable d'objets précieux. Tous les monuments du moyen âge et de l'époque de la Renaissance provenant de ces différentes sources furent alors réunis, et une nouvelle classification leur fut donnée. Ils remplissent la grande galerie d'Apollon restaurée avec splendeur, les vastes salons du Musée des Souverains, toutes les salles sur la cour dans le bâtiment du Nord, et forment aujourd'hui, par leur centralisation, la plus précieuse et la plus complète des collections de l'Europe. Nous disons de l'Europe, car la France n'est pas la seule qui possède des collections de ce genre; et avant même qu'on eût songé chez nous à ouvrir les portes des musées nationaux aux productions des arts industriels du moyen âge et de la Renaissance, les souverains étrangers étaient entrés dans cette voie.

Les électeurs de Saxe, depuis Auguste le Pieux (1553 † 1586), avaient recueilli une grande quantité d'objets d'art de toute nature qui enrichissaient les diverses salles de leur palais. Auguste le Fort (1694 † 1733) fit classer tous ces objets de manière à en former des collections. Il réunit dans un musée les tableaux et les productions de la statuaire, et fit disposer les sculptures de petite proportion en ivoire, en bois, en pierre et en métal, les pièces d'orfévrerie et les autres productions des arts industriels, dans différentes salles du rez-de-chaussée du palais, qui avaient reçu, on ne sait pourquoi, le nom de Grüne Gevölbe (Voûte-Verte). Elles

fut transportée. Pendant les trois années qui s'écoulèrent jusqu'à sa mort, arrivée le 30 mars 1860, il ne cessa de l'augmenter de beaux objets qui ont été réunis aux différentes collections du Louvre.

furent ouvertes en 1724. Les successeurs d'Auguste
le Fort n'ont jamais cessé d'augmenter cette collection.
On y trouve fort peu d'objets du moyen âge; mais le
seizième siècle y est représenté par quelques pièces d'orfévrerie, par de fines ciselures sur pierre et sur métal et
par de fort beaux émaux peints de Limoges. La sculpture en ivoire du dix-septième siècle et du dix-huitième
y étale ses productions les plus gracieuses.

Dresde possède encore le Musée historique (Das his-
torische Museum), qui fut établi, il n'y a pas plus de
vingt-cinq ans, dans les bâtiments du Zwinger pour
recevoir une magnifique collection d'armures anciennes, des ciselures sur fer d'une délicatesse achevée, des
meubles du seizième siècle et du dix-septième, et d'autres
objets précieux de ces époques.

Le mouvement qui portait à recueillir tous les monuments-meubles du moyen âge et du seizième siècle se
produisit aussi dans les autres États de l'Allemagne. Le
roi Louis Ier de Bavière (1826-1848), zélé protecteur
des arts, fit rassembler dans un musée, qui reçut le nom
de Vereinigten Sammlungen, des sculptures en ivoire,
en pierre tendre et en bois, et de beaux émaux de Limoges. On conserve encore dans deux localités du palais
royal de Munich, la Chambre du Trésor et la Riche-
Chapelle, des pièces d'orfévrerie bien précieuses par
leur âge, leur provenance et leur haute valeur artistique.

A l'exemple des électeurs de Saxe, les électeurs de
Brandebourg et les rois de Prusse avaient enrichi leurs
palais et leurs maisons de plaisance d'objets d'art et de
curiosité : Frédéric-Guillaume III fit réunir tous ces
objets dans plusieurs salles de son palais de Berlin, qui

reçurent le nom de Königliche Kunstkammer. Frédéric-
Guillaume IV augmenta beaucoup cette collection par
diverses acquisitions. Lorsque les productions des arts
industriels du moyen âge et de la Renaissance eurent
repris faveur, le local de la Kunstkammer, visité par une
foule de monde, ne se trouva plus en rapport avec l'importance de la collection. Elle fut transportée, il y a
quelques années, dans le nouveau Musée de Berlin, où
elle occupe quatre grandes salles, deux salons et plusieurs galeries. Tous les objets ont été classés avec méthode par le directeur, M. Ledebur. Les monuments du
moyen âge et les charmantes productions de la sculpture
de petite proportion appartenant à l'école allemande du
seizième siècle s'y trouvent en grand nombre.

A Vienne, plusieurs salons du Belvédère, faisant suite
à ceux qui contiennent la belle collection d'armures
provenant du château d'Ambras, les chambres du Trésor impérial et le Cabinet des antiques, placés dans le
palais impérial, conservent une grande quantité d'objets
d'art et de productions des arts industriels du moyen
âge et de l'époque de la Renaissance.

On trouve encore en Allemagne : à Darmstadt, un
musée qui renferme des pièces du moyen âge d'une
grande importance; à Hanovre, dans le palais du roi,
des morceaux d'orfévrerie fort curieux, et à Nuremberg,
un musée d'antiquités nationales peu riche encore, mais
qui a déjà recueilli des objets fort intéressants.

Si de l'Allemagne nous descendons en Italie, nous
y voyons se développer le mouvement qui tend à rechercher et à conserver pour les étudier les productions
artistiques des anciens temps. Le Musée des Offices de

Florence possédait depuis longtemps une petite salle bien connue sous le nom de Cabinet des Gemmes, où l'on trouve des matières dures taillées et des pièces d'orfévrerie d'une grande valeur; mais, depuis quelques années, on a ouvert de nouvelles salles qui renferment des bronzes exécutés par les plus habiles artistes de l'époque de la Renaissance, des nielles admirables, des bijoux et des pièces de faïence des principales fabriques italiennes du seizième siècle.

Un nouveau musée s'est encore ouvert à Florence, dans le palais Pitti, où l'on a réuni, dans une vaste salle du rez-de-chaussée, une quantité considérable de pièces d'orfévrerie du seizième siècle, des nielles de Finiguerra et d'Antonio del Pollaiuolo et quelques émaux français. On a transporté dans le même palais la belle collection d'ivoires qui était autrefois conservée dans une salle haute du Palais-Vieux.

Le Musée chrétien annexé à la bibliothèque Vaticane à Rome s'est enrichi depuis quelques années de pièces d'orfévrerie fort anciennes. On y trouve en grand nombre de beaux ivoires du moyen âge et du seizième siècle, quelques émaux cloisonnés byzantins et de fort beaux émaux français de la Renaissance.

L'Angleterre est restée longtemps en arrière du mouvement archéologique qui engageait à faire entrer dans les musées publics les productions des arts industriels des siècles passés; mais elle a bien regagné le temps perdu. L'Exposition universelle de 1851 avait ouvert les yeux au gouvernement anglais, qui comprit parfaitement que l'infériorité de l'industrie anglaise en matière de goût provenait de l'absence de collections qui offris-

sent de bons modèles aux artistes qu'elle employait. Ce
n'est pas que les productions des arts manquassent en
Angleterre; bien au contraire, et les expositions d'objets
prêtés faites à Manchester en 1857, et à Londres en 1862,
ont fait voir qu'aucun musée ne peut offrir aux études
des ressources comparables à celles que présenteraient
les trésors accumulés dans les châteaux de l'aristocratie
et dans les hôtels des riches particuliers. Mais tous ces
objets d'art sont disséminés sur toute la surface de l'Angleterre et ne peuvent être étudiés par les artistes anglais.
On résolut donc d'enrichir le Muséum britannique de
productions artistiques du moyen âge et de la Renaissance.
L'acquisition de la collection Arundel et de nombreux
achats faits à la vente de la célèbre collection Bernal
vinrent augmenter les richesses du Muséum, qui offre
aujourd'hui aux yeux de tous de magnifiques ivoires, de
précieux émaux, des faïences italiennes de premier ordre
et une foule de monuments remarquables.

Le gouvernement anglais fit mieux que cela : il résolut
de créer un musée spécial. Déjà, en 1838 et 1840, le
parlement avait voté des sommes assez considérables
pour l'acquisition de modèles qui formèrent le premier
noyau du Musée d'ornementation. Un grand nombre
d'objets achetés à la suite de l'Exposition universelle de
1851 et à la vente de la collection Bernal accrurent
considérablement le nouveau musée, qui se trouva bientôt trop resserré dans le local de Marlborough-House,
qui lui avait été d'abord assigné. On fit donc élever à
Kensington, sur un vaste emplacement, des galeries de
fer, où tout ce qu'il possédait fut disposé avec beaucoup
de goût. Ce n'est pas qu'on doive approuver ce genre de

construction en fer. Très-favorable pour les gares de chemins de fer, les halles et les grands établissements industriels, il n'est pas convenable pour un musée, qui ne devrait être établi que dans un monument d'architecture. Mais, à ne considérer que le contenu des galeries de fer, il faut déjà reconnaître dans le Musée Kensington, malgré le peu d'ancienneté de sa fondation, une des belles collections de l'Europe en objets d'art et en productions industrielles du moyen âge et de l'époque de la Renaissance. C'est que sous la direction de M. Robinson, savant archéologue, administrateur habile et d'une prodigieuse activité, rien n'a été épargné, depuis trois ans, pour enrichir le Musée de tous les objets précieux qui pouvaient être acquis.

Ce ne sont pas seulement les souverains et les États qui se sont efforcés depuis vingt ans de recueillir les débris des arts industriels des anciens temps. Tout ce que les églises avaient conservé a été remis au jour et a repris sa place sur les autels ou dans leur trésor. Les curieux qui en possédaient des collections ne se sont pas contentés des musées publics, ils ont continué à les rechercher avec ardeur ; un grand nombre de nouveaux amateurs se sont formés, et tous achètent aujourd'hui à des prix fabuleux les objets qui se présentent dans les ventes [1].

(1) Nous pourrions fournir de bien curieux exemples de la valeur actuelle des objets d'art du moyen âge et de la Renaissance ; mais nous nous contenterons de faire connaître à nos lecteurs ceux que nous tirons des objets compris dans notre Album, et nous les engageons à se reporter au texte explicatif de nos planches XVI, XVII, XIX, XX, XXVII, XLIII, XLIV, XLIX, XCIII, CXIV, CXV, CXVII, CXXIV, CXXV, CXXX, CXXXII à CXXXVI, CXLI, CXLV et CXLVIII.

La foule, qui ne peut acheter, les a suivis cependant et a profité des collections que les gouvernements avaient mises à sa disposition. A Paris, les galeries du Louvre consacrées aux monuments du moyen âge et de la Renaissance, et l'hôtel de Cluny; à l'étranger, tous les musées du même genre que les souverains ont rendus publics, sont tout autant remplis de visiteurs que les galeries de tableaux et les salles où sont exposées les œuvres de la statuaire. Les artistes industriels y abondent et y font de sérieuses études qui non-seulement ont conduit, comme nous l'avons dit, à un changement radical dans les formes et dans l'ornementation des objets meubles de toute nature, mais qui ont encore amené la restauration d'anciens procédés, comme l'émaillerie incrustée, la peinture en émail sur métal, la peinture émaillée sur faïence, la verrerie filigranique, la peinture en émail sur cristal, la niellure et le repoussé.

Mais la passion des curieux, le goût de la foule et le besoin d'étude pour les artistes ne nous ont pas paru suffisamment satisfaits par la possession pour les uns, par l'exposition publique pour les autres, des beaux produits des arts et de l'industrie des siècles écoulés. La vue de beaux objets qu'on a sous les yeux ne saurait donner une satisfaction complète; dès que l'œil est contenté, l'esprit demande autre chose. On cherche à se reconnaître au milieu de produits si divers; on voudrait en savoir l'âge et l'origine, suivre le développement de chaque art, de chaque industrie, et en connaître la technique; on demande les noms des auteurs des plus belles œuvres. On avait cherché dans la possession ou dans la vue des objets un délassement ou des inspirations, et,

ces besoins satisfaits, on en éprouve un autre, celui de
s'instruire. Nous avons donc pensé que le moment était
venu de retracer l'HISTOIRE DES ARTS INDUSTRIELS AU MOYEN
AGE ET A L'ÉPOQUE DE LA RENAISSANCE.

Déjà en 1847, après avoir mis en ordre la collection Debruge Duménil, nous en avions publié le Catalogue raisonné, en le faisant précéder d'une introduction
dans laquelle on trouvait le résultat des recherches que
nous avions déjà faites sur l'origine, le développement et la technique des différents arts qui, depuis le
commencement du moyen âge jusqu'à la fin du seizième
siècle, ont concouru à la décoration des églises, des
châteaux et des riches habitations, et à l'ornementation
des instruments du culte et des monuments de la vie
privée. La sculpture en bois, en ivoire, en pierre tendre
et en métal, l'art du lapidaire, l'orfévrerie, la serrurerie
artistique, l'illustration des manuscrits, la peinture sur
verre, l'émaillerie sur métaux, la damasquinerie, la
mosaïque, l'art céramique, la verrerie, l'art de l'armurier, et le mobilier civil et religieux, avaient fait tour à
tour l'objet de notre examen.

Ce livre eut plus de succès qu'il ne le méritait; dès
1851, l'édition était épuisée, et, en 1855, le célèbre
éditeur John Murray publiait à Londres une traduction
de l'Introduction, avec des illustrations nombreuses.
C'est cette Introduction qui a servi de cadre au nouveau
travail que nous publions; mais les quatre cents pages
qu'elle contenait se sont converties en quatre volumes.

La réunion dans les musées publics de toute l'Europe
d'une grande quantité d'objets d'arts du moyen âge et
de la Renaissance; les expositions de Manchester et de

Londres, qui ont concentré dans le même local tout ce que l'Angleterre en possédait; la visite des églises, qui ont remis au jour tant de beaux monuments, et l'examen des collections importantes formées par les curieux, nous ont permis d'apprécier encore mieux qu'il y a seize ans tout le mérite des productions artistiques des arts industriels des anciens temps, de reconnaître le style des différents âges, de marcher à la découverte des origines, et de déterminer les époques de renaissance et de décadence.

A l'examen des monuments, nous avons ajouté la recherche de nouveaux documents écrits, pour les joindre à ceux que nous possédions déjà, et nous avons été assez heureux pour en rencontrer de fort intéressants entièrement inédits. Nous n'avons pas manqué de profiter des ouvrages consciencieux qu'un grand nombre d'érudits ont publiés sur certaines parties de l'histoire des arts industriels, en ayant soin de laisser à chacun le mérite de ses découvertes.

Nous n'avons pu traiter tous les sujets avec la même étendue que les Notions générales, la Sculpture en ivoire, l'Orfévrerie, l'Émaillerie, l'Art céramique et la Verrerie, car ce ne sont pas quatre volumes qui auraient pu y suffire, et il en aurait fallu au moins dix. Nous nous sommes néanmoins efforcé de mettre l'histoire que nous tentons de retracer en harmonie avec les connaissances acquises, en y ajoutant toutes les notions que nous avons pu retirer des voyages que nous avons entrepris et des recherches auxquelles nous n'avons cessé de nous livrer depuis seize ans. Nous nous sommes attaché surtout à combattre les anciens préjugés et à sortir de la routine. Ainsi nous avons cherché à soulever le voile épais qui couvre encore l'histoire des arts et de l'industrie dans l'empire d'Orient. Quelques bons travaux ont été déjà entrepris, il est vrai, sur l'architecture byzantine, mais aucune étude n'a encore été sérieusement suivie sur la peinture et la sculpture et sur l'application des beaux-arts à l'industrie. En regardant comme unique expression de l'art byzantin quelques œuvres de sa décadence, qui sont les plus nombreuses parce que cette époque est la plus rapprochée de nous, on est resté, en général, imbu de ce préjugé, que l'art byzantin n'avait rien produit que de laid. On a donc abandonné sans examen toutes les productions des arts industriels provenant de l'empire d'Orient, ou bien on les a confondues avec celles qui appartenaient à l'industrie artistique de l'Occident. Nous avons commencé par les rechercher pour les remettre en lumière; puis nous nous sommes appliqué à en étudier le caractère sur les pièces dont l'origine et l'âge étaient incontestables, et, en prenant ces pièces pour terme de comparaison, nous avons pu rendre à l'art byzantin quelques belles œuvres dont l'origine était méconnue. Les faits que nous avons recueillis et les monuments que nous signalons amèneront facilement à reconnaître que, jusqu'à la fin du onzième siècle, les artistes industriels de l'empire d'Orient ont fourni à toute l'Europe leurs productions et leurs modèles; que les Grecs ont été jusqu'à cette époque les maîtres de l'art, et que ce fut à eux que l'on dut, en Occident, l'espèce de renouvellement et de renaissance qui se fit sentir, après un obscurcissement complet, à la fin du huitième siècle d'abord et puis au commencement du onzième.

Nous paraîtrons peut-être un peu prolixe dans la description des monuments encore subsistants ; notre excuse
est dans la nécessité où nous nous trouvions de les faire
connaître pour en tirer des preuves à l'appui de nos dissertations : c'est une histoire de l'art industriel par les
monuments que nous tentons d'écrire. De tous ces objets,
il en est peu que nous n'ayons vus, examinés et touchés.
Nous aurions bien désiré pouvoir les présenter tous aux
yeux du lecteur. Ne pouvant le faire, nous avons accompagné notre texte d'un Album de cent cinquante planches, qui renferme quelques spécimens des productions
de chaque art à chacune des époques remarquables. Nos
planches reproduisent deux cent soixante-cinq objets.
Pour augmenter le nombre de nos preuves, nous avons
ouvert et terminé nos chapitres par une vignette qui
représente l'une des pièces qui s'y trouvent citées. Nous
offrons encore par ce moyen à nos lecteurs environ
soixante-dix monuments divers.

Aucun de ces monuments n'a été pris au hasard, tous
ont été choisis avec intention et concourent au but que
nous nous sommes proposé, de présenter des preuves à
l'appui des faits que nous avançons et des conséquences
que nous avons cru devoir en tirer. Presque tous les
dessins ont été exécutés d'après les objets mêmes ; nous
n'avons pas cherché uniquement, comme on le fait trop
souvent, à présenter des images gracieuses, qui s'éloignent en général de la vérité ; nous nous sommes appliqué surtout à offrir les objets aux yeux du lecteur dans
toute leur réalité. Les moyens que nous avons employés
pour y parvenir sont indiqués dans l'AVERTISSEMENT placé
en tête de notre Album. Enfin une feuille de texte mise

en regard de chaque planche, et une notice imprimée à la fin de chaque volume, fournissent toutes les explications nécessaires sur les objets reproduits dans les planches et dans les vignettes.

Nous espérons que l'Album et les gravures sur bois, ainsi exécutés avec une scrupuleuse exactitude, serviront à donner de l'intérêt à la lecture du livre, ou tout au moins à en diminuer l'aridité.

Une table raisonnée et très-détaillée des matières, indispensable dans un ouvrage de ce genre, termine le quatrième volume. Elle servira au besoin de glossaire.

HISTOIRE

DES

ARTS INDUSTRIELS AU MOYEN AGE

ET

A L'ÉPOQUE DE LA RENAISSANCE.

SCULPTURE.

CHAPITRE PREMIER.

NOTIONS GÉNÉRALES.

§ I.

DE L'ART, ET PARTICULIÈREMENT DE LA SCULPTURE, EN OCCIDENT, DEPUIS
CONSTANTIN JUSQU'A L'ARRIVÉE DES ARTISTES GRECS EN ITALIE AU VIIIe SIÈCLE.

I

En Italie, depuis Constantin jusqu'à la chute de l'empire romain.

De tous les arts du dessin, c'est sans contredit la sculpture dont l'emploi a été le plus fréquemment adopté
pour l'ornementation des monuments de la vie privée.

A toutes les époques, les instruments du culte, les armes,
les meubles à l'usage de l'habitation, les ustensiles domestiques, en quelque matière qu'ils aient été façonnés,
ont été enrichis, plus ou moins, de figures, d'emblèmes,
d'ornements sculptés ou ciselés, dont le mérite artistique
était naturellement en rapport avec le goût du temps
qui les vit naître. Mais en songeant à toutes les causes
qui ont dû amener, depuis tant de siècles, la destruction
des objets d'art mobiliers des époques reculées dont
nous allons chercher à retracer l'histoire [1], on ne s'é-
tonnera pas qu'un si petit nombre en soit parvenu jusqu'à
nous. Quelques objets religieux provenant des cata-
combes de Rome, des pièces d'orfévrerie trouvées dans
les tombeaux, un certain nombre de bas-reliefs d'ivoire,
l'épée de Childéric, la cathédra d'ivoire de saint Maxi-
mien, archevêque de Ravenne, les bijoux appartenant
au trésor de l'église de Monza, dont on attribue la donation à la reine Théodelinde, le trône de Dagobert conservé
au musée du Louvre, et les couronnes de Guarrazar
que l'on voit au musée de Cluny, sont presque les seuls
monuments mobiliers qui subsistent de l'industrie artistique des quatre premiers siècles du moyen âge. Il faut
donc s'en tenir souvent aux conjectures sur le style
d'ornementation des objets meubles de ce temps.

On sait qu'au moment où le christianisme, triomphant
sous Constantin, fut libre enfin de produire au dehors
les marques de son existence, l'art chrétien, qui ne pouvait se créer immédiatement une technique nouvelle,

[1] Nous n'avons pas la prétention d'écrire l'histoire de la statuaire,
et dans ces NOTIONS GÉNÉRALES nous n'envisageons la sculpture que dans
son application aux productions de l'industrie et à l'ornementation des
monuments de la vie privée.

adopta le style de l'antiquité dans l'état de décadence
où il se trouvait alors. On en trouve la preuve dans les
sarcophages de marbre du troisième siècle et du quatrième, qui sont les plus anciens monuments de la sculpture chrétienne. Ce sont non-seulement les usages et les
costumes de l'antiquité qui se font voir sur ces tombes,
mais les idées païennes même persistent encore à s'y
produire. Les artistes travaillant sous l'inspiration des
chrétiens ne purent oublier tout de suite les traditions
anciennes ; ils mêlèrent le sacré au profane avec une
grande ingénuité. Il n'est pas rare de rencontrer des
sujets et des emblèmes mythologiques accompagnant
des scènes tirées de la Bible et de l'Évangile. Ainsi,
sur le sarcophage de Junius Bassus, qui mourut caté-
chumène en 359, l'artiste a représenté le Christ en
tunique de citoyen romain, assis sur une chaise curule
au milieu de ses disciples. Dans le tombeau de Probus,
préfet du prétoire, dont la mort remonte à l'année 395,
on voit sur l'une des faces le Christ, jeune et imberbe,
au milieu des apôtres, et sur l'autre Probus et Proba sa
femme, se donnant la main comme les époux sur les
tombeaux païens, tandis qu'au-dessus d'eux des couples
de colombes sont occupés à becqueter des raisins dans
des vases. Sur les parois d'un sépulcre très-ancien, dans
lequel reposaient autrefois les ossements des trois saints
papes Léon II, Léon III et Léon IV, on a représenté
Jésus entouré de dix apôtres ; des ceps à feuillages ornés
de fruits, des génies païens et des oiseaux remplissent le
fond de la scène ; aux deux extrémités se tiennent deux
petits génies, dans un style toujours païen, dont l'un
joint les mains, tandis que l'autre porte un flambeau.

La statue de bronze de saint Pierre, que fit faire le pape
saint Léon le Grand (440 † 461) et qui se voit encore à
Rome dans le célèbre temple consacré sous le vocable
du prince des apôtres, a toujours passé aux yeux du
vulgaire pour un ancien Jupiter, tant le style de ce monument chrétien a de rapport avec celui de la statuaire
païenne de l'époque de la décadence de l'art.

Les instruments du culte, les meubles à l'usage de
l'habitation, les armes, les bijoux, depuis le règne de
Constantin jusqu'à la chute de l'empire romain, continuèrent donc à être décorés dans le style des objets mobiliers de l'antiquité.

Il ne subsiste plus qu'un très-petit nombre de spécimens de la sculpture mobilière faite en Italie durant
cette période; nous en indiquerons quelques-uns [1].

Le plus ancien est un diptyque appartenant à la Bibliothèque royale de Berlin. Il reproduit Rufius Probianus, personnage consulaire, lieutenant du préfet de
Rome. Les fastes consulaires ne désignent qu'un seul
consul avec le nom de Probianus, c'est Pétronius Probianus, qui fut consul en 322. Ce diptyque remonterait
donc à l'époque de Constantin. Le personnage représenté porte en effet le costume antique sans altération.
Cette sculpture se fait remarquer par un modelé correct
et une exécution très-soignée. Nous en parlerons plus
au long en traitant de la sculpture en ivoire. Vient ensuite un tableau d'ivoire composé de plusieurs pièces,

[1] L'Album qui accompagne notre texte et les vignettes qui y sont
intercalées ne peuvent donner qu'un petit nombre de spécimens des
productions de chacun des arts dont nous entreprenons d'écrire l'histoire,
mais nous aurons le soin d'indiquer à nos lecteurs les ouvrages et les
publications où les pièces que nous citerons se trouvent reproduites.

qui appartenait à la collection Barberini et dont Gori a
donné la gravure [1]. Le centre est occupé par la figure
équestre d'un empereur revêtu de l'armure antique.
Dans le haut, deux anges, dont l'attitude a été évidemment inspirée par les victoires sculptées sur les arcs
de triomphe de Septime Sévère et de Constantin, soutiennent un médaillon renfermant le buste du Christ représenté jeune, imberbe et sans nimbe, ce qui indique
une haute antiquité. Dans la dissertation dont il a accompagné la gravure de ce monument, Gori a cherché
à établir que le personnage représenté était l'empereur
Constance, successeur de Constantin, et il suppose que
cet ivoire lui aurait été offert par le Sénat lorsqu'il vint à
Rome en 357. Rien ne dément cette supposition : le style
de cette pièce est en rapport avec celui de la sculpture
romaine du quatrième siècle. D'Agincourt, cependant,
fait plus de cas de ce bas-relief que de ceux de l'arc de
Constantin à Rome, et il pense que cet ivoire a pu être
exécuté à Constantinople, d'où il aurait été rapporté [2].

Une autre pièce qui offre un grand intérêt parce
qu'elle porte avec elle une date certaine, c'est l'une des
feuilles d'un diptyque consulaire reproduisant Flavius
Félix, qui fut consul pour l'Occident en 428. Elle est
conservée dans le cabinet des médailles de la Bibliothèque impériale de Paris [3]. Flavius Félix est repré-

[1] Gori, *Thesaurus vet. diptychórum;* Florentiæ, 1759; t. II, p. 163.
[2] *Histoire de l'art par les monuments,* t. II, p. 28.
[3] Nᵒ 3262 du Catalogue de M. Chabouillet, *Catalogue général et
raisonné des camées et des pierres gravées de la Bibl. impériale; suivi
de la description des autres monuments exposés dans le cabinet des médailles et des antiques.* Paris, 1858. La pièce a été gravée dans le *Trésor
de numismatique et de glyptique,* Bas-reliefs et ornements, IIᵉ partie, p. 6,
pl. XII, dans *Les arts somptuaires, histoire du costume et de l'ameu-*

senté debout, dans sa loge des jeux, et tient à la main
un sceptre surmonté d'un globe sur lequel sont placés
les bustes des empereurs régnants, Théodose II et Valentinien III. Les deux feuilles de ce diptyque appartenaient à l'abbaye de Saint-Junien de Limoges. On ignore
ce qu'est devenue la seconde ; mais elle est connue par
les publications de Mabillon [1], de Banduri [2] et de
Gori [3]. La figure de Flavius Félix n'est pas absolument
sans correction, mais la sculpture en est rude et les
détails sont négligés.

Un diptyque d'une époque antérieure peut-être, appartenant à l'église cathédrale de Monza, mérite aussi
d'être signalé. Il passe pour avoir été donné par Grégoire
le Grand à la reine Théodelinde ($\dagger$ 625). L'une des
feuilles représente un personnage assis, enveloppé d'un
grand manteau qui laisse à découvert la poitrine et les
bras. Un volumen qu'il tient à la main et d'autres
volumen déployés à ses pieds indiquent un auteur,
poëte, historien ou philosophe. La seconde feuille reproduit une femme tenant une lyre (Calliope ?). Gori,
qui s'est livré à une assez longue dissertation pour arriver à établir quel était le personnage représenté dans la
première feuille de ce diptyque [4], pense qu'on doit y

---

blement; Paris, 1857, texte, t. II, p. 60; planches, t. Ier, et publiée
dans les moulages de la Société Arundel de Londres, classe II, B, c,
du Catalogue de M. E. OLDFIELD, *Catalogue of select examples of ancient
ivory-carvings*; London, 1856.

[1] *Annales ord. S. Benedict.*, t. III, p. 203.
[2] *Imperium orientale*, t. II, p. 492.
[3] *Thesaurus diptychorum*, t. I, p. 129.
[4] *Thesaurus diptychorum*, t. II, p. 243. Gori en donne la gravure.
La pièce fait partie des moulages de la Société Arundel de Londres,
classe I, c, du Catalogue de M. Oldfield.

reconnaître soit Ausone († vers 394), qui dans ses poésies avait célébré la famille Anicia, à laquelle appartenait
Grégoire le Grand, soit le poëte Claudien, qui avait fait
le panégyrique d'Olybrius et de Probus, enfants de
Pétrus Pétronius Anicius, consuls en 395; soit plutôt
le célèbre philosophe Boëce (470 † 526) qui appartenait
à la famille Anicia. On peut même voir, dit Gori, dans
la Muse de la seconde feuille du diptyque, Anicia
Faltonia Proba, qui fit des poëmes renommés. Quel que
soit le personnage représenté, cette sculpture, ainsi que
le reconnaît Gori, est bien antérieure au temps de saint
Grégoire (590 † 604), qui pouvait tenir ces tablettes de
ses ancêtres. M. Pulszki [1] n'admet pas les opinions de
Gori; il veut voir dans le personnage assis Homère ou
Ennius. Ce qui paraît certain, d'après le style de la
sculpture et celui de l'architecture des portiques élevés en
arrière des personnages, c'est que l'ouvrage appartient
au quatrième siècle ou au commencement du cinquième.

II.

En Italie, sous les Goths et les Lombards.

L'établissement successif des Goths et des Lombards
en Italie, l'invasion des Francs dans les Gaules et les
malheurs de toute sorte qui accablèrent l'Occident durant les premiers siècles du moyen âge, n'avaient pas
cependant anéanti complétement la culture des arts.
Une fois en possession de l'Italie, les princes goths s'ef-
forcèrent d'y rétablir l'ordre et d'y faire refleurir les
lettres et les arts. Plusieurs d'entre eux mirent tous leurs

---

[1] *Catalogue of the Fejervary ivories, preceded by an Essay on antique ivories;* Liverpool, 1856, p. 27.

soins à arracher à une destruction complète les monuments de l'antiquité. Théodoric († 526), après avoir
vaincu Odoacre et s'étre établi à Ravenne, s'appliqua à
relever le vieil édifice politique et civil de l'empire.
Passionné pour les arts et les monuments de l'ancienne Rome, il voulait que les édifices élevés par
les Romains fussent restaurés dans leur état primitif, et
il ordonnait à cet effet à l'architecte qu'il avait désigné
pour le gouvernement de Rome, d'étudier avec soin les
œuvres de l'antiquité [1]. Il faisait rechercher de tous
côtés les belles productions de la statuaire antique, et il
y attachait un si haut prix, qu'une statue de bronze
ayant été dérobée dans la ville de Côme, il promit cent
écus d'or à celui qui découvrirait l'objet volé [2].

Lorsque Théodoric voulut faire construire de nouveaux édifices, il prescrivit de les élever d'après les
principes de l'art antique, persuadé qu'il était de l'honneur qui en rejaillirait sur son nom [3]. C'est ainsi que
le tombeau de marbre qu'il s'est bâti à Ravenne n'est
qu'une imitation des mausolées d'Auguste et d'Adrien,
et tout à fait dans le goût romain [4].

Du reste, ce prince ayant obtenu de l'empereur Anastase les insignes de la royauté, avait pris la pourpre,
l'habit romain, la chlamyde et la chaussure de couleur.

---

[1] CASSIODORI *Opera omnia; Variarum*, lib. VII. *Formula ad præ-
ceptum Urbis de architecto publicorum;* Rothomagi, 1679, t. I, p. 116.
[2] *Idem, Variarum*, lib. II, epist. 35, t. I, p. 35.
[3] « Hoc enim studio largitas nostra concedit ut et facta veterum ex-
» clusis defectibus innovemus, et nova vetustatis gloria vestiamus. » *Idem,*
lib. VII, p. 116.
[4] Ce tombeau, très-détérioré, subsiste encore; c'est un édifice à
deux étages, de forme décagone dans l'étage inférieur et de forme ronde
dans l'étage supérieur.

Il fit aussi adopter le costume romain à ses principaux officiers.

D'après ces données que nous fournit l'histoire, on peut regarder comme constant que les Goths, dans l'ornementation des objets mobiliers, ne s'écartèrent en rien des traditions de l'antiquité.

Si les Lombards, successeurs des Goths, s'appliquèrent, principalement sous Agilulphe et Théodelinde et sous Luitprand, à suivre l'exemple des peuples qu'ils avaient vaincus, il n'est pas à supposer que ces barbares aient introduit quelque changement dans la pratique des arts qui leur était inconnue avant leur invasion en Italie. Les nombreux monuments de la grandeur des Romains qui existaient encore, et ceux qu'avait édifiés Théodoric, durent leur servir de guide; et bien qu'ils soient restés fort au-dessous des modèles qu'ils avaient suivis, si l'on en juge par les fragments de sculpture qui subsistent encore à Pavie et à Monza, on ne peut néanmoins trouver dans ces sculptures aucune originalité.

Théodelinde, reine des Lombards († 625), avait élevé une basilique en l'honneur de saint Jean-Baptiste dans la ville de Monza. Elle avait enrichi cette église d'une grande quantité de pièces d'orfévrerie [1], et notamment de couronnes votives, dont la plus précieuse, qui existe encore, est la célèbre couronne de fer. Cette couronne, à notre avis, doit provenir de Constantinople. Quant aux autres, qui ne subsistent plus, mais dont on possède des dessins, elles accusent de la lourdeur dans les détails, mais elles sont néanmoins dans la forme de

[1] Pauli Warnefridi Langobardi diaconi *De gestis Langobardorum*, lib. IV, cap. xxii, apud Muratori, *Rerum italicarum scriptores*, t. I, p. 459.

celles que portaient les empereurs grecs; les vases d'or qui faisaient partie des dons de la reine, et dont la forme est connue par la reproduction qui en est faite dans un bas-relief qui existe encore, conservaient jusqu'à un certain point le style de l'antiquité [1].

Les objets mobiliers enrichis de sculptures, appartenant à cette période, qui s'étend de la chute de l'empire romain (476) jusqu'à l'arrivée de Charlemagne en Italie, sont en bien petit nombre. Ils constatent au surplus la décadence de l'art à cette époque. Ainsi, l'artiste italien chargé de sculpter le diptyque de Probus Orestes, consul d'Occident en 530, s'est contenté de copier l'un des diptyques qui se trouvaient sans doute sous sa main, celui de Clémentinus, consul à Constantinople en 513. Le seul changement qu'il se permit fut de substituer dans le haut du tableau les figures de Justinien et de Théodora à celles de l'empereur Anastase et d'Ariadne, sa femme; encore la copie est-elle bien inférieure au modèle [2].

Un autre spécimen de la sculpture italienne de cette période subsiste dans le trésor de la cathédrale de Monza. Il consiste en deux tablettes d'ivoire qui décorent la couverture d'un antiphonaire. Elles passent pour avoir fait partie des présents envoyés par saint Grégoire le Grand à la reine Théodelinde. D'après les inscriptions

---

[1] Consulter plus loin, au titre de l'ORFÉVRERIE, chap. II, § V, art. I, notre dissertation sur le trésor de Monza.

[2] Le diptyque du consul Orestes, publié et commenté par Gori dans son *Thesaurus diptychorum*, t. II, p. 87, appartenait à la collection du prince Pierre Soltykoff; il a été adjugé à la vente de cette collection à M. Webb, riche amateur anglais, moyennant 10,550 francs. Le diptyque de Clémentinus appartient à celle de M. Joseph Mayer, de Liverpool; il a été publié dans les moulages de la Société Arundel de Londres, classe II, B, d.

qui s'y trouvent gravées, ces tablettes représenteraient David et saint Grégoire. Les deux personnages sont placés comme le sont les consuls dans les diptyques, sous des arcades soutenues par des colonnes; ils portent un costume qui a quelque rapport avec celui donné à ces magistrats dans la plupart des diptyques du cinquième siècle et du sixième. Gori [1] pensait donc que ces deux tablettes formaient originairement un diptyque consulaire qui aurait été altéré pour faire des deux figures du consul un David et un saint Grégoire. Cette opinion a été presque constamment adoptée; mais M. Pulszki [2] croit que ces sculptures sont postérieures au sixième siècle, qu'elles sont bien originales et nullement le résultat de la modification qu'on aurait apportée à un diptyque consulaire plus ancien. Nous partageons complétement l'opinion de ce savant. Il est bien certain que l'artiste, ou pour mieux dire l'ouvrier ornemaniste, qui a sculpté ces deux tables d'ivoire, étant incapable sans doute de dessiner la figure humaine et de régler par lui-même l'ordonnance d'un tableau, aura pris pour modèle un diptyque consulaire; mais il a mis du sien tant qu'il a pu. Ainsi, les deux personnages sont revêtus d'une sorte de casula retroussée, sous les bras, qu'il a empruntée au costume ecclésiastique de son époque. Le costume attribué aux consuls sur les diptyques n'aurait pu prendre l'ampleur donnée au vêtement supérieur que portent David et saint Grégoire. Un consul voulant se faire

---

[1] Gori, *Thesaurus diptychorum*, t. II, p. 201. Il a joint à sa dissertation la gravure de ces deux feuilles d'ivoire. Elles ont été moulées par la Société Arundel de Londres, cl. III, c, du catalogue de M. Oldfield, déjà cité.

[2] *Catalogue of the Fejervary ivories*, p. 23.

représenter assis n'aurait pas manqué de se donner pour
siége la chaise curule officielle, soutenue par des têtes
et par des jambes de lion, en usage depuis le quatrième
siècle, et telle qu'on la voit figurée notamment dans les
diptyques d'Aréobindus, de Clémentinus et d'Anastasius.
Les têtes et les jambes de lion sont, au contraire, remplacées dans le siége sur lequel David est assis par des
feuillages de mauvais goût auxquels on a cherché à donner la forme de la jambe du lion. Le dernier des consuls
fut Basilius pour l'année 541, et jamais à cette époque,
ni à une époque antérieure, la sculpture n'avait présenté une décadence semblable à celle qui se manifeste
dans les deux feuilles d'ivoire de l'antiphonaire de Monza.
Les feuillages ciselés sur les piédestaux où sont posées les
deux figures, et sur le fond en arrière, n'ont rien conservé du style de l'antiquité; ils sont sans caractère et
n'appartiennent à aucune des époques du consulat. Ces
deux plaques d'ivoire doivent avoir été faites, très-probablement même, après la mort de Grégoire le Grand
(† 604), puisqu'il y est désigné avec le titre de saint.

La cathédra d'ivoire qui est conservée dans l'église
métropolitaine de Ravenne comme ayant appartenu à
Maximianus, archevêque de cette ville († 553), est
une fort belle pièce [1]. Elle consiste en un siége à bras
garni d'un dossier concave qui s'élève à un mètre vingt-
quatre centimètres de hauteur. Le devant du siége, de
soixante-trois centimètres de largeur, est décoré de cinq

[1] Elle a été reproduite par Du Sommerard dans son grand ouvrage
Les arts au moyen âge, album, 1re série, pl. XI; on en trouvera encore
une reproduction dans la traduction anglaise de notre premier ouvrage,
Handbook of the arts of the middle ages and renaissance; London,
Murray, 1855, p. 3.

figures en pied, le Christ et les évangélistes, sculptées
en haut-relief. Le Christ porte un vêtement sacerdotal
peu usité; il tient de la main gauche un disque sur lequel est gravé un agneau, et bénit de la main droite. Ces
figures sont placées sous des arcades à peu près semblables à celle sous laquelle se tient l'ange de notre
planche IV. Le fond concave du dossier est décoré de
huit bas-reliefs de la vie du Christ. Les montants de la
cathédra, les deux grandes frises qui joignent les montants et bordent, en haut et en bas, les cinq figures, et
les listels qui encadrent les bas-reliefs de l'intérieur du
dossier, sont enrichis de sculptures en bas-relief reproduisant des ceps de vigne chargés de raisin, au milieu
desquels s'élancent des lions, des cerfs, des paons et
d'autres animaux. L'extérieur du dossier est orné de
bas-reliefs dont les sujets sont tirés de l'Évangile. Les
bas-reliefs qui se déploient sur les côtés du siége sont
empruntés à l'histoire de Joseph. Dans la frise transver-
sale supérieure on voit un sigle qui a été traduit avec
raison par MAXIMIANUS EPISCOPUS. Cette belle chaise épi-
scopale est bien supérieure, sous le rapport de la sculpture, aux deux diptyques que nous venons de signaler.
Mais elle a beaucoup souffert : plusieurs de ses bas-reliefs
ont été enlevés. Toutes ses parties ne nous ont pas paru
être de la même main. Les deux figures d'évangélistes,
à la droite et à la gauche du Christ, sont d'un plus fort
relief et d'un meilleur modelé que les autres. Elles sont
taillées dans le même morceau d'ivoire que le listel d'encadrement qui les borde. Ces deux figures et les sculptures ornementales des montants et des frises ont un
grand caractère, et doivent avoir été faites par un artiste

de Constantinople. Les autres figures et bas-reliefs peuvent avoir été exécutés par des artistes de Ravenne, élèves des Grecs. En traitant de la sculpture en ivoire, nous examinerons encore quelques autres pièces qui appartiennent à cette période.

III.

Dans la Gaule durant l'époque mérovingienne.

La Gaule, civilisée par les Romains, fut conquise au cinquième siècle par un peuple guerrier auquel la culture des arts était étrangère.

La masse de la population resta romaine pour ainsi dire, et les envahisseurs subirent l'empire de la civilisation. Si leur présence accrut encore la décadence de l'art, elle n'apporta aucune modification au caractère des œuvres artistiques, et l'architecture continua à s'inspirer, durant l'époque mérovingienne, des magnifiques monuments que les Romains avaient élevés. Les objets mobiliers de cette première période du moyen âge en France furent aussi empreints nécessairement du style de l'antiquité romaine.

On en trouve la preuve dans un très-curieux monument de cette époque : le trône de Dagobert, qui est aujourd'hui conservé au musée du Louvre. Ce trône faisait partie, depuis un temps immémorial, du trésor de l'abbaye de Saint-Denis ; la tradition voulait qu'il eût été fabriqué vers le commencement du septième siècle par saint Éloi. Le célèbre abbé Suger, qui constate cette tradition, le fit réparer au douzième siècle [1], et y ajouta

---

[1] SUGERII *Lib. de rebus in adm. sua gestis;* apud DUCHESNE, *Hist. franc. scriptores,* t. IV, p. 348.

la partie supérieure qui forme le dossier. Quant à la
partie inférieure, celle qui constitue le siége proprement
dit, un grand nombre d'archéologues pensaient qu'elle
pouvait bien être une chaise curule antique [1]; mais
M. Lenormant, dans une dissertation approfondie [2],
a fort bien établi la différence qui existait entre les
chaises curules du quatrième siècle et du cinquième et
le trône de Dagobert; il a démontré que l'auteur de cè
monument s'était inspiré d'une œuvre de l'antiquité,
qu'il avait peut-être copié les têtes de panthère sur un
trépied antique, mais que le reste des supports ne ré-
pondait pas au sommet et devait être le propre de l'artiste. La vignette de notre chapitre Iᵉʳ de l'ORFÉVRERIE
reproduit le siége de Dagobert tel qu'il avait été fait par
saint Éloi [3].

Si dans l'Occident les premiers siècles du moyen âge
n'avaient pas su se créer de nouvelles voies, si les beaux
arts comme les arts industriels ne connaissaient d'autres
lois que celles que l'antiquité leur avait transmises, les
artistes s'étaient peu à peu éloignés des beaux modèles
qui leur avaient été légués.

La décadence de l'art datait d'une époque antérieure
à Constantin; la translation du siége de l'empire à Constantinople n'avait fait que l'aggraver davantage en Italie, et malgré le goût de plusieurs des rois goths et
lombards pour les productions artistiques, les invasions

[1] WILLEMIN, *Monuments français inédits*, pl. IV.
[2] *Mélanges d'archéologie*, t. I, p. 156. On trouvera là plusieurs
excellentes reproductions de ce trône sous différents aspects. La traduction anglaise de notre premier ouvrage, *Handbook of the arts of the
middle ages and renaissance*, en donne aussi une gravure, p. 207.
[3] Voyez à l'ORFÉVRERIE, chap. I, § II, art. II.

et les guerres qui ensanglantèrent l'Italie, et le pillage de Rome, à diverses reprises, avaient amené les arts au dernier degré d'avilissement dans cette malheureuse contrée, au commencement du huitième siècle.

A la même époque, en France, l'invasion des musulmans et les convulsions au milieu desquelles s'éteignait la dynastie mérovingienne, en avaient fait également abandonner la culture. L'Occident ne paraissait pas devoir se relever de l'état de barbarie dans lequel il était plongé, lorsque les persécutions de l'empereur iconoclaste Léon III contre les chrétiens fidèles au culte des images (726) firent émigrer en Italie une foule d'artistes de talent que les papes accueillirent avec bienveillance. Ces artistes préparèrent en Occident la renaissance de l'art, que le génie de Charlemagne, secondé par les papes Adrien Ier et Léon III, sut bientôt faire éclore.

Mais avant de nous arrêter à cette belle époque de l'art en Occident, il faut revenir sur nos pas pour nous occuper de la marche des arts dans l'empire d'Orient depuis Constantin.

§ II.

DE L'ART ET PARTICULIÈREMENT DE LA SCULPTURE DANS L'EMPIRE D'ORIENT.

I.

De Constantin (325) à Justinien (527).

En 325, Constantin résolut de donner une nouvelle capitale à l'empire romain. Il avait eu d'abord l'intention de rebâtir Troie, mais ce projet fut bientôt abandonné. L'admirable position de Byzance lui fit choisir cette ville, dont il entreprit la reconstruction et à laquelle il donna son nom. Il en traça lui-même la nouvelle enceinte, qui comprit une étendue d'environ cinq lieues. La ville s'éleva comme par enchantement. Des places publiques, des églises, des palais, des aqueducs, des marchés, des fontaines, des cirques et des théâtres, furent construits ou agrandis; et couvrirent bientôt l'immense emplacement que Constantin avait donné à la nouvelle Rome. Tout ce qui pouvait contribuer à la magnificence d'une vaste capitale s'y trouva réuni. Elle put être dédiée en 330.

Les forêts qui couvraient les rives de la mer Noire et les carrières de marbre de l'île de Proconèse avaient pu fournir une quantité inépuisable de matériaux aux architectes que Constantin avait appelés de la Grèce et de l'Italie; mais son pouvoir ne pouvait aller jusqu'à ranimer le génie des Phidias, des Lysippe et des Praxitèle. Dans l'état de dépérissement où languissait alors la statuaire, Constantin n'aurait pu trouver un assez grand nombre d'artistes capables de décorer de statues et de bas-reliefs les nombreux palais, les portiques et les places publiques de la nouvelle capitale. Mais aucune considération ne pouvait arrêter l'empereur dans l'accomplissement de la ferme volonté qu'il avait de rendre Constantinople la rivale de Rome. Par ses ordres, les villes de la Grèce et de l'Asie furent dépouillées de leurs plus riches ornements, et bientôt la nouvelle ville fut enrichie d'une quantité innombrable de chefs-d'œuvre de la statuaire antique; les plus précieuses statues des anciens dieux, des héros et des grands hommes de l'antiquité contribuèrent à son embellissement. Parmi les plus remarquables, il faut citer le Jupiter de Dodone, la Minerve de Linde de la main de Scyllis et de Dipœne, statuaires du siècle de

Cyrus [1], l'Apollon Pythien et celui de Sminthe, la Rhéa
que les Argonautes avaient placée sur le mont Dindyme,
les Muses enlevées de l'Hélicon, le groupe de Persée
et Andromède pris à la ville d'Iconium en Phrygie, et
un Apollon colossal de bronze attribué à Phidias; cette
statue, à laquelle on mit·sur la tête une couronne de
rayons, un sceptre dans la main droite et le globe du
monde dans la gauche, reçut le nom de Constantin.
Parmi plus de soixante statues remarquables que Constantin avait aussi enlevées de Rome, on citait celles
d'Auguste, de Trajan et d'Adrien.

Les bains de Zeuxippe, commencés par Sévère et que
Constantin avait augmentés et embellis, furent enrichis
de plus de soixante statues de bronze qui périrent toutes
dans l'incendie allumé lors de la grande émeute qui
surgit en 532, sous le règne de Justinien. L'Hippodrome
reçut aussi toute sorte d'embellissements; la spina, sorte
de plate-forme qui s'élevait entre les deux bornes autour
desquelles tournaient les chars, fut décorée d'un obélisque et de nombreuses statues. On y remarquait le
trépied consacré dans le temple de Delphes après la défaite de Xerxès.

Les successeurs de Constantin imitèrent son exemple,
et s'appliquèrent à enrichir Constantinople des merveilles de la sculpture antique. La fermeture, puis la
démolition des temples des faux dieux, se prétèrent
on ne peut mieux à leurs desseins; les statues et les
bas-reliefs arrachés à ces monuments vinrent embellir
la nouvelle capitale de l'empire.

(1) WINCKELMANN, *Histoire de l'art,* traduit par HUBERT; Leipzig, 1781,
t. III, p. 269.

C'est ainsi que Théodose le Jeune (408 † 450) enleva du temple de Mars à Athènes les éléphants de bronze qu'il plaça à la porte Dorée [1], et de l'île de Chio, les fameux chevaux de bronze [2] qui décorent aujourd'hui la façade de l'église Saint-Marc à Venise. Justinien fit transporter du temple d'Éphèse dans la Chalcé, splendide édifice qui servait de vestibule au grand palais, huit statues et deux chevaux d'une admirable beauté [3].

Au commencement du sixième siècle, Constantinople renfermait donc une quantité considérable des plus beaux ouvrages de la statuaire antique [4].

Cette réunion de tant de chefs-d'œuvre avait porté d'heureux fruits. Elle donna une grande émulation aux artistes que Constantin et ses successeurs employèrent pour élever de nouvelles statues. L'art se releva peu à peu de la décadence où il était tombé, et déjà une grande amélioration se faisait sentir à l'époque de Théodose le Grand, si l'on en juge par les bas-reliefs du piédestal de l'obélisque relevé par ce prince dans l'Hippodrome [5], et par ceux de la colonne qui portait son nom, que

[1] ANONYMI *Antiq. Const.*, lib. I; apud BANDURI, *Imperium orientale*, t. I, p. 21.

[2] *Idem*, lib. III; ap. BANDURI, t. I, p. 41; CODINI *Excerpta de Antiq. Constant.*; Bonnæ, p. 47 et 53.

[3] *Antiq. Const.*, lib. I; apud BANDURI, t. I, p. 7.

[4] Nous aurions pu multiplier les citations et donner l'énumération de toutes ces belles œuvres, mais il n'entre pas dans notre plan d'écrire l'histoire de la statuaire; si l'on veut plus de détails sur cet intéressant sujet, on peut consulter le savant ouvrage de Du Cange, *Constantinopolis christiana*, et les dissertations de HEYNE, dans le recueil des Mémoires de la Société de Gœttingue, *Commentationes Societatis regiæ Gottingensis*, vol. XI, XII et XIII.

[5] D'AGINCOURT en a donné la gravure, *Histoire de l'art*, t. II, p. 39, et t. IV, sculpt., pl. X. On possède aujourd'hui de très-belles photographies de ces bas-reliefs.

Banduri [1] et d'Agincourt [2] ont publiés d'après un dessin attribué à l'un des deux Bellin.

La statuaire fut en grand honneur sous le règne d'Arcadius et surtout sous celui de Théodose II (408 † 450), qui était un amateur des arts et artiste lui-même, car il savait peindre et modeler, et se délassait souvent des fatigues de l'administration par la culture de ces deux arts. Sous ces princes un grand nombre de statues furent érigées à Constantinople. On peut en citer plusieurs de Théodose le Grand, notamment sa statue équestre de bronze placée dans le Milliaire [3]; et celle d'argent, de sept mille quatre cents livres, que fit faire Arcadius; les statues équestres d'Arcadius et d'Honorius et celle de Théodose le Jeune [4]; la statue d'or du même prince que le préfet du prétoire Aurélien fit élever dans l'enceinte du Sénat [5].

L'impératrice Pulchérie, Zénon († 491) et Anastase († 518), protégèrent également les arts.

Nous croyons pouvoir attribuer à l'époque théodosienne un diptyque d'ivoire du plus grand intérêt, appartenant au trésor de l'église cathédrale de Monza. Les feuilles de ce diptyque, aujourd'hui séparées, recouvrent un manuscrit des Dialogues de saint Grégoire le Grand qui passe pour avoir été envoyé par ce saint pape à la reine Théodelinde. L'une des feuilles reproduit une femme revêtue d'une tunique talaire serrée à la taille par une riche ceinture et d'un léger manteau relevé sur le bras

---

[1] *Imperium orientale*, t. II, p. 513 et seq.
[2] *Histoire de l'art*, t. II, p. 40, et t. IV, pl. XI.
[3] ANONYMI *Antiq. Const.*, lib. I; ap. BANDURI, *Imper. orient.*, p. 11.
[4] *Idem*, lib. II; ap. BANDURI, t. I, p. 36.
[5] *Chron. pascale*, ad an. 415; Bonnæ, p. 573.

gauche. Sa tête est couverte d'une coiffure assez singulière sur laquelle nous allons revenir ; ses oreilles et son
cou sont chargés de perles. A sa droite est un enfant de
onze à douze ans, vêtu d'une courte tunique, et par-
dessus, d'une toge descendant jusqu'aux pieds qui est
rattachée sur l'épaule droite par une fibule remarquable ;
de la main gauche il tient un livre ou plutôt un diptyque, la droite est pliée comme pour donner la bénédiction à la manière grecque avec l'index et le doigt du
milieu, le pouce étant plié sur les deux derniers doigts.
La seconde feuille représente un homme couvert d'une
courte tunique et d'une chlamyde rejetée en arrière et
attachée sur l'épaule par une fibule semblable à celle
qui décore la toge de l'enfant. Ces deux vêtements sont
enrichis d'ornements et de figures tissés dans l'étoffe. On
les nommait imaginati, et ils n'étaient portés que par
des personnages d'une haute importance. L'homme de
notre diptyque tient une lance, il porte la courte épée des
Romains attachée à un ceinturon enrichi de pierreries,
et s'appuie sur un bouclier bombé, de forme ovale, dont
le haut est décoré d'un médaillon renfermant deux portraits [1].

Les avis sont partagés sur la question de savoir quels
sont les personnages représentés dans ce diptyque. Gori
s'est livré sur ce point à une longue dissertation, et il a
facilement écarté l'opinion de ceux qui avaient cru y
reconnaître soit Sigebert, roi d'Austrasie, Brunehaut et

---

[1] Ce diptyque a été publié par Gori dans son *Thesaurus diptycho-*
rum, t. II, p. 219, et moulé par la Société Arundel de Londres, classe II,
b, du catalogue déjà cité. Il a été gravé dans les *Annales archeologiques*,
t. XXI, p. 221 ; nous en donnons la reproduction dans la planche 11
de notre Album, d'après une photographie.

leur fils Childebert, soit Éthelbert l'Anglo-Saxon et sa
femme Berthe, soit Agilulphe, Théodelinde et Adaloald
leur fils. Gori regardant comme un fait constant et
établi que le diptyque provenait d'un don de saint Grégoire à Théodelinde, rejette également la supposition que
les personnages représentés soient l'empereur Maurice,
sa femme Constantine et leur fils Flavius Théodose, qui
fut déclaré Auguste par son père en 595, parce que
Maurice ayant été l'ennemi du pape saint Grégoire et
des Lombards, on ne pouvait supposer que son portrait
eût été conservé par Théodelinde. Il verrait plutôt dans
ce diptyque, mais sans soutenir beaucoup son opinion,
l'empereur Phocas, sa femme Léontie et leur fils. La
supposition à laquelle il s'attache de préférence est celle-
ci : le guerrier serait Sextus Anicius Pétronius Probus,
consul en 371 et préfet du prétoire sous les empereurs
Valens et Valentinien, qui mourut antérieurement à
l'année 395; la matrone, Anicia Faltonia Proba, sa femme,
fille, épouse et mère de consuls, qui jouissait d'une haute
réputation de sainteté. Probus et Faltonia eurent trois
enfants, Olybrius et Probinus, qui furent consuls en 395,
et Anicius Probus, nommé questeur pour la même année.
Gori pense que c'est celui-ci qui est représenté à côté de
sa mère, et que c'est à l'occasion de sa questure que le
diptyque a été fait pour être envoyé en présent. Enfin
il appuie son opinion sur ce que saint Grégoire appartenant à la famille Anicia, il est tout naturel qu'il ait
eu en sa possession les portraits de ses ancêtres.

Nous ne pouvons partager l'opinion de Gori. Il n'est
pas possible d'admettre que le diptyque représente l'empereur Phocas et sa femme. Il est vrai que Phocas après

s'être fait couronner empereur, envoya son image et celle
de sa femme à Rome en 603. Elle fut reçue avec accla-
mation par le clergé, le sénat et le peuple, et saint Grégoire la déposa dans l'église Saint-Césaire [1]; mais les
historiens ne font aucune mention du fils qu'auraient
eu Phocas et Léontie. Théophylacte Simocatte, qui a écrit
l'histoire de l'empereur Maurice et de l'usurpation de
Phocas, et Nicéphore, qui a donné la suite du règne de
Phocas, ne parlent en aucune façon d'un fils qu'aurait
eu ce tyran.

Quant à la supposition de Gori, elle ne nous paraît
pas davantage admissible. Quelle qu'ait été la réputation
de sainteté et la position de l'époux d'Anicia Faltonia
Proba, on ne peut admettre que cette femme ait pu
prendre place sur un diptyque. A quel titre aurait-elle
présenté, pour ainsi dire, le jeune questeur? Pourquoi
la figure de Pétronius Probus, qui était mort en 395,
aurait-elle été reproduite à côté de celle de son fils?
L'âge du jeune garçon ne permettait pas à Gori d'y voir
l'un des deux fils aînés de Pétronius Probus, il ne pouvait donc y reconnaître que le troisième fils, qui fut seulement questeur. Or, une loi du code Théodosien de
l'an 384 interdisait à tout autre qu'aux consuls de donner
des diptyques d'ivoire.

A ces raisons nous en ajouterons une autre qui nous
paraît concluante, c'est que la correction du dessin,
l'élégance et la belle exécution de la sculpture du
diptyque ne permettent pas de reconnaître là une production des artistes italiens de la fin du quatrième siècle.
Nous trouvons un point de comparaison dans le tom-

(1) BARONIUS, *Annales ecclesiastici*, ad annum 603.

beau même qu'Anicia Faltonia Proba fit élever à son
mari [1] : le Christ et les Apôtres y sont représentés en
pied; les figures sont d'une monotonie insignifiante,
droites et roides dans leur pose et dans leurs draperies;
l'exécution est rude et bien éloignée de la finesse de
notre diptyque. M. Pulszki [2] reconnaît dans le diptyque de Monza l'empereur Théodose II et Galla Placidia
avec son fils Valentinien III. Les deux portraits qui se
voient sur le bouclier seraient ceux d'Arcadius, père de
Théodose, et d'Honorius, son oncle, ses prédécesseurs.
M. Pulszki fait remarquer que le costume du jeune
garçon du diptyque de Monza a beaucoup d'analogie
avec celui que porte Flavius Félix, consul en 428, dans
la seconde feuille de son diptyque [3], et que la fibule de
forme singulière qui attache la toge de ce consul se
trouve aussi, dans le diptyque de Monza, sur la toge du
jeune garçon et sur la chlamyde du guerrier, d'où il
conclut que les deux diptyques appartiennent à la même
époque. Nous partageons complétement l'opinion de
M. Pulszki relativement à la femme et à l'enfant représentés sur le diptyque de Monza, et aux raisons qu'il a
données nous croyons pouvoir en ajouter d'autres.
Quelle est la femme qui, à la fin du quatrième siècle ou
au commencement du cinquième, a pu avoir une position assez élevée pour être représentée dans un diptyque
à côté d'un jeune empereur? car l'action de bénir de la

---

[1] D'AGINCOURT, *Histoire de l'art*, t. II, p. 33, et t. IV, sculpture,
pl. VI. Ce tombeau est conservé dans Saint-Pierre de Rome.

[2] *Catalogue of the Fejervary ivories, in the Museum of J. Mayer*;
Liverpool, 1856, p. 19.

[3] On en voit la gravure dans GORI, *Thesaurus diptych.*, t. I, p. 129,
et dans BANDURI, *Imp. orient.*, t. II, p. 492.

main droite, donnée par le sculpteur au jeune garçon
du diptyque, ne peut convenir qu'à un saint personnage
ou à un souverain [1]. On ne voit réellement à nommer
que Galla Placidia, fille de Théodose le Grand, sœur
des empereurs Honorius et Arcadius, mère et tutrice de
son fils Valentinien III. Elle avait eu ce fils en 419 de son
mariage avec Constance, l'un des généraux d'Honorius,
qui, en 421, avait été déclaré Auguste et associé à l'empire. Après la mort de Constance (421), Placidia s'étant
brouillée avec Honorius, se réfugia à Constantinople
auprès de Théodose II, son neveu, et peu après, Honorius étant mort sans postérité (423), Théodose, à la
demande de Placidia, conféra le titre de César à Valentinien et consentit bientôt après à le reconnaître pour
empereur d'Occident. Placidia, à qui Théodose avait
donné la qualité d'Auguste, vint en Italie avec son fils,
et gouverna l'empire pendant la longue minorité de
celui-ci. On comprend dès lors que la régente de l'empire ait pu être associée à son fils dans un diptyque. Celui
dont nous nous occupons aura été fait à l'occasion du
troisième consulat de Valentinien III, qu'il faut rapporter à l'année 430 [2] ; Valentinien avait alors onze ans,
et c'est bien l'âge qu'on peut attribuer au jeune garçon
du diptyque. La singulière coiffure que porte la femme
qui y est reproduite vient établir aussi qu'elle était impératrice. Cette coiffure, de forme tout orientale, consiste
dans une sorte de bourrelet ou turban surmonté d'un

[1] Les empereurs chrétiens étaient dans l'usage de donner leur
bénédiction au peuple; CONST. PORPHYR., *De cer. aulæ Byz.*, cap. LXIV;
Bonnæ, 1829, p. 291. — JULES LABARTE, *le Palais impérial de Constantinople et ses abords;* Paris, 1861, p. 54, 82, 181.

[2] *L'art de vérifier les dates;* Paris, 1783, t. I, p. 358.

appendice; elle paraît avoir été adoptée par les impératrices d'Orient. On la retrouve, en effet, avec la simple addition d'une croix, sur la tête d'Eudoxie, femme d'Arcadius, dans une médaille d'or de cette princesse dont Baronius a donné la gravure [1], et plus tard, sur la tête de Théodora, femme de Justinien (527 † 565), dans un médaillon gravé au haut du diptyque d'Orestes, consul d'Occident pour l'année 530 [2]. Cette coiffure se retrouve encore recouverte d'un voile sur la tête de la sainte Vierge, dans des images byzantines de la Mère du Christ remontant à des époques très-anciennes.

Cette circonstance indiquerait déjà que le diptyque de Monza est d'origine constantinopolitaine; mais si on veut le comparer avec celui du consul d'Occident Flavius Félix, qui est du même temps, et avec les sculptures romaines de la fin du quatrième siècle, comme celles du tombeau de Probus, ou du commencement du cinquième, on acquerra la preuve que l'Italie ne produisait pas à cette époque, où elle était envahie par les barbares, des œuvres qui, soit pour la correction du dessin, soit pour la finesse de l'exécution, pussent approcher du diptyque de Monza. Le style de cette sculpture se rapproche beaucoup au contraire de celui des bas-reliefs du piédestal de l'obélisque relevé par Théodose [3], Le costume du jeune Valentinien est semblable à celui porté par Théodose, qui est sculpté sur ce piédestal debout, dans sa loge, présidant aux jeux du cirque.

[1] BARONIUS, *Annales ecclesiastici*, ad ann. 395; Lucæ, 1740, t. VI, p. 196.

[2] Il a été gravé par GORI, *Thesaurus diptychorum*, t. II, p. 104.

[3] D'AGINCOURT, *Histoire de l'art*, t. IV, sculpt., pl. X.

Un archéologue avait proposé de reconnaître dans l'enfant du diptyque de Monza Valentinien II, et dans la femme, Justine sa mère. Celle-ci fut en effet tutrice de son fils, qui était âgé de quatre ans au moment où il fut proclamé empereur, en 375, par les légions d'Illyrie; mais l'empereur Gratien, frère aîné de Valentinien II [1], gouverna seul tout l'Occident jusqu'à sa mort (383). Justine n'eut jamais une grande autorité dans l'Empire; chassée de l'Italie par le tyran Maxime, elle mourut à Thessalonique en 388. Justine, au surplus, était arienne, et saint Grégoire n'aurait pas envoyé le portrait de cette princesse à Théodelinde, qui s'efforçait d'éteindre l'arianisme dans ses États. L'âge de dix à onze ans qu'on doit donner au jeune garçon du diptyque de Monza ne convient pas d'ailleurs à Valentinien II; qui fut consul pour la première fois en 376, à l'âge de cinq ans, pour la seconde fois en 378, à sept ans, et pour la troisième fois en 387 seulement, lorsqu'il avait atteint sa seizième année [2].

Quant au guerrier représenté sur l'une des feuilles du diptyque, nous ne pouvons y voir Théodose II, comme le veut M. Pulszki. Ce guerrier porte une barbe épaisse, et toutes les médailles de cet empereur nous le représentent avec le menton rasé, de même que ses prédécesseurs. Jusqu'à Phocas, les empereurs d'Orient n'ont pas porté de barbe. Le diptyque eût-il été fait en Italie, est-il supposable que l'artiste qui aurait eu à représenter Théodose lui eût donné une barbe, lorsque les monnaies qu'il avait sous les yeux le représentaient imberbe et que l'usage des empereurs romains était d'avoir

---

[1] Lebeau, *Histoire du Bas-Empire*, t. IV, p. 53.
[2] *L'art de vérifier les dates*; Paris, 1783, t. I, p. 357.

le menton rasé? M. Didron [1] a pensé qu'on devait voir dans ce guerrier Aétius ou Boniface. En 430,
époque du troisième consulat de Valentinien, Boniface,
gouverneur des provinces d'Afrique, avait levé contre
Galla Placidia l'étendard de la révolte. Le général
Aétius, au contraire, après avoir vaincu les Francs
en 428, était revenu en Italie. Nommé général des
armées romaines, il fit massacrer Félix, personnage
consulaire qui voulait traverser son pouvoir, et il gouvernait en maître la cour de Ravenne et l'empire d'Occident à cette époque de 430 [2]. On conçoit qu'il ait
pu, par une flatterie de Placidia, qui avait grand intérêt
à le ménager, être associé à elle-même pour accompagner le jeune consul sur son diptyque.

Nous citerons encore quatre diptyques consulaires antérieurs au règne de Justinien.

Le premier est celui de Taürus Clémentinus, qui fut
consul en Orient pour l'année 513 [3]; il appartient
aujourd'hui à la collection de M. Joseph Mayer de Liverpool.

Le second reproduit Anastasius, consul d'Orient pour
l'année 517. Il était connu autrefois sous le nom de Leo-
diense; l'une de ses feuilles a passé de Liége dans la
Kunstkammer de Berlin [4].

---

[1] *Annales arch.*, t. XXI, p. **225**.

[2] Lebeau, *Hist. du Bas-Empire*; Paris, 1825, t. VI, p. **53**.

[3] Gori, *Thes. diptych.*, t. I, p. **229**, en a donné la gravure avec une
dissertation intéressante. Il fait partie des moulages de la Société
Arundel de Londres, classe II, B, *d*, du Catalogue déjà cité, et a été
décrit par M. Pulszki, *Catalogue of the Fejervary ivories*, p. **40**.

[4] Gori, *Thes. diptych.*, t. I, p. **1** et **263**, en a donné la gravure;
il est compris dans les moulages de la Société Arundel de Londres,
classe II, B, *f*, du Catalogue.

Le troisième, du même consul, appartient aujour-
d'hui à la Bibliothèque impériale de Paris, département
des manuscrits. Il provient de l'église cathédrale de
Bourges [1]. Nous en donnons la reproduction dans la
planche III de notre Album, d'après une photographie
prise sur l'original.

Le quatrième est celui de Théodorus Philoxénus,
consul pour l'Orient en l'année 525. Il avait été donné
par Charles le Chauve à l'abbaye de Saint-Corneille de
Compiègne. Il est conservé dans le cabinet des médailles
de la Bibliothèque impériale de Paris [2].

Dans les trois premiers, le consul est assis sur la
chaise curule d'ivoire, revêtu des riches habits consulaires adoptés à la fin du cinquième siècle; il tient de la
main droite la mappa circensis, avec laquelle il donnait
le signal des jeux; de la gauche, le scipio, sceptre consulaire. En arrière de Clémentinus, on voit deux femmes
casquées, richement vêtues, avec collier et pendants
d'oreilles; elles tiennent à la main, l'une un sceptre,
l'autre une enseigne. Ces femmes doivent personnifier
Rome et Constantinople; dans le haut des trois
diptyques sont des médaillons qui renferment des
portraits [3].

[1] Gori en a donné la gravure, t. I, pl. XII; on la trouve aussi dans
le *Trésor de numismatique et de glyptique*, bas-reliefs, Ire partie,
pl. XVII.

[2] Gori, *Thesaurus diptych.*, t. II, pl. XV, et Banduri, *Imp. orientale*, t. II, p. 492, en ont donné la gravure. Il est décrit dans le Catalogue de M. Chabouillet, déjà cité, n° 3266.

[3] On peut lire dans Gori, *Thes. diptych.*, t. I, p. 1 et suiv., une intéressante dissertation du R. P. Wilthem, sur les vêtements et les insignes des consuls, et consulter aussi celle de Du Cange, *De imperatorum
Const. numismatibus*, à la suite de son *Glossarium mediæ et infimæ lati-
nitatis*; Parisiis, 1850, t. VII.

Le diptyque de Philoxénus se compose de trois médaillons superposés et liés par une bandelette. Dans le
médaillon supérieur de chacune des feuilles, Philoxénus
est représenté à mi-corps; il tient de la main droite la
mappa circensis, et de la gauche un sceptre surmonté
du buste de l'empereur Justin Ier. Dans les médaillons
inférieurs, des bustes de femmes, habillées richement,
tiennent des deux mains une enseigne sur laquelle paraît
une couronne de laurier. Elles pourraient bien personnifier les deux capitales de l'empire, comme dans le
diptyque de Clémentinus.

Les consuls, à leur entrée en charge, distribuaient une
assez grande quantité de diptyques; ces feuilles sculptées
ne pouvaient donc être toutes confiées à des artistes de
mérite, aussi laissent-elles beaucoup à désirer, pour la
plupart, sous le rapport du dessin. Le costume officiel
du consul était d'ailleurs d'une richesse et d'une roideur peu favorables à la disposition des draperies. Les
diptyques du consul Anastasius sont les meilleurs; ils
se font remarquer par une grande délicatesse d'exécution. Les règles de la perspective sont complétement
méconnues, il est vrai, dans les bas-reliefs qui représentent les jeux du cirque, mais les petites figures de ces
bas-reliefs sont d'un dessin assez correct; elles ont du
mouvement et de l'expression.

II.

De Justinien (527) à Léon l'Isaurien (717).

D'après ce que nous avons rapporté plus haut, on
peut regarder comme constant que Justinien, en montant sur le trône, trouva une grande quantité d'excel-

lents artistes auxquels il put confier les nombreux travaux d'art qu'il ne cessa de faire exécuter durant tout
le cours de son règne de trente-huit années. Sous son
heureuse influence, la renaissance de l'art, préparée par
ses prédécesseurs, devint complète. Elle était le résultat
de l'étude des beaux monuments de la statuaire antique,
répandus à profusion sous les yeux des artistes constantinopolitains, qui, à n'en pas douter, cherchèrent à s'inspirer des traditions de l'antiquité et à se rapprocher
autant que possible du style des grands artistes de l'ancienne Grèce. Il n'existe dans les musées de l'Europe
aucune œuvre de la statuaire qu'on ait attribuée à cette
belle époque de l'art chez les Byzantins. Il ne paraît pas
possible cependant que rien n'ait survécu du nombre
immense de statues taillées ou fondues sous les successeurs de Constantin, et l'on serait tenté de croire que
quelques-uns de ces ouvrages, sauvés de la destruction,
passent aujourd'hui pour des œuvres antérieures à la
décadence de l'art.

Les monuments des arts en différents genres qui subsistent de l'époque de Justinien tendent au surplus à
démontrer cette vérité, que les artistes de ce temps s'étu-
diaient à imiter les productions antiques, ou que tout au
moins ils s'en inspiraient.

Nous citerons en premier lieu les charmantes miniatures d'un manuscrit in-folio de la Bibliothèque impériale
de Vienne dont la date est certaine. Ce manuscrit, qui
renferme les œuvres du célèbre médecin Dioscorides, fut
écrit pour Juliana Anicia. Cette princesse, fille de l'empereur Olybrius († 472), et qui, par sa mère Placidie,
descendait de Théodose II, habitait à Constantinople, où

elle mourut dans les premières années du règne de Justinien. Les six grandes miniatures qui enrichissent ce
beau livre sont toutes empreintes du style de l'antiquité.
Lambécius en a donné des gravures dans ses Commentaires sur la Bibliothèque impériale de Vienne [1]; mais
ces gravures ne les rendent que très-imparfaitement, et,
pour en faire apprécier le mérite à nos lecteurs, nous
avons fait faire une reproduction très-fidèle de la miniature, malheureusement détériorée, qui reproduit la figure
de Juliana Anicia elle-même [2]. La princesse est assise
sur une sorte de chaise curule antique, entre la Prudence et la Magnanimité; un petit génie, nu et ailé, lui
présente un livre ouvert. Dans un encadrement élégant,
formé par un câble d'or, l'artiste a peint dans huit compartiments des génies occupés à sculpter, à peindre, et
à différents travaux de construction, par allusion sans
doute à l'édification de la belle église que Juliana avait
fait élever à Constantinople en l'honneur de la Vierge
mère de Dieu. Ces petites figures rappellent les peintures décoratives retrouvées à Pompéi et à Hercula-
num. Dans deux miniatures, le peintre a représenté les
plus fameux médecins grecs. Il ne les a pas, pour la
plupart, revêtus de costumes, mais il les a drapés à
son goût, en suivant en cela l'exemple que lui donnaient
les grands statuaires des figures héroïques de l'antiquité,
qui préféraient la draperie au costume [3]. Dioscorides
est représenté lui-même, dans deux autres miniatures,

[1] Petri Lambecii *Commentariorum de Bibl. Cæsarea libri;* Vin-
dobonæ, 1768, pars prima, p. 119 et seq.

[2] Voyez la planche LXVIII de notre Album.

[3] On trouvera dans les *Arts somptuaires,* planches, t. I, la reproduction en couleur de ces deux miniatures.

avec une femme qui reproduit allégoriquement le génie de l'invention Εὔρεσις. Les costumes, l'architecture du lieu où la scène se passe, tout dans ces peintures a été inspiré par les productions antiques.

Nous pouvons tirer une autre preuve d'un manuscrit grec de la Bibliothèque vaticane [1] renfermant la *Topographie chrétienne* de Cosmas, marchand et navigateur qui termina ses jours dans un monastère sous le règne de Justinien. Winckelmann, voulant justifier son opinion sur la conservation des grands principes de l'art à Constantinople, a cité ce manuscrit. « L'une des peintures que l'on » y trouve, dit ce savant dans son *Histoire de l'art de l'an-* » *tiquité*, représente le trône du roi David, et au-dessous » deux danseuses qui sont avec leurs robes retroussées » et qui tiennent des deux mains une draperie flottante » par-dessus la tête. Les figures sont si belles qu'il faut » croire qu'elles sont copiées d'après un ancien ta- » bleau [2]. » Si l'éloge que Winckelmann donne à la peinture est un peu exagéré, son appréciation du caractère des figures subsiste en entier : elles sont bien empreintes du style de l'antiquité. Seulement, on ne doit pas supposer qu'elles sont la copie d'une peinture antique. Si elles étaient seules de ce style, on pourrait admettre cette opinion, mais les miniatures du manuscrit de Dioscorides et d'autres monuments des arts du sixième siècle ne doivent laisser aucun doute sur l'originalité de ces figures de danseuses. Le peintre les a faites dans le style de l'antiquité, parce qu'il était généralement adopté de son temps.

[1] No 699 du Catalogue de cette bibliothèque.
[2] *Histoire de l'art de l'antiquité*, traduit par HUBER; Leipzig, 1781, t. III, p. 270.

Nous devons faire remarquer cependant que Winckelmann s'est trompé quant à l'âge du manuscrit de la Bibliothèque vaticane, qui est du huitième siècle ou du
neuvième et non du sixième ; mais Montfaucon [1] fait
observer que ces miniatures ont été copiées sur un manuscrit plus ancien et très-probablement sur un auto-
graphe de Cosmas. Ces miniatures, en effet, s'éloignent
entièrement du style du neuvième siècle et appartiennent
bien à celui du sixième. Elles peuvent donc, comme
celles de Dioscorides, justifier le caractère général de
l'art à l'époque de Justinien.

Il existe aussi de la même époque plusieurs mosaïques.
Malgré la roideur des contours et des draperies, dont ce
genre de peinture ne peut se défendre entièrement, on
y rencontre une grande simplicité dans la composition,
de la sobriété dans les ornements et de la pureté dans
le dessin. Les plus belles existent encore dans le temple
splendide de Sainte-Sophie de Constantinople, élevé par
Justinien. Les Turcs, après avoir converti l'église
en mosquée, recouvrirent d'une épaisse couche de badigeon toutes les figures chrétiennes exprimées en mosaïque ; mais le sultan ayant prescrit, en 1847, la restauration de Sainte-Sophie, l'architecte Fossati, qui en
fut chargé, profita de cette circonstance pour délivrer
de leur chaux séculaire toutes ces belles productions de
l'art du sixième siècle. Le roi de Prusse ayant eu connaissance du fait, chargea M. de Salzenberg, son architecte, de se transporter à Constantinople pour y relever
le plan de Sainte-Sophie et des autres édifices byzantins

[1] *Collectio nova Patrum et scriptorum Græcorum; præfatio, in
Cosmæ Topograph. christ.*, t. II.

dans lesquels il serait possible de pénétrer, en copier tous les ornements subsistants et dessiner les figures et les sujets exprimés en mosaïque. M de Salzenberg s'est acquitté avec zèle et talent de l'importante mission qui lui était confiée, et dans un excellent ouvrage, publié par les ordres de S. M. le roi de Prusse [1], il a donné, en trente-neuf planches exécutées avec soin, le plan de différentes églises byzantines et les dessins des colonnes, des pilastres, des arcs et des mosaïques de marbre et de verre dont ces monuments sont enrichis. Le temple de Sainte-Sophie fournit à lui seul la matière de vingt-sept planches.

Nous n'avons pas à nous occuper ici des questions d'architecture; en traitant plus loin de l'art de la mosaïque, nous parlerons des ornements des voûtes, du pavé et des moyens matériels de l'exécution; nous voulons seulement examiner maintenant les tableaux et les figures en mosaïque qu'on peut faire remonter à l'époque de Justinien, afin d'en tirer de nouvelles inductions sur le style que les artistes de ce temps avaient adopté.

Dans la demi-coupole du béma (le sanctuaire où s'élevait l'autel) on voit un archange; il porte une longue tunique décorée par le bas d'un orfroi d'or, et, par-dessus, une chlamyde attachée sur l'épaule droite et retroussée sur la main gauche qui tient un globe. Le dessin de cette figure est irréprochable; les plis des vêtements sont largement disposés. Nous avons reproduit cette belle mosaïque dans la planche CXIX de notre Album.

Sur les murs de la nef, au-dessus des arcs sud et nord,

(1) W. SALZENBERG, *Alt-Christliche Baudenkmale von Constantinopel vom V. bis XII. Jahrhundert;* Berlin, 1854.

il existait un riche développement de figures. Les sept niches figurées sous la première rangée des croisées, de chaque côté, contenaient des martyrs et des évêques des premiers siècles ; au-dessus, sur les piliers des fenêtres, on voyait les prophètes. Dans les planches XXVIII et XXIX, M. de Salzenberg a reproduit en couleur six de ces figures ; elles représentent saint Anthime, saint Basile, saint Grégoire le Théologien, saint Denis l'Aréopagite, saint Nicolas et saint Grégoire l'Arménien. Ces figures portent toutes le même costume ecclésiastique blanc, qui laissait peu de carrière à l'imagination de l'artiste ; néanmoins, elles ne présentent aucune roideur malgré leur gravité ; le dessin en est correct et les visages ont de l'expression.

Dans les planches XXX, XXXI et XXXII, M. de Salzenberg a donné les dessins d'un assez grand nombre de figures prises dans différentes parties de l'édifice ; elles témoignent toutes d'un art fort avancé. Le tableau mosaïque le plus important est placé dans le tympan au-dessus de la porte principale du narthex (vestibule qui précède la nef). Nos lecteurs en verront la reproduction dans la planche CXVIII de notre Album. Le Christ est assis sur un trône et bénit, de la main droite, les fidèles qui entrent dans le temple ; de la gauche, il tient le livre des Évangiles. La tête du Sauveur paraît reproduire un type particulier ; elle est empreinte d'une expression de sévérité tempérée par la douceur. Il porte une longue robe blanche enrichie de deux bandes d'or qui s'étendent des épaules jusqu'au bas, et par-dessus, un manteau blanc qui descend de l'épaule gauche et enveloppe le corps. Tous ces vêtements blancs étaient prescrits aux pre-

miers chrétiens par leurs austères principes, afin de
former contraste avec ceux des païens, qui étaient ba-
riolés de différentes couleurs : il n'y a, dans l'église
Sainte-Sophie, que la Vierge Marie qui fasse exception
et dont l'habillement soit en étoffe de couleur. Aux pieds
du Christ est prosterné un empereur (l'empereur Justinien, dit M. de Salzenberg), dont la tête est ornée d'un
diadème que surmonte une croix ; sa robe bleue, enrichie de perles aux bras et aux poignets, est recouverte d'une ample chlamyde en étoffe verdâtre décorée
de dessins d'or. Sur le fond du tableau sont disposés
deux médaillons dans lesquels on a représenté, en
buste, la Vierge et saint Michel : la tête de la Mère du
Christ est d'une beauté tout hellénique et d'une régularité parfaite ; celle de l'archange est sévère et paraît
empruntée à quelque tête antique de l'Apollon Pythien.
Cette magnifique peinture en mosaïque est bien évidemment de la meilleure école byzantine, de celle qui améliora son style, sous l'impulsion de Justinien, par l'étude
des chefs-d'œuvre de la statuaire antique. Mais le souverain prosterné aux pieds du Sauveur ne saurait être
cet empereur. Sur toutes les médailles, de même que
dans la mosaïque de Saint-Vital dont nous allons parler,
Justinien est représenté, comme ses prédécesseurs, avec le
menton rasé, et nous avons là, au contraire, un empereur barbu. Le premier des empereurs byzantins qui ait
porté la barbe fut Phocas (602 † 610) ; mais il répugne
de voir dans ce souverain humblement prosterné aux
pieds du Christ, cet obscur soldat qui, devenu empereur
par la révolte des troupes, fit massacrer le vertueux
Maurice et ses enfants, et ne considéra le pouvoir su-

prême que comme un moyen de donner carrière à ses
débauches et à sa cruauté. Nous y verrions plutôt Héraclius, qui renversa le tyran et fut proclamé empereur
en 610. Vainqueur des Perses, il régna trente années,
durant lesquelles il se signala par son courage, sa justice
et sa piété. Héraclius est représenté sur ses médailles
avec une barbe épaisse et couronné du stemma cruci-
fère, comme est l'empereur dans la mosaïque du narthex de Sainte-Sophie.

On voit encore dans l'église Saint-Vital de Ravenne, sur les murs du sanctuaire en arrière de l'autel,
deux mosaïques où sont représentés, dans l'une, Justinien avec ses officiers, dans l'autre, Théodora avec les
femmes de sa suite ; le saint évêque Maximianus, tenant une croix à la main, est debout auprès de
Justinien. Du Cange, dans son *Histoire des familles
byzantines*, et Ciampini [1] avaient donné des gravures
assez peu fidèles de ces belles mosaïques ; mais M. de
Hefner-Alteneck et la *Revue archéologique* [2] en ont publié des reproductions en couleur qui permettent de les
apprécier. L'église Saint-Apollinaire, à Ravenne, et
la basilique de Saint-Apollinaire in Classe, près de cette
ville, possèdent aussi de belles mosaïques du sixième
siècle qui ont dû être exécutées par des artistes grecs.
Bien que les mosaïques de Ravenne soient inférieures à
celles de Sainte-Sophie de Constantinople, on y reconnait cependant le produit d'une école qui avait conservé
les traditions de l'antiquité et qui s'attachait à la correction du dessin.

[1] *Vetera monimenta*, pars secunda ; Romæ, 1699, p. 72.
[2] *Trachten des Christlichen Mittelalters*, Francfort-Darmstadt,
1840-1854. Taf. 91-92. — *Revue arch.*, t. VII, p. 351.

Si l'on consulte les auteurs du temps de Justinien qui ont traité des arts, on acquiert une nouvelle preuve de la direction que suivaient à cette époque les artistes. Ainsi, la description que donne Procope de la statue équestre de Justinien, élevée dans l'Augustéon, grande place qui s'étendait entre l'église Sainte-Sophie et le palais impérial, ne laisse aucun doute sur le style de cette statue : « Sur un cheval de bronze s'élève la » statue colossale de l'empereur, aussi de bronze, et » remarquable par son costume qui est celui d'Achille; » ses brodequins ne couvrent pas le talon, sa cui- » rasse est celle que portent les héros [1]. » L'auteur de la statue de Justinien s'était donc efforcé de donner à son œuvre le cachet de l'antiquité. Dans un autre passage, Procope, après avoir rapporté que Justinien avait fait faire, sur le bord de la mer, auprès des thermes d'Arcadius, une place enrichie de colonnes de marbre au bas de laquelle se rangeaient les vaisseaux, ajoute : « Le sol est orné d'une quantité de statues de bronze et » de marbre qui sont toutes si bien travaillées, qu'on les » croirait sorties des mains de Phidias, de Lysippe ou de » Praxitèle [2]. » Il faut certainement faire la part de l'exagération de l'historien, qui veut exalter les travaux que son souverain a fait faire et l'habileté des statuaires de son temps; mais il ressort encore de ce passage une nouvelle preuve de la direction que suivaient ces artistes et des efforts qu'ils faisaient pour arriver à l'imitation des plus belles œuvres de l'antiquité qui leur servaient d'enseignement.

[1] Procopius, *De œdificiis*, l. I, c. 11; Bonnæ, t. III, p. 182.
[2] *Idem*, t. III, p. 205.

C'est donc à tort qu'on a cru devoir faire remonter
au règne de Justinien l'adoption de ce style auquel on
a donné le nom de byzantin, et qui est caractérisé par
des formes pauvres et allongées, l'absence de mouvement, l'incorrection et le manque de science dans les
attaches et le modelé, un travail mesquin et un grand
luxe dans les vêtements, dont les plis sont droits et
parallèles. Ce style a pris naissance en Occident, au
dixième siècle, à l'époque de l'anéantissement de l'art,
et n'a rien de commun avec les productions byzantines;
nous aurons souvent l'occasion de le faire remarquer.

Les successeurs de Justinien, pendant plus de cent
années, suivirent l'exemple de ce prince et enrichirent
Constantinople de monuments remarquables, parmi lesquels on doit citer principalement le chrysotriclinium,
ou triclinium d'or, salle du trône du grand palais
impérial [1], qui fut édifié par Justin II [2]; le palais
Sophinien, construit par le même empereur hors des
murs de la ville [3]; les thermes de Blaquernes, élevés
par l'empereur Tibère [4]; le grand triclinium de Justinien, annexé au grand palais par Justinien Rhinotmète [5]; et un grand nombre de belles églises [6].
La sculpture dut être employée tout au moins dans la
décoration des palais, car elle était fort en faveur durant toute cette période. Les historiens signalent en

[1] LUITPRANDI *Antapodosis*, lib. V, § 21, ap. PERTZ, *Monum. Germaniæ historica*, t. V, p. 333.
[2] DU CANGE, *Constantinop. christiana*, lib. II, p. 3.
[3] *Idem*, lib. IV, p. 119.
[4] ZONARAS, *Compend. histor.*; Basileæ, 1757, p. 59.
[5] JULES LABARTE, *le Palais impérial de Constantinople*; Paris, 1860,
p. 81 et 179.
[6] DU CANGE, *Const. christ.*, lib. III et IV.

effet de nombreuses productions de la statuaire. Entre
autres grands ouvrages, on peut citer les statues élevées
sur des colonnes dans le port Sophie par Justin II [1];
celle de son successeur Tibère érigée dans la Chalcé [2];
le groupe de l'empereur Maurice, de sa femme et de ses
enfants élevant les mains vers une image du Christ [3];
la statue de Phocas et celle de Justinien II à genoux.

Nous croyons pouvoir attribuer à l'école qui se forma
à Constantinople sous Justinien, quelques pièces d'ivoire
sculpté qui nous sont parvenues. La première est une feuille
de diptyque qui appartient au British Museum (l'autre
feuille a malheureusement disparu). Elle reproduit un
ange debout, placé sous une arcade soutenue par deux
colonnes d'ordre corinthien et dont le tympan est décoré
d'une sorte de coquille dans le genre de celle que l'on
remarque dans le diptyque du consul Anastasius décrit
plus haut. Le ministre de Dieu, représenté sous la figure
d'un beau et viril jeune homme, est vêtu d'une tunique
talaire et d'un ample manteau, supérieurement drapé,
qui descend des épaules et enveloppe le corps; ses pieds
sont chaussés du cothurne antique; de la main droite il
tient le globe surmonté de la croix qu'on voit très-fré-
quemment dans la main des empereurs byzantins; de
la gauche, il s'appuie sur un long sceptre, dans l'attitude d'un guerrier sur sa lance. Une inscription grecque
était répartie au-dessus des figures dans les deux feuilles
du diptyque. La moitié de cette inscription, gravée
en relief dans un cartouche au-dessus de la tête de

[1] Anonymi *Antiq. Constant.;* ap. Banduri, *Imperium orientale,*
lib. III, p. 45.
[2] Anonymi *Antiq. Constant.;* ap. Banduri, *Imp. orientale,* lib. I, p. 7.
[3] *Idem,* lib. I; ap. Banduri, p. 8.

l'ange, n'a plus qu'un sens énigmatique : ΔΕΧΟΥ ΠΑ-
ΡΟΝΤΑ ΚΑΙ ΜΑΘΩΝ ΤΗΝ ΑΙΤΙΑΝ. « Reçois l'objet
» que voici et apprenant la cause..... » L'ange n'offrait-
il pas le globe à un empereur représenté sur l'autre
feuille du diptyque? La seconde moitié de l'inscription
aurait donné l'explication du sujet [1].

Cette figure d'ange, quoique un peu courte, est d'un
dessin correct et d'un beau caractère ; l'artiste qui l'a
sculptée s'est évidemment inspiré d'une statue héroïque
de l'antiquité qu'il avait sous les yeux ; elle nous paraît
donc avoir été faite à une époque où les artistes byzantins cherchaient à imiter les belles productions de la statuaire antique exposées en si grand nombre à Constantinople, et c'est ce qui nous engage à en placer l'exécution
au temps de Justinien, bien que sous certains rapports
on puisse lui donner une date un peu plus ancienne.

La seconde pièce que nous signalons est un haut-relief qui décore la couverture d'un manuscrit du onzième
siècle appartenant à la Bibliothèque impériale de Paris [2]. Trois scènes y sont reproduites : en haut, l'Annonciation ; au centre, l'Adoration des Mages ; dans le
bas du tableau, le Massacre des Innocents. La Vierge
est drapée comme une matrone romaine ; l'ange, dans
le sujet de l'Annonciation, est vêtu, porte de grandes

---

[1] Cet ivoire a été moulé par la Société Arundel de Londres,
classe III, *a*, du Catalogue de M. Oldfield déjà cité ; il a été gravé par
M. Gaucherel, et publié dans les *Annales archéologiques*, t. XVIII,
p. 33. Nous en donnons la reproduction dans la planche IV de notre
Album, d'après une photographie.

[2] Ms. suppl. latin, n° 664, petit in-f° provenant de l'église de Metz.
Nous donnons la reproduction de cette pièce dans la planche V de notre
Album, d'après une photographie.

ailes et tient ce long sceptre qu'on voit toujours à la main des anges dans les mosaïques de Sainte-Sophie. Dans le sujet de l'Adoration des Mages, la Vierge est assise auprès d'un portique à colonnes, copié sur un monument antique. La plaque d'ivoire est encadrée dans une bordure de ceps de vigne feuillus, chargés de raisins, système d'ornementation que nous avons déjà signalé dans la cathédra de saint Maximianus, appartenant à la cathédrale de Ravenne.

Malgré la petite proportion des figures, on rencontre dans cette charmante sculpture tous les principes du haut style; la pureté du dessin, la justesse des mouvements, la variété des attitudes, l'ampleur et l'élégance des draperies, tout dénote dans son auteur un artiste qui avait dirigé ses études vers les belles œuvres de l'antiquité et qui y avait puisé ses inspirations.

On peut rattacher à la même école, quoique étant d'une époque un peu moins ancienne, deux plaques d'ivoire appartenant au trésor de la cathédrale de Milan [1]. Nous reproduisons la première de ces deux plaques dans la planche VI de notre Album. L'agneau nimbé qui en occupe le centre est exécuté en or, les filets d'or qui tracent le dessin de la toison cloisonnent de l'émail rouge. La seconde des deux plaques a reçu les mêmes dispositions. Une croix d'or gemmée est fixée au centre, au-dessous d'une porte garnie de rideaux. La scène de l'Adoration des Mages et les symboles de saint Marc et de saint Jean se voient au haut du tableau; dans le

(1) Elles ont été publiées parmi les moulages de la Société Arundel de Londres; la photographie de l'une des deux se trouve en tête des *Notices of sculpture in ivory* de M. Wyatt, qui précèdent le Catalogue de ces moulages publié par M. E. Oldfield.

bas, l'artiste a placé les figures des deux Évangélistes et la scène de l'eau changée en vin. Les sujets des six bas-reliefs qui garnissent les côtés sont également tirés de l'Évangile.

La sagesse des compositions, la pose et le costume des personnages, le beau jet des draperies, les détails d'ornementation, tout dans ces deux plaques indique chez leur auteur l'étude des œuvres de l'antiquité.

On remarquera que le massacre des Innocents est reproduit de la même manière dans l'ivoire de Milan et dans le bas-relief de la Bibliothèque impériale de Paris. Les enfants ne sont pas frappés par le fer des soldats d'Hérode; mais, saisis par les pieds, ils sont lancés contre la terre.

Le style de l'école fondée sous Justinien dut se perpétuer après la mort de ce prince (565), durant le sixième et le septième siècle.

La fin du septième siècle et le commencement du huitième n'offrent qu'une série de crimes et de violences dans l'empire d'Orient; les empereurs qui se succèdent à de très-courts intervalles, sont mutilés ou périssent de mort violente. C'est cependant à cette époque désastreuse que Justinien Rhinotmète, à l'exemple du grand empereur dont il portait le nom, éleva de splendides monuments. Le luxe de Constantinople, que les révolutions intérieures n'avaient pu éteindre, prêtait d'ailleurs aux artistes un aliment sans cesse renaissant.

Mais un prince dont le règne avait commencé glorieusement par la destruction de la flotte sarrasine qui assiégeait Constantinople, allait porter aux arts un coup funeste et inscrire des artistes au rang des martyrs.

III.

De Léon l'Isaurien (717) à Michel III (842).

Léon, fils d'un pauvre paysan de l'Isaurie, parvenu de grade en grade à celui de maître de la milice, s'était emparé de la couronne impériale en 717, après avoir déposé Théodose III. Bientôt il voulut devenir le chef de la religion, et, en 726, il rendit un édit par lequel il ordonnait de mettre en pièces les images de Jésus-Christ, de la Vierge et des saints, prétendant qu'on devait les considérer comme des idoles auxquelles on rendait des honneurs dont Dieu était jaloux. Une grande quantité d'objets d'art, statues, bas-reliefs, peintures, mosaïques, furent détruits par les satellites de l'Isaurien, et les chrétiens restés fidèles au culte des images eurent à subir une cruelle persécution.

En 754, un concile convoqué par Constantin Copronyme, fils de Léon, condamna de nouveau les images et frappa d'anathème ceux qui les honoraient. Le concile faisait défense aux artistes de représenter aucune figure religieuse sur la toile, le bois, la pierre, le marbre, l'or ou le cuivre, sous peine d'excommunication, sans préjudice des châtiments portés par les lois impériales.

Sauf quelques années durant lesquelles l'impératrice Irène et Michel Rhangabé firent revivre le culte des images, l'hérésie des iconoclastes dura cent seize ans continus. On comprend facilement quelle funeste influence l'iconomachie dut avoir sur la marche des arts, à une époque où les grands seigneurs et les églises pouvaient seuls procurer aux artistes des éléments de travail.

L'interdiction absolue de reproduire aucun sujet religieux dut restreindre de beaucoup les travaux des artistes
qui s'adonnaient aux arts du dessin. La sculpture ne fut
pas abandonnée cependant, et les auteurs font mention
d'une statue de Léon l'Isaurien placée à la porte Dorée,
et de celle de Constantin V, qui régna avec sa mère
Irène jusqu'en 797.

Le dernier des empereurs iconoclastes, Théophile
(829 † 842), fut un grand amateur des arts. Il fit bâtir
de magnifiques palais dans l'intérieur de Constantinople
et hors de la ville, et dépensa des sommes considérables
pour ajouter de splendides constructions au grand palais
impérial. Le continuateur anonyme de l'historien Théo-
phanes a fourni de curieux détails sur ce sujet [1]. Nous
les avons fait connaître dans la description que nous
avons donnée de ce palais [2].

Quoique fougueux iconoclaste, Théophile était cependant très-religieux, et il fit bâtir de fort belles églises.
Dans les descriptions que les auteurs nous ont transmises
des édifices par lui élevés, les incrustations de marbre
de diverses couleurs, les peintures et les mosaïques de
pierre et de verre occupent la plus grande place. La
sculpture cependant n'était pas entièrement proscrite, et
Théophile, qui ne voulait pas admettre de figures humaines dans les églises, imagina de faire revivre un
genre d'ornementation qui avait été déjà en usage au
sixième siècle, ainsi qu'on le voit par la cathédra d'i-
voire de saint Maximianus, évêque de Ravenne, et de

[1] *Historiæ Byzantinæ scriptores post Theophanem*; Parisiis, 1685,
p. 89.
[2] *Le Palais impérial de Constantinople et ses abords*; Paris, 1861.

composer des sujets dans lesquels il faisait entrer des oiseaux, des animaux de différentes espèces, des fruits et des fleurs [1]. On arriva à produire dans ce genre de travail des ornements d'une grande richesse et d'un style ravissant, qui furent fort en vogue jusque vers la fin du onzième siècle.

Il existe deux pièces d'ivoire byzantines du neuvième siècle ou du commencement du dixième, qui fournissent de beaux exemples de ce genre d'ornementation. La première est la couverture d'un manuscrit ayant pour titre *Liber sacramentorum*, qui existe aujourd'hui dans le trésor de la cathédrale de Monza. Ce beau livre fut donné à l'église de Monza par Béranger, couronné roi d'Italie en 888, et qui fut empereur en 915. Il figure dans l'inventaire de la chapelle de ce prince, découvert et publié par Frisi [2]. Des lions, des oiseaux et des animaux fantastiques se jouent au milieu de fleurons d'une grande élégance. Nous avons fait reproduire cette belle couverture dans la planche VIII de notre Album.

Notre second exemple est emprunté à un très-beau triptyque sculpté intérieurement et extérieurement, qui appartient au Musée du Vatican, et dont la gravure a été publiée dans l'ouvrage de Gori sur les anciens diptyques [3]. La partie centrale à l'extérieur est décorée d'une croix pattée, richement ornementée, qui se détache sur un fond d'un style délicieux et d'une exécution délicate offrant une suite d'enroulements qui renferment

---

[1] Georgii Cedreni *Compendium historiarum;* Parisiis, 1647, t. II, p. 518.

[2] *Memorie storiche di Monza;* Milano, 1794, t. III.

[3] *Thes. vet. diptychorum,* t. III, p. 223, pl. XXV.

alternativement dans leurs replis des oiseaux de formes gracieuses et des fleurs épanouies. Passeri, dans la dissertation qu'il a donnée à l'appui de la gravure fournie par le *Thesaurus diptychorum,* pense que ce bel ivoire peut appartenir à l'époque de Basile II (976 † 1025), parce qu'il trouve de l'analogie entre ses sculptures et les peintures du Ménologe que ce prince fit exécuter et dont la Bibliothèque vaticane est en possession [1]. Les points de ressemblance indiqués par Passeri se rapportent plutôt aux costumes attribués aux personnages par le sculpteur et par le peintre qu'au genre du travail dans les deux ouvrages. Nous pensons qu'on trouve dans la sculpture du triptyque un style plus ferme et plus sévère et un dessin plus correct que dans les peintures de l'époque de Basile II, et qu'il faut faire remonter ce bel ivoire au temps de Basile le Macédonien ou tout au moins aux premières années du dixième siècle.

IV.

De Michel III (842) à la fin du dixième siècle.

Aussitôt après la mort de Théophile (842), l'impératrice Théodora, mère et tutrice de son fils Michel III, fit rétablir le culte des images et ouvrir les prisons aux artistes accusés d'avoir reproduit des sujets religieux contrairement aux lois impériales. On comprend que cette heureuse révolution dut imprimer aux arts une grande impulsion, puisqu'il fallait reproduire les images effacées et brisées depuis plus de cent années dans toutes les églises. Michel III, malgré ses dissipations et

[1] *Menologium Græcorum...;* Ms. publié à Urbino, 1727.

ses vices, restaura plusieurs églises [1] et les enrichit de pièces d'orfévrerie élégantes [2]; mais le prince qui allait lui succéder devait faire plus encore et mériter le titre de restaurateur des arts.

Basile, sorti d'une obscure condition, était venu chercher fortune à Constantinople. L'adresse qu'il avait déployée à dompter un magnifique cheval arabe qui appartenait à Michel III lui procura la faveur de ce prince, qui le nomma son premier écuyer. Il sut bientôt exercer une telle influence sur l'empereur et le dominer à tel point, que celui-ci associa Basile à la couronne et le déclara Auguste (866). Peu de temps après, Basile ayant appris que Michel avait résolu sa perte, la prévint en le faisant tuer à la suite d'une orgie.

Si Basile était parvenu au trône par des bassesses et par un crime, il sut, une fois empereur, déployer de grandes vertus et acquérir une gloire bien méritée. Par des impôts sagement répartis, il rétablit les finances et fit renaître la richesse dans l'empire. Il reconstitua l'administration et organisa une formidable armée avec laquelle, toujours invincible, il chassa les Sarrasins des côtes de l'Italie et les poursuivit en personne jusqu'au delà de l'Euphrate. La paix étant rendue à l'empire, son économie lui ménagea des fonds pour exécuter de grands ouvrages. Il éleva de riches palais, bâtit de magnifiques églises et en répara plus de cent, tant à Constantinople que dans les provinces [3].

(1) Codin., *De œdific.*; Bonnæ, p. 80. — Du Cange, *Const. christ.*, pass.
(2) Leontii Byzantini *Chronographia;* ap. *Historiæ Byzant. scriptores post Theophanem*, lib. IV, § 45; Bonnæ, p. 210.
(3) Constantinus imp., *Historia de vita et rebus gestis Basilii imp.*; ap. *Script. post Theophanem*, § 78 et seq.; Bonnæ, p. 321 et seq.

Les artistes trouvèrent dans la décoration de ces édifices d'importants travaux à exécuter : le règne de Basile le Macédonien eut donc une grande influence sur la marche de l'art dans l'empire byzantin, et en fut certainement une des grandes époques.

Les monuments des arts du dessin qui nous restent encore de ce temps sont malheureusement fort rares. Nous signalons la décoration en mosaïque de l'intrados du grand arc occidental dans l'église Sainte-Sophie ; le magnifique manuscrit des Discours de saint Grégoire de Nazianze, appartenant à la Bibliothèque impériale de Paris, qui fut exécuté pour Basile lui-même [1], et un autre beau manuscrit de cette Bibliothèque [2] que Montfaucon regardait comme ayant été écrit au commencement du dixième siècle, mais qui appartient par ses peintures à l'école de la fin du neuvième.

Les mosaïques de l'arc occidental qui porte la coupole de Sainte-Sophie ne peuvent être du temps de Justinien. Constantin Porphyrogénète, dans la vie qu'il a laissée de son aïeul l'empereur Basile, dit positivement que celui-ci fit restaurer ce grand arc, qui s'était disjoint et menaçait ruine, et qu'il y fit reproduire l'image de la Mère de Dieu tenant son Fils, et, à ses côtés, celles des saints apôtres Pierre et Paul [3]. Ces belles mosaïques, malheureusement très-détériorées, ont été débarrassées du badigeon qui les recouvrait lors de la restauration du temple de Sainte-Sophie, dont nous

---

[1] Biblioth. imp. de Paris, ms. gr., n°·510, décrit par MONTFAUCON, *Palæographia græca*, lib. III, c. VIII, p. 250.

[2] Ms. gr., n° 139, ancien 1878.

[3] CONSTANTINUS IMP., *Hist. de vita et rebus gestis Basilii imp.*, § 79 ; Bonnæ, p. 322. — DU CANGE, *Constantinopolis christ.*, lib. III, § 30.

avons parlé plus haut, et ont reparu·au jour telles
que Constantin Porphyrogénète les a décrites; M. de Salzenberg en a donné la gravure dans la planche XXXII
de son bel ouvrage [1]. Le buste de la Vierge, celui de
saint Pierre et la figure entière de saint Paul, sauf le
visage, ont échappé à la destruction. Le dessin de ces
figures est très-correct, les plis des vêtements sont sagement disposés, les poses sont tranquilles sans roideur.
La tête de la Vierge est très-régulière et offre un aspect
d'austérité et de pureté virginale dont le type reparaît
dans les œuvres plus modernes de l'école byzantine ;
mais ce type s'éloigne déjà du caractère tout hellénique
que nous avons signalé dans la tête de Vierge que renferme l'un des médaillons de la grande mosaïque de la
porte du narthex. Du reste, la Vierge du grand arc
porte sous son voile cette espèce de·turban fort ancien
que l'on voit sur la tête de Galla Placidia dans le
diptyque de Monza [2]. La tête de saint Pierre, dont la
dimension est d'environ soixante-trois centimètres, est
vigoureuse et expressive.

Le manuscrit des Discours de saint Grégoire de Nazianze, qui contient plus de quarante miniatures, présente des sujets très-variés. En tête du volume sont cinq
grandes miniatures qui occupent toute la hauteur de la
page. Les plus remarquables reproduisent le Christ sur
un trône; l'impératrice Eudoxie et ses deux fils, Léon
et Alexandre [3]; et l'empereur Basile. Celle qui représente l'empereur est malheureusement fort endommagée.

[1] *Alt-Christliche Baudenkmale von Constantinopel*, s. 30.
[2] Voyez plus haut p. 25, et notre planche II.
[3] Du Cange, dans son *Historia Byzantina*, p. 139, en a donné la
gravure.

Dans les autres·peintures, on trouve différents costumes
de l'empereur, de l'impératrice et de leurs enfants, ceux
des ecclésiastiques, des soldats et des gens du peuple,
et encore, des palais, des maisons, des trônes, des lits,
des armes et des vases. Ces reproductions d'objets contemporains offrent déjà un bien vif intérêt, mais ce
n'est pas sous ce rapport que nous avons, quant à présent, à examiner ces peintures. Nous en avons fait
reproduire une dans la planche LXXXI de notre Album.

Le second manuscrit que nous avons cité est un psautier enrichi de nombreuses miniatures d'une grande dimension [1]. L'artiste qui les a peintes a personnifié
dans ses compositions à la manière antique, la Mélodie,
la Valeur, le Courage, la Nuit, l'Aurore, la Sagesse, la
Prophétie. Malgré l'incorrection du dessin qui se laisse
voir trop souvent, on reconnaît dans la manière de
grouper les personnages, dans le caractère des têtes et
dans le jet des draperies, le travail d'un artiste qui cherchait uniquement ses modèles dans les œuvres des anciens. Nous donnons dans la planche LXXXII de notre
Album la reproduction de l'une de ces miniatures, où
David est représenté entre la Sagesse et la Prophétie.

L'examen des mosaïques et des peintures que nous
venons de signaler nous fournit la preuve que c'est
encore dans les traditions de l'antiquité que les artistes,
après la destruction de l'hérésie des iconoclastes, ont
cherché leurs inspirations en appliquant les moyens

[1] MONTFAUCON, *Palæographia græca*, p. 11, donne la description
du manuscrit et la gravure de l'une des miniatures représentant le prophète Isaïe qui reçoit ses inspirations du ciel pendant la nuit. On trouvera la même miniature reproduite en couleur dans *le Moyen âge et la
Renaissance*, t. II, article *Peinture des manuscrits*.

de l'art païen à la reproduction des sujets chrétiens.
Lorsqu'ils ne sont pas gênés par la représentation d'un
costume officiel, comme dans les portraits de l'impératrice Eudoxie et de ses deux fils, ils savent donner
de l'ampleur aux vêtements et bien disposer les draperies [1] ; les têtes sont bien dessinées et expressives ;
elles sont parfois cependant un peu trop grosses, ce
qui donne de la lourdeur à l'ensemble. La perspective
est ordinairement très-vicieuse.

On voit qu'en cherchant à déterminer le style et
le caractère des œuvres des artistes qui surgirent après
le rétablissement du culte des images, nous n'avons
puisé d'exemples que dans les œuvres de plate peinture ;
c'est qu'aucune pièce de sculpture remontant au règne
de Basile, avec une date certaine, n'est venue jusqu'à
nous. La statuaire, qui avait été le principal instrument
du culte païen, fut toujours repoussée des églises grecques ; et, dans les descriptions qui nous sont restées
des temples élevés par les empereurs à l'époque dont
nous nous occupons et bien au delà, on ne trouve
aucune mention de figures de ronde-bosse placées à
l'intérieur. Après la destruction de l'hérésie des iconoclastes, les orthodoxes craignirent sans doute de heur-
ter trop violemment les opinions d'un grand nombre
de dissidents ; ils ne relevèrent pas les statues du Christ,
de la Vierge et des saints, et il est même à croire
que pendant plusieurs siècles on n'exécuta aucun
grand bas-relief à sujet de sainteté sur la pierre ou
le marbre. C'est ainsi que l'impératrice Irène se con-

---

(1) On peut voir la gravure de la consécration d'un évêque dans le
Moyen âge et la Renaissance, t. II, *Peinture des manuscrits*, pl. VI.

tenta de remplacer par une figure en mosaïque la statue de bronze du Christ que Constantin le Grand avait
érigée dans la Chalcé, et qui avait été renversée par
Léon l'Isaurien [1]. Les bas-reliefs ne se produisirent
plus que dans de petites proportions sur les instruments du culte, les plaques d'ivoire, les pièces d'orfévrerie et les meubles à l'usage de la vie privée. La
décoration des églises consistait en beaux marbres de
diverses couleurs, découpés sous différentes formes et
présentant des dessins d'une grande élégance, en peintures et surtout en mosaïques.

Le goût, pour ce genre d'ornementation, devint dominant et s'étendit jusqu'aux palais, qui furent décorés
dans le même style. Constantin Porphyrogénète, dans
la vie de l'empereur Basile, a donné la description
de plusieurs édifices bâtis par son aïeul; nous allons
lui emprunter la description d'une église qui reçut le
nom de Nouvelle-Église-Basilique, et celle d'un corps
de logis ajouté au chrysotriclinium pour le logement de
l'empereur, afin de faire bien apprécier le système de
décoration adopté à cette époque, où une grande impulsion fut donnée aux arts dans l'empire byzantin.
Nous avons complété la description donnée par Constantin de la Nouvelle-Basilique avec celle qui a été écrite
par le patriarche Photius.

Constantin commence ainsi. « Comme témoignage
» de sa gratitude envers Notre-Seigneur Jésus-Christ et
» saint Gabriel, chef des milices célestes, et envers le zélé
» serviteur de Dieu, Élie Thesbite, qui avait annoncé à

---

[1] ANONYMI *Antiq. Constant.*. ap. BANDURI, *Imperium orientale*, t. I,
p. 9.

» la mère de l'empereur l'élévation de son fils au trône,
» afin d'éterniser leur nom et leur souvenir, comme aussi
» celui de la Mère de Dieu et de cet illustre prélat, saint
» Nicolas, Basile éleva une église (la Nouvelle-Église-
» Basilique) d'une beauté divine, à l'édification de la-
» quelle concoururent l'art, la richesse, la foi fervente
» et le zèle le plus ardent, et où se concentrèrent tant de
» perfections rassemblées de toutes parts qu'il faut les
» avoir vues pour y croire. Cette église, il la présenta au
» Christ, son immortel époux, comme une fiancée toute
» parée et embellie par les perles fines, l'or, l'éclat de
» l'argent, les marbres chatoyants aux mille-nuances,
» les mosaïques et les tissus de soie [1].

» A l'occident, dans l'atrium même de l'église, se trou-
» vent deux fontaines, l'une du côté du sud, l'autre du
» côté du nord. L'exécution de ces fontaines, où l'excel-
» lence de l'art s'unit à la richesse de la matière, témoigne
» de la magnificence de celui qui les fit élever. La première
» est faite de ce marbre d'Égypte que nous sommes dans
» l'usage d'appeler marbre romain. Autour on voit des
» dragons admirablement traités par l'art du sculpteur [2].

[1] CONSTANTINI IMP. *Historia de vita et rebus gestis Basilii imp.;* ap. *Script. post Theoph.;* Parisiis, p. 200; Bonnæ, p. 325.

[2] Constantin se sert ici du terme λιθοξόος, qui désigne celui qui taille ou qui polit la pierre, le marbrier et non pas le sculpteur, γλυφεύς, qui taille ou qui jette en fonte des statues. Henri Étienne, dans son *Thesaurus Græcæ linguæ,* définit ainsi le λιθοξόος, *qui lapides et marmora radenda polit ut apte coagmentari possint..... hi non statuas perficiebant, sed marmora et lapides expoliebant.* Il est vrai que le lexicographe ajoute : *Subinde utramque artem unus homo exercebat,* mais il est à croire qu'on n'a donné au sculpteur le nom de λιθοξόος qu'à une époque où le sculpteur, ne taillant plus de figures de ronde-bosse, se bornait à fouiller légèrement le marbre ou à gratter l'ivoire pour produire des reliefs de peu de saillie.

» Au milieu se dresse une pomme de pin percée à
» jour ; tout autour sont rangées, comme des dan-
» seuses en rond, des colonnettes creusées à l'intérieur
» et surmontées d'une corniche. L'eau s'élançait en
» jet de la pomme de pin et des colonnettes dans le
» fond du bassin et arrosait tout ce qui se trouvait au-
» dessous. La fontaine du nord est faite de la pierre dite
» sagarienne, qui ressemble à celle que d'autres appellent
» ostrite, et elle a aussi une pomme de pin de marbre
» blanc qui s'élève tout à fait au milieu et qui est percée
» de trous. Sur la corniche qui borde le sommet du
» bassin, l'artiste a placé des coqs, des boucs et des
» béliers de bronze qui lancent par des tuyaux et vo-
» missent, si je puis parler ainsi, de l'eau dans le fond
» du bassin [1].

» Les portiques extérieurs de l'église sont décorés
» avec une grande magnificence. Les tablettes de marbre
» blanc qui en forment le revêtement brillent d'un éclat
» enchanteur et présentent à l'œil comme un tout ho-
» mogène, car la délicatesse de l'agencement dissimule
» la juxtaposition des pièces et la jonction des côtés, et
» fait croire à une seule pierre qui serait sillonnée de
» lignes droites ; c'est une séduisante nouveauté, qui tient
» enchaînée l'imagination du spectateur. Sa vue en est
» tellement charmée et s'y attache à un tel point, qu'il
» n'ose s'avancer vers l'intérieur [2].

» L'or et l'argent se partagent presque tout l'intérieur
» de l'église. Tantôt ces métaux sont appliqués sur le

[1] Constant. imp. Hist. de vita Basilii; Paris., p. 201; Bonnæ,
p. 327.

[2] Photii Novæ eccl. descr.; Bonnæ, 1843, p. 197.

» verre des mosaïques, tantôt ils sont étendus en pla-
» ques, tantôt ils entrent en composition avec d'autres
» matières. Les parties de l'église que l'or n'enchâsse
» pas, ou que l'argent n'a pas envahies, trouvent leur
» ornementation dans un curieux travail de marbre de
» diverses couleurs. [1] Les murs à droite et à gauche
» en sont revêtus. La clôture [2] qui sert de fermeture
» au sanctuaire, les colonnes qui s'élèvent au-dessus et
» l'architrave qui les unit, les siéges disposés à l'intérieur,
» les marches qui y conduisent et les tables saintes [3],
» tout est d'argent doré rehaussé de pierres précieuses et
» de perles de la plus belle eau [4]. Quant à l'autel sur
» lequel se célèbre le saint sacrifice, il est d'une compo-
» sition plus précieuse que l'or. Le ciborium qui s'élève
» au-dessus, ainsi que ses colonnes, est aussi d'argent
» doré [5].

[1] Photii *Novæ eccl. descr.*, p. 198.

[2] Dans les églises grecques, l'autel unique sur lequel se faisait le saint sacrifice, était séparé du chœur par une clôture plus ou moins impénétrable qui se composait ordinairement d'un soubassement surmonté de colonnes unies entre elles par une architrave; trois portes étaient ouvertes dans cette clôture, dont l'ornementation était en général très-riche. On donnait à cette construction le nom de κιγκλίς, et l'on se servait plus généralement pour la désigner, du pluriel κιγκλίδες, en latin *cancelli*.

[3] Dans le sanctuaire des églises grecques, il y avait trois tables : l'autel au centre, sur lequel était offert le divin sacrifice de la messe; à gauche, une table qui avait le nom de πρόθεσις, table des propositions, pour déposer le pain, et à droite une autre table, nommée διακονικόν, pour le service du culte; on y déposait les offrandes et les livres saints. (Voyez Goar, Εὐχολόγιον sive *Rituale Græcorum*; Lutet. Paris., 1647.) Constantin en parlant des trois tables, les désigne sous le nom de ἱεραὶ τράπεζαι; quand Photius parle de l'autel, il le désigne sous le nom de θεία τράπεζα.

[4] Const. imp. *Historia de vita Basilii*, loc. cit.

[5] Photii *Novæ eccl. descr.*, p. 198.

» Le sol semble recouvert de brocarts de soie et de
» tapis de pourpre, tellement il est embelli par les mille
» nuances des plaques de marbre dont il est formé, par
» l'aspect varié des bandes de mosaïque dont ces plaques
» sont bordées, par l'agencement délicat des comparti-
» ments, par la grâce, en un mot, qui règne dans tout
» ce travail [1]. On y a représenté des animaux et mille
» choses les plus diverses [2].

» La voûte du temple, composée de cinq coupoles,
» resplendit d'or et de figures comme le firmament
» d'étoiles [3]. On a reproduit dans la coupole princi-
» pale la forme humaine du Christ, rendue par une mo-
» saïque pleine d'éclat. Vous diriez que Notre-Seigneur
» embrasse le monde dans ses regards et qu'il en médite
» l'ordonnance et le gouvernement, tant l'artiste, in-
» spiré par son sujet, a mis d'exactitude à rendre par les
» formes et par les couleurs la sollicitude du Créateur
» pour sa créature! Dans les compartiments circulaires,
» on voit une troupe d'anges rangés autour de leur
» maître commun. Dans l'abside qui s'élève derrière le
» sanctuaire, rayonne la figure de la sainte Vierge éten-
» dant ses mains immaculées sur nous et intercédant
» pour le salut de l'empereur et pour son triomphe sur
» ses ennemis. Un chœur d'apôtres, de martyrs, de
» prophètes et de patriarches, remplit et embellit l'église
» entière [4]. Le toit en dehors est revêtu de plaques de
» bronze semblable à l'or [5].

[1] Const. imp. *Hist. de vita Basilii*, loc. cit., § 84.
[2] Photii *Novæ eccl. descript.*, p. 198.
[3] Const. imp. *Vita Basilii*, loc. cit.
[4] Photii *Novæ eccl. descript.*, p. 199.
[5] Const. imp. *Vita Basilii*, lib. V, § 84; Bonnæ, p. 326.

» Tel est ce temple, dont l'ornementation intérieure,
» autant qu'il est possible de peindre de grandes choses
» en peu de mots, éblouit les regards et frappe l'ima-
» gination [1]. »

Quant au corps de logis ajouté au chrysotriclinium par
l'empereur Basile, Constantin en fait ainsi la description :
« Cette construction nouvelle, qui a reçu le nom de
» Cénourgion et dont l'édification est due tout entière à
» l'empereur, ne frappe-t-elle pas tous les spectateurs
» d'admiration? Elle est soutenue par seize colonnes,
» disposées à intervalles égaux, dont huit de marbre
» vert de Thessalie et six d'onychite; toutes ont été
» couvertes d'ornements par le sculpteur, et historiées
» de ceps de vigne, au milieu desquels se jouent des
» animaux de toute espèce. Les deux dernières sont
» d'onychite aussi, mais elles n'ont pas été traitées de la
» même manière par l'artiste, qui en a enrichi la surface
» de stries obliques. Dans tout ce travail, on a cherché
» dans la variété de la forme un surcroît de plaisir pour
» les yeux. Toute la salle, depuis le dessus des colonnes
» jusqu'à la voûte, est ornée, ainsi que la coupole orien-
» tale, d'une mosaïque de toute beauté où se trouve re-
» présenté l'ordonnateur de l'ouvrage trônant au milieu
» des généraux qui ont partagé les fatigues de ses cam-
» pagnes; ceux-ci lui présentent comme offrande les
» villes qu'il a prises. Immédiatement au-dessus, sur la
» voûte, on a reproduit les faits d'armes herculéens de
» l'empereur, ses grands travaux pour le bonheur de ses
» sujets, ses efforts sur les champs de bataille et ses vic-
» toires octroyées par Dieu.

[1] Const. imp., loc. cit., § 85; Bonnæ, p. 327.

» La chambre à coucher, édifiée par le même em-
» pereur, est un véritable chef-d'œuvre de l'art. Sur
» le sol, tout à fait au milieu, s'étale un paon, résultat
» d'un beau travail de mosaïque. L'oiseau de Médie
» est renfermé dans un cercle de marbre de Carie;
» les rayons de cette pierre se projettent de manière à
» former un autre cercle plus grand. En dehors de ce
» second cercle sont ce que j'appellerai des ruisseaux de
» marbre vert de Thessalie, qui se répandent dans le
» sens des quatre angles de la pièce. Dans les quatre
» espaces formés par ces ruisseaux, sont quatre aigles
» rendus avec tant de vérité qu'on les croirait vivants et
» près de s'envoler. Les murs de tous côtés sont revêtus
» (par le bas) de tablettes de verre de différentes cou-
» leurs [1], qui reproduisent des fleurs variées. Au-
» dessus, un travail différent dont l'or fait le fond, sépare
» l'ornementation de la partie inférieure de la salle d'avec
» celle de la partie supérieure. On trouve dans cette
» partie un autre travail de mosaïque, à fond d'or, re-
» présentant l'auguste ordonnateur de l'œuvre sur son
» trône et l'impératrice Eudoxie, revêtus de leur cos-
» tume impérial et la couronne en tête. Leurs enfants
» sont représentés tout autour de la salle, portant eux
» aussi leurs vêtements impériaux et leurs couronnes. Les
» jeunes princes tiennent à la main des livres contenant
» les divins préceptes dans la pratique desquels ils ont été
» élevés; les jeunes princesses tiennent aussi des livres
» semblables. L'artiste a voulu peut-être donner à en-
» tendre que non-seulement les enfants mâles, mais ceux
» de l'autre sexe, ont été initiés dans les lettres saintes et

(1) Sans doute les cubes de verre qui composent les mosaïques.

» ont pris part aux enseignements de la sagesse divine,
» et que l'auteur de leurs jours, quoiqu'il n'ait pas pu,
» à cause des vicissitudes de sa vie, s'adonner aux lettres
» de bonne heure, a voulu néanmoins que ses rejetons
» fussent instruits, et a tenu aussi à ce que même, si
» l'histoire s'en faisait, le fait fût patent pour tous par la
» voie de la peinture. Tels sont les embellissements qui
» se voient sur les quatre murs jusqu'au plafond.

» Ce plafond, de forme carrée, ne s'élève pas en
» hauteur; il est tout resplendissant d'or. On y a re-
» produit au milieu, en verre de couleur verte, la croix
» qui donne la victoire; autour de cette croix, on voit
» des étoiles comme celles qui brillent au firmament, et
» aussi l'auguste empereur, ses enfants et son impériale
» compagne élevant les mains vers Dieu et vers le divin
» symbole de notre salut [1]. »

Ainsi, dans cette Nouvelle-Église-Basilique que Basile avait voulu rendre si riche et si resplendissante, le
seul ouvrage de sculpture qui soit signalé consiste dans
les animaux disposés sur les deux fontaines placées en
dehors de l'entrée du temple; dans le Cénourgion décoré avec tant de soin, il n'y en a aucun. Le marbrier,
le mosaïste et l'orfévre, sont pour ainsi dire les seuls
artistes employés à l'ornementation de ces splendides
édifices; le sculpteur n'y apporte qu'un bien faible con-
tingent. Il faut donc reconnaître que la statuaire était
de tous les arts celui qui avait eu le plus à souffrir de la
persécution suscitée pendant plus de cent ans par les
empereurs iconoclastes, et qu'elle ne se releva jamais

---

[1] CONSTANT. IMP. *Hist. de vita et rebus gestis Basilii imp.*; ap. *Script. post Theoph.*; Paris., p. 204; Bonnæ, p. 332.

dans l'empire d'Orient du coup que lui avait porté l'iconomachie.

L'art n'avait pas péri cependant, et les artistes sculp-teurs trouvèrent durant le triomphe de l'hérésie un aliment de travail dans les petites sculptures portatives; ils multiplièrent dans les diptyques et dans les tableaux à volets de petite proportion, toutes les représentations saintes qui pouvaient ainsi échapper à la proscription. Lorsque la persécution cessa, l'usage en était universel, et c'est dans ces ouvrages, qui sont en assez grand nombre parvenus jusqu'à nous, que nous pouvons en-core étudier l'état de la sculpture dans l'empire d'Orient. Les sculpteurs en ivoire ont laissé des œuvres char-mantes qui viennent démontrer qu'ils auraient pu s'exercer avec avantage sur des pièces d'une plus grande dimension, et que l'école de sculpture byzantine du neuvième siècle était encore une habile et savante école. Nous croyons pouvoir en indiquer quelques produc-tions. La première est un autel domestique d'ivoire qui appartient au Musée du Vatican, et dont la gravure se trouve dans le *Thesaurus diptychorum* de Gori [1]. Dans la partie centrale comme dans les volets, ce triptyque est divisé en deux étages séparés par une bande qui est décorée de médaillons renfermant des bustes de saints, parmi lesquels on distingue saint Étienne le Jeune, qui souffrit le martyre sous Constantin Copronyme (741 † 775), à cause de son attachement au culte des images. Dans la partie centrale supérieure, on voit le Christ assis sur un trône à dossier, semblable à ceux qui

---

[1] T. III, p. 217, pl. XXIV et XXV. Ce triptyque a 0m,26 de hauteur et 0m,165 de largeur dans la partie centrale; les volets ont 0m,083 de largeur.

sont figurés souvent dans le manuscrit des Discours de saint Grégoire de Nazianze. La Vierge, saint Jean et deux anges l'accompagnent. Dans chacun des volets sont placées quatre figures de saints en pied, parmi lesquels saint Théodore Tyron et saint Théodore d'Héraclée. Ces deux guerriers sont revêtus de la cataphracte antique.

La seconde œuvre, qui est loin de valoir la première, est une plaque d'ivoire décorant la couverture d'un manuscrit de la Bibliothèque impériale de Paris (Supplément latin, n° 704), sur laquelle est représenté le Christ, debout sous une arcade que portent de légères colonnettes. Les jolis oiseaux orientaux posés sur l'extrados de l'arcade sont un exemple de ce genre d'ornementation, fort en vogue à Constantinople au neuvième siècle et au dixième [1]. Nous donnons la reproduction de cette sculpture dans la planche VII de notre Album.

En comparant les ivoires que nous venons de signaler avec les mosaïques du grand arc occidental de Sainte-Sophie, et surtout avec les peintures qui ornent le manuscrit des Discours de saint Grégoire de Nazianze, on trouvera entre ces ouvrages une grande analogie de style; les mêmes qualités et les mêmes défauts s'y font sentir. Passeri, en discutant l'âge de l'autel domestique du Musée du Vatican, lui assignait pour date la fin du dixième siècle; les monuments qui restent de cette époque font voir, ainsi que nous aurons occasion de le faire remarquer, qu'alors le style était moins sévère et plus recherché, et que les compositions étaient plus animées.

On peut encore rattacher à l'école byzantine du neu-

_____

[1] Cet ivoire fait partie des moulages de la Société Arundel de Londres, classe V *b* du Catalogue déjà cité.

vième siècle les deux plaques d'ivoire qui recouvrent le livre de prières écrit pour Charles le Chauve, entre les années 846 et 869, qui se trouve aujourd'hui au Musée du Louvre [1], et un coffret d'ivoire sculpté sur toutes ses faces, appartenant au même Musée [2]. Nous reproduisons les deux plats de la couverture du livre dans les planches XXXVIII et XXXIX de notre Album. On remarquera que dans les bas-reliefs d'ivoire tous les personnages représentés portent le costume grec, la courte tunique et la chlamyde agrafée sur l'épaule droite. La composition des sujets, la correction du dessin, la finesse de l'exécution, tout indique dans l'auteur un artiste de la meilleure école byzantine.

Les sculptures du coffret, dont nous reproduisons l'une des faces dans notre planche X, sont moins parfaites que celles des plaques qui ornent la couverture du livre de Charles le Chauve; mais elles doivent être à peu près de la même époque. Le coffret, de forme rectangulaire, est fermé par un couvercle en forme de toit à quatre rampants. Les quatre faces du coffret et du couvercle sont couvertes de bas-reliefs qui tous ont rapport à la naissance du Christ. Tous les personnages portent le costume grec. Dans la scène de l'Annonciation, la Vierge est assise sur un siége que surmonte le ciborium hémisphérique porté par des colonnettes que l'on trouve presque toujours au-dessus du trône des empereurs grecs dans les miniatures byzantines. Les anges reproduits dans plusieurs des

---

[1] Petit in-4° qui provient de l'église de Metz. Il fut donné à Colbert par le chapitre de l'église, et passa des mains de ce ministre dans la Bibliothèque du roi, où il portait le n° 1152.

[2] N° 902 du catalogue de 1853. Ce coffret a 23 centimètres de longueur.

bas-reliefs ont un caractère byzantin très-prononcé. Les figures ont des mouvements justes, les visages beaucoup d'expression, et, bien que l'on puisse reprocher au sculpteur d'avoir fait les mains hors de proportion, l'ensemble est satisfaisant et témoigne en faveur des artistes industriels du neuvième siècle.

Léon le Philosophe (886 † 911), qui succéda à son père Basile, continua à enrichir l'empire de monuments remarquables. Léon le Grammairien cite entre autres la magnifique église qu'il fit bâtir en l'honneur de sa femme Théophanie, qui avait été placée au rang des saints [1]. Le fils de Léon, Constantin Porphyrogénète (911 † 959), sut donner aux arts une impulsion bien plus vive.

Constantin. VII, âgé seulement de six ans à la mort de son père, resta de fait en tutelle pendant trente-trois années. D'abord, son oncle Alexandre se fit empereur, puis sa mère Zoé s'empara du gouvernement de l'État. A l'âge de quinze ans, en 919, il associa à l'empire l'amiral Romain Lécapène, dont il avait épousé la fille. Celui-ci prit en main les rênes de l'État, ne laissant à son gendre que le titre d'empereur. Ce ne fut qu'en 944, lorsque Romain Lécapène eut été détrôné par ses propres enfants, que Constantin commença réellement à régner. Mais il avait employé à l'étude des sciences, des lettres et des arts les trente-trois années durant lesquelles il avait porté la couronne sans exercer le pouvoir souverain. Reconnu pour le plus habile peintre de son temps, il était devenu chef d'école; il dirigeait encore les architectes, les marbriers-mosaïstes, les émailleurs sur or, les orfévres, les ciseleurs sur fer, tous les artistes enfin

---

[1] Leonis Gram. *Chronographia*, cap. III, § 9.

qui produisent ces œuvres que le goût des arts et le luxe mettent en honneur [1].

Constantin ne s'occupait pas uniquement de peinture et l'auteur anonyme qui a écrit sa vie a laissé l'énumération de quelques ouvrages d'orfévrerie et de mosaïque sortis de ses mains [2]. Le même auteur nous apprend que cet empereur avait fait construire pour son fils Romain, dans un style tout nouveau, des palais plus spacieux que ceux des anciens empereurs, et qu'il fit réparer entièrement la salle dite des Dix-Neuf Lits, qui tombait en ruine. Ayant fait enlever le plafond, qui avait fléchi, il en fit construire un autre beaucoup plus riche; « il le décora de panneaux octogones percés de jours et » ornés de figures diverses, gravées en creux et dorées, » reproduisant des rameaux de vigne, des feuilles et des » arbres de différentes sortes [3]. »

On peut conclure des faits que nous ont révélés les historiens, et des monuments des arts du dessin qui sont venus jusqu'à nous, que sous Constantin Porphyrogénète le dessin devint plus correct. Les artistes évitèrent de tomber dans la lourdeur qui se faisait quelquefois remarquer dans les productions du siècle précédent,

---

[1] Λιθοξόους καὶ τίκτονας καὶ χρυσοστίκτας καὶ ἀργυροκόπους καὶ σιδηροκόπους ἐπανώρθου, καὶ πάντα ἐν πᾶσιν ἄριστος ὁ ἄναξ ἀνεφαίνετο. Anonym., *De Constant. Porphyrog.*; apud *Script. post Theoph.*, lib. VI; Paris., p. 281; Bonnæ, p. 450.

[2] *Idem.*

[3] Anonym., *De Constant. Porphyr.*; ap. *Script. post Theoph.*, lib. VI, § 20; Paris., p. 280; Bon., p. 449.

L'auteur se sert du mot διαγλύφοις, que le père Combéfis traduit par *sculptis figuris*; mais διαγλύφειν signifie graver en creux et non pas sculpter en relief, et en l'absence de toute figure de relief dans les constructions impériales de Basile et de Constantin Porphyrogénète, on ne saurait admettre des figures sculptées dans ce plafond.

mais ils perdirent d'un autre côté de la sévérité du style. Ils continuèrent cependant à se maintenir dans une bonne direction; ils apportèrent dans l'ornementation une grande richesse et des détails du meilleur goût et d'une variété infinie; ils se distinguèrent surtout par la délicatesse du travail et le fini de l'exécution. Le style de l'école créée par Constantin Porphyrogénète se continua après la mort de ce prince, sous son fils Romain II, sous Nicéphore Phocas (963 † 969), et sous Jean Zimiscès († 976), vaillants capitaines qui, pendant la minorité des enfants de Romain II, s'étaient, l'un après l'autre, emparés de la couronne. Nicéphore et Zimiscès furent amateurs des arts, et nous aurons à signaler quelques beaux monuments en différents genres, exécutés pendant qu'ils occupaient le trône.

- Les manuscrits byzantins du dixième siècle, enrichis de miniatures, et quelques sculptures en ivoire que nous allons signaler, viennent à l'appui de notre opinion sur l'école byzantine à cette brillante époque.

Nous citerons en première ligne un évangéliaire appartenant à la Bibliothèque impériale de Paris (Ms. n° 64), qui doit être du temps de Constantin Porphyrogénète, et qui fait bien connaître le style de l'ornementation adoptée à cette époque. En tête des Évangiles se trouvent les canons d'Eusèbe [1], écrits sous une suite d'arcades portées par des colonnes marquetées de mosaïques et surmontées de riches chapiteaux. Au-dessus des arcades s'élèvent des pignons à fond d'or couverts de fleurons multicolores et de rosaces entrelacées. On trouve là,

[1] La concordance des quatre Évangiles, rédigée par Eusèbe, évêque de Césarée.

sans doute, un exemple de cette riche ornementation en marbres de couleur et en mosaïque de verre dont Basile le Macédonien et Constantin Porphyrogénète faisaient revêtir les édifices, églises ou palais, qu'ils ont construits. Nous avons fait reproduire l'une de ces arcades dans la planche LXXXIII de notre Album, et nous avons placé sous cette arcade, au lieu du texte d'Eusèbe, les deux figures d'empereurs dont nous allons parler et une figure de la Vierge, qui, toutes trois, sont peintes au folio 11 du livre. En tête de chaque Évangile, on voit une riche vignette où se déploient sur un fond d'or de ravissants fleurons renfermant dans leurs replis capricieux les plus beaux oiseaux et les plus belles fleurs de l'Asie. C'est là certainement la reproduction de quelques pièces d'orfévrerie en émail cloisonné.

En dehors de cette partie décorative, le manuscrit renferme les figures des quatre Évangélistes et une foule de petites figures et de sujets distribués dans le texte. Toutes ces miniatures sont d'un dessin correct et très-finement touchées; les figures, dans des proportions régulières, ont quitté la lourdeur qui se montrait souvent dans celles du siècle précédent; elles sont élancées sans exagération et d'une grande élégance; les plis des vêtements sont disposés avec art.

Parmi les petites figures, il faut remarquer au folio 11 celles de deux empereurs placés à côté l'un de l'autre. Ils sont vêtus d'une longue tunique largement drapée, qui est recouverte de la chlamyde descendant presque jusqu'aux pieds; sur la tête, ils portent le stemma, couronne formée d'un cercle d'or, chargé de pierreries et de perles. L'un des deux est vieux et à barbe grise,

l'autre jeune et imberbe. Cette reproduction est du
plus grand intérêt. L'artiste, en mettant ainsi en regard
deux empereurs, l'un jeune, l'autre vieux, a eu certainement l'intention de reproduire les deux empereurs
Romain Lécapène et Constantin Porphyrogénète son
gendre, qui régnèrent ensemble de 919 à 944.

Un autre manuscrit de la Bibliothèque impériale
(Ms. nᵒ 70 ancien fonds), exécuté sous le règne de Nicéphore Phocas, présente également un grand intérêt.
On y trouve quatre miniatures reproduisant les quatre
Évangélistes debout et tenant un livre à la main. Il est
impossible de ne pas être frappé de la beauté de ces
figures, qui offrent l'un des types les plus parfaits de
l'art grec [1]. Nous les donnons de la grandeur de l'original dans la planche LXXXIV de notre Album. Une
note en écriture grecque cursive, qui se trouve à la fin
du manuscrit, indique qu'il a été écrit sous le règne de
l'empereur Nicéphore. Il ne peut être ici question que
de Nicéphore Phocas, qui occupa le trône de Constantinople de 963 à 969, pendant la minorité des petits-
fils de Constantin Porphyrogénète. On retrouve d'ailleurs dans l'écriture l'incontestable cachet du dixième
siècle.

Nous pouvons encore indiquer comme un monument
du dixième siècle, portant avec lui une date certaine,
un reliquaire en forme de coffret renfermant un morceau de la vraie croix. Ce reliquaire appartenait à
l'église des Franciscains de la ville de Cortone (Toscane). Le dessus, comme le dessous du coffret, est revêtu

(1) Elles sont reproduites en couleur dans *les Arts somptuaires*, t. I
des planches, mais agrandies.

d'une plaque d'ivoire [1]. Une croix en relief, enrichie de fleurons d'une grande élégance, et accompagnée de figures aussi en relief, décore la partie supérieure. Sur la plaque de dessous, on lit une inscription grecque gravée en creux. Cette inscription est disposée en forme de croix et dans une bordure qui encadre cette croix. On peut la traduire ainsi : « Le Christ donna d'abord cette » croix au puissant empereur Constantin, pour son salut ; » maintenant, Nicéphore, roi, qui aime Dieu, l'ayant » en sa possession, a battu les armées des barbares.

» Étienne, scévophylax de la grande église Sainte- » Sophie, l'offre de bon cœur au monastère où il a été » élevé [2]. »

Dans la plaque supérieure, le haut du tableau est rempli, au-dessus de la croix, par trois médaillons qui renferment : celui du centre, le buste du Christ ; les deux autres, des bustes d'anges ; le bas renferme trois autres médaillons où sont représentés saint Constantin, sainte Hélène et saint Longin. Au-dessus des branches de la croix, on voit la Vierge en pied et saint Jean-Baptiste ; au-dessous, les figures en pied de saint Jean l'Évangéliste et de saint Étienne protomartyr.

Plusieurs empereurs du nom de Nicéphore ont occupé le trône de Constantinople. Il ne peut être ici question de ce Nicéphore fougueux iconoclaste, qui régna de 802 à 811, et dont l'auteur du bas-relief n'aurait certainement pas vanté la piété ; non plus que de Nicé-

---

[1] Gori, *Thesaurus diptych.*, t. III, pl. XVIII et XIX, a donné la gravure des deux plaques, et l'a accompagnée d'une dissertation.

[2] Le scévophylax, l'un des premiers dignitaires de l'église Sainte- Sophie, était chargé de la garde du trésor. Codini Curopalatæ *De officiis Magnæ Ecclesiæ liber*, cap. I ; Bonnæ, p. 4.

phore Botoniate qui s'empara de l'empire avec le secours des Turcs. Celui-ci, oubliant qu'il avait manié
l'épée du soldat, ne sut, durant son règne de trois années, que se livrer aux plaisirs de la vie, bien loin de
combattre les Barbares. L'inscription ne peut donc s'appliquer qu'à Nicéphore Phocas (963 † 969), qui, avant
d'être empereur, avait enlevé l'île de Crète aux Sarrasins, et qui, une fois sur le trône, les battit en Asie et
leur enleva plusieurs places importantes.

Les termes de l'inscription constatent aussi que la
boite fut faite du temps que vivait l'empereur Nicéphore [1], et il y a tout lieu de penser que ce fut le
moine Étienne qui fit sculpter le bas-relief d'ivoire,
puisqu'on y voit figurer son saint patron.

On trouve donc dans le reliquaire de Cortone un
spécimen de la sculpture du dixième siècle et des productions de l'école qu'avait dirigée l'empereur Constantin Porphyrogénète. Ce bel ivoire vient à l'appui de ce
que nous avons dit des mérites de cette école. Le dessin
des figures est fort correct, les plis des vêtements sont
disposés avec ampleur, l'exécution est d'un fini et d'une
délicatesse achevés.

Nous pouvons en dire autant des charmantes figures
en émail qui décorent le reliquaire que l'on conserve à
Limbourg (duché de Nassau). Les inscriptions qui se
lisent sur le reliquaire en fournissent la date [2]. C'est
une œuvre de l'école de Constantin Porphyrogénète, qui
a tous les mérites que nous avons signalés.

[1] Καὶ νῦν τοῦτον ἐν Θεῷ Νικήφορος ἄναξ...
[2] Voyez la description de ce reliquaire au titre de l'ORFÉVRERIE,
chap. II, § V, art. III.

D'après l'examen que nous avons fait des œuvres d'art byzantines du dixième siècle, dont la date peut passer pour certaine, nous croyons pouvoir attribuer à la même époque et à la même origine quelques monuments qui subsistent aujourd'hui dans diverses collections : 1° Un bas-relief qui décore la couverture d'un manuscrit de la Bibliothèque impériale de Paris (Ms. supplément latin, n° 648) : il reproduit deux sujets, la Vierge allaitant l'Enfant Jésus et le Crucifiement;

2° Une feuille d'ivoire décorant la couverture d'un évangéliaire de la fin du neuvième siècle, qui appartient à la Bibliothèque royale de Berlin : le Christ y est représenté assis sur un trône à coussin; au-dessus la Vierge, saint Jean et les deux anges Michel et Gabriel en buste; les noms des personnages sont gravés sur le fond en caractères grecs;

3° Une plaque d'ivoire, qui se trouvait autrefois dans la collection Riccardi de Florence, représentant les quarante martyrs abandonnés presque nus sur un étang glacé; elle est aujourd'hui conservée dans la Kunstkammer de Berlin [1];

4° Un bas-relief qui appartenait à la collection du prince Soltykoff : il représente l'Ascension du Christ en présence de la Vierge et des Apôtres; la composition en est harmonieuse et d'un grand caractère; les figures y sont groupées avec art, les attitudes très-variées et les têtes fort expressives malgré leur petite proportion. Cette charmante sculpture, dont nous donnons la reproduction dans la planche IX de notre Album, a

[1] N° 822 du catalogue de ce Musée. On en verra la gravure dans le *Thesaurus diptychorum* de Gori, t. III, IVe partie, p. IX.

malheureusement beaucoup souffert des injures du temps.

On doit encore classer, parmi les œuvres de l'école byzantine du dixième siècle, le curieux coffret d'ivoire de la cathédrale de Sens [1]; les bas-reliefs d'or disposés sur la couverture de l'évangéliaire de l'abbaye de Saint-Émeran, conservé à la Bibliothèque royale de Munich, que nous avons pris soin de faire reproduire [2]; la plaque d'ivoire qui décore l'ais supérieur de la couverture d'un autre évangéliaire écrit par ordre de l'empereur Henri II (1002 † 1024), appartenant au même établissement [3]; et un charmant bas-relief d'ivoire de la Bibliothèque de Metz, représentant le Crucifiement, où l'on trouve le buste d'Adalbéron, qui fut évêque de Metz de 984 à 1005.

Le coffret de Sens est à douze pans, et le couvercle, de forme conique, est composé de douze plaques triangulaires. Chacun des pans du corps de la boîte est divisé en trois pièces; les douze pièces du bas renferment l'histoire de David; les douze pièces du milieu, celle de Joseph, qui se continue dans les pièces triangulaires du couvercle; celles du haut sont remplies par une décoration composée d'une arcade au-dessous de laquelle

---

(1) Il a été décrit et publié par Millin : *Voyage dans les départements du midi de la France;* Paris, 1807, t. I, p. 98; atlas, pl. IX et X, et publié parmi les moulages de la Société Arundel de Londres, classe VIII du Catalogue de M. Ed. Oldfield; London, 1856. On en trouvera encore une reproduction dans le *Dictionnaire du mobilier français* de M. VIOLLET-LE-DUC, Ire partie. Nous en reproduisons deux fragments dans la vignette qui ouvre ce chapitre et dans le cul-de-lampe qui le ferme.

(2) Bibliothèque royale de Munich, Ms. n° 55. Voyez planche XXXIV de notre Album.

(3) Bibl. roy. de Munich, Ms. n° 57. Voyez pl. XL de notre Album.

sont des groupes d'animaux. Dans trois de ces pièces, on voit deux lions affrontés; dans trois autres, deux paons aussi affrontés, entre lesquels se dresse une sorte d'arbre ou de fleur en forme de pomme de pin; dans deux autres, un griffon terrassant un taureau [1]; dans les dernières, un lion terrassant un cerf, un lion s'élançant sur un bouc, et un griffon foulant sous ses pieds un serpent.

Ce monument est des plus curieux sous tous les rapports. On y trouve les qualités que nous avons signalées dans les œuvres du dixième siècle. Les sujets sont sagement composés, et les différentes scènes qui se déroulent dans les nombreux tableaux du coffret offrent du mouvement sans exagération; le travail est d'une exécution délicate et soignée. L'artiste a revêtu ses personnages du costume contemporain, et il est à croire qu'il avait visité l'Asie pendant les expéditions de l'empereur Nicéphore Phocas contre les Sarrasins, en Cilicie, en Syrie, en Mésopotamie et en Arménie, car son travail est rempli de réminiscences asiatiques. Dans le tableau où Saül fait David son écuyer, celui-ci porte par-dessus une courte tunique une cuirasse à écailles, sorte de brigandine, et le casque pointu que l'on retrouve dans les miniatures des manuscrits du temps. Dans le bas-relief, qui représente David sur le point de lancer sa pierre à Goliath, le Philistin, à cheval, porte une cuirasse à écailles sur une longue robe flottante qui lui descend jusqu'aux pieds; il est coiffé d'un casque ou bonnet pointu très-élevé, dans le genre de celui que

---

[1] Nous avons fait reproduire l'une des deux dans la vignette qui ouvre ce chapitre.

portent encore aujourd'hui les Persans. Une petite figure
qui termine l'une des pièces triangulaires, a sur la tête
une coiffure qui ressemble beaucoup à celles des personnages que l'on voit dans les bas-reliefs récemment
arrachés aux ruines de Ninive; enfin les animaux des
arcades sont traités dans un style tout à fait oriental.
Ne doit-on pas voir l'arbre appelé hóm, l'un des emblèmes sacrés des anciennes religions de l'Asie, dans
cette sorte d'arbre qui s'élève entre les lions et les paons
affrontés [1]?

L'évangéliaire de Saint-Émeran de Ratisbonne a été
écrit en 870 pour Charles le Chauve, dont la figure est
reproduite dans l'une des miniatures qui ornent ce
livre. Donné à cette célèbre abbaye par l'empereur Arnould, il fut revêtu, sous l'abbé Romuald, vers 975,
durant le règne d'Othon II, de la riche couverture
qu'il a heureusement conservée jusqu'à nos jours [2],
et dont nous donnons la reproduction dans la planche XXXIV de notre Album. Il serait possible que cette
belle pièce d'orfèvrerie eût été composée par un orfèvre
allemand; nous ne le pensons pas cependant; mais,
dans tous les cas, les bas-reliefs d'or que l'orfèvre a in-
troduits dans son œuvre sont évidemment grecs; on
ne peut se refuser à reconnaître la main d'un Byzantin
dans cette correction de dessin et ce fini d'exécution qui

---

(1) On peut consulter sur le hom un article de M. Lenormant dans
les *Mélanges d'archéologie*, t. III, p. 116.

(2) Mabillon, *Iter germanicum*; — Eckhart, *Comment. de reb. Fr.
orient.*, t. II, p. 563; — P. Colomanno, *Dissertatio in aureum ac perve-
tustissimum SS. Evangeliorum codicem Ms. monasterii S. Emmeranni*,
Ratisbonæ, 1786; — *Allgemeine Auskunft über die K. Hof-und staats-
Bibliothek zu München*; München, 1851, s. 38 und 56.

n'appartenaient alors qu'aux meilleurs artistes de l'école
orientale. Le style de la composition et le dessin sont
d'ailleurs en rapport parfait avec celui des miniatures
qu'on trouve dans les manuscrits grecs de la meilleure
époque du dixième siècle.

Le bas-relief d'ivoire représentant le Crucifiement,
qui décore la couverture de l'évangéliaire de l'empereur
Henri II, doit être de quelques années postérieur aux
bas-reliefs d'or de l'évangéliaire de Saint-Émeran, mais
il est antérieur à la confection du manuscrit, qui n'a été
écrit que vers 1014 [1]. Une inscription gravée sur le
listel d'or qui encadre la bordure d'ivoire, établit, il est
vrai, que la couverture d'orfévrerie a été exécutée,
comme le manuscrit, pour l'empereur Henri II, mais
l'état matériel de la pièce constate que le bas-relief n'a-
vait pas été fait pour elle. Ce bas-relief, en effet, très-
complet avec sa bordure de feuillages empruntée à l'antiquité, était trop petit pour remplir le cadre d'or disposé
par l'orfévre, et il a fallu pour couvrir l'espace rapporter
deux bandes d'ivoire à droite et à gauche du bas-relief
dans le sens de la hauteur. On n'aurait pas manqué de
donner au bas-relief la dimension nécessaire pour remplir le cadre d'or, si on l'avait fait exécuter tout exprès.
L'ivoire, de même que les émaux byzantins qui l'accompagnent, avait été remis avec des pierreries à l'orfévre
allemand qui a composé avec ces éléments la couverture
du livre. L'art allemand n'aurait pu produire à la fin du
dixième siècle ou dans les premières années du onzième,
une œuvre aussi correcte et aussi finement exécutée. Le

[1] *Allgemeine Auskunft über die K. Hof-und staats-Bibliothek zu
München*; München, 1851.

style de la composition de ce bas-relief est d'ailleurs en rapport avec les miniatures des manuscrits grecs de la bonne époque du dixième siècle; le Fleuve qui est au bas du tableau n'est-il pas la copie ou l'imitation d'une statue antique? Le soleil et la lune sont personnifiés, comme de coutume, au-dessus de la croix du Christ, mais l'artiste byzantin s'est sans doute inspiré de l'une des belles productions antiques qui décoraient en grand nombre l'Hippodrome de Constantinople, en représentant le soleil sous la figure d'Apollon dans un quadrige [1], et la lune sous la figure de Diane dans un char attelé de quatre bœufs. Cinq bas-reliefs d'ivoire reproduisant tous le crucifiement du Christ, parmi lesquels figure celui dont nous nous occupons, ont été publiés par le R. P. Cahier dans les *Mélanges d'archéologie*. Si l'on compare notre bas-relief avec les quatre autres, on jugera facilement de la différence de style qui les caractérise : ceux-ci appartiennent à l'art carlovingien du Rhin; un certain air de famille les rapproche des œuvres byzantines, parce que c'est de Constantinople qu'était venue à l'époque de Charlemagne la restauration de l'art en Occident, et que les empereurs d'Allemagne, par des communications fréquentes avec Constantinople, avaient presque constamment ravivé l'impulsion donnée par ce grand homme, mais les œuvres de l'Occident ont conservé un caractère qui leur est propre. Si le soleil et la lune sont représentés dans les quatre bas-reliefs de l'école rhénane, c'est sous la figure de personnages en buste; ces figures, pas plus que celles des fleuves personnifiés

(1) ANONYM. *Antiq. Const.*, lib. I; ap. BANDURI, p. 13.

dans deux de ces sculptures, ne paraissent inspirées aux artistes par la vue des monuments de l'antiquité.

L'ivoire de Metz, qui reproduit aussi le Crucifiement, est d'une exécution plus parfaite encore. La croix repose sur une colonne dans le style de l'antiquité. A la droite du Christ, on voit la nouvelle Loi recevant le sang du Sauveur, et la Vierge; à sa gauche, l'ancienne Loi qui détourne la tête, et saint Jean. Le haut du tableau est occupé par deux anges volants et par deux médaillons renfermant les figures en buste du soleil et de la lune. Au-dessous du groupe central on trouve à droite et à gauche de la colonne deux petits monuments à coupole, que soutiennent des pilastres. Plus bas, l'artiste a sculpté les symboles des Évangélistes sous la figure de personnages assis, ayant les têtes symboliques de l'aigle, du bœuf, du lion et de l'ange, et plus bas encore, la terre et l'Océan. Dans le piédestal de la colonne on a sculpté une petite tête du meilleur goût; on lit cette inscription sur la bordure qui l'encadre : ADALBERO CRUCIS XPI (CHRISTI) SERWUS. Cette jolie tête dans le style antique, où quelques archéologues veulent voir le portrait d'Adalbéron, pourrait bien n'être que la représentation de la tête d'Adam prêt à sortir de son tombeau.

Les figures dans ce bel ivoire dénotent une étude assez sérieuse de la nature morte et de la nature vivante. Rien sous le rapport des airs de tête ne saurait être mieux traité que les deux médaillons supérieurs; la tête sculptée dans le piédestal est une délicieuse miniature; le Christ présente un ensemble et des attaches très-convenables, et les autres personnages sont groupés avec intelligence. Quoique le nom de l'évêque Adalbéron,

gravé sur le piédestal, dénote l'existence de cet ivoire en
Allemagne à la fin du dixième siècle, il n'est pas possible
de voir dans cette sculpture une production de l'art allemand, qui, à cette époque, était encore empreint du
cachet de la décadence; il faut y reconnaître, au contraire, la main d'un artiste grec de la brillante école du
dixième siècle. L'ivoire a pu être apporté de Constantinople et donné à Adalbéron, qui y aura fait graver son
nom, ou bien sculpté en Allemagne par un des artistes
attirés à la cour de l'impératrice Théophanie, petite-fille
de Constantin Porphyrogénète, qui, en 972, avait épousé
Othon II.

On a vu que dans les citations que nous avons faites
des monuments de l'art byzantin du dixième siècle, nous
n'avons indiqué aucune production de la statuaire; c'est
qu'en effet les statues et les sculptures de grande proportion font complétement défaut à cette époque; les
auteurs n'en mentionnent aucune. Il est à croire que les
encouragements prodigués aux arts par Constantin Porphyrogénète ne s'appliquèrent pas à la statuaire. L'auteur anonyme qui nous a laissé la vie de Constantin ne
fait pas, en effet, figurer les sculpteurs [1] parmi les
artistes auxquels ce prince accordait sa protection et
dont il dirigeait les travaux. Ce sont, après les peintres,
les mosaïstes tailleurs de marbre [2], les émailleurs, les
orfévres et les ciseleurs sur fer. En dehors de la peinture, qu'il cultivait de prédilection, les ouvrages sortis
de ses mains ne sont que des pièces d'orfévrerie ou de

---

[1] Ɩ'λυφεῖς.

[2] Λιθοξόοι. Voyez la citation dans la note 1 de la page 66, et aussi
la note 2 de la page 55.

mosaïque. La statuaire peut être considérée comme la régulatrice des autres arts d'imitation, et l'abandon dans lequel il la laissa devait amener inévitablement la décadence de l'art.

Ainsi, il faut le reconnaître, tous les artistes s'étaient voués exclusivement à la pratique des arts industriels durant le neuvième siècle et durant le dixième. Le peintre enrichissait les manuscrits de miniatures ou fournissait des cartons aux mosaïstes; le sculpteur s'était fait orfévre, fondeur en bronze, ciseleur sur métaux, ou s'adonnait à la sculpture de petite proportion sur ivoire. Par suite de cet entraînement que favorisait le goût du luxe, les arts industriels atteignirent à cette époque au plus haut degré de perfection. Mais attaché à l'industrie, suivant les besoins du moment, soumis au caprice de la mode, se prêtant uniquement à des applications qui lui donnaient un caractère d'utilité pratique, l'art, ce grand art inspiré d'en haut, qui vit de sa propre vie sans préoccupations vénales, sans arrière-pensée matérielle, devait bientôt cesser d'exister [1].

Aussi, à partir du onzième siècle, nous n'aurons plus qu'à constater la décadence toujours croissante de l'art.

V.

De Basile II (976) à la fin du XIIe siècle.

A la mort de Romain II (963), Basile et Constantin, ses deux fils, âgés, l'un de cinq ans, l'autre de deux,

---

[1] Dans un rapport de l'Académie des beaux-arts sur le savant ouvrage de M. le comte de Laborde, *De l'Union des arts et de l'industrie*, l'Académie a signalé tous les dangers de cette absorption de l'art par l'industrie; en empruntant quelques mots à ce remarquable rapport, nous fournissons ici un exemple frappant à l'appui de ses conclusions.

avaient été proclamés empereurs, sous la tutelle de leur mère Théophano ; mais ils ne régnèrent réellement qu'après que Jean Zimiscès, qui gouvernait l'État avec le titre d'empereur, eut cessé de vivre (976). Constantin, qui resta plongé toute sa vie dans l'oisiveté et dans les plaisirs, avait abandonné à Basile le soin du gouvernement de l'empire. Celui-ci, au contraire, avait hérité des grandes qualités militaires et de la valeur du chef de sa maison, dont il portait le nom. Guerrier intrépide et grand capitaine, son long règne se passa en guerres ruineuses contre les Sarrasins et les Bulgares, et contre Othon, empereur d'Allemagne ; il ne put donc s'occuper que fort peu des arts, et ne sut pas, comme son aïeul Constantin Porphyrogénète, imprimer aux artistes une bonne direction.

Cependant l'impulsion donnée par Constantin VII fit encore sentir son influence durant la première moitié du règne de Basile (976 ÷ 1025). On en trouve la preuve dans les miniatures d'un magnifique psautier grand in-folio que possède la Bibliothèque de Saint-Marc de Venise [1]. Ce beau livre, écrit pour Basile II, renferme dans sa première page le portrait en pied de cet empereur, représenté dans la force de l'âge, en tenue militaire ; un ange lui pose une couronne sur la tête, un autre ange lui met une lance à la main ; une foule de gens sont prosternés devant lui. La feuille suivante offre six miniatures où sont représentés divers sujets tirés de l'histoire de David. Nos lecteurs trouveront la reproduction

---

[1] *Psalterium cum amplissima marginali Patrum catena,* Codex XVII, in-folio maj. Il a été décrit par Theupolo, *Graeca D. Marci Bibl. codicum mss. per titulos digesta;* 1740.

de ces deux feuilles dans les planches LXXXV et LXXXVI
de notre Album. Ces peintures ne valent peut-être pas,
sous le rapport du dessin, celles des manuscrits que
nous avons cités plus haut; cependant elles émanent
d'un artiste qui avait conservé la bonne manière de
l'école de Constantin Porphyrogénète. Le dessin ne manque pas de correction, les sujets sont sagement composés, les mouvements sont justes et le jet des draperies
est bien étudié; le coloris, d'un ton vigoureux, ne laisse
rien à désirer. Un bas-relief d'or que possède le Musée
du Louvre, et qui doit appartenir à la fin du dixième
siècle ou aux premières années du onzième, vient encore
démontrer que l'école byzantine de cette époque possédait des artistes de talent. Ce bas-relief, malheureusement détérioré, recouvrait une boîte qui servait soit de
reliquaire, soit à renfermer le livre des Évangiles. Un
ange y est représenté assis auprès du tombeau du Christ
et montrant à Marie-Madeleine et à Marie, mère de
Jacques, que Jésus en est sorti. Des inscriptions en relief,
relatives au sujet, forment une bordure autour du tableau;
il en existe aussi sur le fond qui sont tirées des Évangiles de saint Marc et de saint Matthieu. Le beau caractère des figures et l'agencement des draperies témoignent
encore d'une bonne époque; l'auteur de cet ouvrage
devait procéder de l'école du dixième siècle. Mais les
soldats qui gardent le tombeau du Sauveur sont beaucoup plus petits que les personnages principaux; cette
faute de goût annonce déjà la décadence. La reproduction
que nous donnons de cette pièce dans la planche XXVI
de notre Album nous dispense d'une plus longue dissertation.

Sous un prince uniquement occupé de la guerre, les arts, ne recevant plus d'encouragements, ne pouvaient qu'aller en déclinant chaque jour. Un manuscrit qui doit avoir été exécuté vers la fin du règne de Basile II va nous apporter la preuve qu'il faut dater de cette époque le commencement de la décadence de l'école byzantine. Ce manuscrit est le célèbre livre de la Vie des saints connu sous le nom de *Menologium Græcorum*, qui appartient à la Bibliothèque Vaticane [1]. Il fut écrit et enrichi de nombreuses miniatures par ordre de Basile II. Ces miniatures sont d'autant plus intéressantes pour l'histoire de l'art qu'elles n'émanent pas d'un seul artiste ; huit peintres ont concouru à illustrer ce livre en laissant leurs noms à côté de leurs œuvres. On trouve donc là non pas l'expression du talent individuel d'un artiste, mais bien celle du style de toute une époque. Eh bien, on ne rencontre plus dans ces miniatures aucune trace des traditions de l'art antique ; le costume contemporain est adopté partout ; le dessin, dans plusieurs des compositions, est assez correct, mais les attitudes sont souvent tourmentées et présentent des mouvements exagérés. On remarque surtout dans un assez grand nombre de miniatures une tendance à l'allongement des proportions qui allait devenir le caractère particulier de l'école byzantine au onzième siècle.

Nous pouvons citer plusieurs monuments dont la date

(1) Ce manuscrit grand in-folio est catalogué sous le n° 613. Ses miniatures ont quatre-vingt-six centimètres de hauteur sur onze de largeur. Il a été publié en trois volumes in-folio, avec la gravure très-médiocre des miniatures, sous le titre de *Menologium Græcorum*; Urbini, 1727.

du onzième siècle est certaine, et qui justifieront de la décadence de l'art byzantin à l'époque de leur exécution.

Nous plaçons en premier lieu une tablette d'ivoire bien connue [1], appartenant au cabinet des médailles de la Bibliothèque impériale de Paris, et représentant l'empereur Romain IV (1068 † 1071) et Eudocie, sa femme. Le Christ, élevé sur un piédestal, place la couronne impériale sur la tête de chacun des deux époux. Au-dessus de la tête de l'empereur on lit : ΡΩΜΑΝΟC ΒΑCΙΛΕΥC ΡΩΜΑΙΩΝ, Romain, empereur des Romains ; et au-dessus de la tête de l'impératrice : ΕΥΔΟΚΙΑ ΒΑCΙΛΙC ΡΩΜΑΙΩΝ, Eudocie, impératrice des Romains.

Nous indiquerons encore trois manuscrits de la Bibliothèque impériale de Paris : un grand in-folio contenant les œuvres choisies de saint Jean Chrysostome [2], écrit pour l'empereur Nicéphore Botaniate (1078 † 1081), et renfermant quatre grandes miniatures à pleine page, un évangéliaire in-quarto [3], et les œuvres du moine Jacobus [4], qui contiennent une quantité considérable de miniatures distribuées à même le texte, comme dans les livres illustrés de notre époque.

[1] Elle a été publiée par Du Cange, *Historia Byzantina* ; Paris., p. 162 ; Venetiis, p. 135 ; dans le tome III du *Thesaurus diptychorum* de Gori, p. 14 ; elle fait partie des moulages de la Société Arundel de Londres, classe VII, *g*, du Catalogue de M. Oldfield déjà cité ; les *Annales archéologiques* en ont donné une excellente gravure, t. XVIII, p. 197 ; enfin M. CHABOUILLET en a fourni la description dans son *Catalogue raisonné des camées, pierres gravées et autres monuments exposés dans le cabinet des médailles et antiques de la Bibliothèque impériale de Paris*, n° 3268.

[2] Fonds Coislin, n° 79.

[3] Ancien fonds, n° 74.

[4] Ancien fonds, n° 1208.

On peut constater dans ces différentes productions des arts du dessin les défauts que nous avons signalés. La tendance à l'allongement des proportions est remarquable dans toutes ; les têtes sont encore traitées avec entente du dessin, mais les extrémités sont souvent maigres et négligées. Dans l'ivoire de Romain IV, le Christ a conservé le costume de l'antiquité, aussi sa tunique et son manteau sont-ils disposés avec assez d'art ; mais l'empereur et l'impératrice sont enfermés dans des costumes chargés de pierreries et d'une roideur telle qu'ils ne peuvent faire aucun pli. Ce défaut est encore plus apparent dans les costumes des quatre grands officiers de la couronne qui sont placés auprès du trône de Nicéphore Botaniate, dans la première vignette du manuscrit des œuvres de saint Jean Chrysostome ; ils semblent enfermés dans des gaînes. La roideur et la mauvaise grâce des costumes de cette époque devaient en peu de temps amener nécessairement la sculpture, même dans les sujets où l'artiste n'était pas contrarié par le costume officiel, à un travail mesquin dans les vêtements, à des plis droits parallèles et serrés, et à cette reproduction d'étoffes à franges de perles, rehaussées de pierreries encastillées, qui ne permettaient plus de donner aucun mouvement aux draperies.

Malgré les défauts dans lesquels elle était tombée, l'école byzantine du onzième siècle ne manquait pas cependant d'une certaine correction ; elle avait conservé surtout une délicatesse achevée dans l'exécution. Elle se faisait remarquer par une grande variété de motifs et une richesse inouïe dans tout ce qui se rapportait à l'ornementation. Rien de plus finement traité que les têtes

dans le bas-relief d'ivoire de Romain IV; rien de plus
spirituellement touché que les petites figures des sujets,
souvent si compliqués, des miniatures de l'évangéliaire
que nous venons de citer. Les miniatures que nous avons
tirées du manuscrit du moine Jacobus, reproduites dans
la planche LXXXVII de notre Album, donneront à nos
lecteurs une idée du style des compositions et du dessin
au onzième siècle, et de la richesse des sujets de simple
ornementation.

L'école byzantine du onzième siècle était donc encore à la tête du mouvement artistique en Europe, et
c'est dans son sein que l'Occident venait chercher des
artistes pour reconstituer ses écoles; c'est à Constantinople qu'on faisait exécuter les grandes productions
des arts industriels.

Des artistes grecs avaient été appelés à la cour des
empereurs d'Allemagne, par suite du mariage d'O-
thon II (972) avec la princesse grecque Théophanie,
petite-fille de Constantin Porphyrogénète. On en trouvait
encore en Allemagne au onzième siècle, comme on le
verra plus loin. Didier, le célèbre abbé du mont Cassin,
le restaurateur des arts en Italie, faisait venir de Constantinople, vers 1068, des artistes fort habiles dans tous
les genres, pour les placer à la tête des écoles qu'il ou-
vrait dans son monastère, afin d'y exercer des enfants
à la pratique de tous les arts libéraux et industriels [1].
Des sculpteurs grecs, d'après l'opinion d'Émeric David,
s'introduisaient en France dès le commencement du
onzième siècle, et y fondaient des écoles. Ce savant

---

[1] *Chronica S. monast. Casinensis auctore* LEONE, CARD. EPISCOP.
OSTIENSI; Lut. Par., 1668, lib. III, cap. XXXIII, p. 351.

croit en trouver la preuve dans certains monuments de Dijon, d'Avallon, d'Arles et de Chartres [1].

Ce fut Constantinople qui produisit un monument que nous aurions dû citer plus haut, pour appuyer l'appréciation que nous avons faite du style de l'école byzantine du onzième siècle. Nous voulons parler des portes de bronze damasquiné d'argent qui décoraient l'entrée principale de la basilique de Saint-Paul hors des murs de Rome. Ces portes ont péri dans l'incendie de 1823, et il n'en reste que quelques fragments; mais les gravures qui accompagnent la description que d'Agincourt en a donnée [2] suffisent à faire connaitre le style du dessin des sujets exprimés sur le bronze par la damasquinure. Une inscription latine constatait que ces portes avaient été faites à Constantinople en 1070, par les soins du consul Pantaléon, au temps du pape Alexandre II et du moine Hildebrand, archidiacre de l'Église romaine, qui se rendit ensuite si célèbre sous le nom de Grégoire VII [3].

Ces portes étaient divisées en cinquante-quatre compartiments ou panneaux. Les sujets, figures et inscriptions qui s'y trouvaient reproduits étaient dessinés et gravés en creux sur le bronze, qui présentait une épaisseur d'environ un centimètre, et les entailles ainsi tracées avaient été ensuite remplies de filets d'argent qui faisaient ressortir le dessin sur le bronze. On pourra juger par les gravures publiées par d'Agincourt de l'allongement des

[1] ÉMERIC DAVID, *Histoire de la sculpture française*; Paris, 1853, p. 46 et 186.

[2] D'AGINCOURT, *Histoire de l'art par les monuments*, t. II, p. 48; t. III, *Sculpt.*, p. 13; t. IV, planches XIII à XX.

[3] CIAMPINI, *Vetera monimenta*; Romæ, 1690, t. I, p. 35.

proportions que nous avons signalé dans les figures comme un des caractères particuliers de l'école byzantine au onzième siècle. Quoi qu'en dise ce savant, pour qui c'était un parti pris de dénigrer tout ce qui appartenait au moyen âge, nous trouvons que le dessin des sujets damasquinés sur le bronze ne manquait pas absolument de correction.

On peut aussi regarder comme appartenant au onzième siècle un triptyque conservé dans le cabinet des médailles de la Bibliothèque impériale de Paris [1], représentant dans la partie centrale le Christ en croix entre la Vierge et saint Jean, debout en prière. Constantin le Grand et sainte Hélène, sa mère, sont représentés au pied de la croix, dans une proportion beaucoup plus petite que les trois figures principales; chacun des volets est enrichi de cinq bustes de saints en médaillons.

Nous signalons encore comme de la fin du onzième siècle ou des premières années du douzième une belle figure de saint Jean-Baptiste en bas-relief, de la collection de M. Joseph Mayer, de Liverpool, et une figure de la Vierge assise tenant l'Enfant Jésus, appartenant à M. le comte de Bastard [2]. Nous donnons dans la planche XI de notre Album la reproduction d'un tri-

---

[1] N° 2369 du Catalogue de M. Chabouillet, cité plus haut. La Société Arundel de Londres a publié cette pièce dans ses moulages. Elle se trouve décrite, classe VII, *f*, et photographiée dans le Catalogue de ces moulages, publié par M. Oldfield déjà cité; elle a été gravée par M. Guillaumot et publiée dans les *Annales archéologiques*, t. XVIII, p. 109.

[2] La Société Arundel de Londres a publié les moulages de ces deux pièces, classe VII, *h* et *k* du Catalogue de M. Oldfield; la Vierge, gravée par M. Gaucherel, a été publiée dans les *Annales archéologiques*, t. XVII, p. 363.

ptyque d'ivoire que nous attribuons à la même époque.

L'art ne put que dégénérer durant le douzième siècle. Attaqué par les Arabes et les Turcs du côté de l'Orient, par les Bulgares et souvent même par les Latins en Occident, l'empire perdit chaque jour de sa force, et les Comnène, qui s'assirent sur le trône de Constantinople de 1081 à 1185, tout occupés à le défendre contre tant d'ennemis, ne purent que fort peu s'occuper des arts. Ils bâtirent cependant quelques églises et restaurèrent plusieurs palais, mais les auteurs ne font aucune mention de la sculpture comme ayant été appelée à les décorer. Ainsi Nicétas, qui donne quelques détails sur les embellissements que Manuel Comnène (1143 † 1180) avait fait faire aux deux palais impériaux, ne parle que de mosaïques de couleur sur fond d'or, qui reproduisaient ses combats contre les barbares [1]. Jean Comnène ayant vaincu les infidèles, Constantinople lui décerna les honneurs du triomphe. Un char brillant d'or et de pierreries avait été préparé pour son entrée dans la ville, mais Jean refusa d'y monter et voulut qu'on y plaçât une image de la Vierge, parce que c'était à la protection de la Mère du Christ qu'il attribuait ses victoires. Si une seule grande statue de la Vierge eût existé à Constantinople, on s'en serait certainement servi en cette occasion. Or, Jean Cinname, historien contemporain, qui rapporte le fait, parle d'une image peinte et non d'une figure de ronde bosse [2].

Il faut donc admettre que la grande sculpture continua à être abandonnée durant le douzième siècle comme

[1] Nicetæ Choniatæ *Historia*, lib. VII, § 3; Bonnæ, p. 269.
[2] Ἀμέλει καὶ εἰκόνα τῆς Θεοτόκου ἐνθέμενος αὐτῷ, lib. I, § 5; Paris., 1670, p. 7.

dans les trois siècles précédents, et que les sculpteurs se
vouèrent exclusivement aux ouvrages de petite proportion sur l'ivoire, le bois ou les métaux. Le style qui
prévalut au douzième siècle ne paraît pas s'être écarté
sensiblement de celui que nous avons signalé pour le
onzième.

VI.

Du XIIIe siècle à la chute de l'empire.

Un grand événement qui signala le commencement
du treizième siècle vint porter le dernier coup à l'art
byzantin, et amena sa décadence complète. Alexis Comnène, pensant qu'il ne pouvait trouver dans ses propres
forces des ressources suffisantes pour repousser les musulmans qui attaquaient l'empire, crut devoir réclamer
les secours des princes d'Occident. Dans une lettre qu'il
écrivait à Robert, comte de Flandre, en 1095 [1],
il eut l'imprudence de faire connaître les immenses
richesses que renfermait Constantinople et de les présenter aux Latins comme un appât qui devait les décider
à empêcher l'empire d'Orient de tomber aux mains des
infidèles. « Vous devez combattre avec toutes les forces
» de l'Occident, disait l'empereur au comte de Flandre,
» avant de souffrir que Constantinople soit prise par les
» Turcs. Ne vaut-il pas mieux que la cité impériale tombe
» dans vos mains que dans celles des païens, car elle
» renferme les plus précieuses reliques de Notre-Seigneur,
» la colonne à laquelle il fut attaché, le fouet qui servit
» à la flagellation, la robe écarlate dont il fut revêtu, la
» couronne d'épines dont on lui ceignit la tête, le roseau

---

[1] MARTENNE ET DURAND, *Thesaurus novus anecdotorum*, t. I,
col. 267.

» qu'on plaça dans ses mains en guise de sceptre, les
» vêtements dont il fut dépouillé sur le Calvaire, la plus
» grande partie de la croix où il fut crucifié, et les clous
» qui l'y attachèrent. Si vous ne voulez pas combattre
» pour tout cela et que l'or vous tente davantage, vous
» en trouverez plus à Constantinople que dans le monde
» entier, car les seuls trésors de ses basiliques suffiraient
» à enrichir toutes les églises de la chrétienté, et tous
» ces trésors ne peuvent, réunis ensemble, atteindre à
» la valeur de celui de Sainte-Sophie, qui n'a jamais pu
» être égalé que par les richesses du temple de Salomon.
» Il n'y a pas d'expressions possibles pour décrire les
» trésors que renferme Constantinople, car non-seule-
» ment on y trouve ceux accumulés par les empereurs
» byzantins, mais tous ceux encore des anciens empe-
» reurs romains qui sont enfouis ici dans les palais. »

Constantinople évita cependant de tomber aux mains
des premiers croisés. Bien qu'il en fût vivement pressé
par Bohémond, fils de Robert Guiscard, l'ennemi acharné
d'Alexis Comnène, Godefroid de Bouillon refusa d'attaquer la ville. Louis VII aussi, qui avait été reçu dans le
palais de Manuel Comnène, traversa le Bosphore et passa
en Asie sans s'être emparé de Constantinople comme il
aurait pu le faire. Mais en 1203, les Français et les Vénitiens avaient préparé une nouvelle croisade dans le but
de reconquérir Jérusalem, que les armes de Saladin
avaient récemment enlevée aux Latins. Sous le prétexte
de rétablir sur le trône de Constantinople Isaac l'Ange,
qui avait été détrôné et aveuglé par son frère Alexis, ils
mirent le siége devant la ville. Bien que les croisés
eussent été repoussés dans un premier assaut, l'usurpa-

teur Alexis prit peur et abandonna sa capitale. Isaac,
qui languissait depuis huit ans dans un cachot, fut alors
rétabli sur le trône par ses propres sujets. Constantinople
pouvait donc échapper encore à la rapacité des Latins,
mais les croisés et Isaac en vinrent bientôt à se quereller
sur l'exécution des traités que son fils avait faits avec
eux pour assurer sa délivrance. Pendant ce conflit, les
Constantinopolitains se soulevèrent contre l'empereur, et
Murtzuphle s'empara de la couronne après avoir étranglé
de ses propres mains le fils d'Isaac. Les Latins refusèrent
alors de s'entendre avec l'usurpateur, et le 9 avril 1204,
ils commencèrent l'attaque de la ville, qui fut prise quelques jours après. Les soldats, sans pitié, passèrent au
fil de l'épée tout ce qui s'offrit à leurs coups; ils se
livrèrent à un pillage effréné et mirent le feu partout.
Ils n'épargnèrent pas plus les églises que les palais, en-
trèrent à cheval dans le temple de Sainte-Sophie et
chargèrent leurs montures des plus précieux trésors du
sanctuaire. L'autel, chef-d'œuvre d'orfévrerie, fut brisé
en morceaux et partagé entre les pillards [1].

Les chefs de la croisade parvinrent enfin à faire cesser
le carnage et les désordres de tout genre auxquels se
livraient les soldats; mais ce fut pour imposer des règles
au pillage, qui fut continué au profit commun des con-
fédérés. Tout le butin fut ramassé et mis en masse, puis
partagé entre les Français et les Vénitiens [2]. Ce butin
fut immense. Le palais du Bucoléon, dont s'empara le

[1] NICETÆ CHONIATÆ Historia; Bonnæ, p. 757.
[2] JOFFROI DE VILLEHARDOUIN, De la conqueste de Constantinople,
édit. PAULIN PARIS, 1838, p. 80 et suiv. — ANDREA MOROSINI, l'Imprese e
espeditioni di Terra Santa et l'acquisito fatto del imperio di Constan-
tinopoli, lib. II, p. 199; Venetia, 1627.

marquis de Montferrat, renfermait des trésors considérables. « Del trésor qui estoit ou palais, dit Villehar-
» douin, ne covient-il mie à parler; car tant en i avoit
» que ce n'estoit fins ne mesure. » Le palais de Blaquernes, où s'installa Henri de Hainaut, n'en contenait
pas moins. « Là fut li trésors si grans trovés, ajoute le
» chevalier chroniqueur, qu'il n'i en avoit mie mains
» qu'en celui de Bouche-de-Lion. Les autres gens qui
» furent espandus parmi la ville gaignérent assez, et fu
» si grans li gaaings que nus ne vos en saurait dire le
» nombre; si come d'or et d'argent, de vesselemente,
» de pierres précieuses, de dras de soie, de samis, de
» robes vaires et grises, et hermines, et de tous les fiers
» avoirs qui onques furent en terre trovés. Depuis la
» création du monde, dit en terminant Villehardouin,
» jamais il ne fut fait un si grand butin dans une ville
» conquise. »

Quant à ces magnifiques statues de marbre, chefs-
d'œuvre des grands artistes de l'ancienne Grèce, qui
depuis plus de huit siècles faisaient l'ornement de la
ville impériale et qui avaient tant contribué à y entre-
tenir les saines traditions de l'antiquité, le bon goût et
le culte des arts, les chevaliers victorieux, qui faisaient
profession d'ignorance, n'y firent pas la moindre attention; elles furent sans doute brisées au milieu du désordre ou périrent dans l'incendie. Nulle mention n'en
est faite dans les chroniques du temps, aucune ne fut
apportée en Europe. Les chefs de la croisade ne trai-
tèrent pas avec le même dédain les monuments de
bronze; mais ce ne furent pas les merveilleuses beautés
artistiques dont étaient empreintes ces belles produc-

tions de la statuaire antique qui attirèrent leur attention, la matière seule dont elles étaient formées les fit distinguer des œuvres de marbre; elles furent brisées et converties en pièces de monnaie. Nicétas a donné l'énumération des principales statues qui furent ainsi fondues [1]. On doit signaler parmi les plus remarquables la statue colossale de Junon, qui s'élevait dans le forum Constantin : il fallut un chariot attelé de quatre paires de bœufs pour en transporter seulement la tête du forum dans le grand palais où se faisait la fonte; le groupe de Pâris présentant la pomme à Vénus; Bellérophon sur le cheval Pégase; l'Hercule colossal revêtu de la dépouille du lion de Némée, qu'on attribuait à Lysippe : pour donner une idée de l'élévation de cette statue, Nicétas ajoute que sa jambe était de la hauteur d'un homme; le groupe de l'Ane et de l'ânier qu'Auguste avait originairement placé dans sa colonie de Nicopolis en mémoire d'une circonstance qui lui avait présagé la victoire d'Actium; la louve allaitant Romulus et Rémus; un éléphant dont la trompe était mobile; le sphinx à figure humaine; une très-ancienne figure de Scylla, femme d'une beauté séduisante de la tête jusqu'à la ceinture, poisson dans le reste du corps; une très-belle statue d'Hélène, dont la tête était couronnée d'un diadème d'or rehaussé de pierres précieuses. Ce n'est pas sans raison que Nicétas donne le nom de barbares à ces seigneurs francs qui convertirent en gros sous ces statues d'un prix inestimable.

Les chevaux de bronze que Théodose II avait fait

---

[1] NICETÆ CHONIATÆ *Narratio de statuis Constant. quas Latini in monetam conflaverunt*; apud BANDURI, *Imperium orientale*, Antiq. Constant., t. I, p. 107.

enlever de l'île de Chio furent peut-être les seuls objets qui échappèrent à la fonte; échus aux Vénitiens dans le partage du butin, ils décorent aujourd'hui la façade de l'église Saint-Marc.

Un certain nombre de reliquaires et des livres saints, également réservés, vinrent enrichir les trésors d'un grand nombre d'églises de France, d'Italie et d'Allemagne. Une assez grande quantité de pierres gravées furent aussi conservées, grâce à leur peu de valeur intrinsèque, et apportées en Europe.

Au moment où les croisés arrivèrent devant Constantinople, en 1203, la ville était encore remplie d'artistes qui avaient voué leur talent aux arts industriels; des ateliers nombreux exécutaient des bas-reliefs d'ivoire, des manuscrits à miniatures, de fines mosaïques, des peintures en émail incrusté dans des cloisons d'or, des pièces d'orfévrerie enrichies d'émaux, de ciselures et de bas-reliefs repoussés. Les magasins, dans les principales rues marchandes, regorgeaient de toutes ces richesses [1]. Mais que devinrent ces artistes, ces industriels, après que leurs ateliers eurent été dévastés et leurs magasins pillés? Un assez grand nombre dut périr en cherchant à les défendre, d'autres passèrent certainement en Asie à la suite de l'empereur grec Lascaris, que les Constantinopolitains avaient élu lorsque les murailles de la ville étaient déjà au pouvoir des Latins, et durent s'établir dans les grandes villes de la Bithynie, de la Lydie et de la Phrygie, qui composaient l'empire byzantin. Baudouin, comte de Flandre, qui fut élevé au trône impérial par

---

[1] VILLEHARDOUIN, *De la conqueste de Constantinople*; édit. PAULIN PARIS; Paris, 1838, nᵒ 91, p. 65.

les croisés, ne s'installa donc que sur des ruines. A peine
sur le trône, il lui fallut prendre les armes contre les
Bulgares réunis aux Grecs, et moins de deux ans après
la prise de Constantinople, la sanglante défaite d'An-
drinople réduisait l'empire latin à la dernière extrémité.

Ses successeurs ne furent occupés qu'à défendre cet
empire attaqué de tous côtés, et c'est à peine si l'on
trouve quelque trace du culte des arts à Constantinople
durant les cinquante-sept années que dura la domination des seigneurs français. Les empereurs grecs de
Nicée, dont tous les efforts étaient dirigés vers la conquête de Constantinople et l'expulsion des Français de
l'Orient, ne purent certainement s'occuper que fort peu
des arts. On peut donc fixer au commencement du treizième siècle la transformation complète de l'art byzantin. Bien que la décadence se fût manifestée dès le
onzième siècle, néanmoins l'école byzantine, jusqu'à la
prise de Constantinople par les Latins, avait conservé
certaines traditions de l'antiquité et produit des œuvres
qui n'étaient pas sans mérite. Les chefs-d'œuvre de la
statuaire antique que les artistes avaient constamment
sous les yeux, ne leur avaient pas permis de s'écarter
entièrement de la bonne voie; mais lorsque les Grecs
rentrèrent en possession de Constantinople, toutes ces
belles productions avaient disparu; privé de ce secours,
l'art byzantin ne put jamais se relever.

Les miniatures que renferment les manuscrits byzantins
du treizième, du quatorzième et du quinzième siècle en
sont le témoignage. Le dessin est médiocre, un trait noir
accuse les contours; si les visages ont conservé un modelé
passable et sont parfois finement touchés, les extrémités

des figures sont grêles et négligées, l'allongement des proportions, que nous avons signalé dans les productions
du onzième siècle et du douzième, et qui ne manquait
pas d'une certaine élégance quand il n'y avait pas trop
d'exagération, disparaît en général dans les œuvres du
treizième siècle. Les draperies sont dures et anguleuses.
Nous pouvons citer à l'appui de nos appréciations les
miniatures de trois manuscrits de cette époque, appartenant à la Bibliothèque impériale de Paris, dont la
paléographie et certaines notions ont déterminé la date,
à savoir : un évangéliaire grec (nº 54), avec le texte
latin en regard, ce qui suffirait déjà pour faire supposer
qu'il a été écrit durant le temps de la domination latine,
et deux autres évangéliaires (nᵒˢ 93 et 117), et encore
les miniatures d'un manuscrit de la Bibliothèque Vaticane (nº 1231), renfermant les opinions des Pères de
l'Église sur le livre de Job.

Du Cange, dans son *Historia Byzantina*, a publié les
figures de Michel Paléologue (1260 † 1282), de sa femme
et de son fils, qui se trouvaient peintes dans l'église de
Sainte-Marie de Périblepte à Constantinople [1]. Ces
figures roides et sans vie, enfermées dans des gaînes,
donnent une pauvre idée de l'état des arts à Constantinople après la restauration des souverains grecs.

Cette peinture est encore supérieure, sous le rapport
du dessin, à celles qui décorent un manuscrit que l'empereur Manuel Paléologue avait envoyé à l'abbaye de
Saint-Denis en 1408 [2]. Deux miniatures à pleine page
sont peintes sur les deux premiers folios de ce manu-

[1] Du Cange, *Historia Byzantina*; Parisiis, p. 234.
[2] Félibien, *Hist. de l'abbaye de Saint-Denis*; Paris, 1706, p. 317.

13

scrit. La première représente saint Denis l'Aréopagite.
On voit que l'artiste a suivi un type ancien dans la reproduction de cette figure; aussi ne manque-t-elle pas
d'une certaine correction. Mais dans la seconde miniature, qui reproduit l'empereur, sa femme et leurs enfants,
l'artiste, livré à lui-même, laisse voir tous les défauts de
l'école de son temps : les figures sont sans mouvement,
les bras collés au corps, les vêtements ne sont que des
gaines; on dirait des figures de bois faites au tour, et
posées sur des pieds de portemanteaux. Et cependant
les têtes sont d'un dessin correct, les visages ont de
l'expression, la peinture est finement touchée et le coloris en est vigoureux. Ces portraits devaient être res-
semblants [1]. Nous donnons la reproduction de cette
miniature dans la planche LXXXVIII de notre Album.

Indépendamment de l'état de dissolution dans lequel
était tombé l'empire grec au commencement du treizième siècle, une autre cause avait entraîné l'art byzantin dans une voie funeste. Malgré la destruction de
l'iconomachie, le culte des images était resté, comme
nous l'avons dit, frappé d'atteintes dont il ne put se
relever; le clergé, pour éviter les critiques des dissidents,
s'attacha à donner des règles à la composition des sujets
de sainteté que les artistes auraient à reproduire. Dans
l'Occident, au contraire, sauf un certain nombre de types
consacrés par la symbolique religieuse dont les artistes
ne s'écartaient pas, ils pouvaient donner ample carrière
à leur imagination dans la reproduction des scènes de

---

[1] Cette miniature est gravée dans deux ouvrages de Du Cange, *Hist.
Byzantina*, Parisiis, p. 142; et *Glossarium mediæ et inf. latin.*, Parisiis,
1850, t. VII, pl. VII.

la Bible et de l'Évangile. La crainte que conçurent les
évêques de l'Église grecque de voir les artistes de l'école
byzantine subir sur ce point l'influence des Latins les
engagea sans doute à rendre plus sévères les lois qui
défendaient aux artistes de s'écarter des règles que leur
prescrivait la discipline ecclésiastique. Il y a mieux, et
pour empêcher tout écart de leur part, on pensa à rédiger un livre où seraient décrits avec précision tous les
sujets de la symbolique et de l'histoire religieuse que
l'art pourrait reproduire, où tout serait indiqué, jusqu'au
caractère des figures et au libellé des inscriptions qui
devaient les accompagner. Ce code devint dès lors et
pour toujours la règle invariable de tout artiste de l'école
orientale.

C'est à M. Didron, le savant directeur des *Annales
archéologiques,* qu'on doit la connaissance de ce curieux
manuel d'iconographie grecque. Lorsqu'il voyageait en
Grèce avec M. Durand en 1839, tous deux s'étonnèrent
de voir dans toutes les églises, à quelque siècle qu'elles
appartinssent, les sujets et les personnages toujours représentés de la même manière. Ainsi à Saint-Luc, le
baptême du Christ ou bien la Pentecôte, Moïse ou bien
David, étaient figurés en mosaïque absolument comme
étaient peints à fresque, dans Cesarini, David, Moïse, la
Pentecôte et le baptême de Jésus; Saint-Luc cependant
est du dixième siècle et Cesarini du dix-septième. Ils re-
trouvaient à Athènes, à Mistra, à Saint-Luc, le saint Jean
Chrysostome que M. Durand avait dessiné dans le baptistère de Saint-Marc de Venise.

Après avoir quitté l'Attique, ils employèrent un mois
à visiter les monastères et les cellules du mont Athos.

Toutes les peintures de la sainte montagne ressemblaient identiquement à celles qu'ils avaient vues ailleurs. M. Didron ayant complimenté un peintre d'Esphigménon de la prodigieuse facilité avec laquelle il traçait sur le mur l'esquisse de sujets assez compliqués : « Cela est » moins extraordinaire que vous ne pourriez le croire, » lui dit le peintre. Voici un manuscrit qui nous apprend » prend tout ce que nous devons faire. Ici on nous en- » seigne à préparer nos mortiers, nos pinceaux, nos » couleurs, à composer et disposer nos tableaux ; là sont » écrites les inscriptions et les sentences que nous devons » peindre, et que vous m'entendez dicter à mes élèves. »

Ce manuscrit avait pour titre : Ἑρμηνεία τῆς ζωγραφικῆς, *Guide de la peinture.* Il existait dans tous les ateliers du mont Athos. M. Didron ne quitta pas la Grèce sans s'être assuré d'en avoir une copie ; M. Durand en a fait la traduction, et M. Didron l'a publiée en 1845, avec des notes très-intéressantes, sous le titre de *Manuel d'iconographie chrétienne.*

On prétend dans les ateliers du mont Athos que le *Guide* des artistes a été composé au onzième siècle ; cependant nous trouvons dans les manuscrits grecs du onzième siècle et du douzième, et notamment dans le *Ménologe* écrit et peint pour Basile II, des compositions sur des sujets tirés de l'Évangile qui ne sont pas entièrement conformes aux prescriptions du *Guide de la peinture;* ce livre dès lors ne peut être que d'une date postérieure. Les règles générales sur la manière de représenter les scènes de la Bible et de l'Évangile doivent remonter à une époque fort ancienne ; mais la tradition suffisait pour maintenir les artistes dans de certaines limites sans

leur ôter toute liberté d'imagination. Il a fallu certainement un événement extraordinaire pour engager le clergé
grec à faire consacrer ces règles dans un code écrit dont
il ne serait plus permis de s'écarter. Ne doit-on pas
trouver cet événement dans l'invasion des Latins en
Orient et dans la conquête qu'ils firent de Constantinople au commencement du treizième siècle? C'est de
cette époque qu'il faut dater en effet la transformation
complète de l'art byzantin, qui demeura dès lors immo-
bile et ne subit plus aucune variation. Resserrés dans
des limites étroites et ne pouvant en aucune manière
donner carrière à leur imagination, les artistes grecs se
firent en quelque sorte une liturgie pittoresque et suivirent tous dans leurs ouvrages le même patron arrêté
par l'usage. Il en résulte qu'il est presque impossible de
déterminer la date des ouvrages byzantins qui ne remontent pas au delà du treizième siècle, à moins que
certaines circonstances particulières ne viennent à la
faire connaître.

La collection Debruge Duménil possédait plusieurs
sculptures byzantines qui fournissaient la démonstra-
tion de l'immutabilité du style grec à partir du quatorzième siècle. Ainsi les nombreux bas-reliefs sculptés
sur une très-belle croix qui, par la forme des caractères des inscriptions qu'on y voit gravées, appartient
évidemment à cette époque [1], ne diffèrent en rien,
quant au style, de ceux dont est enrichie une autre
croix signée du sculpteur Georges Lascaris avec la date

[1] J. LABARTE, *Description des objets d'art de la collection Debruge
Duménil*, nº 2, p. 413 et suiv.

de 1567 [1]. Les deux artistes auteurs de ces croix avaient au surplus exactement suivi les prescriptions du *Guide de la peinture* dans la composition des sujets qu'ils avaient reproduits; enfin un bas-relief [2] qui paraissait appartenir par son style à la même époque que ces deux croix, était signé Condofidius, de l'île de Naxos, avec la date de 1679.

Si les sculpteurs byzantins, à partir du treizième siècle, avaient renoncé à toute originalité, s'ils avaient perdu les bonnes traditions et abandonné la correction du dessin, ils conservèrent du moins une grande netteté et une finesse délicieuse dans l'exécution. Toutes les personnes qui s'occupent des arts au moyen âge connaissent ces croix sculptées à jour reproduisant dans des proportions très-petites des scènes compliquées tirées de la Bible et des Évangiles. Ces ouvrages sont encore très-recherchés à cause du fini de leur exécution.

Après la prise de Constantinople par les Turcs, ceux des sculpteurs qui n'avaient pas émigré en Occident se retirèrent dans les couvents du mont Athos, qui renfermaient déjà des artistes en tout genre, et la montagne sainte devint dès ce moment l'unique foyer de l'art religieux de l'Église orientale. Les moines du mont Athos ont continué depuis cette époque à s'adonner aux travaux de cette espèce, et le style de leurs sculptures ne diffère presque en rien de celui des belles croix de la collection Debruge Duménil du quatorzième siècle et du seizième.

[1] J. LABARTE, *Description des objets d'art de la collection Debruge Duménil*, n° 39, p. 427.
[2] *Idem*, n° 62, p. 440.

Il y a cent cinquante ou deux cents ans, des artistes de l'école du mont Athos se sont établis en Russie. Les villes de Kiew et de Viazma sont devenues les principaux centres de fabrication de ces fines sculptures religieuses. Les artistes russes ont conservé les types de l'école grecque du quatorzième siècle, et s'écartent rarement des règles tracées par la tradition et par le *Guide de la peinture*. Les inscriptions en langue russe qui accompagnent ces petits ouvrages, écrites fort souvent en caractères slavons, dont on ne fait plus usage que dans les livres liturgiques, servent à les distinguer des travaux des Grecs.

Il est temps de revenir à l'histoire de la sculpture en Occident au point où nous l'avons laissée, c'est-à-dire à l'époque où les persécutions des empereurs iconoclastes amenèrent l'émigration d'un grand nombre d'artistes grecs en Italie.

§ III.

DE L'ART, ET PARTICULIÈREMENT DE LA SCULPTURE, EN OCCIDENT, DEPUIS L'ARRIVÉE DES ARTISTES GRECS EN ITALIE AU VIIIe SIÈCLE JUSQU'AU XIIIe.

I.

En Italie.

La mort de Théodelinde (625) mit fin à la paix et à la prospérité dont avait joui l'Italie sous le gouvernement de cette virile et douce femme. Les luttes intestines qui s'élevèrent après elle entre les chefs de la nation des Lombards, les guerres que cette nation eut ensuite à soutenir contre les Grecs et les Francs, et les querelles sans cesse renaissantes de ses rois avec les papes, ne laissèrent presque aucun instant de repos à l'Italie pen-

dant cent cinquante années; aussi la culture des arts
fut-elle à peu près abandonnée dans le royaume des
Lombards. Il en fut de même à Rome, sans aucun
doute, car le *Liber pontificalis*[1], qui rapporte avec tant
de soin tous les travaux d'art exécutés par ordre des
papes, est à peu près muet sur ce sujet dans ses narra-
tions depuis le pontificat de Jean Ier (523 † 526), qui
coïncide avec la mort de Théodoric, jusqu'à l'avénement de
Grégoire III (731). Les seules œuvres d'art dont ce curieux
livre fasse mention durant ces deux cent cinq années
consistent en un ciborium de bronze que fit exécuter le
pape Honorius († 638), en quelques rares mosaïques,
dont les principales furent faites par les papes Honorius,
Sergius († 701) et Jean VII († 708), et en une image
d'or de saint Pierre que Sergius plaça dans l'église du
Sauveur. On peut donc affirmer que l'art était tombé
au dernier degré d'anéantissement en Italie au commencement du huitième siècle. Mais un grand événement
qui agitait l'empire d'Orient allait en amener le réveil.

L'empereur Léon l'Isaurien avait proscrit le culte des
images (726) dans son empire. Son édit, porté à Rome,
excita dans l'Occident une indignation générale. Grégoire II, qui occupait alors le siége pontifical, soutint
avec énergie les doctrines de l'Église catholique, et
assembla à Rome un synode où l'hérésie naissante fut
condamnée. Grégoire III, qui lui succéda en 731, ne
déploya pas moins de zèle en faveur de la vénération

[1] *Liber Pontificalis seu de Gestis Romanorum Pontificum quem
cum cod. Mss. Vaticanis aliisque emendavit J. Vignolius; Romæ, 1724.*
Nous prendrons toutes les citations que nous emprunterons à ce livre
dans cette édition de Vignolius, et nous ne les indiquerons plus, en
conséquence, que par le numéro et la page du volume.

des images. Il n'hésita pas à faire des remontrances à
l'empereur Léon, et ces remontrances n'ayant eu aucun
succès sur l'esprit de ce prince, il assembla à Rome un
concile composé de quatre-vingt-treize évêques et du
clergé romain. La noblesse et les magistrats assistèrent
à la délibération. Le concile déclara exclu de la table
sainte et séparé du corps des fidèles quiconque violerait
le respect dû aux images en les détruisant, les déplaçant
ou les outrageant par des blasphèmes. Léon, irrité de
la résistance qu'il éprouvait à Constantinople et dans
les différentes provinces de l'empire d'Orient, ne tarda
pas à poursuivre de ses persécutions les artistes fidèles à
la foi orthodoxe qui continuaient à peindre, à ciseler et
à sculpter les saintes images. Constantin Copronyme,
fils et successeur de Léon l'Isaurien, continua à persé-
cuter les défenseurs du culte des images, et surtout les
artistes qui les reproduisaient. Un grand nombre de
ceux-ci, qui travaillaient principalement pour les églises,
se voyant privés de toute ressource, se réfugièrent
donc en Italie, bien certains de trouver un appui et des
moyens d'existence auprès des papes et des prélats qui
résistaient si énergiquement aux édits de l'empereur.
Les papes les accueillirent avec faveur et ouvrirent des
asiles aux émigrés [1]. Aussi, dès le pontificat de Grégoire III (731 † 741), et malgré la guerre que celui-ci
eut à soutenir contre Luitprand, roi des Lombards,
voit-on renaître à Rome le culte des arts. Les travaux
artistiques que fit exécuter ce saint pontife sont en effet
assez importants, eu égard aux circonstances fâcheuses

---

[1] *Liber pontificalis*, in S. Paulo, t. II, p. 129; in Pascale, t. II,
p. 317.

dans lesquelles il se trouvait. Ayant fait élever dans la basilique de Saint-Pierre, en avant de la confession, six belles colonnes qu'il avait reçues en présent de l'exarque Eutychius, il les surmonta d'une trabes [1] revêtue d'argent, sur laquelle étaient reproduites d'un côté les figures du Christ et des apôtres, et de l'autre, celles de la Mère de Dieu et des saintes vierges. Dans l'abside de l'église Sainte-Marie ad Præsepe (aujourd'hui Sainte-Marie-Majeure), il fit faire un bas-relief d'or représentant la Vierge embrassant son divin Fils; à la chapelle du Sauveur, érigée dans la basilique de Saint-Pierre, près de l'abside, une image d'or de la Mère de Dieu, et dans l'oratoire de Saint-André, qui touchait à cette basilique, une image du saint apôtre également d'or. Des peintures vinrent en outre enrichir cet oratoire, ainsi que les églises de Saint-Calliste, de Saint-Procès et Saint-Martinien, et de Sainte-Marie in Cyro. Les appartements qui dépendaient de la basilique de Saint-Pierre en furent également décorés [2].

Ainsi des artistes en différents genres avaient reparu à Rome, et comme depuis plus de deux cents ans les Romains avaient cessé de produire des œuvres d'art, il est impossible de trouver une cause plus naturelle à la renaissance qui se produisit sous le pontificat de Grégoire III, que l'arrivée à Rome de ces artistes grecs qui seuls avaient conservé les belles traditions de l'anti-

[1] On donnait le nom de trabes à une sorte d'architrave disposée au-dessus des colonnes qui, dans les anciennes églises, entraient dans la composition de la clôture des sanctuaires (cancelli), et aussi à une espèce de poutre jetée en travers du grand arc des absides. Voyez le mot TRABES au titre du MOBILIER RELIGIEUX.

[2] *Liber pontificalis*, t. II, p. 45 et seq.

quité et la connaissance de la technique des différents arts industriels. En échange de l'hospitalité qui leur fut généreusement accordée, ils mirent leur talent à la disposition des souverains pontifes, et ils s'acquittèrent noblement de la dette de la reconnaissance, non-seulement par leurs travaux, mais encore en reconstituant les écoles artistiques en Italie. Zacharie, successeur de Grégoire III († 752), put employer le marbre, le verre, les métaux et la mosaïque à la décoration du palais de Latran ; il y ajouta un portique qu'il enrichit de peintures et qu'il ferma par des portes de bronze sur lesquelles la figure du Sauveur était reproduite. Il fit faire encore pour le grand autel de la basilique de Saint-Pierre un parement en étoffe tissue d'or, où l'on avait représenté le sujet de la Nativité du Christ [1].

Étienne II, Paul Ier et Étienne III, engagés dans les plus sérieuses difficultés avec les rois lombards, ne purent poursuivre l'œuvre de la restauration de l'art ni utiliser le talent des artistes émigrés avec autant de persévérance que leurs prédécesseurs ; mais lorsque Charlemagne, après avoir vaincu Didier et détruit le royaume des Lombards (774), eut affermi la puissance et la fortune temporelle des papes, Adrien Ier et Léon III, son successeur, trouvèrent à Rome des artistes capables d'exécuter les immenses travaux d'art dont le *Liber pontificalis* nous a conservé la description.

Mais avant d'aller plus loin, nous devons dire quelques mots du *Liber pontificalis*, où nous avons déjà puisé quelques renseignements. Nous aurons à citer presque constamment ce précieux ouvrage dans l'his-

(1) *Liber pontificalis*, t. II, p. 74 et 75.

torique que nous allons tracer des arts industriels à la
fin du huitième siècle et au neuvième ; il est donc nécessaire d'apprécier avant tout la confiance que l'on peut
accorder à cet ouvrage, relativement à la nature des
documents que nous avons à lui emprunter.

Le Livre pontifical renferme les vies des papes, depuis
saint Pierre, apôtre, jusqu'à Étienne V, qui mourut
en 891. On en attribue ordinairement la rédaction à
Anastase, bibliothécaire de l'Église romaine ; mais un
grand nombre d'opinions ont été émises, on le comprend sans peine, relativement aux écrivains auxquels
on doit un recueil si important. Les uns soutenaient que
les vies des papes, depuis saint Pierre jusqu'à saint
Libère († 366), avaient été rédigées par le pape saint Damase († 384). Baronius [1] ne les attribuait pas à Damase,
mais à un anonyme ; d'autres laissaient l'honneur de la
composition entière, soit à Guillaume le bibliothécaire,
soit à Pandulphe, ostiaire de la basilique de Latran,
soit à Anastase ; quelques-uns enfin voulaient qu'Anastase les eût seulement mises en ordre après les avoir
tirées de trois anciens catalogues. Ciampini a consacré
tout un volume à l'examen des opinions débattues dans
cette controverse [2]. Il a établi, par beaucoup de citations, que le style fort peu homogène qui se faisait
remarquer dans les diverses parties de l'ouvrage indiquait le concours de plusieurs coopérateurs ; il a constaté
que la collection de la vie des papes avait déjà été mentionnée, antérieurement à Anastase, par Béda au commencement du huitième siècle, et par Almarius et

[1] *Annales ecclesiastici*, ad an. 69, n° 35.
[2] *Examen Libri pontificalis;* Romæ, **1688**.

d'autres auteurs qui florissaient dans les premières
années du neuvième. Enfin, de la comparaison des
écrits d'Anastase avec le *Liber pontificalis*, il conclut
que les seules vies de Grégoire IV (827 † 844), de
Sergius II, de Léon IV, de Benoît III et de Nicolas Ier
(† 867) lui appartiennent; les viés qui précèdent et celles
qui suivent, y compris la vie d'Étienne V († 891), qui
est la dernière, seraient de différents auteurs.

Il est certain qu'une lecture attentive du *Liber pontificalis* dénote cette multiplicité d'auteurs, et surtout
d'époques, signalée par Ciampini, et justifie pleinement
ses observations. On sait que le Saint-Siége eut toujours
ses notaires (plus tard, ils prirent le titre de bibliothé-
caires), chargés d'écrire les vies des saints, de rassembler les actes des pontifes et de dresser l'inventaire des
dons offerts à saint Pierre. On conçoit alors la variété
de style que dut introduire dans les *Vies des papes* cette
succession de rédacteurs indépendants les uns des autres.
Nous ajouterons que ce qui constate également la diversité des époques dans la confection des différentes
parties du livre, c'est que les auteurs, non contents de
rapporter les faits historiques et d'énumérer les monuments élevés par les souverains pontifes, entrent dans
de minutieuses explications sur tous les objets d'art, sur
tous les morceaux d'orfévrerie exécutés par leurs ordres
ou offerts aux différentes églises de Rome; ils donnent
la dimension, le poids exact de chaque pièce. Ils n'ont
pas la prétention de mettre de l'ordre dans leur récit ni
de donner une description complète de tel monument
ou de tel objet d'art; ils paraissent au contraire s'être
bornés à copier des pièces comptables dans l'ordre de

leur date, et lorsqu'un monument d'art de quelque importance a été exécuté à plusieurs reprises, il faut rassembler divers passages de leur texte, assez éloignés souvent les uns des autres, pour se faire une idée de l'ensemble de ce monument. Toutefois, on voit aisément qu'ils avaient sous les yeux les objets dont ils font la description. Après un ou deux siècles, un chroniqueur, même nanti de documents écrits, n'aurait pu dépeindre avec cet amour et cette précision des objets d'art disparus depuis longtemps, et dont la connaissance ne lui serait parvenue que par le simple énoncé d'un inventaire. Ainsi, il aurait été impossible à l'écrivain du neuvième siècle de fournir des renseignements aussi détaillés que ceux qui sont contenus dans la vie de saint Silvestre (✝ 335), sur l'orfévrerie magnifique dont Constantin dota les églises de Rome, avant de porter le siége de l'empire à Constantinople. Si saint Damase n'est pas l'auteur des vies de ses prédécesseurs, ce que certains critiques prétendent, il nous paraît évident qu'il a chargé un secrétaire de les rédiger, tandis que ces richesses formaient encore, dans toute leur splendeur, la décoration des saints autels. Un siècle plus tard, quand les barbares eurent envahi l'Italie et pillé Rome, cette exactitude scrupuleuse n'eût plus été possible.

Il est permis de contester certains faits historiques consignés dans le *Liber pontificalis;* mais l'énumération et la désignation des objets d'art portent avec elles un cachet de vérité qu'on ne peut méconnaître. Cette rédaction du *Liber pontificalis*, échelonnée, pour ainsi dire, à différentes époques successives, est donc propre à nous inspirer toute confiance. Les auteurs, écrivant

en présence des objets mêmes dont ils faisaient la
description [1], ne pouvaient se livrer aux écarts de
leur imagination ; ils auraient été trop facilement
ramenés à la vérité et convaincus de mensonge ou
d'exagération par leurs contemporains, pour oser rien
avancer qui ne fût parfaitement exact. Le *Liber pontificalis* est donc un inventaire excellent de tous les objets
d'art auxquels l'Italie a donné naissance du quatrième
au neuvième siècle ; nous avons dû le consulter avec
confiance. Reprenons notre récit.

Charlemagne, après avoir passé les Alpes et vaincu
Didier, roi des Lombards, fit bloquer la ville de Pavie
qui servait de refuge à celui-ci, et se rendit à Rome, où
il fut reçu comme un libérateur par le pape Adrien Ier
(773). Après avoir renouvelé la donation que Pepin
avait faite au Saint-Siège, il rentra en France en emme-
nant Didier. La puissance temporelle et la fortune des
papes se trouvant par là prodigieusement accrues,
Adrien se mit à relever les édifices tombés en ruine et
à en édifier de nouveaux, et fit exécuter pour embellir et décorer les églises des objets d'art de différents genres. En haine des édits de l'empereur
d'Orient contre le culte des images, le pape voulut bien
certainement élever dans les églises les statues du Christ,
de la Vierge et des apôtres ; mais à cette époque l'art
statuaire était fort négligé dans l'empire d'Orient, et
les images religieuses n'y étaient jamais exécutées en

(1) Voici deux citations qui donnent la preuve de ce que nous avançons : « Ut præsens per omnia opus ibidem dedicatum luce clarius
manifestat. — Super quod etiam obtulit regnum de argento purissimo
habens in medio crucem, quod usque nunc super eodem pendere altari
conspicitur. » *Liber pontificalis*, in Leone IV, t. III, p. 87 et 96.

figures de ronde bosse ; les artistes grecs qui arrivaient
à Rome étaient donc inhabiles à produire des statues.
Aussi, Grégoire III, qui n'avait pas encore sans doute
à sa disposition d'artistes capables de tailler des figures
de ronde bosse, avait fait recouvrir d'argent une ancienne statue de la Vierge [1]. Cette statue était sans
doute de bois, et de minces feuilles d'argent étaient
venues en revêtir l'extérieur sans altérer sensiblement
les contours. Nous citerons plus loin des exemples de ce
genre de travail en France au onzième siècle. Les premières statues élevées sous le pape Adrien ne durent
pas être exécutées autrement. « Ce saint-père fit faire
» six images recouvertes de feuilles d'argent, ex laminis
» argenteis investitas, » dit le chroniqueur [2]. Ces
images, qui reproduisaient le Christ, les anges Michel
et Gabriel, la Vierge, saint André ét saint Jean, avaient
le visage peint et l'argent était doré. On comprend que
pour des artistes qui n'avaient point encore fait de
figures de ronde bosse, il était plus facile de les travailler d'abord en bois et de les revêtir ensuite d'une
feuille d'argent appliquée sur le bois par une forte pression, que de les exécuter par la fonte ou par le procédé

[1] Imaginem sanctæ Dei Genitricis antiquam deargentavit ac investivit argento. (*Liber pontificalis*, t. II, p. 51.)

[2] *Liber pontificalis*, t. II, p. 206. Les chroniqueurs qui ont écrit
les vies des papes au neuvième siècle dans le *Liber pontificalis* se sont
constamment servis de « investire ex argento », dans le sens de revêtir
d'une feuille d'argent : In ecclesia Beati Pauli apostoli corpus ejusdem doc-
toris mundi investivit ex laminis argenteis pesantibus lib. xxx, quoniam
argentum quod ibidem primitus erat nimis confractum existebat (t. II,
p. 197). — Fecit cerostata, paria iv investita ex argento deaurato (p. 277).
— Investivit trabem ex argento mundissimo (p. 278). — Altare majus
construxit, cujus faciem investivit ex argento (p. 279). — Et encore aux
pages 282, 296 ; et t. III, p. 125.

du repoussé au marteau. Le *Liber pontificalis* ne signale
pas d'autres statues sous le pontificat d'Adrien Ier
(✝ 795) ; mais les bas-reliefs en métal précieux, qui
sont assez nombreux, ne sont pas indiqués comme
ayant été faits par le procédé que désignait cette expression, ex argento investire. Le chroniqueur les indique
seulement comme faits avec des feuilles d'or ou d'argent,
et l'on doit supposer qu'ils étaient exécutés par le procédé du repoussé. Ainsi, à la basilique de Saint-Paul,
Adrien fit décorer les portes du sanctuaire d'images
d'argent reproduisant le Christ et deux anges; les visages
étaient coloriés. A la basilique de Saint-Pierre, il fit
placer une image du Christ en argent au-dessus de la
principale porte d'entrée, enrichit le maître-autel de
bas-reliefs d'or, et revêtit la confession de lames d'or,
où divers sujets étaient reproduits; auprès du corps du
saint apôtre, il éleva un bas-relief d'or, où l'on voyait
les figures du Sauveur, de la Vierge et des saints apôtres
Pierre, Paul et André. Il dota encore l'église Saint-
Laurent hors des murs d'un bas-relief contenant la
figure de saint Laurent avec les symboles des évangélistes [1]. Pour ce qui est de la sculpture monumentale,
on n'en trouve qu'une seule mention dans la vie
d'Adrien Ier. Ce saint pontife ayant reconstruit l'abside
de la basilique de Saint-Pierre qui était tombée en ruine,
l'enrichit, suivant un antique usage, de sculptures
polychromes [2]. Les termes dont se sert le chroniqueur

---

[1] *Liber pontificalis*, t. II, p. 208, 226, 228, 229 et 232.

[2] Cameram B. Petri in omnibus destructam atque dirutam, exemplo
plitano exculpens diversis coloribus, a novo fecit. *Liber pontificalis*,
t. II, p. 219.

ne permettent pas de voir dans le travail de sculpture qu'il indique autre chose que des bas-reliefs taillés dans les parois mêmes de l'abside. Quant à des statues de marbre, de pierre ou de bronze, il n'en est nullement question.

Les premiers essais de la statuaire furent donc fort timides; mais bientôt, sous Léon III (795 † 816), on va voir les orfévres exécuter quelques figures de ronde bosse. Avant de constater les progrès sensibles qui se produisirent alors dans tous les arts, nous devons faire remarquer que le mot statua ne se rencontre jamais sous la plume du chroniqueur qui a écrit dans le *Liber pontificalis* la vie du successeur d'Adrien, et qu'on ne le rencontre pas non plus dans les vies des autres pontifes au neuvième siècle [1].

Bien que sous ces papes on ait fait à Rome plusieurs statues d'or et d'argent, les auteurs du *Liber pontificalis* ne se servent que du mot imago pour désigner les reproductions de la sculpture; qu'elles fussent en bas-relief ou de ronde bosse [2]. Serait-ce qu'aucune grande

---

[1] Le mot statua est écrit pour la dernière fois au *Liber pontificalis* dans la vie de Paul Ier († 768), encore l'auteur ne dit-il pas que l'effigie de la Vierge ainsi désignée ait été faite par ordre de ce saint pape, mais seulement qu'elle fut placée dans une nouvelle chapelle qu'il avait fait construire : « Ubi et effigiem Sanctæ Dei Genitricis in statua ex argento deaurato constituit. » (T. II, p. 130.) La statue pouvait donc être ancienne.

[2] Pline ne s'est presque jamais servi du mot imago que pour l'appliquer soit aux productions de la peinture, soit à des bas-reliefs : Imaginem principis ex auro in anulo gerendi. (Lib. XXXIII, cap. XII).— Imago Pompei e margaritis. (Lib. XXXVII, cap. VI.)— Romæ et penicello pinxit et cestro in ebore, imagines mulierum maxime. (Lib. XXXV, cap. XL.)— Les auteurs postérieurs à Pline se sont généralement servis dans le même sens du vocable imago. Trébellius Pollion, par exemple, dans un passage

statue n'étant plus exécutée en marbre, en pierre ou en bronze, ces auteurs ne croyaient pas pouvoir donner ce nom à ces figures de ronde bosse fabriquées par les orfévres avec des feuilles d'argent contournées ou repoussées au marteau? Ne doit-on pas reconnaître aussi en cette circonstance l'influence des artistes grecs, qui, ayant abandonné la statuaire, ne donnaient plus que le nom d'image, εἰκών, aux productions de la sculpture, et qui venant à exécuter en Italie des figures de ronde bosse, à la demande des papes, ne croyaient pas devoir changer pour cela la dénomination en usage dans l'empire d'Orient? Il est donc quelquefois assez difficile de décider si telle image qui est décrite dans le *Liber pontificalis* est de ronde bosse ou en bas-relief. Certaines circonstances du récit, comme l'emplacement donné à l'image, et l'acception ordinaire du verbe qui accompagne le mot imago, sont les meilleurs guides à suivre pour se prononcer sur l'état de la pièce désignée [1].

de la vie de Claude II, fait bien sentir la différence de statua et de imago : Illi clypeum aureum senatus totius judicio in romana curia collocatum est, ut etiam nunc videtur. Expressa thorace vultus ejus imago. Illi populus romanus sumptu suo in Capitolio ante Jovis templum statuam auream collocavit. (Édit. NISARD, p. 558.)

[1] Quand une reproduction est indiquée uniquement par le nom du sujet représenté sans adjonction du mot imago, nous n'hésitons pas à y voir une figure de ronde bosse, une statue grande ou petite, comme dans les phrases suivantes : In medio fontis columnam posuit, et super columnam agnum ex argento. (T. II, p. 279.) — Fecit ante confessionem angelos ex argento. (T. II, p. 299.) — Fecit cherubim ex argento deaurato tres qui stant super capita columnarum. — Nous croyons aussi qu'on doit reconnaître des statues dans les figures désignées par le mot imago, lorsque ce mot est accompagné des verbes stare, ponere, existere, surtout lorsque l'emplacement donné à l'objet paraît indiquer une statue : Fecit imaginem Salvatoris auream quæ stat in trabe. (T. II, p. 275.) — Imaginem argenteam stantem sub arcu de ciborio. (T. II, p. 277.) —

Léon III, qui avait sacré Charlemagne empereur
d'Occident et qui avait reçu de ce prince des présents
considérables, continua l'œuvre de son prédécesseur et
donna une vive impulsion à toutes les branches de l'art.
Il restaura un grand nombre d'édifices et en construisit
de nouveaux qu'il enrichit de marbres, de peintures
murales et de mosaïques, et dont il garnit les fenêtres
de verres de couleur [1]. Sous son pontificat, la sculpture
fit de notables progrès, et les artistes osèrent attaquer le
marbre. Léon III, en effet, fit décorer de marbres
sculptés les absides qui renfermaient les autels de saint
André et de sainte Pétronille [2]. Il ne peut être ici
question que de bas-reliefs, et ce sont les deux seuls
exemples de sculptures de marbre qui soient men-
tionnées dans le *Liber pontificalis* comme ayant été
exécutées sous le pontificat de Léon III. Les meilleurs
sculpteurs préféraient travailler les métaux précieux, et
c'est uniquement dans les travaux des orfévres que l'on
rencontre des figures de ronde bosse. Ainsi, sur la trabes
disposée au-dessus des six premières colonnes du vestibule du sanctuaire dans la basilique de Saint-Pierre [3],
Léon III avait fait placer une statue d'or du Christ qui
ne pesait pas moins de soixante-dix-neuf livres, et six
figures d'anges d'argent doré, distribuées à droite et à

Et super regularem posuit arcum ex argento, nec non et imagines ubi
supra posuit. (T. II, p. 279.) — Ubi et regularem fecit et posuit super
eumdem regularem tres imagines; in medio quidem unam existentem,
habentem depictum vultum Salvatoris. (T. II, p. 206.)

[1] *Liber pontificalis*, t. II, p. 238, 244, 256, 264, 279, 296, 303, 306.

[2] *Idem*, p. 261.

[3] Voyez à l'ORFÉVRERIE la description de la basilique de Saint-Pierre
et le mot TRABES, au MOBILIER RELIGIEUX.

gauche du Sauveur [1]. Il avait fait faire pour la basilique de Saint-Paul deux anges d'argent doré, se
tenant en adoration devant le Christ, et pour l'oratoire
consacré à sainte Pétronille, une statue d'argent qui
s'élevait au-dessus de l'arc du ciborium. Ayant fait
reconstruire le baptistère de la basilique de Saint-Pierre,
il fit placer une colonne de porphyre au centre de la
cuve baptismale, et sur cette colonne, un agneau d'argent [2], de la bouche duquel l'eau jaillissait.

Parmi les figures de ronde bosse, nous ne devons pas
omettre les crucifix ; ils sont mentionnés pour la première fois dans le *Liber pontificalis,* sous le pontificat
de Léon III, qui en fit exécuter trois d'argent de très-
grande proportion [3].

Les bas-reliefs d'or et d'argent dont ce pape enrichit
les églises sont en bien plus grand nombre que les
figures de ronde bosse. Parmi les plus remarquables,
on peut citer dans la basilique de Saint-Paul : le bas-
relief d'or qui décorait le parement de l'autel, où
l'on voyait le Christ et les douze apôtres ; les images
d'or du Christ et des saints apôtres Pierre et Paul,
qu'il fit placer dans le sanctuaire, et les bas-reliefs d'argent dont les grandes portes étaient revêtues [4] ; dans
la basilique de Saint-Pierre : l'image d'or du saint
apôtre ; le grand bas-relief d'or placé dans la confession, où se trouvaient reproduites les figures du Christ,
de la Vierge, des apôtres Pierre, Paul et André, et celle

[1] *Liber pontificalis,* t. II, p. 275 et 299.
[2] *Idem,* t. II, p. 275, 277, 279.
[3] *Idem,* t. II, p. 263, 270, 306.
[4] *Idem,* t. II, p. 240, 259, 275.

de sainte Pétronille; et enfin, les bas-reliefs de grande proportion du ciborium d'argent élevé au-dessus du grand autel [1].

Indépendamment de l'orfévrerie, d'autres arts industriels se montrent en progrès sous le pontificat de Léon III. Son prédécesseur, Adrien Ier, ayant voulu enrichir de portes de bronze la tour de la basilique de Saint-Pierre, n'avait pu sans doute trouver à Rome des fondeurs pour les exécuter, puisqu'il fut obligé de faire venir de Pérouse des portes anciennes qui s'y trouvaient : Léon III, au contraire, put faire fondre des portes de bronze dont il ferma la confession dans la basilique de Saint-Paul [2]. Adrien Ier avait fourni à différentes églises de Rome de très-belles étoffes de soie venues sans doute de l'Orient; mais aucune n'est indiquée par le *Liber pontificalis* comme étant enrichie de figures ou de sujets; sous Léon III les étoffes historiées abondent [3].

En dehors des circonstances qui expliquent l'émigration des artistes grecs en Italie au huitième siècle, leur intervention dans la restauration de tous les arts industriels sous les pontificats d'Adrien Ier et de Léon III est constatée par la quantité de mots grecs ou dérivés du grec que donne le *Liber pontificalis* dans la description de différents objets d'art exécutés par les ordres de ces deux papes. Ce sont, entre autres, plusieurs bas-reliefs et pièces d'orfévrerie faits

---

[1] *Liber pontificalis*, t. II, p. 273, 314, 299.

[2] *Idem*, t. II, p. 316.

[3] *Idem*, t. II, p. 239, 256, 257, 258, 260, 268, 270, 272, 273, 276, 277, 281, 295, 297, 304, 309.

en or obrizum [1]; une croix diacopton [2]; une
croix, un calice et plusieurs couronnes panoclystos [3];
des lampes enafoti [4]; des étoffes avec des péri-
clysis [5] de différentes sortes. Des aiguières et des burettes destinées à contenir le vin qu'on verse dans le
calice, reçoivent le nom de staupos [6]. Certains objets
sont désignés par leur nom grec, comme ce polycan-
dilum de porphyre suspendu par des chaînes d'or
devant la confession de saint Pierre [7], et ce chrysoclavum [8], sorte de travail d'or qui reproduisait des
ornements et même des sujets [9].

L'intervention des artistes grecs dans les travaux
artistiques exécutés sous les pontificats d'Adrien Ier et

[1] *Liber pontificalis*, t. II, p. 231, 233, 235, 240; de ὄβρυζον, pur.

[2] *Idem*, t. II, p. 243; de διάκοπτος, que Du Cange (*Gloss. lat.*)
traduit par intercisus, cælatus. Διακόπτω signifie trancher, fendre; c'est
bien là le travail de la gravure en intaille des métaux.

[3] *Idem*, t. II, p. 276, 280, 305, 315, 328; du grec ἐπανώκλειστος,
desuper clausus, dit Du Cange (*Gloss. lat.*). On doit donc reconnaître dans
ces citations une croix fermée par des volets, un calice à couvercle et
des couronnes fermées par en haut.

[4] *Idem*, t. II, p. 334. Lampe à neuf lumières; de ἐννέα, neuf, et
φῶς, lumière.

[5] *Idem*, t. II, p. 230, 234, 228, 240, 241, 242, 296; du mot grec
περίχλυσις, entourage, bordure.

[6] Du verbe grec στάζειν, verser.

[7] *Liber pontificalis*, t. II, p. 275. Le nom de πολυκάνδηλον était
donné par les auteurs byzantins à ces lustres en forme de couronne
portant plusieurs lumières, et qui étaient principalement destinés aux
églises. Voyez plus loin, au titre de l'ORFÉVRERIE, ch. II, § III, art. V.

[8] Mot que l'on rencontre dans les auteurs byzantins, et notamment
chez Constantin Porphyrogénète, qui décrit le scaramangion, sorte de
tunique que portait l'empereur, comme étant enrichie de chrysoclavum,
φορῶν σκαραμάγγιον διάσπρον χρυσόκλαβον. *De cerimon. aulæ Byzantinæ*, cap. XVII; Bonnæ, p. 99.

[9] « Fecit vestem de chrysoclavo cum gemmis, habentem historiam
» beati Petri apostoli. « *Liber pontificalis*, t. II, p. 318.

de Léon III, est encore démontrée par l'importation qui fut alors faite à Rome de la peinture en émail par incrustation, art qui était pratiqué avec succès à Constantinople depuis le règne de Justinien, mais qui était demeuré étranger à l'Italie jusqu'à l'époque dont nous nous occupons.[1]

Les successeurs d'Adrien et de Léon héritèrent de l'amour de ces deux papes pour les arts et continuèrent l'œuvre de restauration qu'ils avaient entreprise. Pascal Ier (817 † 824), Grégoire IV († 844) et Sergius II († 847) restaurèrent et bâtirent beaucoup de monuments et les enrichirent de peintures murales, de marbres, de mosaïques et de fenêtres en verres de couleur. Ils accordèrent leur protection à tous les arts industriels et firent exécuter une grande quantité de pièces d'orfévrerie, d'émaux et de riches étoffes historiées. La sculpture en marbre fut toujours fort rare; le *Liber pontificalis* mentionne seulement sous ces trois papes les colonnes ornées de sculptures que Pascal Ier fit élever devant la confession de l'autel de Sainte-Marie ad Præsepe, et les bas-reliefs dont Sergius II décora l'abside de la basilique Constantinienne et celle de l'église Saint-Martin, qu'il avait édifiée [2] : les sculpteurs se signalèrent surtout dans les travaux de l'orfévrerie.

Ce ne fut pas seulement à Rome que se produisit le réveil de l'art. Charlemagne n'avait pas enrichi seulement le saint-siége; il montra aussi une grande générosité envers les archevêques de Ravenne et de Milan, et surtout envers les monastères. Ses successeurs au trône

[1] Voyez au titre de l'Émaillerie, chap. Ier, § III, art. III.
[2] *Liber pontificalis*, t. II, p. 340, et t. III, p. 49 et 54.

d'Italie suivirent son exemple, et tous les hauts barons
s'empressèrent d'imiter leurs souverains. Les prélats,
de même que les papes, relevèrent leurs églises, en édi-
fièrent de nouvelles et les enrichirent de toutes les productions des arts. A l'instigation de Grégoire III, l'abbé
Pétronax avait quitté Rome avec ses moines pour ha-
biter de nouveau le mont Cassin ; il en reconstruisit le
célèbre monastère, détruit et abandonné depuis bien des
années. Sous Adrien Ier et Léon III, l'abbé Gisulfe, pro-
fitant du repos donné à l'Italie, rebâtit le temple où
reposait le corps de saint Benoît, ainsi qu'un grand
nombre d'autres églises qui dépendaient du monastère,
et les décora merveilleusement [1].

En 835, Angilbert II, archevêque de Milan, fit restaurer la basilique de Saint-Ambroise, et éleva ce magnifique autel enrichi de bas-reliefs d'or et d'argent exécutés
par Volvinius [2], ainsi que le ciborium qui le couvre.
Ce ciborium, le plus ancien sans doute de ceux du moyen
âge qui aient été conservés, est formé de quatre colonnes
antiques de porphyre supportant quatre arcs plein cintre
surmontés de pignons. Dans les quatre tympans sont
des bas-reliefs qui doivent appartenir à l'époque de Volvinius et sont peut-être de sa main. Les figures dorées
ou coloriées se détachent sur un fond bleu [3].

---

[1] Leo Ostiensis, *Chronica sacri monasterii Çasinensis;* Lut. Paris.,
1668, lib. I, cap. IV et XVIII, p. 100 et 145.

[2] Ce précieux monument a été reproduit par Ferrario, *Monumenti
sacri e profani della basilica di Sant' Ambrogio in Milano;* Milano, 1824;
et par Du Sommerard, *Les Arts au moyen âge;* Album, 9e série, pl. XIX;
nous en donnerons la description au titre de l'Orfévrerie, chap. III,
§ I, art. II ; la vignette placée en tête de ce chapitre est la reproduction
de l'un des côtés de cet autel.

[3] Ce ciborium a été également reproduit par Ferrario, *Mon. sacri*

La république vénitienne n'avait jamais voulu reconnaître l'empire des Lombards; elle repoussa avec une égale ardeur la domination des princes carolingiens; elle prodiguait le nom de barbares à ces étrangers qui dominaient l'Italie. Les Grecs seuls lui paraissaient dignes de son alliance. Ce fut pour mieux résister aux attaques de Pépin, fils de Charlemagne et roi d'Italie, que les Vénitiens transportèrent leurs richesses dans l'île de Rialto, où s'éleva Venise, la capitale du nouvel État. Le palais ducal fut édifié sur l'emplacement où il subsiste encore aujourd'hui, et les soixante îlots qui entourent l'île de Rialto y furent réunis par des ponts. Un grand nombre d'églises et de palais décorés de marbres, de sculptures, de peintures murales et de mosaïques, s'élevèrent alors dans l'enceinte de la nouvelle ville. Les Vénitiens, occupés de la défense de leur territoire et uniquement voués au commerce maritime, n'avaient pas d'art qui leur fût propre ni d'artistes indigènes; mais ils avaient déjà établi des relations suivies avec Constantinople, et, lors de la paix qui fut conclue entre les deux empires, les Vénitiens avaient été compris dans les traités comme Fidèles de celui d'Orient [1]. Ce fut donc de cette ville qu'ils appelèrent les artistes, architectes, peintres, sculpteurs, mosaïstes, orfévres, qui élevèrent les églises et les palais de la nouvelle capitale, les décorèrent et leur fournirent un riche mobilier [2]. Dès le

e profani della basilica di Sant' Ambrogio, p. 131; et par Du Sommerard, *Les Arts au moyen âge;* Album, 9e série, pl. XIX.

[1] Andreæ Danduli *Chronicon Venetum*, lib. VII, cap. xv; apud Muratori, *Rer. Ital. script.*, t. XII.

[2] Johannis Diaconi *Chronicon Venetum et Gravense;* apud Pertz, *Monumenta Germaniæ hist.*, t. IX, p. 4.

commencement du neuvième siècle, des artistes grecs, appelés en grand nombre à Venise, s'étaient répandus dans le nord de l'Italie, où ils devinrent, comme à Rome, les promoteurs de la restauration de l'art.

Le repos que Charlemagne avait procuré à l'Italie ne devait pas être de longue durée. Les Sarrasins, s'apercevant de la faiblesse de l'immense monarchie qu'il avait fondée, commencèrent à ravager les provinces maritimes de l'Italie. Bien que le pape Grégoire IV, pour résister à leurs incursions, eût fait fortifier la ville et le port d'Ostie, ils n'en avaient pas moins continué leurs ravages, et, en 847, après s'être emparés de Civita-Vecchia, ils vinrent mettre le siége devant Rome. Ils pillèrent la basilique de Saint-Paul hors des murs, et celle de Saint-Pierre, qui n'était pas encore enfermée dans l'enceinte de la ville : toutes les richesses qu'Adrien Ier et Léon III avaient amassées dans ces deux temples devinrent la proie des musulmans. C'est dans ces tristes circonstances que fut élu Léon IV. Le pillage des Sarrasins fut pour ce saint pape l'occasion de déployer son amour pour les arts. Après avoir réparé les murailles de Rome et fait entourer le mont Vatican de fortifications, afin de mettre à l'avenir l'église consacrée au prince des apôtres à l'abri d'un nouveau coup de main, il fit restaurer les deux églises et leur rendit leur première splendeur [1].

Bien que les travaux artistiques exécutés par Léon IV (847 † 855) aient été assez considérables, il semble résulter de la description qui en est faite par le *Liber pontificalis*, que le niveau de l'art s'était déjà abaissé.

---

[1] *Liber pontificalis,* in Leone IV, t. III, p. 65 et seq.

La sculpture, en effet, est moins cultivée sous son règne que sous celui de Léon III. Plus de bas-reliefs de marbre, et les seules statuettes d'argent qui soient décrites par l'auteur de la vie de Léon IV sont six anges et deux agneaux placés en avant de la confession de saint Pierre [1]. Ce saint pape fit exécuter, il est vrai, par ses orfévres un assez grand nombre de bas-reliefs : ainsi il fit refaire en argent les portes de la basilique de Saint-Pierre et les enrichit d'un grand nombre de sujets de sainteté; il fit également relever celles de la confession, en y plaçant les figures en buste de saint Pierre et de saint Paul, et décora le tombeau du prince des apôtres de trois bas-reliefs d'argent, dans l'un desquels on voyait sa propre image [2]. Mais les bas-reliefs d'or dont le pape Adrien Ier avait décoré le maitre-autel furent remplacés par un tableau d'émail [3]; et s'il reconstruisit entièrement en argent le ciborium qui abritait cet autel [4], il n'y fit pas rétablir de bas-reliefs de grande proportion, comme ceux qui existaient dans le ciborium édifié par Léon III. Léon IV fit exécuter aussi deux grands crucifix, pour remplacer ceux que les Sarrasins avaient enlevés; mais un seul des deux était un objet de sculpture, l'autre était d'émail [5]. Nous devons signaler un autre genre de travail pratiqué dans l'antiquité, qui reparaît à cette époque, la gravure en intaille sur métal. « Léon IV, dit Anastase, fit confectionner un » pupitre d'argent merveilleusement gravé et au sommet

[1] Liber pontif., t. III, p. 107 et 109.
[2] Idem, p. 122, 88, 82.
[3] Idem, p. 87.
[4] Idem, p. 105.
[5] Idem, p. 96 et 126.

» duquel brillait une tête de lion [1]. » Ainsi les émailleurs et les graveurs venaient remplacer les sculpteurs.

Plusieurs causes peuvent avoir amené cet abandon de la sculpture : les dépenses considérables qu'on fut obligé de faire pour entourer les villes de fortes murailles, afin de les préserver des incursions des Sarrasins et des Hongrois, le goût de l'époque, qui se porta sur les émaux et les riches étoffes historiées, et surtout le retour des Grecs en Orient. Le pontificat de Léon IV coïncide en effet avec le rétablissement du culte des images dans l'empire d'Orient. A la mort de l'empereur Théophile, en 842, les artistes grecs, qui avaient émigré pour éviter les persécutions des empereurs iconoclastes, purent rentrer dans leur patrie. Ils avaient certainement créé des élèves parmi les Italiens ; mais l'éloignement des maîtres dut avoir des conséquences fâcheuses.

Les monuments de sculpture italienne du neuvième siècle sont rares ; nous pouvons cependant en signaler quelques-uns. Nous placerons en première ligne des pièces dont l'authenticité ne saurait être mise en doute :

---

[1] « Lectorium argenteum, inclyta operatione cælatum perfecit, in » cujus videlicet summitate leonis caput refulget. » *Lib. pont.*, t. III, p. 138. Cælare signifie également ciseler, ce qui pourrait faire supposer un travail de ciselure légèrement en relief ; mais nous pensons qu'on ne doit voir ici qu'une gravure en creux, parce que, dans la vie de Léon IV, Anastase n'a employé les verbes fulgere, præfulgere, refulgere, qu'en décrivant des objets sans relief, comme des émaux ou des peintures en broderie : « In quibus aureis tabulis Redemptoris nostri forma depicta » præfulget, » p. 87 ; « fecit vestem sericam et in medio tabulam cum chry- » soclavo in qua depictæ Christi et discipulorum ejus imagines fulgent, » p. 26 ; et encore p. 130. — Nous pensons aussi qu'on doit voir un travail de gravure dans cette phrase : « Fecit aquæmanile de argento » par unum habens in se scalptam similitudinem capitis hominis cum » vite, et alia historia, » p. 132.

les bas-reliefs d'or et d'argent de l'autel de saint Am-
broise, et un beau diptyque d'ivoire appartenant à la
cathédrale de Milan [1], qui offre dans chacune de ses
feuilles quatre scènes superposées de la vie du Christ.
Nous en donnons la reproduction dans la planche XIII
de notre Album. Ce diptyque doit être un de ceux dont
Béraldus, gardien de cette église au commencement du
douzième siècle, a parlé dans l'écrit qu'il a laissé sur les
cérémonies liturgiques qu'on y pratiquait [2]. Ces deux
monuments rappellent dans leur ensemble et dans leurs
détails les œuvres byzantines du neuvième siècle. Les
soldats qui gardent le tombeau du Christ portent la
cataphracte et le casque antiques. Dans les bas-reliefs
de Volvinius, la plupart des anges ont conservé le costume que les Grecs donnaient à ces messagers de Dieu :
la tunique talaire et la chlamyde agrafée sur l'épaule
droite; plusieurs tiennent cette longue verge dont sont
toujours armés les anges dans les productions byzantines; le Christ et les apôtres portent la longue tunique
et le grand manteau de l'antiquité; les autres personnages ont le costume byzantin : la tunique courte et la
chlamyde. Les petits édifices, les lits et les tombeaux
que l'on voit dans les deux monuments, se rencontrent
dans les manuscrits grecs du neuvième siècle que nous
avons signalés. Mais à côté de ces signes, qui indiquent
d'où venaient les maîtres qui avaient dirigé la restauration de l'art en Italie dans la seconde moitié du

---

[1] Il a été publié par Goʀɪ, *Thesaurus vet. diptych.*, t. III, p. 270,
pl. XXXIII et XXXIV, et fait partie des moulages de la Société d'Arundel; Catalogue de M. Oldfield, classe III.

[2] Apud Muʀᴀᴛoʀɪ, *Antiquitates Ital. medii œvi*, t. IV, p. 861. Voyez
à la Sᴄᴜʟᴘᴛᴜʀᴇ ᴇɴ ɪᴠoɪʀᴇ, chap. II, § Iᵉʳ, art. VI.

huitième siècle, on trouve dans les deux productions italiennes un caractère particulier qui dérivait de la vue et de l'étude des sculptures romaines du troisième et du quatrième siècle qui subsistaient encore en Italie. Les figures, en effet, sont quelquefois lourdes de dessin et un peu courtes, mais elles laissent peu à désirer dans leur attitude, leur mouvement et le jet des draperies.

Nous citerons encore une pièce qui présente un grand intérêt archéologique, en ce qu'elle offre tout à la fois un exemple de la manifestation la plus complète de la décadence de l'art et un spécimen du style de la Renaissance : c'est une petite plaque d'ivoire qui appartenait à la collection du prince Soltykoff[1]. L'une des faces a dû être sculptée au septième siècle ou au commencement du huitième, à l'époque où l'art était tombé au dernier degré d'avilissement. Au neuvième siècle, cette feuille d'ivoire, jugée indigne d'être conservée, fut coupée par le haut de quinze millimètres environ, et sculptée sur l'autre face, où l'on voit deux sujets, l'entrée de Jésus à Jérusalem, et Marie répandant des parfums sur les pieds du Sauveur. La simplicité des compositions, la pureté du dessin, le beau caractère des figures, la justesse des mouvements, la disposition des draperies, tout annonce un retour vers l'étude du dessin et la main d'un Grec ou d'un élève de ces artistes grecs qui seuls avaient conservé pendant le huitième siècle les bonnes traditions de l'art. Le lecteur trouvera dans la planche XII de notre Album la reproduction des deux faces de cette curieuse feuille d'ivoire.

_____

[1] Nᵒ 14 du Catalogue de 1861. A la vente de la collection, cette pièce a été adjugée à M. Webb et a passé en Angleterre.

Léon IV avait réussi à repousser les Sarrasins. Le
roi Louis II, malgré quelques échecs, parvint aussi à
contenir ces barbares. Mais à partir de la mort de ce
prince (875), l'Italie fut en proie à toutes sortes de
calamités, et le flambeau des arts, que Charlemagne,
Adrien Ier et Léon III avaient rallumé, s'éteignit bientôt. A la fin du neuvième siècle, les Sarrasins et les
Hongrois envahirent le nord de la Péninsule. Les guerres
intestines au milieu desquelles périt la race de Charlemagne, et les désordres qui souillèrent la chaire de
saint Pierre au dixième siècle, vinrent s'ajouter aux invasions, et l'on comprend comment, au milieu de cette
anarchie morale et politique, les arts furent entraînés
en Italie dans une décadence non moins absolue qu'au
septième siècle.

A la fin du dixième siècle, le savant Gerbert, devenu
pape sous le nom de Silvestre II (999 † 1003), s'efforça
de faire refleurir les lettres, et son zèle pour les sciences
et la littérature aurait pu avoir une heureuse influence
sur le retour au culte des arts; mais son règne fut de
trop courte durée pour avoir pu produire aucun résultat,
et les agitations dont l'Italie fut le théâtre après sa
mort, pendant plus de cinquante années, ne permirent
pas aux arts de se relever de l'état d'anéantissement où
ils étaient tombés. L'art de fondre le bronze y était
complétement ignoré. Lorsque Didier, abbé du célèbre
monastère du mont Cassin, élu en 1058, voulut orner
son église de portes semblables aux anciennes portes de
l'église d'Amalfi, il fut obligé de les commander à Constantinople. Didier avait résidé dans cette ville en qualité de légat du saint-siége, et y avait puisé le goût des

arts [1]; aussi l'église principale de son monastère lui
parut-elle bientôt trop petite et peu digne de l'importante communauté qu'il gouvernait; il la fit démolir
en 1066 et en reconstruisit une autre plus spacieuse.
Pour décorer la nouvelle basilique, il avait été lui-même
chercher des colonnes de marbre à Rome, où l'on en
trouvait beaucoup dans les ruines des anciens édifices;
mais les artistes lui manquèrent complétement lorsqu'il
voulut exécuter la décoration de son église et faire
emploi des marbres qu'il avait achetés. Il envoya
donc plusieurs de ses moines à Constantinople, afin
d'engager des mosaïstes et quelques-uns de ces ouvriers
qui savaient tailler le marbre sous les formes les plus
variées, pour en composer, par l'opposition des couleurs,
des motifs du meilleur goût dont ils décoraient les parois
des murs et le sol des églises et des palais [2]. Léon, qui,
dans la chronique du monastère du mont Cassin, nous
fait connaître ce fait, ajoute que l'abbé Didier dut avoir
recours aux ouvriers byzantins, parce que la pratique
de la mosaïque et de l'art de tailler le marbre avait disparu de l'Italie depuis plus de cinq cents ans [3]. Cependant un grand nombre de mosaïques et de décorations

[1] LEO OSTIENSIS, *Chronica sacri monast. Casinensis*, lib. III, cap. IX
et XX; Lut. Paris., 1668, p. 324 et 338.
[2] « Legatos interea Constantinopolim ad locandos artifices destinat,
» peritos utique in arte musiaria, et quadrataria..... Quarum artium tunc
» ei destinati magistri, cujus perfectionis extiterint, in eorum est ope-
» ribus extimari, cum et in musivo animatas fere autumet se quisque
» figuras et quæque virentia cernere, et in marmoribus omnigenum
» colorum flores pulchra putet diversitate vernare. » LEO OSTIENSIS,
Chron. sacri monast. Casinensis, cap. XXIX, p. 354.
[3] « Et quoniam artium istarum ingenium a quingentis, et ultra jam
» annis magistra latinitas intermiserat. » *Idem.*

de marbre avaient été faites au neuvième siècle dans différentes églises de Rome et dans le palais de Latran, et il devait encore subsister beaucoup de ces travaux d'art au onzième siècle. Léon [1], évêque d'Ostie et cardinal de l'Église romaine, devait sans doute les connaître parfaitement, et son opinion ferait supposer qu'il regardait tous les travaux de mosaïque exécutés depuis Adrien Ier jusqu'à Léon IV comme émanés d'artistes grecs. Dans tous les cas, il résulte évidemment des faits rapportés par Léon d'Ostie, que les malheurs des temps n'avaient pas permis aux écoles italiennes de se constituer au neuvième siècle d'une manière durable, et que la pratique des arts libéraux, comme celle des arts industriels, était entièrement abandonnée à l'époque où l'abbé Didier voulut réédifier les églises de son abbaye.

Mais cet éminent prélat comprit qu'il ne suffisait pas à sa gloire d'élever de somptueux monuments au mont Cassin, et qu'il devait ranimer le culte des arts dans l'Italie, afin de la mettre en état de ne plus être tributaire de Constantinople. Il ouvrit donc dans son monastère, sous la direction d'artistes grecs, des écoles où il fit enseigner à des enfants non-seulement l'art de la mosaïque et de la taille des marbres, mais encore tous les arts libéraux et industriels qui mettaient en œuvre l'or, l'argent, l'airain, le fer, le verre, l'ivoire, le bois, le gypse et la pierre [2].

---

[1] Léon d'Ostie était entré au monastère du mont Cassin à l'âge de quatorze ans, et avait été élevé par l'abbé Didier, dont il écrivit la vie à la demande de l'abbé Odérisius, qui avait succédé à Didier en 1087; il vivait encore en 1115. Ughelli, *Italia sacra*, t. I, col. 964. — Angelus de Nuce, *Not. ad Chron. mon. Cas.*; Lut. Paris., 1668, p. 85.

[2] « Ne sane id ultra Italiæ deperiret, studuit vir totius prudentiæ » plerosque de monasterii pueris diligenter eisdem artibus erudiri. Nou

Néanmoins les écoles instituées par Didier ne purent faire d'assez rapides progrès pour lui fournir le riche mobilier dont il voulut doter son église, une fois reconstruite et décorée de marbres précieux et de tableaux en mosaïque. Vers 1068, il envoya de nouveau un de ses moines à Constantinople avec des lettres pour l'empereur Romain IV (1068 † 1071) et trente-six livres pesant d'or afin de se procurer ce mobilier [1]. L'énumération que donne la chronique de tous les objets achetés à Constantinople par l'envoyé de Didier, nous fait voir ce qui manquait à l'Italie, et vient démontrer que l'orfévrerie artistique, l'émaillerie et l'art de fondre le bronze n'y étaient pas plus pratiqués que la mosaïque. Nous parlerons de ces objets dans l'histoire de l'émaillerie et dans celle de l'orfévrerie ; mais nous devons ici relever un fait qui vient établir de nouveau les efforts de l'abbé Didier pour créer des artistes en Italie. Parmi les objets qu'il avait fait acheter en Orient, se trouvaient dix images carrées d'argent sculpté. Une fois qu'il eut ces modèles, il fit exécuter, par ses propres ouvriers, trois images de même dimension, qui lui étaient nécessaires pour compléter la décoration d'une trabes élevée au-dessus de six colonnes d'argent à l'entrée du chœur. Un peu plus tard, un seigneur de Constantinople ayant envoyé à Didier, pour l'église Saint-Benoît, un grand médaillon d'argent merveilleusement sculpté, l'éminent prélat en fit faire un semblable et les suspendit de chaque côté

» autem de his tantum, sed et de omnibus artificiis quæcumque ex auro, » vel argento, ære, ferro, vitro, ebore, ligno, gypso vel lapide patrari » possunt, studiosissimos prorsus artifices de suis sibi paravit. » Leo Ostiensis, *Chronicon monaster. Casinensis*, lib. III, cap. xxix, p. 351.

(1) Leo Ostiensis, *Chron. mon. Casin.*, lib. III, cap. xxxiii, p. 361.

du ciborium [1]. Ainsi, en peu de temps, les artistes des écoles ouvertes par Didier furent en état de copier les ouvrages des ciseleurs byzantins.

L'abbé Didier, devenu pape en 1086 sous le nom de Victor III, aurait certainement, dans cette position élevée, donné une vive impulsion aux arts, mais il mourut dans la même année. Cependant ses efforts ne restèrent pas sans résultat, et les écoles qu'il avait fondées durent prospérer et fournir des artistes à l'Italie; car dès la fin du onzième siècle nous y trouvons des orfévres, des émailleurs et des sculpteurs en ivoire, qui s'étaient acquis une grande réputation [2].

Antérieurement à l'époque où l'abbé Didier appelait des artistes grecs en Italie, les Pisans avaient jeté les fondements de leur cathédrale, qui fut élevée sur les dessins de Buschetto, habile artiste grec; en 1060, ils achevèrent, en face de cette cathédrale, le baptistère de Saint-Jean. Ce fut à des artistes grecs et à leurs élèves que fut confiée l'exécution des sculptures de ces deux temples [3].

Les Vénitiens, à la fin du dixième siècle, avaient également confié à des architectes grecs la reconstruction de l'église Saint-Marc. Le doge Domenico Selvo, contemporain de l'abbé Didier, la fit décorer de mosaïques; les relations de Venise avec Constantinople, et la réputation justement méritée que les mosaïstes grecs s'étaient acquise, ne peuvent laisser aucun doute sur leur intervention dans l'exécution de ces tableaux.

[1] Leo Ostiensis, *Chron. mon. Casin.*, lib. III, cap. xxxiii, p. 361.

[2] Theophili *Diversarum artium schedula*, in præf.; Lutetiæ Paris., p. 8.

[3] Vasari, *Vite di Nicola e Giovanni*; Firenze, 1846, t. I, p. 258.

Il faut donc reconnaître que ce fut sous la direction
d'artistes grecs que se produisit encore en Italie, à la
fin du onzième siècle comme à la fin du huitième;
le retour au culte des arts. A cette époque du onzième
siècle, l'école des Byzantins était entrée dans la voie
de la décadence; si elle avait conservé une certaine correction dans le dessin, elle tendait cependant à s'éloi-
gner de plus en plus du style de l'antiquité; néanmoins,
ces artistes grecs surent réveiller le goût des arts en
Italie et former dans les arts libéraux et industriels des
élèves qui devinrent bientôt supérieurs à leurs maîtres,
et qui préparèrent ainsi l'ère de la renaissance qu'on
voit s'ouvrir au treizième siècle. Dès la fin du douzième
siècle, les travaux de Pietro et d'Uberto, de Plaisance,
ceux de Bonnano, de Pise, et d'autres encore que nous
citerons plus loin, la faisaient présager.

Mais avant de parler de la renaissance en Italie,
revenons sur nos pas, pour donner quelques notions sur
l'état des arts, et particulièrement de la sculpture dans
le reste de l'Europe, depuis l'époque de Charlemagne
jusqu'au treizième siècle.

II.

En France, en Allemagne, et dans les pays du nord et du midi
de l'Europe.

Quand Charlemagne succéda à son père Pepin (768),
l'empire des Francs était plongé dans les plus épaisses
ténèbres. L'invasion des Arabes et les commotions au
milieu desquelles s'éteignit la race mérovingienne avaient
conduit les lettres et les arts au dernier degré d'anéantissement. Charlemagne employa les premières années de

son règne à réunir sous son sceptre toutes les provinces de
la Gaule, et à assurer la sécurité de ses frontières orientales par une guerre heureuse contre les Saxons. Quand il
crut n'avoir plus rien à craindre de ce côté, il descendit
en Italie, en 773, à la demande du pape Adrien, afin
de venger le saint-siége des injures et des agressions du
roi des Lombards. Après avoir établi le blocus de Pavie,
il se rendit à Rome pour y célébrer les fêtes pascales (774).
Il n'y resta que peu de temps lors de cette première
visite au pape Adrien ; mais il y vint de nouveau avec ses
deux jeunes fils, Pepin et Lodewig, à la Pâque de 781.
Il trouva alors les arts en pleine renaissance dans la
ville des papes, et il put admirer non-seulement les
beaux monuments de l'antiquité qui restaient encore
debout, mais les grands travaux artistiques qu'Adrien Ier
faisait exécuter avec amour et persévérance. A son
retour en France, passant par Parme, il y rencontra
l'Anglo-Saxon Alcuin, l'esprit le plus vaste et le plus
actif de cette époque après Charles lui-même. C'est du
jour où ces deux hommes scellèrent leur pacte contre la
barbarie qu'on peut marquer le commencement de la
renaissance des lettres et des arts en Occident. Rentré
dans ses États, Charlemagne donna une vive impulsion
à tous les arts. Par ses lois, il força les prélats à relever
les églises tombées en ruine, et à les décorer de peintures et de sculptures, et un capitulaire ordonna que
des orfévres seraient établis dans chacune des grandes
villes de son empire. Il créa dans les monastères de
Saint-Vandrille, de Corbie, de Reims, de Saint-Riquier,
de Fulde et de Saint-Gall, des écoles de copistes et
d'enlumineurs qui restaurèrent tout à la fois la calli-

graphie et la peinture; on y trouvait encore d'autres
artistes en différents genres. Charles donnait l'exemple
à tous. Voulant cesser, durant la saison d'hiver, d'errer
de villa en villa, il résolut de bâtir une capitale. Il éleva
donc à Aix, auprès des eaux thermales, un palais et une
chapelle royale. La nouvelle ville qui se construisit
autour de cette chapelle lui dut son nom. « Là, dit
» Alcuin, s'épanouit une Rome nouvelle, qui touche les
» astres de ses voûtes colossales. Le pieux Karle, du
» faîte de son palais, désigne la destination de chaque
» lieu et préside à la construction des hauts remparts
» d'une Rome future [1]. » Il bâtit aussi de splendides
palais à Ingelheim et à Nimègue.

Il n'existait dans l'ancienne Gaule aucun artiste capable de diriger ou d'exécuter de pareils travaux. On ne
pouvait même y trouver les matériaux nécessaires à de
si splendides monuments. Le vaillant empereur, dit le
moine de Saint-Gall, « appela de tous les pays en deçà
» des mers, des maîtres et des ouvriers dans les arts de
» tout genre [2] » ; et Éginhard nous apprend qu'il fit
venir de Rome et de Ravenne une grande quantité de
colonnes et de marbres pour la construction de la royale
chapelle d'Aix [3]. Indépendamment des colonnes et des
marbres enlevés à l'Italie, les églises et les palais bâtis
par Charlemagne furent enrichis de peintures murales
et de sculptures qui reproduisaient des scènes tirées de

---

[1] ALCUINI *Versus de Karolo Magno; Hist. des Gaules*, t. V, p. 389.
[2] MONACHI SAN GALLENSIS *De gestis Karoli imp.*, lib. I, § 28; apud
PERTZ, *Monumenta Germ. hist.*, t. II; p. 744.
[3] EGINHARDUS, *Vita glor. imp. Karoli regis Magni*; apud DUCHESNE,
Hist. Franc. script., t. II, p. 102.

l'Ancien et du Nouveau Testament et des chroniques
historiques [1].

A l'exception de quelques chapiteaux de colonnes
retrouvés dans les ruines du palais d'Ingelheim et que
possède le Musée de Mayence, aucun monument de sculpture de l'époque de Charlemagne n'est venu jusqu'à nous,
et il faut s'en tenir aux conjectures sur le caractère de la
sculpture de ce temps. Il n'est pas douteux que la plupart
des artistes employés par ce prince n'aient été ramenés
par lui de l'Italie, où la renaissance des arts se déployait
avec éclat sous l'impulsion du pape Adrien, l'ami de
Charlemagne. Mais à qui l'Italie la devait-elle? Nous
l'avons dit. Le génie hellénique, qui jadis, à l'époque de
sa toute-puissance, avait porté dans Rome une première
fois le culte des arts, subsistait encore à Constantinople,
et bien que fort amoindri, avait conservé assez de vigueur
pour faire une seconde fois l'éducation de l'Italie. L'art
français, de même que l'art italien, dut donc être empreint du style néo-grec, modifié par des souvenirs de
l'art romain et par l'étude des monuments antiques sub-
sistant encore dans l'Italie et dans les Gaules. La renaissance carolingienne fut donc un retour vers l'étude des
productions des arts de l'antiquité. On en trouve la preuve
dans une lettre d'Éginhard à son fils Vassin, par laquelle
il l'engage à étudier Vitruve, en lui envoyant pour l'aider
dans ses études un coffret qui reproduisait un petit monument dans le style antique [2]. On sait aussi que le

(1) ERMOLDI NIGELLI Carmina, lib. IV, vers. 179; apud PERTZ,
Mon. Germ. hist., t. II, p. 504.
(2) EGINHARDI omnia quæ extant opera, epist. XXX; Parisiis, 1840,
t. II, p. 46.

mausolée de Carloman, frère de Charlemagne, placé
près de celui de saint Remi, avait été sculpté à la ressemblance du tombeau de Jovin, général romain en Gaule
sous Valentinien Ier.

Quant à l'intervention des artistes grecs dans les
constructions que fit exécuter Charlemagne, elle est démontrée par les fragments arrachés aux ruines du château d'Ingelheim dont nous venons de parler. A côté
de chapiteaux de colonnes taillés dans le marbre,
qui appartiennent évidemment aux dernières époques de
l'art romain et qui doivent avoir été apportés de l'Italie,
on trouve d'autres chapiteaux empreints de l'art byzantin. Nous signalerons un pilier de pierre, décoré sur le
devant d'un pilastre à trois cannelures qui est cantonné
de colonnes engagées. Les chapiteaux sont décorés d'une
espèce de feuille de palmier dans le style de celles qu'on
rencontre sur quelques pilastres et sur quelques colonnes
du temple de Sainte-Sophie à Constantinople [1].

Si l'on peut s'en rapporter à Ermold le Noir, poëte
contemporain, la sculpture aurait produit des travaux
considérables dans le palais d'Ingelheim, en y retraçant
les faits les plus marquants de l'histoire ancienne et les
combats de Charles Martel, de Pepin et de Charlemagne.
Ces tableaux historiques ne pouvaient être reproduits
que dans des bas-reliefs, et les termes dont se sert
Ermold indiquent ce genre de travail [2]. Nulle part son

---

[1] M. DE SALZENBERG, *Alt-Christliche Baudenkmale von Constantinopel*, pl. XV, fig. 3.

[2]   Regia namque domus late persculpta nitescit,
           Et canit ingenio maxima gesta virum.

ERMOLDI NIGELLI *Carmina*, lib. IV, v. 245; apud PERTZ, *Mon. Germ.
hist.*, t. II, p. 506.

poëme ne dénote l'existence de statues dans le palais d'Ingelheim; la figure de Charlemagne elle-même n'y est reproduite que dans un bas-relief [1]. C'est qu'il ne faut pas oublier que les Grecs avaient, au huitième siècle, entièrement négligé la statuaire; l'Église grecque n'admettait jamais de statues dans les temples, et les artistes byzantins émigrés en Italie par suite des persécutions des empereurs iconoclastes, étaient de ceux qui s'étaient voués à la sculpture religieuse et qui ne sculptaient que des bas-réliefs; ils ne pouvaient donc enseigner à leurs élèves ce qu'ils ne savaient pas faire eux-mêmes. Mais les sculpteurs français, comme les sculpteurs italiens, ne tardèrent pas à tailler des figures de ronde bosse et à fondre des statuettes de métal. Agobard, archevêque de Lyon, qui était opposé au culte des images, en fournit la preuve dans l'écrit qu'il a composé pour les proscrire [2]. Néanmoins il est à croire qu'on fit alors fort peu de statues de grande proportion; quelques auteurs modernes en ont cité, mais lorsqu'on se reporte au texte même des chroniqueurs, on ne trouve dans les expressions dont ils se servent rien qui puisse constater l'exécution de figures de ronde bosse, et l'on ne peut voir que des bas-reliefs dans les sculptures dont ils font mention. Pour nous en tenir aux monuments de petite proportion dont nous

[1]   Et Carolus sapiens vultus prætendit apertos,
            Fertque coronatum stemmate rite caput;
        Hinc Saxona cohors contra stat, prælia temptat,
            Ille ferit, domitat, ad sua jura trahit.
ERMOLDI NIGELLI Carmina, lib. IV, v. 279.

[2] « Quicumque aliquam picturam, vel fusilem, sive ductilem adorat statuam, simulacra veneratur. » — AGOBARD, De imagin., t. II, p. 264.

avons à nous occuper, nous pouvons citer les statuettes
de bronze et d'ivoire dont Angilbert, gendre de Charlemagne, qui devint abbé de Saint-Riquier, avait orné
l'église de son monastère [1].

Les arts continuèrent à être cultivés sous Louis le
Débonnaire et sous Charles le Chauve († 877). Ces princes
encouragèrent les écoles d'artistes qui s'étaient établies
dans les grands monastères et en fondèrent de nouvelles.
Sous Louis le Débonnaire, Ebbon, archevêque de Reims,
avait rassemblé de tous côtés un grand nombre d'habiles
ouvriers, auxquels il donna des habitations en les com-
blant de bienfaits [2]. Sous Charles le Chauve, une école
d'artistes s'était formée dans l'abbaye de Saint-Denis ; on
y cultivait principalement la sculpture et l'orfévrerie [3].
En traitant de la sculpture en ivoire et de l'orfévrerie,
nous citerons une grande quantité de bas-reliefs de métal
précieux ou d'ivoire qui furent exécutés pendant le
règne de ces deux princes. Il est à croire que la petite
sculpture et la ciselure associées à la fonte constituèrent
le faire principal des artistes du neuvième siècle, et qu'on
n'exécuta pas alors de figures de ronde bosse de grande
proportion. Émeric David, s'appuyant sur l'autorité de
Montfaucon, a cependant cité la statue de Louis le Débonnaire couchée sur son tombeau dans l'église Saint-
Arnould de Metz ; le tombeau d'Hincmar dans l'église
Saint-Remi de Reims et le tombeau du duc Otger [4]. On a

---

[1] HARIULFI *Chronicon*, lib. II, cap. x ; apud D'ACHERY, *Spicilegium*,
t. IV, p. 468.

[2] FLÓDOARDI *Remens. hist. libri IV*, lib. II, cap. xix ; Parisiis, 1611,
p. 137.

[3] LUPI ABB. FERRAR. *opera*, epist. XXII ; Paris., 1664, p. 46.

[4] *Hist. de la sculpt. franç.*; Paris, 1853, p. 9.

également cité le tombeau de bronze de Charles le Chauve
à Saint-Denis, où l'on voyait la figure de ce prince en haut-
relief. Mais la statue de Louis le Débonnaire, dont la tête
existe encore à Metz, est d'une époque bien postérieure
au neuvième siècle [1] et probablement du treizième; le
tombeau d'Hincmar n'offre qu'un bas-relief [2]; celui du
duc Otger appartient évidemment au douzième siècle [3],
et quant à la statue de bronze de Charles le Chauve,
Montfaucon lui-même la regardait comme étant du
onzième siècle [4].

Après la mort de Charles le Chauve, les Normands,
qui dès 843 avaient commencé leurs dévastations, se
ruèrent plus que jamais sur la France. Tout le monde
prit les armes, tout le monde devint soldat; les écoles
artistiques furent abandonnées, et l'art tomba dans une
affreuse décadence. Cependant il ne fut pas abandonné
partout: à la fin du neuvième siècle, un artiste éminent,
Tutilo, poëte, sculpteur, peintre, orfévre et musicien, florissait dans le monastère de Saint-Gall [5]. Indépendamment de très-beaux travaux qu'il fit pour son monastère
et pour Salomon, abbé de Saint-Gall et évêque de Constance, il décora de ses œuvres les basiliques de Mayence
et de Metz. Ses sculptures paraissaient si parfaites à ses

[1] M. Émile Bégin, *Metz depuis dix-huit siècles.*

[2] Montfaucon, *Monuments de la monarchie française,* t. I, p. 305,
pl. XXVIII.

[3] Mabillon, *Ann. ord. S. Bened.,* t. II, p. 376, en a donné la
gravure.

[4] Montfaucon, *Monuments de la monarchie française,* t. I, p. 377.

[5] Erat eloquens, voce clarus, cælaturæ elegans et picturæ artifex,
musicus sicut et socii ejus, sed in omnium genere fidium et fistularum
præ omnibus. Ekkehardus, *Casuum S. Galli continuatio,* apud Pertz,
Mon. Germ. hist., t. II, p. 94, et p. 88, 89, 97.

contemporains, qu'on supposa que la sainte Vierge lui
guidait la main [1]. Une feuille de diptyque d'ivoire
sculptée par cet artiste, qui est conservée à la Bibliothèque de la ville de Saint-Gall, permet d'apprécier son
talent, et fait voir qu'il avait conservé les bonnes traditions de la renaissance carolingienne.

Aux invasions des Normands et des Hongrois, et aux
guerres intestines, se joignit, au dixième siècle, l'ap-
préhension de la fin du monde, qui, dans la croyance
populaire, devait arriver avec l'expiration de l'an mille.
Les peuples tombèrent dans le découragement et l'apa-
thie. On abandonna presque généralement la culture
des arts, dont les traditions et les pratiques tombèrent
à peu près en oubli.

Néanmoins, dès la fin du dixième siècle, lorsque
Othon II (973 ✝ 983) eut affermi sa puissance en Allemagne et en Italie, et lorsqu'en France Hugues Capet
eut posé sur sa tête la couronne royale, mais surtout
lorsqu'après l'an mille, la nouvelle année qui s'ouvrit
eut rassuré les populations, une prodigieuse activité
se manifesta dans toutes les classes. Ce fut à qui, des rois,
des seigneurs, des prélats, des communautés et des villes,
relèverait avec plus de splendeur les églises tombées en
ruine durant les longues et désastreuses années qui
venaient de s'écouler, à qui les enrichirait des meubles
et des instruments les plus précieux.

Les cités impériales des provinces rhénanes et les
grands monastères protégés par les empereurs de la maison de Saxe avaient eu moins à souffrir que les pro-

---

[1] EKKEHARDUS, loc. cit., p. 100.

vinces françaises de toutes les calamités qui accablèrent
les peuples au dixième siècle; et bien que l'art fût arrivé
en Allemagne, comme dans les autres pays de l'Europe,
à un état de complète décadence, quelques artistes s'y
étaient maintenus. Aussi fut-ce en Allemagne que se
produisit d'abord le mouvement qui signala le retour
vers les études artistiques : les artistes grecs furent encore en cette occasion les éducateurs de l'Occident. Le
mariage d'Othon II, fils d'Othon le Grand, avec la princesse Théophanie, fille de l'empereur Romain le Jeune,
en 972, fut un heureux événement, qui fit pénétrer en
Allemagne les productions artistiques les plus précieuses
de l'empire d'Orient et y attira les artistes byzantins.
L'empereur Zimiscès avait pris à cœur d'effacer dans
l'esprit d'Othon le Grand le ressentiment qui animait ce
prince contre les Grecs, par suite de l'insigne perfidie de
Nicéphore Phocas, son prédécesseur, à l'occasion même
de ce mariage projeté depuis longtemps [1]. Après des
négociations entamées à sa demande, Zimiscès envoya
donc la princesse à Rome, accompagnée d'un brillant
cortége; le mariage y fut célébré. La dot de Théophanie
se composait de beaucoup d'or et de bijoux magnifiques [2]. Othon II mourut après huit ans de règne, laissant un fils âgé de trois ans. L'impératrice Théophanie,

[1] Othon le Grand avait demandé pour son jeune fils la main de
Théophanie. Nicéphore feignit d'y consentir et annonça à Othon que la
princesse allait partir pour la Calabre. Othon envoie une brillante am-
bassade pour la recevoir. A peine arrivés au lieu du rendez-vous, les
seigneurs allemands tombèrent dans une embuscade. Les uns furent
massacrés, les autres pris et conduits à Constantinople. SIGEBERTI
Chronica; ap. PERTZ, *Mon. Germ. hist.,* t. VIII, p. 351.—THIETMARI
Chronicon, lib. II; ap. PERTZ, t. V, p. 748.

[2] BENEDICTI *Chronicon;* ap. PERTZ, *Mon. Germ. hist.,* t. V, p. 718.

chargée de la tutelle du jeune empereur, déploya beaucoup d'habileté dans son gouvernement, et fut par ses
vertus l'honneur de l'empire d'Allemagne. Elle mourut
en 990. Une princesse aussi éclairée, petite-fille de
Constantin Porphyrogénète, et élevée dans une cour
fastueuse où les arts étaient en honneur au point que
l'empereur lui-même les cultivait, ne put manquer d'attirer des artistes grecs en Allemagne afin de relever le
niveau de l'art dans son empire, à une époque où les
peuples, délivrés de la terreur des invasions normandes
et hongroises, déployaient une prodigieuse activité pour
restaurer les temples consacrés au Seigneur et les doter
d'un riche mobilier. Des monuments qui subsistent encore viennent à l'appui des faits historiques pour établir
l'intervention des artistes grecs en Allemagne à l'époque
d'Othon II et de Théophanie. En effet, les œuvres de
la sculpture se présentent, en Allemagne, à la fin du
dixième siècle et au commencement du onzième, sous
deux aspects très-différents. Dans les unes, on trouve
des contours pesants et des formes écrasées, souvenirs
de l'art romain dégénéré modifiés toutefois par les modèles byzantins, une disposition à l'exagération dans
les gestes et dans l'expression donnée aux visages, une
tendance évidente à l'originalité qui dégénère souvent
en fantaisies bizarres, et la volonté de sortir de la routine. Les figures n'y manquent pas de mouvement et
d'expression, mais elles sont d'un modelé fort incor-
rect, offrent de la rudesse dans l'exécution, et se res-
sentent encore de la décadence de l'art. Dans les autres,
au contraire, on reconnaît de la sagesse dans les compositions, une gravité dans les poses qui n'exclut pas la

justesse du mouvement, un dessin correct, la connaissance évidente des traditions de l'antiquité et une
exécution d'un fini et d'une délicatesse achevés.

Nous citerons parmi les œuvres de la première sorte
qui présentent un grand caractère d'authenticité, et qui
sont au surplus les meilleures que cette époque ait produites, la crosse [1] et le crucifix conservés dans le trésor de la cathédrale d'Hildesheim, comme ayant été
exécutés par saint Bernward, évêque de cette ville
(993 † 1022); les portes de bronze de la même église et
une colonne historiée fondues sous sa direction; le curieux
chandelier sorti des mains d'un élève de l'école qu'il
avait fondée; le parement d'autel de Bâle que conserve
le Musée de Cluny [2], et les bas-reliefs d'or appartenant
au trésor d'Aix-la-Chapelle, qui sont des dons de l'empereur Henri II [3], successeur d'Othon III (1002 † 1024).
Puis à côté de ces monuments nous en placerons d'autres
exécutés également en Allemagne aux mêmes époques,
et cependant dans un tout autre style; tels sont le bas-
relief d'ivoire exécuté pour Adalbéron, évêque de Metz
de 984 à 1005 [4]; les bas-reliefs d'or qui décorent la
couverture du manuscrit de l'abbaye de Saint-Émeran que fit faire l'abbé Romuald, sous l'empereur
Othon II [5]; les bas-reliefs également d'or qui enrichis-

_____

[1] Elle est reproduite dans le cul-de-lampe qui termine notre chapitre IV de l'ORFÉVRERIE.

[2] On en verra la reproduction dans la vignette du chapitre IV de
l'ORFÉVRERIE.

[3] Nous donnons la description de toutes ces pièces aux titres de la
SCULPTURE EN MÉTAL, ch. III, § I, ou de l'ORFÉVRERIE, ch. IV, § I, art. I.

[4] Nous en avons donné la description plus haut, § II, art. IV, p. 78.

[5] Nous reproduisons cette couverture dans la planche XXXIV de
notre Album.

sent la couverture d'un livre des Évangiles appartenant
à la Bibliothèque ducale de Saxe-Cobourg-Gotha, où
l'on voit les figures d'Othon II et de Théophanie, le
crucifix placé sur le tombeau de la reine Gisila, et le
bas-relief d'ivoire placé au centre de la couverture de
l'évangéliaire de l'empereur Henri II, que conserve la
Bibliothèque royale de Munich [1]. Certes, la même école
n'a pu produire des œuvres aussi disparates. Dans les
premières, il faut reconnaître la main d'artistes encore
peu expérimentés, sortant à peine des ténèbres qui
avaient enveloppé si longtemps l'Occident, et cherchant
à restaurer le culte des arts en se frayant des voies nouvelles ; elles appartiennent évidemment à l'art allemand.
Les secondes, au contraire, sont sorties de la main de
sculpteurs consommés dans leur art, qui avaient conservé les anciennes traditions. Les Grecs seuls, à cette
époque, pouvaient produire des œuvres de ce style, qui
est au surplus en rapport parfait avec celui des peintures des manuscrits byzantins du dixième siècle. La
présence en Allemagne d'artistes grecs, à la fin du
dixième siècle et dans les premières années du onzième,
est donc incontestable, et ce n'est pas sans raison qu'on
doit leur attribuer l'amélioration progressive et soutenue
qui s'y fit sentir dans tous les arts durant le onzième
siècle.

L'appel d'artistes grecs à sa cour ne fut pas le seul
encouragement donné par l'impératrice Théophanie à la
restauration des arts dans l'étendue de son empire. Le
choix qu'elle fit de l'abbé Bernward (depuis évêque d'Hil-

[1] Nous donnons la reproduction de ces deux pièces dans les planches XXXVI et XL de notre Album.

desheim) pour précepteur du jeune Othon III, son fils,
n'y contribua pas moins. Saint Bernward, issu d'une
riche et illustre famille, était non-seulement un amateur
passionné des arts, mais encore un artiste distingué. Architecte, peintre, sculpteur, mosaïste, orfévre, il cultivait toutes les branches des arts libéraux et industriels[1].
Il avait établi dans son palais des ateliers où de nombreux ouvriers travaillaient les métaux pour différents
usages; il les visitait tous les jours, examinant et corri-
geant l'ouvrage de chacun[2]. Bernward avait en outre
réuni de jeunes artistes qu'il menait avec lui à la cour,
ou qu'il faisait voyager pour qu'ils étudiassent ce qui se
faisait de mieux dans les arts. Il fabriqua lui-même de
belles pièces d'orfévrerie auxquelles il s'efforça de donner toute l'élégance que son imagination lui permettait
d'y apporter, sans négliger pour cela les inventions des
autres artistes; et, pour parvenir à la perfection qu'il
ambitionnait, il ne manquait pas d'étudier avec soin
tout ce qu'il pouvait y avoir de remarquable dans les
vases envoyés en présent à l'empereur, soit de l'Orient,

---

[1] Quanquam vivacissimo igne animi et in omni liberali scientia
deflagraret, nihilominus tamen in levioribus artibus quas mechanicas
vocant studium impertivit. In scribendo vero apprime enituit, picturam
etiam limate exercuit. Fabrili quoque scientia et arte clusoria (la sertissure des pierres fines) omnique structura mirifice excelluit, ut in pleris-
que ædificiis, quæ pompatico decore composuit, post quoque claruit.
.... Nec aliquid artis erat quod non attentarit, etiamsi ad unguem
pertingere non valuit....... Musivum præterea in pavimentis ornandis
studium, necnon lateris ad tegulam, propria industria, nullo monstrante,
composuit. TANGMARUS, *Vita Sancti Bernwardi;* ap. LEIBNITZ, *Script.
rerum Brunsvicensium;* Hanovræ, 1707; p. 422 et 444.

[2] Inde officinas ubi diversi usus metalla fiebant, circumiens, singu-
lorum opera librabat. TANGMARUS, ap. LEIBNITZ, p. 443.

soit des différentes contrées de l'Europe [1]. Tangmar, prêtre de l'église d'Hildesheim, à qui nous devons ces intéressants détails sur la vie de son évêque, mentionne quelques-unes des plus belles pièces émanées de lui. Nous en parlerons en traitant de l'orfévrerie.

Cette attention de saint Bernward à étudier toutes les belles productions des arts, provenant soit de l'empire de Byzance, soit d'autres contrées, dut avoir une grande influence sur la création d'un art nouveau qui en s'améliorant constitua véritablement le bel art allemand du douzième siècle. Néanmoins, pendant longtemps encore on eut souvent recours aux Grecs, lorsqu'il s'agissait de travaux d'art de quelque importance. Ainsi, Mainverc, évêque de Paderborn, voulant faire élever dans cette ville, en 1008, une église sous le vocable de saint Barthélemy, appela pour exécuter cette construction des architectes et des sculpteurs grecs [2]. Il y avait donc en Allemagne des artistes grecs, car on ne peut supposer qu'un évêque d'une petite ville en ait pu faire venir tout exprès de l'Orient.

Quoi qu'il en soit, le mouvement artistique fut général en Allemagne au commencement du onzième siècle. On y vit alors renaître l'art de fondre les grandes pièces de

---

[1] Picturam vero et fabrilem atque clusoriam artem et quicquid elegantius in hujusmodi arte excogitari vel ab aliquo investigari poterat, nunquam neglectum patiebatur; adeo ut ex transmarinis et schotticis vasis, quæ regali majestati singulari dono deferebantur, quicquam rarum vel eximium reperiret, incultum transire non sineret; ingeniosos namque pueros et eximiæ indolis secum vel ad curtes ducebat, vel quocunque longius commeabat; quos, quicquid dignius in illa arte occurrebat, ad exercitium impellebat. Tangmarus, ap. Leibnitz, p. 444.

[2] De B. Mainverc, ep. Paderborn; apud d'Achery et Mabillon, Ac SS. ord. S. Bened., t. VIII, p. 388.

bronze, le travail au repoussé dans la sculpture en métal et l'émaillerie par le procédé du champlevé. Tous les arts industriels, fortement encouragés, firent des progrès rapides qui se soutinrent pendant toute la durée de ce siècle.

La France, cruellement éprouvée par les invasions et par les guerres intestines au milieu desquelles s'éteignit la dynastie carolingienne, entra un peu plus tard que l'Allemagne dans la voie de la restauration du culte des arts; mais la piété du roi Robert (996 † 1031) imprima un bien vif élan à cette restauration, et obtint à peu près les mêmes effets qu'avait obtenus deux cents ans auparavant le génie régénérateur de Charlemagne. Sous le règne du fils de Hugues Capet, une ferveur générale s'empara des esprits : comme en Allemagne, les églises furent reconstruites, embellies de peintures, de sculptures, de vases sacrés et de meubles qui furent en grande partie exécutés par les sculpteurs et les ciseleurs.

Nous n'avons pas à nous occuper de la sculpture monumentale, dont Émeric David a déjà tracé le tableau [1], mais seulement de l'application de la sculpture aux arts industriels; nous renvoyons donc, pour les détails et pour les preuves, à l'historique que nous tracerons plus loin de la sculpture en ivoire, en bois et en métal, et surtout à l'historique de l'orfévrerie, qui produisit, dès le onzième siècle, des œuvres de sculpture importantes. Nous bornant à quelques aperçus généraux, nous nous contenterons d'indiquer le caractère de la sculpture du onzième siècle à l'aide des monuments qui subsistent encore. Pendant la longue léthargie où l'art avait som-

[1] *Histoire de la sculpture française;* Paris, 1853; p. 11 et suiv.

meillé, les traditions de l'antiquité avaient été entièrement oubliées. Il fallait d'ailleurs du nouveau à des
hommes appelés, pour ainsi dire, à une nouvelle vie. Ce
fut surtout dans la sculpture que se signala la transformation. Aux conceptions régulières de l'art antique succéda toute la fantaisie d'un art nouveau qui s'affranchit
de toute règle, et n'eut d'autre limite que celle de l'imagination de l'artiste. Cette indépendance entraîna presque
toujours le sculpteur dans tous les écarts de l'inexpérience. Il commença à s'exercer sur les moulures,
sur les archivoltes des arcades et dans la corbeille des
chapiteaux, où la figure humaine est souvent reproduite
de la manière la plus bizarre et la plus incorrecte. Les
animaux fantastiques, les accouplements monstrueux,
les entrelacs devinrent fort en vogue dans l'ornementation, et offrirent souvent un cachet d'originalité curieuse qui n'est pas sans charme. Alors même que les
artistes occidentaux eurent amélioré leur style, leur travail dans la reproduction de la figure humaine est caractérisé par l'incorrection et le manque de science dans les
attaches et le modelé, par de longs bustes, par une sorte de
roideur et d'absence de mouvement, et par des expressions
calmes et recueillies, par un système de draperies à petits plis parallèles et serrés qui semblent creusés avec un
râteau, par des emprunts faits au luxe oriental d'étoffes
à franges de perles, rehaussées de pierreries encastillées.
Sans examen, on s'est imaginé de donner le nom de
style byzantin et de supposer une origine byzantine à
ces rudes ébauches d'un art dans son enfance. Mais
qu'on veuille seulement mettre en présence les œuvres
de l'Occident de la fin du dixième siècle et du onzième,

et celles des Grecs aux mêmes époques, et l'on pourra
se convaincre que les œuvres de l'Occident ne sau-
raient être comparées aux productions byzantines, et
qu'elles ne sont que le résultat de l'inexpérience et
du défaut d'étude et de science. A l'appui de notre
opinion, nous citerons, d'une part, la châsse de saint
Yvet de l'abbaye de Braisne, que possède le Musée
de Cluny [1], la châsse conservée au Louvre [2], celle de
la collection Sauvageot [3], toutes pièces qu'on peut regarder comme l'expression de l'art nouveau qui se produisit en Occident à la fin du dixième siècle et au commencement du onzième, et, d'autre part, les œuvres
byzantines des mêmes époques, que nous avons men-
tionnées plus haut [4], et notamment celles qui sont sous
les yeux de nos lecteurs, comme le bas-relief d'ivoire
reproduisant l'Ascension, les miniatures tirées de l'évangéliaire n° 64 de la Bibliothèque impériale de Paris,
les figures des évangélistes que nous a fournies le manuscrit de la même Bibliothèque, remontant au règne de
l'empereur Nicéphore Phocas, les miniatures du manuscrit de lb Bibliothèque de Saint-Marc, écrit pour Basile II,
et les figures d'émail des couvertures de livres de la
même Bibliothèque [5]. Quelle analogie peut-il y avoir
entre des œuvres si disparates? Quelle comparaison établir entre les figures de l'ivoire, des manuscrits et des

[1] N° 399 du Catalogue de 1861.

[2] N° 903 du Catalogue de M. de Laborde, déjà cité.

[3] N° 260 du Catalogue de 1861. On trouvera la reproduction de
cette dernière pièce dans notre Album, planche CXLIV.

[4] Voyez p. 67 et suiv.

[5] Voyez nos planches IX, LXXXIII, LXXXIV, LXXXV, LXXXVI,
CII et CIII.

émaux dessinés avec tant de correction, dont les mouvements sont si naturels, dont les draperies sont si largement disposées, et les figures roides et inanimées des châsses sculptées en Occident? Comment trouver le moindre rapport entre les charmants oiseaux de notre planche LXXXIII, délicieuse expression de la nature vivante, et ces monstres bizarres, produits du caprice et de la fantaisie la plus excentrique, qui décorent ordinairement les productions artistiques du onzième siècle en Occident?

Nous aurions pu citer aussi parmi les œuvres de l'Occident celles qui sont attribuées à saint Bernward et conservées à Hildesheim, et le bas-relief du retable de Bâle appartenant au Musée de Cluny; mais ces œuvres, moins imparfaites, émanent d'artistes qui déjà avaient subi l'influence des Grecs, et qui cherchaient par l'étude de la nature à sortir de la routine et à tirer l'art des langueurs de l'assoupissement. Elles peuvent être considérées comme des œuvres de transition et comme les premiers jalons de l'art occidental, qui améliora progressivement son style, en se dégageant peu à peu de l'influence byzantine, et s'éleva au treizième siècle jusqu'à la perfection, tandis que l'art byzantin suivait la pente rapide de la décadence.

A la fin du onzième siècle, la pratique des différents arts industriels avait acquis un grand développement, surtout en Allemagne. Les monuments qui subsistent et la *Diversarum artium schedula* en sont le témoignage. Nous aurons souvent à citer cet ouvrage, il est donc à propos d'en parler ici. L'*Essai sur divers arts*, dont le moine Théophile est l'auteur, est un traité sur la tech-

nique de la plupart des arts industriels au moyen âge,
or l'on conçoit tout l'intérêt qui doit s'attacher à un pareil livre. On ne compte que huit manuscrits de cet ouvrage [1]; il n'était donc connu que de quelques savants
et n'avait été publié qu'incomplétement dans le siècle
dernier, en Allemagne par Lessing et à Londres par
Raspe, lorsque M. le comte de l'Escalopier, après avoir
colligé avec soin les variantes de tous les manuscrits
connus, en a publié, en 1843, une édition aussi complète qu'on pouvait la donner, avec la traduction en regard du texte [2]. Plus tard M. Robert Hendrie a été assez heureux pour découvrir au British Museum (fonds
Harléien) un manuscrit bien plus complet que tous ceux
connus antérieurement, et l'a publié à Londres avec
une traduction en anglais et des notes [3]. Le traité de
Théophile est divisé en trois livres; le premier, qui comprend quarante chapitres dans l'édition de M. Hendrie,
et quarante-cinq dans celle de M. de l'Escalopier, traite
de la préparation, du mélange et de l'emploi des couleurs dans la peinture sur mur, sur bois et sur parche-

[1] Celui qui est mentionné par Cornélius Agrippa (*De incertitudine et vanitate scientiarum*, cap. cxvi) est à Wolfenbüttel; celui de Lessing, à Leipzig; un autre fut découvert par Raspe dans la Bibliothèque de l'université de Cambridge; Raspe en a encore trouvé un dans la Bibliothèque du collége de la Trinité, qui est aujourd'hui au British Museum; deux existent dans la Bibliothèque de Vienne; la Bibliothèque impériale de Paris en possède un fort incomplet; enfin le plus complet de tous est au British Museum, dans la Bibliothèque Harléienne.

[2] TheOPHILI *presbyteri et monachi libri III, seu Diversarum artium schedula*, opera et studio CAROLI DE L'ESCALOPIER; Lut. Paris., 1843.

[3] TheOPHILI qui et *Rugerus presbyteri et monachi libri III De diversis artibus, seu Diversarum artium schedula*, opera et studio R. HENDRIE; Londini, 1847. L'édition donnée par M. Hendrie a été reproduite par M. l'abbé BOURASSÉ, avec une traduction française, à la suite de son *Dictionnaire d'archéologie sacrée*.

min. C'est un traité pratique de la peinture, telle qu'on
l'employait pour la décoration des églises, des panneaux
de menuiserie et des manuscrits. Le second livre, composé de trente et un chapitres dans les deux éditions,
traite de la fabrication du verre, des vitraux de couleur,
des vases de verre et des poteries en terre émaillée. Le
troisième, qui comprend dans le manuscrit Harléien cent
onze chapitres, dont quelques-uns sont empruntés à
Héraclius, auteur du dixième siècle, n'en compte que
quatre-vingts dans l'édition de M. de l'Escalopier. Ce livre
est consacré principalement aux travaux de l'orfévrerie
et à la peinture en émail cloisonné. L'auteur semble avoir
traité ces matières avec une prédilection toute particulière; mais on y trouve aussi des notions sur la sculpture en ivoire, la fonte des cloches et la fabrication
des orgues et des cymbales.

On comprend tout d'abord combien il serait intéressant de connaître à quel pays appartenait ce moine Théophile, et à quelle époque il vivait. Son livre, daté d'une
manière précise, serait un témoignage positif de l'état des
arts et des procédés mis en œuvre au temps où il a écrit;
on aurait un point lumineux pour diriger son opinion
sur la marche générale de l'art, et la part des siècles
suivants dans le champ des découvertes serait facile à
déterminer.. Malheureusement, une profonde obscurité
enveloppe la personne de Théophile; son livre nous
laisse ignorer à la fois et sa patrie et son siècle. Un point
sur lequel les érudits sont à peu près d'accord aujour-
d'hui, c'est que Théophile était Allemand. Cicognara
veut qu'il ait appartenu à l'Italie; mais, avec l'amour-
propre national qui l'aveugle, Cicognara ne voit toujours

et partout que des artistes et que des travaux italiens;
alors même que l'art était tombé en Italie au dernier
degré d'anéantissement, il veut encore que les travaux
des sculpteurs italiens aient été supérieurs à ceux des
Grecs, qui seuls cependant avaient alors conservé les
traditions de l'art et la faculté de produire des œuvres
artistiques. L'opinion de Cicognara est donc sans valeur. Toutes les probabilités sont au contraire en faveur
de l'origine allemande de Théophile. En effet, tous les
manuscrits connus de la *Diversarum artium schedula*
proviennent de l'Allemagne, et Mathias Farinator, qui,
le premier, a cité Théophile dans le *Lumen animœ*,
compilation qu'il écrivait au commencement du quatorzième siècle, dit que le manuscrit du *Breviarium diversarum artium* de Théophile lui a été communiqué par
un monastère d'Allemagne. Quelques érudits ont prétendu que l'ouvrage dont a parlé Farinator n'était pas
le même que la *Diversarum artium schedula,* mais
M. Guichard, dans l'introduction qui précède l'édition
donnée par M. de l'Escalopier, a prouvé jusqu'à l'évi-
dence l'identité parfaite des deux ouvrages par de nombreuses citations tirées du *Lumen animœ.* Enfin, à l'appui de l'origine allemande de Théophile, on a cité
l'emploi qu'il a fait dans son traité d'un certain nombre
de mots appartenant à l'idiome allemand, tel que le mot
huso, pour désigner l'esturgeon : « Tolle vesicam piscis
» qui vocatur huso [1]. » Certes, un Italien se serait
servi, dans cette tournure de phrase, du mot storione,

(1) Livre Ier, chap. xxx, édit. de M. de l'Escalopier. — Livre Ier,
chap. xxx, et livre III, chap. xci, édit. de M. Hendrie. Le mot allemand est hausen, que Théophile a latinisé en huso.

ou tout au moins du nom latin de l'animal, acipenser,
mais n'aurait pas employé la dénomination allemande.
La solution de cette première question n'est pas sans
importance pour la solution de la seconde, à savoir à
quelle époque vivait l'auteur de l'*Essai sur divers arts*.
Cette question a été très-controversée. Posons d'abord
les limites extrêmes entre lesquelles se sont partagés les
érudits. Comme le traité de Théophile se trouve rapporté par extrait dans le *Lumen animæ*, il ne peut être
postérieur à la fin du treizième siècle, tous les critiques
sont d'accord sur ce point, mais la diversité des opinions s'établit sur l'époque antérieure de sa publication.
Personne n'a placé la rédaction de la *Diversarum artium schedula* avant la fin du neuvième siècle; mais Lessing, séduit par l'affinité philologique des noms propres
Theophilus et Tutilo, a attribué la *Diversarum artium
schedula* au célèbre artiste du couvent de Saint-Gall,
qui vivait, comme on l'a vu, à cette époque. Rien
ne peut militer en faveur de cette haute antiquité
du livre, et la conjecture de l'érudit allemand ne trouve
aucun appui dans l'examen des historiens de Saint-Gall.
Leurs chroniques, si prolixes lorsqu'il s'agit de leur
monastère et des travaux de Tutilo, ne le citent nulle
part comme l'auteur d'un traité sur les arts. Lessing au
surplus a été le seul de son avis. Raspe, Morelli, Lanzi,
Émeric David et MM. de Montabert, Leclanché et Ba-
tissier datent l'ouvrage du dixième siècle ou du onzième,
mais aucun de ces auteurs n'a motivé son opinion, regardant, on ne sait pourquoi, la question comme hors
de doute et comme résolue. M. Guichard, dans l'introduction qui précède la traduction de M. de l'Escalo-

pier, a été d'un avis contraire. Il a pensé que la publication d'un traité où le peintre, le verrier, le mosaïste,
le miniaturiste, le ciseleur et le fondeur de métaux, le
calligraphe, le facteur d'orgues, l'orfévre et le joaillier
viennent chacun puiser des instructions, ne pouvait être
un fait isolé, qu'elle n'a pu avoir lieu qu'à une époque
de renouvellement et de renaissance, que tel a été le
caractère du douzième siècle et du treizième, « et sans
» fixer de millésime, nous croyons, dit-il, ne pas nous
» tromper beaucoup en reportant l'ouvrage au douzième
» ou au treizième siècle. » Ainsi, suivant M. Guichard,
l'époque de renouvellement et de renaissance qui a été
l'occasion du livre de Théophile, serait l'époque de transition entre l'architecture romane et l'architecture ogivale, c'est-à-dire la seconde moitié du douzième siècle.
M. l'abbé Texier [1] a été plus positif. Examinant le livre
de Théophile dans la technique même des procédés qu'il
enseigne, il a cru reconnaître que notre moine artiste possédait toute la pratique des verriers du treizième siècle et
qu'il devait être leur contemporain; comme il trouvait
aussi dans quelques monuments d'orfévrerie de la fin du
douzième siècle ou du treizième la pratique de certains
procédés indiqués par Théophile, il en a tiré une induc-
tion en faveur de son opinion. M. Hendrie, au contraire,
a pensé [2] que l'époque de renouvellement et de renaissance qui avait inspiré la *Diversarum artium schedula*
devait être celle du onzième siècle, et que c'était à la première moitié de ce siècle qu'il fallait rapporter la rédac-

[1] *Dictionnaire d'orfévrerie;* Petit-Montrouge, 1857, col. 1383.
[2] *An Essay upon various arts in three books, by* THEOPHILUS, *trans-
lated by* HENDRIE, preface.

tion de ce traité. M. l'abbé Bourassé,-à son tour, en pu-
bliant l'édition de M. Hendrie [1], a émis l'opinion que
Théophile vivait au milieu du douzième siècle, en se fondant surtout sur ce que les descriptions par lui données
indiquaient un art plus avancé que celui du onzième.
Nous avions d'abord partagé cette dernière opinion, et
nous regardions Théophile comme contemporain de notre
célèbre abbé Suger, qui, à l'occasion de la reconstruction de son église de Saint-Denis (1040 - 1044), avait
donné aux arts en France une si vive impulsion. Mais
un nouvel examen des monuments des arts industriels
de l'époque du moyen âge qui subsistent en Allemagne,
et la connaissance que nous avons acquise de quelques
faits importants, nous engagent à revenir sur cette première opinion et à fixer un peu plus haut, c'est-à-dire à
la fin du onzième siècle, l'époque où fut écrit le traité
de Théophile. Voici nos raisons.

Lessing, en fixant la publication de ce traité au neuvième siècle, a été certainement beaucoup trop loin. On
ne retrouve en aucune façon l'art du neuvième siècle
dans les descriptions de Théophile. On a même été trop
loin encore en donnant la date du dixième siècle à la
Diversarum artium schedula, car ce traité n'a pu être
écrit à une époque de décadence; on y trouve d'ailleurs
la citation de quelques passages de l'ouvrage d'Héraclius : *De artibus Romanorum* [2], qui fut écrit au dixième
siècle, ainsi que le prouvent la basse latinité qu'on remarque dans le style, les plaintes exprimées par l'auteur

[1] *Dictionnaire d'archéologie sacrée,* col. 736.
[2] Ms. latin , n° 6741; Bibliothèque impériale. Nous reviendrons sur
cet ouvrage en traitant de l'art céramique.

sur la décadence et l'oubli dans lequel étaient tombés
les arts, et l'absence de toute allusion à la science arabe
qui s'infiltra à la fin du dixième siècle dans les arts de
l'Europe. Au contraire, le chapitre de Théophile sur la
fabrication de l'or espagnol [1], et la mention qu'il fait
du borax sous le nom de barahas ou parahas [2], démontrent qu'il avait une connaissance incomplète des
ouvrages arabes. Théophile est donc postérieur à Héraclius et au dixième siècle.

Comme le disent avec raison MM. Guichard, Texier
et Hendrie, l'ouvrage de Théophile appartient à une
période de renouvellement et de renaissance; mais cette
renaissance est-elle celle qui se produisit à la fin du douzième siècle et au treizième, c'est-à-dire à l'époque de
l'apparition du style ogival, comme le veulent les deux
premiers, ou bien celle qui se fit sentir au commencement du onzième, comme le pense M. Hendrie? Il est
certain que l'œuvre de Théophile appartient à un âge
hiératique, à une période sacerdotale où l'art était
pratiqué par l'Église et pour l'Église, où la religion,
recueillant le fruit de son zèle, voyait les architectes, les
peintres, les sculpteurs, les orfévres, uniquement occupés de la construction et de l'embellissement des
temples consacrés à Dieu. Mais c'est bien plutôt là le
caractère du onzième siècle que du treizième. Dès la fin
du douzième siècle, l'art était sorti du sanctuaire; au
treizième, sa sécularisation était un fait à peu près gé-

[1] Livre III, chap. xlvii de l'édition l'Escalopier; chap. xlviii de
l'édition Hendrie.

[2] Livre III, chap. xxviii, édition l'Escalopier; chap. xxix, édition
Hendrie.

néral. Voyez les recommandations que fait Théophile à son élève dans le prologue du livre troisième de son traité : « Enflamme-toi désormais d'une ardeur plus » laborieuse ; ce qui manque encore parmi les instru- » ments de la maison du Seigneur, viens le compléter » dans tout l'effort de ta pensée ; sans eux, les divins » mystères ni le service des autels ne peuvent s'accom- » plir : ce sont les calices, les candélabres, les encen- » soirs, les vases des saintes huiles, les burettes, les » châsses des reliques saintes, les croix, les missels et » autres objets qu'une utile nécessité réclame pour » l'usage de l'Église. » Ces paroles n'indiquent-elles pas qu'à l'époque où écrivit Théophile, on s'occupait sur- tout de pourvoir les églises du mobilier qui leur man- quait et qui avait péri durant les calamités du dixième siècle ? Au milieu du douzième siècle, les églises regor- geaient de châsses et de vases sacrés, surtout dans l'Alle- magne, qui a conservé de cette époque des monuments d'orfévrerie considérables.

A l'appui de cette opinion que Théophile a écrit dans la seconde moitié du douzième siècle, ou même au trei- zième, on s'est plu à voir des fenêtres-ogives dans les fenestræ productæ dont il parle au chapitre LIX du livre III, en enseignant la fabrication de l'encensoir[1]. Mais si l'on fait attention dans quelles circonstances Théophile prescrit de faire sur l'encensoir ces fenestræ productæ, on verra qu'elles doivent être placées entre les colonnettes qui, cantonnant les angles de tours car-

[1] C'est toujours l'édition française de M. de l'Escalopier que nous entendons citer, quand nous ne désignons pas spécialement l'édition anglaise de M. Hendrie.

rées, devaient être resserrées dès lors l'une contre
l'autre, et ne pouvaient admettre dans leur entre-colon-
nement que des fenêtres étroites et allongées. Ces mots
fenestræ productæ n'ont pas dû exprimer autre chose, et
ne se rapportent pas au mode d'amortissement de l'arcade. On trouve au surplus dans le chapitre LX quelque
chose de plus positif. Il s'agit de la fabrication de l'encensoir fondu. Théophile veut que le sommet de l'encensoir présente plusieurs étages de tours, et dans celle
qui est la plus élevée, il prescrit de faire des fenêtres
longues et arrondies : « In superiori vero turri, quæ
» gracilior erit, facies fenestras longas et rotundas. »
Il n'y a pas là d'ambiguïté, et ce sont bien des fenêtres plein cintre, des fenêtres de style roman dont le
moine artiste prescrit l'emploi. Voilà le onzième siècle
indiqué. Il y a mieux encore. On sait que jusque vers la
fin du dixième siècle les églises de France, d'Italie et
d'Allemagne étaient construites dans la forme des basiliques romaines, c'est-à-dire que les nefs étaient couvertes de plafonds plats en bois, divisés en caissons et
rehaussés de peintures. A l'époque du renouvellement
de l'art qui eut lieu au commencement du onzième
siècle, les églises furent reconstruites dans un autre système, les nefs se couvrirent de voûtes en berceau, ou de
voûtes d'arêtes construites en pierre : ce fut un des
principaux caractères du style roman qui s'introduisit
alors. Mais, malgré le zèle des grands seigneurs, des prélats et des populations, toutes les églises ne purent pas
être reconstruites simultanément et comme par un coup
de baguette; un très-grand nombre, durant le onzième
siècle, dut conserver ses anciens plafonds plats; la trans-

formation s'opéra progressivement, mais elle fut complète au douzième siècle, et surtout au treizième. Eh bien, lorsque Théophile, dans sa préface du livre III de son traité, parle à son élève des travaux de décoration intérieure des églises, il indique des plafonds et non des voûtes : « Parsemant, lui dit-il, les plafonds ou les murs » (laquearia seu parietes) de travaux divers et de di- » verses couleurs, tu as en quelque sorte exposé aux re- » gards une image du paradis. » Et dans un autre passage : « L'œil de l'homme ne sait d'abord où il fixera » sa vue : s'il l'élève vers les plafonds, si respicit la- » quearia, ils fleurissent comme de brillantes drape- » ries. » Théophile avait donc encore le plus souvent des plafonds plats sous les yeux dans les églises; si de son temps elles avaient toutes été voûtées, il se serait servi des mots camera, fornix, ou concameratio. Le mot laquearia dont se sert uniquement Théophile indique encore qu'il vivait au onzième siècle.

En ce qui concerne la peinture sur verre, M. Texier a cru reconnaître, d'après les détails donnés par Théophile, que celui-ci possédait toute la pratique des verriers français du treizième siècle. Cela serait, qu'il faudrait se rappeler que l'Allemagne a précédé la France dans la pratique des arts industriels; que ce ne fut qu'à l'époque de Suger, vers le milieu du douzième siècle, que l'art de peindre le verre prit en France un grand développement, tandis que dès la fin du dixième siècle (999), un comte Arnold avait donné des vitraux à l'abbaye de Tegernsée en Bavière [1]. Mais, au surplus, on

[1] M. FERDINAND DE LASTEYRIE, *Quelques mots sur la théorie de la peinture sur verre;* Paris, 1852; p. 155.

reconnaît dans certains procédés de Théophile une
naïveté qui n'annonce pas une pratique fort avancée. Il
ne connaît qu'un seul émail, et ne semble pas avoir eu
connaissance du verre rouge doublé d'une couche de
verre blanc, qui cependant commençait à être en usage
au treizième siècle [1]. Lorsqu'il veut simuler des pierres
fines sur les croix, les nimbes, les livres, les bordures
de vêtements, il imite l'or par du verre jaune clair, et il
emploie pour figurer les pierreries de petits fragments
de verre coloré en bleu ou en vert, qu'il fixe sur le verre
jaune avec de la couleur d'émail un peu épaisse, la cuis-
son faisant ensuite adhérer ces fragments sur le fond
du verre jaune. Au treizième siècle, en France et surtout en Allemagne, l'art du peintre-verrier était plus
avancé.

Il nous paraît donc constant qu'il faut reporter l'ouvrage de Théophile à l'époque du renouvellement de
l'art qui commença à s'opérer en Allemagne dès les premières années du onzième siècle. Mais à quelle époque
du onzième siècle l'ouvrage a-t-il été écrit? Des faits
certains qui se rattachent à l'histoire de l'émaillerie et
de l'orfévrerie nous semblent résoudre la question. En
adressant son *Essai sur divers arts* à son élève, Théophile, dans sa préface, s'exprime ainsi : « Si tu étudies
» avec attention cet ouvrage, tu y trouveras.... toute la
» science des Toscans dans le travail des émaux..... tout
» l'art de la glorieuse Italie dans l'application de l'or, de
» l'argent à la décoration des différentes espèces de vases,
» et dans la sculpture des pierres fines et de l'ivoire. » De
cette phrase de Théophile il résulte évidemment que son

[1] M. BONTEMPS, *Peinture sur verre*; 1845, p. 27.

livre n'a pu être écrit qu'à une époque où les Italiens
s'étaient acquis une réputation dans l'orfévrerie et dans
l'art de l'émaillerie. Or, l'Italie était restée en arrière de
la France et de l'Allemagne dans le mouvement artistique qui surgit au commencement du onzième siècle.
Les agitations dont cette contrée fut le théâtre pendant
la première moitié de ce siècle n'avaient pas permis aux
arts de s'y relever de l'état d'anéantissement où ils
étaient tombés. En 1066, Didier, abbé du Mont-Cassin, était obligé, comme on l'a vu, d'appeler des artistes
grecs pour décorer l'église qu'il faisait reconstruire; vers
1068, il était dans la nécessité de faire venir de Constantinople les tableaux d'émail et les pièces d'orfévrerie
et de bronze dont il voulait enrichir son église. Ce fut
alors que cet éminent prélat, voulant restaurer le culte
des arts en Italie et soustraire son pays au tribut qu'il
lui fallait jusque-là payer à Constantinople, ouvrit dans
son monastère des écoles où il fit enseigner par des
maîtres grecs l'orfévrerie, l'émaillerie et tous les arts
libéraux et industriels qui mettaient en œuvre l'or, l'argent, l'airain, le fer, le verre, l'ivoire et le bois. Les
jeunes élèves de l'école de Didier commencèrent par
copier les ouvrages de ciselure, d'orfévrerie et d'émaillerie apportés de Constantinople. Ces faits, qui nous sont
révélés par un auteur contemporain [1], établissent d'une
manière positive qu'antérieurement à 1068, l'Italie ne
possédait pas d'artistes émailleurs ni d'orfévres pouvant
exécuter des travaux d'art; car Didier n'aurait pas fait

----

[1] Leo Ost., *Chron. monast. Casinens.;* cap. xxiii et xxix, p. 351
et 361 ; pour les détails et les citations, voyez plus haut p. 126, et ci-
après, au titre de l'Orfévrerie, chap. IV, § I, art. II.

venir à grands frais de Constantinople des tableaux
d'émail et des pièces d'orfévrerie, et surtout n'aurait pas
ouvert des écoles d'enseignement, s'il avait trouvé en
Italie les pièces d'émaillerie et d'orfévrerie qui lui étaient
nécessaires, et des artistes habiles dans la peinture en
émail et dans l'orfévrerie. Pour que les orfévres, et surtout
les émailleurs sortis des écoles de Didier, aient pu obtenir une habileté et surtout une réputation qui leur
méritât d'être cités par Théophile comme excellant dans
l'exercice de leur art, ne faut-il pas bien calculer sur un
espace de dix années? Il est constant dès lors que Théophile n'a pu écrire avant le dernier quart du onzième
siècle la préface où il vante l'habileté des Toscans dans
la peinture en émail cloisonné, et celle des Italiens dans
l'ornementation des vases par l'or, l'argent et les pierres
fines.

Mais quelle date assigner au delà de 1075 ou 1080 à
l'ouvrage de Théophile? Celle-ci est plus difficile à déterminer; nous pouvons néanmoins la fixer approxima-
tivement, et l'histoire de l'émaillerie nous servira encore
sur ce point.

Les Allemands, après avoir appris des Grecs, comme
les Italiens, les procédés de l'émaillerie par le système
du cloisonnage mobile, imaginèrent de creuser une
plaque de métal dans toutes les parties qui devaient recevoir l'émail, en épargnant le tracé du dessin de manière qu'il ne cessât pas de faire corps avec le fond, et
qu'il n'éprouvât aucun dérangement lors de la fusion des
émaux. Par ce nouveau mode d'exécution, qui n'était que
la restauration du procédé adopté dans l'émaillerie gallo-
romaine, on donnait aux pièces émaillées une bien plus

grande solidité que par le procédé du cloisonnage, dans
lequel les traits du dessin sont exécutés à part et rapportés sur le fond [1]. Il permettait donc, en employant le
cuivre, métal de peu de valeur, d'exécuter des tableaux
d'une dimension assez notable, et de décorer ainsi merveilleusement les châsses et les autres pièces du mobilier
religieux de grande proportion. Aussi, ce genre d'émaillerie, qui reçoit le nom de champlevé, eut-il beaucoup de
succès au douzième siècle et au treizième. Nous croyons
pouvoir attribuer à l'abbé Richard du monastère de Saint-
Victor de Verdun, qui mourut en 1046, la mise en pratique de l'émaillerie champlevée [2]. Les premiers essais,
comme dans toute invention nouvelle, durent être
timides, et il est fort possible que cette émaillerie ait eu
peu de succès dans l'origine, qu'elle n'ait été appliquée
que dans certaines parties accessoires des ouvrages
de cuivre, et que la pratique en soit restée renfermée
dans la contrée où elle avait pris naissance. Théophile,
s'il vivait dans un monastère de l'Allemagne méridionale, a pu ne pas en avoir connaissance; mais dès le
commencement du douzième siècle, l'émaillerie champlevée sur cuivre était en grande vogue; on ne faisait pas
en Allemagne une châsse, un reliquaire, un pied de
croix, ou toute autre pièce de grande dimension, qu'on
ne les décorât de figures, de sujets ou d'ornements en
émail. La vogue des émailleurs allemands en ce genre
de travail était si grande dans le second quart du douzième siècle, que l'abbé Suger en appela plusieurs à

[1] Voyez au titre de l'ÉMAILLERIE, chap. Ier, § II, art. II, et § III,
art. V.

[2] Voyez au titre de l'ORFÉVRERIE, chap. IV, § I, art. I.

Saint-Denis pour exécuter un pied de croix, qui contenait soixante-huit tableaux d'émail, reproduisant la vie
et la passion du Christ et des scènes de l'Ancien Testament [1]. Une pièce de cette importance, faite par des
Allemands en pays étranger, constate que l'art de
l'émaillerie était à cette époque fort avancé en Allemagne, et par conséquent qu'il y était pratiqué depuis
longtemps. Cependant, Théophile, qui, dans le livre III
de son traité, décrit avec détail tous les genres de travaux auxquels l'orfévre peut avoir recours pour la décoration du mobilier religieux, qui explique avec de grands
développements les procédés de l'émaillerie cloisonnée,
ne dit pas un mot de l'émaillerie champlevée. Il est impossible que ce savant religieux, qui s'occupe avec tant
d'amour de fournir les moyens de décorer les instruments
nécessaires à la maison du Seigneur, ait négligé de décrire, s'il les avait connus, des procédés qui permettaient
de revêtir à peu de frais le mobilier religieux d'une brillante ornementation. Qu'on ne dise pas que Théophile ne
s'est occupé que des ouvrages d'or et d'argent; il enseigne également à se servir du cuivre et de l'aurichalque
(le laiton) dans les travaux d'orfévrerie, et s'occupe de
la manière de décorer ces métaux. Si notre auteur avait
tracé dans son traité les procédés de l'émaillerie champlevée, et que les chapitres écrits sur ce sujet eussent été
perdus, on en trouverait au moins la mention dans la
préface de son livre, où il résume tout ce qu'il compte
enseigner, mais il n'y fait pas même la plus légère allusion à l'émaillerie champlevée. On doit donc reconnaître

[1] Voyez à l'ORFÉVRERIE, chap. IV, § II, art. II, la description de
ce pied de croix.

que la *Diversarum artium schedula* a été écrite à une
époque où les procédés de l'émaillerie champlevée étaient
encore peu répandus ; et comme il est constant et établi
par une foule de monuments qu'elle était fort en vogue
dans le premier quart du douzième siècle, on se trouve
obligé de donner une date antérieure à l'ouvrage de
Théophile. C'est donc entre 1080 et les premières années du douzième siècle qu'il a dû être composé.

Reprenons notre récit à partir de cette époque. Dès
le commencement du douzième siècle, on vit paraître
des statues de grande proportion et des bas-reliefs qui,
sans être exempts de défauts, étaient ramenés à une certaine correction. Jusque-là, à quelques exceptions près,
l'attitude unique et la ressemblance de toutes les figures
ne permettent pas de douter qu'il n'y ait eu pour elles un
type à peu près arrêté que les artistes reproduisaient
presque constamment ; mais à partir de ce moment, ils
commencent à s'affranchir de cette imitation, et se rapprochent peu à peu de la nature. Un des caractères dis-
tinctifs de la transformation de l'art au onzième siècle,
avait été l'adoption que firent les artistes du costume
contemporain dans toutes leurs reproductions. Cet usage
se perpétua durant tout le moyen âge. A l'exception du
Christ, de la Vierge, des anges et des apôtres, qui conservèrent la longue robe traînante et le grand manteau
de l'antiquité, tous les autres personnages furent revêtus de l'habillement que l'artiste avait sous les yeux ; les
armes, les meubles, les ustensiles de son époque entrè-
rent aussi dans ses compositions, à quelque temps, à
quelque lieu qu'appartînt la scène qu'il représentait.

Les opinions sévères de personnages très-considérés

faillirent arrêter l'essor des arts. Dès le temps de Charlemagne, quelques évêques de France repoussaient la
sculpture, dans la crainte que le culte des images ne dé-
générât en adoration. Tel était, ainsi que nous l'avons
rapporté, le sentiment d'Agobard. Le concile de Francfort ayant condamné cette erreur, elle avait peu de partisans, mais elle n'était pas entièrement déracinée au
onzième siècle. De rigides réformateurs, tels que les abbés de Cîteaux, ceux du monastère de Bec et saint
Bruno, prohibaient avec rigueur la peinture, la sculpture
et l'orfévrerie artistique, comme contraires à l'humilité
chrétienne. Au douzième siècle, saint Bernard s'éleva
aussi contre les œuvres d'art dont on se plaisait à enrichir les églises : « On voit de toute part, s'écrie ce saint
» docteur, une si grande quantité de sculptures, les su-
» jets en sont si variés, les formes si diverses, qu'on
» peut lire plus d'histoire sur les murs que dans les
» saintes Écritures, et que les religieux consument leurs
» journées à les admirer, plutôt qu'à méditer la parole
» du Seigneur. Grand Dieu! si l'on n'est pas honteux de
» tant de futilités, comment, du moins, ne pas regret-
» ter tant de dépenses [1] ! » Heureusement que ces rigides principes eurent peu de faveur; les sculpteurs se
multiplièrent dans toute l'Europe, et les églises se couvrirent de sculptures. En France, Suger, le célèbre abbé
de Saint-Denis (1122 † 1152), ministre de Louis le
Gros et régent du royaume sous Louis VII, résista
énergiquement aux censures de saint Bernard; il pro-
clama hautement qu'on ne saurait trop embellir la mai-

[1] SAINT BERNARD, *Apolog. ad Guillelm.*, cap. XII; in ejusdem Op.,
t. 1, col. 538 et 539.

son de Dieu, ni trop rendre à Celui de qui nous tenons
tout. Il fit reconstruire son église de Saint-Denis, cou-
vrit des plus curieuses sculptures les tympans et les
voussures des trois grandes baies qui s'ouvrent au pied
de la façade occidentale, et les ferma par des portes de
bronze enrichies de bas-reliefs. Il fit clore les fenêtres
par de brillantes verrières peintes. Si, dans la haute position qu'il occupait, l'abbé Suger avait partagé les
scrupules de saint Bernard, l'essor imprimé à la culture
des arts aurait été certainement entravé en France. Mais
son exemple trouva de nombreux imitateurs, et son opinion de chauds partisans. Le grand portail de l'église
de Chartres, terminé en 1145, la façade de l'église
Saint-Trophime d'Arles, achevée en 1152, et une foule
d'autres monuments, se couvrirent de sculptures. La
France comptait donc déjà, au douzième siècle, un
grand nombre de sculpteurs [1].

En Angleterre, la cathédrale de Cantorbéry, reconstruite dans le dernier quart du douzième siècle par un
artiste français, Guillaume de Sens, s'enrichit aussi des
sculptures de cet habile homme, qui n'était pas seulement un grand architecte, mais encore un sculpteur de
mérite [2].

L'Allemagne continua à se tenir à la tête du mouvement artistique, et produisit aussi des sculpteurs de talent. Elle a conservé quelques œuvres remarquables,
parmi lesquelles on peut citer, dans l'église de Wester-

[1] ÉM. DAVID, *Histoire de la sculpture française*; Paris, 1853, p. 42
et suiv.

[2] GERVASIUS, *De construct. Doroboriensis eccles.*, ap. *Hist. Angl.
script.*, t. II, col. 1289.

Groningen, près d'Halberstadt, les figures du Sauveur
et des apôtres, exécutées en 1100; dans l'église de cette
dernière ville, érigée sous le vocable de Notre-Dame, les
bas-reliefs représentant le Sauveur, la Vierge et les
apôtres assis qui se voient sur les parois des murs sépa-
rant le chœur des bas-côtés de l'abside : ils appartiennent
à la première moitié du douzième siècle; plusieurs figures
en pied sculptées en haut-relief sur les parois du chœur
de l'église Saint-Michel à Hildesheim; les demi-figures
du Christ et de deux saints au-dessus du portail principal de l'église Saint-Godehard dans la même ville; dans
le vieux chœur de l'est de l'église de Bamberg, les hauts-
reliefs reproduisant d'un côté l'Annonciation et les douze
apôtres, et de l'autre saint Michel terrassant le dragon,
et douze prophètes, et au portail du nord la Vierge et
plusieurs saints, parmi lesquels on voit le saint empereur Henri II et sa femme sainte Cunégonde, exécutés
vers le milieu du douzième siècle. On retrouve plus ou
moins, dans ces sculptures, l'animation dans les gestes
ou dans les visages et le réalisme qui caractérisent l'école
néo-allemande au commencement du onzième siècle,
avec des formes plus correctes et un meilleur style dus à
une certaine influence de l'art byzantin. Mais cette influence cesse entièrement de se faire sentir sur une
pierre tumulaire conservée dans l'église de Wechsel-
bourg, où l'on voit l'effigie du comte Dedo IV, mort en
1190, et celle de sa femme, fondateurs de cette église.
Le style énergique et original de ces sculptures, indépen-
dant des vieilles traditions, fait pressentir la renaissance
complète de l'art [1].

[1] Kugler, *Handbuch der Kunstgeschichte*; Stuttgard, 1842, s. 493.

Les artistes qui se livrèrent à la culture des arts industriels ne cessèrent de faire des progrès. Dans la seconde
moitié du douzième siècle, ils étaient devenus fort habiles dans toutes les branches des arts du dessin. La
roideur qui déparait les œuvres de sculpture du onzième siècle se transforma en un style noble et sévère
tout à la fois ; les bas-reliefs offrirent des scènes composées avec simplicité. Les orfévres excellèrent dans la
gravure des métaux, qui fut employée avec succès pour
la décoration des pièces d'orfévrerie, ils y montrèrent
un dessin correct, empreint d'une certaine naïveté. Ils
savaient également bien se servir de la fonte et du procédé du repoussé pour l'exécution des bas-reliefs et des
statuettes dont ils enrichirent les châsses, les grands reliquaires et les parements d'autel. Leurs ouvrages se
firent très-souvent remarquer par la correction du modelé, la justesse des attitudes, le beau jet des draperies,
le mouvement et l'expression des figures.

Les sculpteurs en ivoire ne restèrent pas au-dessous
des orfévres : ils améliorèrent leur style ; les statuettes
qui décorent le dôme du reliquaire de cuivre émaillé
que nous reproduisons dans la planche XLIII de notre
Album, sont un bel exemple du talent des ivoiriers de la
seconde moitié du douzième siècle.

L'Allemagne avait maintenu, durant la première moitié du douzième siècle, sa supériorité dans les arts industriels. L'abbé Suger, vers 1145, lui empruntait des
artistes pour exécuter une colonne de bronze revêtue de
tableaux d'émail et de figures de ronde bosse d'assez
grande proportion ; mais à partir de l'époque de Suger,
les artistes français firent des progrès rapides.

Les œuvres qui subsistent de la seconde moitié et surtout du dernier quart du douzième siècle en Allemagne, en France et en Angleterre, font voir que l'influence byzantine avait à peu près cessé de se faire sentir; les artistes occidentaux étaient parvenus à se créer un style tout particulier: ils puisaient leurs inspirations dans l'étude de la nature. En Italie, le style byzantin continuait au contraire à prédominer. Les seules œuvres remarquables de cette époque qui y soient conservées paraissaient encore sorties de la main des Grecs.

Nous ne nous étendrons pas ici davantage, et nous renvoyons nos lecteurs à l'historique que nous tracerons plus loin de la sculpture en ivoire et en métal, et surtout à l'histoire de l'orfévrerie. On y trouvera la description ou l'indication des monuments qui viennent à l'appui de nos appréciations.

§ IV.

DE LA SCULPTURE DANS SON APPLICATION AUX PRODUCTIONS DE L'INDUSTRIE, DU XIIIe SIÈCLE A LA FIN DU XVIe.

Les monuments des arts provenant des temps antérieurs au treizième siècle étant fort rares et peu connus, et les textes qui peuvent éclairer l'histoire artistique de ces époques prêtant souvent matière à discussion, il nous a paru utile de faire précéder l'historique des différents arts industriels de notions générales dans lesquelles nous pouvions résumer les grands faits qu'offre l'histoire de l'art de ces temps reculés, et de discuter les principaux textes sur lesquels nous devions appuyer nos appréciations; mais à partir du treizième siècle, l'obscurité se dissipe. La sculpture de l'époque ogivale a laissé sur les

grands monuments de l'architecture des preuves abon-
dantes qui permettent de l'apprécier, et elle s'est tellement répandue partout, en œuvres grandes et petites, à
l'époque de la renaissance, qu'elle est parfaitement connue. Il est donc inutile de poursuivre au delà du douzième siècle ces notions sur la marche de l'art et sur
l'histoire de la statuaire, que nous ne nous sommes
pas proposé d'écrire [1], puisque des monuments postérieurs subsistent encore en assez grand nombre, et que
des textes remplis de minutieux détails, et dont la date
est certaine, viennent nous fournir des renseignements
assez précis pour nous permettre d'apprécier à l'avenir la
marche et l'état de chacun des arts dont nous avons entrepris de retracer l'histoire. Nous terminerons donc ces
préliminaires par quelques considérations générales qui
s'appliquent particulièrement à notre sujet.

L'Allemagne, qui, au douzième siècle, était à la tête du
mouvement artistique, produisit encore de beaux ouvrages dans les premières années du treizième. Les sculptures dont sont enrichies la châsse de Charlemagne [2] et
celle des grandes reliques à Aix-la-Chapelle, montrent
assez l'habileté de ses orfévres sculpteurs. Les artistes
allemands étaient alors en si grand renom que plusieurs
furent appelés en Italie. L'un d'eux, qui était de Cologne,
y fut amené par le duc d'Anjou. Après avoir fait un grand
nombre d'ouvrages remarquables, il termina sa vie dans
un monastère, où les jeunes artistes italiens venaient en-

---

[1] L'histoire de la sculpture au moyen âge a été écrite par Émeric
David, dans un excellent ouvrage auquel on peut ajouter quelques renseignements, mais qui n'est pas à refaire.

[2] Nous en donnons la reproduction dans la planche XLVII de notre
Album.

core le consulter. Dans l'historique que nous allons tracer de la sculpture industrielle et de l'orfévrerie en Italie, on nous verra souvent citer des artistes allemands qui y travaillaient; ils purent aider à une amélioration partielle des industries artistiques, mais la renaissance de l'art en Italie devait sortir d'une autre source.

La France, qui était restée un peu en arrière de l'Allemagne au douzième siècle, la dépassa de beaucoup au treizième.

Philippe Auguste avait su donner une vive impulsion à tous les arts, et saint Louis continua l'œuvre de son aïeul. Les cathédrales de Chartres, de Reims, d'Amiens, de Paris, et d'autres villes encore, élevées sous le règne de ces princes, se couvrirent de statues et d'immenses bas-reliefs. Abandonnant l'ancienne routine, les artistes français, par la seule étude de la nature, en arrivèrent à produire des œuvres qui se font remarquer par la pureté des traits, la vérité des formes, l'expression du visage, la justesse des inflexions du corps, la noblesse des poses, et par le sentiment profond qui règne dans ces grandes compositions. Dès le milieu du treizième siècle, la France était en possession d'un art original qui ne devait rien à l'antiquité ni à l'art byzantin. Les productions de la sculpture monumentale du treizième siècle qui méritent d'être ainsi appréciées sont fort nombreuses; mais elles ne sont pas de notre domaine, et nous n'en citerons qu'une seule que la plupart de nos lecteurs connaissent ou voudront connaître, c'est le bas-relief du tympan de la porte méridionale de Notre-Dame de Paris, dite porte Saint-Étienne, élevée en 1257 sous la direction de Jean de Chelles, l'architecte de cette

partie du monument. Tout est vrai dans les différents
groupes de cette magnifique composition; les poses, les
gestes, le sentiment qui anime les visages, la disposition des draperies, sont l'expression la mieux sentie de la
nature vivante. Nicolas et Jean de Pise n'ont rien fait
de plus beau.

Les statuaires qui à Chartres, à Reims, à Amiens, à
Paris et ailleurs, sculptaient ainsi de grandes pièces monumentales, ne dédaignèrent pas de s'adonner aux arts
industriels. Plusieurs, et des plus fameux, durent s'appliquer à l'orfévrerie et à la sculpture décorative des
instruments du culte et des meubles à l'usage de la vie
privée, car on possède de cette époque du treizième
siècle et des premières années du quatorzième, un assez
grand nombre d'objets d'or, d'argent, de bois et d'ivoire,
qui dénotent un grand talent chez les artistes inconnus
qui les ont produits.

L'Italie était restée, au douzième siècle et au commencement du treizième, en arrière de la France et de l'Allemagne. L'art y était devenu un mécanisme, et, sous la
direction des Grecs, alors en pleine décadence, les artistes
italiens, sans jamais copier la nature autrement qu'en la
défigurant, reproduisaient toujours les mêmes sujets religieux, d'après un type généralement adopté. La sculpture
à cette époque était tombée en Italie au dernier degré
d'ignorance et de grossièreté.

Mais au commencement du treizième siècle naquit
Nicolas de Pise, qui le premier devait entrevoir la lumière et conduire l'Italie à la renaissance de l'art.

Parmi la multitude de marbres antiques qui furent
apportés par la flotte des Pisans, lors de la construction

de la cathédrale de Pise, se trouvait un sarcophage grec
d'une grande beauté, dans lequel avait été renfermé le
corps de Béatrix, mère de la comtesse Mathilde. On y
voit des compositions en bas-relief tirées de l'histoire de
Phèdre et d'Hippolyte. Les Pisans, frappés de la beauté
de ce chef-d'œuvre, l'avaient placé dans la façade de
leur cathédrale (1). Le jeune Nicolas l'admira comme tout
le monde, mais seul il eut l'idée de reproduire des
œuvres d'un style aussi élevé : il étudia avec ardeur ce
bas-relief et d'autres morceaux antiques, et bientôt,
laissant là les patrons de ses maîtres, il se forma un
style qui tient du beau antique, surtout dans les têtes et
dans la disposition des draperies. Nicolas acquit bientôt
de la réputation et fut appelé dans différentes villes
d'Italie, soit pour y élever des monuments d'architecture, soit pour y sculpter des œuvres importantes. En
1260, il terminait la chaire du baptistère de Saint-Jean
de Pise; six ans plus tard, il sculptait celle du Dôme de
Sienne, et peu après, le tombeau de saint Dominique
Calagora à Bologne. En 1267, il se rendit à Naples auprès du roi Charles, et exécuta de grands travaux pour
ce prince. Nicolas répandit ainsi dans toute l'Italie le
nouveau style qu'il avait puisé dans l'étude des monuments antiques. Beaucoup d'artistes, mus par une
louable émulation, suivirent les traces de Nicolas et
s'appliquèrent à la sculpture.

Lorsque ce grand artiste mourut (1278), il laissa de
nombreux élèves, et parmi eux, Jean, son fils († 1320),
qui bientôt surpassa son maître. Deux grands peintres,

---

(1) Ce sarcophage a été transporté en 1810 dans le Campo santo de
Pise, où on le voit aujourd'hui.

Cimabué (1240 † 1301), et Giotto (1276 † 1336),
aidèrent aussi à la réforme des anciens procédés. A la
fin du treizième siècle, l'art était entré en Italie dans
une excellente voie.

Si au commencement du quatorzième siècle la renaissance de l'art était arrivée à peu près au même
point, quoique par des voies différentes, en Italie, en
France et en Allemagne, ses destinées ne furent pas les
mêmes dans ces différents pays. En Italie, l'art continua à faire des progrès. A Jean, fils de Nicolas, succédèrent André de Pise et les frères Agostino et Agnolo,
ses élèves. André (1270 † 1345) copia moins servile-
ment l'antiquité que ses maîtres et montra un talent
plus original; il rendit des services signalés aux arts
industriels en perfectionnant les procédés techniques
de la fonte. S'étant établi à Florence, il orna de ses statues le baptistère de Saint-Jean et fondit en bronze l'une
des portes de ce temple; il fournit ainsi un bel exemple
à Ghiberti. Agostino († 1350) et Agnolo († 1348) de
Sienne, sculpteurs de mérite, comptèrent un grand
nombre d'artistes industriels parmi leurs élèves. Aussi,
ne faut-il pas s'étonner de trouver au nombre des plus
habiles sculpteurs italiens du quatorzième siècle les
orfévres Cione, Ugolino, Giglio, Piero, Leonardo et
Nofri, dont nous aurons à signaler de très-beaux travaux.
Le célèbre Orcagna († 1376), peintre, sculpteur et architecte, fils de l'orfévre Cione, avait lui-même fait ses
premières études dans la boutique de son père.

Au commencement du quinzième siècle, la sculpture,
sous les inspirations des Donatello (1386 † 1468) et
des Ghiberti (1381 † 1455), était arrivée à la perfection.

Ces grands génies furent puissamment secondés dans cette œuvre de régénération par une foule d'habiles artistes, leurs élèves ou leurs imitateurs. Et pour faire comprendre ce qu'étaient devenus les arts industriels sous la direction de ces maîtres, il nous suffit de citer les noms de quelques-uns des artistes qui, au quinzième siècle, ont associé leur talent aux productions de l'industrie : Luca della Robbia, Giovanni Turini, Giuliano et Benedetto da Maiano, Michelozzo Michelozzi, Andrea del Verrocchio, Antonio del Pollaiuolo, Tommaso Finiguerra, Domenico Ghirlandajo et Francesco Francia.

La France, l'Allemagne et l'Angleterre n'eurent pas, comme l'Italie, la chance heureuse de voir, à partir du treizième siècle, l'art statuaire constamment en progrès. Les monuments de l'architecture ogivale primitive, tout à la fois si simples de style et d'un effet si grandiose, avaient donné naissance à une foule de statuaires, qui, recevant leurs inspirations de l'architecte ; le maître de l'œuvre, avaient su conserver dans leurs travaux, avec la pureté de la forme, une admirable expression empruntée à la nature. Mais dès les premières années du quatorzième siècle, l'architecture commença à perdre le sentiment des justes proportions et de l'harmonie. Le désir d'innover fit abandonner la gravité de l'ensemble et la sobriété des ornements. L'art de la sculpture se ressentit défavorablement de cette tendance à l'innovation. Au lieu de continuer à copier la nature, le sculpteur chercha aussi de nouvelles voies. Son dessin devint moins pur, il s'attacha plus aux détails qu'à l'effet général de l'ensemble, ses draperies furent tourmentées et se plièrent moins aux inflexions du corps.

Les figures satiriques et les animaux bizarres reparurent dans les ornements. Les sculpteurs ne manquèrent pas cependant aux arts industriels; le goût du luxe, qui devint dominant à la cour de Charles V et chez les princes ses frères, leur fournit un aliment à de nombreux travaux. La sculpture de petite proportion conserva peut-être plus de naïveté et de correction que la statuaire monumentale, et les pièces qui en subsistent témoignent encore de l'habileté des artistes qui s'y adonnaient.

Les arts industriels eurent beaucoup à souffrir des calamités qui affligèrent la France au commencement du quinzième siècle, mais le faste toujours croissant de la maison de Bourgogne entretint le culte des arts. Le tombeau de Philippe le Hardi, élevé en 1404 dans l'église des Chartreux de Dijon, avait fait connaître trois sculpteurs d'un véritable talent : Jacques de Baerze, Claux Sluter et Claux de Vousonne. En suivant la trace de ces maîtres, la sculpture industrielle pouvait se maintenir dans une excellente voie. Mais, sous l'influence des ducs de Bourgogne, l'art flamand avait pris naissance sur les bords de la Meuse et s'était développé à Gand, à Bruges et à Bruxelles. Le style adopté par Hubert et Jean van Eyck était un retour vers le naturalisme et l'énergie, en opposition avec l'école de Cologne, dont la grâce et le beau coloris avaient fini par toucher à la fadeur. La plupart des élèves et des imitateurs des frères van Eyck ne surent pas se maintenir dans la juste réserve de ces grands maîtres, et affectionnèrent souvent un naturalisme vulgaire et sans choix. Beaucoup de sculpteurs se trouvèrent entraînés

sur cette mauvaise pente. Appliqué à la sculpture,
ce style, d'un naturalisme affecté, produisit des œuvres
détestables : figures aux extrémités sèches et osseuses,
visages grimaçants, mouvements exagérés, draperies
aux plis cassés. Il fut presque généralement adopté
dans les arts industriels, en France, dans le nord de
l'Europe, et surtout en Allemagne, où l'on croyait y
retrouver l'énergie expressive des sculptures allemandes
de la fin du douzième siècle.

Cependant l'influence des grands maîtres italiens
s'était fait sentir dans toutes les contrées de l'Europe.
Dès la fin du quinzième siècle, les frères Juste, Jean
Tixier et Michel Colombe, habiles sculpteurs, ouvrirent
en France l'ère de la véritable renaissance de l'art, en
conservant toutefois dans leurs œuvres un caractère
d'originalité française. Malgré le retour de ces artistes
et de quelques autres aux saines doctrines, la plupart
des productions industrielles conservèrent encore jusqu'au commencement du règne de François Ier une forte
empreinte du style gothique.

En Allemagne, dès les premières années du seizième
siècle, Adam Kraf († 1507), Peter Vischer († 1529) et
ses fils, Veit Stoos (1447 † 1542) et le grand Albert
Dürer († 1528), abandonnant le genre flamand,
s'étaient faits les promoteurs de la renaissance de l'art,
tout en conservant dans leurs œuvres un certain cachet
tout particulier. Mais dès le second quart du seizième
siècle, le style italien de la renaissance avait pénétré
partout et avait remplacé en France, dans les Flandres
et en Allemagne surtout, le caractère d'originalité que
les artistes de ces différents pays pouvaient avoir con-

servé jusqu'à cette époque. C'est à ce point qu'il est souvent très-difficile de déterminer avec certitude l'origine des petits travaux d'art de la seconde moitié du seizième siècle.

Le style de la renaissance italienne était particulièrement favorable à la décoration. Aussi l'industrie artistique prit-elle partout, durant cette période, un immense développement. On trouve dans les meubles, dans les ustensiles domestiques, dans tous les monuments de la vie privée de cette époque embellis par l'art, une pureté de formes, une grâce et une élégance parfaites.

Dès le commencement du quinzième siècle, les artistes italiens avaient enrichi leurs productions de délicieux ornements dont la grande porte du baptistère de Saint-Jean à Florence offre le plus bel exemple. Les ravissantes arabesques qui avaient été inspirées à Raphaël par les peintures des thermes de Titus eurent à leur tour une vogue immense. Les sculpteurs et les peintres s'emparèrent de ce genre d'ornementation et se plurent à en décorer toutes les productions de l'industrie : les festons de fleurs et de fruits, les rinceaux, les arbustes, les animaux et les figures humaines, agencés souvent d'une manière toute fantastique, fournirent à leur imagination les compositions les plus suaves, qui s'harmonisaient de la façon la plus heureuse avec les objets qu'elles devaient enrichir.

On peut regarder les dernières années du seizième siècle comme les limites extrêmes de la renaissance ; on ne retrouve déjà plus dans les productions du commencement du dix-septième ce goût pour l'antiquité, cette pureté de formes et cette élégance qui en étaient le

caractère distinctif; une sorte de décadence, qui s'étendit
même à l'Italie, se fit sentir alors dans les hautes régions
de l'art et exerça une funeste influence sur les productions de l'industrie artistique.

Nos recherches ne devant s'étendre que par exception
au delà du seizième siècle, nous ne poursuivons pas plus
loin ces aperçus généraux sur la marche de l'art : il est
temps d'aborder l'histoire particulière de chacun des
arts industriels.

CHAPITRE II.

SCULPTURE EN IVOIRE, EN BOIS ET AUTRES MATIÈRES TENDRES.

§ I.

SCULPTURE EN IVOIRE.

I.

Nature de l'ivoire. — Technique.

L'ivoire est une substance osseuse qui constitue les défenses de l'éléphant. Ces défenses, dont la longueur varie, suivant l'âge de l'animal, depuis un mètre jusqu'à deux mètres et demi, ont une courbure plus ou moins prononcée, et se terminent par une pointe arrondie. Elles se divisent en deux parties, l'une creuse qui forme à peu près un tiers de la longueur, l'autre pleine. L'extrémité inférieure de la partie creuse pénètre dans l'alvéole de la mâchoire supérieure; l'ivoire est très-mince en cet endroit, mais le cylindre qui contourne la partie creuse va toujours en épaississant jusqu'à ce qu'il atteigne la partie massive de la dent. L'épaisseur de ce

cylindre varie dans sa longueur depuis quelques millimètres jusqu'à sept à huit centimètres. L'ivoire est une
matière dure, solide, compacte, susceptible tout à la fois
de recevoir le plus beau poli et de se laisser fléchir et
ployer; il présente plus de dureté que le marbre blanc,
et se laisse travailler sans risques. Toutes ces qualités
désignaient naturellement l'ivoire comme l'une des plus
précieuses matières que la sculpture dût employer.

L'ivoire résiste plus que le marbre à l'action du ciseau
frappé par le maillet, et l'on ne se sert de ces instruments qu'avec sobriété et pour l'opération du premier
dégrossissage; la scie est employée de préférence, tant
qu'il est possible d'en faire usage. Le premier dégrossissage opéré, l'ivoire n'est plus travaillé qu'avec des
instruments qui opèrent en grattant. A cet effet, la pièce
dégrossie ayant été fixée solidement soit dans un étau,
soit de toute autre manière, est façonnée avec diverses
sortes de râpes dont les dimensions et les formes sont
très-variées. Il y en a de rondes, d'ovales, de plates; elles
présentent des rangées, soit horizontales, soit obliques,
de tranchants fort aigus qui font l'office d'une succession
de rabots disposés les uns auprès des autres; ces divers
instruments, qui reçoivent aujourd'hui le nom de gouges
ou d'égoïnes, ne sont donc par le fait autre chose qu'un
assemblage de grattoirs. La pièce étant ébauchée, l'artiste termine son travail à l'aide de burins dont les formes
varient à l'infini, et avec lesquels il agit toujours en
grattant, l'une des mains pesant ordinairement sur l'outil, tandis que l'autre le fait mouvoir. Pour polir, les
anciens se sont servis de différents moyens; aujourd'hui
on emploie un grès réduit en poudre très-fine, mêlé à de

la craie, et ensuite la craie seule, humide et réduite à l'état pâteux.

Plutarque, Sénèque et Dioscoride ont prétendu qu'il existait des moyens d'amollir l'ivoire pour le travailler; des auteurs du moyen âge ont même fourni des recettes à l'aide desquelles l'ivoire pouvait être réduit en pâte et introduit dans un moule dont il recevrait l'empreinte; mais des expériences chimiques faites de nos jours ont réduit au néant ces procédés imaginaires : l'ivoire peut bien être amolli et même dissous, mais en aucun cas, après ces transformations, il ne peut reprendre son premier état [1]. Cette belle matière se travaille avec trop de facilité pour qu'en aucun temps on ait songé à la réduire en pâte, au risque de lui faire perdre son éclat.

II.

Travail de l'ivoire dans l'antiquité.

Des monuments arrachés aux tombeaux de l'Égypte et aux ruines des grandes villes de l'Assyrie, de même que les plus anciens textes gravés ou écrits, reportent aux premiers âges de la civilisation l'art de sculpter l'ivoire et son emploi dans la décoration des meubles.

En Égypte, l'éléphant se voit sous la forme hiéroglyphique sur des tables antérieures à l'invasion des Pasteurs, et dans les bas-reliefs du temps de Ramsès le Grand, on rencontre souvent des nègres présentant comme tributs des défenses d'éléphant.

L'ivoire n'était pas moins en honneur en Assyrie et

---

[1] Cicognara, *Storia della scultura*, t. II, p. 440. — Theophili *Diversarum artium schedula*, notes, p. 440; edit. Hendrie; London, 1847. — M. Digby Wyatt, *Notices of sculpture in ivory*; London, 1856, p. 23.

en Perse qu'en Égypte. L'obélisque de marbre noir du
roi assyrien Denavabar, que conserve le Muséum britannique, montre aussi des esclaves portant des dents d'éléphant. On en voit également sur les bas-reliefs des palais
en ruine de Darius et de Xerxès à Persépolis.

Les saintes Écritures nous révèlent souvent l'emploi
de l'ivoire dans l'antiquité hébraïque. David célèbre les
palais enrichis d'ivoire [1]; les Paralipomènes décrivent le
trône de Salomon comme étant d'ivoire et revêtu d'un
or très-pur, et parlent des flottes de ce grand roi qui lui
apportaient l'or, l'argent et l'ivoire [2]; le livre des Rois
signale la maison d'Achab comme étant ornée d'ivoire [3].

Tous les musées de l'Europe conservent des figurines et différents objets usuels d'ivoire sculpté provenant de l'Égypte ou des vieilles monarchies asiatiques.
On voit au Musée égyptien du Louvre une quantité
d'objets d'os et d'ivoire [4]. Ce sont de petits vases,
des objets de toilette, des cuillers dont le manche est
formé par une femme nue, et une boîte ornée d'une belle
tête de gazelle. La pièce la plus curieuse est une autre
boîte d'ivoire très-simple, mais d'une excessive antiquité, puisqu'elle porte la légende royale de Merien-ra,
qui est placé vers la sixième dynastie [5]. On trouve encore au Louvre dans le Musée assyrien des peignes enrichis de sculptures très-fines et quelques manches de
poignard.

---

[1] *Liber psalmorum*, ps. xliv, v. 9.
[2] *Paralipomenon* lib. II, cap. ix, v. 17 et 21.
[3] *Regum* liber III, cap. xxii, v. 39.
[4] Salle historique, vitrine N; salle civile, vitrine O.
[5] Em. de Rougé, *Notice des monuments égyptiens du Musée du Louvre*; 1855, p. 64.

Suivant toute apparence, les Grecs ne connurent
l'ivoire qu'à l'époque de la guerre de Troie, à la suite
de laquelle ils en introduisirent l'usage dans leur patrie.
L'Iliade ne fait qu'une seule fois mention de l'ivoire ; il
s'agit d'un frein incrusté d'ivoire, et c'est à un Troyen
qu'il appartient ; mais l'Odyssée nous apprend que les
Grecs faisaient servir l'ivoire à la décoration des meubles
et même à l'ornementation des palais. On voyait dans
la demeure de Ménélas l'ivoire associé à l'or émaillé et
à l'argent [1] ; le trône de Pénélope était enrichi d'ivoire
et d'argent [2].

Dans la main des Grecs, qui allaient porter la statuaire
au plus haut degré de perfection, l'ivoire devait recevoir une plus noble destination, et il fut bientôt employé
avec l'or pour les statues des dieux. Dès le sixième siècle
avant l'ère chrétienne, Émilus, Théoclès, Niédon et
Doryclidas se rendent célèbres par les statues d'or et
d'ivoire de Jupiter, de Junon, de Thémis, des Saisons et
de Minerve ; on les conservait à Élis dans le temple de
Junon [3]. A partir de cette époque, la sculpture chryséléphantine jouit d'une immense faveur, et les plus grands
statuaires de la Grèce s'adonnent à ce genre de travail.
Il serait beaucoup trop long d'énumérer ici toutes les
statues, soit de grandeur naturelle, soit même colossales,
qui sortirent de leurs habiles mains [4] ; nous n'avons pas
à écrire l'histoire de l'art dans l'antiquité, et nous

[1] *Odyssée*, chant IV.
[2] *Idem*, chant XIX.
[3] PAUSANIAS, *Voyage en Grèce*, liv. V, chap. XIII.
[4] Sur la sculpture chryséléphantine, on peut consulter ÉMERIC DAVID,
Histoire de la sculpture antique, et QUATREMÈRE DE QUINCY, *le Jupiter
Olympien*.

devons sur ce point nous borner à quelques aperçus servant d'introduction à l'histoire de la sculpture en ivoire au moyen âge. Nous ne pouvons cependant passer sous silence les deux chefs-d'œuvre que Phidias exécuta de cette manière, le Jupiter d'Olympie et la Minerve du Parthénon. Le Jupiter avait plus de dix-sept mètres d'élévation; les nus étaient d'ivoire et les draperies d'or; le dieu était assis sur un trône d'or enrichi de pierres précieuses, d'ivoire et de bois de cèdre; il tenait dans la main une Victoire également d'ivoire et d'or. La Minerve qui était placée dans le Parthénon, à Athènes, avait plus de douze mètres de hauteur; elle portait une tunique talaire d'or; tous les nus étaient d'ivoire, ainsi qu'une tête de Méduse sculptée sur son bouclier. Dans la main droite, elle tenait une Victoire d'ivoire haute de deux mètres; les ailes et le costume de cette statue étaient d'or [1].

Ces statues colossales étaient formées d'un assemblage de plusieurs blocs d'ivoire identiques pour le grain et la blancheur; il est probable que ces dalles d'ivoire n'étaient pas travaillées séparément, mais qu'elles étaient disposées sur une armature, solidement unies l'une à l'autre, et travaillées ensuite comme un bloc de marbre.

---

[1] On a vu à l'Exposition universelle de 1855 une restitution, par M. le duc de Luynes, de cette statue de Minerve. M. Simart, qui l'a exécutée, s'est montré le digne interprète de Phidias, et a su retrouver, par ses études approfondies, le vrai sentiment de l'art antique. La statue, de trois mètres de hauteur, est d'ivoire et d'argent : la face, le cou, les bras et les pieds, la tête de Méduse placée sur son égide, ainsi que le torse de la Victoire qu'elle tient dans la main droite, sont d'ivoire de l'Inde. La lance, le bouclier, le casque et le serpent sont de bronze; la tunique et l'égide d'argent ont été repoussées et ciselées par notre habile orfèvre M. Duponchel.

A l'exemple des Grecs, les Romains eurent une véritable passion pour les objets d'ivoire. Suivant Denys d'Halicarnasse, les attributs de la royauté chez les Étrusques étaient d'ivoire. A leur exemple, Tarquin eut un trône et un sceptre d'ivoire, dont le sénat fit présent à Porsenna après la conclusion de la paix entre ce prince et la république romaine. Les chaises curules des consuls et des premiers magistrats de Rome étaient enrichies de cette belle matière; et ce fut avec un bâton d'ivoire que Marcus Papirius frappa le soldat gaulois qui lui avait touché la barbe. La conquête de la Grèce introduisit dans Rome une grande quantité de statues d'ivoire, et sous les premiers empereurs la statuaire chryséléphantine y fut extrêmement en vogue, comme le prouve le Jupiter colossal d'or et d'ivoire que fit faire l'empereur Adrien. Selon Pausanias, la tête du dieu portait une couronne d'olivier, sa main droite tenait une statue de la Victoire aussi d'or et d'ivoire, sa main gauche portait un sceptre surmonté d'un aigle. Le goût pour la grande sculpture d'ivoire se transmit à Constantinople, lorsque Constantin en eut fait la seconde capitale de l'empire. On voyait dans le premier temple de Sainte-Sophie une statue d'Hélène, mère de Constantin, exécutée en ivoire [1].

Il ne reste rien de la grande sculpture chryséléphantine grecque ou romaine; mais les musées de l'Europe conservent beaucoup de fragments de petites pièces anitques d'ivoire. On possède aussi un assez grand nombre de tablettes sculptées appartenant aux

_____

[1] ANONYMI *Antiq. Constant.*, lib. I, apud BANDURI, *Imperium orientale*, t. I, p. 14.

premiers siècles de l'ère chrétienne; nous allons citer quelques-unes de celles qui se rapprochent de l'époque du moyen âge et dont le style va nous servir de point de départ, et quelques autres encore qui, bien que postérieures au triomphe du christianisme sous Constantin, se rattachent à l'antiquité païenne par le sujet mythologique qui s'y trouve traité :

Une tablette d'ivoire qui reproduit l'empereur Marc-Aurèle († 180). Elle appartient à la riche collection de M. Joseph Mayer, de Liverpool [1];

Deux tablettes qui décoraient les portes d'un reliquaire donné par le saint abbé Berchaire au couvent de Moutier-en-Der, diocèse de Troyes, dont il était le fondateur. Sur l'une des tablettes, une prêtresse de Bacchus, vêtue à l'antique, renverse deux flambeaux allumés auprès d'un autel érigé au-dessous d'un pin chargé de ses fruits. L'inscription NICOMACHORUM se voit au haut du tableau. Sur l'autre tablette, une prêtresse accomplit un sacrifice auprès d'un autel abrité sous un chêne; une jeune fille lui présente une aiguière et un vase rempli de fruits; l'inscription SYMMACHORUM y est gravée dans un cartouche. Ces inscriptions avaient donné à Gori [2] l'idée de rattacher ces ivoires à Nicomachus, qui fut consul en 325, et à Symmachus, qui fut investi du consulat en 391; mais indépendamment de ce qu'on ne saurait expliquer l'alliance de ces deux noms consulaires sur le même monument, le style de la sculpture, la pureté du dessin

---

[1] FRANCIS PULSZKI, *Catalogue of the Fejervary ivories in the Museum of Joseph Mayer, preceded by an Essay on antique ivories;* Liverpool, 1856.

[2] *Thesaurus vet. diptych.,* t. I, p. 203.

et la délicatesse du travail dénotent une époque plus
reculée, et doivent faire reporter l'exécution de ces
ivoires au second siècle de notre ère. On peut en juger
par la gravure que Martenne et Durand ont donnée
de ces jolies sculptures dans leur Voyage littéraire [1].
On ne sait ce que la première est devenue; la seconde est en Angleterre; elle fait partie de la collection
de M. Webb, et a été exposée en 1862 dans le Muséum
Kensington [2];

Deux tablettes d'ivoire, qui appartenaient à la collection du cardinal Quirini; elles ont été reproduites par
Gori dans la grandeur de l'original [3]. On voit sur l'une,
Phèdre et Hippolyte; sur l'autre, Diane et Hippolyte
ressuscité sous le nom de Virbius [4]. Le style des figures
et les dispositions architecturales qui les encadrent
doivent faire reporter ces sculptures au troisième siècle;

Deux tablettes d'ivoire, qui enrichissent la collection
de M. Mayer, de Liverpool : sur l'une, on a reproduit
Esculape, sur l'autre Hygiée, déesse de la santé. Gori,
qui en a fourni la gravure [5], croit qu'elles avaient été
faites spécialement pour la décoration de la couverture
d'un livre [6]. Elles paraissent appartenir à la même
époque que les précédentes;

[1] *Voyage littéraire de deux religieux bénédictins*, Ire partie, p. 98 ;
Paris, 1718.

[2] *Catalogue of the special exhibition of works of art, on loan at
the south Kensington Museum* ; London, 1862, n° 37.

[3] *Thesaurus vet. diptych.*, t. III, pars IV, p. 47.

[4] P. OVIDII *Metamorph.*, lib. XV, cap. XI.

[5] *Thesaurus vet. diptych.*, t. III, pars IV, p. 62.

[6] Elles sont gravées en tête du Catalogue de la collection de M. Mayer
de Liverpool, déjà cité, dans le *Handbook of the arts of the Middle age
and Renaissance*, p. 425, et font partie des moulages de la Société
Arundel de Londres, classe I, *a*, du Catalogue déjà cité.

Une feuille de diptyque représentant un consul ou un empereur, assis entre deux personnages, dans une loge d'où ils président aux jeux du cirque ; ils sont revêtus de la toge antique bordée du laticlave. Le principal personnage tient dans la main une patère, et non la mappa circensis, que l'on rencontre dans la main des consuls sur les diptyques consulaires du cinquième siècle et du sixième, dont nous parlerons plus loin. Dans une dissertation approfondie, M. Pulszki [1] a cherché à établir qu'on devait voir dans le principal personnage l'empereur Philippe l'Arabe, qui occupa le trône impérial de 244 à 249. Le costume des personnages représentés et le style de la sculpture doivent faire remonter, en effet, cette curieuse pièce d'ivoire au troisième siècle. Après avoir appartenu à M. de Ronjoux, préfet à Mâcon, elle avait fait partie du cabinet de M. Denon ; elle appartient aujourd'hui à la collection de M. Mayer, de Liverpool [2] ;

Une tablette qui appartenait à la collection du comte Gherardesca, reproduisant dans le haut l'apothéose d'un personnage vêtu à l'antique, dans le bas, la statue du demi-dieu traînée sur un char attelé de quatre éléphants. Buonarotti [3], Montfaucon [4] et Gori [5] ont donné de longues dissertations sur cette sculpture. Les deux premiers y reconnaissaient l'apothéose de Romu-

---

[1] *Catalogue of the Fejervary ivories*, p. 16.

[2] Elle a été décrite par MILLIN, *Voyage dans le midi de la France*, t. I, p. 400, pl. XXIV, et publiée dans les moulages de la Société Arundel, classe II, *a*, du Catalogue.

[3] *Osservazioni sopra alcuni frammenti di vasi antichi di vetro;* Firenze, 1716, p. 231.

[4] Apud GORI, *Thes. vet. diptych.*, t. II, p. 138.

[5] *Idem*, t. II, p. 148.

lüs, le fondateur de Rome; Gori, expliquant le monogramme qui se trouve au haut du tableau, y voyait celle
d'Antonin le Pieux; M. Pulszki attribue cette apothéose
à Aurélius Romulus, fils de Maxence, rival de Constantin, qui fut consul à Rome avec son père en 309 [1].
Aurélius Romulus est un bien petit personnage pour
une apothéose aussi éclatante, et bien que la sculpture, autant qu'on peut en juger par les gravures données par Buonarotti et Gori, paraisse dénoter une
époque moins ancienne que le milieu du second siècle,
il est constant que le sujet se rattache entièrement à
l'antiquité païenne, et qu'on peut adopter l'opinion du
savant Gori;

Deux feuilles, appartenant au Musée du Louvre, sur
lesquelles sont sculptés en haut-relief six muses et six
auteurs. D'après M. de Witte [2], on doit voir sur l'une
des tablettes Hérodote et Clio, Anacréon et Euterpe,
Aristote et Polymnie; sur la seconde, Euripide et Melpo-
mène, Ménandre et Thalie, Horace et Érato. Cette sculpture, qui doit appartenir au quatrième siècle, provient
de la collection Durand;

Deux tablettes d'ivoire, servant de couverture à un
manuscrit du treizième siècle, contenant l'office de la
Circoncision (celui du premier jour de l'année), auquel
on a donné le nom d'Office des Fous, parce que, jusqu'au treizième siècle, on tolérait, ce jour-là, même
dans l'intérieur de l'église, certaines cérémonies bizarres
et inconvenantes que le progrès des lumières a fait

[1] *Catalogue of the Fejervary ivories*, p. 18.
[2] *Description des antiquités du cabinet de feu le chevalier L. Durand;*
Paris, 1836, p. 453.

abolir depuis. Ce manuscrit appartient à la Bibliothèque de la ville de Sens. Sur l'une des tablettes, l'artiste a représenté le triomphe de Bacchus; sur l'autre, Diane Lucifera. Millin [1] a donné la description de ces curieuses sculptures, et en a fourni la gravure. Elles doivent appartenir au quatrième siècle de notre ère. M. Didron pense qu'on a voulu représenter dans ces sculptures la marche triomphale du Soleil et de la Lune éclairant et fécondant la nature entière [2]. Nous donnons la reproduction de ces tablettes d'ivoire dans la planche I de notre Album;

Un diptyque, appartenant au trésor de la cathédrale de Monza, représentant un auteur, sur l'une des feuilles, et une femme tenant une lyre, sur l'autre; nous en avons parlé dans notre chapitre Ier [3];

Une statuette de femme en haut-relief, dite figure panthée, que Du Sommerard supposait provenir d'un siége antique. Elle appartient au Musée de Cluny. [4];

Enfin les six figures en haut-relief, sculptées sur des morceaux d'ivoire semi-cylindriques de vingt centimètres de hauteur, qui sont placées dans la chaire d'argent de la basilique d'Aix-la-Chapelle. Ces figures reproduisent deux Bacchus et deux femmes en pied au milieu de pampres et d'attributs mythologiques, et deux

[1] *Voyage dans le midi de la France*, t. I, p. 60, atlas, pl. II et III. Elles ont été également publiées dans *le Moyen âge et la Renaissance*, t. V, RELIURE, pl. I, et parmi les moulages de la Société Arundel de Londres, classe I, *b*, du Catalogue.

[2] *Annales archéologiques*, t. XIX, p. 133.

[3] Voyez page 6.

[4] N° 384 du Catalogue; Paris, 1847. Elle a été reproduite par DU SOMMERARD, dans *les Arts au moyen âge*; atlas, ch. XI, pl. I, et dans *le Moyen âge et la Renaissance*; SCULPTURE, t. V, pl. II.

guerriers, l'un à pied, l'autre à cheval. On trouvera la reproduction de deux de ces figures dans les *Mélanges d'archéologie* [1], avec une dissertation de M. Garrucci. Elles appartiennent à l'art païen de la fin du quatrième siècle.

III.

L'ivoire au moyen âge. — Diptyques consulaires et impériaux.

L'ivoire ne fut pas moins en honneur au moyen âge que dans l'antiquité. On continua dans les premiers siècles à l'employer non-seulement pour la sculpture des bas-reliefs et des statuettes, mais encore pour en faire des meubles, des lits, et pour décorer les portes et les intérieurs des appartements. Les ouvriers en ivoire furent exempts des charges personnelles par une loi de Constantin [2]. On tirait alors l'ivoire d'Adulis, ville d'Éthiopie, sur la mer Rouge [3], et aussi de l'Inde [4].

Les plus nombreux monuments de la sculpture mobilière des premiers siècles du moyen âge qui soient parvenus jusqu'à nous, sont les diptyques consulaires d'ivoire.

Les diptyques remontent à une haute antiquité. Dans l'origine, ils étaient formés de deux petites tablettes de bois ou d'ivoire se repliant l'une sur l'autre et dont l'intérieur présentait une tablette renfoncée enduite de

---

(1) T. IV, p. 282, pl. XXXIV.
(2) In leg. II. C. Theodos. *De excusat. artif.*, apud PANCIROLI; *Not. dign. imp. Rom. et in eam comment.*; Lugduni, 1608, p. 197.
(3) STEPHANUS BYZANTINUS, *De urbibus*; Amstelodami, 1678, p. 22.
(4) APOLLINARIS SIDONIUS, in *Panegyr. Majorian.*; Paris., 1652. p. 309.

cire sur laquelle on écrivait. De là les noms de δίπτυχα
et de pugillares qu'on leur donna, le premier à cause
de leur double pli, le second en considération de leur
petitesse, qui permettait de les renfermer dans la main.
Ces tablettes étaient entourées de fils de lin sur lesquels
on coulait de la cire que l'on imprimait d'un cachet.
Elles servirent dès lors aux missives secrètes. Lorsqu'on
eut ajouté d'autres feuilles à ces tablettes, elles prirent,
suivant le nombre des plis, les noms de τρίπτυχα, πεν-
τάπτυχα, etc.

Les diptyques reçurent bientôt une destination plus
intéressante. Au temps des empereurs, les consuls et
les questeurs, pour consacrer le souvenir de leur élévation, envoyaient à leurs amis, ainsi qu'aux personnages d'un haut rang dont ils avaient obtenu les
suffrages, et aux gouverneurs des provinces, des diptyques d'ivoire dont les parties extérieures étaient sculptées en bas-relief. On y traçait ordinairement l'image
du consul revêtu de tous les ornements de sa dignité,
et tenant d'une main la mappa circensis, rouleau d'étoffe
qu'il jetait dans l'arène pour donner le signal des jeux,
et de l'autre le scipio ou sceptre consulaire qui était surmonté des figures des empereurs régnants; on y voyait
encore assez souvent, dans le bas du tableau, une
représentation des jeux du cirque dont le consul avait
gratifié le peuple lors de son installation. Les noms du
consul et ses titres se trouvaient ordinairement inscrits
au haut des tableaux. Ces inscriptions abrégées étaient
distribuées dans des cartouches sur les deux feuilles
du diptyque. Certaines parties de la sculpture étaient
dorées et les lettres des inscriptions remplies de cou-

leur rouge. C'est ce que paraissent établir ces vers de
Claudien :

> . . . . Immanesque simul Latonia dentes,
> Qui secti ferro in tabulas auroque micantes,
> Inscripti, rutilum cælato consule nomen,
> Per proceres et vulgus eant [1].

Une loi du Code Théodosien (lex XI, tit. xi), de l'année
384, interdit à tout autre qu'aux consuls ordinaires de
donner des diptyques d'ivoire.

Ces sculptures offrent un grand intérét, puisque,
portant presque toutes une date certaine, elles servent à
constater l'état de l'art, soit en Italie, soit dans l'empire
d'Orient, aux diverses époques durant lesquelles elles
ont été faites. Il faut remarquer cependant que les diptyques devant être distribués en assez grand nombre, ne
pouvaient être confiés aux premiers artistes, et que les
sculpteurs chargés de les exécuter, étant obligés, dès le
cinquième siècle, de suivre un patron prescrit par l'usage,
et d'offrir aux yeux des vétements surchargés d'ornements dont les formes étaient roides et disgracieuses, ne
pouvaient se livrer à leur imagination, ni jouir de cette
liberté sans laquelle l'artiste ne peut donner une idée
complète de son talent. A côté des traces très-visibles
de la décadence de l'art en Italie, on trouve cependant
dans ces sculptures un certain grandiose dans les formes
et dans les poses qui démontre que les beaux modèles de
l'antiquité n'étaient pas restés sans influence sur les
artistes. On doit remarquer aussi que les diptyques
sculptés à Constantinople sont bien supérieurs à ceux
qui sont faits en Italie, ce qui sert à constater que

[1] CLAUDIANUS, *De laudibus Stilichonis*, lib. III,

tandis que l'art allait en s'avilissant de plus en plus dans la malheureuse Italie, il marchait en Orient vers une renaissance.

Un assez grand nombre de diptyques consulaires sont parvenus jusqu'à nous. Nous allons les signaler, en conservant l'ordre chronologique.

Le plus ancien de tous est celui de Probianus, conservé à la Bibliothèque royale de Berlin. Chacune des feuilles est divisée par la moitié en deux compartiments. Le magistrat est représenté, dans les deux tableaux du haut, revêtu du costume purement antique; dans la feuille de gauche, il écrit; dans celle de droite, il paraît dicter un arrêt. Il est assisté dans les deux tableaux de deux jeunes gens vêtus à l'antique qui écrivent ses décisions. Dans les deux compartiments du bas, deux personnages paraissent plaider devant le magistrat; une sorte de trépied dans le style antique est placé entre les deux plaideurs. On lit dans le haut des tableaux cette inscription : Vicarius urbis Romæ Rufius Probianus V. C. (vir consularis). Le diptyque reproduit donc Probianus, personnage consulaire et lieutenant du préfet de Rome. La liste des consuls ne désigne [1] avec le nom de Probianus que Pétronius Probianus, qui fut consul en 322. Sous le rapport de l'art, ce diptyque est supérieur à tous ceux qui le suivent; il est remarquable par la correction du modelé et le fini de l'exécution, et doit être sorti de la main d'un artiste qui s'inspirait des plus belles œuvres que la statuaire ait produites dans les meilleurs temps de l'art romain. Nous pensons que cette sculpture n'a pas encore été citée, et sa perfection nous aurait fait douter

[1] *Art de vérifier les dates;* Paris, 1783, t. I, p. 350.

de son authenticité, si le savant M. Pertz, conservateur de la Bibliothèque de Berlin, ne nous avait assuré que cet établissement en avait la possession depuis très-longtemps.

Viennent ensuite le diptyque de Flavius Félix, qui fut consul ordinaire pour l'Occident en 428. Les deux feuilles de ce diptyque existaient avant la révolution de 1793 dans l'abbaye de Saint-Junien de Limoges; elles ont été publiées par Mabillon [1], Banduri [2] et Gori [3]. La feuille de gauche, qui porte le nom du consul, est conservée dans le cabinet des médailles de la Bibliothèque impériale de Paris [4]. On ne sait ce que l'autre feuille est devenue;

Celui d'Aréobindus l'Ancien, consul en 434. Il a été publié par Gori [5], comme appartenant au marquis de Trivulzi, à Milan. Le consul est représenté en buste dans des médaillons qui occupent le centre de chacune des feuilles. C'est M. Pulszki [6] qui a expliqué les monogrammes qu'on voit sur les deux feuilles, et qui a cru devoir attribuer ce diptyque au consul Aréobindus l'Ancien;

Celui de Flavius Astyrius, consul en 449; il se trouvait dans l'église Saint-Martin de Liége et a été publié par Gori [7]; la seconde feuille est aujourd'hui conservée dans le Musée de Darmstadt (Hesse élec-

---

[1] *Annales ord. S. Bened.*, t. III, p. 203.

[2] *Imperium orient.*, t. II, p. 492.

[3] *Thesaurus vet. diptych.*, t. I, p. 131.

[4] Nº 3262 du Catalogue de M. CHABOUILLET, déjà cité. Elle a été aussi publiée par M. LENORMANT, dans le *Trésor de numismatique et de glyptique : Recueil de bas-reliefs*, IIᵉ partie, p. 6, pl. XII.

[5] *Thes. vet. diptych.*, t. II, p. 105, pl. XVIII.

[6] *Catal. of the Fejervary ivories*, p. 21.

[7] *Thes. vet. diptych.*, t. I, p. 58.

torale); nous ne savons ce qu'est devenue la première;

Celui de Narius Manlius Boéthius, préfet du prétoire et consul ordinaire en 487. Ce beau diptyque, qui était la propriété du cardinal Quirini, a donné matière à de très-intéressants commentaires de Leich, de Hagenbuch, du président Bouhier et de de Boze, tous rapportés par Gori, qui en a donné la gravure [1];

Plusieurs feuilles des diptyques de Flavius Aréobindus, consul en 506. Deux feuilles qui se trouvaient, l'une à Nuremberg, l'autre à Turin, ont été publiées réunies par Gori [2]. Le consul est représenté assis et présidant aux jeux du cirque. La feuille de droite d'un autre diptyque existait à Dijon dans la collection de M. de Tulliot; comme les noms du consul se trouvaient sur la feuille de gauche, et que la partie de l'inscription gravée sur celle que possédait M. de Tulliot ne donnait que les titres du consul, Montfaucon, qui publia d'abord cette feuille [3], avait cru reconnaître le consul Stilicon dans le personnage représenté, mais la réunion des deux feuilles de Nuremberg et de Turin ne pouvait laisser aucun doute, et il fut reconnu que la feuille appartenant à M. de Tulliot avait dû faire partie d'un diptyque de Flavius Aréobindus [4]. Un diptyque complet du même consul existait à Lucques, mais il ne reproduit avec son monogramme que des cornes d'abondance et des paniers de fruits [5];

[1] *Thes. vet. diptych.*, p. 132, pl. IV et V.

[2] *Idem*, t. I, p. 208, pl. VII.

[3] *Suppl. Ant. expliq.*, t. III, chap. x, p. 232; publiée aussi par Gori, t. I, p. 121.

[4] Passerii præfatio *Thes. vet. diptych.*, t. I, p. xv.

[5] Publié par Gori, *Thes. vet. diptych.*, t. I, p. 228.

Le diptyque de Flavius Taurus Clémentinus, consul
d'Orient en 513; il avait été publié par Gori [1] alors
qu'il appartenait à la collection de M. Naegelin de
Nuremberg; il fait aujourd'hui partie de celle de
M. Joseph Mayer de Liverpool [2];

Plusieurs feuilles des diptyques de Flavius Pétrus
Sabbatus Justinianus, consul pour l'Occident en 516.
La feuille de gauche de l'un de ces diptyques, qui provient de l'église d'Autun, existe dans le cabinet des
médailles de la Bibliothèque impériale de Paris [3]. On
n'y voit pas l'image du consul : au centre, un médaillon
où elle aurait dû être placée ne contient qu'une inscription; les noms du consul sont gravés dans le haut du
tableau. Un diptyque complet de ce consul existe à
Milan, dans la collection du marquis de Trivulzi, et un
autre dans celle de M. Aymard, au Puy en Velay;

Un diptyque complet de Flavius Anastasius, consul
en Orient en 517, conservé à la Bibliothèque impériale
de Paris [4]; une feuille de diptyque du même consul à la
Kunstkammer de Berlin [5], et une autre feuille à Vérone;

Celui de Magnus, qui fut consul pour l'Orient en 518.
Le cabinet des médailles de la Bibliothèque impériale

---

[1] *Thes. diptych.*, t. I, p. 229, pl. IX.

[2] PULSZKI, *Catalogue of the Fejervary ivories*, p. 12 et 40. Il fait
partie des moulages de la Société Arundel de Londres, classe II, *b*,
du Catalogue de M. Oldfield, déjà cité.

[3] N° 3263 du Catalogue de M. Chabouillet, déjà cité. Cette feuille a
été décrite et gravée par MILLIN, *Voyage dans le midi de la France*, t. I,
p. 339, pl. XIX; elle fait partie des moulages de la Société Arundel.

[4] Nous en avons parlé plus haut, p. 29, et nous en donnons la
reproduction dans la planche III de notre Album.

[5] N° 738 du Catalogue de ce musée. Cette feuille fait partie des moulages de la Société Arundel, qui en a donné une reproduction photo-
graphique dans le Catalogue de M. Oldfield, déjà cité.

de Paris possède la feuille de gauche de ce diptyque, où se trouvent les noms du consul [1]. L'autre feuille, sur laquelle on lisait ses titres, existait dans la collection du marquis Maffei à Vérone ; elle a été publiée par Gori [2]. Une autre feuille est conservée dans la collection de M. Mayer de Liverpool [3] ;

Celui de Flavius Théodorus Philoxénus, consul pour l'Orient en 525. Ce diptyque, autrefois conservé dans le trésor de l'abbaye de Saint-Corneille de Compiègne, appartient au cabinet des médailles de la Bibliothèque impériale de Paris [4]. Une feuille de diptyque du même consul existe dans la collection de M. Mayer de Liverpool [5] ;

Celui de Rufius Orestes, consul pour l'Occident en 530, qui appartenait à la collection du prince Pierre Soltykoff [6] ; Gori en a donné la gravure [7] ;

Enfin la feuille de gauche d'un diptyque de Basilius, qui fut consul en 541. Elle appartient au Musée de Florence et a été publiée par Gori [8].

Il existe encore un certain nombre de diptyques consulaires, ou de fragments de diptyques, sur les-

[1] No 3265 du Catalogue de M. Chabouillet, déjà cité.

[2] *Thes. diptych.*, t. II, p. 13, pl. XIII.

[3] M. Pulszki, *Catalogue of the Fejervary ivories*, p. 43.

[4] No 3266 du Catalogue de M. Chabouillet, déjà cité. Il a été publié par Gori, *Thes. diptych.*, t. II, p. 19, pl. XV; par Banduri, *Imp. orient.*, t. II, p. 492, et fait partie des moulages de la Société Arundel de Londres, classe II, *b,* du Catalogue de M. Oldfield.

[5] M. Pulszki, *Catalogue of the Fejervary ivories*, p. 43.

[6] No 381 du Catalogue de 1861 ; à la vente de la collection Soltykoff, ce diptyque a été adjugé à M. Webb, de Londres, moyennant 10550 francs.

[7] *Thes. vet. diptych.*, t. II, p. 87, pl. XVI et XVII.

[8] *Idem*, p. 127, pl. XX.

quels aucune inscription ne révèle le nom du magistrat représenté. Les principaux sont : Un diptyque appartenant à l'église de Novare, représentant dans chacune des feuilles un personnage debout, vêtu d'une tunique et d'une longue chlamyde agrafée sur l'épaule gauche par une grande fibule semblable à celles que l'on voit dans les diptyques de Flavius Félix et de Valentinien ; Un autre diptyque appartenant à la même église, sur lequel on voit le buste d'un consul au centre d'un médaillon : le premier est du quatrième siècle, le second du cinquième, tous deux ont été publiés par Gori [1] ; Un fragment conservé dans le cabinet des médailles de la Bibliothèque impériale de Paris [2], reproduisant un consul assis, ayant derrière lui deux femmes qui personnifient Rome et Constantinople ; Une feuille publiée par Gori [3] comme pouvant provenir du consul Lampadius, qui fut collègue d'Orestes en 530 : M. Pulszki pense avec raison que le style de la sculpture indique une époque antérieure, mais nous ne croyons pas qu'on puisse la faire remonter plus haut que le quatrième siècle ; Un diptyque appartenant à la cathédrale d'Halberstadt, représentant un général victorieux : M. Forsterman, qui l'a publié [4], voudrait y voir l'empereur Aurélien vainqueur de Zénobie en 273, et

[1] *Thes. diptych.*, t. II, p. 183, pl. IV et V.
[2] N° 3267 du Catalogue de M. Chabouillet ; il a été publié par GORI, *Thes. diptych.*, t. II, p. 160 ; par DU CANGE, *Gloss. ad script. med. lat.*, édit. Didot, t. VII ; et dans le *Trésor de numismatique*, bas-reliefs, IIe partie, pl. LII ; il fait partie des moulages de la Société Arundel, classe II, c.
[3] *Thes. vet. diptych.*, t. II, p. 25, pl. XVI.
[4] *Journal de la Société Thuringienne*, t. VII, p. 61.

M. Pulszki [1], repoussant avec raison cette attribution, que le style de la sculpture et les détails du costume ne permettent pas d'admettre, croit y reconnaître Aétius, qui fut quatre fois consul; Enfin une feuille de diptyque sculptée en haut-relief, appartenant à la collection de M. Fountaine de Londres; elle représente un consul du cinquième ou du sixième siècle [2].

Les empereurs, qui se désignaient souvent pour occuper la charge de consul, se sont fait représenter quelquefois sur des diptyques d'ivoire. La plaque d'ivoire qui reproduit Philippe l'Arabe [3] était une feuille d'un diptyque de cet empereur, qui se déclara consul pour les années 245, 247 et 248; nous avons encore cité le diptyque impérial qui représente Valentinien III, avec sa mère Galla Placidia et Aétius [4]. Nous devons signaler aussi une feuille d'ivoire, publiée par Gori, comme représentant l'empereur Justinien [5], et qui appartient aujourd'hui au Cabinet des antiques de Vienne, et une autre feuille, également publiée par Gori, qui croyait y voir Justin II [6]. Les décorations architecturales reproduites, les costumes des personnages et le style de ces sculptures, semblent indiquer l'art byzantin du commencement du sixième siècle.

Les deux feuilles des diptyques consulaires ont souvent été séparées pour servir à la couverture des deux ais de livres saints; c'est ainsi que le diptyque du consul

---

[1] *Catalogue of the Fejervary ivories*, p. 21.
[2] Elle fait partie des moulages de la Société Arundel, classe VI, *a*.
[3] Voyez plus haut, p. 192.
[4] Voyez plus haut, p. 20.
[5] *Thes. vet. diptych.*, t. II, p. 259, pl. X.
[6] *Idem*, t. II, p. 267, pl. XI.

Anastasius, qui était autrefois conservé dans la cathédrale de Bourges, et qui appartient aujourd'hui à la Bibliothèque impériale de Paris, sert de couverture à un
manuscrit qui contient la liste des évêques de cette ville.

IV.

*Sculpture en ivoire dans l'Occident jusqu'à la fin du VIIIe siècle. —
Diptyques ecclésiastiques, couvertures d'évangéliaires et instruments
du culte.*

L'usage des diptyques remonte dans l'Église chrétienne presque jusqu'au temps des apôtres; il en est fait
mention dans la liturgie de saint Marc et dans celle de
saint Denis l'Aréopagite [1]. C'étaient de simples tablettes
sur lesquelles on inscrivait les noms dont le diacre faisait
la lecture aux fidèles [2]. On reconnaissait quatre classes
de diptyques : ceux qui servaient à l'inscription des nouveaux baptisés; ceux qui recevaient les noms des bienfaiteurs de l'Église, des souverains et des évêques; ceux
où les saints qui avaient illustré l'Église par la gloire de
leur martyre ou par les lumières de leur esprit se trouvaient mentionnés; ceux enfin sur lesquels on inscrivait
les fidèles, clercs ou laïques, morts dans le sein de la
vraie foi [3].

Lorsque l'empire romain eut adopté la religion chrétienne, les consuls ne manquèrent pas de comprendre
les principaux évêques parmi les personnes auxquelles
ils envoyaient leurs diptyques, et ceux-ci crurent devoir

[1] Goar, Εὐχολόγιον, sive Rituale Græcorum; Lut. Paris., 1647,
p. 143.
[2] J. B. Thiers, *Dissertations ecclésiastiques sur les jubés*, p. 74.
[3] Gori, *Thes. vet. diptych.*, t. I, p. 242.

reconnaitre ce témoignage de vénération pour leur caractère sacré et de respect envers l'Église, en plaçant
ces diptyques sur l'autel, afin que le magistrat donateur
fût recommandé aux prières pendant le sacrifice de la
messe. Les côtés lisses des tablettes d'ivoire furent bientôt utilisés, et l'on s'en servit pour inscrire les noms
qu'on devait lire au peuple. Les diptyques consulaires se
trouvèrent ainsi convertis en diptyques ecclésiastiques.
On trouve encore un assez grand nombre d'exemples
qui prouvent un tel emploi des diptyques consulaires.
Nous citerons celui du consul Clémentinus, appartenant
à la collection de M. Mayer, de Liverpool, qui contient
sur ses parties lisses des inscriptions grecques du huitième siècle [1], celui d'Anastasius, de la Kunstkammer
de Berlin [2], et celui du consul Justinianus, de la
Bibliothèque impériale de Paris, qui renferme des litanies
écrites au neuvième siècle, dans lesquelles on remarque
les noms des saints particulièrement révérés à Autun [3].

Une fois que le triomphe de la religion chrétienne eut
été assuré, les églises ne voulurent plus se contenter
d'utiliser les diptyques consulaires, il leur fallut des
reproductions appropriées au culte; ce nouveau besoin
donna une grande impulsion à la sculpture en ivoire. Dès
la fin du quatrième siècle, des diptyques de trois sortes
furent spécialement sculptés pour les églises, les premiers pour servir de couverture aux diptyques écrits,
contenant les noms qui étaient lus à un certain moment

[1] GORI, *Thes. diptych.*, t. I, p. 256. — M. PULSZKI, *Catalogue of
the Fejervary ivories*, p. 40.

[2] GORI, *Thes. diptych.*, t. I, p. 48.

[3] M. CHABOUILLET, *Catalogue du Cabinet des médailles;* Paris, 1858,
p. 563.

de la messe ; les seconds, qui étaient placés sur l'autel ou sur l'ambon, et exposés à la vue des fidèles auxquels on les donnait souvent à baiser ; les troisièmes, qui servaient à la décoration du livre des Évangiles. Les sculptures reproduisaient soit des scènes de la vie et de la passion du Christ, soit l'image du Christ dans l'une des feuilles, et celle de la Vierge dans l'autre.

Un document fort curieux sur les cérémonies liturgiques de l'église Saint-Ambroise de Milan, écrit vers 1130 par Béroldus, gardien de cette église [1], fait souvent mention des diptyques d'ivoire, dont la présentation faisait partie de la liturgie de cette église, et constate que ces diptyques étaient renfermés avec le livre de l'Ancien et du Nouveau Testament dans une sorte de châsse.

L'usage des diptyques ecclésiastiques est établi pour le nord de la France par Folcuin, qui, dans la *Vie des abbés de l'abbaye de Lobbes*, qu'il écrivait à la fin du onzième siècle, rapporte qu'Adalbéron, qui fut archevêque de Reims en 969, avait conservé l'usage de se faire lire par le sous-diacre, pendant la messe, les noms des évêques, ses prédécesseurs, inscrits sur les diptyques [2].

Lorsque l'usage cessa, dans l'Église, de lire, pendant la messe, les noms inscrits sur les diptyques, les tablettes sculptées furent employées à la couverture des livres saints, en sorte qu'il est souvent difficile aujourd'hui de reconnaître si telle pièce d'ivoire provient originaire-

[1] Apud MURATORI, *Antiq. Ital. medii ævi*, t. IV, p. 861.
[2] FOLCUINI *Gesta abbatum Lobiensium*, apud PERTZ, *Mon. Germ. hist.*, t. IX, p. 58.

ment d'un diptyque, ou si elle a été sculptée spécialement pour décorer la reliure d'un livre. Cette recherche
est au surplus sans intérêt dans l'examen que nous avons
à faire de ces sculptures d'ivoire sous le rapport de l'art.

L'une des plus anciennes pièces de sculpture religieuse en ivoire est bien certainement celle qui a été
publiée par Gori [1], comme appartenant au couvent de
Saint-Michel, dans l'île de Murano près de Venise. Elle se
compose de sept plaques sculptées en bas-relief, et représentant huit sujets. Au centre, Jésus, assis au milieu de
ses disciples, bénit de la main droite, et tient de la main
gauche un volumen; quatre sujets reproduisant les mi-
racles du Christ sont disposés à droite et à gauche.
Dans le haut du tableau, deux anges volants, disposés
comme le sont les Victoires qui ornent les tympans
triangulaires de l'arc de Titus à Rome, soutiennent un
médaillon renfermant une croix; au-dessus du Christ,
un petit bas-relief reproduit les trois jeunes Hébreux
dans la fournaise ardente; un bas-relief oblong, qui
occupe le bas du tableau, représente l'histoire de Jonas.
Ces deux sujets symboliques sont absolument traités
dans le style des sculptures et des peintures des cata-
combes de Rome, appartenant aux premiers siècles
du christianisme. Le Christ est représenté jeune, imberbe et sans nimbe. Le dessin de ces bas-reliefs est
correct et dénote la main d'un artiste qui s'inspirait des
œuvres de l'antiquité. Deux petits anges placés à droite et
à gauche dans le bas-relief supérieur, sont vêtus d'une
courte tunique et de la chlamyde, décorée du tablion;
ils portent d'une main un globe, et de l'autre une

[1] Gori, *Thes. vet. diptych.*, t. III, p. 45.

hampe surmontée de la croix, costume et attributs qui sembleraient donner à ces sculptures une origine byzantine ; elles doivent appartenir à la fin du quatrième siècle.

Une boîte d'ivoire qui appartient à l'église Saint-Ambroise de Milan peut remonter à la même époque. Elle était destinée à renfermer les hosties consacrées. Le contour est enrichi d'un bas-relief traité de la même manière que ceux de la couverture de livre du couvent de Saint-Michel. Ce bas-relief reproduit l'histoire de Jonas [1].

Gori a publié également la couverture d'un évangéliaire possédé jadis par l'abbaye de Lorch, dans le diocèse de Mayence, et qui est entré dans la Bibliothèque Vaticane [2]. Cette couverture, d'une grande dimension (trente-neuf centimètres sur vingt-huit), est composée de cinq plaques d'ivoire. Au centre, le Christ est représenté debout, jeune, imberbe et nimbé ; il bénit de la main droite, et tient de la gauche le livre des Évangiles ; à droite et à gauche du Christ, un ange nimbé. Ces trois figures sont placées sous des arcades soutenues par des colonnes cannelées. Dans le haut du tableau, deux anges volant tiennent un médaillon qui renferme la croix ; dans le bas est un bas-relief qui reproduit l'adoration des mages. Dans ces sculptures, les têtes offrent de la correction et de la finesse, mais l'ensemble est lourd et témoigne de la décadence de l'art en Italie ; on n'y retrouve plus, comme dans les ivoires du couvent de Saint-Michel de Murano, ces réminiscences des ouvrages antiques, et ces

[1] Gori, *Thes. vet. diptych.*, t. III, p. 68.
[2] *Idem*, t. III, p. 32.

sujets symboliques qui appartiennent aux premiers siècles
du christianisme. On peut dater de la première moitié
du sixième siècle la couverture d'ivoire de cet évangéliaire.

On doit, ce nous semble, porter le même jugement
sur une feuille de diptyque ecclésiastique reproduisant
un ange, dont Gori a donné la gravure [1].

La décadence de la sculpture sur ivoire en Occident
est surtout sensible dans la couverture d'un manuscrit
de la Bibliothèque impériale de Paris (Suppl. latin,
n° 99 bis), et dans une pyxide que possède le Musée de
Florence. Chacun des ais de la couverture [2] est décoré
de cinq plaques sculptées qui sont disposées comme
celles de l'évangéliaire de l'abbaye de Lorch. L'artiste
latin s'est bien certainement inspiré de travaux antérieurs, et probablement de sculptures byzantines, mais
il n'a pu produire qu'une œuvre sans originalité; la
main était inhabile, la dureté de la sculpture est
poussée jusqu'à la barbarie. Le bas-relief qui contourne
la pyxide ne vaut pas mieux : il reproduit l'adoration des
mages. Ces deux pièces doivent appartenir au septième
siècle.

V.

Sculpture en ivoire dans l'empire d'Orient.

Tandis que la décadence se faisait sentir de plus en
plus en Italie, l'art byzantin, comme nous l'avons dit,
marchait vers une véritable renaissance; inspiré par

[1] *Thes. vet. diptych.*, t. III, p. 306, pl. XLIII.
[2] Elle fait partie des moulages de la Société Arundel de Londres,
classe IV du Catalogue.

les belles œuvres de l'antiquité, conservées en grand nombre à Constantinople, il produisait des sculptures pleines de goût, empreintes d'un beau style, et remarquables par la délicatesse de l'exécution.

Nous avons parlé de la statue d'Hélène, mère de Constantin, qui était élevée dans le premier temple érigé sous le vocable de Sainte-Sophie; mais si nous n'avons pu trouver dans les auteurs d'autres exemples de grandes statues d'ivoire, il nous est facile d'établir que la sculpture de cette belle matière était cultivée avec succès, dans des proportions plus restreintes, au cinquième siècle et au sixième. Les diptyques impériaux et consulaires que nous avons signalés [1] en offrent en effet de beaux spécimens.

De l'époque de Justinien ou de l'école qui se forma sous son règne, nous avons cité l'ange du Musée britannique, si remarquable par son beau caractère, la couverture d'un manuscrit de la Bibliothèque impériale, et les deux belles plaques, enrichies de pièces d'orfévrerie, que possède la cathédrale de Milan [2]. Ces sculptures byzantines, qui témoignent d'un art fort avancé, sont bien supérieures à tout ce qu'on a fait en Occident depuis le cinquième siècle jusqu'au treizième. Nous reproduisons les deux premières pièces et l'une des plaques dans les planches IV, V et VI de notre Album.

Si dans la sculpture de leurs bas-reliefs les artistes ivoiriers byzantins du sixième siècle et du septième se font remarquer par la sagesse de leurs compositions, par la pureté de leur dessin et par un certain grandiose

[1] Voyez p. 20, 28, 29 et 199.
[2] Voyez p. 41, 42 et 43.

dans les formes et dans les poses, caractère distinctif de l'art grec antique dont l'influence est bien visible, ils adoptent souvent, dans les parties purement décoratives, une ornementation d'un nouveau genre, empruntée au règne végétal, et qui s'éloignait des modèles légués par l'antiquité. Les célèbres architectes de Sainte-Sophie avaient fourni les modèles de cette luxuriante ornementation, dont ils décorèrent les frises, les moulures des piliers et les chapiteaux des colonnes de la grande église; mais ils surent lui donner de sages limites : elle est remarquable par le goût exquis qui y règne, par une grande pureté de formes et par la finesse achevée de l'exécution [1].

Le joli encadrement composé tout exprès pour le bas-relief à trois sujets qui enrichit la couverture du manuscrit de la Bibliothèque impériale de Paris que nous venons de citer, et la décoration de l'ossature de la cathédra de Maximianus [2], sont des exemples de ce genre d'ornementation.

A Constantinople, au sixième siècle, on ne se bornait pas à employer l'ivoire pour les diptyques et les couvertures de livres, la sculpture en ivoire était appliquée à la décoration des édifices : dans l'église Sainte-Sophie, trois cent soixante-cinq portes, tant au rez-de-chaussée que dans les galeries supérieures, étaient enrichies de bas-reliefs d'ivoire [3].

Les persécutions des empereurs iconoclastes eurent certainement sur la sculpture une influence très-funeste,

---

[1] Consulter les planches XV à XVIII de M. de SALZENBERG, *Art christliche Baudenkmale von Constantinopel.*

[2] Voyez plus haut, p. 12, et notre planche V.

[3] ANONYMI *Antiq. Constant.,* apud BANDURI, *Imper. orient.,* t. I, p. 74.

mais les sculpteurs ivoiriers ne manquèrent pas toutefois
d'occupation pendant les cent seize années que dura
le triomphe de l'hérésie : ils produisirent un grand nombre
de sculptures portatives, et multiplièrent dans les diptyques et dans les tableaux à volets de petite proportion,
auxquels on a donné le nom de triptyques, les représentations défendues, qui pouvaient ainsi se soustraire à la
proscription. Si le pouvoir échappait, ne fût-ce qu'un
instant, aux mains des iconoclastes, aussitôt la sculpture
en ivoire manifestait hautement son existence. Ainsi, durant le règne très-court de l'empereur orthodoxe Michel
Rhangabé (811-813), Charlemagne ayant envoyé à
Constantinople Halitcharius, évêque de Cambrai, celui-ci
en rapporta, comme les choses les plus précieuses que
cette cité avait pu lui fournir, des reliques de plusieurs saints et des tablettes d'ivoire sculptées qui
furent employées à décorer la couverture de livres liturgiques [1].

Au moment où l'iconomachie fut renversée (842),
l'usage des diptyques et des tableaux à volets était
universel, et il se perpétua dans les siècles suivants :
le croisé, le voyageur, le pèlerin le plus pauvre renferma
dans des diptyques ou des triptyques les saintes images
qu'il transportait dévotement avec lui. L'ivoire se prêtait
trop bien à l'exécution de ces sculptures de petite proportion pour ne pas être utilisé de préférence à toute autre
matière. Aussi reste-t-il encore une certaine quantité de
diptyques, de triptyques et de feuilles d'ivoire du neuvième, du dixième et du onzième siècle, durant lesquels la

[1] Anonymi *Gesta episcop. Cameracensium*, lib. I, § 42, apud Pertz,
Mon. Germaniæ hist., t. IX, p. 416.

sculpture en ivoire fut le plus en vogue à Constantinople.

Nous avons cité dans notre premier chapitre un assez grand nombre des sculptures en ivoire de ces différentes époques, nous pouvons en signaler encore quelques-unes dont l'authenticité ne peut soulever aucun doute.

De la fin du neuvième siècle ou de la première moitié du dixième, une plaque d'ivoire reproduisant la Vierge avec l'Enfant Jésus et saint Nicolas placés sous une arcade soutenue par des colonnes et que surmonte un dôme découpé à jour. Cette sculpture enrichit la couverture d'un évangéliaire italien appartenant à la Bibliothèque de Wurzbourg (Bavière). On croit que ce livre a été rapporté de Rome par le premier évêque de cette ville, Burkard (741 † 791). La reliure paraît avoir été faite sous l'évêque Henri (995 † 1018); à en juger par une reliure analogue qui existe dans la Bibliothèque de l'université et qui vient de cet évêque [1];

Une feuille d'ivoire appartenant à la Kunstkammer de Berlin [2], sur laquelle est reproduit saint Michel vêtu d'une longue tunique et de la chlamyde : une inscription grecque donne le nom de l'archange;

Un très-grand oliphant qui appartenait à la collection du prince Soltykoff, représentant, au milieu d'enroulements chargés de fleurs et de fruits, des animaux de diverses sortes, parmi lesquels on distingue l'éléphant [3];

[1] Cet ivoire est reproduit dans l'ouvrage de C. BECKER et VON HEFNER-ALTENECK, *Kunstwerke und Geräthschaften des Mittelalters und der Renaissance*, t. I, pl. I, et dans le *Moyen âge et la Renaissance*, SCULPTURE, t. V.

[2] N° 808 du Catalogue de ce Musée.

[3] N° 376 du Catalogue de 1861; il a été publié dans le *Moyen âge et la Renaissance*, SCULPTURE, t. V. A la vente de la collection Soltykoff, ce bel objet a été adjugé à M. Webb, de Londres, moyennant 4000 fr.

Et un coffret traité dans le même style [1] qui appartenait à la même collection [2].

De la seconde moitié du dixième siècle, nous citerons le bas-relief appartenant à la Kunstkammer de Berlin [3] qui reproduit les quarante martyrs abandonnés sur un étang glacé : l'inscription οἱ ἅγιοι τεσσαράκοντα en fait connaître le sujet. Cette sculpture est remarquable par la correction du modelé et la finesse de l'exécution. On a attribué au même temps deux pièces d'un jeu d'échecs, Roi et Reine, conservées dans le cabinet des médailles de la Bibliothèque impériale de Paris [4].

De l'époque du onzième siècle, nous croyons pouvoir indiquer un beau diptyque appartenant à la cathédrale de Milan, qui doit être un de ceux relatés dans le cérémonial de Saint-Ambroise, rédigé par Bertoldus, gardien du trésor de l'église [5] ;

Une plaque d'ivoire, représentant le Christ entre Marie et saint Jean, appartenant au Musée des Vereinigten Sammlungen de Munich [6] ;

Un bas-relief représentant la mort de la Vierge, conservé dans le Musée de Darmstadt : le Christ, debout derrière le lit de la Vierge, reçoit l'âme de sa mère sous

---

[1] Il a été publié par M. VIOLLET-LE-DUC, *Dict. du Mobilier franç.*, 1re partie, MEUBLES, p. 76.

[2] No 336 du Catalogue de 1861. A la vente de la collection Soltykoff, ce coffret a été adjugé à M. Roussel, expert en objets d'art à Paris.

[3] No 822 du Catalogue de ce Musée; il a été reproduit par GORI, *Thes. vet. diptych.*, t. III, suppl., p. IX.

[4] Nos 3272 et 3273 du Catalogue de M. CHABOUILLET, déjà cité.

[5] Il est gravé dans le *Thes. diptych.* de GORI, t. III, p. 264, pl. XXI et XXII, et fait partie des moulages de la Société Arundel de Londres, classe VII, *e*, du Catalogue de M. Oldfield.

[6] No 406 du Catalogue.

la forme d'un enfant emmailloté ; c'est un travail correct et fin ;

Enfin les couvertures de deux graduels notés et écrits, l'un pour l'empereur Henri II († 1024), l'autre pour l'impératrice Cunégonde, sa femme [1], que possède la Bibliothèque de Bamberg ; le parchemin de ces manuscrits est découpé par en haut en forme de demi-cercle, et les plaques d'ivoire épousent la forme du vélin ; elles représentent chacune dans une table renfoncée un personnage en pied : le Christ et la Vierge sur l'un des manuscrits, saint Pierre et saint Paul sur l'autre.

Nous avons fait connaître dans notre premier chapitre le style qui caractérise les productions du neuvième, du dixième, du onzième et du douzième siècle, ainsi que les qualités et les défauts qui s'y font remarquer ; nos observations sur ce sujet s'appliquent entièrement à la sculpture en ivoire, et nous n'avons pas à y revenir.

Au treizième siècle, au quatorzième et au quinzième, le goût pour les sculptures sur bois devint dominant, et la sculpture en ivoire fut beaucoup moins cultivée. C'est surtout dans le bois que sont taillées ces croix découpées à jour, œuvres de patience remarquables par la finesse de l'exécution, mais où l'art, immobilisé par la règle, a perdu toute originalité et toute énergie.

Bien avant que le goût pour la sculpture en ivoire eût cessé d'exister à Constantinople, les artistes byzantins, émigrés en Italie et attirés dans les villes soumises au sceptre de Charlemagne, l'avaient fait revivre en Occident.

[1] On lit à la fin de la messe de Pâques, dans celui de ces manuscrits qui était à l'usage de l'empereur : *Exaudi, Christe. Henrico a Deo coronato, magno et pacifico, imperatori vita et gloria.*

VI.

Époque carolingienne ; IXe et Xe siècles en Occident.

La renaissance des arts qui se manifesta à la fin du huitième siècle en Occident sous l'impulsion de Charlemagne et des papes Adrien Ier et Léon III, fut très-favorable à la sculpture en ivoire. Les plus habiles sculpteurs, durant toute la période carolingienne, s'exerçaient sur cette belle matière. On ne se contenta plus de la débiter en tables pour y sculpter des bas-reliefs qui entraient dans la composition des diptyques et des triptyques, ou qui servaient à l'ornementation des livres saints, on y tailla aussi des statuettes. On s'en servit également pour une foule d'instruments du culte, tels que calices, reliquaires, boîtes à hosties, bénitiers, crosses pour les évêques et taux pour les abbés. On en faisait encore des coffrets pour les usages domestiques, et l'on en décorait les armes et les baudriers.

Plusieurs textes établissent la preuve de cet emploi varié de l'ivoire à l'époque carolingienne et de l'existence des artistes ivoiriers non-seulement en Italie, mais encore dans les grandes cités soumises à l'empire de Charlemagne. Ainsi, le célèbre historien Éginhard, en consultant son fils Vassin sur des termes obscurs employés par Vitruve, lui envoyait, pour l'aider à trouver la solution de ces difficultés, un coffret enrichi de colonnes d'ivoire qui reproduisait les dispositions architecturales de l'antiquité ; il avait été fait par un artiste contemporain [1]. Hildowardus, élu évêque d'Arras et

[1] EGINHARDI *omnia quæ extant opera*, epist. XXX ; Parisiis, 1840, t. II, p. 46.

de Cambrai en 790, faisait sculpter un diptyque d'ivoire
dans la douzième année de son pontificat [1]. Angilbert,
gendre de Charlemagne, devenu abbé du monastère de
Saint-Ricquier, en avait rebâti l'église et l'avait enrichie
d'une orfévrerie et d'un mobilier considérables; un inventaire du trésor de cette église, dressé en 831 par ordre
de Louis le Débonnaire, nous y montre une statue
d'ivoire, un diptyque d'ivoire monté en or et en argent
et enrichi de perles, et une châsse d'ivoire [2]. Ansigise,
élu en 823 abbé du monastère de Fontanelle, dans
le diocèse de Rouen, faisait don à son église, entre
autres objets, d'une coupe d'ivoire d'un très-beau travail et de deux pyxides, et faisait recouvrir de tables
d'ivoire sculptées un antiphonaire écrit en lettres d'argent sur vélin pourpre [3]. En 837, le comte Éverard,
gendre de Louis le Débonnaire, dictait un testament
par lequel il établissait le partage de ses biens meubles
et immeubles entre ses enfants; dans l'énumération de
ses meubles on trouve un diptyque monté en or, *tabulas
eburneas auro paratas*, un calice et une châsse d'ivoire,
un évangéliaire décoré de bas-reliefs d'ivoire, *evange-
lium eburneum*, une épée à poignée d'ivoire et un baudrier décoré de plaques de même matière [4].

Hincmar, archevêque de Reims en 845, faisait cou-

---

[1]. *Gesta pontif. Camer.*, lib. I, § 39, apud PERTZ, *Mon. Germ. hist.*,
t. IX, p. 415.

[2] HARIULFI *Chronicon*, lib. II, cap. x; lib. III, cap. iii, apud
D'ACHERY, *Spicilegium*, t. IV, p. 467, 480 et 481.

[3] *Chronicon Fontanellense*, cap. xvi, ap. D'ACHERY, *Spicilegium*,
t. III, p. 232.

[4] *Testamentum Everardi*, ap. AUB. MIRÆI *Opera diplomatica*; Brux.,
1723, t. I, p. 19.

vrir les œuvres de saint Jérôme avec des tablettes d'ivoire
encastrées dans une bordure d'or ; il faisait aussi rédiger
un sacramentaire et un lectionnaire dont les couvertures
étaient enrichies de tables d'ivoire dans une bordure
d'argent [1].

On trouve dans l'inventaire de la chapelle de Bérenger,
roi d'Italie († 924), une boîte d'ivoire renfermant des
reliques, buxa una eburnea cum reliquiis [2].

Dans le livre qu'il a écrit sur les actes de son administration, l'abbé Suger (1122 † 1152) nous apprend
qu'il existait dans l'église de Saint-Denis un pupitre
très-ancien, qui attirait l'admiration par des sculptures en
ivoire d'une extrême délicatesse et telles qu'on n'aurait
pu en faire de semblables de son temps [3]. Il n'est pas
douteux que ces sculptures, que le célèbre abbé regardait comme très-anciennes, ne remontassent à l'époque
de Charlemagne, qui acheva la reconstruction de l'église
de Saint-Denis, commencée par Pepin, et la fit dédier
en l'année 775 [4].

Les noms des artistes ivoiriers de l'époque carolingienne ne sont pas venus jusqu'à nous, mais il est à
croire que les meilleurs artistes de ce temps s'exerçaient
sur cette belle matière, puisque Tutilo, moine de Saint-
Gall, le plus célèbre de tous, sculpta, vers la fin du
neuvième siècle, l'une des tablettes restée sans sculp-

---

[1] FLODOARDI *Eccl. Remensis hist. libri*, lib. III, cap. v ; Paris., 1611,
p. 159 et 160.

[2] Apud FRISI, *Mem. storiche di Monza*, t. III, p. 72.

[3] SUGERII, ABB. S. DIONYS., *De rebus in admin. suâ gestis*, apud
DUCHESNE, *Hist. Franc. script.*, t. IV, p. 331.

[4] M. LE BARON DE GUILHERMY, *Monographie de l'église de Saint-
Denis ;* Paris, 1848, p. 7.

ture d'un diptyque qui avait appartenu à Charlemagne
et que possédait le monastère de Saint-Gall [1]. Cette
sculpture, qui reproduit la Vierge au milieu de quatre
anges, et dans le bas du tableau saint Gallus présentant
du pain à un ours, est conservée dans la Bibliothèque de
la ville de Saint-Gall.

Il existe de l'époque carolingienne, dans laquelle
nous comprenons le neuvième siècle et presque tout le
dixième, un assez bon nombre de sculptures d'ivoire;
nous allons en citer quelques-unes qui présentent un
grand caractère d'authenticité. Comme elles ont été publiées dans des ouvrages très-répandus, nos lecteurs
pourront les étudier, à défaut des monuments, sur
les reproductions qui en ont été faites.

La plus ancienne de toutes nous paraît être le diptyque
conservé dans le trésor de la cathédrale de Milan [2], qui
offre dans chacune de ses feuilles quatre scènes de la
vie du Christ superposées l'une à l'autre. Nous avons
apprécié cet ouvrage dans notre premier chapitre [3], et
nous en donnons la reproduction dans la planche XIII
de notre Album.

Viennent ensuite la plaque d'ivoire de la collection
du prince Soltykoff reproduisant deux scènes, l'entrée
de Jésus à Jérusalem et Marie répandant des parfums
sur les pieds du Sauveur : nous en avons déjà parlé et
nous la reproduisons dans notre Album, planche XII;

[1] EKKEHARDUS IV, B. Casuum S. Galli continuatio, ap. PERTZ, Mon.
Germ. hist., t. II, p. 88.

[2] Publié par GORI, Thes. vet. diptych., t. III, p. 270, pl. XXXIII
et XXXIV; il a été moulé par la Société Arundel de Londres, classe IV,
a, du Catalogue de M. Oldfied.

[3] Voyez p. 126.

Un bénitier, conservé dans la cathédrale d'Aix-la-Chapelle, sur lequel sont sculptés deux rangs d'arcatures
renfermant des personnages, évêques, princes et guerriers [1] : il est orné de pierres fines cabochons ;

Une plaque d'ivoire que conserve la Bibliothèque
Bodléienne à Oxford : elle doit appartenir au commencement du neuvième siècle.[2] ;

Deux plaques d'ivoire décorant la couverture du sacramentaire de Metz, qui est aujourd'hui à la Bibliothèque
impériale de Paris. Ce manuscrit fut achevé peu après
la mort de l'évêque Drogon (855) qui en avait prescrit
l'exécution. Chacune des plaques est divisée en neuf
tableaux, qui reproduisent les différentes cérémonies de
l'église de Metz. Le rapport qui existe entre l'objet du
livre et les sujets de la couverture, et une grande analogie
entre les miniatures du texte et les bas-reliefs, suffisent
pour établir qu'ils ont été faits exprès pour le livre par
un artiste du pays d'après des modèles d'architecture et
des costumes occidentaux sous des inspirations toutes
locales. C'était là le sentiment de M. Lenormant, qui a
publié ces deux plaques [3] ;

Un bas-relief qui se trouvait autrefois dans le trésor
de la chapelle des Carolingiens à Francfort, et qui est
aujourd'hui conservé à la Bibliothèque de cette ville ; on
y voit, comme sur les plaques du sacramentaire de Metz,
la célébration d'une messe d'après le rite en usage au
neuvième siècle en Allemagne ; il remonte à peu près à

---

[1] Il est reproduit dans les *Annales archéolog.*, t. XIX, p. 79 et 103.
[2] Elle a été publiée dans les *Annales archéologiques*, t. XX, p. 118.
[3] *Trésor de numismatique et de glyptique*, BAS-RELIEFS, pl. XVIII
et XIX, texte, p. 13.

la même époque que le sacramentaire de Drogon, mais il est d'une exécution supérieure : il a été publié par M. Passavant, directeur du Musée de Francfort [1];

Un bas-relief décorant la couverture d'un évangéliaire qui appartient à l'église Notre-Dame de Tongres, diocèse de Liége, et dont l'écriture paraît n'être pas postérieure au dixième siècle : on y a reproduit la crucifixion. La simplicité de la composition, la sobriété dans les ornements, la correction du dessin, doivent faire placer cette sculpture au neuvième siècle [2];

Une plaque d'ivoire qui était conservée dans la collection du prince Soltykoff [3]; le Christ y est représenté sur la croix, vêtu d'une robe flottante qui lui couvre tout le corps, les pieds séparés l'un de l'autre et posant sur une tablette; elle doit appartenir à la fin du neuvième siècle : on en trouvera la reproduction dans la planche XIV de notre Album;

Une plaque sculptée en bas-relief, qui orne la couverture d'un manuscrit des quatre Évangiles écrit en lettres d'or sur vélin pourpre, et dont tous les caractères annoncent l'âge des premiers Carolingiens. Cet évangéliaire, conservé autrefois à Metz, appartient aujourd'hui à la Bibliothèque impériale de Paris (Supplément latin, n° 650) : le bas-relief reproduit la crucifixion;

Un bas-relief décorant la couverture d'un autre évangéliaire, écrit vers 960, qui appartient aussi à la Bibliothèque impériale de Paris (Suppl. latin, n° 643); il est

[1] Gravé dans l'*Archiv für Frankfurt Geschichte und Kunst*, 1839.
[2] Gravé dans les *Mélanges d'archéologie*, avec un commentaire du R. P. Cahier, t. II, p. 42, pl. VI.
[3] N° 10 du Catalogue de 1861. A la vente de la collection Soltykoff, cette plaque a été adjugée à M. Sellières, moyennant 1760 francs.

encadré dans une bordure d'orfévrerie : la crucifixion en forme également le sujet;

Un bas-relief qui est conservé dans les Vereinigten Sammlungen de Munich (n° 398 du catalogue) : il reproduit dans le haut du tableau le crucifiement du Christ; dans le bas, les saintes femmes venant au tombeau [1];

Un diptyque décorant aujourd'hui les deux ais d'un évangéliaire appartenant à la cathédrale de Tournay. Il a été publié par M. Voisin, qui le regarde comme étant du neuvième siècle [2]; mais les feuillages qui enrichissent le fond de l'un des ais semblent plutôt indiquer le commencement du onzième.

Nous citerons en dernier lieu un très-beau bénitier qui est conservé dans le trésor de la cathédrale de Milan. Cinq arcades, assises sur une base décorée d'une grecque, se développent sur son pourtour; sous ces arcades, l'artiste a sculpté la Vierge avec l'Enfant Jésus et les quatre évangélistes; au-dessus d'une frise formée de feuillages vigoureux se déroule une inscription qui contourne le vase à son bord supérieur. Cette inscription ainsi conçue :

Vates Ambrosi Gotfredus dat tibi sancte
Vas veniente sacram spargendum Cæsare lympham,

nous donne la date du monument. Il n'y a eu que deux archevêques de Milan du nom de Gotfredus : le premier, qui occupa le siége pontifical de 975 à 988, fut nommé par l'influence de l'empereur Othon II; le second fut

---

[1] Ces trois dernières pièces ont été publiées avec un commentaire par le R. P. Cahier, dans les *Mélanges d'archéologie*, t. II, p. 42, pl. V, VII et VIII.

[2] *Notice sur un évangéliaire de la cathédrale de Tournay*; Tournay. 1856.

chassé de Milan comme simoniaque, et bien que reconnu
par le pape en 1071, il fut expulsé de nouveau et n'est
plus compté d'ordinaire parmi les archevêques de Milan.
Il ne peut donc être question de celui-ci, et c'est certainement le Gotfredus du dixième siècle qui a fait faire ce
joli bénitier, à l'occasion de l'arrivée d'Othon II à Milan
en 981 [1].

Les deux premiers et le dernier des monuments que
nous venons d'indiquer appartiennent à l'Italie, tous
les autres à l'école du Rhin. L'invasion des Normands,
les guerres et les malheurs de toute sorte qui accablèrent
la France et l'Italie dès le milieu du neuvième siècle et
pendant tout le dixième, y avaient éteint rapidement le
flambeau allumé par Charlemagne, et une nouvelle barbarie était venue remplacer la civilisation carolingienne;
mais les grandes cités des provinces qui avoisinent le
Rhin, mieux protégées, avaient eu moins à souffrir, et
évitèrent en partie ces malheurs. Les empereurs d'Allemagne surent y maintenir le culte des arts, ravivé par
des communications fréquentes avec Constantinople,
qui jouissait d'une sorte de calme sous des souverains victorieux, et voyait fleurir les arts, tandis que
l'Occident était en proie à toutes sortes de calamités.

Aussi l'influence byzantine se fait-elle sentir dans
toutes les sculptures de l'école allemande que nous avons
signalées. Les artistes qui les ont exécutées se sont

[1] Ce bénitier a été publié par Gori, *Thes. diptych.*, t. III, suppl.,
p. 75. Il a été aussi gravé dans les *Annales archéologiques*, t. XVI,
p. 372, et t. XVII, p. 149; les gravures des *Annales* sont accompagnées
d'un excellent commentaire de M. Alfred Darcel. Il fait partie des moulages de la Société Arundel de Londres, classe VI, *e*, du Catalogue de
M. Oldfield, déjà cité.

efforcés autant qu'ils l'ont pu d'apporter de la correction dans le modelé de leurs figures; mais on retrouve dans leurs compositions beaucoup de cette pratique molle et de ce galbe pesant qui signalaient les productions de la décadence romaine, dont les monuments devaient être encore en assez grand nombre sous leurs yeux.

Le diptyque d'ivoire du monastère de Rambona (actuellement dans le Musée chrétien du Vatican), qui, d'après les inscriptions qui s'y trouvent, doit avoir été exécuté dans les dernières années du neuvième siècle [1], est un exemple frappant de l'avilissement dans lequel les arts étaient retombés en Italie dès cette époque. Le beau bénitier de Milan, qui est antérieur de quelques années seulement, est une exception qu'on peut expliquer par la présence à Venise d'un grand nombre d'artistes grecs qui y avaient été appelés pour l'édification de l'église Saint-Marc.

VII.

XIe et XIIe siècles.

La sculpture en ivoire ne fut pas oubliée, lorsqu'un mouvement de ferveur générale porta de nouveau les esprits vers le culte des arts au commencement du onzième siècle. On a vu plus haut [2] qu'on étudiait la sculpture en ivoire dans les écoles ouvertes par l'abbé Didier, en 1066, sous la direction d'artistes grecs, dans son monastère du mont Cassin. Ces écoles durent pro-

---

[1] Il a été publié par GORI, avec un commentaire de Buonarotti, dans le *Thesaurus vet. diptych.*, t. III, p. 155.

[2] Voyez le chap. I, § III, art. I, p. 130.

spérer et produire d'habiles ivoiriers, puisque l'Italie s'était acquise, à la fin du onzième siècle, une grande réputation dans les travaux d'ivoire [1].

Une foule de textes viennent démontrer l'emploi de l'ivoire, à cette époque de renouvellement, pour la décoration du mobilier religieux. Aux instruments du culte faits d'ivoire ou enrichis de sculptures en ivoire que nous avons nommés plus haut, aux diptyques et aux plaques de reliure qui furent exécutés au onzième siècle et au douzième, comme dans les siècles précédents, il faut ajouter les autels portatifs, qui se multiplièrent au onzième siècle. Il en existait un, en bronze doré, dans le célèbre monastère de Saint-Laurent de Liége; le contour était orné des figures des douze apôtres en ivoire, et une inscription gravée sur le bord constatait qu'il avait été dédié en 1061 [2]. On trouve un très-curieux spécimen de ces autels portatifs enrichis de hauts-reliefs d'ivoire dans celui que possédait la collection Debruge [3]; il a été gravé par M. Viollet-le-Duc dans le *Dictionnaire du Mobilier français* [4].

Nous ne devons pas omettre non plus de mentionner les taux et les crosses d'ivoire, que l'on fit en si grand nombre au onzième siècle et au douzième. Le R. P. Arthur Martin, à l'appui d'une dissertation très-savante sur ces insignes, en a fourni de nombreuses reproductions [5].

[1] THEOPHILI *Diversarum artium schedula*, in præf., p. 9.

[2] MARTÈNE, *De antiquis eccl. ritibus*, lib. II, cap. xvii, t. II, p. 810.

[3] J. LABARTE, *Descript. de la coll. Debruge Duménil*, p. 737. Cet autel, qui était passé dans la collection du prince Soltykoff (n° 23 du Catalogue de 1861), a été adjugé à M. le baron Sellières, moyennant 3000 francs, lors de la vente de cette collection.

[4] Première partie, MEUBLES, p. 29.

[5] *Mélanges d'archéologie*, t. IV, p. 161 et suiv., pl. XV et XVII.

Nous citerons parmi les plus intéressants de ces monuments le tau de l'archevêque saint Héribert, des premières années du onzième siècle : on le conserve à Deutz,
près de Cologne ; celui de Gérard, évêque de Limoges [1],
mort en 1022 ; un autre tau, remarquable par la richesse de l'ornementation et la délicatesse de la sculpture, qui appartenait à la collection du prince Soltykoff ;
deux crosses de la même collection, dans l'une desquelles
le bélier symbolique, placé au centre de la volute, est
menacé par le serpent, dont la tête termine la volute [2] ;
et celle de saint Yves, évêque de Chartres, en 1091,
qui appartient à M. Carrant [3].

L'ivoire, devenu rare, ne pouvait plus suffire, dès le
douzième siècle, à alimenter les ateliers des sculpteurs ;
dans le nord de l'Europe, on se servait de la défense du
morse, qui atteint quelquefois jusqu'à soixante-dix centimètres de longueur. Cette défense était débitée en
tablettes sur lesquelles on sculptait des bas-reliefs. Un
très-bel exemple de sculpture sur morse, appartenant
au onzième siècle, existait dans la collection du prince
Soltykoff [4]. On en verra la reproduction dans la
planche XV de notre Album.

La sculpture sur ivoire durant le onzième siècle et la
première moitié du douzième est empreinte du type
particulier aux écoles de ces époques : bustes allon-
gés, figures calmes et recueillies, roideur dans les poses,

---

[1] Il est gravé dans les *Annales archéol.*, t. X, p. 177.
[2] Elles sont gravées dans les *Mél. d'arch.*, t. IV, pl. XV.
[3] Elle a été publiée par Willemin, *Mon. franç. in.*, t. I, pl. XLI.
[4] N° 17 du Catalogue de 1861. A la vente de la collection Soltykoff,
cette pièce a été adjugée à M. Webb, de Londres, moyennant 3700 fr.

draperies serrées, mouillées, à petits plis frangés ou à
rubans perlés rehaussés de pierreries. Le bas-relief sur
morse, représentant l'adoration des mages, que nous
venons de citer, offre un spécimen frappant de ce genre
de sculpture. Nous indiquons encore la châsse de saint
Yvet de l'abbaye de Braisne en Soissonnais, que possède
le Musée de l'hôtel de Cluny [1], une châsse conservée au
Louvre [2] et une autre châsse de la collection Sauvageot [3], dont nous donnons la gravure dans la planche CXLIV de notre Album.

Les sculpteurs en ivoire des écoles du Rhin surent
cependant se défendre jusqu'à un certain point de ces
défauts; leurs figures ont conservé plus de mouvement,
leur modelé est meilleur, et leurs draperies sont plus naturelles et disposées avec plus d'art que dans les sculptures
du Midi et de l'Occident. Ils apportent aussi plus de variété dans la disposition des reliquaires. Au lieu de se borner à ces coffrets à couvercle comme ceux que nous venons
de citer, et qui sont conservés dans les Musées du Louvre
et de Cluny, ils construisaient en ivoire de petits monuments dans le style byzantin. Il en existe un charmant
spécimen dans le Musée de Darmstadt. C'est un petit temple de forme ronde, à plusieurs étages. L'étage inférieur
est décoré dans tout son pourtour d'arcades plein-cintre,
soutenues par des colonnes dont le fût est peint et his-
torié. Sous chaque arcade est une figure de saint ou de
prophète, sculptée en bas-relief, qui se détache sur un
fond doré. Une toiture en forme de pyramide tronquée

[1] N° 399 du Catalogue de 1847.
[2] N° 903 du Catalogue de M. de Laborde, déjà cité.
[3] N° 260 du Catalogue de 1861.

joint cet étage inférieur à l'étage supérieur, qui est
d'un moindre diamètre ; elle est divisée en autant de
compartiments qu'il y a d'arcades, et offre dans chacun
d'eux une figure d'ange en bas-relief. L'étage supérieur présente aussi le même nombre de compartiments,
renfermant des figures de saints en bas-relief. Une toiture, également en forme de pyramide tronquée, s'élève
au-dessus du second étage, et est surmontée d'une
espèce de lanterne, comme dans la plupart des monuments à coupole. On y retrouve à peu près les dispositions du coffret de Sens, dont l'origine byzantine est
incontestable. A chaque pas nous rencontrons donc
dans l'Allemagne du onzième siècle la trace du séjour
de ces ouvriers grecs qui, venus sans doute à la suite de
leur princesse, femme d'Othon II, ou appelés par elle,
avaient puissamment aidé à la renaissance de l'art.

La seconde pièce que nous devons citer à l'appui de
notre opinion sur le mérite des artistes ivoiriers de
l'école rhénane, est un autel portatif appartenant aussi
au Musée de Darmstadt. Il a la forme et à peu près la
dimension de celui de Bamberg, dont on verra la reproduction dans la planche CVIII de notre Album.
La tablette de dessus, en ivoire, est enrichie d'une bordure découpée offrant des feuillages d'un bon style.
Chacune des deux grandes faces est enrichie de six figurines, et chacune des petites, de trois, toutes sculptées
en très-haut relief. Ce sont le Christ, la Vierge et différents saints et saintes, sous l'invocation desquels était
placé l'autel. Ces petites statuettes, d'un modelé assez
correct, présentent de la régularité dans les attitudes
et de l'expression dans les visages, et cependant on

ne saurait faire remonter la date de l'exécution de ce petit autel au delà des premières années du douzième siècle.

Nous indiquons enfin les figures d'ivoire qui décorent le reliquaire en cuivre émaillé, de forme byzantine, que reproduit la planche XLIII de notre Album. Celles qui sont placées dans le dôme sont remarquables par la pureté du modelé, la dignité et la justesse des attitudes, et par l'expression. Elles témoignent d'un art très-avancé.

VIII.

XIIIe, XIVe et XVe siècles. — Sculpture religieuse.

Dès la fin du douzième siècle, la sculpture s'était améliorée en France; mais le treizième siècle fut pour l'Italie comme pour la France l'époque de la régénération de l'art. L'édification des églises, élevées en si grand nombre sous le règne de saint Louis, avait créé beaucoup de statuaires, dont les œuvres, encore vivantes aux portails de nos cathédrales, attestent le mérite. Les sculpteurs en ivoire ne restèrent pas en arrière du mouvement qui plaçait l'art dans une si belle voie; durant tout le cours du treizième siècle et du quatorzième, la sculpture en ivoire fut cultivée en France et en Italie avec le plus grand succès et par les meilleurs artistes du temps, à en juger par les œuvres charmantes qui sont venues jusqu'à nous. Un document publié par M. Ciampi constate qu'en 1299 le célèbre Jean de Pise († 1320) s'était obligé d'exécuter des figures d'ivoire [1]. Nous

_____

[1] CIAMPI, *Notizie inedite della sagristia Pistoiese e di altri op. di disegno*; Firenze, 1810, p. 145 et 123.

n'avons pu. trouver un nom aussi illustre dans les documents français qui sont venus nous révéler le goût de ce temps pour les objets de sculpture en ivoire ; mais nous pouvons présenter à nos lecteurs, dans les planches XVI et XVII de notre Album, des sculptures françaises du treizième siècle qui ne le cèdent en rien certainement aux œuvres des Pisans. Le groupe du couronnement de la Vierge, qui est de l'époque de saint Louis, vient démontrer que l'art, sans avoir rien emprunté aux œuvres de l'antiquité, et par la seule imitation de la nature, était alors parvenu à un haut degré de perfection. Simplicité de la composition, recherche de la vérité des formes, justesse dans les inflexions du corps, imitation de la vie, expression juste dans les traits du visage, naturel dans le développement des draperies, telles sont les qualités qu'on se plaira à reconnaître dans cette œuvre remarquable. La belle Vierge de notre planche XVII doit être postérieure de quelques années au groupe du couronnement, et témoigne encore d'un art plus avancé. Quelle pureté dans le dessin, quelle noblesse dans la pose, quelle finesse dans le modelé, quelle ampleur et quelle élégance dans la disposition de la draperie ! Cette statuette montre à quel haut degré de perfection était parvenue la sculpture chrétienne à la fin du siècle de saint Louis.

Les trésors des églises et ceux des rois et des princes du quatorzième siècle et du commencement du quinzième renfermaient des richesses très-variées, acquises et conservées depuis longtemps. Les inventaires qui en ont été faits à ces époques constatent l'existence d'un assez grand nombre de figures de ronde bosse en ivoire. Ainsi,

dans l'inventaire, daté de 1340, de la Sainte-Chapelle de
Paris, dont le mobilier remontait en majeure partie au
temps de saint Louis, son fondateur, on lit : « Item
» inventa fuit quædam imago eburnea de Beata Maria
» cum corona argenti [1] ». Dans celui de Notre-Dame
de Paris, de 1343 , « Item quædam alia imago eburnea
» in quodam tabernaculo eburneo [2]. » Dans l'inventaire
du roi Charles V, « le joyau de l'estoille que fist faire le
» roi Jehan (1350 † 1364)..... et le soustiennent deux
» angeloz d'yvire [3]; — ung ymage de Notre-Dame
» d'yviré assis en une chayère [4]; — ung ymage de
» Notre-Dame d'yvire séant en une chayère d'ybenne [5];
» —ung ymage de sainte Anne d'yvire, lequel est dans
» un tabernacle d'argent à portelettes..... [6]; — ung
» ymage de Notre-Dame d'yvire à une couronne d'or
» garnie de turquoises et de ballaiz qui a ung fermail en
» la poutrine, sur ung entablement d'argent doré..... [7]. »
Ces figures de ronde bosse de la Vierge ou des saints
étaient quelquefois enfermées dans de petites armoires

[1] *Inventarium de sanctuariis, jocalibus et rebus ac bonis ad regalem
capellam Par. pertinentibus*; Ms., Arch. de l'Emp., J. 155, n° 14.

[2] *Compte rendu des ornements, meubles et autres choses estant au
trésor de l'Église de Paris*; Ms., Arch. de l'Emp., L. 509 3.

[3] *Inventaire des meubles et joyaux du roy Charles V*, commencé
le 1er janvier 1379; Ms., Bibl. imp. de Paris, n° 8356, fol. 20.

[4] *Idem*, fol. 182.

[5] *Idem*, fol. 188.

[6] *Idem*, fol. 231.

[7] *Idem*, fol. 267.

Nous pourrions multiplier les citations, ce qui serait sans objet. On
pourra, au surplus, consulter l'*Inventaire du trésor de l'abbaye de Saint-
Denis*, Ms., Arch. de l'Emp., LL. 1227; l'*Inventaire des joyaux de la
couronne de 1418*, Ms., Arch. de l'Emp., KK. 39; M. le comte DE LA-
BORDE, *Les ducs de Bourgogne, Inventaire de Philippe le Bon*, t. II,
p. 238.

(des tabernacles, comme on disait alors), dont les vantaux étaient ordinairement décorés de sculptures ou de
peintures. On en a vu deux exemples dans les textes que
nous venons de citer. Ces tabernacles faisaient partie du
mobilier des chambres à coucher, et leurs vantaux s'ouvraient le matin et le soir au moment de la prière. L'un
des plus beaux spécimens de ces statuettes enfermées
dans des niches fermantes existait dans la collection du
prince Soltykoff. C'est une image de la Vierge, debout,
tenant son Fils; elle est placée sous une arcade trilobée.
Les vantaux sont enrichis de douze bas-reliefs, dont les
sujets sont empruntés à la vie de la Mère du Christ. Ce
joli monument doit appartenir à l'art italien de la fin du
treizième siècle ou des premières années du quatorzième [1].

Au lieu de renfermer une statuette, ces autels domestiques contenaient quelquefois des groupes de figures.
Nous en offrons à nos lecteurs, dans notre planche XVIII,
un très-bon spécimen. C'est un ouvrage italien du quatorzième siècle; il appartenait autrefois à la collection
Debruge [2].

Parmi les statuettes d'ivoire, il en est de très-cu-
rieuses que nous ne devons pas passer sous silence, ce
sont les images ouvrantes. On donnait ce nom à des statuettes qui s'ouvraient par le milieu et laissaient ainsi
voir dans leur intérieur soit des reliques, soit des scènes

[1] Il a été reproduit dans le Moyen âge et la Renaissance; SCULPTURE,
t. V. A la vente de la collection Soltykoff, M. le duc de Cambacérès
s'en est rendu acquéreur moyennant 7500 francs.

[2] M. J. LABARTE, Descript. de la coll. Debruge Duménil; Paris, 1847,
nº 149. Ce monument était passé dans la collection du prince Soltykoff
(nº 237 du Catalogue); à la vente de cette collection, il a été adjugé à
M. Webb, de Londres, moyennant 5200 francs.

sculptées. Le Musée du Louvre possède une image de ce
genre extrêmement précieuse, tant à cause de sa dimension (45 centimètres de hauteur) qu'à cause de la beauté
du travail. Elle représente la Vierge assise, tenant sur
ses genoux l'Enfant Jésus [1]. La partie antérieure de la
statuette, coupée en deux par le milieu, se développe
dés deux côtés de la partie postérieure qui forme le fond;
quand l'image est ouverte, elle offre donc l'aspect d'un
triptyque enrichi de bas-reliefs. Dans la partie centrale,
on a représenté la crucifixion, et au-dessus la mise au
tombeau; ces deux scènes sont encadrées dans un
médaillon oblong trilobé en haut et en bas. Dans les
volets, on voit différentes scènes de la passion et de la
résurrection du Christ, et dans le bas, sous des arcades
plein-cintre, les quatre évangélistes. La statuette est
portée sur un socle où l'on a reproduit la scène de la
Nativité. C'est là un bel ouvrage des premières années du
quatorzième siècle. Ces images ouvrantes étaient fort en
vogue au douzième et au treizième siècle. On trouve
dans l'inventaire de Notre-Dame de Paris de 1343,
que nous avons déjà cité, la mention d'une image
ouvrante qui est indiquée comme très-ancienne : « Que-
» dam alia ymago eburnea valde antiqua scisa per
» medium et cum ymaginibus sculptis in appertura, que
» solebat poni super magnum altare [2]. »

Les figures de ronde bosse placées dans des taber-

---

[1] M. le comte DE LABORDE, *Notice des émaux et objets divers exposés
au Louvre;* Paris, 1853, n° 867. On trouvera une gravure de cette image
dans le *Dictionnaire du mobilier,* de M. VIOLLET-LE-DUC, Ire partie,
MEUBLES, p. 131; et dans les *Annales archéologiques,* t. XX, p. 316.

[2] *Compte des ornements et meubles de l'Église de Paris;* Ms., Arch.
de l'Emp., L. 509³, fol. 22 recto.

nacles exigeaient des morceaux d'ivoire d'un grand volume et la main d'un artiste très-habile ; les rois, les princes et les riches églises pouvaient donc seuls faire exécuter ou acquérir des pièces de cette importance ; elles n'étaient pas non plus faciles à transporter en voyage. On se contentait le plus souvent de diptyques et de triptyques, dont l'usage était général au treizième siècle et surtout au quatorzième. Ces tableaux, composés soit de deux feuilles, soit d'une feuille centrale que recouvraient deux et quelquefois quatre volets liés par des charnières, recevaient alors le nom de tableaux cloants, auquel on a substitué de nos jours ceux de diptyque, de triptyque, de tétraptyque, suivant le nombre des feuilles. Quand ces tableaux sont à deux feuilles seulement, le nom de diptyque leur convient parfaitement, puisque cette dénomination était appliquée durant le moyen âge aux tableaux de ce genre enrichis de sculptures à sujets de sainteté : nous en avons cité plusieurs exemples ; mais lorsque ces tableaux se composent de plusieurs feuilles, il serait plus rationnel peut-être de leur donner leur ancienne dénomination de tableaux cloants ; néanmoins, le mot triptyque, adopté par le *Complément du Dictionnaire de l'Académie française*, désigne si bien la nature de l'objet qu'il représente, que nous pensons qu'on doit le conserver. Avant de mettre sous les yeux de nos lecteurs quelques-uns de ces tableaux d'ivoire, nous allons, suivant la méthode que nous avons adoptée de placer à côté des monuments les textes anciens qui les mentionnent, rapporter ici quelques extraits des inventaires et des comptes du treizième, du quatorzième et du quinzième siècle, où les diptyques et tableaux d'ivoire sont indiqués. Dans l'inventaire du trésor du Saint-Siége, dressé en 1295 par ordre de Boniface VIII, on trouve « Unam iconam de ebore in cujus medio est » imago Beate Virginis cum Filio, et in tabulis quibus » clauditur (les volets) sunt multe imagines; —. unam » iconam de ebore in qua est tota historia Passionis; — » unam alteram iconam de ebore in qua est crucifixus » cum duobus imaginibus, et in tabulis est historia Pas-» sionis depicta [1]. » Dans l'inventaire de Charles V, « ung » petit tableau d'yvire de deux pièces où dedans sont » l'Ascension et la Penthecoste; — ung tableau d'yvire de » deux pièces historiez de la Passion et garniz d'argent [2]. »

Souvent, au quatorzième siècle, on coloriait le fond sur lequel se détachaient les figures, qui recevaient aussi quelques touches de peinture et des applications d'or. Il reste encore des traces de cette coloration sur quelques-unes des pièces conservées dans les musées et dans les collections; elle est d'ailleurs constatée par des mentions faites dans les inventaires: ainsi on lit dans l'inventaire de Charles V : « Ung tableau d'yvire de deux pièces » garniz d'argent et très-menuement ouvrez et ystoriez » de la Passion, et est le champ esmaillé d'azur; — ungs » autres tableaux d'yvire de six pièces qui sont faiz » comme d'enlumineure, dehors et dedans, ystoriez de » plusieurs saints, et sont en aucuns lieux les armes de » la royne Jehanne de Bourgogne [3]. »

---

[1] *Inventarium de omnibus rebus inventis in thesauro Sedis Aposto-lice factum de mandato Sanct. Patris domini Bonifacii papæ octavi sub anno Domini milesimo ducent. nonag. quinto;* Ms., Bibliothèque impé-riale, n° 5180, § 38.

[2] *Inventaire de Charles V*, déjà cité, fol. 187 et 242.

[3] *Idem*, fol. 242 et 243.

Tous les musées de l'Europe et un grand nombre de collections particulières conservent de ces diptyques et triptyques d'ivoire, et ils sont trop connus pour que nous croyions nécessaire d'en signaler l'existence à nos lecteurs. Nous publions d'ailleurs dans notre planche XIX un diptyque de travail français, et dans notre planche XX un triptyque qu'on peut attribuer à l'Italie. Ces deux·pièces remontent au quatorzième siècle.

Les diptyques et triptyques destinés à l'intérieur des appartements ou à être transportés dans les voyages, ont donné naissance aux retables portatifs. Jusqu'au neuvième siècle on ne chargeait les autels d'aucun ornement; ce fut seulement au dixième qu'on commença à y placer des croix. Jusqu'au quatorzième on n'y voyait ni chandelier ni croix à demeure fixe. Lorsque le prêtre allait dire la messe, deux acolytes portaient les· flambeaux et l'officiant le crucifix; ils les déposaient sur l'autel, et quand le service était terminé, cierges et crucifix étaient enlevés et déposés à la sacristie. A bien plus forte raison ne plaçait-on pas sur l'autel, ou derrière, ces tabernacles, ces retables qui, au quinzième siècle et surtout en Allemagne, s'élevèrent quelquefois jusqu'aux voûtes de l'église. La raison en est simple : c'est que jusqu'au treizième siècle l'évêque assistait aux offices sur un siége placé au fond de l'abside, et que l'addition d'un retable sur l'autel l'aurait empêché de voir les membres du clergé et le peuple placé au delà [1]. Mais lorsque les autels se furent multipliés dans les églises, et que le siége de l'évêque eut été déplacé, on

(1) DE CAUMONT, *Cours d'ant. mon.*, t. VI, p. 163 et suivantes.

commença, au quatorzième siècle, à apporter avec le crucifix et les flambeaux de petits retables portatifs qui étaient posés sur l'autel pendant le saint sacrifice et enlevés ensuite avec le matériel liturgique.

Bien que les premiers retables portatifs ne fussent pas d'une très-grande proportion, la dimension de deux ou trois feuilles d'ivoire n'était pas suffisante pour les composer. On les sculpta donc sur de petites plaques d'ivoire, qui furent rapprochées les unes des autres et fixées dans un encadrement. On fit également servir à cet usage les os de différents animaux. Les plus curieux de ces retables ont été fabriqués dans le nord de l'Italie au quatorzième siècle et au quinzième. Ils sont très-reconnaissables, indépendamment du style de la sculpture, à la fine marqueterie de bois et d'ivoire qui borde chacun des bas-reliefs.

Le Musée de Cluny possède trois beaux retables portatifs de cette provenance remontant au quatorzième siècle [1] : un grand tableau garni de figures et de différents sujets représentant la vie de saint Jean-Baptiste; un autre tableau composé de bas-reliefs dont les sujets sont tirés des Évangiles, et un triptyque comprenant plusieurs bas-reliefs de la vie et de la passion du Christ. Chacun des deux tableaux est désigné sous le nom d'Oratoire des duchesses de Bourgogne, et provient, dit-on, de l'ancienne chartreuse de Dijon. Le catalogue du Musée de Cluny rattache à ces deux tableaux un passage des comptes d'Amiot Arnaut, trésorier du duc Philippe le Hardi, de 1392 et 1393, duquel il résulterait

[1] Nos 418, 1979 et 1980 du Catalogue. Le n° 1980 provient de la collection Debruge (n° 147 du Catalogue de cette collection, déjà cité).

qu'ils furent payés cinq cents livres à Berthelot Heliot, valét de chambre du duc, et achetés pour les chartreux. Quoi qu'il en soit de ce document, Heliot n'a pu être que le vendeur des tableaux et non leur auteur, car ils sont bien italiens.

Les mêmes artistes, lombards, vénitiens ou florentins, firent dans le même genre des retables d'une très-grande dimension, destinés à rester à demeure fixe. Il en existe un très-beau à la chartreuse de Pavie; on l'attribue à Bernardi dell' Uberriaco de Florence, qui vivait à la fin du quatorzième siècle. Le Musée du Louvre en possède un [1] qui n'a pas moins de deux mètres trente-sept centimètres de largeur et dont l'élévation est de plus de trois mètres : on le connaît sous le nom de retable de Poissy. Il est composé de trois arcs surmontés de frontons aigus, de pilastres d'angle et d'une base, et décoré de sculptures dont les sujets sont empruntés aux Évangiles et à la vie des saints. Il paraît avoir été fait pour Jean, duc de Berry, frère du roi Charles V, dont les armes sont reproduites vers le milieu des pilastres. Ce serait donc ce prince et sa seconde femme Jeanne, comtesse d'Auvergne, que l'artiste aurait représentés dans la base, l'un à droite, l'autre à gauche, accompagnés de leurs saints patrons. Il est impossible de se méprendre sur la provenance des sculptures de ce beau retable, qui offre tous les caractères du style italien du quatorzième siècle.

Les sculpteurs en ivoire ont encore produit au treizième, au quatorzième et au quinzième siècle des bas-reliefs destinés, comme dans les siècles précédents, à

[1] Nᵒ 888 du Catalogue de M. de Laborde, déjà cité.

l'ornementation des couvertures de livres. Tous les
musées et beaucoup de collections particulières conservent de ces bas-reliefs qui se confondent avec les diptyques dont les feuilles, séparées l'une de l'autre, ont
souvent reçu cette destination. Nous ne citerons qu'un
seul exemple de ces plaques de reliure, parce qu'il s'y
rattache un fait historique. L'empereur grec Manuel
Paléologue voulant reconnaître le bon accueil qui lui
avait été fait à l'abbaye de Saint-Denis lors de son voyage
en France, fit remettre en 1408 à cette abbaye un manuscrit grec contenant les œuvres attribuées à saint
Denis l'Aréopagite [1]. Le manuscrit fut alors muni d'une
couverture dont chacun des ais est décoré d'une plaque
d'ivoire sculptée en bas-relief et encadrée dans une
bordure d'argent enrichie de pierres précieuses [2]. Ce
travail français des premières années du quinzième siècle,
qui dut être confié à un artiste habile de cette époque,
témoigne de la décadence qui se faisait sentir dans la
sculpture en ivoire. On n'y trouve plus la pureté des
formes, la vérité dans les attitudes, l'expression et le
sentiment qui distinguaient les œuvres de la seconde
moitié du treizième siècle et du commencement du
quatorzième; il y a encore de la finesse dans l'exécution,
mais les poses sont tourmentées et le dessin n'est pas
irréprochable. C'est qu'au commencement du quinzième
siècle la sculpture en ivoire eut non-seulement à subir
les mauvaises influences qui, en général, avaient abaissé

[1] FÉLIBIEN, *Histoire de l'abbaye de Saint-Denis*; Paris, 1706, p. 317
et 541.

[2] Le volume est aujourd'hui conservé dans le Musée du Louvre; les
ivoires sont inscrits sous le n° 883 au Catalogue de M. de Laborde,
déjà cité.

le niveau de l'art, mais elle eut encore à lutter contre la sculpture en bois, qui devint fort en vogue à cette époque et qui dut attirer à elle les meilleurs artistes.

Avant de terminer ce qui a rapport aux sculptures religieuses du treizième, du quatorzième et du quinzième siècle, nous devons dire un mot des crosses d'évêques et d'abbés, sur lesquelles s'exercèrent aussi les sculpteurs en ivoire de ces époques. Abandonnant les sujets symboliques, ils reproduisaient au centre de la volute des figures ou des groupes de ronde bosse, ou bien des figures en très-haut relief adossées les unes aux autres, offrant ainsi de chaque côté un sujet différent. Souvent des figures de ronde bosse soutiennent la volute, qui est ordinairement enrichie de feuillages ciselés en relief. Les artistes ivoiriers d'Italie, de France et d'Allemagne ont fourni en ce genre des œuvres très-remarquables.

Nous en retrouvons la trace dans les vieux comptes et dans les inventaires. Dans l'inventaire du trésor du Saint-Siége, de la fin du treizième siècle, on lit : « Una » crocia de ebore cum agnus Dei, et baculo de ebore de » pluribus frustis [1] » ; dans l'inventaire de Charles-V : » Une crosse d'yvire garnie d'argent esmaillée à appos- » tres [2] ». Ces crosses sculptées existent encore en assez grand nombre dans les musées et dans les collections particulières. Le R. P. Arthur Martin en a reproduit plusieurs à l'appui de la dissertation dont nous avons déjà parlé [3]. Nous citerons parmi les monuments subsistants qui ont été publiés, deux crosses conservées dans

[1] *Inventaire* déjà cité, § **82**.
[2] *Inventaire* déjà cité, fol. **107**.
[3] *Mélanges d'archéologie*, t. IV, p. **161** et pl. XVIII et XIX.

les Vereinigten Sammlungen de Munich [1]; elles sont enrichies de figures en haut-relief au centre de la volute;

Une très-belle crosse que possède la cathédrale de Metz : la volute, soutenue par un ange à genoux, est couverte d'un feuillage de lierre; au centre, on voit le Christ en croix entre la Vierge et saint Jean [2] : elle appartient à l'art allemand du quatorzième siècle;

Une crosse, conservée dans le Musée de Cluny [3], de la fin de ce siècle ou du commencement du quinzième, qu'on doit attribuer à l'Italie : on a représenté au centre de la volute, d'un côté la Vierge avec l'Enfant Jésus entre deux anges, et de l'autre la crucifixion;

De l'époque du quatorzième siècle, une crosse dite de l'abbaye d'Estival, qui appartenait au prince Soltykoff : la volute est soutenue par un ange agenouillé qui repose sur un entablement où se trouve également à genoux un moine-évêque tenant sa crosse; au centre, on a figuré d'un côté la crucifixion, de l'autre la Vierge tenant son Fils, entre saint Jean-Baptiste et un évêque [4]. Nous reproduisons dans la planche LI de notre Album un beau spécimen de ces crosses d'ivoire sculpté du quatorzième siècle [5].

[1] Nos 404 et 405 du Catalogue; Munich, 1846; elles font partie des moulages publiés par J. Kreistmayer, sculpteur à Munich.

[2] *Mélanges d'archéologie*, t. IV, p. 245.

[3] No 407 du Catalogue de 1847; elle est gravée dans les *Mélanges d'archéologie*, t. IV, pl. XIX.

[4] Elle a été reproduite dans *le Moyen âge et la Renaissance*, SCULPTURE, t. V, et dans les *Mélanges d'archéologie*, t. IV, pl. XVIII. A la vente de la collection du prince Soltykoff (no 201 du Catalogue), elle a été adjugée à M. Sellières moyennant 1700 francs.

[5] Elle appartenait à la collection du prince Soltykoff, et a été adjugée, à la vente de cette collection (no 202 du Catalogue de 1861), à M. Webb, de Londres, moyennant 4250 francs.

Les noms des artistes qui, durant le treizième, le quatorzième et le quinzième siècle, ont sculpté tant de statuettes ravissantes de sentiment et d'expression, qui ont ciselé tant de bas-reliefs si pleins de naïveté, sont tombés dans un injuste oubli, écrasés par la renommée souvent usurpée de leurs successeurs. Il y a longtemps que nous avons signalé [1] Jehan Lebraellier, qui était désigné dans l'inventaire de Charles V comme ayant sculpté « deux grans beaulx tableaulx d'yvire des troys » Maries [2]. » Depuis nous n'avons pas trouvé d'autres noms d'artistes ivoiriers dans les inventaires et dans les comptes du quatorzième siècle et du quinzième, que nous avons lus en grande quantité ; mais dans les comptes rendus par Étienne de la Fontaine, argentier du roi Jean, de 1351 à 1355 [3], nous trouvons Jehan Lebraellier désigné comme orfévre du roi ; il est chargé d'exécuter les travaux les plus importants, et parmi ces travaux il en est qui exigent la main d'un artiste habile. Ainsi, il fait la monture en or du hanap de madre du roi et l'enrichit d'émaux, une couronne d'or placée sur le bacinet du roi et la tête d'un ange d'argent ; il reçoit sept cent soixante-quatorze écus d'or pour faire le faudesteuil (le trône) du roi, qui était enrichi de frises et d'ornements d'or reproduisant « des feuilles et des bestelettes enlevées, » ouvrage de ciselure qui appartenait au travail de l'orfévre [4] ; enfin il exécute

[1] *Description de la collection Debruge;* Paris, 1847, p. 28.
[2] *Inventaire* déja cité, fol. 232 v°.
[3] *Comptes d'Estienne de la Fontaine, argentier du roi* (Jean),........ *depuis le quatrième jour de février* 1351 *jusqu'en* 1355 ; Arch. de l'Emp., KK. 8.
[4] *Idem,* fol. 6, 10, 105, 108, 129 et 165.

une quantité d'autres pièces qu'il décore d'émaux. Les
émaux sur or, qui à cette époque n'étaient autres que
des émaux translucides sur relief [1], exigeaient avant
toute émaillure une fine ciselure sur le métal. Jehan
Lebraellier était donc ciseleur, et l'on comprend dès
lors qu'il ait pu sculpter l'ivoire. Lorsqu'en présence
d'une si grande quantité de monuments d'ivoire on ne
rencontre cependant dans les comptes et dans les
inventaires du quatorzième siècle et du quinzième aucun
nom d'artiste ivoirier, serait-ce à dire que la sculpture
en ivoire était exercée par les orfévres? Il n'y aurait rien
d'impossible à cela. Au moyen âge, l'orfévrerie était
l'art par excellence, il avait attiré à lui les meilleurs
artistes, tant en France qu'en Italie : les plus grands
sculpteurs italiens du quatorzième siècle et du quinzième
étaient sortis de l'atelier des orfévres. Il est donc à croire
que la sculpture en ivoire était exercée par ces artistes
industriels, aussi habiles à modeler en cire qu'à ciseler
et à graver les métaux.

Il faut dire cependant que dès le treizième siècle
il existait à Paris trois corporations qui travaillaient
l'ivoire. Ce fait nous est révélé par les *Registres des
mestiers et marchandises de la ville de Paris*, commencés
par Étienne Boileau, qui fut nommé par Louis IX, en
1258, garde de la prévôté de Paris.[2]. La première est
désignée au titre LXI des registres, intitulé : *Yma-
giers-tailleurs de Paris et de ceus qui taillent cruchefis
à Paris*. Les différents articles du règlement qui la

---

[1] Voyez ci-après, au titre de l'ÉMAILLERIE, chap. II.
[2] *Règlements sur les arts et métiers de Paris*, rédigés au treizième
siècle et publiés par DEPPING; Paris, 1837, p. 155 et 157.

concernent montrent assez qu'elle ne comprenait que des artisans travaillant à l'exécution d'un seul type arrêté par l'usage, ou se livrant à la fabrication d'objets usuels et domestiques, comme « manches à coutiaus ». Pour pouvoir prendre des apprentis et être réputé maître et membre de cette corporation, il fallait avoir « apris de mestre vij anz entiers ».

La seconde corporation, désignée au titre LXII sous la dénomination de *Paintres et taillières ymagiers à Paris,* avait plus de liberté ; aucun apprentissage n'était exigé de ses membres ; le savoir-faire y désignait les maîtres : « Il puet estre paintres et taillières ymagiers à Paris qui » veut, pourtant qu'il oeuvre aus us et coustumes du mes-» tier et que il le sace faire ; et puet ouvrer de toutes ma-» nières de fust, de pierres, de os, de cor, de yvoire, » et de toutes manières de paintures bones et léaus. » C'est dans cette corporation, à n'en pas douter, que devaient être rangés les artistes qui taillaient les statuettes, les diptyques et triptyques d'ivoire. M. Depping fait observer dans ses notes sur le livre des métiers d'Étienne Boileau, que la première des deux corporations fut conservée, mais que celle des peintres et tailleurs-imagiers disparut par la suite. On comprend, en effet, que lorsque ces tailleurs d'images furent devenus de véritables artistes, ils ne purent s'accommoder des règles imposées aux artisans, quelque légères qu'elles fussent. L'art ne peut supporter aucune contrainte et ne vit réellement que par la liberté la plus absolue. C'est alors sans doute que les orfévres durent sculpter l'ivoire.

La troisième corporation qui travaillait à Paris cette belle matière était celle des tabletiers, dont les règlements

sont compris au titre LXVIII des registres, intitulé:
De ceus qui font tables à escrire à Paris. Ceux-ci n'étaient
que de véritables artisans. Dans le compte de l'argenterie
de la reine Marie d'Anjou pour 1455, nous trouvons
la mention d'un achat fait de deux petits tableaux
d'ivoire à Henri de Senlis, tabletier à Paris [1]. Mais
ce Henri ne devait pas être le sculpteur, il était seulement le marchand des tableaux ; car dans le compte de
l'argenterie et des dépenses du roi Charles VII pour
l'année 1458, nous retrouvons ce Henri de Senlis (il y
est nommé Henriet, avec la qualité de marchand à Paris)
comme ayant vendu « deux tabliez d'yvoire, garnis de
» tables et eschaiz (échecs) de mesmes [2]. »

Il est à croire qu'on travaillait l'ivoire dans d'autres
villes qu'à Paris. Girard d'Orléans est nommé dans l'inventaire de Charles V comme ayant fait « ung tableau de
» boys de quatre pièces ». Cet artiste pouvait bien aussi
sculpter l'ivoire, qui se travaille à peu près de la même
manière que le bois.

IX.

XIIIe, XIVe et XVe siècles. — Sculpture profane.

Si nous n'avons pas encore parlé de sculptures en
ivoire à sujets profanes, c'est que jusque vers la fin du
treizième siècle les sujets religieux exerçaient seuls
l'imagination des artistes; mais lorsqu'au quatorzième
siècle les romans commencèrent à faire concurrence aux
légendes pieuses, les artistes ivoiriers enrichirent les
coffrets et les ustensiles domestiques de sujets. tirés de
ces histoires merveilleuses. Sortant des compositions

[1] Archives de l'Empire, KK. 55, fol. 142.
[2] *Idem*, KK. 31, fol. 73.

dont la tradition avait à peu près consacré tous les types, ils purent donner plus d'essor à leur imagination ; aussi l'étude de ces sculptures profanes peut-elle faire connaître beaucoup mieux que les sculptures à sujets de sainteté le style propre à ces artistes et le génie de leur époque. Il faut croire néanmoins que les sujets religieux obtinrent encore alors la préférence, car les sculptures profanes du quatorzième et même du quinzième siècle sont assez rares.

Parmi les objets usuels en ivoire qui furent le plus fréquemment décorés de sculptures profanes, on doit placer en premier lieu les coffrets qui servaient à renfermer les bijoux ; ils recevaient le nom d'écrin. Ils sont souvent relatés dans les inventaires et dans les comptes. Dans l'inventaire de Clémence de Hongrie, veuve de Louis X († 1328), on en trouve un ainsi décrit : « Un » escrin d'ivoire à ymages garni d'argent. » Ces coffrets sont le plus ordinairement dans la forme d'un parallélipipède ; les sculptures, en ce cas, couvrent la plaque de dessus, formant couvercle, et les plaques des faces apparentes. Quelquefois ils sont à pans et offrent un couvercle de forme prismatique ou conique. On voit plusieurs gravures de coffrets de ces différentes sortes dans le *Dictionnaire du Mobilier français* [1]. Le Musée du Louvre possède un certain nombre de ces coffrets, dont les bas-reliefs reproduisent des scènes tirées des romans du quatorzième siècle ou empruntées à la vie privée [2]. A côté de ces coffrets, composés de plaques d'ivoire assez

[1] M. VIOLLET-LE-DUC, *Dict. du mob. franç.*, Ire partie, MEUBLES, p. 76, 80, 82, 84, et pl. XI, XIX, XX et XXI.
[2] N°s 905, 907, 908 du Catalogue de 1853.

grandes pour former un côté tout entier; nous devons
signaler ceux dont les sculptures sont établies sur de
petites plaques et le plus souvent sur des os réunis
ensemble dans un encadrement de marqueterie de bois
et d'ivoire. Ces coffrets proviennent de ces artistes lombards ou vénitiens dont nous avons déjà signalé les
retables. Le Louvre [1] et le Musée de Cluny [2] en conservent plusieurs [3].

Après les coffrets, ce sont les boîtes à miroir portatives que les ivoiriers ont le plus souvent enrichies de
leurs sculptures. Pendant le moyen âge on n'a eu,
comme dans l'antiquité, que des miroirs de métal poli.
Au treizième siècle, lorsque le verre fut devenu plus
commun et qu'on fut parvenu à le faire très-blanc, on
eut l'idée de placer une feuille de métal derrière un
morceau de verre et d'en faire un miroir. Ces miroirs
étaient renfermés dans des boîtes composées de deux
plaques de métal ou d'ivoire, ordinairement de forme
ronde, qu'on faisait glisser l'une sur l'autre lorsqu'on
voulait les découvrir. Ils étaient ordinairement attachés
à une chaînette. On en rencontre très-souvent la mention
dans les comptes et dans les inventaires du quatorzième
siècle et du quinzième, et le poëte Eustache Deschamps,
qui fut écuyer huissier d'armes de Charles V, en a constaté l'usage dans son *Mirouer de mariage*, où il décrit
en jolis vers « les charges qui sont en mariage pour le

---

[1] N° 904 du Catalogue de 1853.
[2] N° 403 du Catalogue de 1847.
[3] M. VIOLLET-LE-DUC, *Dict. du mob. franç.*, Ire partie, MEUBLES, a
donné la gravure en couleur d'un coffret de ce genre, pl. XI.

·» mesnage soustenir avec les pompes et grands bohans
» (parures) des femmes :

> « Pique, tressoir semblablement
> » Et miroir, pour moy ordonner,
> » D'yvoire me devez donner,
> » Et l'estuy qui soit noble et gent;
> » Pendu à cheannes d'argent [1]. »

Les musées et les collections particulières possèdent
un grand nombre de ces boîtes à miroir d'ivoire enrichies de bas-reliefs. L'une des plus remarquables sous
le rapport de la sculpture est conservée au Musée de
Cluny [2]. On y a représenté un roi diadémé tenant le
sceptre et assis sur un siége élevé, ayant auprès de lui
une reine; plusieurs figures sont disposées à leurs côtés.
Cet ivoire provient du trésor de l'abbaye de Saint-Denis.
D'après la tradition qui s'y était conservée, les personnages représentés seraient saint Louis et la reine Blanche
de Castille, sa mère. Quoi qu'il en soit de cette tradition,
la sculpture paraît postérieure au temps de Louis IX et
doit appartenir aux premières années du quatorzième
siècle.

Les peignes d'ivoire qu'on vient de voir figurer dans
les poésies d'Eustache Deschamps parmi les objets que
le mari devait donner à sa femme, ont été aussi fort souvent décorés de jolies sculptures.

Les ivoiriers se sont encore exercés avec succès sur les
cornets d'ivoire ou olifants, qui étaient d'un usage assez
général chez les grands seigneurs au moyen âge. On en

---

[1] EUSTACHE DESCHAMPS, *Poésies morales et histor ques;* Paris, 1832,
p. 209.

[2] Nᵒ 401 du Catalogue de 1847. Elle a été reproduite dans le *Moyen
âge et la Renaissance,* t. V, SCULPTURE, pl. V.

trouve souvent la mention dans les inventaires, où ils
sont ainsi décrits : » Ung cornet d'yvire bordé d'or
» pendant à une courroye d'un tissu de soie ferré de
» fleurs de lys et de daulphins d'or [1]. — Ung cornet
» d'ivoire tout ouvré de bestes et autres ouvraiges non
» garny [2]. » L'un des plus beaux olifants qui aient été
conservés appartenait à la collection Debruge Duménil.
On y a représenté des chasseurs, des animaux et quelques sujets agencés avec art au milieu de rinceaux
feuillés du meilleur goût. C'est un ouvrage du quatorzième siècle [3]. Il a été reproduit dans l'album Du
Sommerard, quatrième série, planche XXVI.

X

XVIᵉ siècle.

Le goût pour les ouvrages d'ivoire, qui avait pré-
dominé pendant tout le cours du moyen âge, se trouva
remplacé au commencement du quinzième siècle par la
vogue qu'obtinrent alors les sculptures en bois. On rencontre en effet peu de sculptures en ivoire de la seconde
moitié du quinzième siècle et du commencement du
seizième. Les sculpteurs italiens, qui s'étaient voués aux
arts industriels, s'appliquaient uniquement sans doute
à l'orfévrerie, qui leur présentait plus de ressource et
dans laquelle ils excellèrent. Ils avaient abandonné le

---

[1] *Inventaire de Charles V*, déjà cité, fol. 213.

[2] *Inventaire de Charles le Téméraire*, art. 3190, publié par M. le comte DE LABORDE, *Les ducs de Bourgogne*, t. II, p. 133.

[3] Nᵒ 154 du Catalogue déjà cité. Ce bel objet, après avoir fait partie de la collection du prince Soltykoff (nᵒ 377 du Catalogue de 1861), a été adjugé, à la vente de cette collection, à M. Webb, de Londres, moyennant 5000 francs.

travail de l'ivoire, qui continuait à être exercé par les Allemands. On peut en trouver la preuve dans une lettre que la seigneurie de Florence adressait en 1457 au cardinal Colonna, pour lui recommander Jean Henri, sculpteur allemand, habile surtout dans l'exécution des crucifix, et qui, après avoir travaillé à Florence, se rendait à Rome [1]. Mais l'ivoire se prêtait trop bien à la petite sculpture décorative pour ne pas reprendre faveur lorsque le style italien de la renaissance, ayant pénétré dans toutes les branches de l'industrie, eut empreint de son cachet les armes, les meubles et les ustensiles à l'usage de la vie privée.

Les artistes ivoiriers ont décoré dans la seconde moitié du seizième siècle une foule d'ustensiles domestiques. Beaucoup se sont exercés avec succès sur les poignées d'épées et de dagues, sur les manches de couteaux et sur les pulvérins; ils ont aussi traité des sujets d'un style plus élevé : à la fin du seizième siècle et dans la première moitié du dix-septième, ils ont produit de fines statuettes d'un faire irréprochable. La partie inférieure de la dent de l'éléphant, qui se prêtait facilement à former des panses de vases, reçut fréquemment cette destination; on y sculpta des hauts-reliefs d'un grand mérite, et des montures ciselées par les plus habiles orfévres vinrent encore en rehausser la valeur. Parfois on en fit des cippes dont les bases, soit d'argent doré, soit de bronze, sont très-souvent du meilleur goût. A toutes les époques on sculpta beaucoup de crucifix, et quelques-uns sont d'un travail achevé.

[1] Ms., Arch. di Riform., filza 50, publié par GAYE, *Carteggio inedito d'artisti*, t. 1, p. 154.

Des morceaux de sculpture en ivoire sont attribués aux meilleurs artistes du seizième siècle. Plusieurs collections conservent de très-beaux crucifix qui sont donnés à Michel-Ange. Les armoires du Musée chrétien du Vatican renferment une descente de croix qu'on dit de lui, et qui peut avoir été faite sur un de ses dessins. Le trésor impérial de Vienne possède un cippe sculpté en haut-relief, sur lequel on a représenté Silène soutenu par des satyres, et qui serait, dit-on, de la main de ce grand artiste. On voit dans la même collection un beau crucifix qu'on attribue à Benvenuto Cellini. Un Christ à la colonne et un saint Sébastien, figures de ronde bosse qui sont conservées dans la collection du palais Pitti à Florence, lui sont également attribués [1]. Ces pièces ont certainement une grande valeur artistique, mais rien n'a prouvé jusqu'à présent que ces deux grands maîtres aient travaillé l'ivoire. Le Silène de Vienne, par exemple, nous a paru se rattacher plutôt à l'école de Rubens qu'au style sévère de Michel-Ange. Cicognara [2] fait observer avec raison que les travaux en ivoire qui lui sont attribués sont si nombreux, qu'il faudrait, s'ils étaient sortis de ses mains, qu'il n'eût fait que cela toute sa vie. Quant à Cellini, rien absolument dans ses Mémoires ne peut faire supposer qu'il se soit occupé de travaux de cette sorte.

La collection des Vereinigten Sammlungen de Munich possède un très-beau crucifix [3] et deux figures de femmes

---

[1] La belle collection d'ivoires de Florence a été longtemps établie dans une grande salle du Palais-Vieux, qui précédait la chapelle ; elle a été transportée au palais Pitti.

[2] *Storia della scultura*, t. II, p. 442.

[3] N° 376 du Catalogue de 1846.

mes sculptées en bas-relief [1] qu'on attribue à Albert
Dürer ; le monogramme bien connu de cet artiste se lit
au pied de l'une des deux femmes. Le crucifix est une
très-belle pièce, il est vrai ; le corps allongé accuse les
os et les muscles, la tête est remplie de sentiment et
d'expression ; il y a là du style de Dürer, mais la draperie
qui ceint les reins du Christ dénote une époque postérieure au seizième siècle. Quant aux figures de femmes,
qui reproduisent la même personne vue de face et par le
dos, l'artiste qui les a exécutées a pu copier un dessin de
Dürer avec le monogramme qui s'y trouvait, mais la
sculpture est lourde et n'a pu sortir de la main de
ce grand artiste. Il en est sans doute de ces sculptures comme d'un bas-relief d'ivoire de la collection de
M. Pierre Leven de Cologne [2], où l'on voyait avec le
monogramme de Dürer celui du sculpteur qui avait copié
l'un de ses dessins. Ne doit-on pas regarder aussi comme
une copie un petit bas-relief d'ivoire du Musée de
Cluny [3] portant le monogramme de Hans Sebald Beham
avec la date de 1545 ? Il existe au Louvre un pulvérin de
corne de cerf sur lequel un habile ivoirier a reproduit
un jeune génie tenant de la main gauche un trident et
son arc, et de la droite les rênes du cheval marin qui le
porte. C'est là une reproduction d'une figure connue de
Jean Goujon. « Ce charmant ouvrage, dit M. de Laborde,
» a toute la grâce de la main habile de cet artiste et peut
» avoir été un délassement au milieu de ses grands tra-

[1] Nᵒˢ 388 et 391 du Catalogue de 1846.
[2] *Catalogue de la collection des antiquités et objets de curiosité qui
composent le cabinet de feu Pierre Leven à Cologne*; Cologne, 1853,
art. 842.
[3] Nᵒ 438 du Catalogue de 1847.

» vaux [1]. » M. de Chennevières ne partage pas cette manière de voir. « La tournure est belle et le torse » élégant, dit-il [2], mais ne vous semble-t-il pas que » Jean Goujon eût allégé par la finesse du modelé la » perspective des jambes courtes et grosses du petit » Amour, et puis, s'il s'était copié lui-même, n'aurait-il » pas simplifié, comme un maître sait le faire, l'en- » combrement des accessoires du fond? » Nous pensons en effet qu'il ne faut voir qu'une copie dans le bas-relief du pulvérin de la collection du Louvre. Enfin le Musée de Cluny conserve un très-beau groupe d'environ quarante centimètres de hauteur représentant une jeune fille debout châtiant un esclave à genoux qui semble lui demander grâce. Il faisait partie de l'ancien Musée des Petits-Augustins, et Alexandre Lenoir, dans son grand ouvrage, le *Musée des monuments français,* l'attribuait à Francheville. Du Sommerard veut qu'il soit du célèbre Jean de Bologne [3]. Cette sculpture, qui joint à l'élégance des proportions une certaine roideur générale, appartiendrait plutôt au Flamand Francheville qu'à son maître Jean de Bologne, mais rien n'établit que ces deux sculpteurs se soient jamais livrés au travail de l'ivoire.

Il est certain cependant que des artistes très-distingués, à en juger par les œuvres qui subsistent, ont sculpté l'ivoire au seizième siècle. Malheureusement les noms de ces artistes patients et modestes, effacés par

---

[1] M. le comte DE LABORDE, *Notices des émaux et objets divers exposés au Louvre;* Paris, 1853, p. 391, n° 920.

[2] M. le marquis DE CHENNEVIÈRES, *Notes d'un compilateur sur les sculptures et les sculpteurs en ivoire.*

[3] DU SOMMERARD, *les Arts au moyen âge;* ATLAS, ch. v, pl. X.

les brillants génies qui les entouraient, ne sont pas venus jusqu'à nous.

Cicognara pense que les travaux en ivoire de cette époque, exécutés en Italie, sont dus aux élèves de Valerio Vicentino et de Giovanni Bernardi de Castel-Bolognese, qui tous étaient habiles dessinateurs et sculpteurs de mérite [1]; car ils peuvent souvent aller de pair, pour la délicatesse de l'exécution et la pureté du dessin, avec les plus beaux ouvrages des graveurs de camées de ce temps. Il n'est pas éloigné de croire cependant que quelques statuaires se sont livrés au travail de l'ivoire.

Parmi les plus belles sculptures en ivoire de l'école italienne de la seconde moitié du seizième siècle, Cicognara cite en effet avec un grand éloge un bas-relief représentant le Christ expirant, soutenu par deux anges, qui appartient à la collection de M. le comte Costanzo Taverna de Milan. Cet ouvrage est la reproduction, avec de légères modifications, du beau bas-relief de marbre qui décore encore aujourd'hui l'autel du Saint-Sacrement dans l'église de Saint-Julien à Venise. et dont le célèbre sculpteur véronais Girolamo Campagna est l'auteur. Cicognara, à la beauté du travail de l'ivoire, croit qu'on peut le regarder comme étant sorti de la main même de cet habile artiste [2].

XI

Ivoiriers italiens, allemands, flamands et du Nord de l'Europe au XVIIᵉ et au XVIIIᵉ siècle.

Parmi les artistes italiens du dix-septième siècle qui ont travaillé l'ivoire, on doit mentionner Alessandro

[1] *Storia della scultura*, t. II, p. 442.
[2] *Idem*, p. 441.

Algardi (1593 † 1654), auteur du célèbre bas-relief de saint Léon venant au-devant d'Attila, l'un des plus beaux ornements de l'église Saint-Pierre de Rome. A l'âge de vingt ans, sortant des ateliers de Louis Carrache et du sculpteur Coventi, Algardi passa à Mantoue et entra au service du duc Ferdinand, pour lequel il travailla en ivoire et fit des modèles de figures et d'ornements. Il vint à Rome en 1625, et l'occasion de s'exercer à de grands ouvrages lui manquant, il y passa plusieurs années à sculpter des crucifix et d'autres objets d'ivoire et à faire des modèles pour les orfévres [1]. On voit dans la Riche-Chapelle du palais royal de Munich un magnifique crucifix d'ivoire de cinquante-cinq centimètres de hauteur qui est attribué à Algardi [2].

Au commencement du dix-huitième siècle, un Italien, Giovanni Pozzo, graveur en médailles à Rome, sculptait des portraits-médaillons sur ivoire. La Kunstkammer de Berlin en possède un, avec la date de 1717, représentant Philippe Stosch, qui était un amateur distingué des arts [3].

Ce fut surtout dans les Flandres et en Allemagne que

---

[1] BELLORI, *Le vite de' pittori, scultori ed architetti moderni*; Romæ, 1672. — CICOGNARA, *Storia della scultura*, t. III, p. 71.

[2] Les souverains de la Bavière ont toujours été amateurs passionnés des sculptures en ivoire, et la collection qu'ils ont formée est aujourd'hui la plus riche de toutes en objets du seizième siècle et du dix-septième. Il est donc à croire que dès qu'un artiste se distinguait par des travaux d'ivoire, ils ne manquaient pas de joindre à leur collection quelque pièce sortie de ses mains. Les noms des artistes qui ont exécuté les beaux morceaux d'ivoire de leur collection se sont certainement transmis de conservateur à conservateur. Les indications d'auteurs qui sont faites aujourd'hui dans les catalogues des collections du roi de Bavière nous semblent par ces motifs mériter confiance.

[3] KUGLER, *Beschreibung der in der K. Kunstkammer*, p. 264.

la sculpture en ivoire prit un grand développement au dix-septième siècle. Les artistes de Nuremberg et d'Augsbourg, qui sculptaient avec tant de facilité le bois et le speckstein, durent indubitablement se livrer à ce genre de travail. Un grand nombre de vases d'ivoire, couverts de ravissantes sculptures, existent dans les musées de Munich, de Vienne et de Berlin. Les riches montures de ces vases, d'or et de vermeil, qui dénotent le style de la seconde moitié du seizième siècle et des premières années du dix-septième, se trouvent très-souvent frappées d'une estampille figurant une pomme de pin, marque ordinaire dé l'orfévrerie d'Augsbourg. Ne peut-on pas avec raison en tirer la conséquence que des artistes de cette ville s'occupaient alors à sculpter l'ivoire [1] ?

Il n'est pas étonnant, au surplus, que les artistes allemands se soient livrés à ce genre de travail ; car les souverains de ce pays étaient tellement passionnés pour la sculpture en ivoire, que non-seulement ils lui accordèrent une haute protection, mais que plusieurs d'entre eux devinrent d'habiles ivoiriers. L'électeur de Saxe Auguste le Pieux († 1586), grand amateur des objets d'art et fondateur de la collection du Grüne Gewölbe, passait ses moments de loisir à sculpter au tour des ouvrages d'ivoire, et parmi les travaux de sa main qui subsistent encore à Dresde, il y en a de très-remarquables. La Kunstkammer de Berlin possède un vase sculpté par l'électeur de Brandebourg Georges Guillaume († 1640) [2]. L'électeur de Bavière Maximilien († 1651)

(1) Dᵣ Kugler, *Beschreibung der Kunstkammer zu Berlin*, s. 205, 207.
(2) Nᵒ 2004 du Catalogue de cette collection.

sculptait aussi l'ivoire; on voit de lui, dans le palais
du roi, à Munich, un lustre enrichi de reliefs d'un bon
goût, et dans les Vereinigten Sammlungen, deux candélabres [1] avec cette inscription : MAXIMILIANI BAVARIÆ
DUCIS SUBSECIVA OPERA ANNO 1621. Son successeur, Ferdinand Marie († 1679), était également un habile ivoirier.
Le même Musée conserve de ce prince une coupe ovale
façonnée au tour, avec un couvercle, portant cette inscription : FERD. MA. UT. BA. D. ET ELECT. MUNUS MENTORIS.
OPUS M. D. C. LV [2]. Parmi les objets de la belle collection
d'ivoire qui existe dans le palais Pitti, à Florence, on
trouve un joli vase, ouvrage de tour, dans l'intérieur
duquel se trouve une note manuscrite constatant qu'il a
été exécuté par l'électeur palatin Jean Guillaume, et
offert à la collection par l'électrice palatine Anna. Enfin
les Vereinigten Sammlungen possèdent un candélabre
à quatre bras [3] qui fut fait par l'électeur Maximilien III
(† 1777).

Nous allons faire connaître les noms des plus célèbres
ivoiriers de l'Allemagne, des Flandres et du nord de
l'Europe au dix-septième siècle et au dix-huitième, et
donner les renseignements que nous avons pu obtenir
sur ces artistes.

Copé, surnommé Fiammingo, né en Flandre, travaillait à Rome, où il modelait en cire des maquettes pour
les orfévres [4]; aussi les sculptures d'ivoire de cet artiste
semblent-elles être la reproduction de travaux d'orfévrerie.

---

[1] Nos 92 et 93 du Catalogue de 1846.
[2] No 202 du même Catalogue.
[3] No 432 du même Catalogue.
[4] CICOGNARA, *Storia della scultura*, t. III, p. 39.

Ce sont principalement des bassins et des aiguières enrichis de bas-reliefs et de figurines de ronde bosse d'un
bon style et d'un dessin correct. Copé mourut en 1610 [1].
Le Grüne Gewölbe de Dresde possède un bassin enrichi
de médaillons, sur lequel il a représenté des sujets
empruntés aux Métamorphoses d'Ovide; l'aiguière, prise
dans une énorme corne de cerf, est d'une forme gra-
cieuse. On peut lui attribuer un magnifique bassin
de quatre-vingt-deux centimètres sur soixante-dix-sept,
qui appartient aux Vereinigten Sammlungen de Munich [2] : au centre, sur la partie proéminente, destinée
à recevoir l'aiguière, l'artiste a sculpté en bas-relief
Romulus et Rémus allaités par la louve, et à l'entour de
cet umbon, dans huit médaillons ovales, divers sujets
empruntés à la Bible et à la mythologie qui sont séparés
par des figures d'enfants debout. La collection Debruge
Duménil possédait du même artiste un bassin avec
son aiguière d'un travail très-remarquable [3]. Le goulot
de l'aiguière est supporté par une cariatide; l'anse
offre une figure de vieillard se terminant en gaîne; une
figure de femme nue, tenant un jeune enfant, surmonte le couvercle; la panse est enrichie d'un bas-relief
allégorique. Le pourtour du bassin est décoré de figures
d'un très-fort relief.

Jacob Zeller était Hollandais. Le Grüne Gewölbe
conserve de lui le modèle d'une frégate montée sur un
piédestal qui est formé par un groupe représentant

---

[1] M. DE LANDSBERG, le Grüne Gewölbe de Dresde; Dresde, 1845, p. 24.
[2] Nº 13 du Catalogue déjà cité.
[3] M. J. LABARTE, Description de la collection Debruge Duménil; Paris,
1847, nº 192.

Neptune et les chevaux marins, ouvrage remarquable daté de 1620 [1].

Christophe Angermayer était un artiste de talent, qui florissait dans le premier tiers du dix-septième siècle. Un bas-relief signé Christophe Angermair, avec la date de 1616, qui figurait à la grande exposition de Manchester, en 1857, doit lui être attribué, malgré la légère différence dans l'orthographe de son nom. Il est assez commun, en effet, de voir des artistes, au seizième et au dix-septième siècle, écrire leur nom de différentes manières. Ce bas-relief reproduit la tentation de saint Antoine. Les deux figures du Christ et du démon, exécutées en très-haut relief, sont placées dans un paysage remarquable par le fini de l'exécution : on compterait les brins d'herbe et les feuilles des arbres. Angermayer a su donner plus d'ampleur à son style dans un très-grand bas-relief (de quarante-trois centimètres de hauteur sur cinquante de largeur), que l'on conserve dans la Riche-Chapelle du palais royal de Munich. Ce bas-relief, où il a représenté la crucifixion, renferme un nombre considérable de figures. Une autre œuvre du même artiste existe à Munich, dans le Musée des Vereinigten Sammlungen. C'est une Sainte Famille d'un très-beau travail, portant la date de 1632 [2].

---

[1] Catalogue de M. de Landsberg, déjà cité, n° 15, p. 22.

[2] N° 46 du Catalogue déjà cité.

Dans un excellent travail sur l'histoire de la sculpture en ivoire, intitulé *Notes d'un compilateur*, M. le marquis Ph. de Chennevières a cru que nous avions désigné Angermayer sous le nom d'Angermann ; il s'est trompé ; nous avions entièrement omis Angermayer dans notre ouvrage de 1847, mais nous n'avons pas confondu ces deux artistes, qui ne florissaient pas précisément à la même époque.

Un vase très-élevé (de cinquante-huit centimètres) et de forme très-étroite, conservé dans le palais Pitti, à Florence, nous a révélé le nom de l'ivoirier saxon Marc Heiden. A l'intérieur de ce vase, en effet, on trouve gravée, avec les armes de la famille de Saxe, une inscription ainsi conçue : ORA ET LABORA. D. G. JOANN. CASIMIR. DUX SASSONIÆ. MARCUS HEIDEN FECIT ANNO 1625.

François du Quesnoy, plus connu sous le nom de François Flamand, né à Bruxelles en 1594, fut l'élève de son père. Ses premiers travaux lui ayant valu la protection de l'archiduc Albert, ce prince l'envoya à Rome pour y étudier, en lui accordant une pension. Mais la mort de son bienfaiteur laissa bientôt François du Quesnoy sans ressources. Pour vivre, il se vit forcé d'abord de tailler en bois et en ivoire des figures de saints pour les reliquaires. Durant ce temps, il s'était lié avec le célèbre Nicolas Poussin. La fréquentation et les conseils de ce rare génie et l'étude des belles œuvres de l'antiquité lui furent d'une grande utilité et lui servirent à épurer son style. Plus tard, il s'appliqua tout entier à l'étude des enfants. C'est alors qu'il sculpta en marbre, pour le prince d'Orange, un Amour occupé à polir son arc, et qu'il traduisit en ivoire, en différents groupes de haut relief, le fameux tableau du Titien, représentant des Amours qui, en jouant, se lancent des pommes. Par ces études, il en arriva à surpasser tous les sculpteurs dans l'art de traiter les enfants, et il acquit une grande réputation dans ce genre de travail [1]. Il est peu de

---

[1] BELLORI, *Le vite de' pitt., scult. ed archit. moderni;* Romæ, 1672.

musées publics, peu de cabinets d'amateurs, où l'on ne
rencontre des statuettes et des bas-reliefs attribués à
François Flamand; mais il faut se méfier de ces attribu-
tions intéressées : s'il est certain que cet artiste a exécuté
un assez bon nombre de figures de ronde bosse et de
bas-reliefs d'ivoire, il s'en faut de beaucoup qu'il ait
pu sculpter tout ce qui existe sous son nom en Europe.
Jamais ces Amours à grosse tête, à joues gonflées, à
carnations bouffies, où l'on retrouve avec exagération
tous les défauts de l'école de Rubens, ne sont sortis de
ses mains. Ce n'est pas à cela que les études de l'antique
et des tableaux du Titien, et les conseils de Poussin,
pouvaient conduire un artiste de la valeur de François
Flamand. Il existe de lui des œuvres authentiques de
grande proportion, qui montrent de quelle manière il
traitait les figures d'enfants. Nous citerons, dans l'église
Sainte-Marie dell' Anima à Rome, ces deux enfants
qui soulèvent une draperie afin de découvrir une inscription, et à Naples, dans l'église des Saints-Apôtres, ce
bas-relief si finement sculpté, représentant une foule
d'anges chantant les louanges du Seigneur [1]. Les électeurs de Bavière, grands amateurs des travaux en
ivoire, ont recueilli, durant le dix-septième siècle, des
ouvrages de tous les artistes en réputation à cette
époque; nous croyons donc qu'on peut avec confiance
regarder comme étant de François du Quesnoy quatre
bas-reliefs appartenant aux Vereinigten Sammlungen,
qui sont attribués à cet artiste [2]. Nous reproduisons

[1] Cicognara, *Storia della scultura*, t. III, pl. IV et VI.
[2] Nos **11, 12, 14** et **15** du Catalogue de 1846. Ils font partie des
moulages de Kreitmayer, de Munich.

deux de ces bas-reliefs dans la planche XXI de notre Album.

François du Quesnoy a également produit en ivoire des statuettes d'un style plus élevé. La statue de marbre de saint André, dans la basilique de Saint-Pierre de Rome, et surtout celle de sainte Susanne, qui était à Notre-Dame de Lorette, démontrent qu'il pouvait atteindre avec succès aux grandes conceptions de la statuaire. Les Vereinigten Sammlungen de Munich possèdent une ravissante statuette de saint Sébastien qui lui est attribuée [1]. Il mourut à Rome en 1646.

Christoph Harrich († 1630) sculptait de préférence des têtes de mort et des figures de jeunes filles accolées à des squelettes [2]. La Kunstkammer de Berlin conserve plusieurs pièces de cet artiste.

Georges Weckhard et Lobenigke se rendirent célèbres à peu près à la même époque par leurs ouvrages de tour. Le Grüne Gewölbe de Dresde renferme un grand nombre de coupes, de calices, de gobelets, de pyramides et de colonnes faites de la main de ces artistes. Mais Lobenigke s'adonnait aussi à la statuaire en ivoire : le même musée conserve de lui une statuette de Curtius [3].

Gérard Van Obstal, né à Anvers à la fin du seizième siècle, travaillait le marbre, le bronze et l'ivoire. Ayant acquis en Flandre une grande réputation, il fut appelé à Paris par le cardinal de Richelieu, et obtint une

---

(1) No 249 du Catalogue déjà cité.

(2) M. L. von LEDEBUR, Leitfaden für die Königliche Kunstkammer; Berlin, 1844, s. 9.

(3) M. DE LANDSBERG, Catalogue déjà cité, p. 19 et 22.

grande faveur. Il fut l'un des premiers membres de
l'Académie des beaux-arts, créée en 1648, et l'on pourrait à bon droit le compter au nombre des artistes français. Il fit pour Louis XIV de belles sculptures en ivoire.
On trouve dans les registres des comptes des bâtiments,
au chapitre des dépenses diverses de l'année 1669 :
« Aux héritiers de deffunct Girard Van Opstal, sculp-
» teur, pour payement de quarante-quatre pièces de
» sculpture, tant bas-reliefs, groupes, que figures de
» marbre, bronze et d'yvoire..... 18,350 livres [1]. »

Le Musée du Louvre conserve cinq bas-reliefs de Van
Obstal (d'environ vingt-huit centimètres de longueur sur
seize de hauteur) découpés de manière à être appliqués
sur un fond de velours ou d'ardoise [2] : ils représentent
Silène couché, auquel un petit Amour donne à boire ;
trois Amours et un jeune satyre ; deux centaures, dont
l'un enlève une femme ; un triton porté sur les eaux,
tenant une naïade dont il écarte la draperie ; deux
jeunes satyres attachant avec des liens une nymphe à
laquelle un Amour offre des raisins. Ce dernier bas-
relief et le second portent la signature de l'auteur. Un
autre bas-relief de Van Obstal, représentant une femme
trayant une chèvre que retiennent un enfant et un petit
satyre, est conservé au Musée de Cluny. Ces compositions sont gracieuses et le dessin en est assez correct ;
on y reconnaît l'influence de l'école de Rubens, dont
Van Obstal a su cependant éviter l'exagération. Le
morceau d'ivoire le plus important qu'ait traité Van

[1] Nous empruntons cette citation aux excellentes *Notes d'un compilateur*, de M. le marquis DE CHENNEVIÈRES, que nous avons déjà citées.
[2] Nos 896 à 900 du Catalogue de M. DE LABORDE de 1853, déjà cité.

Obstal est un groupe reproduisant le sacrifice d'Abraham, qui était conservé dans le palais Volpi, à Venise.
Les trois figures dont se compose le groupe, Abraham,
Isaac et l'ange, ont près d'un mètre de hauteur, et la
chèvre, complément nécessaire de cette scène, est
presque de grandeur naturelle. On comprend que des
figures d'une telle proportion ne pouvaient être prises
dans un seul morceau d'ivoire, mais le torse, les bras et les
jambes sont toujours d'une seule pièce. Ces figures sont
presque nues, et des draperies exécutées en bois brun
servent à dissimuler les points de jonction des différents morceaux d'ivoire. Cicognara, qui n'est pas indul-
gent pour les sculpteurs du dix-septième siècle, trouve
la composition médiocre, les têtes dépourvues d'expression et les draperies d'un mauvais style. Il fait cependant l'éloge du modelé des torses, des bras et des
jambes; c'est, dit-il, la correction de l'ensemble qui
laisse à désirer [1]. Van Obstal mourut à Paris en 1668.

Leonard Kern de Nuremberg († 1663), qui florissait à Berlin, avait longtemps travaillé en Italie. Il
sculptait le marbre, le bois et l'ivoire [2]. La Kunstkammer de Berlin possède de lui quelques bons ouvrages : une statuette représentant un jeune homme
nu assis sur une corne d'abondance; un beau groupe
d'Adam et Ève; une statuette d'Adam; un groupe de
Vénus et l'Amour, et une statuette d'Hébé [3].

Angermann, qui est de la même époque, excellait à
faire de petits squelettes. Le Grüne Gewölbe possède

[1] Cicognara, *Storia della scultura*, t. II, p. 443.
[2] *Idem*, t. III, p. 151.
[3] Nos 1725, 3253 à 3256 du Catalogue de ce Musée.

une pièce de ce genre de la main de cet artiste, portant la date de 1672 [1].

Lucas Faid'herbe naquit à Malines le 19 janvier
1617; il reçut les premières leçons du sculpteur Maximilien l'Abbé, son beau-frère, et en 1636 il entra dans
l'atelier de Rubens. Là, il se mit à modeler sans relâche,
d'après les dessins et les tableaux de son maître, qui
gouvernait son imagination et lui faisait transporter
d'un art dans un autre tous les caractères de son style.
Il exécuta de la sorte un assez grand nombre de figures,
de groupes et de bas-reliefs d'ivoire, ainsi que le constate une lettre de Rubens du 5 avril 1640. La fougue
d'exécution, la richesse de détails qu'on admire dans
les tableaux de ce grand artiste, on les rencontre dans
les sculptures de son élève. A la mort de Rubens, on
a trouvé dans sa maison plusieurs statuettes d'ivoire qui
provenaient de Faid'herbe, et qui ont passé dans la collection de l'électeur palatin. Faid'herbe s'étant marié en
1640, s'établit définitivement dans sa ville natale. Il se
mit à décorer l'église de Saint-Rombaut, et exécuta à
Malines et dans plusieurs autres villes de la Belgique
de grandes sculptures pleines de science et de naïveté,
composées d'ordinaire à plusieurs plans en manière de
tableaux. Il mourut en 1697 [2].

Il n'est pas douteux que la riche collection d'ivoires
du roi de Bavière, conservée dans les Vereinigten
Sammlungen, ne renferme des pièces de Faid'herbe,

[1] M. DE LANDSBERG, le Grüne Gewölbe, p. 22.

[2] J. F. M. MICHEL, Histoire de la vie de P. P. Rubens; Bruxelles,
1771. — M. P. LACROIX, Revue universelle des arts, t. I, p. 270. —
M. ALFRED MICHIELS, Rubens et l'école d'Anvers; Paris, 1854, p. 544
et suivantes.

et que parmi les cippes qui reproduisent des scènes exécutées dans le style de Rubens, beaucoup ne puissent
lui être attribués ; mais une pièce qui plus qu'aucune
autre nous semble devoir provenir de cet habile ivoirier,
est un grand bas-relief (de cinquante-trois centimètres
de hauteur sur vingt-neuf de largeur) représentant le
Christ descendu de la croix [1]. C'est une grande composition où l'on trouve douze figures principales en
haut-relief, et qui reproduit à peu près la fameuse Descente de croix de Rubens que l'on voit dans l'église d'Anvers, avec l'addition d'un groupe de la Vierge évanouie.

Barthel, Saxon, avait travaillé en Italie ; il mourut
à Dresde en 1674. Ses plus beaux morceaux sont des
copie sde groupes antiques qui renferment généralement
des animaux. On voit de cet artiste, au Grüne Gewölbe,
un taureau conduit par un sacrificateur, d'après un
antique de la villa Medici, et un cheval attaqué par un
lion, d'après un groupe antique du palais Conservatori,
à Rome [2].

Francis Van Bossiut, né à Bruxelles en 1635, est
certainement l'un des plus habiles et des plus féconds
sculpteurs en ivoire du dix-septième siècle. Il passa sa
jeunesse et la plus belle partie de sa vie en Italie, et
surtout à Rome, où ses productions étaient fort recherchées. Après y avoir acquis une grande réputation, il vint
s'établir en Hollande. L'étude continuelle et l'observa-
tion attentive des admirables productions de la statuaire
antique lui avaient rempli l'imagination de mille belles

[1] Nᵒ 261 du Catalogue de 1846, déjà cité.
[2] Nᵒˢ 329 et 330 du Catalogue ; M. DE LANDSBERG, le Grüne Gewölbe
de Dresde ; Dresde, 1845, p. 22 et 26.

idées. Sa manière libre, hardie et facile de travailler
l'ivoire, qu'il maniait comme si c'eût été de la cire, la
pureté de son dessin et la sagesse de ses compositions,
doivent lui assigner un rang distingué parmi les sculpteurs [1]. Il ne peut cependant se défendre entièrement
des défauts inhérents à l'art de l'époque où il a vécu;
il se laisse aller parfois à reproduire des formes molles,
maniérées et un peu vulgaires. Il a traité une foule de
sujets sacrés et profanes, tant en ronde bosse qu'en
bas-relief. Plus heureux que les autres artistes ivoiriers,
il a trouvé un dessinateur habile, Barent-Graat, pour
publier son œuvre, qui a été gravée en plus de cent
planches par Mattys-Pool [2]. Les figures de Van Bossiut
sont presque entièrement nues et traitées à la manière
antique. Autant qu'on peut en juger d'après les dessins
de Barent-Graat, les plus remarquables morceaux d'ivoire
de ronde bosse de Van Bossiut sont : un Christ en croix,
dont la tête, remarquable par l'expression de la souf-
france et de la résignation, rappelle celle de Laocoon; le
Christ mort, étendu à terre et soutenu par un petit ange,
belle académie; un Mars; Hésione, fille de Laomédon,
enchaînée à un rocher; une Flore et un Bacchus; et parmi
les bas-reliefs, le Temps découvrant la Vérité; Vénus et
Adonis; Jupiter en cygne avec Léda. Van Bossiut a
également sculpté des figures en bois et produit de fort
jolies terres cuites. Il mourut à Amsterdam en 1692.

Deux bas-reliefs d'ivoire, qui appartiennent à la

---

[1] CICOGNARA, *Storia della scultura*, t. II, p. 444.

[2] *A Amsterdam, chez Mattys-Pool, le Cabinet de l'art de la sculpture
par le fameux sculpteur Francis van Bossiut, exécuté en ivoire ou ébauché
en terre, gravées d'après les dessins de Barent-Graat, par Mattys-Pool.*

Kuntskammer de Berlin, dont l'un représente le crucifiement et l'autre un ermite, révèlent le nom de
l'ivoirier Pfeifhofen, qui travaillait dans la seconde
moitié du dix-septième siècle. Il marquait ordinairement ses productions des sigles P. H. [1].

La famille Zich, de Nuremberg, a fourni des artistes
en ouvrages de tour depuis le commencement du dix-
septième siècle jusqu'au commencement du dix-huitième.
Peter Zich avait eu l'honneur de donner des leçons à
l'empereur Rodolphe II († 1612). Lorenz Zich († 1666),
qui tenait de l'empereur Ferdinand III la charge de tour-
neur de la couronne, fabriquait, à l'imitation des Chi-
nois, de ces boules mobiles renfermées les unes dans les
autres. Stéphan, son fils († 1715), tout en continuant
ce genre d'industrie, a fait des pièces plus remarquables : ce sont des yeux et des oreilles avec tout l'appa-
reil de la vue et de l'ouïe. Le Grüne Gewölbe et la
Kuntskammer conservent de ces deux artistes plusieurs
pièces précieuses.

Raimund Falz, né en 1658 à Stockholm, pratiqua
l'orfévrerie et la gravure sur médailles. Il fut employé
à Paris par Louis XIV, qui le retint au prix d'une pension de douze cents livres. Appelé à Berlin par l'électeur
Frédéric III, il y mourut en 1703. Il faisait des portraits-médaillons en ivoire. La Kunstkammer de Berlin
en possède plusieurs avec sa signature [2].

Magnus Berg, ou Berger, né en Norvége en 1666,
était un habile ivoirier, si l'on en juge par une très-belle

---

[1] Dʳ KUGLER, *Beschreibung der in der K. Kunstkammer*; Berlin, 1838, s. 262.

[2] M. L. von LEDEBUR, *Leitfaden...*, s. 8.

coupe- qu'on lui attribue, et que nous avons vue à la
grande exposition de Manchester, en 1857. Le vase sur
les pans duquel l'artiste a sculpté une chasse à l'ours
est soutenu par une figure d'Atlas d'un fort bon style ;
le couvercle, décoré aussi de sujets de chasse, est surmonté d'une figure de Diane. Cette coupe [1] appartient
à la reine d'Angleterre, et pour qu'on l'ait attribuée
à Magnus Berger, artiste peu connu, il faut croire que
quelque document conservé dans les archives de la
reine a fourni cette indication. La Kunstkammer de
Berlin conserve aussi de lui un bas-relief représentant
la crucifixion et portant la date de 1690 [2]. Il mourut
en 1739 [3].

Parmi les artistes les plus distingués de la fin du dix-
septième siècle et du commencement du dix-huitième,
il faut placer Balthasar Permoser, qui a laissé un grand
nombre de très-beaux ouvrages. Né à Camarau en
Bavière, en 1650, il étudia d'abord à Salzbourg, puis
il passa en Italie, où il séjourna quatorze ans. Au commencement du dix-huitième siècle il se rendit à Berlin
et fit pour le roi deux petites statues de marbre, Cupidon
tenant son arc, et Hercule qui étouffe un serpent. Il
alla ensuite s'établir à Dresde, où il mourut en 1732 [4].
Le Grüne Gewölbe est fort riche en productions de cet
artiste, toutes remarquables par la pureté du dessin et
le fini de l'exécution. Nous citerons entre autres une
très-belle copie du groupe de l'Enlèvement d'une Sabine,

[1] Elle a été publiée dans un album ayant pour titre : *Choice examples of art.*
[2] N° 1800 du Catalogue de ce Musée.
[3] Dr Kugler, *Besch. der in der K. Kunstk.*, s. 263.
[4] De Landsberg, *le Grüne Gewölbe;* Dresde, 1845, p. 20.

d'après l'original de Jean de Bologne exposé sous la
Loggia de' Lanzi, à Florence; un enfant dormant; un
Jupiter et les quatre Saisons. Nous croyons qu'on doit lui
attribuer deux groupes remarquables conservés dans les
Vereinigten Sammlungen de Munich : Pluton enlevant
Proserpine, et le centaure Nessus entraînant Déjanire [1].

Oelhafen, sculpteur de l'électeur palatin Jean Guillaume, est un des plus habiles et des plus féconds ivoiriers du commencement du dix-huitième siècle. Les
Vereinigten Sammlungen possèdent une grande quantité de pièces provenant de cet artiste [2]. Ce sont des
bas-reliefs, dont quelques-uns d'une grande proportion,
comme un Mucius Scévola dans le camp de Porsenna,
ovale de vingt-neuf centimètres sur soixante et un, et le
Sacrifice d'Iphigénie, de quarante-huit centimètres sur
seize. Ces bas-reliefs, dans lesquels Oelhafen introduit
une foule de personnages, sont traités comme des tableaux à plusieurs plans. Les compositions de cet
artiste sont sages, quoique compliquées; son modelé
ne manque pas de correction, mais il a les défauts
de l'école de son temps, défauts qu'il sait racheter par
le charme qui règne dans ses ensembles; son travail est
très-délicat.

Au commencement du dix-huitième siècle, Michel
Daebler sculptait, pour pommes de canne, des groupes
d'enfants et d'animaux. Ses compositions, souvent
spirituelles, sont toujours d'une exécution soignée. La
Kunstkammer de Berlin possède de lui une pomme de

---

[1] Nᵒˢ 238 et 239 du Catalogue de 1846, déjà cité.
[2] Nᵒˢ 7 à 10, 53, 72, 99, 101, 102, 104, 292 à 294, 311 à 313 du
Catalogue de 1846, déjà cité.

cannc, exécutée en 1690 pour l'électeur Frédéric III, où il a reproduit un groupe d'enfants très-remarquable par l'excellence du modelé et le fini de l'exécution, et un groupe représentant deux enfants accroupis [1].

Le nom de l'ivoirier P. Scheemackers nous est révélé par sa signature inscrite sur plusieurs bas-reliefs d'ivoire de la collection des Vereinigten Sammlungen [2], représentant de petits Bacchus jouant avec des enfants et de jeunes satyres. Ces compositions sont gracieuses et d'un dessin correct.

Simon Troger, de Haidhausen, en Bavière, fut protégé par l'électeur Maximilien III (1745 ✝ 1777), pour lequel il fit beaucoup d'ouvrages. Ses travaux consistent principalement en groupes de personnages d'une assez grande proportion, de sorte qu'il employait pour la même figure plusieurs morceaux d'ivoire en les réunissant à l'aide de draperies et d'accessoires de bois brun. Les Vereinigten Sammlungen de Munich conservent de cet artiste un grand nombre de pièces, parmi lesquelles on doit remarquer le fratricide de Caïn et Samson étranglant un lion [3]. Le Grüne Gewölbe de Dresde possède un groupe de plus de soixante centimètres de hauteur représentant le sacrifice d'Abraham, pièce remarquable qui fut donnée à l'électeur de Saxe par Maximilien III [4]. Les groupes de Troger sont disposés avec art et d'un bel effet; le modelé de ses figures

---

(1) Nos 1745 et 3272 du Catalogue de ce Musée. — L. von Ledebur, *Leitfaden für die K. Kunstkammer*, s. 8.

(2) Nos 289, 297 et 301 du Catalogue déjà cité.

(3) Nos 220 et 222 du Catalogue.

(4) No 118 du Catalogue. — De Landsberg, *le Grüne Gewölbe*, p. 23.

ne manque pas de correction ; on peut lui reprocher parfois un peu de rudesse dans l'exécution. Il mourut en 1769.

Le Bavarois Krabensberger a imité le genre adopté par Troger, mais ses groupes sont en général de petite proportion ; il excellait à faire les bohémiens et les lazzaroni. Le Grüne Gewölbe possède plusieurs pièces de cet artiste.

Parmi les artistes ivoiriers allemands et flamands du dix-huitième siècle, il faut encore citer Mayer, qui a laissé un très-grand nombre de pièces dans les Vereinigten Sammlungen de Munich. Ce sont des bas-reliefs à sujets de sainteté, qui sont en général de petite proportion [1]. Ses compositions sont sagement disposées, le modelé de ses figures est correct ; on rencontre cependant dans quelques pièces des formes lourdes et des figures courtes. Les détails sont en général finement traités. Mayer s'adonnait aussi aux ouvrages de tour ; il existe dans la même collection un calice de sa main exécuté avec beaucoup d'art.

J. Christophe Bauer d'Ulm a laissé son nom sur un bas-relief représentant le corps du Christ soutenu par un ange et entouré des saintes femmes. Ce bas-relief appartient aux Vereinigten Sammlungen de Munich [2].

L. Chrounet a dans la même collection un ouvrage de tour élégamment ciselé, portant la date de 1746. Ce sont des boules superposées et évidées, qui sont portées sur un pied [3].

[1] Nos 22, 23, 25, 28, 29, 39, 59, 66, 113, 277, 280 et 282 du Catalogue déjà cité.

[2] No 47 du même Catalogue.

[3] No 111 du même Catalogue.

Strauss a inscrit son nom sur deux pièces que conservent également les Vereinigten Sammlungen : un
crucifix de cinquante-quatre centimètres de hauteur et
une figure de ronde bosse représentant la Mater dolo-
rosa [1].

Les frères François et Dominique. Steinhart sont
connus par un grand cabinet d'ébène incrusté d'ivoire,
qui fait partie des meubles de la belle galerie du palais
Colonna à Rome. Ils y ont reproduit en bas-relief le
Jugement dernier de Michel-Ange, travail important (de
cinquante centimètres de hauteur sur environ vingt-huit
de largeur) qui occupe le milieu du meuble. Vingt-sept
autres bas-reliefs, tant grands que petits, accompagnent
cette partie centrale. Les sujets en sont tous empruntés
à l'Ancien et au Nouveau Testament; ce sont des reproductions ou des imitations des fresques de Raphaël dans
les loges du Vatican et des tableaux de différents peintres
du seizième siècle. Les chapiteaux des colonnes qui
séparent les sujets, les frises, les encadrements des bas-
reliefs et de gros trophées d'armes antiques, sont également taillés en ivoire. C'est un gigantesque travail traité
avec une incomparable adresse, mais qui se ressent du
mauvais goût de l'époque où il a été exécuté. Les frères
Steinhart ont, dit-on, travaillé trente ans à ce prodige
de patience.

Melcher, de Nymphenbourg en Bavière, sculptait
des objets de petite proportion de marbre et d'ivoire.
Les Vereinigten Sammlungen conservent de cet artiste
un Amour qui dort, de treize centimètres de hauteur,

_____

[1] Nos 145 et 146 du Catalogue déjà cité.

exécuté en marbre blanc, le même sujet en ivoire et un buste du Christ de marbre [1].

J. C. L. Lück ou Luick, qui modelait la cire et sculptait l'ivoire, fut d'abord engagé par le duc de Mecklembourg-Strélitz; il passa ensuite en Russie, où il resta sept années; en 1737, il travaillait à Dresde, et il finit ses jours à Dantzig en 1780. Le Grüne Gewölbe possède de lui un crucifix de très-grande dimension et un bas-relief allégorique : l'Art en décadence [2]; la Kunstkammer de Berlin conserve deux bustes qui lui sont attribués [3].

André Feistenberger, qui doit appartenir à peu près à la même époque, a laissé son nom sur un bas-relief conservé dans les Vereinigten Sammlungen, représentant le Christ mort soutenu par deux anges. Le modelé est peu correct, les figures sont communes, les membres trop maigres, mais l'ivoire est bien travaillé [4].

A la fin du dix-huitième siècle, Krueger de Dantzig faisait des petites figures grotesques, telles que des bossus et des gueux ayant des boutons de diamant sur leur casaque. Le Grüne Gewölbe possède beaucoup de ces petites figures. Le chef-d'œuvre de cet artiste est une figurine conservée dans la collection du duc de Saxe-Gotha; elle représente Auguste II, roi de Pologne, à cheval.

[1] Nos 317, 320 et 363 du Catalogue déjà cité.

[2] DE LANDSBERG, le Grüne Gewölbe, p. 24 et 26.

[3] No 3303 du Catalogue de ce Musée. — L. VON LEDEBUR, Leitfaden für die K. Kunstk., s. 28.

[4] No 262 du Catalogue déjà cité.

XII.

Ivoiriers français du XVIIe siècle et du XVIIIe. — Dieppe.

Parmi les statuaires de l'époque de Louis XIV qui
se sont adonnés à la sculpture de l'ivoire, on doit citer
Michel Auguier, renommé pour ses sculptures du Val-
de-Grâce et de la porte Saint-Denis. En 1652, il commença un crucifix qu'il ne termina qu'en 1668 [1]. Le
temps qu'il employa à cet ouvrage est une preuve qu'il
ne s'occupa du travail de l'ivoire que par délassement.
On voyait dans la curieuse collection d'Alexandre Lenoir
un groupe d'ivoire exécuté d'après Michel Auguier :
la Vierge assise portant l'Enfant Jésus sur ses genoux et
ayant à ses pieds le petit saint Jean [2].

Le Geret excellait à sculpter les crucifix. Ses ouvrages
en ce genre étaient très-recherchés [3]. Un très-beau
Christ de cet artiste, de quarante-quatre centimètres de
hauteur, existait en 1761 dans le cabinet de M. de Selle,
trésorier de la marine. Le Christ, posé sur un fond de
velours, était renfermé dans une très-riche bordure de
bois sculpté [4], qui était sans doute de la main de
Le Geret, car de Marolles le désigne comme sculpteur

---

[1] GUILLET DE SAINT-GEORGES, *Mém. hist. des ouvrages de sculpture
de M. Auguier;* 1690. Nous empruntons cette citation aux *Notes d'un
compilateur* de M. le marquis DE CHENNEVIÈRES, qui nous fourniront
beaucoup de renseignements sur les ivoiriers français.

[2] *Catalogue des antiquités et objets d'art qui composent le cabinet de
M. le ch. Alex. Lenoir;* Paris, 1837, n° 190.

[3] FLORENT LECOMTE, *Cabinet des singularités d'architecture, peinture et sculpture;* Bruxelles, 1702, t. III, p. 185.

[4] *Catalogue des effets curieux du cabinet de feu M. de Selle...,* par
PIERRE REMY; 1761, p. 27.

en bois [1]. Ce Le Geret, qui travaillait le bois et l'ivoire, doit être celui qui sculpta pour les jardins de Versailles deux vases de marbre que l'on y trouve encore, et le même que Jean Le Geret, désigné dans les *Archives de l'art français* [2] sous le titre de maître sculpteur, et comme ayant marié sa fille, en 1669, à François Francar, peintre du roi.

Milet, ou Milé, de Dijon, s'était rendu célèbre par ses ouvrages de tour en ivoire; il s'établit en Flandre, où il obtint la protection du prince de Condé, qui s'y était retiré. Il mourut à l'âge de trente-sept ans [3].

Pierre-Simon Jaillot et Alexis-Hubert son frère, nés au petit village d'Avignon, près Saint-Claude en Franche-Comté, ou à Saint-Oyant-de-Joux, suivant de Marolles, doivent être rangés parmi les plus habiles ivoiriers du dix-septième siècle. Ils vinrent s'établir à Paris en 1657, et ne tardèrent pas à se distinguer par de beaux ouvrages qui furent très-recherchés. Simon Jaillot se rendit surtout célèbre par ses crucifix. « L'on y trouve tout ce » qu'on peut demander de savant et de dévot, dit » Florent Lecomte [4]; on peut dire que s'il donnait un » sujet d'étude aux uns, les autres n'y trouvaient pas » moins de sujets de méditation. » Alexis Hubert renonça après quelques années à la sculpture en ivoire, pour se livrer tout entier à l'exécution des cartes géographiques.

---

[1] MICHEL DE MAROLLES, *le Livre des peintres et graveurs;* édition Janet, Paris, 1855, p. 60.

[2] Documents, t. III, p. 174.

[3] D'ARGENVILLE, *Abrégé de la vie des plus fameux peintres,* t. II, p. 215.

[4] *Cabinet des singularités d'architecture, peinture et sculpture,* t. III, p. 186.

Son bel Atlas français, qui fut publié en deux volumes en 1700 et dédié à Louis XIV, aurait suffi pour illustrer son nom. Il mourut en 1712. Simon Jaillot s'occupa au contraire durant toute sa vie de la sculpture en ivoire. Un très-beau Christ mourant sur la croix lui valut son admission à l'Académie royale de peinture et de sculpture en 1661; mais il fut destitué, en 1673, pour s'être permis des invectives contre Lebrun et contre l'Académie. Il mourut en 1681, à l'âge de quarante-huit ans. D'Argenville, dans son *Voyage pittoresque de Paris* [1], vante l'excellence de la sculpture en ivoire des deux frères Jaillot, et signale avec admiration un crucifix que l'on conservait à l'hôpital des Petites-Maisons. De Marolles s'exprime ainsi sur ces deux artistes :

> L'un et l'autre Jaillot, deux admirables frères,
> Du lieu de Saint-Oyant, dans la Franche-Comté,
> Sur l'yvoire exprimant toute leur volonté,
> L'animent par leurs mains sur des sujets contraires.
> Par Simon on dirait que la matière endure;
> Hubert la fait plier de la même façon;
> De quelle utilité profite leur leçon?
> Et qui peut mieux former une noble figure [2]?

La collection d'Alexandre Lenoir possédait un très-beau buste d'ivoire du célèbre peintre Charles Lebrun, sculpté par Jaillot d'après le marbre de Coysevox [3]. Un autre ouvrage de Simon Jaillot est connu par une gravure de son temps. C'était un bas-relief reproduisant le Christ en croix sur la montagne du Calvaire; au fond du paysage on voyait le temple et quelques monuments de

[1] Édit. de 1778, p. 358.
[2] *Le Livre des peintres et graveurs*; Paris, 1855, p. 48.
[3] Catalogue déjà cité, n° 188.

Jérusalem. Au premier plan des terrains sont gravés ces mots.: SIMON JAILLOT INVENIT ET SCULPSIT IN EBORE. LICHERY PINXIT. J. MEINSELMAN SCULPSIT. « A en juger par cette » gravure, dit M. de Chennevières, je louerais le dessin » de Jaillot, qui est plus soigné, plus serré, plus dé- » licat, d'un goût de nature plus vrai et plus choisi » que celui des plus fameux d'alors et de Girardon lui- » même [1]. »

Ceci nous amène à parler de cet artiste, auquel on attribue un grand nombre de crucifix d'ivoire, sans que rien puisse justifier cette attribution. Il est vrai que dans sa jeunesse François Girardon commença par sculpter des figures en bois pour les chapelles et les églises de Troyes, son pays natal, mais ce n'est pas une raison pour qu'il ait sculpté l'ivoire. Protégé par le chancelier Séguier, il fut envoyé à Rome pour s'y per- fectionner, et Louis XIV lui accorda une pension de mille écus. Il est probable qu'étant alors dans une certaine aisance, il employa son temps à des choses sérieuses, suivant l'intention de ses bienfaiteurs. Revenu en France, il fut chargé de nombreux travaux de grande sculpture, qui ne durent pas lui laisser le loisir de travailler l'ivoire.

J. J. Dubois, dans la description qu'il a donnée de la collection Pourtalès-Gorgier [2], a cru devoir attribuer au sculpteur Jacques Sarazin un certain nombre des beaux ivoires qu'elle possède. Nous ne connaissons

[1] *Notes d'un compilateur sur les sculpteurs et les sculptures en ivoire,* p. 27.

[2] *Description des objets d'art du Moyen Age, de la Renaissance et modernes de M. le comte Pourtalès-Gorgier;* Paris, 1842, p. 23 et suiv.

cependant aucun document qui puisse justifier cette
attribution.

Jean Cornu, qui avait travaillé à Versailles, où l'on
voit encore sa statue de l'Afrique et sa copie en marbre
de l'Hercule Farnèse, avait appris les premiers éléments
de là sculpture auprès d'un ouvrier en ivoire de Dieppe
chez lequel son père, qui possédait un établissement
dans cette ville, l'avait placé [1]. Il est donc probable
que les premiers ouvrages de Jean Cornu furent exécutés
en ivoire, mais les renseignements nous manquent absolument sur ce qu'il a pu faire en ce genre. Il mourut
en 1710.

Voici la première fois que nous avons occasion de
citer la ville de Dieppe, qui depuis quarante ans s'est
acquis une grande réputation par ses ouvrages d'ivoire,
et qui est bien certainement la ville où, de nos jours,
on s'occupe le plus de travailler cette belle matière.

C'est donc le cas de rechercher les causes et l'origine
de l'établissement des ivoiriers à Dieppe. Le plus ancien
document que l'on ait à cet égard émane de Villaut de
Bellefond, qui, dans la relation de son voyage aux
côtes d'Afrique, fait en 1666, s'exprime ainsi : « Au
» mois de novembre 1364, les Dieppois équipèrent deux
» vaisseaux du port d'environ cent tonneaux chacun,
» qui firent voile vers les Canaries et arrivèrent vers
» Noël au Cap-Vert; de là ils coururent le sud-est,
» passèrent devant le cap de Moulé, et enfin ils s'arrê-
» tèrent à l'embouchure d'une petite rivière, près de
» Rio-Sestos, où est un village qu'ils nommèrent le
» Petit-Dieppe, à cause de la ressemblance du havre

[1] De CHENNEVIÈRES, *Notes d'un compilateur*, p. 11.

» et du village, situés entre deux costeaux ; là ils ache-
» vèrent de prendre leur charge de morphi (ivoire) et de
» ce poivre appelé malaguette, et l'année suivante, 1365,
» à la fin de mai, furent de retour à Dieppe, ayant
» fait des profits qui ne se peuvent exprimer, n'ayant
» demeuré que six mois dans leur voyage. La quantité
» d'yvoire qu'ils apportèrent de ces costes donna cœur
» aux Dieppois d'y travailler, qui depuis ce temps
» ont si bien réussi qu'aujourd'hui ils se peuvent vanter
» d'être les meilleurs tourneurs au monde en fait
» d'yvoire. »

Il semblerait résulter de ce récit que dès la fin du
quatorzième siècle le travail de l'ivoire aurait été cultivé
à Dieppe, mais aussi qu'il était restreint aux ouvrages
de tour. Si en effet les nombreuses sculptures en ivoire
qui ont été faites en France au quatorzième siècle avaient
été exécutées à Dieppe, si cette ville avait été alors,
comme elle l'est aujourd'hui, le centre principal de la
production de ces sculptures, on en trouverait quelque trace dans des documents écrits, et Dieppe aurait
conservé dans ses églises des pièces de cette époque.
Mais M. Vitet, qui, dans son *Histoire de Dieppe*, a rapporté la relation de M. Villaut de Bellefond [1], avoue
qu'il n'a pu trouver dans cette ville aucun monument
d'ivoire remontant au moyen âge, et que les plus anciens
ouvrages qu'il ait pu y découvrir avaient été faits au
dix-septième siècle. Il est vrai que les marchands de
Rouen s'étant, au dire de Villaut de Bellefond, associés
aux Dieppois dans leurs expéditions sur les côtes
d'Afrique, on voit, dès 1507, la sculpture en ivoire

[1] M. VITET, *Histoire de Dieppe*, t. II.

mentionnée dans les statuts des peintres sculpteurs
imagiers de Rouen [1]; mais nous avons appris par le
Registre des métiers d'Étienne Boileau que bien antérieurement elle était cultivée à Paris. Le récit de notre voyageur aux côtes d'Afrique ne constate donc qu'une chose,
c'est qu'à l'époque où il écrivait, les Dieppois étaient
déjà fort renommés par leurs ouvrages de tour. Quant à
la sculpture des statuettes et des bas-reliefs, elle était
exercée dans différents pays, mais surtout à Paris. « Le
» bombardement de Dieppe par les Anglais en 1694, dit
» M. Vitet, porta un coup fatal à l'industrie des ivoi-
» riers, et la mode des porcelaines et des magots de la
» Chine, qui devint bientôt générale, acheva de la
» ruiner. Depuis le règne de Louis XV jusqu'en 1816
» environ, le débit de ces sortes d'ouvrages, qui jadis
» était immense, ne fit que décroître et finit par se
» réduire à rien. » Ce fut en effet depuis la Restauration
que la sculpture en ivoire reprit faveur à Dieppe, et c'est
dans cette ville qu'il faut chercher aujourd'hui les meilleurs artistes ivoiriers [2].

[1] Ch. Ouin-Lacroix, *Histoire des anciennes corporations d'arts et
métiers de la capitale de la Normandie;* Rouen, 1850, p. 712.

[2] Parmi les sculpteurs ivoiriers de Dieppe qui méritent le nom d'artistes, disait M. Vitet dans son *Histoire de Dieppe* de 1833, il faut citer
MM. Blard, Flammand et Thomas. M. Blard a au Louvre un vase
d'ivoire, imitation du vase Borghèse, avec la date de 1833. A ces noms, il
convient d'ajouter celui de Meugniot, dont le Louvre possède une étude
de vieillard, avec la date de 1829. L'Exposition de 1855 a montré que
l'art de la sculpture en ivoire était en progrès à Dieppe. Il faut citer
parmi les meilleurs artistes qui de nos jours s'occupent de travailler
l'ivoire, MM. Théodore et Auguste Blard, fils de l'auteur du vase qui
est au Louvre, Graillon, Colette, Ouin, Larchelier, Sayot, Mignot,
Augustin Moreau, Gelée, Vié, Norest et Thomas. On peut consulter sur
les ivoiriers modernes de Dieppe, un opuscule de M. Barbier : *Esquisse
historique sur l'ivoirerie;* Paris, 1857.

Il y a encore à Paris et dans quelques autres villes de France des artistes ivoiriers de talent [1]. L'Allemagne en possède aussi, mais qui se livrent, en général, à l'imitation des ouvrages anciens. C'est un genre d'industrie peu recommandable, dont profitent certains brocanteurs, qui depuis quelques années ont infecté les musées et les collections particulières de pièces fausses attribuées à l'antiquité ou au moyen âge, et que des amateurs trompés ont payées des prix considérables.

Mais nous n'avons pas à nous occuper de l'art moderne; revenons aux ivoiriers français de la fin du dix-septième siècle.

Jean-Baptiste Guillermin, né à Lyon, vint s'établir à Paris, où il s'acquit une grande réputation par ses ouvrages d'ivoire et de coco. Il sculptait aussi des crucifix, et Florent Lecomte en signale un de cinq pieds de haut qui était placé dans le chœur des dames de l'abbaye royale du Val-de-Grâce. Suivant le même auteur, Guillermin mourut en 1699 [2]. Mais il paraît qu'avant sa mort cet habile ivoirier était venu s'établir à Avignon, car il a laissé dans cette ville une œuvre qui donne une haute idée de son talent. C'est un crucifix de soixante-dix centimètres de hauteur qui est conservé dans la chapelle de la Miséricorde. L'auteur de ce magnifique ouvrage y a inscrit son nom et l'a daté d'Avignon, 1659. Ce crucifix est fait d'une seule pièce d'ivoire, sauf les bras, qui sont ajoutés. « Vérité anatomique, sublimité de la pose,

---

[1] Nous avons déjà parlé de M. Simart, l'auteur de la Minerve imitée de celle de Phidias. On peut citer encore M. Belhoste, de Paris.

[2] FLORENT LECOMTE, *Cabinet des singularités d'architecture, peinture et sculpture*, t. III, p. 197.

» expression poétique, perfection des détails, et jusqu'à
» l'apparence de la circulation du sang, tout est là, » dit
un auteur avignonnais [1]. On ne peut que ratifier ces
éloges justement mérités : le crucifix d'Avignon est certainement l'un des plus beaux qui soient en France. Il
existe à Vienne en Autriche, dans le cabinet de l'empereur, dit le même auteur, deux vases d'ivoire signés du
nom de Guillermin, avec une date qui doit faire supposer
qu'ils sont du même auteur que le christ de la chapelle de
la Miséricorde. La collection Debruge Duménil possédait
un très-beau crucifix, de quarante-deux centimètres de
hauteur, signé des sigles I M G [2]. Le style et la belle exécution de ce crucifix le rapprochent de celui d'Avignon,
et l'on peut l'attribuer à Guillermin. Il est vrai que Florent Lecomte ne désigne cet ivoirier que sous le seul
prénom de Jean-Baptiste, mais il peut ne pas avoir
connu tous ceux que celui-ci portait, et n'avoir indiqué
que celui de ses prénoms qu'on lui donnait habituellement.

Joseph Villerme, de Saint-Claude en Franche-Comté,
fut un des plus habiles ivoiriers français. Après avoir
travaillé comme sculpteur aux Gobelins, à Paris, et avoir
mérité les éloges de Lebrun, il alla s'établir à Rome, où
il mourut vers 1720. Par un esprit de piété et d'humilité, il s'était consacré à ne faire que des crucifix. Pour
mieux connaître la situation d'un corps attaché à la croix,
il avait fait des études multipliées d'après nature. Mariette, à qui l'on doit ces détails, ajoute que pendant
qu'il était à Rome, il avait vu dans l'atelier de Vil-

[1] ALPH. RASTOUL, *Tableau d'Avignon;* Avignon, 1836, p. 89.
[2] No 234 de la *Description* déjà citée.

lerme plusieurs crucifix d'ivoire et de bois qui par la
correction, le beau travail et la nouveauté des attitudes,
lui avaient paru dignes de toute admiration. Le marquis
Pallavicini en avait plusieurs dont il avait orné une galerie. Cependant peu de personnes s'étaient empressées de
faire valoir le talent de Villerme. Il était peu heureux
sous le rapport de la fortune; il trouvait sa consolation
dans la religion, qu'il pratiquait avec ferveur en menant
une vie très-austère [1].

M. de Chennevières, qui a examiné avec soin la belle
collection d'ivoires que possède le prince Pallavicini,
dans le palais Rospigliosi à Rome, n'a pu se décider à
attribuer à Villerme aucun des crucifix qui y sont conservés. Il en signale un cependant d'environ quarante-
huit centimètres de hauteur dont « les formes sont
» pleines, belles et fortes, le modelé simple et grand, la
» tête d'une beauté et d'une grâce pleines de noblesse. »
Mais M. de Chennevières croit que ce bel ouvrage est
italien [2]. Pourquoi Villerme, qui avait si longtemps
travaillé à Rome et qui avait dû s'inspirer des bons
modèles qu'il avait sous les yeux, n'aurait-il pas produit
ce beau christ tout empreint du style italien? Il n'est pas
probable que la famille Pallavicini se soit défaite de tous
les ouvrages de Villerme si estimés de son temps, et
auxquels un de ses membres avait consacré toute une
galerie.

Le nom de l'ivoirier J. Cavalier nous est révélé par
deux portraits-médaillons d'ivoire que conserve la

---

[1] MARIETTE, *Abecedario*, cité par M. DE CHENNEVIÈRES, *Notes d'un
compilateur*, p. 30.

[2] *Notes d'un compilateur*, p. 33.

Kunstkammer de Berlin. L'un représente la reine
Marie II d'Angleterre, et porte au dos cette inscription :
Cavalier f. Londini, 1690 ; l'autre renferme les bustes de
l'électeur Frédéric III et de sa seconde femme Sophie
Charlotte, avec les sigles I. C [1]. M. Dussieux [2] signale
parmi les artistes français qui ont travaillé à l'étranger, un
sculpteur en ivoire du nom de Cavailer ou Cavalier qui
se serait établi en Suède, et dont un portrait en ivoire,
représentant le comte Christophe de Kœnigsmarck,
existait dans le château de Skokloster. Il n'est pas douteux que cet artiste ne soit le même que l'auteur des
portraits-médaillons de la Kunstkammer. Il faut conclure
de ces divers renseignements qu'il était voyageur et avait
séjourné en Angleterre, en Suède et en Allemagne.

Lacroix, né en Bourgogne, s'était établi à Gênes vers
la fin du dix-septième siècle. Il s'y rendit célèbre par ses
crucifix d'ivoire et de bois, qui étaient en général de
petite dimension et n'excédaient guère trente centi
mètres. Cependant il en fit un d'une plus grande proportion pour le maître-autel de la brillante église de
l'Annonciade [3]. Nous n'avons vu dans cette église aucun
christ d'ivoire, et M. de Chennevières, qui s'est particulièrement attaché à rechercher celui que Lacroix y avait
laissé, n'a pu en découvrir la trace [4]. Ratti, qui a fourni
ces détails sur les travaux de Lacroix, en fait un bel

---

[1] Dr Kugler, *Beschreibung der in der K. Kunstkammer*, p. 263.

[2] *Les artistes français à l'étranger*; Paris, 1856, p. 265.

[3] Ratti, *Delle vite de' pittori, scultori*; Genova, 1769, t. II, p. 327.
— *Instruzione di quanto può vedersi di più bello in Genova*; Genova,
1780, p. 174.

[4] *Notes d'un compilateur*, p. 23.

éloge, et dit qu'ils étaient fort estimés par les meilleurs peintres de son temps.

David Le Marchand, de Dieppe, passa en Angleterre, où il s'adonna comme Cavalier à la sculpture des portraits-médaillons. Il mourut en 1726 [1].

Le nom de l'ivoirier Daloz est sauvé de l'oubli par la gravure d'un Christ en croix exécutée par Simonneau, et au bas de laquelle on lit : « Dédié à monseigneur Scipion » Jérôme Regon, évêque et comte de Toul, par son très-» humble et très-obéissant serviteur Daloz, sculpteur en » yvoir. »

M. de Chennevières, qui possède cette gravure, dit qu'elle donne l'idée d'un modelé savant et bien étudié, et qu'on pourrait croire ce christ dessiné avec soin par Lebrun [2].

Georges Petel, qu'à son nom nous devons croire Français, nous est connu par trois pièces signées de lui, qui sont conservées dans les Vereinigten Sammlungen de Munich : un bas-relief représentant saint Jérôme en contemplation devant un crucifix, et deux figures de ronde bosse, saint Jean-Baptiste et saint Jérôme [3]. Petel était un artiste de talent; son dessin est correct et ses têtes expressives; il travaillait l'ivoire avec finesse. A son style on doit le ranger parmi les artistes de la fin du dix-septième siècle ou du commencement du dix-huitième.

Nous devons aussi, d'après son nom, mettre au nombre des artistes français Jean-François Mansel,

---

[1] Note de Mariette rapportée par M. DE CHENNEVIÈRES dans ses *Notes d'un compilateur.*

[2] *Notes d'un compilateur*, p. 28.

[3] N°s 27, 250 et 252 du Catalogue déjà cité.

dont les Vereinigten Sammlungen possèdent un grand
nombre de bas-reliefs.. Ils reproduisent des enfants qui
jouent, de jeunes satyres et des enfants portant le petit
Bacchus, de jeunes Bacchus folâtrant avec des chiens et
autres sujets de même nature. Les compositions de cet
artiste sont gracieuses, les groupes en sont bien ordonnés,
mais son dessin est peu correct et ses figures sont maniérées. Mansel est un imitateur du genre de Boucher;
il doit avoir travaillé dans la seconde moitié du dix--
huitième siècle.

Nous terminerons cette liste des ivoiriers français du
dix-septième et du dix-huitième siècle par les deux Rosset,
François et Joseph, nés à Saint-Claude en Franche-
Comté. Tous deux travaillèrent l'ivoire, mais Joseph est
plus connu que François. Dans une exposition des objets
d'art qui se fit au mois d'août 1844 dans les salles de
l'hôtel de ville de Cambrai, on voyait plusieurs œuvres
de Joseph Rosset : trois crucifix dont un de quarante-
huit centimètres de hauteur, un buste de Voltaire et un
buste de Montesquieu. Joseph Rosset excellait en effet à
tailler en ivoire les bustes des hommes célèbres de son
temps [1]. Les *Mémoires secrets* du continuateur de Ba-
chaumont [2] parlent avec éloge d'un sculpteur en ivoire
du nom de Rosset-Dupont, qui aurait été le premier à
faire des bustes de Voltaire. Il est probable que ce
Rosset-Dupont n'est autre que Joseph, puisque l'exposition de Cambrai a offert des bustes de philosophes
taillés par celui-ci. Le Musée du Louvre possède une
très-bonne statuette d'ivoire de sainte Thérèse, au pied

---

[1] M. de Chennevières, *Notes d'un compilateur*, p. 35.
[2] *Mémoires secrets*; Londres, 1789, t. XXXIV, p. 7.

de laquelle on trouve écrit à la main le nom de Rosset père [1]. Ce Rosset père est-il Joseph ou François ? Les renseignements nous manquent à cet égard.

XIII.

Utilité des collections d'ivoires. — Principales collections.

Les collections d'ivoires ont une très-grande importance ; c'est en effet seulement par les sculptures en ivoire qu'il est aujourd'hui permis d'apprécier l'état de la sculpture dans l'empire d'Orient depuis Constantin jusqu'à la prise de Constantinople par les Turcs. Il en est à peu près de même pour la sculpture en Occident au moyen âge, jusqu'au douzième siècle. Si, à partir de cette époque, la sculpture monumentale est assez abondante pour fournir à l'histoire de l'art les matériaux dont elle a besoin, la sculpture en ivoire des siècles postérieurs du moyen âge présente cependant encore un très-grand intérêt. On y retrouve en effet les costumes, les armes, les instruments de musique, les ustensiles et le mobilier civil et religieux de ces temps reculés. Aujourd'hui qu'on s'est mis à restaurer les églises du moyen âge, et qu'avec raison on veut rétablir les décorations intérieures, les bas-reliefs, les peintures murales et les vitraux, dans le style de l'époque où ces édifices ont été élevés, les petits tableaux d'ivoire doivent fournir aux sculpteurs et aux peintres d'utiles enseignements et des modèles dont il est bon qu'ils s'inspirent. Nous ne voulons pas dire qu'ils doivent imiter l'incorrection du dessin qu'on y rencontre souvent ; mais en mariant aux idées de ces vieux temps

[1] Collection Sauvageot, n° 235 du Catalogue de M. Sauzay, de 1861.

l'habileté des écoles actuelles, ils arriveront à produire
des œuvres irréprochables, au point de vue de la science
du dessin et de l'archéologie.

Paris pourrait être mis en possession du plus beau
musée de sculpture en ivoire des anciens temps ; malheureusement ces curieuses sculptures sont dispersées
de différents côtés, et même cachées aux yeux du public.
Ainsi le département des manuscrits de la Bibliothèque
impériale conserve un certain nombre de sculptures
byzantines et de sculptures du moyen âge, œuvres
très-précieuses qui décorent pour la plupart la couverture de certains manuscrits ; elles sont restées presque
toutes pendant bien des années enfouies dans des cartons, et ce n'est que depuis peu de temps qu'elles sont
exposées dans des vitrines, le jour de la semaine où le
public est admis à visiter la galerie des manuscrits.
Le cabinet des médailles possède aussi des ivoires anciens qui ne présentent pas moins d'intérêt. Ainsi,
dans le même établissement, voilà des ivoires répartis
dans deux localités qui sont situées à des distances
assez éloignées l'une de l'autre. Le Musée du Louvre
et le Musée de Cluny ont, chacun de leur côté, une
assez grande quantité de belles sculptures en ivoire
du moyen âge, tant byzantines qu'occidentales, mais
toutes ces pièces ainsi dispersées sont loin de présenter
le même intérêt que si elles étaient réunies. Les musées
ont non-seulement pour but d'offrir aux artistes de beaux
modèles, mais encore de retracer, par des spécimens
suffisants, l'histoire de l'art depuis les temps les plus
reculés jusqu'à nos jours. Ce n'est que dans les sculptures
en ivoire, nous le répétons, qu'on peut se former une

idée exacte de l'art de la sculpture et même de l'art en général, depuis le cinquième siècle jusqu'au treizième, tant dans l'empire d'Orient qu'en Occident. On peut juger par là quel immense intérêt il y aurait de réunir au Louvre les ivoires du cabinet des médailles, de la Bibliothèque impériale et du Musée de Cluny. Il n'est pas possible, il est vrai, de faire sortir les manuscrits de la Bibliothèque impériale, où ils sont à leur place, ni de leur enlever leurs couvertures d'ivoire; mais des moulages bien faits pourraient remplacer au Louvre les ivoires de ces couvertures de livres, qui seraient d'ailleurs exposés au grand jour, aux yeux du public, dans une des salles du palais Richelieu. On réunirait ainsi dans le Musée du Louvre tous les éléments propres à retracer l'histoire de la sculpture en Orient et en Occident pendant tout le cours du moyen âge.

Le Musée chrétien de la Bibliothèque vaticane possède quelques beaux ivoires byzantins et occidentaux des anciens temps.

L'ancienne collection Fejervary, qui appartient aujourd'hui à M. Joseph Mayer, de Liverpool, en a aussi quelques beaux spécimens. Cette collection est plus importante que celle du Musée britannique, et cependant il est en possession de plusieurs pièces remarquables que nous avons eu l'occasion de citer.

Quant aux sculptures du seizième siècle et du dix-septième, les musées de Paris en possèdent à peine quelques spécimens; c'est en Italie et surtout en Allemagne qu'on en trouvera les plus riches collections.

Les palais des princes romains renferment presque tous de belles pièces d'ivoire sculpté; nous citerons no-

tamment le palais Rospigliosi au prince Pallavicini, et
les palais Corsini et Doria. Mais, en Italie, c'est Florence qui possède la plus complète réunion d'ivoires du
seizième siècle, et surtout du dix-septième. Ils étaient
autrefois conservés dans le Palais-Vieux, ils ont été
transportés au palais Pitti. Parmi les cent cinquante
pièces environ dont se compose ce musée, nous signalons surtout à l'admiration des amateurs un groupe
représentant le Christ sur la croix, au pied de laquelle se
tiennent la Mère du Sauveur, l'une des saintes femmes et
saint Jean : le Christ n'a pas moins de quatre-vingt-cinq
centimètres de hauteur. Viennent ensuite une petite figure
de la Vierge tenant l'Enfant Jésus dans ses bras; une
autre statuette de la Vierge avec l'Enfant Jésus et saint
Jean, au bas de laquelle on voit les armes de la famille
des Médicis; deux figures, l'une du Christ, l'autre de
saint Sébastien, d'environ trente centimètres de hauteur; une autre figure de saint Sébastien auquel un ange
apporte la palme du martyre; Curtius, statuette équestre;
les quatre Saisons, statuettes de douze centimètres de
hauteur, d'un admirable travail; un Apollon et une
Vénus de vingt-cinq centimètres; un David, de même
hauteur environ, tenant à la main la tête de Goliath :
cette statuette est élevée sur une colonne dont le fût et
la base sont enrichis de bas-reliefs empruntés à l'histoire
de David; un bas-relief d'environ soixante centimètres
de hauteur sur trente de largeur, représentant la naissance de Jésus; et à côté de ces belles productions, une
grande quantité de coupes et de vases de toute sorte
décorés d'ornements et de fleurs sculptés en relief.

Le musée du Grüne Gewölbe, à Dresde, renferme à

peu près cinq cents pièces d'ivoire, tant sculptées que
faites au tour. Il n'y a là que très-peu de monuments du
moyen âge ; mais la collection abonde en œuvres du seizième et surtout du dix-septième siècle. On y trouve de
magnifiques vases de différentes formes sculptés en haut-
relief, et de très-belles statuettes sorties des mains de
Permoser, de Barthel, de Simon Troger, et des autres
artistes les plus en renom de ces époques.

Les Vereinigten Sammlungen de Munich possèdent
quelques ivoires du moyen âge et ne sont pas moins
riches que le Grüne Gewölbe en productions du seizième
et du dix-septième siècle ; nous avons eu l'occasion de
citer un assez grand nombre de pièces de ce riche musée.
Nous devons surtout appeler l'attention des amateurs sur
sa riche collection de groupes et de statuettes de ronde
bosse, de trente à quarante centimètres, parmi lesquels nous avons surtout remarqué un guerrier romain
tirant l'épée ; une Vénus ; Lucrèce ; Hercule tuant
l'hydre ; Bacchus tenant une coupe ; Pluton ravissant
Proserpine ; le centaure Nessus enlevant Déjanire ; Hercule sa massue sur l'épaule ; Méléagre ; Hercule combattant le lion de Némée [1]. Nous ne devons pas oublier non plus un grand bas-relief ovale (de soixante
centimètres de largeur sur quarante-huit de hauteur)
représentant le Festin des dieux dans l'Olympe ; il y a
là plus de soixante figures : celles du devant sont en
très-haut relief. C'est un ouvrage italien de la fin du
seizième siècle [2]. Nous reproduisons dans la planche XXII

---

[1] Nos 231, 232, 234, 235, 236, 238, 239, 240, 241 et 243 du Catalogue déjà cité.
[2] No 300 du Catalogue déjà cité.

de notre Album un très-beau vase appartenant à cette collection.

Le Trésor impérial, à Vienne, conserve aussi des sculptures en ivoire d'un grand mérite. Nous pouvons signaler les statues équestres, de près de cinquante centimètres de hauteur, des empereurs Léopold Ier et Charles VI; une grande quantité de vases sculptés en haut-relief, et dont plusieurs sont élevés sur une tige composée de figures de ronde bosse d'une belle exécution, et un crucifix que sa beauté a permis d'attribuer à Benvenuto Cellini.

La Kunstkammer de Berlin, quoique moins riche que les collections de Dresde, de Munich et de Vienne, possède encore de très-beaux ivoires. Nous y avons remarqué surtout un bassin avec son aiguière, sur lesquels sont reproduits en relief des scènes de chasse : c'est un gracieux travail d'Augsbourg, du dix-septième siècle [1].

Un assez grand nombre de collections particulières renferment de beaux ivoires. Il serait difficile de les indiquer toutes; mais nous ne pouvons passer sous silence celle que possédait le prince Pierre Soltykoff, bien qu'elle soit aujourd'hui dispersée; c'était bien certainement la plus remarquable de toutes. Là, toutes les époques et toutes les écoles étaient représentées par des pièces d'une grande importance. Grâce à l'inépuisable complaisance du prince, notre Album s'est enrichi de plusieurs reproductions d'ivoires qui appartenaient à ce riche musée.

---

[1] N°s 1853 et 1890 du Catalogue de cette collection.

§ II.

SCULPTURE EN BOIS.

I.

Dans l'antiquité et chez les Grecs du Bas-Empire.

Le bois a été, après l'argile, la première matière employée dans la sculpture. L'art de le travailler pour en former des statues était attribué par Pline à Dédale [1], dont l'existence est reportée au quatorzième siècle avant l'ère chrétienne. Smilis, contemporain de Dédale, et Endéus, son élève, avaient taillé des statues de bois qu'on voyait encore du temps de Pausanias [2]. Callon d'Égine, qui vivait dans le sixième siècle avant Jésus-Christ, et Canachus dans le cinquième, sont encore cités par les anciens auteurs comme ayant sculpté des statues de bois [3]. Il est à croire cependant que dès qu'on eut appris à tailler le marbre et à fondre les métaux, les statuaires de talent abandonnèrent le bois pour des matières plus précieuses et plus durables. Le bois, réservé pour les statuettes destinées à l'intérieur des habitations, pour les meubles et les objets usuels, fut sculpté en grande abondance par la main d'artistes secondaires, mais souvent fort habiles.

Les tombeaux nous ont conservé une innombrable quantité de monuments de la vie privée des Égyptiens, qui, bien antérieurement aux Grecs, avaient pratiqué

---

[1] *Natural. hist.*, lib. VII, § 57.

[2] PAUSANIAS, *Voyage en Grèce*, liv. II et VII. — WINCKELMANN, *Hist. de l'art dans l'antiquité*, liv. I, ch. II, et liv. VI, ch. I.

[3] PAUSANIAS, liv. II, ch. XXXII et X.

toutes les branches de l'art ; parmi ces monuments,
un grand nombre étaient de bois sculpté. Tous les
musées de l'Europe en ont de beaux spécimens : le
Louvre en conserve dans tous les genres. Nous citerons
parmi les plus remarquables une jolie figurine de bois
représentant une femme vêtue d'une longue robe col-
lante ; une figure en bois de cèdre d'un homme qui porte
un panier ; une figurine d'une jeune fille nue tenant
sur son bras gauche un chat et se peignant de la main
droite ; des pieds de lits, de tables et de fauteuils reproduisant des pieds de lions, de taureaux ou de gazelles ;
des bras de fauteuils décorés de têtes d'oies, de gazelles
ou de bouquetins ; un peigne orné d'un bouquetin qui
met un genou en terre ; divers sceptres ou attributs terminés, d'un bout, par une main, et de l'autre par
une tête d'épervier ; des aiguilles de tête ornées d'un
singe assis ; des boîtes de toilette ayant pour motif une
jeune femme nue, allongée comme en nageant, et tenant dans ses mains une oie du Nil ; enfin, des cuillers
de toilette dont les manches reproduisent des sujets
très-variés, entre autres un esclave portant une cruche;
une jeune fille qui joue du luth, un chien qui tient une
coquille dans sa gueule [1].

L'Assyrie a fourni aussi un bon nombre de monuments de la vie privée en bois sculpté.

Il n'est pas douteux qu'on n'ait sculpté le bois dans
l'empire romain, mais les terres humides de l'Europe
n'ont pas pu, comme les terres brûlées de l'Afrique,
préserver de la destruction de minces objets de bois.

---

[1] Salle civile, armoires A, K, D, et vitrines G, M et N.

Si les monuments nous font défaut, quelques textes subsistent pour nous apprendre que la sculpture en bois y était en honneur.

En effet, une loi exemptait de toute imposition personnelle les sculpteurs en bois qui produisaient des figures d'hommes et d'animaux [1]. Un auteur grec anonyme, qui a écrit sur les antiquités de Constantinople, parle aussi d'un bas-relief de bois que Constantin le Grand avait fait placer dans le Forum [2].

Nous avons dit que la grande sculpture avait été à peu près abandonnée dans l'empire d'Orient depuis Léon l'Isaurien. La sculpture en bas-relief de petite proportion continua à être cultivée; mais il est à croire que l'ivoire obtint, jusqu'au quatorzième siècle, la préférence pour les pièces à l'usage de la vie privée. Nous avons pu, en effet, signaler un assez grand nombre de plaques d'ivoire sculptées par des artistes grecs depuis le huitième siècle jusqu'à la fin du treizième; mais nous ne connaissons aucune sculpture byzantine en bois qui soit antérieure à cette dernière époque.

Au quatorzième siècle, la rareté de l'ivoire amena sans doute les sculpteurs grecs à se servir du bois. Nous pouvons signaler, à partir de ce moment, des monuments de sculpture religieuse exécutés en bois. Nous citerons d'abord une très-belle croix sculptée à jour sur les deux faces, qui appartenait à la collection Debruge Duménil. Des inscriptions grecques, gravées en relief, donnent

---

[1] L. II, Cod. Theod. ap. *Not. dignit. imp. Rom. et in eam* PANCIROLI *Commentarium;* Lugd., 1608, p. 197.

[2] *Breves enarrationes chronographicæ,* ap. BANDURI, *Imperium orientale; Ant. Const.,* lib. V; Par., 1711, p. 84.

l'explication de chacun des sujets, fort nombreux, qui s'y trouvent reproduits, et le savant helléniste M. Hase, qui les a déchiffrées, a pensé, à l'inspection des caractères, qu'on devait assigner à ce monument la date du quatorzième siècle [1]. A côté de cette croix il en existait une autre, également sculptée à jour et portée sur une tour octogone, dont toutes les faces ne présentaient pas moins de quarante-huit bas-reliefs. Une inscription grecque, gravée en intaille, apprenait que cette croix avait été terminée en 1567 par Georges Lascaris [2].

Il existe encore dans les collections un assez grand nombre de sculptures grecques taillées et découpées à jour; mais elles sont toutes, comme les deux croix de la collection Debruge, de l'époque de la décadence. Les artistes qui les ont faites avaient complétement renoncé à donner carrière à leur imagination, et ils ont tous suivi un patron adopté par l'usage. Le dessin, à partir du treizième siècle, devint de plus en plus médiocre, et il est difficile de déterminer la date de ces ouvrages, qui se ressemblent tous. Ils tirent leur principal mérite de la finesse extrême de leur exécution : ce sont des œuvres de patience plutôt que des travaux d'art; ils sont cependant encore fort recherchés. Depuis la chute de l'empire d'Orient, on a fait beaucoup de ces sculptures à jour au mont Athos, et même en Russie, et

[1] JULES LABARTE, *Description des objets d'art de la collection Debruge Duménil*, n° 2, p. 413. Cette croix a été adjugée 1035 francs à la vente de la collection Debruge, en 1850.

[2] *Idem*, n° 39, p. 417. Elle a été adjugée 612 francs à la vente de la collection Debruge.

il est souvent fort difficile de distinguer les productions
modernes ou peu anciennes de celles qui sont antérieures
à la domination des Turcs.

II.

Au moyen âge en Occident.

En Occident, jusque vers le milieu du treizième siècle,
on s'occupa peu de sculpter le bois.

Il est certain qu'on a construit des meubles de bois
durant les deux premières périodes du moyen âge,
mais on préférait les décorer par des peintures ou les
couvrir de riches étoffes plutôt que de les enrichir de
sculptures [1]. L'or, l'argent et l'ivoire avaient la préférence pour les statuettes et les bas-reliefs de sainteté
destinés aux autels ou à l'intérieur des appartements.
On pourrait croire, il est vrai, que si les monuments
nous font presque entièrement défaut, c'est qu'ils ont péri;
mais la rareté des textes mentionnant des sculptures en
bois vient démontrer que la vileté de la matière avait
fait négliger le bois pour les ouvrages d'art. Nous ne
trouvons à mentionner qu'un bas-relief de bois de cyprès
qui existait en 831 dans le trésor de l'abbaye de Saint-
Riquier [2], et un groupe de bois peint reproduisant le
Christ en croix avec la Vierge et saint Jean, que fit
faire, à l'abbaye de Saint-Bertin, l'abbé Simon, qui
avait obtenu en 1176 le gouvernement de cette communauté [3]. L'histoire du monastère de Vézelay fait encore

[1] Viollet-le-Duc, Dictionn. raisonné du mobilier français, p. 4.
[2] Chronicon Hariulfi monachi S. Richarii Cent., ap. d'Achery Spicilegium, t. IV, p. 419.
[3] Cartularium Sithiense, pars III, § 22, p. 343, publié par Guérard,
Collection des Cartulaires, t. III.

mention d'un moine sculpteur en bois du nom de Lambert, qui y vivait en 1165 [1].

Mais dès le milieu du treizième siècle le bois devint fort en vogue en France, en Italie et en Allemagne, et fournit aux sculpteurs des matériaux abondants, dont ils surent tirer un grand parti pour ciseler des portes, des retables, des stalles, avec une admirable délicatesse et une complication étonnante de détails. Des statues, même de grande proportion, furent taillées dans des pièces de bois de chêne, dont la dureté se prêtait parfaitement à ce travail. La vignette qui ouvre le chapitre donne la reproduction d'un dossier de selle qui a dû appartenir à un chevalier compagnon de saint Louis. C'est une pièce d'un dessin très-correct et d'une grande élégance, qui donne une haute idée de l'habileté des artistes ornemanistes du treizième siècle [2]. Le goût pour la sculpture en bois fut encore plus prononcé au quinzième siècle. Les textes et un assez grand nombre de monuments encore subsistants viennent en fournir la preuve.

Les comptes et les inventaires royaux nous font voir que les sculptures en bois étaient jugées dignes de figurer dans le trésor des princes. Charles V en possédait plusieurs pièces. On lit en effet dans l'inventaire de son trésor : « Ung grand tableau de bois à quatre chapi-
» teaulx, où est Nostre-Seigneur, Nostre-Dame, saint

[1] *Hist. Vizeliac. monast.*, ap. d'ACHERY *Spicilegium*, t. II, p. 551.
[2] Cette pièce, qui appartenait à la collection Debruge, n° 1 du Catalogue déjà cité, avait été adjugée, à la vente de cette collection, à M. Evans moyennant 1035 francs; lorsqu'on a vendu la collection de cet amateur, en 1863, elle a été adjugée à M. Dutuit, de Rouen, pour 2000 francs.

» Jehan et saint Jehan l'Évangéliste; — ung image de
» Nostre-Dame de boys de quatre piez de long.; — ung
» tableaux de bois de six pièces istoriez; — ung image de
» Nostre-Dame de boys tenant son enfant à sénestre; —
» ung tableaux de boys de quatre pièces que Girard d'Or-
» léans fist [1]. » Cet artiste était non-seulement sculpteur, mais peintre; il vivait sous le roi Jean; son nom
figure ainsi dans les comptes d'Étienne de la Fontaine,
argentier de ce prince pour l'année 1451 et le premier
semestre de 1452 : « Une aune de veluau baillé à maistre
» Girard d'Orléans, peintre, pour couvrir deux chaires
» pour madame la Dauphine, l'une pour atourner, l'autre
» pour lever [2]. » Il pourra paraître singulier de voir un
peintre se charger de faire couvrir deux fauteuils, mais
au moyen âge les artistes attachés à la maison des rois
et des princes faisaient un peu de tout. Girard avait
sans doute enrichi les deux chaires de peintures et s'était
chargé de les livrer entièrement terminées.

On lit encore dans un inventaire des joyaux et de
l'argenterie du roi Charles VI, daté de 1418 : « Un
» cruxefilz de bois sur un arbre vert brossonné; — un
» image de bois de Nostre-Dame qui tient son enfant par
» le pié; — un image de saint Jehan, de bois, tenant
» un livre; — uns tableaux de bois de cinq pièces, et
» y a une pitié ou millieu [3]. »

[1] *Inventaire des meubles et joyaulx du roi Charles le Quint, com-
mancé le 21 janvier 1379, Ms., Bibl. imp., n° 8356, fol. 186, 188, 209,
213 et 232.*

[2] *Compte de Estienne de la Fontaine, argentier du roi, de 1351
à 1355, Ms., Arch. de l'Emp., KK. 8, fol. 131.*

[3] *Inventaire de tous les joyaulx et vaisselle d'or et d'argent et autres
du 4 septembre 1418, Ms., Arch. de l'Emp., KK. 39, fol. 25 et 26.*

On trouve encore dans les églises et dans les musées quelques statues de bois, françaises, du quatorzième siècle et du quinzième. Le Musée de Cluny conserve entre autres une statuette de saint Louis de soixante-six centimètres de hauteur, qu'on dit provenir d'un retable de la Sainte-Chapelle du Palais, et une statue de sainte Madeleine, de plus d'un mètre de hauteur, qui appartenait antérieurement à la collection Debruge Duménil[1].

Les ducs de Bourgogne donnèrent, comme les rois de France, des encouragements à la sculpture en bois. Plusieurs artistes flamands, leurs sujets, se rendirent célèbres en ce genre de travail. En 1391, Philippe le Hardi fit faire par Jacques de Baerze, sculpteur flamand, deux retables pour l'ornement de l'église qu'il avait fondée à Champmol-lez-Dijon. Ces deux retables ou tableaux d'autel se ferment à volets; ils ont un mètre soixante-deux centimètres de hauteur, leur largeur est de deux mètres soixante centimètres. Étant ouverts, ils offrent chacun cinq mètres vingt centimètres de développement. Après avoir été restaurés convenablement, ces beaux spécimens de la sculpture du quatorzième siècle ont été placés dans le Musée de Dijon [2]. Chacun de ces retables reproduit trois sujets en figures de ronde bosse; les vêtements des personnages sont enjolivés de feuillages d'or bruni sur un fond rehaussé de diverses couleurs. Dans le premier, l'artiste a représenté au centre la scène de la crucifixion, à gauche l'adoration des mages, à droite la mise du Christ au tombeau; dans le second, au centre, le supplice de l'impératrice, femme

---

[1] Nos 1964 et 1965 du Catalogue de 1861.
[2] Nos 711 et 712 du Catalogue de 1842.

de l'empereur Maxime, en présence de sainte Catherine
d'Alexandrie, sujet traité d'après le récit de la Légende
dorée, à gauche la décollation de saint Jean-Baptiste,
et à droite la tentation de saint Antoine. Tous ces
sujets sont sagement composés : les figures ont des
mouvements justes, et les visages, de l'expression ;
les plis des vêtements sont disposés avec art ; tout annonce que l'artiste avait étudié la nature. Ces beaux
ouvrages ne sont pas inférieurs à la plupart des travaux
des artistes italiens du quatorzième siècle. Les sujets
sont placés au-dessous de décorations, dans le style
ogival, très-finement traitées. L'intérieur de chaque
battant des volets est orné de cinq figures de saints de
quarante et un centimètres de hauteur.

Les archives de Louvain ont fourni le nom d'un autre
sculpteur en bois appartenant à la Flandre, Claës de
Bruyn. Il fit en 1422, pour l'église de la ville, une statue
de la Vierge qui fut peinte et dorée suivant l'usage généralement pratiqué au quatorzième siècle et au quinzième [1].

Les noms de deux autres artistes flamands, Henri et
Guillaume, qui vivaient à la même époque, nous sont
donnés par une inscription qu'ils ont laissée sur les
armoires de la sacristie de l'église Saint-François de
Ferrare, qu'ils enrichirent de sculptures en 1443 [2].

Malgré la magnificence déployée par Philippe le Bon,
ce fastueux duc de Bourgogne ne dédaignait pas les statuettes de bois sculpté. Dans l'inventaire de ses joyaux

---

[1] Arch. de Louvain, citées par M. DE LABORDE, *Les ducs de Bourgogne*, t. I, p. CXIV.

[2] « Hoc opus fecerunt duo Alemani de partibus Brabantiæ, S. Hen-
ricus, et Guillelmus, 1443. » CICOGNARA, *Storia della scultura*, t. II,
p. 196.

d'or et d'argent, on rencontre un groupe ainsi décrit :
« Ung ymage de Nostre-Dame, de boys, assise, et deux
» anges de boys aux ii costez, l'un tenant une harpe et
» l'autre une vielle, seant sur ung entablement de boys,
» à clerevoyes, bordé de noir, que soustiennent iiii lions
» de boys [1] » ; et ce groupe de figures de bois est compris dans le chapitre des « ymages d'or et d'argent ».
Il fallait bien que le mérite de la sculpture lui eût valu
un pareil honneur.

La sculpture en bois a été fort en vogue en Italie depuis le milieu du quatorzième siècle jusqu'à la fin du quinzième, et nous pouvons signaler un assez grand nombre
d'artistes qui se sont adonnés à ce genre de travail.
L'inventaire du Dôme de Sienne, dressé en 1467, constate qu'il existait plusieurs groupes et statues de bois
dans l'église. Dès 1362, Francesco del Tonghio avait
enrichi les stalles du chœur de grandes figures de
ronde bosse disposées dans des niches élégantes. Ce
travail fut continué par son fils Giacomo. Ces stalles
existent encore. [2]. La chapelle du palais public de
Sienne conserve aussi de la même époque une lampe
de bois sculpté d'un dessin délicieux, enrichie de charmantes figurines qui pourraient bien avoir été faites par
Francesco ou par son fils. M. Didron a donné dans les
Annales archéologiques la gravure de cette jolie pièce [3].

(1) Inventaire des joyaulx d'or et d'argent, reliques, aournemens et autres choses de chapelle appartenans à M. S. le duc de Bourgogne... du
xiie jour de juillet l'an mil cccc. et vingt, publié par M. DE LABORDE,
Les ducs de Bourgogne, t. II, p. 238.

(2) Inventario del Duomo e dell' opera di Sancta Maria di Siena
cominciato a dì x aprile m. cccc. lxvii, Ms., Archives du Dôme de
Sienne, livre Ier des Inventaires de 1420 à 1481, in-folio.

(3) T. XVI, p. 5.

Au commencement du quinzième siècle florissait, à Sienne, un habile sculpteur en bois, maître Francesco, fils de Domenico di Valdambrino. Il fit en 1409, pour le Dôme, quatre statuettes des saints patrons de l'église : S. Sano, S. Savino, S. Crescenza et S. Vetorio. Ces statuettes, qui portaient des coffrets renfermant des reliques, étaient sur le maître-autel [1].

A peu près à la même époque, deux grands artistes, Brunelleschi, le constructeur de la coupole de la cathédrale de Florence, et le célèbre sculpteur Donatello, sculptaient chacun de leur côté un crucifix de bois. Celui de Brunelleschi fut placé dans l'église de Santa-Maria Novella, à Florence; celui de Donatello, dans celle de Santa-Croce, de la même ville, où on le voit encore [2]. Un peu plus tard, Donatello sculpta une statue de bois de la Madeleine pour le baptistère de Saint-Jean de Florence [3]. Cette statue, d'un grand mérite, est aujourd'hui placée au-dessus d'un autel, à gauche en entrant par la porte du milieu.

Lorenzo di Pietro, surnommé il Vecchietta, sculpteur de talent, dont on voit à Sienne des sculptures de bronze très-remarquables, sculpta en 1442, pour la cathédrale de cette ville, une statue de bois du Christ sortant du tombeau. Elle était placée au centre du maître-autel [4].

[1] *Inventario del Duomo.* — *Libro debit. e cred. dal 1404 al 1419,* p. 225; Ms., Archives du Dôme.

[2] VASARI, *Vita di Donato ;* — CICOGNARA, *Stor. della scult.*, a donné la gravure des deux crucifix, t. II, pl. V.

[3] VASARI, *Vita di Donato.* — CICOGNARA, *Stor. della scult.*, en a donné la gravure, t. II, pl. VI.

[4] *Inventario del Duomo di Siena,* cit. — *Libro debit. e credit. ad an. 1442;* Ms., Archives du Dôme de Sienne.

A peu près à la même époque, travaillait à Florence Antonio, fils de Nicolo; il fut appelé à Ferrare en 1451, afin d'y sculpter des statues de bois destinées à l'ornementation de la sacristie de l'église cathédrale [1].

Le célèbre Florentin Andrea del Verrocchio (1432 † 1488), qui cultiva tous les arts avec succès, et fut tout à la fois orfèvre, sculpteur, graveur, peintre et musicien, ne pouvait manquer, pour suivre les goûts de son temps, de sculpter le bois. Vasari nous apprend, en effet, qu'il fit plusieurs crucifix de bois [2].

L'Allemagne ne le céda ni à la France ni à l'Italie dans l'art de sculpter le bois. Les stalles de Saint-Géréon de Cologne, et d'autres belles sculptures en bois que l'on rencontre dans les églises, notamment à Augsbourg, à Bamberg et à Nuremberg, sont les témoignages incontestables du talent des artistes qui se livraient à ce genre de travail. Les sculpteurs en bois de l'Allemagne acquirent une si belle réputation, que plusieurs d'entre eux furent appelés en Italie pour y exercer leur art. L'inventaire du Dôme de Sienne, de 1467, constate qu'il s'y trouvait alors une statue équestre de bois, ouvrage d'un artiste allemand du nom de Jean [3]. Cet artiste est sans doute celui qui, après avoir travaillé à Florence, alla à Rome, en 1457, avec une lettre de recommandation de la seigneurie de Florence pour le cardinal Colonna. Dans cette lettre, la seigneurie le signalait au cardinal comme un sculpteur d'un grand

[1] Cicognara, *Storia della scultura*, t. II, p. 196.

[2] Vasari, *Vita del Verrocchio*.

[3] « Una statua di Lemgnio a chavallo fu fatta per Giovanni thedesco, » sta dremto a la porta di mezo della chiesa. » *Inventario del Duomo di Siena*, déjà cité.

talent, s'adonnant surtout à faire des crucifix, sculptor
egregius presertim in crucifixis effigiendis [1].

On peut citer parmi les sculptures en bois les plus remarquables de l'Allemagne, celles de Lucas Moser, dans
l'église de Tiefenbronn, de 1431, représentant la Madeleine portée par des anges; au même endroit, au-dessus de
l'autel, une descente de croix de Schülheim, de 1468;
les tableaux sculptés dans le Dôme d'Ulm, qu'on attribue à Daniel Mouch (1521); les bas-reliefs de Veit
Stoss, de Krakau (1447 † 1542), placés au-dessous de
l'orgue, dans l'église de Bamberg; un grand crucifix du
même artiste, avec les statues de la Vierge et de saint
Jean, dans l'église Saint-Sebald de Nuremberg; du
même encore, un grand médaillon suspendu à la voûte
de l'église Saint-Laurent de Nuremberg, représentant
la Salutation angélique et daté de 1518. Veit Stoss se
distingue par une manière tendre et naïve qui donne
une grâce particulière à ses figures de femmes, bien
qu'elles soient un peu maniérées. Parmi les œuvres que
nous venons de citer, il en est plusieurs qui appartiennent au seizième siècle; mais Veit Stoss était de
l'école allemande du quinzième, et quoique l'influence
italienne se fût fait sentir en Allemagne dès le commencement du seizième siècle, il n'avait rien emprunté
au style italien de la renaissance, et avait conservé
dans ses œuvres, de même que la plupart des artistes
allemands du premier tiers du seizième siècle, un cachet
d'originalité tout particulier.

[1] *Lettera della signoria di Firenze del 27 maggio* 1457. Ms., Arch.
des réformes de Florence, filza 50, publiée par GAYE, *Cart. d'art.*, t. I,
p. 174.

Les stalles, dont on commença, au quatorzième siècle, à cloîtrer le chœur des églises, fournirent aux sculpteurs en bois l'occasion de déployer leur talent. Dans les stalles, la sculpture n'était qu'un accessoire ; nous en parlerons en traitant du mobilier religieux, mais nous devons nous occuper des retables, grandes pièces de sculpture qui s'élevaient au-dessus des autels et qui devinrent fort en vogue à la fin du quatorzième siècle.

III.

Retables en bois sculpté.

Ce fut principalement dans les retables que se développa l'art de sculpter le bois. En France et dans les Flandres, jusqu'à la fin du quinzième siècle, et même dans les premières années du seizième, on en vit paraître d'une très-grande élévation, étalant tout ce que la sculpture du temps pouvait produire de plus délicat, et offrant, au milieu de décorations architectoniques dans le style de leur époque, des scènes sculptées en ronde bosse ou en haut-relief qui renfermaient une quantité considérable de petites figures.

Nous avons déjà parlé des deux beaux retables que fit exécuter le duc de Bourgogne Philippe le Hardi, à la fin du quatorzième siècle, et qui sont aujourd'hui conservés au Musée de Dijon. Le Musée de Cluny en possède un d'une grande dimension, où sont représentées les principales scènes de la vie et de la passion du Christ. Ce retable provient de l'église de Champdeuil, village du département de Seine-et-Marne. La sculpture est un peu rude, mais elle offre un grand caractère [1].

(1) N° 2809 du Catalogue de 1861.

Les Allemands s'adonnèrent surtout à ce genre de sculpture. Suivant le docteur Kugler, il aurait pris naissance en Allemagne, où il jouissait de beaucoup de faveur dès la fin du treizième siècle [1]. Il est certain que malgré la destruction d'un grand nombre de ces retables à l'époque de la réforme, on en rencontre encore en Allemagne, et surtout dans la Souabe, de très-importants qui appartiennent au quinzième siècle et au premier tiers du seizième. Nous pouvons signaler entre autres, à Rothenbourg, le retable du maître-autel de l'église Saint-Jacques, de 1466; à Bamberg, dans la chapelle de la Sépulture, le beau retable colorié d'Adam Kraft († 1507); à Augsbourg, dans l'ancienne église Saint-Ulrich, les retables à quatre étages, qui s'élèvent presque jusqu'à la voûte au-dessus du maître-autel, au fond de l'abside, et au-dessus des deux autels placés dans les transsepts : on voit au centre de ces retables un sujet principal en figures presque de grandeur naturelle; dans le dôme de Schleswig, le retable de Hans Brüggemann, sculpté en 1521. Aucun de ces retables n'égale en hauteur celui de l'église Saint-Kilian d'Heilbronn, qui est élevé en arrière du maître-autel, au fond de l'abside. Il est divisé en trois parties : un soubassement, une partie centrale et une partie supérieure. Le soubassement est partagé en trois arcades au-dessous desquelles sont des figures à mi-corps; dans l'arcade centrale, on voit le Christ, Ecce homo, présenté au peuple par la Vierge et saint Jean. La partie centrale est divisée en cinq niches, où sont placées des statues en pied plus grandes que nature : la figure de la Vierge est dans

[1] *Handbuch der Kunstgeschichte*; Stuttgard, 1842, s. 770.

celle du centre ; des figures de saints occupent les
autres. Dans la partie supérieure, au centre d'une décoration ogivale découpée à jour et décorée de niches renfermant des statuettes, s'élève une croix sur laquelle le
Christ est attaché ; la Madeleine, à genoux, embrasse le
pied de la croix ; la Vierge et saint Jean sont debout
au-dessous. Ce beau retable est accompagné de deux
bas-reliefs en bois disposés à droite et à gauche du
soubassement.

Un des caractères particuliers de la sculpture en bois
du quatorzième siècle et du quinzième, c'est qu'en
général elle est peinte et dorée. Le goût pour la sculpture polychrome était alors si répandu, surtout en Allemagne, qu'on rencontre souvent des statuettes d'or et
d'argent coloriées ; telle est celle dont nous donnons la
reproduction dans la planche XXVII de notre Album.

On trouve aussi en Allemagne un assez grand
nombre de retables de la seconde moitié du quinzième
siècle et du commencement du seizième, à l'exécution
desquels le peintre et le sculpteur ont également concouru. La partie centrale, en renfoncement, présente
une grande scène sculptée en haut-relief, que des volets
viennent recouvrir ; ces volets sont enrichis intérieurement et extérieurement de peintures appartenant aux
premiers maîtres allemands de l'époque. Dans ce cas,
c'était le peintre qui fournissait le dessin de la partie
sculptée de cette espèce de triptyque ; il en dirigeait
l'exécution, et souvent il y travaillait lui-même [1]. On
rencontre maintenant de ces monuments incomplets :
les volets peints sont venus, comme tableaux, enrichir

[1] Dr KUGLER, *Handbuch der Kunstgeschichte*, s. 771.

quelque musée; la partie sculptée, moins appréciée et
séparée des volets, est restée dans les églises ou bien a
été détruite. C'est ainsi que l'on voit à Vienne, dans la
belle galerie du prince de Lichtenstein, les deux volets
d'un triptyque de la main d'Albert Dürer, dont le pan-
neau central, qui sans doute était sculpté, n'existe plus.

A côté de ces retables de grande proportion, il en
existe de petits qui ont été destinés à orner les chapelles, les oratoires, à être placés au chevet du lit, et
qui par leur dimension constituent des monuments de
la vie privée. En général, leur exécution est délicate et
soignée, et il n'est pas douteux que les meilleurs artistes ne se soient adonnés à ce genre de travail. Ils
reçoivent en Allemagne le nom d'autel domestique
(hausaltärchen), qui leur convient parfaitement.

Le Musée de Cluny possède un charmant spécimen de
ces autels domestiques. La scène principale, sculptée
en figures de ronde bosse de vingt-six à vingt-huit
centimètres de hauteur, représente la descente de
croix. Le corps de Jésus repose sur les genoux de la
Vierge; la Madeleine agenouillée contemple la tête du
Sauveur; saint Jean et deux saintes femmes se tiennent
debout derrière la Vierge. Sur le premier plan, à droite,
le donateur, moine de l'ordre des Chartreux, est à
genoux. Dans le fond on aperçoit le Calvaire, sur lequel
les deux larrons sont encore en croix; à droite, Joseph d'Arimathie et Nicodème préparent le tombeau.
Toutes les figures sont peintes; la Vierge et les saints
portent de riches vêtements taillés à la mode allemande
du quinzième siècle. La niche qui contient la sculpture
est fermée par deux volets sur chacun desquels sont

peintes, à l'intérieur, trois scènes de la passion du Christ.
Ces peintures sont attribuées à Martin Schongauer ou
Schön, célèbre peintre et graveur d'Augsbourg († 1499).
L'extérieur des volets présente en outre deux tableaux.
La hauteur totale du monument est de quatre-vingts
centimètres [1].

Nous reproduisons dans la planche XXIII de notre
Album un retable à volets, sculpté en bas-relief, qui appartient à l'école allemande du quinzième siècle. Il reproduit en petit les dispositions du soubassement et de
la partie centrale du retable de l'église Saint-Kilian
d'Heilbronn, dont nous avons parlé plus haut [2].

IV.

Sculpture en bois au XVIe siècle.

La vogue dont jouissait la sculpture en bois au quinzième siècle se perpétua au seizième. On continua en
France, en Italie et en Allemagne, de sculpter des
retables et d'enrichir de figures de ronde bosse et de bas-
reliefs les stalles des églises; l'ornementation des frises
et des voûtes des grandes salles des palais et des édifices
publics fut souvent exécutée en bois sculpté. Les artistes
de second ordre s'adonnèrent surtout à la sculpture des
meubles, dont nous parlerons en traitant du mobilier des

[1] Ce retable, après avoir fait partie de la collection Debruge Duménil (n° 1481 de la *description* déjà citée), était passé dans celle du prince
Soltykoff (n° 29 du Catalogue). A la vente de cette collection, il a été
acheté pour le Musée de Cluny moyennant 1605 francs.

[2] Après avoir fait partie de la collection Debruge (n° 3 de la *description* déjà citée), il était passé dans celle du prince Soltykoff (n° 30 du
Catalogue). A la vente de cette collection, il a été adjugé moyennant
1310 francs.

habitations. Les noms de quelques-uns des meilleurs sculpteurs en bois ont été conservés. Richard Taurin, originaire de Rouen, était rangé au nombre des artistes de talent [1]. Du Hancy, qui vivait sous Louis XII, se fit une grande réputation par les sculptures dont il orna les églises Saint-Médéric et Saint-Gervais à Paris [2]. Les frères Jacquet firent à la même époque de belles sculptures dans l'église Saint-Gervais [3].

François Iᵉʳ fit faire de grands travaux de sculpture en bois à Fontainebleau. Deschauffour et Loisonnier sculptèrent en bois de noyer, d'après les dessins de Pierre Lescot, sept figures de six pieds de haut, qui devaient entrer dans la décoration d'une horloge [4]. Un peu plus tard, Roland Maillard, les deux Hardoin, Francisque et Biard, auxquels était adjoint l'Italien Ponce Trebati, exécutèrent les sculptures en bois qui ornaient les lambris, les portes, les embrasures des fenêtres et le plafond de la chambre de parade du vieux Louvre [5]. Jannie, sculpteur français, alla s'établir à Florence et acquit beaucoup de renommée par ses travaux en bois. Vasari fait l'éloge d'une statue de saint Roch, de bois de tilleul, grande comme nature, que Jannie avait sculptée pour l'église de la Nunziata où on la voit encore [6].

On comprend par là que la sculpture en bois devait être

[1] Hilaire Pater, *Songe énigm. sur la peinture*, p. 25.
[2] Sauval, *Antiq. de Paris*, t. I, p. 438 et 453.
[3] Sauval, *Antiq. de Paris*, t. I, p. 453.
[4] *Compte de Nicolas Picart, commencé le 1ᵉʳ janvier 1540 et fini le dernier de septembre 1550*, publié par M. de Laborde, *La renaissance des arts à la cour de France*, t. I, p. 428.
[5] Sauval, *Antiq. de Paris*, t. II, p. 35.
[6] Vasari, *Le vite de' pitt., scult. e arch.*, introduzione, scult., cap. vii.

encore très-recherchée en Italie durant le seizième siècle :
nous pouvons citer en effet quelques artistes italiens,
qui se sont fait un nom dans ce genre de travail. Crocini
est cité par Baldinucci comme ayant traité avec beaucoup
de talent les sculptures en bois de la bibliothèque Lau-
rentienne de Florence. Alessandro, fils de Bartholomeo
Boticelli, fut associé à Crocini pour d'autres travaux de
sculpture en bois qui furent faits par ordre du grand-
duc Cosme Ier [(1)]. Cicognara désigne Gian Barile comme
ayant exécuté, sous la direction de Raphaël, des sculptures sur les portes et les plafonds du Vatican, Giovanni
Battista et Santa Corbetti comme ayant fait, en 1541,
dix statues colossales pour l'ornementation d'un arc de
triomphe élevé à l'occasion de l'entrée de Charles-Quint
à Milan. Il cite encore Ricciardo Taurini, qui était élève
d'Albert Dürer, pour les beaux bas-reliefs de bois dont
il enrichit les stalles du chœur du Dôme de Milan [(2)],
Giovanni de Montepulciano et Domenico de Florence
pour leurs belles sculptures des salles du Dôme de
Sienne, terminées en 1573 [(3)].

Occupons-nous maintenant des sculptures mobilières
de petite proportion qui rentrent davantage dans le
sujet que nous nous sommes proposé de traiter.

V.

Petite sculpture allemande en bois de la première moitié du XVIe siècle.

Nuremberg, où travaillaient Adam Kraft (✝ 1507), Michel Wohlgemuth (✝ 1519), Peter Vischer (✝ 1529), Veit

---

[(1)] BALDINUCCI, *Not. de' prof. del disegno*, t. VI, p. 181; t. VII, p. 91.
[(2)] CICOGNARA, *Storia della scultura*, t. II, p. 448 et 449.
[(3)] *Idem*, t. I, p. 198.

Stoss († 1542) et le célèbre Albert Dürer († 1528), était au commencement du seizième siècle le centre artistique de toute l'Allemagne et le rendez-vous de tous les hommes qui voulaient étudier les arts. Il se forma à côté de ces maîtres comme une pépinière d'artistes qui mirent leur talent au service de toutes les industries. Ils imprimèrent alors aux monuments de la vie privée et aux ustensiles domestiques de toutes sortes des formes si pures, ils les enrichirent d'ornements si ravissants, de figures si gracieuses, qu'ils en firent de véritables objets d'art qu'on recherche aujourd'hui avec empressement.

Parmi ces artistes de second ordre, les plus habiles produisirent un nombre considérable de petites sculptures remarquables par une conception spirituelle, par la correction du dessin et par la finesse de l'exécution. Ils y employaient le bois et diverses espèces de pierres. Les artistes les plus renommés en ce genre sont Ludwig Krug († 1535), Peter Flötner († 1546), qui a sculpté sur bois et sur pierre avec une égale perfection, Johann Teschler († 1546) et Jacob Hoffmann († 1564).

Les plus grands artistes de cette époque ne dédaignaient pas de s'adonner à cette sculpture de petite proportion. On conserve au Musée de Berlin une statuette de bois de sainte Barbe, un bas-relief reproduisant la famille de la Vierge, et un satyre ailé donnant de la trompe qu'on attribue à Albert Dürer [1].; et au Musée de Gotha, deux statuettes, Adam et Ève, de la plus exquise finesse, qui sont traitées dans la manière de ce grand maître. Nous avons vu, en 1845, dans la collection de M. Melchior Boisseré, à Munich, deux bas-

[1] Nᵒˢ 1062, 1232 et 1250 du Catalogue de ce Musée.

reliefs sur bois de dix à douze centimètres de hauteur
sur lesquels le monogramme de Dürer est gravé ; ils représentent tous deux la Vierge debout tenant l'Enfant
Jésus ; l'un est daté de 1515, l'autre de 1516 ; il est impossible de rien trouver en ce genre de plus ravissant.

Les musées d'Allemagne renferment un assez grand
nombre de ces petites sculptures en bois du commencement du seizième siècle. Parmi celles que conservent les
Vereinigten Sammlungen de Munich, on doit remarquer
six petits bas-reliefs de la même main, d'un dessin
vigoureux et d'une bonne exécution. Ils reproduisent
des sujets très-divers : un chevalier à cheval se tournant
vers une femme et un vieil homme ; un chevalier frappant de son épée un vieillard ; un chevalier qui caresse
une femme ; Moïse recevant les tables de la loi, le Christ
en croix soutenu par Dieu le Père, et la célébration de la
sainte messe. Nous devons citer encore une fine ciselure représentant un camp ; elle est signée du monogramme P. G., avec la date de 1535 [1].

La Kunstkammer de Berlin est très-riche en sculptures
en bois. Nous devons surtout signaler un petit autel
domestique finement exécuté, où est gravé le monogramme de Hans Brüggemann, l'auteur du beau retable
de la cathédrale de Schleswig ; une figure allégorique de
la Nature, de Wentzel Jamnitzer († 1586), que cet habile
orfévre a ensuite exécutée en argent ; la Vierge à genoux en
adoration, dans le style de Dürer ; Adam et Ève, statuettes
de l'école d'Augsbourg ; cinq hauts-reliefs, sujets de la
Passion, de l'école de Nuremberg, dans le style de Veit
Stoss ; un médaillon reproduisant la Vierge avec l'Enfant

[1] Nos 178 à 183 et 407 du Catalogue de ce Musée.

Jésus et sainte Élisabeth, de Hans Schaüfflein († 1550),
une petite figure de l'apôtre saint Jacques en bas-relief,
pleine d'expression et d'un travail très-délicat, avec le
monogramme du même artiste, qui était un peintre distingué, élève d'Albert Dürer, et un buste de ronde bosse
représentant un jeune chevalier, par Hans Schwartz [1].
On peut voir aussi à Paris, au cabinet des médailles
de la Bibliothèque impériale, un petit bas-relief en bois
marqué d'un monogramme qu'on regarde comme celui
de Lucas de Leyde, et au Musée du Louvre une figurine de Pallas et une autre de Mercure [2], un squelette
d'homme et un squelette de femme [3].

VI.

Portraits en bois.

Ce fut surtout dans les portraits que la petite sculpture allemande atteignit à la perfection. Ces ouvrages,
empreints de réalisme, sont d'un style si pur et d'un fini
si remarquable, qu'ils peuvent être comptés parmi les
plus belles productions de l'art germanique, et soutenir
la comparaison avec les plus beaux médaillons des
artistes italiens. On les faisait sur bois et sur pierre.

La ville d'Augsbourg se montra dans ce genre de
sculpture la rivale de Nuremberg. Les portraits de Nuremberg sont plus particulièrement travaillés sur pierre,
ceux d'Augsbourg sur bois [4]. Ce qui caractérise les premiers, c'est un style très-arrêté, très-ferme, et une grande

---

(1). Nᵒˢ 325, 1063, 1082, 1020 à 1023, 1028, 1158, 1160 et 1170
du Catalogue de ce Musée.

(2) Nᵒˢ 123 et 125, coll. Sauvageot, Catalogue de M. SAUZAY, de 1861.

(3) Nᵒˢ 947 et 948 du Catalogue de M. DE LABORDE, de 1853.

(4) Dʳ KUGLER, *Handbuch der Kunstgeschichte*, s. 782.

facilité d'exécution. Dans les seconds, dont nous avons
en ce moment à nous occuper, on trouve une observa-
tion naïve de la nature unie à beaucoup de grâce et de
finesse. Parmi les artistes d'Augsbourg, Hans Schwartz
est cité comme le plus habile; Hans Culmbach a laissé
son nom, avec la date de 1528, sur un bon portrait que
conserve la Kunstkammer de Berlin.

Cette application de la sculpture aux portraits de
petite proportion, surtout en médaillons, a été fort en
vogue pendant toute la durée du seizième siècle. Les
plus beaux appartiennent au premier tiers; ces productions de l'art, fort estimées à juste titre, sont aujour-
d'hui recueillies avec soin, non-seulement dans les collections particulières, mais encore dans les musées
publics. Il existe un très-grand nombre de portraits-
médaillons en bois à Berlin dans la Kunstkammer [1]. Les
plus remarquables sont ceux de Jacob Fugger et celui
d'un jeune homme par Hans Schwartz; celui d'un homme
avec le monogramme d'Albert Dürer, et ceux de Mag-
dalena Honoldt, de Bart. Welser et de Barbara Reihlig,
aussi de Hans Schwartz [2].

Les Vereinigten Sammlungen de Munich en possèdent
également de fort beaux : ceux de Sébastien et d'Ursule
Liegsalz, datés de 1517, et ceux de Laurent et d'Élisabeth Kreller, de 1520, tous quatre de Dürer, sont d'une
admirable finesse d'exécution [3].

A Vienne, on fait tant de cas des portraits sur bois et
sur pierre que dans le cabinet des antiques on en con-

---

[1] Nᵒˢ 1161 à 1222 du Catalogue de cette collection.

[2] Nᵒˢ 1162, 1163, 1164, 1165, 1167 et 1172 du Catalogue.

[3] Nᵒˢ 101 à 104 du Catalogue; ils sont placés dans la seconde vitrine.

serve plusieurs dans les vitrines qui renferment les beaux
camées antiques et ceux de la renaissance sur pierres
dures. On voit là les portraits de Maximilien Iᵉʳ, de
Charles-Quint et celui de Ferdinand Iᵉʳ avec la date de
MDXXXX. La collection d'Ambras, l'une des plus curieuses de Vienne, possède un assez grand nombre de
ces portraits-médaillons, dont plusieurs très-beaux.

Le Musée du Louvre est assez riche en portraits-
médaillons sur bois. Parmi ceux qui lui proviennent de
la collection Sauvageot, on remarquera ceux de Henri IV,
d'Anne de Clèves, d'Éléonore d'Autriche, de Steffan
Keltenhofer presque de face, d'Anne Berchtold, d'Ernest
margrave de Bade-Dourlach et de Raymond Fugger [1].
Nous reproduisons les deux derniers dans la planche XXIV
de notre Album. Les plus intéressants de l'ancienne collection du Louvre sont ceux de Charles-Quint, de René
d'Anjou, de Jean Constans, électeur de Saxe, et de sa
femme Sophie; d'Anthoni Duzel et de sa femme, et
celui d'un porte-enseigne [2]. Nous devons signaler encore
parmi les portraits en bois sculpté du Louvre un portrait en très-haut relief de José Truchess, commandeur
de l'ordre Teutonique. Les belles qualités de cette sculpture l'avaient fait attribuer à Albert Dürer, mais ce grand
artiste était mort depuis quelques années quand elle a
été exécutée [3].

A part leur valeur artistique, ces petits portraits de
bois et de pierre présentent aujourd'hui un autre intérét,

[1] Nᵒˢ 132, 133, 137, 138, 134 et 135 du Catalogue de M. SAUZAY,
de 1861. Les deux derniers sont reproduits dans notre planche XXIV.

[2] 936 à 942 du Catalogue de M. DE LABORDE, de 1853.

[3] M. SAUZAY, Catalogue du Musée Sauvageot, 1861, art. 441.

c'est d'être certainement les plus fidèles qu'on puisse
rencontrer de tous les personnages importants de la
grande époque du seizième siècle.

VII.

Sculpture en bois microscopique.

Parmi les artistes qui sculptaient le bois avec tant de
perfection en France et en Allemagne, il en est qui
s'exercèrent à produire des ouvrages d'une telle finesse,
qu'il faut souvent une loupe pour en apercevoir tous les
détails.

Dans un espace de quelques millimètres, ils placèrent
souvent des scènes qui contiennent vingt personnages.
Si les artistes qui ont fait ces petits ouvrages ne se
recommandaient que par la patience qu'il leur a fallu
pour les terminer, il y aurait à leur tenir peu de compte
de ce mérite; mais plusieurs de ces fines sculptures
joignent à l'extrême délicatesse de leur exécution une
composition sage, un dessin correct, des figures et des
attitudes pleines de sentiment et d'expression.

Le goût un peu bizarre pour les ouvrages de sculpture microscopique existait déjà dans l'antiquité. Pline
nous apprend que de très-petits ouvrages en marbre
avaient donné de la réputation à leurs auteurs; il cite
Myrmécides, qui avait fait un quadrige avec son cocher
couvert des ailes d'une mouche, et Callicrate, qui avait
ciselé des fourmis dont les ailes et les pattes échappaient
à la vue [1].

Quelques-unes des sculptures en bois microscopiques
appartiennent à la fin du quinzième siècle. Le Musée du

[1] PLINIUS, *Hist. natur.*, lib. XXXVI, § IV, 27.

Louvre possède de cette époque deux petites boules s'ouvrant à charnière, qui renferment un bas-relief à l'intérieur de chacune des parties hémisphériques; l'une à quarante-cinq millimètres de diamètre, l'autre trente [1]. Les plus curieuses sont du seizième siècle. Elles faisaient l'admiration de Vasari, qui signale les Allemands comme ayant excellé en ce genre de travail [2].

Le Louvre conserve deux pièces remarquables [3]. La première reproduit une lettre F de soixante-treize millimètres de hauteur et de treize millimètres d'épaisseur. Elle s'ouvre à charnière, de façon à former deux F adossées. A l'extérieur, les deux côtés de la lettre sont enrichis de gracieux rinceaux de feuillages. L'F étant déployée offre à l'intérieur dix médaillons circulaires, disposés sur la haste et les barres transversales; les plus grands ont seize millimètres de diamètre, les plus petits huit. Les parties qu'ils laissent libres sont occupées par des dragons d'une fantaisie digne de Callot et par des groupes d'enfants qui jouent entre eux. Hector, Alexandre, Jules César, Josué, David, Judas Machabée, Charlemagne, le roi Artus, Godefroy de Bouillon, sont représentés à cheval dans neuf des médaillons; tous ces preux portent les armures et les costumes du commencement du seizième siècle. Josué a sur son écu une salamandre, emblème de François Ier, et Charles, l'aigle impérial à deux têtes sur le caparaçon de son cheval. Le

[1] Nos 192 et 193 coll. Sauvageot, Catalogue de M. Sauzay, de 1861.
[2] Le Vite de' scul., pitt. e arch., Introduzione, Scult., cap. vii.
[3] Nos 189 et 189 bis du Catalogue du Musée Sauvageot, de 1861.

dixième médaillon renferme le Christ en croix, avec la
Vierge et saint Jean [1].

L'autre pièce reproduit une M de forme onciale,
sculptée sur ses deux faces. L'artiste y a représenté dans
quatre médaillons l'histoire et le martyre de sainte Marguerite d'Antioche, d'après la Légende dorée. Nous
donnons la reproduction de cette lettre M dans la
planche XXIV de notre Album, ce qui nous dispense
d'en faire ici la description.

On a supposé que ces deux lettres, dont l'une retrace
l'image des preux avec Josué portant l'emblème du roi
chevalier, et l'autre la légende de sainte Marguerite,
avaient été faites pour François Ier et pour sa sœur Marguerite d'Angoulême. Elles sont taillées dans le même
bois et doivent être de la même main. L'F se trouvait, au
dix-huitième siècle, dans le cabinet du fameux amateur
Jamet [2]. M. Debruge Duménil, en 1837, l'acheta pour
cent vingt francs d'un marchand de curiosités; à la vente
de la collection Debruge, en 1849, elle fut adjugée à
M. Hope moyennant six cents francs. La vente de la collection de cet amateur fut faite en 1855. M. Sauvageot,
qui avait déjà pris la résolution de donner sa précieuse
collection au Musée du Louvre, voulut réunir cette F à l'M
que possédait déjà le Musée, et il soutint les enchères
jusqu'à deux mille cinq cents francs pour l'obtenir.

La lettre M appartenait en 1745 à M. Bon, ancien
premier président de la chambre des comptes à Mont-

---

[1] On trouvera une bonne gravure de cette F avec une dissertation de
M. Alfred Darcel, dans les *Annales archéologiques*, t. XVI, p. 231.

[2] Lettres de l'abbé Barthélemy à Mercier de Saint-Léger, dans l'*Esprit des journaux*, février et mai 1779.

pellier, qui en a donné la gravure avec une dissertation dans l'*Histoire de l'Académie des inscriptions et belles-lettres*, tome XVIII, p. 316. M. Bon attribue cet objet au treizième siècle. Il est inutile aujourd'hui de discuter cette opinion; le style des sculptures ne laisse aucun doute sur l'époque de son exécution, qui appartient au premier quart du seizième. Ce joli bijou de sculpture existait dans la collection de M. Revoil, et est entré au Louvre par suite de l'acquisition que Charles X fit de cette collection, le 16 avril 1828.

Nous devons signaler encore, parmi les jolis bijoux de bois que possède le Louvre, un cadre de miroir, de treize centimètres de hauteur sur dix de largeur, provenant de la collection Sauvageot; il est enrichi de figurines et de bas-reliefs d'un fini ravissant [1]. C'est un ouvrage de la fin du seizième siècle exécuté en Flandre, ainsi que l'indiquent des devises en langue flamande ciselées en différents endroits.

Le Grüne Gewölbe, de Dresde, conserve un noyau de pêche gravé par une femme, Properce Rossi, morte à Bologne en 1530, et plusieurs noyaux de cerise où sont ciselées une foule de choses; il en est un sur lequel, à l'aide d'une loupe, on peut compter jusqu'à cent têtes. Leo Proner, de Nuremberg (✝ 1630), jouissait d'une grande réputation dans ce genre de travail [2]. C'est sans doute à cet artiste qu'on doit attribuer un noyau de cerise que nous avons vu dans la collection de M. Pierre Leven, de Cologne. On pouvait avec une loupe y distinguer une foule de têtes, parmi lesquelles un pape, un

[1] Nº 170 du Catalogue du Musée Sauvageot, de 1861.
[2] DE LANDSBERG, *Le Grüne Gewölbe à Dresde;* Dresde, 1845, p. 59.

cardinal et des évêques. Ces petites figures, bien mode-
lées, ne manquaient pas d'expression [1].

VIII.

Sculpture en bois de la seconde moitié du XVIᵉ siècle
et des XVIIᵉ et XVIIIᵉ.

Le style de la renaissance italienne, qui avait pénétré
partout vers le milieu du seizième siècle, était particulièrement favorable à l'ornementation. Aussi l'industrie
artistique prit-elle durant cette période un immense
développement; les sculpteurs en bois s'appliquèrent à
décorer les meubles et une foule d'ustensiles domestiques d'arabesques, de festons composés de fleurs et de
fruits, et de rinceaux du meilleur goût. Les musées publics et les collections particulières renferment un grand
nombre de charmantes productions en ce genre; nous
nous en occuperons lorsque nous traiterons du mobilier
à l'usage des habitations et des ustensiles domestiques.
Nous ne signalerons en ce moment, comme spécimen de
cette charmante sculpture décorative, que le cadre de
miroir que nous avons fait reproduire pour le titre du
second volume de notre Album. Ce chef-d'œuvre de
goût et de délicatesse, qui doit avoir été exécuté en Allemagne vers le milieu du seizième siècle, après avoir fait
partie de la collection Debruge Duménil, était passé
dans celle du prince Soltykoff [2]. A la vente de cette
dernière collection, les enchères en ont porté le prix à
plus de huit mille francs.

[1] *Catalogue de la collection des antiquités et objets de curiosité de*
feu Pierre Leven à Cologne, n° 941; Cologne, 1853.

[2] N° 34 de la description de la collection Debruge déjà citée; n° 359
du Catalogue de la collection du prince Soltykoff, de 1861.

Plusieurs des artistes qui sculptaient l'ivoire à la fin du seizième siècle et au dix-septième s'adonnèrent à la sculpture en bois. Ils produisirent en cette matière de jolis bas-reliefs et des statuettes du meilleur style, d'un modelé excellent et d'une grande délicatesse d'exécution. Les musées d'Allemagne en renferment un grand nombre. Parmi les ivoiriers allemands et flamands dont nous avons déjà apprécié le talent et qui sont connus pour avoir également sculpté le bois, on peut citer le célèbre François du Quesnoy, Francis van Bossiut, Simon Troger et Krabensberger. D'autres sculpteurs en bois ont laissé leurs noms sur de jolis ouvrages : Jérôme Rösch a dans la Kunstkammer de Berlin quelques bas-reliefs, avec la date de 1554; Schwandaller, artiste du dix-septième siècle, plusieurs bas-reliefs, dont l'un représente Diogène et Alexandre; et Meissner, une bonne composition, Vénus dans les nues. Dans les Vereinigten Sammlungen de Munich, Balthasar Ableitner, du dix-septième siècle, a un beau portrait du comte palatin Henri de Neubourg, réuni à celui de sa femme, et Pendi d'Osterhofen, un bas-relief des trois rois mages.

Parmi les artistes français que nous avons cités comme ayant sculpté l'ivoire avec succès, il en est plusieurs qui sculptaient également le bois : Le Geret, Girardon, Guillermin, Villerme et Lacroix sont les plus renommés. Nous avons déjà donné sur ces artistes les renseignements que nous possédions, nous n'avons pas à y revenir.

La sculpture en bois, après avoir été abandonnée pendant plus de cent cinquante années, a repris faveur depuis quelque temps. Des ateliers se sont formés; mais en général leurs productions sont un peu maniérées et manquent de style. L'étude des beaux objets du quinzième siècle et du seizième qui sont conservés dans les musées publics conduiront certainement avant peu les artistes qui s'occupent de ce genre de sculpture à de bons résultats.

§ III.

PETITE SCULPTURE ALLEMANDE SUR PIERRE AU XVIe SIÈCLE ET AU XVIIe.

Nous avons dit plus haut qu'au commencement du seizième siècle, et sous la direction des grands maîtres allemands de cette époque, il s'était formé à Nuremberg et à Augsbourg un grand nombre d'artistes de second ordre dont le talent naïf et original avait produit une grande quantité de charmantes sculptures de petite proportion. Nous venons de parler des sculptures en bois, qui étaient plus particulièrement exécutées à Augsbourg. Les artistes de Nuremberg s'exerçaient de préférence sur des pierres tendres. Ils employaient l'albâtre, un marbre tendre (feinen marmor), diverses espèces de pierre, mais surtout un calcaire compacte, à grain fin (kalkstein), dont on se sert pour la lithographie. Cette pierre est de deux sortes : le speckstein, d'un ton grisverdâtre et d'un grain très-fin; le kehlheimerstein, d'un ton jaunâtre et d'un grain un peu moins fin.

La sculpture sur cette pierre jouissait d'une grande vogue dès le commencement du seizième siècle, et les meilleurs artistes, par passe-temps ou pour obéir à la mode, produisirent de charmantes sculptures sur cette pierre tendre. Le docteur Kugler cite comme étant bien

certainement de la main de Dürer un haut-relief en
speckstein représentant la naissance de saint Jean, daté
de 1510, qui se trouve au Musée britannique, et une
prédication de saint Jean-Baptiste, également en haut-
relief, dans la collection de Brunswick. La Kunstkammer
de Berlin possède un portrait-médaillon d'un vieillard
qui porte le monogramme d'Albert Dürer et la date
1514 [1] : il est bien digne de ce grand artiste. On conserve dans les Vereinigten Sammlungen de Munich plusieurs bas-reliefs ronds, d'environ vingt centimètres de
diamètre, représentant des figures de femme avec des
armoiries qui sont attribuées à Lucas Kranach. C'est un
travail d'une grande pureté de dessin et d'une admirable
finesse d'exécution.

Les musées d'Allemagne possèdent beaucoup de ces
jolies sculptures sur pierre tendre à grain fin. Les artistes qui travaillaient cette matière l'employaient surtout à faire des portraits en bas-relief. On voit à
Vienne, dans le cabinet des antiques, les portraits en
médaillon, sur kehlheimerstein, de Maximilien Iᵉʳ et de
Ferdinand III, et celui de Charles-Quint sur un marbre
tendre.

Nous avons dit que parmi les artistes qui s'étaient
adonnés à la sculpture de petite proportion dans la première moitié du seizième siècle, les plus renommés
étaient Ludwig Krug, Peter Flötner et Johann Teschler.
Plusieurs bons ouvrages sur pierre de ces artistes sont
conservés dans la Kunstkammer de Berlin. Il faut encore
inscrire parmi les artistes de talent Augustin Hirschvogel,

(1) Nᵒ 1282 du Catalogue de ce Musée.

dont on possède dans ce Musée un bon portrait-médaillon d'Ursule Dürer, daté de 1530 [1].

Tous ces ouvrages en pierre de l'école allemande se
font remarquer par un style très-ferme, un modelé correct et une grande finesse d'exécution; on peut les
regarder comme les meilleures productions de la sculpture germanique.

La pièce la plus remarquable en speckstein que nous
connaissions, est un bas-relief de quarante-sept centimètres de longueur sur vingt-sept centimètres de hauteur, sculpté par Hans Dollinger, sculpteur et graveur
en pierres fines qui jouissait en Allemagne d'une grande
réputation dans la première moitié du seizième siècle [2].
Il fut exécuté en mémoire de la visite que Charles-Quint
fit à Henri VIII en Angleterre, en 1522. L'empereur
est à cheval, revêtu de son armure; le roi, qui marche
après lui, est aussi à cheval, armé de toutes pièces. Les
deux souverains sont entourés de chevaliers et de soldats à
pied, et suivis de quatre dames montées sur des haque-
nées que conduisent des soldats allemands. Tout ce cortége traverse un pont au milieu duquel s'élève un arc
de triomphe. Les armes de l'Empire sont gravées sur ce
monument, et au-dessous on lit le monogramme de l'artiste. Des chevaliers français sont emportés au milieu
des eaux écumeuses du fleuve que traverse le cortége.
Dans le fond du tableau à droite, du côté d'où le cortége
est parti, on aperçoit la fête donnée à l'occasion de l'ar-

---

(1) N° 1286 du Catalogue de ce Musée.

(2) Cette belle pièce, qui faisait partie de la collection Debruge Duménil, n° 104 du Catalogue déjà cité, a été acquise, lors de la vente de
cette collection en 1849, par M. le duc de Blacas moyennant 4100 fr.

rivée de l'empereur. Des seigneurs se livrent au plaisir de la danse, d'autres sont à table, d'autres s'exercent dans un tournoi, d'autres enfin partent pour la chasse. L'originalité de la composition, là vigueur et la pureté du dessin, le fini étonnant de l'exécution, la grande dimension dé la pierre, font de ce bas-relief le plus précieux morceau, sans doute, de la sculpture allemande de petite proportion du commencement du seizième siècle.

Le Musée du Louvre possède quelques bonnes sculptures allemandes sur kalkstein : une Judith, bas-relief de vingt-trois centimètres de hauteur, d'un beau style, et une jeune fille embrassée par un seigneur; ce dernier bas-relief, qui porte le monogramme de Heinrich Aldegraver, peintre et graveur, élève d'Albert Dürer, est la reproduction d'une gravure de cet artiste faisant partie d'une suite de douze sujets, connus sous le nom de *Les danseurs de noce*. Le bas-relief a-t-il été exécuté d'après la gravure, la gravure au contraire n'est-elle que la reproduction du bas-relief, c'est ce qu'il est difficile de dire. Toujours est-il que le goût bien constaté des artistes allemands de la première moitié du seizième siècle pour la sculpture sur kalkstein doit faire regarder ce charmant bas-relief comme un ouvrage de la main d'Aldegraver. Nous en donnons la reproduction dans la planche XXV de notre Album. On trouve encore au Louvre un tout petit bas-relief cintré, reproduisant un enfant ailé entre deux cigognes, vrai bijou d'une délicatesse achevée, et trois bons portraits-médaillons. Toutes ces sculptures sur speckstein proviennent de la collection Sauvageot [1].

---

[1] Nos 29 à 34 du Catalogue de M. Sauzay, de 1861, déjà cité.

Au dix-septième siècle on travaillait encore en Allemagne sur kalkstein. Les sculpteurs s'appliquèrent alors à faire de petits bustes de ronde bosse. La collection Debruge Duménil possédait le buste de Léopold Ier, empereur d'Allemagne († 1705), et celui de sa femme la princesse palatine Éléonore Madeleine Thérèse de Neubourg [1]. Ces deux bustes, de cinq centimètres de hauteur seulement, sont d'un excellent modelé. A la vente de la collection Debruge, en 1849, ils ont été achetés par M. Thiers.

Parmi les artistes du dix-septième siècle qui ont sculpté le speckstein, nous pouvons citer Lucas Kelian, dont la Kunstkammer de Berlin possède un portrait d'un comte de Hohenlohe, et Georges Schwelgger de Nuremberg, qui a signé un bas-relief de Lucrèce se donnant la mort, qu'on voyait dans la collection Debruge Duménil [2].

§ IV.

SCULPTURE EN CIRE.

La matière molle de la cire se prêtait trop bien à la plastique pour n'avoir pas été employée par les sculpteurs dans les temps les plus reculés. On sait que les Grecs et les Romains modelaient des figures en cire. Au dire de Pline, les Romains de distinction, sous la république, possédaient dans l'atrium de leurs maisons les portraits de leurs ancêtres exécutés en cire [3].

La céroplastique fut pratiquée en Italie dès la renais-

---

[1] N°s 116 et 117 du Catalogue déjà cité.
[2] N° 114 du Catalogue déjà cité.
[3] PLINIUS, *Hist. nat.*, lib. XXXV, § 2.

sance de l'art. Tous les célèbres orfèvres italiens du
quatorzième siècle et du quinzième préparaient en cire les
modèles de leurs délicieuses compositions, et de grands
artistes firent leurs premiers essais sur cette matière.
Luca della Robbia avait appris à modeler en cire ; le
fameux Ghiberti, forcé par la peste de quitter Florence
en 1400, s'occupait, durant son exil, de modeler en cire
et en stuc ; Michelozzo, l'un des meilleurs élèves de Donatello, tirait parti de la terre, du marbre et de la cire
avec un égal succès ; le célèbre sculpteur vénitien Sansovino avait modelé en cire une copie du groupe de
Laocoon, qui fut regardée par Raphaël comme un chef-
d'œuvre ; et le Tribolo, élève de Sansovino, faisait des
statuettes de cire assez estimées pour servir de modèle à
Andrea del Sarto dans une grande peinture à fresque [1].

Un bas-relief de plus de soixante centimètres de hauteur représentant une descente de croix, qui existe dans
la Riche-Chapelle du palais royal de Munich, est attribué
à Michel-Ange, et la beauté de l'ouvrage vient à l'appui
de cette opinion. Enfin le modèle en cire que Cellini a
fait de sa statue de Persée est bien supérieur au bronze [2].

La facilité qu'il y avait de donner à la cire les couleurs
de la nature, la fit employer pour les portraits. Orsino,
sous la direction d'Andrea Verrocchio, son maître, exécuta en cire et de grandeur naturelle la figure de Laurent de Médicis. Ce genre de portrait devint fort à la
mode à cette époque ; Orsino en fit un grand nombre
dont Vasari vante le mérite [3].

(1). Vasari, dans la Vie de ces cinq artistes.
(2). Ce modèle est conservé dans la galerie de Florence.
(3). Vasari, *Vie d'Andrea Verrocchio*.

Lorsqu'au commencement du seizième siècle les portraits-médaillons devinrent à la mode, on en fit beaucoup
en cire; les figures découpées étaient appliquées sur un
fond d'ardoise, de verre teint, ou d'ivoire coloré.
Alfonso Lombardi de Ferrare, qui était l'artiste le plus
renommé dans ce genre de travail, exécuta les portraits
des plus célèbres personnages de son temps. Lors du
couronnement de Charles-Quint, il était à Cologne. Ses
médaillons le mirent en vogue, et tous les seigneurs de
la suite de l'empereur voulurent faire faire leur portrait
par cet artiste [1]. Dans le second tiers du seizième siècle,
il y avait en Italie un tel engouement pour les portraits-
médaillons en cire, que les amateurs eux-mêmes se
livraient à ce genre de travail. « Je serais trop long si
» je me mettais à énumérer, dit Vasari [2], tous ceux qui
» modèlent des médaillons en cire; car aujourd'hui [3] il
» n'y a pas un seul orfévre qui ne s'en mêle, et bien des
» gentilshommes s'y sont appliqués, comme Jean-Bap-
» tiste Pozzini à Sienne, et le Rosso de Guigni à Flo-
» rence. »

Les portraits-médaillons en cire de Lombardi ayant
pénétré en Allemagne précisément à l'époque où les
artistes de Nuremberg et d'Augsbourg apportaient le
plus de perfection dans les portraits-médaillons sur bois
et sur pierre, plusieurs d'entre eux s'empressèrent
d'imiter l'Italien Lombardi et se servirent de la cire,
bien plus facile encore à manier que le bois et la pierre
tendre. Les portraits-médaillons en cire sont presque

---

[1] VASARI, *Vie de Lombardi.*
[2] *Vie de Valerio de Vicentino et autres graveurs en pierres fines.*
[3] Vasari avait terminé son ouvrage vers le milieu du seizième siècle.

toujours coloriés; les vêtements et les coiffures sont souvent ornés de petites perles, de diamants et de pierres fines.

Les musées d'Allemagne conservent un grand nombre de portraits en cire provenant d'artistes allemands; les plus beaux reproduisent des personnages de la seconde moitié du seizième siècle. Nous avons particulièrement remarqué dans la Kunstkammer de Berlin ceux de Sigismond II, roi de Pologne († 1572), de Georges II de Liegnitz († 1577), de l'électeur Jean Georges de Brandebourg et de sa femme Élisabeth, de 1579. La collection de M. Hertel de Nuremberg est très-riche en portraits de ce genre : les plus beaux sont attribués à Lorenz Strauch, artiste de cette ville. Nous avons vu aussi dans le cabinet de M. Forster, de la même ville, un beau portrait de l'empereur Rodolphe II, signé Wenceslas Maller.

Le Musée du Louvre possède quelques médaillons en cire parfaitement modelés qui lui proviennent de la collection Sauvageot ; nous signalerons parmi les plus curieux du seizième siècle celui de François duc d'Urbin (1574 † 1626) : son vêtement est orné de losanges de perles, il porte une bague en diamant; celui du connétable Anne de Montmorency († 1567) ; ceux de Charles-Quint et de son frère Ferdinand Iᵉʳ sur des pièces de damier, et un portrait de femme très-fin, portant un vêtement noir avec des boucles d'oreilles et un collier de perles [1].

On continua au dix-septième siècle et au commence-

[1] Nᵒˢ 1086, 1088, 1089 et 1095 du Catalogue de M. Sauzay, de 1861.

ment du dix-huitième à faire des portraits en cire.
C. Rapp, cavalier que nous avons déjà cité pour ses
médaillons en ivoire, et Weihenmeyer, ont laissé leurs
noms sur quelques ouvrages. Lück, qui sculptait l'ivoire,
a fait à Dresde, où il était établi en 1737, de grandes
figures d'ivoire qu'on admirait beaucoup [1]. Il n'est pas
douteux qu'il n'ait fait des portraits-médaillons en cire.
La Kunstkammer de Berlin conserve un grand nombre
de portraits en cire de Raymond Faltz, qui travaillait à
la fin du dix-septième siècle [2]. Au Musée de Gotha, on
trouve de très-bons portraits de petite proportion, en
haut-relief pour la plupart; les vêtements, qui dénotent
le commencement du dix-huitième siècle, sont en étoffes
du temps. Nous avons lu le nom de l'artiste Braunin sur
l'un des meilleurs.

Le Musée du Louvre possède quelques jolis portraits
du dix-septième siècle et du dix-huitième, parmi lesquels
celui de Vittoria della Rovere, femme de Ferdinand II,
grand-duc de Toscane [3].

La vogue des portraits-médaillons en cire se soutint
jusqu'à la fin du dix-huitième siècle. Le Musée du Louvre
conserve un portrait-médaillon [4] de mademoiselle Saint-
Huberti, célèbre cantatrice de l'Opéra à l'époque de
Louis XVI.

On s'est également servi de la cire en Italie et en
Allemagne à la fin du dix-septième siècle et au dix-hui-

[1] LEHNINGER, *Description de la ville de Dresde*, p. 159, citation de
M. DE CHENNEVIÈRES, *Notes d'un compilateur*, p. 57.

[2] Nos 2159 à 2167, 2229 à 2231 et 2246 à 2260 du Catalogue de ce
Musée.

[3] No 1087 du Catalogue de M. SAUZAY, de 1861.

[4] No 1090 du même Catalogue.

tième, pour faire en haut-relief des sujets qui bien que dans un style peu élevé, sont remarquables par la finesse de l'exécution et la vérité des figures.

§ V.

SCULPTURE EN STUC.

Pastorino, de Sienne, élève du célèbre peintre sur verre Guillaume de Marseille, s'était fait une grande réputation dans le second quart du seizième siècle par ses belles peintures sur verre à Arezzo et à Sienne. Très-capricieux de sa nature et doué d'une très-grande facilité, il se mit à faire des portraits-médaillons en cire coloriée, à l'époque où ce genre de portrait était le plus en vogue ; mais bientôt il résolut de faire mieux et autrement que les autres artistes. Voulant travailler sur une matière plus durable que la cire, il inventa un stuc coloré de diverses couleurs avec lequel il modelait des figures dont les carnations, la barbe, les cheveux et les vêtements étaient rendus avec leurs couleurs naturelles, de telle façon, dit Vasari, que ces figures semblaient vivantes. Il acquit dans ce genre de travail une très-grande réputation et fit un nombre considérable de portraits [1]. Plusieurs artistes suivirent l'exemple de Pastorino de Sienne et se mirent à faire des portraits en stuc coloré. Vasari [2] cite comme s'étant particulièrement distingués, deux ar-

---

[1] VASARI, *Vita di Valerio Vicentino ed altri*. — G. MILANESI, *Commentario alla vita di Guglielmo da Marcilla*, édit. Lemonnier de Vasari, t. VIII, p. 108.

[2] *Vita di Lione Lioni ed altri* ; édit. Lemonnier, t. XIII, p. 118.

tistes qui vivaient de son temps, Mario Capocaccia, dont
le chef-d'œuvre était un portrait du pape Paul V, et Puli-
doro, fils d'un peintre de Pérouse.

Les musées et les collections particulières conservent
quelques-uns de ces portraits de stuc.

A. NOEL   G. JUNIOR

CHAPITRE III.

SCULPTURE EN MÉTAL.

§ I.

FONTE EN BRONZE.

I

Historique de l'art de la fonte au moyen âge.

La fonte et la ciselure des métaux forment une branche
très-intéressante de la sculpture. Nos recherches doivent
se borner pour le moment au travail du bronze et du fer ;
quant aux ouvrages d'or et d'argent qui appartiennent
à l'orfévrerie, nous nous réservons d'en parler en traitant
de cet art. Nous n'avons pas à nous occuper non plus
de la fonte des statues et des pièces monumentales qui
se rattachent à la statuaire ; nos études ne doivent em-
brasser que les objets de petite proportion, les instru-

ments du culte, les meubles et les ustensiles domestiques; mais en les restreignant même à ces monuments
de la vie privée, il nous faut examiner ce qu'était
devenu au moyen âge l'art de fondre les métaux, dans
lequel excellait l'antiquité.

. Le goût des anciens pour les bronzes s'était conservé
en Italie au quatrième siècle et au cinquième, et les
procédés qu'on avait jadis employés pour la fonte continuaient à être en pratique. Les fondeurs, ærarii, fusores,
étaient compris parmi les artistes et les artisans qu'une
loi du code Théodosien [1] exemptait des charges personnelles.

Parmi les objets dont Constantin enrichit les églises
de Rome avant de transporter le siége de l'empire à
Constantinople, on trouve un assez grand nombre de
pièces de bronze ou de cuivre qui devaient avoir été
obtenues par la fonte. Ce sont des candélabres, des
lampes et des lustres en cuivre [2], et d'autres candélabres
de grande dimension en bronze [3]. Le *Liber pontificalis*
mentionne encore l'exécution de quelques pièces de
bronze de peu d'importance sous les papes saint Célestin
et saint Sixte; mais le pape saint Hilaire (461 † 468) fit
faire des portes de bronze damasquinées d'argent pour
les églises Saint-Jean-Baptiste et Saint-Jean l'Évangéliste, et, en avant de l'oratoire de Sainte-Croix, une

[1] L. II, C. Theod., *De excusat. artif.*; —*Not. dignit. imper. Rom.
et in eam* Panciroli *Comment.*; Lugd., 1608, p. 197.

[2] « Candelabra, phara canthara, cerostata aurichalca. » *Liber pontificalis*, in S. Silvest., t. I, p. 86, 92, 98. L'auricalque était le laiton ou
cuivre jaune. Isidori Hisp. episc. *Originum sive etymologiarum libri*,
lib. XVI, cap. xx.

[3] « Candelabra ærea in pedibus denis pesantia singula lib. cc. »
Lib. pont., t. I, p. 99.

fontaine entourée de colonnes reliées par des architraves et entre lesquelles s'étendaient des grilles ; le tout était de bronze [1]. Malgré les malheurs dont l'Italie fut accablée pendant deux cents années, l'art de fondre le bronze y subsistait encore au commencement du septième siècle. On lit en effet dans le *Liber pontificalis* que le pape Honorius (625 † 638), après avoir reconstruit l'église Sainte-Agnès hors des murs de Rome, fit élever au-dessus du tombeau de cette sainte martyre un ciborium de bronze d'une grande élévation [2]. Mais à partir de cette époque les arts industriels, de même que les beaux-arts, tombèrent en Italie dans un état d'anéantissement presque complet, et nous ne trouvons plus aucune trace de l'art de fondre le bronze que postérieurement à l'arrivée des artistes grecs.

Cet art continua de subsister dans les Gaules durant l'époque mérovingienne. Les Saxons et les Germains en connaissaient aussi les procédés. On a trouvé en France, en Allemagne et en Angleterre, dans des tombes qui remontaient au cinquième, au sixième et au septième siècle, une foule d'objets de bronze obtenus par la fonte. Les sépultures de Charnay en Bourgogne, que M. Baudot suppose du cinquième siècle, renfermaient des agrafes de bronze dont les plaques découpées à jour par le travail de la fonte reproduisent des griffons ailés [3]. Ces objets sont en général d'un style grossier.

(1) *Liber pontificalis*, t. I, p. 155 et 156.
(2) *Idem*, t. I, p. 245.
(3) M. BAUDOT, *Mémoire sur les sépultures des barbares;* Dijon, 1860, p. 34, 35, 37, 38, 69 et 82, et planches VIII et XVIII. — M. l'abbé COCHET, *Sépultures gauloises, romaines, franques et normandes;* Paris, 1857, passim.

Le siége connu sous le nom de trône de Dagobert est
la plus belle production de bronze de l'époque mérovingienne qui soit parvenue jusqu'à nous; mais l'artiste qui
l'a exécuté s'est inspiré de monuments antiques qu'il
avait sous les yeux. Nous en donnons la reproduction
dans la vignette du chapitre 1er de l'orfévrerie, où nous
en expliquerons l'origine [1].

La sculpture en bronze n'avait jamais cessé d'être en
pratique à Constantinople, et, du quatrième siècle au
huitième, on y fondit un grand nombre de statues de
métal, ainsi qu'on a pu le voir d'après l'exposé succinct que
nous avons fait plus haut de l'état des arts dans l'empire
d'Orient durant cette période. La grande porte de bronze
qui subsiste encore à l'extrémité sud du narthex de
Sainte-Sophie est un bel exemple du savoir des fondeurs
byzantins [2]. Postérieurement et à différentes époques,
Constantinople a fourni aux églises d'Italie de grandes
portes de bronze.

Il paraîtrait que les fondeurs qui exécutaient les
pièces monumentales n'avaient point eu à souffrir des
persécutions des empereurs iconoclastes et qu'aucun
de ces artistes n'avait émigré à Rome au huitième siècle;
car lorsque le pape Adrien Ier (772 † 795) voulut
placer des portes de bronze à la tour qu'il avait fait construire auprès du portique de la basilique de Saint-Pierre
au Vatican [3], il fut obligé de faire apporter de Pérouse
des portes de bronze anciennes qui s'y trouvaient [4];

---

[1] Voyéz au titre de l'ORFÉVRERIE, ch. I, § II, art. II.
[2] M. DE SALZENBERG en a donné la gravure, *Alt-Christliche Baudenkmale von Constantinopel*, Blatt XIX.
[3] *Liber pontificalis*, t. II, p. 205.
[4] *Idem*, t. II, p. 235.

mais sous Léon III (✝ 816), son successeur, la renaissance de l'art était complète, et des artistes en tout
genre existaient à Rome : aussi voit-on cet éminent
pontife faire exécuter des portes de bronze pour fermer
l'entrée de la confession dans la basilique de Saint-Paul[1].
Sous saint Léon IV (✝ 855), on savait encore à Rome
fondre de grandes pièces de bronze[2]. Mais, nous l'avons
dit, le réveil de l'art fut de courte durée en Italie. L'invasion des Hongrois et des Sarrasins, les désordres qui
souillèrent la chaire de saint Pierre et les calamités de
toute sorte que l'Italie eut à subir, avaient fait abandonner complétement le culte des arts dès la fin du neuvième siècle. L'art de fondre le bronze n'y était plus
connu au onzième, et lorsque Didier, le célèbre abbé du
Mont-Cassin, voulut orner l'église de Saint-Benoît, il fut
obligé de commander à Constantinople (1068) non-seulement des portes de bronze, mais même des candélabres
et des lampes. A la même époque, Hildebrand, sous le
pontificat d'Alexandre II (1061 ✝ 1073), faisait également faire à Constantinople les portes de bronze de
la basilique de Saint-Paul hors des murs de Rome[3].

A la voix de Charlemagne, la renaissance de l'art
s'était faite en Occident : toutes les industries artistiques
étaient revenues à la vie. Les artistes français de cette
époque savaient faire usage de la fonte et du repoussé
dans le travail des métaux. Charlemagne put enrichir
de portes de bronze la chapelle royale qu'il avait élevée

---

[1] *Liber pontif.*, t. II, p. 306.
[2] *Idem*, t. III, p. 82.
[3] Voyez plus haut, chap. I, § II, art. V, p. 87, et § III, art. I,
p. 128 et suiv.

auprès de son palais à Aix [1]. Sous le règne de ce prince, le moine Airard, lors de la reconstruction de l'église de Saint-Denis, offrit à cette église une porte de bronze enrichie de bas-reliefs où le donateur était représenté offrant sa porte au saint apôtre des Gaules [2]. Toutes les grandes abbayes qui furent alors fondées ou restaurées se remplirent d'artistes, parmi lesquels figuraient les orfévres et les fondeurs en bronze. Nous donnerons sur ce point de nombreux renseignements en traitant de l'orfévrerie [3]. Mais la restauration de l'art par Charlemagne n'avait pas jeté de profondes racines : dès la fin du neuvième siècle l'obscurité était complète en Occident. L'art de fondre les grandes pièces de bronze avait cessé d'y être en pratique. Ce fut en Allemagne qu'on le vit renaître dans les dernières années du dixième siècle. On attribue à Willigis, archevêque de Mayence .(976 † 1011), l'honneur d'avoir été le premier qui depuis Charlemagne ait fait fondre des portes de bronze. C'est ce qui paraît résulter de l'inscription suivante, qui se trouve gravée sur les portes qui ferment l'église cathédrale de Mayence, du côté du marché : WILLIGIS ARCHIEPISCOPUS EX METALLI SPECIE VALVAS EFFECERAT PRIMUS. Ces portes ne présentent d'autre sculpture qu'une tête de lion, d'une expression rude, mais d'un beau caractère, fixée au centre de chaque battant. Saint Bernward, évêque d'Hildesheim, fut véritablement le restaurateur de l'art de la fonte. Dès 1015 le saint prélat coulait en bronze les portes de son église, ainsi que le constatent les inscrip-

---

[1] *Chronicon Moissiacense;* ap. PERTZ, *Mon. Germ. hist.,* t. I, p. 303.
[2] FÉLIBIEN, *Histoire de l'abbaye de Saint-Denis,* p. 174.
[3] Voyez au titre de l'ORFÉVRERIE, chap. III, § II, art. I.

tions qui s'y trouvent. Chaque battant renferme huit
hauts-reliefs. Dans le battant à droite, les sujets sont tirés
des premières scènes de la Genèse; dans celui à gauche,
ils sont empruntés aux Évangiles; des têtes de lion d'un
beau style décorent le milieu des battants. Les compositions ont peu de personnages; le modelé des figures
laisse beaucoup à désirer, et quelques-unes font saillie
d'une façon désagréable. Elles ne manquent ni de mouvement ni d'expression. Saint Bernward connaissait assurément certaines œuvres d'art byzantines et avait dû les
étudier, mais il n'avait pas su s'approprier les belles
qualités des artistes grecs du dixième siècle; son style
avait encore beaucoup conservé de la rudesse qui caractérise la sculpture allemande du commencement du onzième siècle, dont on voit des exemples à Bamberg et au
portail septentrional de la cathédrale de Bâle, qui a été
élevé par l'empereur Henri II. Malgré tout, les œuvres de
saint Bernward témoignent d'une amélioration sensible
dans la technique de l'art et dénotent un artiste qui, par
l'étude de la nature, cherchait à sortir de la routine. La
science de la perspective était inconnue au saint évéque.

En 1022, saint Bernward éleva une colonne de bronze
de près de cinq mètres de hauteur que l'on voit encore
sur la place de l'église d'Hildesheim. L'histoire du Christ
y est reproduite en vingt-huit groupes qui se déroulent
en spirale de la base au sommet comme ceux de la colonne
Trajane. Ces bas-reliefs valent mieux que ceux des portes.
Le voyage que saint Bernward avait accompli en Italie
avec Othon II lui avait fait connaître les monuments de
l'antiquité; il en avait tiré profit pour améliorer son style.

Une inscription qui se lit sur un candélabre sorti des

ateliers créés par saint Bernward, et que l'on conserve à Hildesheim [1], vient apporter la preuve que l'art de fondre les métaux était à cette époque un art dont les procédés, après avoir été mis en oubli, venaient d'être retrouvés; elle est ainsi conçue : BERNARDUS. PRESUL. CANDELABRUM. HOC. PUERUM. SUUM. PRIMO. HUJUS. ARTIS. FLORE. NON. AURO. NON. ARGENTO. ET TAMEN. UT. CERNIS. CONFLARE. JUBEBAT. Quoique cette inscription soit assez obscure, on peut la traduire ainsi : « A la renaissance de cet art » (l'art de la fonte), le prélat Bernward ordonna à son » élève de fondre ce candélabre qui n'est ni en or, ni » en argent, et cependant tel que tu le vois [2]. »

L'art de la fonte continua à s'améliorer en Allemagne durant tout le cours du onzième siècle. Le tombeau de Rodolphe de Souabe, élevé en 1080 dans l'église de Mersebourg, en est le témoignage. Il se compose d'une plaque de bronze reproduisant l'effigie du prince en bas-relief d'une saillie peu prononcée. Le style est simple et sévère. L'influence byzantine se fait sentir dans cette sculpture.

L'art de fondre les pièces monumentales de bronze se réveilla plus tard en France qu'en Allemagne. Les premiers grands travaux de bronze que nous trouvons à signaler sont les portes de l'église de Saint-Denis, que fit faire l'abbé Suger (1140). Elles étaient enrichies de bas-reliefs qui reproduisaient la passion du Christ et sa résurrection [3]. Quarante ans plus tard, les fondeurs français mon-

---

[1] Il est gravé dans l'ouvrage du Dr KRATZ, *Der Dom zu Hildesheim*, et dans les *Annales archéologiques*, t. XIX, p. 59.

[2] Nous donnerons la description du candélabre au titre de l'ORFÉVRERIE, chap. IV, § I, art. I.

[3] SUGERII AB. *De reb. in adm. sua gest.*; ap. DUCHESNE, *Hist. Franc. script.*, t. IV, p. 331.

traient qu'ils avaient su atteindre à la perfection par le
mausolée élevĕ dans le chœur de Saint-Étienne de Troyes
à Henri Ier, comte de Champagne. La tombe, haute d'un
mètre, était entourée de quarante-quatre colonnes de
bronze doré; au-dessus était une table d'argent sur laquelle était couchée la statue du prince avec celle d'un de
ses fils, toutes deux de bronze doré et grandes comme
nature. Entre les arcades, que soutenaient les colonnes
étaient des bas-reliefs d'argent et de bronze doré représentant le Christ, des anges, des prophètes et des
saints [1].

Il ne peut être douteux que les artistes sortis des écoles
fondées par l'abbé Didier au Mont-Cassin n'aient remis
en pratique, en Italie, les procédés de la fonte des métaux
et qu'on n'y ait fabriqué divers objets de bronze dès le
dernier quart du onzième siècle; mais les grands travaux
de fonte ne paraissent pas y avoir été exécutés avant la
fin du douzième. A cette époque, Bonano fondit les
portes de bronze de la cathédrale de Pise. Une inscription qui se trouvait gravée sur l'une des portes, détruite
en 1596 dans un incendie, constatait qu'elle avait été
terminée par lui dans l'espace d'une année, en 1180 [2].
Quelques années après, Bonano fit celles de Saint-Martin
de Lucques, et en 1186, les grandes portes de la cathédrale de Monreale, où son nom se trouve également
inscrit [3]. En 1195, Pietro et Uberto de Plaisance exécutaient sur l'ordre de Célestin III celles qui ornent la
chapelle orientale de Saint-Jean de Latran.

---

[1] Baugier, *Mém. histor. de la province de Champagne*, t. I, p. 153.
[2] Vasari, *Vita di Arnolfo di Lapo*.
[3] Duca di Serra di Falco, *Del Duomo di Monreale*; Palermo, 1838.

Cependant, suivant Cicognara [1], la porte principale de la basilique de Saint-Marc aurait été fondue dans les premières années du douzième siècle par un artiste vénitien qui prenait pour modèle une autre porte de la basilique, dont ce savant reconnaît la provenance byzantine. Nous ne pouvons partager cette opinion. Trois portes de bronze à deux battants donnent accès de l'atrium dans l'église. Chacun des battants de la porte de droite est divisé en quatorze panneaux qui renferment des figures rendues par une gravure incrustée d'argent; elles reproduisent des saints dont les noms sont indiqués en caractères grecs. Au centre, sont des têtes de lion en hautrelief. Le dessin des figures est correct, et il n'est pas douteux que ce travail n'appartienne au neuvième ou au dixième siècle. C'est cette porte de droite, dont Cicognara reconnaît l'origine grecque, qui aurait, suivant lui, servi de modèle à la porte du milieu. Chacun des battants de celle-ci est divisé en vingt-quatre compartiments distribués en huit rangées. Les dix-huit compartiments des six rangées du centre sont enrichis chacun d'une figure de saint gravée et damasquinée d'argent; les têtes et les mains sont entièrement d'argent. Quatre têtes de lion d'un beau style décorent le centre de la porte. Les noms des saints représentés y sont gravés en latin, et on y lit cette inscription : LEO DE MOLINO HOC OPUS FIERI IUSSIT. Ce Leone de Molino était procureur de Saint-Marc en 1112 [2], et de ces deux circonstances les Vénitiens ont tiré cette conséquence, que la porte avait été fondue et damasquinée à Venise. Les figures de la

---

[1] *Storia della scultura*, t. I, p. 420.
[2] *Venezia e le sue lagune*, t. II, part. II, p. 37.

porte du milieu sont d'un assez bon dessin, mais leurs proportions allongées dénotent le style adopté par les artistes byzantins dès le commencement du onzième siècle. Nous la croyons tout aussi byzantine que l'autre : Leone de Molino l'a fait exécuter, voilà seulement ce que constate l'inscription ; on comprend très-bien qu'en commandant une porte à Constantinople, il aura indiqué les saints qu'il voulait y faire représenter, et en aura donné les noms latins au damasquineur. Les inscriptions latines ne prouvent absolument rien dans cette circonstance : le travail est complétement byzantin. Nous ne nous étendrons pas davantage sur les grands travaux de sculpture monumentale en bronze : ils n'appartiennent pas à la partie de l'art dont nous nous occupons ; nous avons voulu seulement rappeler où s'était d'abord produite en Occident, après l'obscurcissement du dixième siècle, la restauration de l'art de la fonte, et en déterminer l'époque.

De nos recherches, nous pouvons tirer cette conséquence, que dès le commencement du onzième siècle on a bien certainement fondu en bronze, en Allemagne, une grande quantité de monuments du culte et de la vie privée. Cependant très-peu d'objets de cette époque reculée sont venus jusqu'à nous. Les monuments d'or et d'argent sont plus nombreux que ceux qui se rattachent à la sculpture en bronze. Il est à croire que la vileté de la matière en aura causé l'abandon, lorsque les richesses du clergé et le luxe des grands, au quatorzième siècle, eurent fait adopter presque exclusivement l'or et l'argent ou tout au moins le cuivre doré et émaillé pour les instruments du culte et les vases et ustensiles à l'usage des

princes. Parmi les objets fondus en bronze du onzième
siècle, nous citerons seulement un très-curieux candélabre
à sept branches de deux mètres de hauteur, qui est conservé dans l'église d'Essen [1]; l'inscription qu'on y voit
gravée sur le pied : MATHILD. ABBATISSA ME FIERI JUSSIT ET
O XP COS (et opus Christo consecravit), constate que le
candélabre a été fait du temps d'une abbesse Mathilde.
Plusieurs abbesses de ce nom ont gouverné le célèbre
monastère d'Essen ; la première vivait à la fin du neuvième siècle, la seconde mourut en 1002 ; c'est donc à
l'abbesse Mathilde, troisième du nom, qui vivait dans le
dernier quart du onzième siècle [2], qu'il faut attribuer la
donation de ce candélabre.

Un très-grand nombre de monuments meubles de
bronze, tels que candélabres, cuves baptismales, parements d'autels, couronnes de lumière, ont été exécutés
en Allemagne, en France et en Italie, à partir du commencement du douzième siècle et se voient encore dans
différentes églises : il serait beaucoup trop long de les
citer ici. Nous ne pouvons cependant négliger de faire
mention du chandelier à sept branches de la cathédrale
de Milan. Ce magnifique lampadaire de six mètres de
hauteur est porté par quatre pieds en forme de dragons
ailés dont la tête rampe sur la terre, et dont la croupe se
relève pour soutenir un premier nœud qui porte l'arbre.
L'espace entre les dragons est rempli par des enroulements feuillus qui renferment une foule de figures et de

[1] On peut voir la gravure de ce candélabre dans les *Annales archéologiques*, t. XI, p. 294.

[2] GAB. BUCELINI, *Germania Topo-chrono-stemmato-graphica sacra et
profana*, pars altera ; Ulmæ, 1602, p. 143.

sujets. La queue des dragons contient aussi des personnages. Le nœud du milieu de l'arbre offre les figures de
la Vierge tenant son Fils, et celles des trois rois mages à
cheval. On voit encore sur le pied une quantité de demi-
figures et de têtes qui sortent de feuillages largement découpés et chargés de cette espèce de pomme de pin qu'on
retrouve si souvent dans les œuvres de l'orfévrerie allemande. Cet ensemble, si compliqué dans les détails,
échappe à toute description, et ne peut être connu que par
la vue de ce chef-d'œuvre ou par des gravures. M. Didron
a pris le soin d'en publier d'excellentes[1]. Le savant directeur des *Annales archéologiques* croit devoir reporter l'exécution de ce lampadaire au treizième siècle ; par son
style, il nous paraît appartenir plutôt à la seconde moitié
du quatorzième. Avant Nicolas de Pise, aucun sculpteur
en Italie ni en Allemagne n'aurait pu produire une pa-
reille œuvre. Nicolas et ses élèves avaient un style plus
classique, plus arrêté que celui de l'auteur du candélabre
de Milan. C'est donc à l'un des sculpteurs de la seconde
génération depuis la renaissance de l'art qu'il faut l'attribuer. Il doit dater de l'époque où l'on travaillait aux
autels d'argent de Pistoia et de Florence, et où florissaient Piero et Leonardo de Florence et tant d'autres
éminents artistes dont nous parlerons en traitant de l'orfévrerie.

A l'époque du seizième siècle, les fondeurs en bronze
ont produit des monuments qu'on ne peut considérer

[1] *Annales archéologiques.* Le dessin d'ensemble du candélabre est
publié au t. XVIII, p. 237. Les détails ont été donnés en plusieurs
planches, t. XIII, p. 5, 177 et 262 ; XIV, p. 341 ; XV, p. 263 ; XVII,
p. 52 et 239 ; XVIII, p. 96.

comme des productions de l'industrie, et qui sont véritablement des œuvres d'art. Tels sont le magnifique candélabre de près de quatre mètres de hauteur, exécuté
par Andrea Riccio, que possède l'église Saint-Antoine
de Padoue [1], et un autre candélabre, haut de deux
mètres, qui appartient à l'église Santa-Maria della Salute
à Venise, ouvrage d'Alexandre Bresciano qui paraît avoir
été élève de Sansovino [2]. Nous devons aussi ranger parmi
les œuvres d'art exécutées en fonte de bronze le tombeau
de saint Sébald, élevé par Pierre Vischer (1489 † 1529)
dans l'église de Nuremberg dédiée sous le vocable de ce
saint. Si l'on peut reprocher au monument de manquer de
sévérité dans le style et de simplicité dans la composition,
la correction du modelé des statuettes, le sentiment qui
les anime et le fini de l'exécution doivent néanmoins le
faire considérer comme une œuvre d'art remarquable.

Beaucoup d'instruments du culte, de châsses et de
reliquaires ont été également fondus en bronze durant le
moyen âge et à l'époque de la renaissance ; mais ces
pièces plus ou moins enrichies de matières précieuses ou
d'émaux, se rattachent à l'orfévrerie, et nous aurons
occasion de nous en occuper et d'en citer un grand
nombre en traitant de cet art. Pour le moment nos recherches s'arrêteront sur quelques productions de l'art
de la fonte appartenant aux monuments de la vie privée
que l'on rencontre souvent dans les musées et dans les
collections.

[1] Il a été reproduit par Cicognara, *Storia della scultura*, t. II,
pl. XXXV.
[2] *Idem*, pl. LXX.

II.

Chandeliers allemands de bronze du XI⁰ siècle et du XII⁰.

Parmi les monuments de bronze fondu qui appartiennent à l'industrie allemande, nous devons signaler des chandeliers destinés aux usages de la vie privée ; ils se font remarquer par l'originalité de la composition unie à l'élégance de la forme, et par la finesse de la fonte. Ces qualités ont fait dater du douzième siècle la plupart de ceux qui existent dans les collections, ou qui ont été gravés et publiés. Mais en les mettant en regard de quelques monuments de bronze dont la date est certaine, et qui ont avec eux de l'analogie, comme le candélabre de saint Bernward, on acquiert la conviction que plusieurs de ces curieux chandeliers doivent être reportés au onzième siècle. Parmi ceux de cette époque, l'un des plus curieux, qui appartenait à la collection de M. Dugué, reproduit un homme nu affourché sur un dragon qui retourne la tête pour le saisir ; une plante feuillée se déroule sur le dos du monstre et se termine par une fleur qui porte la bougie. Nous en donnons la reproduction dans la vignette qui est en tête de ce chapitre [1]. Dans un autre flambeau du même style, qu'on voyait dans la collection du prince Soltykoff, on trouve à peu près le même dragon sans le personnage [2]. Le R. P. Martin, dans une dissertation qui fait partie des *Mélanges d'ar-*

[1] Il a été également reproduit par le R. P. ARTHUR MARTIN dans les *Mélanges d'archéologie*, t. I, p. 92, pl. XVI.

[2] Il appartenait antérieurement à la collection de M. Desmottes, et a été gravé par le R. P. ARTHUR MARTIN, *Mélanges d'archéologie*, t. I, pl. XVII.

chéologie, a établi que le groupe de l'homme et du dragon reproduisait Tyr, l'un des compagnons d'Odin, et le monstre Fenris, acteurs d'une fable de l'ancienne religion des peuples du Nord, qui s'était perpétuée durant le moyen âge. D'autres chandeliers de la même époque, moins compliqués, offrent des pieds triangulaires formés de trois pattes de lion qui se rattachent à des têtes de dragons ailés unis à des entrelacs bizarres; une courte tige s'élève au-dessus et porte une coupe dans laquelle des lézards et des animaux fantastiques cherchent à boire [1]. Ce genre bizarre de chandeliers a continué à être exécuté au douzième siècle. Le R. P. Martin en a publié un très-beau, de la collection de M. Carrand, qui reproduit Tyr mettant la main dans la gueule du monstre [2].

Le Musée de Cluny possède un chandelier du même temps [3]. Il est certain que ces flambeaux ont été souvent employés au service des autels dans les petites chapelles et dans les oratoires. La collection Debruge Duménil en possédait une paire, du treizième siècle, reproduisant des cerfs qui portaient une tige au haut de laquelle une petite coupe recevait la bougie [4]. Le cerf a joué un grand rôle au moyen âge; il était regardé comme doué d'une certaine vertu prophétique; on le voit souvent dans les légendes indiquer l'exis-

---

[1] Plusieurs de ces flambeaux sont gravés dans les *Annales archéologiques*, t. X, p. 141; XVIII, p. 161; XIX, p. 52.

[2] *Mélanges d'archéologie*, t. I, pl. XIX.

[3] N° 1327 du Catalogue de 1861; il a été publié dans les *Annales archéologiques*, t. IV, p. 1.

[4] N° 1478 de la *Description*. Ces chandeliers étaient passés dans la collection Soltykoff, n° 127 du Catalogue de 1861, déjà cité.

tence des reliques ensevelies dans un lieu inconnu [1] :
aussi est-il souvent employé dans l'ornementation des
objets consacrés à la célébration du culte. Il est à croire
que les chandeliers de ce genre étaient destinés à porter
les cierges qui brûlaient devant un reliquaire.

III.

Vases à eau de fabrication allemande.

Certaines fabriques allemandes, qu'on suppose avoir
été établies dans les environs d'Augsbourg, ont produit,
dès le onzième siècle, des vases à eau sous la forme
d'animaux. Ce fut, au surplus, un goût général à cette
époque que l'exécution d'objets usuels en métal sous
la forme d'animaux, et ce goût s'étendait même aux
vases destinés au service des autels. On en trouve
la preuve dans les anciennes chroniques. Ainsi l'on
voit figurer dans le mobilier dont Théodoricus (1099
† 1107), abbé du célèbre monastère de Saint-Tron, dans
le diocèse de Liége, avait enrichi son église, une
colombe de bronze servant d'aiguière pour contenir
l'eau destinée au lavement des mains, et pour recevoir
l'eau, un bassin de bronze, sous forme d'une petite
bête, dont la queue servait d'anse [2].

Ces fabriques continuèrent à produire des vases de
cette sorte jusqu'à la fin du quinzième siècle. Ils se présentent souvent sous la forme d'animaux chimériques
qui sont toujours d'un beau style. On en trouve même

[1] M. ALFRED MAURY, *Essai sur les légendes pieuses du moyen âge*;
Paris, 1842.

[2] RODOLPHUS, *Gesta abbatum Trudonensium*, ap. D'ACHERY, *Spicilegium*, t. VII, p. 403.

TOME I.   45

sous forme de statuettes équestres. M. Carrand conserve
dans sa collection deux de ces vases, dont l'un reproduit un chevalier du temps de saint Louis, et l'autre le
jeune Conradin, l'infortuné rival de Charles d'Anjou.
Ces deux vases, du treizième siècle, sont d'un bon modelé; c'est ce que nous avons vu de plus parfait en ce
genre. Le Musée de Cluny possède également deux vases
à eau des fabriques allemandes : l'un reproduit une
licorne, l'autre un cheval chimérique [1]; ils appartiennent
à la fin du quatorzième siècle ou au commencement du
quinzième. Le goût pour les vases qui figuraient des
hommes ou des animaux était général dans l'orfévrerie
en France au quatorzième siècle, ainsi qu'on le verra
plus loin. Le Musée de Cluny conserve une aiguière de
bronze sous la forme d'un buste d'homme portant sur
la poitrine un écusson aux lis de France [2].

IV.

Médaillons tumulaires allemands du XVe siècle et du XVIe.

On a vu plus haut que l'art de la fonte avait été très-
florissant en Allemagne dès le onzième siècle, et nous
avons signalé quelques belles tombes monumentales de
bronze qui existent dans les églises. Il n'y avait cependant que peu d'artistes qui pussent entreprendre de
grandes tables tumulaires où se trouvait figurée l'image
du défunt, et le prix très-élevé de ces monuments ne
pouvait en permettre l'emploi que pour les tombes des
évêques et des princes. Mais lorsque le goût des arts se
fut répandu en Allemagne, et que les artistes de talent

[1] Nos 2336 et 3157 du Catalogue de 1861.
[2] No 1334 du Catalogue de 1861.

furent devenus très-nombreux, les particuliers riches
firent placer sur les tombeaux de leurs parents des médaillons circulaires de bronze fondus et ciselés, qui
avaient le plus souvent pour motifs les armoiries du défunt, quelquefois supportées par des anges, des enfants
ou des animaux. Les bas-reliefs de ce genre sont ordinairement découpés dans leurs contours, et appliqués
sur la table de pierre. Le cimetière Saint-Jean de Nuremberg renferme un grand nombre de pierres tumulaires enrichies d'un médaillon de bronze faisant relief.
La tombe d'Albert Dürer, qui est dans ce cimetière, n'a
pas reçu d'autre ornementation; on y lit cette inscription : « QUIDQUID ALBERTI DURERI MORTALE FUIT, SUB HOC
CONDITUR TUMULO. EMIGRAVIT VIII IDUS APRILIS M. D. XXVIII. »
Nous y avons remarqué aussi celle du poëte Hans
Sachsen, avec la date de 1589, et celle de Hans Stoss,
sculpteur en bois, de 1591. L'une des plus belles est
celle de Christophe Petters et de sa femme : des anges
soutiennent un écusson au-dessus duquel le Christ est
représenté sortant du tombeau. Ce bas-relief, qui n'a
pas moins d'un mètre et demi de hauteur, est signé de
Sébastien Pennz et daté de 1678. On voit par là que ce
mode d'ornementation, tout à la fois simple et artistique,
avait continué à être en vogue au delà du seizième siècle.

La vignette imprimée sur le titre de nos volumes est
empruntée à un médaillon tumulaire allemand et en
donne une reproduction fidèle. Nous avons seulement
remplacé les noms des défunts, Bartholomé, orfévre
d'Heidelberg, et Christine de Francfort, sa femme, par
la devise INSTAURATUR QUOD ABIIT, et leurs armoiries par
nos initiales.

V

Portraits-médaillons en métal.

Dès les premiers temps de la renaissance de l'art en
Italie, des hommes érudits s'étaient adonnés avec passion à la recherche des monuments de toutes sortes de
l'antiquité. Parmi ces monuments, les médailles et les
médaillons en métal étaient de nature à appeler surtout
l'intérêt. La vue des beaux portraits des empereurs romains inspira à quelques artistes de talent le désir de les
imiter. Ils ignoraient l'art d'enfoncer les coins et ne
connaissaient pas le balancier ; mais habiles fondeurs et
ciseleurs émérites, ils se servirent des moyens qu'ils
possédaient pour produire, par la fonte dans un moule,
des portraits d'un beau style, auxquels la ciselure venait
donner le fini nécessaire. Très-souvent ces médaillons
ont un revers qui reproduit un emblème se rapportant
au personnage représenté.

Vittore Pisanello ou Pisano, peintre habile de Vérone
(† 1451), est regardé comme le restaurateur de cet art.
Il fit, dit Vasari [1], un grand nombre de portraits médaillons, medaglioni di getto, de divers princes et
d'autres personnages de son temps; il les signait : PISANI
PICTORIS OPUS. M. Milanesi a donné, dans la dernière édition de Vasari, la liste des médaillons que Pisanello a
signés, et qui sont reconnus comme étant bien de sa
main [2].

L'invention de Pisanello eut beaucoup de succès, et

[1] *Vita di Vittore Pisanello;* édit. Lemonnier, t. IV, p. 156.
[2] *Commentario alla vita di Vittore Pisanello;* édit. Lemonnier, t. IV,
p. 170.

un grand nombre de peintres et de sculpteurs italiens
se mirent à fondre en bronze des portraits-médaillons.
Parmi les plus connus, il faut citer Matteo Pasti, Giovanmaria Pomedello, Giulio della Torre et Francesco
Caroto, à Vérone; Gentile Bellini, Giovanni Boldù, Antonio Erizzo, Marco Giudizziani et Vittore Camelio, à
Venise; Andrea Riccio, Briosco, Giovanni Cavino et
Giovanmaria Mosca, à Padoue; Pietro Paolo Galeotti, à
Rome; le célèbre peintre et orfévre Francia, à Bologne;
Giovanni Bernardi de Castel-Bolognese; Baldassare
d'Est et le peintre Bono, à Ferrare; Severo, à Ravenne;
l'orfévre Ambrogio Foppa, surnommé Caradosso; En-
zola, à Parme; le célèbre Valerio Belli, Sperandio Mi-
glioli et Corradini, à Mantoue; Alessandro Cesati, surnommé le Grechetto, et Domenico, le fameux graveur
en pierres fines, tous deux de Milan; Francesco di
Girolamo del Prato, à Crémone; Paolo de Raguse, à
Urbino; Pietro, à Fano; Bertoldo, Petrellino et Nic-
colò Domenico di Polò, et Domenico Poggini, à Florence.
Antonio del Pollaiuolo et Benvenuto Cellini ont fait
aussi quelques portraits-médaillons de fonte. Sienne
compte parmi les fondeurs de médaillons Francesco di
Giorgio et le Pastorino, et Arezzo, Leone Leoni.
Comme on le voit, il n'est presque pas de ville en Italie
qui ne puisse compter quelques artistes modeleurs et
fondeurs de portraits-médaillons. Mais tous les médaillons ne sont pas signés, et il existe quelques belles
pièces très-recherchées dont les auteurs sont inconnus.
Ainsi, la collection de M. Louis Fould possédait un
portrait-médaillon très-estimé de Jeanne Albizzi, femme
de Laurent Tornabuoni, patricien de Florence, dont

l'auteur n'est pas nommé. Au revers, l'artiste a représenté un groupe de trois femmes nues, imité du groupe antique des trois Grâces, pour personnifier les vertus et les qualités de Jeanne Albizzi : la Charité, la Beauté, l'Amour conjugal, comme l'indique la légende : CASTITAS, PULCHRITUDO, AMOR [1].

Nous aurions dû inscrire parmi les artistes fondeurs de médaillons Andrea Spinelli, qui a signé, avec la date de 1540, un très-bon bas-relief circulaire de trente et un centimètres de diamètre, qui est conservé dans le Musée Correr de Venise; il représente Bernardo Superantio, sénateur vénitien [2]. En présence du goût qui régnait de son temps, il ne peut être douteux que le sculpteur Spinelli n'ait fait d'autres portraits dans les dimensions usitées.

Les Allemands, qui dans la première moitié du seizième siècle excellaient, comme nous l'avons vu, dans les portraits-médaillons sur bois et sur pierre, se livrèrent aussi à la fonte et à la ciselure des métaux pour reproduire des portraits. Les artistes les plus distingués de cette époque furent Hieronymus Magdeburger et l'orfèvre Henri Reitz de Leipzig. On a de cet artiste un beau médaillon de Charles-Quint, dont nous donnons la reproduction dans le cul-de-lampe qui termine ce chapitre [3].

On nomme encore à Nuremberg Hans Masslitzer,

(1) M. CHABOUILLET, Description des ant. et objets d'art du cabinet de M. Louis Fould, p. 129.

(2) N° 1053 du Catalogue de M. LAZARI, Notizia delle opere d'arte e d'antichità della raccolta Correr; Venezia, 1859.

(3) Le Musée du Louvre en possède un exemplaire en argent, n° 563 du Catalogue de la collection Sauvageot.

les frères Wentzel et Albrecht Janmitzer, et Kold, comme ayant exécuté des portraits-médaillons dans la première moitié du seizième siècle. Les artistes de cette époque employèrent les mêmes procédés qu'en Italie. Ils ont moins de simplicité dans le style que les Italiens, mais une étonnante habileté manuelle.

Dans la seconde moitié du seizième siècle, les artistes d'Augsbourg vinrent faire concurrence à ceux de Nuremberg. Durant cette seconde période, les médailleurs cherchèrent à imiter les œuvres de leurs devanciers; mais on ne retrouve plus dans leurs travaux la pureté du style ni le fini de l'exécution, qui avaient fait la réputation de ceux-ci. Quelques artistes cependant se firent encore remarquer : Matthias Karl et Valentin Maler, à Nuremberg; Constantin Muller, à Augsbourg, et Jacob Gladehals, à Berlin, sont cités comme les plus habiles [1]. Au dix-septième siècle, on continua en Allemagne à faire des portraits-médaillons. On voit dans la Kunstkammer de Berlin un portrait-médaillon d'argent d'Albert Dürer, exécuté par Hans Pezolt, orfèvre nürembergeois, qui jouissait d'une grande réputation au commencement du dix-septième siècle. Le même Musée possède aussi du sculpteur Georges Schweiger quelques beaux portraits de bronze [2].

Les Flamands firent également des portraits-médaillons en métal. On peut citer comme les meilleurs artistes du seizième siècle Paulus van Vianen, Steven van Holland et Conrad Bloc.

Dès la fin du quinzième siècle, on fit en France des

---

(1) Dr KUGLER, *Handbuch der Kunstgeschichte*, s. 796.
(2) Nos 2637 à 2640 du Catalogue de ce Musée.

portraits-médaillons. On possède une médaille d'or, de quatre centimètres de diamètre, reproduisant la figure de Charles VIII, et au revers celle d'Anne de Bretagne. La commune de Lyon la fit faire, en 1493, pour la présenter à la reine Anne à son entrée dans cette ville [1]. Quelques années plus tard, la ville de Lyon fit faire un autre médaillon en l'honneur de la seconde entrée de la reine Anne dans ses murs. Il représente Louis XII de profil, presque à mi-corps, et coiffé d'un bonnet orné de la couronne royale fleurdelisée; le champ est semé de fleurs de lis. Au revers est le buste de profil d'Anne de Bretagne, sur un champ semé à gauche de fleurs de lis, et à droite d'hermines. La légende de ce médaillon est explicite et ne nécessite pas de commentaires : LUGDU(nensi) RE . PUBLICA . GAUDE(n)TE . BIS . ANNA . REGNANTE . BENIGNE . SIC . FUI . CONFLATA . 1499. C'est la médaille qui parle : « La cité de Lyon se ré-» jouissant du second règne de la bonne Anne, j'ai été » ainsi fondue. » Deux documents, publiés par M. de Soultrait [2], ont appris les noms des auteurs de ce beau médaillon. Il fut modelé par Nicolas et Jean de Saint-Priest, pour le prix de quatre écus d'or; puis fondu, pour huit écus d'or, par Jean Lepère, orfévre, qui dut pour ce prix « bailler sur le patron de ladite médaille » une autre médaille de cuivre brute pour la garder en » la maison de ville de Lyon. » Le cabinet des médailles de la Bibliothèque impériale de Paris possède de ce type un bel exemplaire d'argent fondu et ciselé, qui doit

---

[1] Le cabinet des médailles de la Bibliothèque impériale de Paris possède ce médaillon, n° 2902 du Catalogue de M. CHABOUILLET, déjà cité.

[2] *Revue numismatique*, année 1855, p. 45.

être contemporain de l'entrée de la reine Anne à Lyon [1].

On continua à faire des portraits-médaillons en France au commencement du seizième siècle. On possède une médaille de François, duc de Valois et comte d'Angoulême (depuis François Ier), avec la date de 1504 [2]; une autre de Louise de Savoie, mère de François Ier; une médaille de ce prince avec la date de 1517; une autre du Dauphin, fils de François Ier, qui mourut en 1536, à l'âge de dix-neuf ans [3].

Ce sont les orfévres qui, habiles modeleurs, fondeurs et ciseleurs, exécutaient alors ces médailles; mais ils n'ont pas signé leurs ouvrages. Nous pouvons cependant en citer un dont le nom nous a été révélé par les comptes royaux : c'est Regnault Damet, orfévre à Paris, qui reçut, en 1538, « 430 livres 10 sous tournois pour trois » médailles de bronze grandes comme le naturel [4]. » Si Damet fondait et ciselait des portraits grands comme nature, il devait en faire certainement d'une plus petite dimension, puisque les portraits de ce genre étaient fort recherchés.

On possède de belles médailles françaises de tous les

(1) N° 2905 du Catalogue de M. CHABOUILLET, déjà cité. On trouvera une gravure de ce médaillon dans le *Trésor de numismatique*, MÉD. FRANÇ., Ire partie, pl. V, n° 1. Le Musée du Louvre en conserve un exemplaire de bronze, provenant de la collection Sauvageot, n° 517 du Catalogue de M. SAUZAY, déjà cité.

(2) Le Musée du Louvre en conserve un exemplaire; collection Sauvageot, n° 518 du Catalogue de M. SAUZAY.

(3) *Trésor de numismatique*, pl. VI, VII et X.

(4) *Compte de maistre Claude Haligre, des recettes et dépenses par lui faictes à cause des menus plaisirs durant treize mois, commençant le 1er jour de décembre 1528 et finissant le dernier jour de décembre ensuivant 1529;* Archives de l'Empire, KK. 100.

souverains qui occupèrent le trône de France au seizième siècle : Henri II, Catherine de Médicis, François II
et Marie Stuart, Charles IX, Henri III et Henri IV [1];
il y en a plusieurs de Jeanne d'Albret et de Marie de Médicis. Sous le règne du premier des Bourbons, un artiste
de talent, Georges Dupré, se fait connaître par la signature qu'il a posée sur de très-beaux portraits de métal. La
plus ancienne médaille de Dupré est probablement celle
qui reproduit Henri IV en Mars, vu à mi-corps et coiffé
d'un casque; elle porte là date de 1601 [2]. La dernière
est sans doute celle de François IV, duc de Mantoue,
représenté dans sa vingt-sixième année, ce qui donnerait
à cette médaille la date de 1638. Dupré a fait un grand
nombre de portraits-médaillons avec ou sans revers.
Parmi les plus curieux, on peut citer le médaillon qui
reproduit Henri IV et Marie de Médicis superposés, de
profil, avec la date de 1605; ceux de Henri IV datés de
1606, l'un de profil, l'autre de trois quarts; celui du
doge Marc-Antoine Memmo daté de 1612, et celui de
Pierre Jeannin, surintendant des finances, avec la date
de 1615.

A Dupré succéda Jean Varin (1604 † 1692), que l'on
croit son élève. On a de Varin quelques portraits-médaillons, mais la grande réputation de cet artiste lui
vient des perfectionnements qu'il apporta à la gravure
des médailles et des nouveaux procédés qu'il imagina

---

[1] *Le Trésor de numismatique* donne la liste de toutes les médailles
françaises. Le Musée du Louvre en possède plusieurs provenant de la collection Sauvageot, n°s 518 et suivants du Catalogue.

[2] Le cabinet des médailles de la Bibliothèque impériale de Paris en
conserve un exemplaire d'argent, n° 2906 du Catalogue de M. Chabouillet, déjà cité.

pour les frapper. Nous n'avons pas à nous occuper de ces travaux, qui se rattachent à la numismatique.

VI.

Bronzes florentins du XVIᵉ siècle.

L'Italie possédait au seizième siècle un très-grand nombre de sculpteurs de talent qui improvisaient, avec une facilité et une promptitude incroyables, des statues, des groupes, des monuments, des fontaines en marbre, en bronze et en pierre. Plusieurs de ces artistes se mirent à fondre des bronzes de petite proportion, statuettes ou bas-reliefs, qui sont pour la plupart des copies d'ouvrages antiques ou d'œuvres d'artistes contemporains. Ce fut surtout à Florence que les sculpteurs se livrèrent à ce genre de travail. Les élèves de Jean de Bologne, et entre autres Antonio Susini, Pietro Tacca de Carrare et Francesco della Stella, reproduisirent en statuettes de bronze de petite proportion les œuvres nombreuses et variées de leur maître [1]. On rencontre aujourd'hui dans les collections une assez grande quantité de ces jolies statuettes et de ces fins bas-reliefs, qui sont fort recherchés des amateurs. On en voyait dans le cabinet de M. Louis Fould une belle réunion ; ces pièces n'ont été obtenues qu'à des prix très-élevés à la vente de ce cabinet [2]. Les mêmes artistes ne dédaignèrent pas d'associer leur talent aux productions de l'industrie, qu'ils enrichirent de statuettes et de bas-reliefs d'un

[1] Filippo Baldinucci, *Notizie de' professori del disegno;* Firenze, 1767, t. VII, p. 104.

[2] Une réduction, de trente-trois centimètres de hauteur, du groupe antique des deux lutteurs qu'on voit au Musée de Florence, a été portée par les enchères à plus de 2300 francs et adjugée à lord Hertford.

modelé excellent et d'une exécution très-soignée. On
trouve aujourd'hui dans les musées et dans les collections, des chenets, des flambeaux, des écritoires, des
marteaux et des poignées de porte et d'autres objets
usuels qui y sont conservés comme des œuvres d'art,
avec juste raison. A la vente du cabinet de M. Louis
Fould, une paire de chenets surmontés des figures de
Vénus et Adonis a été portée par les enchères au prix de
2,500 francs, une autre paire, où l'on voyait les figures
de Jupiter et de Junon, à 2,100 francs [1]. La collection
du prince Soltykoff possédait quelques belles pièces de ce
genre. Deux chenets décorés des figures de Mars et de
Vénus [2] ont été portés par les enchères au prix de
6,000 francs.

§ II.

TRAVAIL AU REPOUSSÉ.

A côté des ouvrages fondus dans un moule, il en
existe d'autres qui sont obtenus par un procédé différent : il consiste à repousser au marteau des feuilles de
métal, de manière à leur donner la forme que l'artiste
veut produire, et à exprimer à leur surface des figures
ou des ornements en relief.

Ce procédé, qui a reçu de quelques érudits le nom
de sphyrélaton et auquel on donne le plus ordinairement celui de travail au repoussé, remonte à une haute
antiquité. Les objets métalliques dont parle Homère
sont toujours travaillés au marteau, et il n'est pas dou-

---

[1] Nos 1892 à 1895 de la Description de cette collection par M. CHA-
BOUILLET. Ces chenets appartiennent aujourd'hui à M. James de Rothschild.
[2] No 1022 du Catalogue de cette collection, déjà cité.

teux que les statues colossales des anciens n'aient été ainsi faites. Quelque légèreté que l'on puisse donner au métal fondu par la perfection du moule, elle ne pourra jamais être mise en comparaison avec celle d'une feuille de métal dont le marteau viendra réduire l'épaisseur autant que sa malléabilité peut le permettre.

« En orfévrerie, » dit un savant, grand connaisseur en fait d'art, et d'art industriel, » la fonte et la ciselure » sont des procédés bornés; le repoussé est l'art sans » limites [1]. » Aussi le procédé du repoussé fut-il employé principalement dans la confection des armures de luxe et dans l'orfévrerie, qui, jusqu'au dix-septième siècle, comprenait l'exécution des bas-reliefs et des statues d'or et d'argent; il s'agissait de réunir dans ces armures de parade la richesse et la légèreté, et dans les travaux d'orfévrerie, de produire des pièces d'une grande dimension en leur donnant le moins de poids possible; rien ne pouvait mieux satisfaire à cette double condition que le travail au repoussé.

Dès les premiers moments du retour au culte des arts, après l'obscurcissement du dixième siècle, nous voyons employer le procédé du repoussé dans les travaux artistiques. Willegis et saint Bernward avaient restauré l'art de la fonte du bronze; l'abbé Richard, leur contemporain et leur émule, remit en honneur le travail au repoussé. Élu en 1004 abbé du célèbre et riche monastère de Saint-Viton de Verdun, il s'empresse de rebâtir son église; et dès qu'elle est élevée, il la fait décorer avec soin et l'enrichit d'un mobilier somptueux.

[1] M. le comte DE LABORDE, *De l'union des arts et de l'industrie*, t. II, p. 481.

L'ambon, dans lequel on lisait l'évangile au peuple, était
alors une vaste tribune élevée de plusieurs marches au-
dessus du sol : l'abbé Richard en construisit un dont les
quatre faces étaient décorées de bas-reliefs de bronze
produits par le travail au repoussé. Les termes dont se
sert le moine Hugon dans sa chronique ne peuvent laisser aucun doute à cet égard [1]. Ces bas-reliefs offraient
un travail de sculpture considérable. Sur la face de
l'ambon qui regardait l'occident, on avait représenté les
douze apôtres et douze prophètes; sur celle du nord,
les quatre fleuves du paradis; sur la partie circulaire, où
se tenait le diacre qui lisait l'évangile, on voyait le sacrifice d'Abraham, Abel offrant un agneau au Seigneur, Isaac
bénissant ses enfants, Jacob supplantant Ésaü, Tobie
ensevelissant un mort, et David donnant des preuves de
son courage; sur la face principale, Jésus sur un trône,
accompagné de sa mère, de saint Jean et des quatre
évangélistes, et entouré de chœurs d'anges. Ces sculptures étaient rehaussées de diverses couleurs, *sculptorio
et polimito* [2] *opere exaratæ*, et il est à croire que ces
couleurs n'étaient autres que des émaux.

L'impulsion artistique était donnée : durant le moyen
âge tous les vases d'or et d'argent, et beaucoup de monuments de bronze, furent travaillés au repoussé et
ciselés ensuite. Le moine Théophile, qui vivait au
onzième siècle, nous l'apprend dans sa *Diversarum ar-*

---

[1] « Pulpitum autem ære crebris tunsionibus in laminas tabulasque pro-
ducto et deaurato factum esse constat satis accurate et eleganter, et per xii
tabulas, xii prophetarum imagines, xii apostolorum formas subvehen-
tium sculptorio et polimito opere exaratæ sunt. » *Chronicon* HUGONIS ABB.
FLAVINIACENSIS, apud PERTZ, *Monumenta Germaniæ historica*, t. X, p. 374.

[2] Que M. Pertz interprète par *multicolore*, *idem*, loc. cit.

tium schedula. « On fait aussi, dit-il, des fers pour
» exécuter sur l'or, l'argent et le cuivre, des figures hu-
» maines, des oiseaux, des animaux et des fleurs repous-
» sés [1]. Ces fers sont de la longueur d'une palme,
» larges et garnis d'une tête à la partie supérieure, effilés,
» ronds, minces, triangulaires, carrés ou recourbés à la
» partie inférieure, selon l'exigence du travail que l'on
» se propose de faire; on les frappe avec un marteau [2]. »

Après avoir décrit les instruments nécessaires au travail du repoussé, Théophile enseigne la manière de s'en
servir, et en expliquant la fabrication du calice, des
burettes et de l'encensoir, il fournit des exemples qui
font voir que le marteau était le principal instrument de
l'orfévre. Les anses et quelques pièces accessoires étaient
seules fondues [3].

Parmi les grands monuments exécutés au repoussé
durant le moyen âge, il faut signaler les portes de
bronze placées sur le flanc sud de la cathédrale d'Augsbourg. Nous les avions autrefois indiquées comme étant
une œuvre de fonte [4]; mais l'opinion de MM. Viollet-
le-Duc et Darcel [5] a de nouveau appelé notre attention,
et nous y avons reconnu un travail au repoussé. Les
deux vantaux de cette porte, d'inégale largeur, sont
recouverts l'un de quatorze, l'autre de vingt et un panneaux de bronze assemblés par des bandes de même

---

[1] Ad exprimendas imagines ductiles in auro.
[2] *Diversarum artium schedula*, lib. II, cap. XIII, De ferris ad ductile.
[3] Chap. XXV, XXVI, LVIII, LIX, LXXVII.
[4] *Description de la collection Debruge Duménil*, introduct., p. 55.
[5] Viollet-le-Duc, *Lettres adressées d'Allemagne*, p. 59. — M. Alfred
Darcel, *Excursion artistique en Allemagne*, p. 133. On trouvera une
reproduction de ces portes dans la *Revue archéologique*, t. VI, p. 54.

métal, qui sont clouées sur des ais de bois et ornées de têtes d'hommes à leurs points d'intersection. Une tête de lion occupe l'un des panneaux du centre dans chaque vantail.

Dans l'origine, les deux vantaux devaient être égaux; mais aujourd'hui le vantail à droite contient quatorze panneaux de même dimension, divisés en deux bandes et superposés; celui de gauche contient entre deux bandes de sept panneaux qui ont la dimension de ceux du vantail à droite, une troisième bande de sept panneaux plus étroits. Chacun des panneaux, grands ou petits, ne renferme qu'une seule figure principale. Les reproductions que l'on y voit sont assez singulières : c'est un homme qui fuit devant un serpent; un autre qui regarde dans une fiole qu'il tient élevée; un centaure et un lion répétés deux fois; un homme vêtu d'un court manteau, armé d'une lance et d'un bouclier; on y voit encore deux fois Samson ouvrant la gueule d'un lion et combattant avec la mâchoire d'un âne. Toutes ces figures ont du mouvement, quelques-unes sont d'un bon style. M. Viollet-le-Duc croit que ces panneaux sont d'époques différentes, et que les plus anciens pourraient avoir été faits à Constantinople, au cinquième siècle ou au sixième. M. Darcel les regarde comme étant allemands, et du huitième siècle. Il est constant que l'auteur, quel qu'il soit, de ce monument avait étudié l'art byzantin; mais nous ne retrouvons pas dans ces sculptures la correction ni surtout la finesse d'exécution qui caractérise les ouvrages grecs du sixième au onzième siècle. Les scènes bizarres, et les animaux chimériques qu'elles reproduisent, sont bien dans le goût du onzième siècle en Allemagne. Ces

portes doivent appartenir à l'un des artistes de cette
école créée par saint Bernward, qui, tout en étudiant
les belles productions de l'art byzantin, étudiait aussi la
nature, et qui, faisant profession de beaucoup d'indépendance, cherchait partout des voies nouvelles.

Des monuments de sculpture au repoussé, de petite
proportion, ont été exécutés en grande quantité pendant
le moyen âge. Nous devons signaler surtout les orfévres
de Limoges comme ayant produit, au treizième siècle,
à l'aide de ce procédé, des statuettes et des figures de
haut-relief, en cuivre, qui ne sont pas sans mérite. Les
têtes sont entièrement repoussées; les corps et les vétements, dans les pièces importantes, sont souvent rendus
par des feuilles battues, dressées et appliquées sur une
forme de bois. Le métal est doré et souvent enrichi
d'émail. La collection de M. Sellière possède un très-
beau spécimen de ce genre de sculpture. C'est une statuette de la Vierge, de cinquante-deux centimètres de
hauteur. Elle est représentée assise sur un trône émaillé
qui sert de reliquaire [1]. Les pièces de ronde bosse de
cette proportion sont assez rares; mais on conserve dans
les musées et dans les collections un grand nombre de
figures de haut-relief détachées des monuments auxquels
elles appartenaient, et aussi des châsses et des reliquaires qui en sont décorés.

Tous les ouvrages soignés que l'on faisait par le procédé du repoussé, au moyen âge, étaient au surplus
retouchés et terminés au ciselet [2].

---

[1] Cette pièce provient de la vente de la collection Soltykoff (n° 151
du Catalogue déjà cité). Elle a été adjugée moyennant 2,250 fr.

[2] THEOPHILI *Diversarum artium schedula*, cap. LXXVII.

Au seizième siècle, les beaux ouvrages d'orfévrerie
étaient toujours exécutés par le repoussé. Cellini nous
apprend, dans son Traité de l'orfévrerie, que ce procédé était universellement en usage parmi les orfévres
de son temps, en France et en Italie; lui-même n'en
employait pas d'autre dans la fabrication des bijoux,
des vases, des figurines d'or et d'argent; il ne fondait
que les anses des vases, le bec des aiguières, et quelques
pièces de rapport.

Le repoussé a encore été employé, au seizième siècle,
pour obtenir des figures et des ornements en relief sur
des plaques de fer qui étaient ensuite enrichies de fines
damasquinures d'or et d'argent. Ces riches bas-reliefs de
fer, rehaussés d'or, servaient à garnir les coffrets et à
décorer certains meubles de prix.

§ III.

CISELURE EN FER.

Le fer, malgré sa dureté, n'a pas échappé au ciseau
du sculpteur. Cette branche de l'art a été cultivée, durant le moyen âge, dans l'empire d'Orient. Un auteur
grec anonyme, qui écrivait antérieurement au douzième
siècle, rapporte qu'on voyait, dans un lieu de Constantinople que l'on nommait Exocionion, un groupe colossal de Nemrod, avec son chien et un lièvre, taillé dans le
même bloc de fer [1]. Il nous faut ensuite arriver jusqu'à
l'époque de la Renaissance pour retrouver l'usage de la
sculpture en fer. Ce fut principalement en Allemagne,

[1] *Breves enarrationes chromographicæ*, apud Banduri, *Imperium
orientale; Antiq. Constant.*, lib. V; Parisiis, p. 66.

dans la seconde moitié du seizième siècle, qu'on la remit
en pratique. La ville d'Augsbourg surpassait toutes les
autres. Ses artistes ciseleurs, qui portaient le nom de
plattner [1], ont couvert de leurs fines ciselures en haut-
relief un nombre considérable de pommeaux d'épée et de
dague; ils ont enrichi de leurs bas-reliefs les fourreaux
d'épée, les meubles et les ustensiles domestiques; quelques-uns même ont taillé dans le fer des statuettes de
ronde bosse. Parmi les plus célèbres, on distingue Thomas Ruker : il fit, en 1574, un fauteuil enrichi de
sculptures d'un grand mérite qui représentent des scènes
historiques; ce fauteuil, qui fut offert par la ville d'Augsbourg à Rodolphe II, est actuellement en Angleterre.
Mais le maître le plus renommé en ce genre de travail
fut Gottfried Leygebe, né en Silésie au commencement
du dix-septième siècle. Il travailla longtemps à Nuremberg, et mourut à Berlin en 1683 [2]. D'abord simple
armurier, il se fit remarquer par d'ingénieuses compositions, et surtout par une exécution d'un fini très-délicat. On voit de lui à la Kunstkammer de Berlin et au
Muséum historique de Dresde des poignées d'épée
d'un travail merveilleux. Il a fait aussi beaucoup de
bas-reliefs de fer [3]. Les ouvrages de cet artiste, qui
jouissent en Allemagne de la plus haute réputation,
sont des statues équestres d'une assez grande proportion taillées dans des blocs de fer. Le Grüne Gewölbe de
Dresde possède de lui une statuette équestre de Charles II
d'Angleterre, représenté sous la figure de saint Georges

(1) Dr KUGLER, *Handbuch der Kunstgeschichte*, s. 797.
(2) Dr KUGLER, *Beschreibung der K. Kunstkammer*, s. 246.
(3) A la Kunstkammer de Berlin, nos 2857, 2859, 2862, 2887 du Catalogue de ce Musée.

tuant le dragon, et la Kunstkammer de Berlin, la statuette du grand électeur Frédéric Guillaume sous la figure de Bellérophon monté sur Pégase et terrassant la Chimère [1]. A ne considérer que la difficulté vaincue, ce sont là certainement les premiers travaux de Leygebe; mais ses petits bas-reliefs, et surtout ses poignées d'épée, sont d'un travail bien supérieur.

On a également exécuté en France, au seizième siècle, de fines ciselures sur fer; elles se font remarquer par une composition spirituelle et un modelé correct. Le Musée du Louvre possède plusieurs pièces, dont la plus curieuse est une monture d'escarcelle qui a appartenu à Henri II. Nous en donnons la reproduction dans la planche LXXVI de notre Album.

[1] Nº 2889 du Catalogue de ce Musée.

CHAPITRE IV.

SCULPTURE EN MATIÈRES DURES : GLYPTIQUE, ART DU LAPIDAIRE.

§ I.

GLYPTIQUE.

L'art de graver des images sur des pierres dures, soit en creux (les intailles), soit en relief (les camées), remonte à la plus haute antiquité. C'est aux Égyptiens qu'on attribue la gloire d'avoir les premiers cultivé la glyptique.

Les Grecs, auxquels ils avaient transmis leurs procédés, ont gravé des intailles et des camées avec une perfection à laquelle bien peu d'artistes des temps modernes ont pu atteindre. Ils apportèrent à Rome l'art de graver sur pierre, et le goût des pierres gravées y fut très-prononcé pendant plusieurs siècles. Quelques artistes romains se livrèrent avec succès à ce genre de travail ; ils sont loin néanmoins d'avoir égalé les Grecs.

Dans les premiers siècles de l'ère chrétienne, on continua de graver sur pierres fines en Italie; mais dès le cinquième siècle cet art avait cessé d'y être en pratique. Les Byzantins, qui en avaient conservé la technique, furent les seuls, durant le moyen âge, qui gravèrent des camées. Ceci explique comment il se fait qu'on rencontre aussi peu de camées reproduisant des sujets religieux. Ainsi, sur quatre-vingt-dix-neuf anneaux qui figurent dans l'inventaire du Saint-Siége, dressé en 1295 par ordre de Boniface VIII [1], dix-neuf sont enrichis de camées, mais il n'y en a que deux qui reproduisent un sujet chrétien.

Les camées byzantins sont loin de valoir ceux des Grecs, ni même ceux du Haut-Empire. En général, les compositions sont simples et le dessin ne manque pas absolument de correction, mais l'exécution offre souvent de la lourdeur. Ils sont presque tous antérieurs au onzième siècle; il y en a quelques-uns de cette époque, où a commencé pour l'art byzantin l'ère de la décadence; nous n'en connaissons pas d'une date postérieure.

Le cabinet des médailles de la Bibliothèque impériale possède plusieurs camées byzantins, parmi lesquels il en est un très-remarquable, et qui est digne de figurer à côté des productions du Haut-Empire. Ce camée, sur sardonyx à trois couches, de quarante-sept millimètres de hauteur sur treize de largeur [2], reproduit dans le

---

[1] *Inventarium de omnibus rebus inventis in thesauro Sedis Apostolice factum de mandato Sanctissimi Patris dom. Bonifacii papæ octavi sub anno Domini millesimo ducent. nonag. quinto*; Ms., Bibl. imp., n° 5150, fol. 61.

[2] N° 267 du Catalogue de M. Chabouillet, déjà cité. M. Hase a publié ce camée dans son édition princeps de Léon Diacre.

haut du tableau le buste du Christ, les bras étendus, la
main droite dans l'action de bénir, et au-dessous saint
Georges et saint Démétrius. Les deux saints guerriers
sont représentés en pied sous les traits de jeunes hommes ;
ils portent la brigandine à écailles terminée par une
courte cotte d'armes et un manteau rejeté en arrière ;
c'est exactement là le costume donné à Basile II dans la
miniature du manuscrit de Venise, qui est reproduite
dans la planche LXXXV de notre Album. Les noms des
deux saints sont gravés sur la pierre en lettres grecques
disposées perpendiculairement. La composition du sujet
est simple et le dessin en est correct ; les figures des
deux guerriers sont très-élégantes, et rappellent celles
des manuscrits de l'époque de Constantin Porphyrogénète. Il n'est pas douteux que ce joli camée n'appartienne au règne de ce prince ; il vient encore confirmer
ce que nous avons dit de l'état florissant des arts dans
l'empire d'Orient au dixième siècle.

Les pierres antiques gravées en creux servirent de
sceaux aux rois dès l'époque carolingienne : Pepin
scellait avec un Bacchus indien, Charlemagne avec un
Sérapis, et il y a lieu de penser que l'art de graver sur
pierres dures était complétement tombé en oubli, durant le moyen âge, chez tous les peuples de l'Occident ;
les inventaires des rois et des princes du quatorzième
siècle, où nous puisons souvent des documents précieux
sur les arts du moyen âge, en fournissent jusqu'à un
certain point la preuve. Ainsi, dans l'inventaire de
Charles V, de 1379 [1], on trouve souvent l'énonciation
de camées qui viennent décorer des pièces d'orfévrerie ;

(1) Ms., Bibl. imp., n° 8356, déjà cité.

mais les sujets qui y sont gravés ne se rattachent presque
jamais à la religion chrétienne, comme cela aurait eu
lieu, sans aucun doute, d'après les usages du temps,
si ces pierres avaient été gravées pour les pièces d'orfévrerie qu'elles décorent. Au folio 66 de cet inventaire,
on fait le relevé des signets (les sceaux) du roi, et voici
comment celui dont il se servait habituellement est
désigné : « Le signet du roy, qui est de la teste d'un
» roy sans barbe, et est d'un fin rubis d'Orient ; c'est
» celui de quoi le roy scelle les lettres qu'il escript de sa
» main. » Plus bas, au folio 78, on décrit parmi « les an-
» neaulx à camahieux estant en un autre coffre dont le roy
» porte la clef : ung camahieu où il y a ung lyon cou-
» chant, assis (enchâssé) en une verge d'or nééllée ; —
» ung autre camahieu à une teste de femme, assis en
» une verge d'or toute pleine ; — ung autre petit cama-
» hieu d'un enfant à elles (ailes) acropy. » A cette
description on ne peut méconnaître des pierres antiques ; la dernière ne reproduisait-elle pas la figure de
Cupidon ?

Au folio 63 du même inventaire, on trouve un anneau
dont le camée représente un sujet chrétien ; il est ainsi
désigné : « Annel des vendredis, lequel est nééllé et y
» est la croix double noire de chacun costé, où il y a
» ung crucifix d'un camayeux, Saint Jehan et Nostre-
» Dame, et deux angeloz sur les bras de la croix, et le
» porte le roy continuellement les vendredis. » Ces mots
croix double indiquent sans doute la croix à double traverse en usage dans l'empire d'Orient, et il est à croire
que ce camée provenait de l'école byzantine. Les bagues
du roi Charles V, et surtout ses sceaux, reproduiraient

tous des sujets pieux ou sa propre image, s'il avait eu sous la main des artistes exercés à graver les pierres fines.

On connaît d'ailleurs un grand nombre de châsses et d'instruments du culte des diverses époques du moyen âge qui sont enrichis de camées antiques. Les aurait-on employés dans ces temps d'austère piété, si on avait pu les remplacer par d'autres pierres?

L'inventaire de Charles VI, fait vingt ans plus tard que celui de Charles V, constate aussi la présence de beaucoup de camées à sujets profanes [1].

Comme on le voit, les camées portaient au quatorzième siècle le nom de camaïeu. Ce nom se perpétua durant tout le seizième; on le retrouve dans tous les inventaires du temps [2], et c'est de là qu'on a donné le nom de camaïeux aux peintures monochromes et à celles de deux ou trois couleurs dans lesquelles on n'a pas pour but d'imiter la couleur naturelle.

Il paraîtrait que l'art de graver les pierres dures avait reparu en Italie dès la fin du quatorzième siècle. Cicognara cite Benedetto Peruzzi comme ayant exercé la glyptique en 1379 [3]. Mais cet art ne commença à produire de bons fruits, suivant Vasari, que sous les papes Martin V († 1431) et Paul II († 1471). L'invasion des Turcs dans l'empire d'Orient et la prise de Constantinople peuvent être regardées comme les principales causes de la renaissance de cet art en Occident. Ces événe-

---

[1] Ms., Bibl. imp., fonds Mortemart, n° 76.

[2] Notamment dans l'inventaire de Henri II, de 1560, Ms., Bibl. imp., n° 9501.

[3] *Storia della scultura*, t. II, p. 391.

ments ayant forcé les artistes grecs de se réfugier en Italie, les graveurs sur pierres, bien qu'ils ne fussent plus que des ouvriers grossiers et ignorants, y portèrent les procédés mécaniques de leur profession, et cela fut suffisant. Du moment que ces procédés furent connus, la glyptique, en présence des grands artistes qui illustraient alors la péninsule italique, devait aussitôt renaître. Laurent de Médicis et Pierre son fils, tous deux passionnés pour les camées antiques, en composèrent une nombreuse collection, et appelèrent à Florence les meilleurs maîtres graveurs de ce temps.

C'est à cette école que se forma Giovanni, qu'on surnomma delle Corniole (des Cornalines). Il doit être regardé comme le premier restaurateur de la glyptique. Bientôt il eut pour concurrent le Milanais Domenico, qui reçut le surnom de' Camei (des Camées). On peut citer à côté de ces artistes Michelino, le peintre Francesco Francia, et l'habile orfèvre de Milan, Caradosso.

Le seizième siècle est l'époque la plus florissante de cet art. Il serait beaucoup trop long de nommer tous ceux qu'il a illustrés : Giovanni Bernardi de Castel-Bolognese, Valerio Vicentino, Matteo dal Nasaro de Vérone, Alessandro Cesari, Jacopo Caraglio de Vérone et Luigi Anichini de Ferrare sont les plus fameux.

Matteo dal Nasaro, qui vint en France à la suite de François Ier, y apporta le goût de la gravure sur pierres fines. Cet artiste figure dans les comptes des menus plaisirs du roi, de 1528 et 1529, sous le nom de maître Dalnassard, d'abord pour une somme de 615 livres qu'il reçut à titre de pension et bienfaits pour son en-

tretien, puis pour 112 livres, afin de le rembourser de
l'achat qu'il avait fait des outils nécessaires pour graver
les coins des monnaies du roi [1].

Matteo dal Nasaro ne tarda pas sans doute à former
des élèves à Paris, car nous voyons dans un compte des
menus plaisirs du roi, de 1530, une somme de 448 livres
payées à Guillaume Hoison, lapidaire à Paris, « pour
» une Nostre-Dame d'agathe garnie de neuf grosses
» perles, d'ung saphir et de deux rubis..... et ung poi-
» gnart ayant le manche de cristal et garny par la guesne
» de trois camayeux [2]. »

Julien de Fontenay, connu sous le nom de Coldoré,
fut le premier Français qui se distingua dans la glyptique. Il a gravé plusieurs fois la figure de Henri IV en
buste. Appelé en Angleterre par la reine Élisabeth, il
grava le portrait de cette princesse.

L'art de la gravure sur pierres déchut beaucoup dans
le dix-septième siècle, et fut même si peu cultivé que
plusieurs procédés se perdirent. Le dix-huitième siècle
vit paraître des artistes d'un grand mérite; Joseph
Pichler († 1790), le plus célèbre de tous, s'est élevé
jusqu'à la hauteur des graveurs de l'antiquité.

Les graveurs sur pierres ne se sont pas contentés
d'exécuter des bas-reliefs, ils ont encore sculpté des
têtes, des bustes, et même des figurines entières de

---

[1] *Compte premier de maistre Claude Haligre, des receptes et des dé-*
penses par lui faictes à cause des menuz plaisirs durant treize mois com-
mençant le 1ᵉʳ jour de décembre 1528 et finissant le dernier jour de
décembre suivant 1529; Ms., Arch. de l'Emp., KK. 100, fol. 60 et 109.

[2] *Compte deuxième de maistre Claude Haligre, pour quatre mois*
du 1ᵉʳ janvier 1529 au 10 mai ensuivant 1530, Ms., Arch. de l'Emp.,
fol. 11.

ronde bosse dans des pierres dures. Parmi les objets de cette nature que possède le Musée du Louvre, il faut remarquer les bustes des douze Césars, qui appartenaient à la collection Debruge Duménil [1]. Ces bustes sont exécutés au repoussé en argent, les têtes sont en matières précieuses : Jules César, en calcédoine verte; Auguste, en plasma antique; Tibère, en prime d'améthyste; Caligula, en chrysoprase; Claude, en agate d'Allemagne; Néron, en agate sardonisée; Galba, en jaspe blanc; Othon, en cristal de roche; Vitellius, en jaspe vert; Vespasien, en calcédoine blanche; Titus, en corniole; Domitien, en agate veinée. Ces sculptures en pierres fines sont du seizième siècle.

Nous ne devons pas nous étendre davantage sur la glyptique, qui ne se rattache qu'indirectement aux monuments de la vie privée. La glyptographie embrasse un autre ordre d'idées : elle exige des connaissances très-variées, de longues études, et demande à être traitée spécialement; elle suffirait à elle seule à fournir la matière d'un gros livre; nous n'avons eu d'autre but, dans cet article, que de faire connaître l'état de cette branche de l'art au moyen âge.

§ II.

ART DU LAPIDAIRE.

Les peuples anciens et modernes qui ont cultivé les arts ont toujours montré beaucoup de goût pour les coupes et les vases façonnés avec les belles matières minérales que fournit la nature. Lorsque ces vases sont

---

[1] N° 431 de la *Description* de cette collection, déjà citée.

taillés dans une pierre dure, ils ne peuvent être travaillés que par les procédés employés dans la glyptique;
mais comme le plus souvent ils ne sont enrichis ni de
gravures ni de sculptures, et que l'œuvre tire son importance plutôt de la beauté de la matière que de l'art,
nous avons pensé que l'exécution des vases en matières
minérales formait une classe à part dans l'industrie artistique, quelle que soit leur ornementation.

Les pierres siliceuses et quartzeuses transparentes,
telles que les gemmes et le cristal de roche ; demi-trans-
parentes, telles que la prase, l'opale, le girasol, l'agate,
la calcédoine, la sardoine, le sardonyx, la cornaline;
opaques, telles que les différentes sortes de jaspe, ont
été les plus recherchées pour la confection des vases. Le
lapis-lazuli, quoique faisant partie des pierres argileuses,
a été également fort en vogue et peut être classé parmi
les pierres dures, puisqu'il fait feu sous le briquet. Le
porphyre, le marbre et les roches ont aussi fourni de
très-beaux produits.

Les Romains, qui déployaient une grande magnificence et beaucoup de profusion dans leur goût pour les
vases, recherchaient tout particulièrement ceux en matières rares, qu'ils préféraient souvent aux vases d'or et
d'argent. Ce que l'on trouve dans les anciens auteurs
sur le nombre des vases et des coupes de cette espèce qui
existaient à Rome, nous paraîtrait incroyable si l'on ne
savait en même temps par eux que ces vases avaient été
enlevés des provinces conquises, et principalement de
l'Asie. Pompée, qui s'était emparé des trésors de Mithri-
date, avait apporté à Rome et consacré dans le temple
de la Fortune la collection de vases de ce grand prince.

Pline, en rapportant ce fait, dit que Pompée fut le premier qui fit connaître aux Romains les vases murrhins.
Bien que les antiquaires ne soient pas d'accord sur la
matière de ces vases, l'opinion la plus générale est
qu'ils étaient taillés dans le sardonyx oriental. La description qu'en donne Pline semble bien la confirmer :
« L'éclat, dit-il, n'en est pas vif, et ils sont plutôt lui-
» sants qu'éclatants; mais on y estime particulièrement
» la variété des couleurs se dessinant sur leur contour
» en veines successives, et offrant les nuances du
» pourpre, du blanc et d'une troisième couleur de feu,
» où les autres semblent se confondre par transition,
» comme si la pourpre blanchissait ou que le lait devînt
» rouge [1]. »

Pline avait dit que ces vases venaient de l'Orient et
qu'on les trouvait dans plusieurs localités, et particulièrement dans l'empire des Parthes. Philostrate, mieux
instruit et plus positif, nous apprend qu'on les travaillait
dans l'Inde : « Les Grecs sertissent dans les colliers et
» dans les bagues les petites pierres qui viennent des
» Indes; mais les Indiens en font des coupes et des
» bassins. Les coupes sont si grandes que le contenu
» d'une seule peut fournir copieusement à boire à quatre
» personnes altérées pendant l'été [2]. »

Les beaux vases en matières dures enlevés de l'Asie
par Pompée, et ceux que les empereurs romains avaient
recueillis, furent portés à Constantinople avec le trésor
des empereurs, lors de la translation du siége de l'em-

---

[1] PLINIUS, *Natur. hist.*, lib. XXXVII, cap. VIII.

[2] PHILOSTRATORUM *quæ supersunt omnia* rec. GOTT. OLEARIUS; *Vita Apollon.*, lib. III, cap. XXVII; Lipsiæ, 1709, p. 118.

pire dans cette ville. C'est de là que sont sortis les
vases qui se sont répandus en Occident durant le moyen
âge. Les ambassadeurs envoyés par les empereurs byzantins aux princes de l'Occident n'arrivaient jamais
qu'avec de magnifiques présents, parmi lesquels figuraient souvent des vases en matières précieuses [1]. Ils
furent soigneusement conservés durant le moyen âge,
et l'on rencontre souvent dans les anciennes chroniques, dans les chartes, dans les inventaires et dans
les comptes, la mention de vases en sardonyx, en agate,
en jaspe et en cristal.

Voici quelques faits que nous empruntons à ces documents, et nous les choisissons de différentes époques
du moyen âge.

Sous l'épiscopat de Didier, évêque d'Auxerre, la
célèbre Brunehaut offrit à l'église de Saint-Étienne un
calice d'agate onyx, « ex lapide onychino, » d'une
beauté remarquable, monté en or très-pur [2]. Parmi
les dons que Théodelinde, reine des Lombards, avait
faits à l'église Saint-Jean-Baptiste, qu'elle avait élevée à
Monza, on voit figurer une coupe en calcédoine montée
en argent doré et enrichie de pierres fines; elle est mentionnée dans les inventaires et dans différents actes du
treizième et du quatorzième siècle [3]. Le trésor dont le
comte Éverard, gendre de Louis le Débonnaire, fit la
distribution à ses enfants par son testament de l'an-

---

[1] CONSTANTINI IMP. *De cerimoniis aulœ Byzant. libri*; lib. II,
cap. XLIV; Bonnæ, p. 661. — ANNA COMNENA, *Syntagma rer. ab Alexio
Comn. gestarum*, liber III, § 10; Bonnæ, p. 173.

[2] *Historia episcoporum Autissiodorensium*, ap. LABBE, *Nova bibl.
mss. libr.*, t. I, p. 425.

[3] FRISI, *Memor. stor. di Monza*, t. I, p. 94; t. II, p. 131, 136, 163.

née 827, renfermait des coupes de pierres dures et une
châsse de cristal [1]. Dans les premières années du
onzième siècle, Burchard, comte de Melun, offrit à
l'église du monastère de Saint-Maur-les-Fossés, qu'il
avait fondé, un vase précieux en aigue-marine qui servait à contenir l'eau qu'on versait dans le calice [2].

Postérieurement au onzième siècle, les trésors des
églises et ceux des princes se remplirent de ces belles
matières. L'église de Mayence possédait, au douzième
siècle, un très-grand vase d'agate onyx qui avait la
forme d'un animal fantastique ; l'ouverture pratiquée
sur le dos de l'animal était bordée d'un cercle d'or sur
lequel était gravée une inscription en caractères grecs [3].

A la même époque, un assez grand nombre de vases
en matières précieuses existaient à l'abbaye de Saint-
Denis, et le célèbre Suger faisait enrichir de montures
ceux qui n'en étaient pas pourvus [4]. De ces richesses,
le Musée du Louvre conserve le vase de cristal de roche
que reproduit la planche XLV de notre Album, un
vase de calcédoine antique monté en argent doré, et
un vase de porphyre rouge dont la monture figure un
aigle [5] ; et le cabinet des médailles de la Bibliothèque
impériale de Paris, le fameux canthare bachique, dit

[1] *Testamentum Everardi comitis*, ap. Mirei *Opera diplomat.*; Brux.,
t. I, p. 19.

[2] Odo, *Vita Burchardi*, ap. Duchesne, *Hist. franc. script.*, t. IV,
p. 122.

[3] Conradus, *Chron. vetus rerum Moguntiacarum*; Francofurti, 1630,
p. 11.

[4] Sugerii abb. *De rebus in adm. sua gestis*, ap. Duchesne, *Hist.
franc. script.*, t. IV, p. 348. — *Inventaire du trésor de l'abbaye de Saint-
Denis en France*, Ms., Arch. de l'Emp., LL. 1327, fol. 112, 113, 114, 115.

[5] Nos 575 et 664 du Catalogue de M. de Laborde, déjà cité.

coupe des Ptolémée; une nef de sardonyx enrichie d'une monture byzantine d'or émaillé, et une autre nef de jade vert [1].

L'inventaire du trésor du Saint-Siége fait à la fin du treizième siècle, par ordre de Boniface VIII, constate l'existence d'un certain nombre de vases en matières dures ornés de riches montures [2].

Le goût pour les vases en matières précieuses ne fit qu'augmenter au quatorzième siècle et au quinzième. Les comptes du roi Jean [3], l'inventaire du duc d'Anjou [4] et celui de Charles V [5], en mentionnent plusieurs qui existaient dans le trésor de ces princes. Le trésor des ducs de Bourgogne [6] renfermait aussi quelques pièces d'agate, de calcédoine, de jaspe et de serpentine; mais les vases et autres objets de cristal de roche y existaient en si grand nombre au quinzième siècle, qu'il n'est pas douteux que pour la plupart ils n'aient été travaillés en France et dans les Flandres. Et en effet, les comptes d'Étienne de la Fontaine, argentier du roi Jean, pour l'année 1352, nous apprennent que dès cette époque on

[1] Nos 279, 280 et 281 du Catalogue de M. CHABOUILLET, déjà cité.

[2] *Inventarium de omnibus rebus inventis in thesauro Sedis Apostolicæ;* Ms., Bibl. imp., n° 5180.

[3] *Compte de Gaucher de Vannes, argentier du roy, depuis le premier jour de juillet mil ccc. lv. jusques au III° jour de janvier excluz. prochain;* Ms., Arch. de l'Emp., K. 8, fol. 13.

[4] *Inventaire des joyaux de Louis, duc d'Anjou, dressé de 1360 à 1368,* art. 440 et 441, publié par M. DE LABORDE, *Notices des émaux du Louvre;* II° partie, 1853.

[5] Ms., Bibliothèque impériale, n° 8356.

[6] *Inventaire des joyaux et meubles de Charles le Téméraire,* dressé en 1467, peu de temps après la mort de son père Philippe le Bon, publié par M. DE LABORDE, *Les ducs de Bourgogne,* t. II, art. 2323 et suivants, 2354 et suivants, 2738 et suivants, 4228.

savait en France tailler et creuser le cristal de roche.
Dans ce compte, le trône que le roi s'était fait faire,
figure pour la somme fort importante de 774 écus d'or.
Plusieurs artistes avaient concouru à son exécution :
Jehan Lebraellier, orfévre du roi, avait été l'ordonnateur de l'œuvre ; Guille Chastaingue, peintre, y avait
peint quatre sujets des jugements de Salomon, des
figures de prophètes, et les armoiries de France ; enfin
on y trouvait « XII cristaux, dont il y avait V creux
» pour les bastons, VI plaz et I ront plaz pour le moyeu
» qui furent faits par la main de Pierre Cloet [1]. » C'est
principalement dans les Alpes et dans les Pyrénées
qu'on trouve les plus beaux cristaux de roche, et l'on
comprend que des artistes français et italiens, sans être
assez habiles pour exécuter des travaux de gravure sur
des pierres fines de l'Orient, soient cependant parvenus,
au quatorzième siècle, à trouver les moyens de travailler
le cristal pour en former des vases. Quant à ceux qui furent
taillés dans les agates, les sardonyx, les calcédoines et
autres pierres dures, ils ne se rencontrent jamais qu'en
petit nombre dans les trésors des princes et des plus somp-
tueuses abbayes ; ce qui prouve encore, comme nous
l'avons dit en traitant de la glyptique, que l'art de tailler les pierres dures et de les graver n'était pas pratiqué
en Europe durant le moyen âge, si ce n'est à Constantinople. Le trésor de l'église Saint-Marc, à Venise, est
très-riche en vases de matières dures, que les Vénitiens ont rapportés de la ville impériale après s'en être

---

[1] *Compte d'Estienne de la Fontaine, argentier du roy notre sire....,
depuis le premier jour de janvier mil ccc. LII. jusques au premier jour
de mai mil ccc. LIII. prochain;* Ms., Arch. de l'Emp., KK. 8, fol. 165.

emparés, en 1204 [1]. Peu de ces pièces sont antiques; la plupart sont plutôt remarquables par leur volume considérable que par la beauté de leurs formes; elles doivent appartenir à l'industrie byzantine.

Lorsque l'invasion des Turcs dans l'empire d'Orient eut forcé les artistes grecs à se réfugier en Italie, qu'ils y eurent importé les procédés de la glyptique, et que des artistes du plus grand mérite se furent élevés presque aussitôt à un haut degré de perfection dans cet art, on s'occupa de nouveau de rechercher les belles matières et de les façonner en vases de toutes sortes. Au commencement du seizième siècle, ces vases jouissaient d'une faveur extraordinaire; les plus grands artistes graveurs sur pierres fines ne dédaignaient pas d'en tailler de leurs mains. Vasari nous apprend que le fameux Valerio Vicentino fit une multitude de vases de cristal pour Clément VII, qui en donna une partie à différents princes, et le surplus à l'église San-Lorenzo de Florence [2]. Jacopo da Trezzo en produisit aussi de très-beaux [3]. Gasparo et Girolamo Misseroni, de Milan, élèves de Jacopo da Trezzo, faisaient aussi des vases très-recherchés; Vasari en mentionne particulièrement deux qui leur avaient été commandés par le duc Cosme : l'un était taillé dans un morceau de lapis, l'autre dans un morceau d'héliotrope d'une grandeur prodigieuse. La famille Misseroni compta encore parmi ses membres d'autres lapidaires renommés : Ambrogio, Ottavio et Giulio.

(1) P. Ramnusius, *De bello Constantinop. historia ;* Venetiis, 1634, p. 129.

(2) Vasari, *Vita di Valerio Vicentino e di altri intagliatori di camei.*

(3) *Idem*, Vie des mêmes artistes.

Les frères Sarrachi travaillaient le cristal pour en faire des vases en forme de galères, dont la mâture et l'armement étaient d'or [1].

Le cabinet des gemmes de la galerie de Florence conserve un nombre prodigieux de beaux vases sortis de la main des premiers artistes de l'Italie.

François Ier et Henri II avaient un goût décidé pour ces riches matières si bien travaillées. Ces princes en rassemblèrent une quantité considérable, provenant soit de l'antiquité, soit des artistes de leur temps. L'inventaire fait sous François II, le 15 janvier 1560 [2], « des » joyaulx d'or et autres choses précieuses trouvées au » cabinet du roi à Fontainebleau, » constate l'existence d'un très-grand nombre de vases et de coupes de toutes sortes en agate, en calcédoine, en prime d'émeraude, en lapis, en jaspe, en cristal et autres matières précieuses. Le Musée du Louvre a conservé plusieurs des beaux vases qui proviennent du trésor des princes.

On voit aussi de fort belles matières travaillées en vases de différentes formes dans le cabinet des médailles de la Bibliothèque impériale de Paris [3], dans le trésor impérial de Vienne, et dans la chambre du trésor du roi de Bavière. Le Grüne Gewölbe de Dresde contient une foule d'objets de ce genre, et surtout de beaux cristaux de roche des artistes milanais.

Ces productions de l'art du lapidaire étaient si esti-

---

[1] CICOGNARA, *Storia della scultura*, t. II, p. 412 et 413.

[2] Ms., Bibliothèque impériale, n° 4732. — Le P. DAN, *Le trésor des merveilles de la maison royale de Fontainebleau*; Paris, 1642, liv. II, ch. V, p. 84.

[3] N°s 279 à 286 et 289 à 293 du Catalogue de M. CHABOUILLET, déjà cité.

mées au seizième siècle et au commencement du dix-
septième, que l'on en confiait les montures aux plus
habiles orfévres. Parmi les pièces précieuses du cabinet
des gemmes de Florence, on voyait encore, il y a trois
ans, une coupe de lapis-lazuli dont les trois anses d'or
émaillé, enrichies de diamants, étaient dues au talent de
Benvenuto Cellini, et un vase de cristal de roche dont
le couvercle d'or avait été ciselé et émaillé par ce grand
artiste. Ces riches montures, que nous avons pu admirer
plus d'une fois, ont été fondues dans le creuset d'un
voleur. Plusieurs des vases de la collection du Louvre et
du cabinet des médailles sont aussi montés avec beaucoup de luxe et de goût. On conserve à la Kunstkammer
de Berlin un très-grand vase de cristal de roche, taillé par
Valerio Vicentino et dont la monture d'or est attribuée à
Cellini [1]. La taille des vases de pierres dures suivit le
sort de la glyptique et fut à peu près abandonnée au
dix-septième siècle; mais lorsque le goût pour les camées et les intailles eut reparu avec les bons graveurs du
dix-huitième, les artistes de second ordre s'adonnèrent
de nouveau à ce genre de travail. De jolis ouvrages sortirent de leurs mains, mais on ne vit plus paraître de
pièces d'une dimension considérable en agate, en lapis,
en jaspe, en cristal, comme celles qui avaient fait la
gloire des artistes italiens du seizième siècle.

La planche XXVIII de notre Album offre la reproduction d'une belle coupe de lapis-lazuli qui faisait partie
de la collection Debruge Duménil [2]. C'est un ouvrage

[1] Nº 1435 du Catalogue de cette collection.
[2] Nº 826 du Catalogue déjà cité. Elle appartient aujourd'hui à
M. James Rothschild.

italien du seizième siècle. La vignette qui ouvre ce chapitre et le cul-de-lampe qui le termine reproduisent deux
beaux vases de cristal de roche richement montés, qui
appartenaient à la même collection.

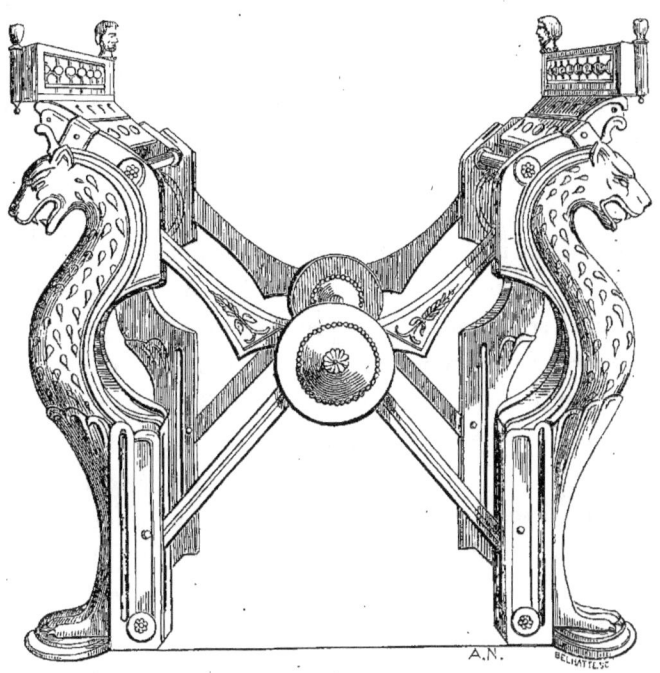

A.N.   BELISAIRE SC.

ORFÉVRERIE.

PRÉLIMINAIRES.

On entend aujourd'hui par orfévrerie, l'art de travailler l'or et l'argent. Nos orfévres modernes ne daigneraient pas toucher à des matières moins précieuses; mais au moyen âge, et même au temps de la Renaissance, où les riches métaux n'étaient pas aussi abondants, les orfévres travaillaient le cuivre et d'autres métaux encore à l'égal de l'or et de l'argent. Nous devons donc regarder comme appartenant à l'orfévrerie, non-seulement les statuettes, les bas-reliefs, les vases et les bijoux d'or et d'argent, mais encore ces châsses, ces reliquaires, ces ustensiles mobiliers de cuivre ciselé et doré, rehaussés de pierreries et d'émaux; ces étains de Briot d'un fini merveilleux; tous ces objets enfin qui de leur temps étaient du domaine de l'orfévrerie.

On ne devrait jamais écrire l'histoire d'un art qu'en présence des monuments qu'il a produits; mais il est impossible de se soumettre à ce principe dans l'histoire de l'orfévrerie des époques reculées. La richesse de la matière a causé la perte d'une foule de trésors artistiques, et bien peu de pièces d'orfévrerie ont pu échapper, à travers tant de siècles, aux besoins, à l'ignorante cupidité, aux désordres sans cesse renaissants. La mode, cette déesse du changement dont le culte destructeur est de toutes les époques, a contribué, plus encore que toutes ces misères, à l'anéantissement des plus beaux objets d'orfévrerie. Sa fureur n'a rien respecté, pas même les choses saintes; nous en citerons seulement trois exemples entre mille.

En 888, le comte Eudes, qui venait d'être proclamé roi, avait offert à l'abbaye Saint-Germain des Prés une châsse magnifique couverte de lames d'or et de pierres précieuses, pour remercier le ciel de ce qu'il était parvenu à repousser les attaques des farouches Normands. Cette châsse reçut les reliques de saint Germain, à l'intercession duquel les Parisiens attribuaient leur délivrance. Le monument était donc respectable à plus d'un titre; cependant, en 1408, l'abbé Guillaume, voulant avoir une châsse nouvelle dans le goût de son temps, le livra au creuset de trois fameux orfévres, dont l'œuvre, quelque belle qu'elle fût, ne pouvait remplacer l'ex-voto du roi Eudes. Non content de ce premier acte de vandalisme, ce même abbé novateur fit fondre un devant d'autel fort riche, qu'un de ses prédécesseurs avait donné à l'abbaye en 1236 [1].

Le treizième siècle, au surplus, dont les œuvres se trouvaient détruites par l'abbé Guillaume, avait donné à celui-ci l'exemple de la destruction. Sous saint Louis, la châsse de sainte Geneviève, exécutée par saint Éloi, avait été fondue et renouvelée [2]. Le seizième siècle marcha hardiment sur les traces de l'abbé de Saint-Germain des Prés : Louis XI, pour témoigner à saint Martin sa reconnaissance de la mort de Charles le Téméraire, avait fait renfermer le tombeau du saint dans un treillis d'argent d'un travail exquis ; en 1522, François Ier fit fondre ce bel ouvrage.

Ainsi, lorsque nous voyons chacun des siècles du moyen âge anéantir comme à l'envi les monuments les plus respectés, sans autre motif que de se procurer des objets nouveaux, cessons d'accuser uniquement de la destruction des trésors de l'orfévrerie tantôt les protestants du seizième siècle, aveuglés par le fanatisme religieux, tantôt Louis XIV et les républicains de 1793, poussés par la nécessité de pourvoir à la défense de la patrie.

Quelles que soient les causes de la perte des productions de l'orfévrerie, il est malheureusement trop constant qu'il ne reste à peu près rien des premiers siècles du moyen âge, et que les monuments postérieurs

---

[1] Dom Bouillard, *Histoire de l'abbaye Saint-Germain des Prés*; Paris, 1734, p. 59, 166 et 167.

[2] L'abbé Texier, *Essai sur les émailleurs de Limoges*, p. 45; Poitiers, 1843.

au dixième siècle, d'ailleurs en petit nombre, qui ont
échappé à la destruction, sont dispersés un à un pour
ainsi dire. Il en résulte que, même après avoir visité
toutes les collections de l'Europe et les trésors de ses
principales églises, on se trouve souvent réduit, pour
tracer une esquisse bien imparfaite de l'histoire de l'orfévrerie, aux généralités qui ressortent de textes souvent obscurs et à quelques descriptions incomplètes.

L'orfévrerie est de tous les arts industriels celui qui,
à toutes les époques et chez tous les peuples, a joui de
la plus grande faveur. Les guerres et les invasions des
Barbares, qui amenèrent la destruction et la fonte de ses
plus belles productions, n'ont apporté le plus souvent
qu'une interruption de courte durée aux travaux des
orfévres : après le pillage, les chefs se sont ordinairement efforcés de rétablir le calme dans les pays qu'ils
avaient conquis, et afin de profiter pour eux-mêmes du
talent de ces artistes, ils se sont empressés de leur assurer la sécurité qui leur était nécessaire.

Les écrits des auteurs anciens nous ont appris que
l'orfévrerie était parvenue au plus haut degré de perfection dans l'antiquité. Les ruines et les tombeaux, qui
ont conservé un grand nombre de magnifiques productions de ce bel art, nous en fournissent chaque jour de
nouvelles preuves. Il n'y a pas lieu de s'en étonner, au
surplus, lorsqu'on sait qu'un assez grand nombre des
célèbres statuaires de l'ancienne Grèce n'avaient pas dé-
daigné de s'occuper à des travaux d'orfévrerie : Théodore
de Samos était sculpteur, architecte et orfévre ; Calamis
avait exécuté des vases d'argent enrichis de bas-reliefs
qui existaient encore à Rome au temps de Néron ;

Lysippe avait été orfévre dans sa jeunesse, et Myron avait ciselé des vases d'argent auxquels on attachait un grand prix. Sous les empereurs, le luxe de Rome fournit une ample carrière aux travaux des orfévres, qui obtinrent de Constantin l'exemption de tout impôt personnel [1].

CHAPITRE PREMIER.

DE L'ORFÉVRERIE EN OCCIDENT, DEPUIS CONSTANTIN JUSQU'A CHARLEMAGNE.

§ Ier.

DE L'ORFÉVRERIE EN ITALIE, DEPUIS CONSTANTIN JUSQU'A L'ARRIVÉE DES ARTISTES GRECS AU VIIIe SIÈCLE.

I.

De Constantin à la chute de l'Empire.

Le triomphe de la religion chrétienne sous Constantin imprima à l'orfévrerie un nouvel essor. Il fallait fournir aux églises, qui se rouvraient et s'édifiaient partout dans l'empire romain, le mobilier religieux nécessaire à la célébration des saints mystères. La piété des fidèles, les richesses et la haute position des néophytes, reportèrent sur les instruments du culte le luxe de ce temps[2].

Avant de transporter en Orient le siége de l'empire, Constantin, sous les inspirations de saint Sylvestre, dota les églises de Rome de présents magnifiques. Le

---

[1] In lege II, Cod. Theodos., *De excusat. artif.*, ap. *Not. dignit. imp. Rom. et in eam* PANCIROLI *Comment.*; Lugduni, 1608, p. 197.

[2] S. PAULINI EPISC. NOLATI *Poemata, Natal. III, VI et XI*, ap. MURATORI, *Anecdota*; Mediolani, 1697.

Liber pontificalis, qui renferme la vie des papes depuis saint Pierre jusqu'à Étienne V († 891), nous a laissé le détail de ces richesses [1], et à l'aide de ce curieux document nous pouvons reconstituer jusqu'à un certain point l'orfévrerie de cette brillante époque.

Ce fut surtout dans la basilique qui reçut le nom de Constantinienne, et qui, reconstruite, porte aujourd'hui celui de Saint-Jean de Latran, que Constantin déploya le plus de magnificence. L'abside, en forme de demi-coupole, était entièrement recouverte de minces lames d'or. Comme dans toutes les basiliques primitives, un ciborium, sorte de dôme porté par des colonnes, s'élevait au-dessus de l'autel; il était d'argent et ne pesait pas moins de deux mille vingt-cinq livres [2]. Dans le fronton principal, tourné du côté de la porte du temple, on avait placé la figure du Christ assis sur un trône, et celles des douze apôtres. Ces figures, de cinq pieds de hauteur, étaient exécutées en feuilles d'argent repoussées au marteau, et pesaient, celle du Christ, cent vingt livres, et celles de chacun des apôtres quatre-vingt-dix livres. Dans le fronton opposé qui regardait le fond de l'abside, on voyait le Sauveur accompagné de quatre anges portant des hampes surmontées de croix. Ces figures, également de cinq pieds de hauteur, pesaient, celle du Christ, cent soixante livres, et celles des anges chacune cent cinq livres. Les yeux des anges étaient en pierres fines. Un

---

[1] *Liber pontificalis, seu de gestis Romanorum pontificum, quem cum cod. mss. Vaticanis emendavit, supplevit* J. VIGNOLIUS; Romæ, 1724.

[2] D'après PAUCTON (*Métrologie ou traité des mesures, poids et monnaies;* Paris, 1780, p. 291 et 305), la livre romaine de l'antiquité valait 6,312 grains du poids de marc de Paris, soit 335 grammes 26 centigrammes.

lampadaire (pharum) de l'or le plus pur, et quatre couronnes également d'or, pendaient sous le dôme du ciborium, attachés à des chaînes de même métal. Devant l'autel était placée une lampe d'or (pharum cantharum) qui supportait une coupe dans laquelle on brûlait de l'huile parfumée : elle était enrichie de quatre-vingts figures de dauphins.

Indépendamment de l'autel principal que dominait ce riche ciborium, l'auteur de la vie de saint Sylvestre parle de sept autels d'argent. Devant chacun de ces autels s'élevait un candélabre de bronze supporté par dix pieds et décoré de figures de prophètes en argent. Les vases sacrés destinés à la célébration du saint sacrifice, pour la plupart d'or et d'un poids considérable, étaient rehaussés de pierres fines et de perles ; il serait trop long d'en donner ici l'énumération ; ce sont principalement des croix, des calices, des vases pour recevoir le vin destiné à la communion des fidèles, des patènes d'une grande dimension, des burettes et des cassolettes pour l'encens. Nous aurons l'occasion d'en parler en traitant du mobilier religieux.

Les lampadaires destinés à l'éclairage de l'église répondaient à la magnificence des vases sacrés. Ils comprenaient, pour la nef, quarante-cinq lampes d'argent (phara canthara) portant des coupes pour brûler de l'huile parfumée, et cinquante lustres chargés de bougies, et pour les bas côtés, soixante-dix lampes à brûler l'huile.

Les fonts baptismaux, que Constantin fit faire pour le service de la basilique, étaient aussi une œuvre remarquable d'orfévrerie. La cuve de porphyre destinée à contenir l'eau, entièrement recouverte d'argent, était soutenue par cinq pieds : le métal pesait trois mille huit livres. Du milieu s'élevait une colonne de porphyre qui portait une coupe d'or dans laquelle des mèches d'amiante brûlaient des huiles odorantes. Sur les bords du vase, un agneau d'or, placé entre les statues d'argent du Christ et de saint Jean-Baptiste, grandes comme nature, et sept cerfs d'or, versaient l'eau dans le bassin.

Ainsi des statuaires s'étaient faits orfévres pour la décoration de cette splendide église.

Constantin transforma le temple d'Apollon, qui s'élevait dans le Vatican, en une basilique sous le vocable de saint Pierre [1]. Il y fit transporter le corps du prince des apôtres, et le renferma dans un cercueil de bronze sur lequel s'étendait une croix d'or du poids de cent cinquante livres. Une lampe d'or en forme de couronne, enrichie de figures de dauphins, était suspendue devant le sarcophage; quatre candélabres de bronze, décorés de bas-reliefs d'argent dont les sujets étaient empruntés aux Actes des apôtres, complétaient le luminaire de la confession. L'abside de l'église était, comme dans la basilique Constantinienne, couverte de lames d'or, et l'autel, entièrement d'or et d'argent, était rehaussé de pierres précieuses et de perles. Quatre-vingt-deux lampadaires d'argent servaient à l'éclairage de la nef et des bas côtés de la basilique.

Constantin construisit encore à Rome ou dans le voisinage les basiliques de Saint-Paul, de Sainte-Croix en Jérusalem, de Sainte-Agnès, de Saint-Laurent, de Saint-Marcellin et de Saint-Pierre l'exorciste, et un mau-

---

[1] Voyez plus loin, au chapitre III, la description de cette basilique.

solée où il déposa le corps de sa mère Hélène. Il fit élever aussi des églises à Ostie, à Albano, à Capoue et à
Naples. Tous ces monuments furent dotés d'autels, de
vases sacrés et de lampadaires d'or et d'argent souvent décorés de pierres précieuses [1]. A Saint-Laurent, on voyait
un bas-relief d'argent reproduisant le martyre du saint.

De riches particuliers suivirent l'exemple de l'empereur et s'empressèrent d'enrichir les nouveaux temples
de dons magnifiques [2]. Ces nombreux travaux, exécutés
dans un court espace de temps avec le zèle et la passion
que donnait le triomphe après une longue persécution,
durent imprimer un grand élan à l'art de l'orfévrerie.

Les églises ne furent pas seules à fournir aux orfévres
des éléments de travail : le luxe fut poussé très-loin à
Rome et dans les autres cités de l'Italie durant tout le
cours du quatrième siècle. En 357, l'empereur Constance,
après avoir vaincu Magnence, voulut visiter Rome. On
lui prépara, pour y entrer en triomphe, un char tout
brillant d'or, et dont les pierres précieuses qui le couvraient augmentaient l'éclat [3]. Lorsque l'empereur Gratien (375 † 383) vint à Rome avec sa femme Julia
Constantia, fille de Constance, ce furent des statues
d'argent qu'on leur éleva [4].

Les papes successeurs de saint Sylvestre continuèrent,
durant tout le cours du quatrième siècle, à enrichir de
dons d'orfévrerie les églises qu'ils faisaient construire.
Le *Liber pontificalis* énumère, entre autres, les présents

[1] *Liber pontif.* in S. Sylvestro, t. I, p. 84 et suiv.
[2] *Idem*, t. I, p. 103.
[3] AMMIAN. MARCELL. *Hist.*, lib. XVI, cap. x.
[4] INCERTI AUCT. *Breves enarrationes*, apud BANDURI, *Imp. orient.*,
t. I, p. 83.

de saint Damase (366 † 384) et ceux de saint Anastase
(398 † 401).

En 425, Galla Placidia, mère et tutrice de Valentinien III, fit construire à Ravenne l'église de Saint-Jean
l'Évangéliste. L'orfévrerie, fort en honneur à cette
époque, fut même employée dans la décoration archi-
tecturale de ce temple. L'ambon et le chœur étaient ornés
de colonnes d'argent. Quatre colonnes, aussi d'argent,
s'élevaient en avant de l'autel, dont le dessous était
fermé par de petites portes du même métal rehaussé de
pierres précieuses. Le ciborium, en marbre précieux,
était soutenu par quatre colonnes d'argent; une colombe
d'or et d'autres vases étaient suspendus au-dessus de
l'autel [1]. La princesse enrichit aussi de dons d'orfévrerie l'église métropolitaine de cette ville, consacrée
sous le vocable de la Résurrection du Rédempteur [2].

Au commencement du cinquième siècle, les barbares
avaient commencé à envahir l'Italie. Alaric, repoussé
une première fois par Stilicon (403), vint, après la
mort de ce grand capitaine, mettre de nouveau le siége
devant Rome. Le 24 août 410, la ville fut prise et livrée
au pillage. Les églises furent épargnées en partie, et,
s'il faut en croire Orose, les précieux vases sacrés de la
basilique de Saint-Pierre, trouvés par un des soldats
d'Alaric dans la maison d'une sainte femme à qui on les
avait confiés, furent reportés par les barbares eux-
mêmes dans le temple consacré au chef des apôtres [3].

[1] *Spicilegium Ravennatis historiæ*, apud MURATORI, *Rer. Ital. script.*,
t. I, p. 570.
[2] FABRI, *Le sagre memorie di Ravenna antica;* Venetiæ, 1664, p. 20.
[3] OROSIUS, lib. VII, cap. xxxix. — LEBEAU, *Histoire du Bas-Empire*,
liv. XXIV, chap. VII.

Il y a lieu de supposer, cependant, que si les Visigoths respectèrent les vases destinés à la célébration des saints mystères, ils n'éprouvèrent pas le même scrupule pour les grandes pièces d'orfévrerie architecturales. On lit en effet dans la vie du saint pape Sixte III (432 † 440) que Valentinien III, à la demande du pontife, fit refaire le ciborium d'argent de la basilique Constantinienne, que les Barbares avaient enlevé [1].

Après la retraite d'Alaric, les trois papes saint Innocent, saint Boniface et saint Célestin, continuèrent à élever ou à restaurer les églises, et à les enrichir d'orfévrerie. Saint Célestin (422 † 432) réédifia et dédia de nouveau la basilique de Saint-Jules, qui avait été incendiée pendant le sac de la ville, et y déposa une argenterie considérable [2]. Mais c'est sous le pontificat de saint Sixte, que nous avons déjà cité, que furent exécutés les travaux d'orfévrerie les plus importants. Dans l'énumération qui en est fournie par le *Liber pontificalis*, on voit figurer des pièces artistiques, telles que la statue de saint Laurent [3] et un bas-relief d'or qui renfermait les figures du Christ et des douze apôtres. Valentinien III décora de ce bas-relief la confession de Saint-Pierre, que le pape avait fait revêtir de plaques d'argent du poids de quatre cents livres [4].

De nouveaux malheurs allaient fondre sur l'Italie. Le pape saint Léon le Grand (440 † 461), qui avait réussi à écarter des murs de Rome le farouche Attila, ne put

[1] *Liber pontificalis*, t. I, p. 144.
[2] *Idem*, t. I, p. 139.
[3] *Idem*, p. 144.
[4] *Idem*, p. 143.

sauver les trésors de la ville de la rapacité du Vandale
Genséric : en 455, Rome fut livrée au pillage pendant
quatorze jours par les soldats de ce barbare. Depuis le
saccagement d'Alaric, arrivé quarante-cinq ans auparavant, Rome s'était remplie de nouvelles richesses. Genséric ne respecta rien. Les vases sacrés des églises, les
trésors du palais impérial, les ornements impériaux, les
vases d'or et les autres dépouilles du temple de Jérusalem,
qui avaient autrefois honoré le triomphe de Vespasien
et de Titus, tout fut emporté à Carthage [1]. Néanmoins,
après le départ du barbare, le pape saint Léon trouva
encore le moyen de fournir à toutes les basiliques l'orfévrerie nécessaire à la célébration du saint sacrifice [2].
Saint Hilaire († 468) marcha sur les traces de son prédécesseur, et fit exécuter pour différentes églises de
Rome une quantité considérable de pièces d'orfévrerie [3] : il y a surtout lieu de signaler les portes de bronze
damasquiné d'argent dont il fit fermer les confessions
de Saint-Jean-Baptiste et de Saint-Jean l'Évangéliste [4].
Cependant l'empire d'Occident ne put se relever du
coup que les Vandales lui avaient porté. Vingt ans après,
Odoacre, chef d'un corps de Hérules, déposait le dernier
empereur romain, Romulus Augustule, qui, par un
étrange effet du hasard, joignait au nom du fondateur
de Rome celui du fondateur de l'empire.

Il ne reste que bien peu de chose des travaux si mul-

---

[1] Procopius, *De bello Vandalico*, lib. I, cap. v ; Bonnæ, t. I, p. 332.
— Theophanis *Chronographia*, ad annum 447 ; Bonnæ, p. 268.

[2] *Liber pontif.*, t. I, p. 151.

[3] *Idem*, p. 155 et suiv.

[4] C. Rasponus, *De basilica et patriarchio Laterensi*; Romæ, 1656,
lib. III, cap. vii.

tipliés de l'orfévrerie italienne de cette première période.
Nous ne voyons à citer que quelques vases d'argent
signalés par d'Agincourt, et qui existent dans le Musée
Chrétien de la Bibliothèque Vaticane [1], et un coffre de
toilette, d'argent ciselé, découvert en 1793 à Rome,
sur le mont Esquilin, dont d'Agincourt a donné la gravure [2], et que Visconti a décrit [3].

En 1847, monsignor Molza, bibliothécaire du Vatican, avait vainement cherché avec nous ces vases d'argent dans les armoires qui renferment les objets d'art
du Musée Chrétien : il lui avait été impossible de les y
trouver; mais en 1863 nous les avons vus exposés dans
les vitrines de ce musée, et nous avons pu examiner à
loisir et toucher ces précieux restes de l'ancienne orfévrerie religieuse des premiers temps du christianisme.
Ces vases d'argent, de dix-huit centimètres de hauteur,
ont dû servir de burettes; ils ont beaucoup d'analogie
avec ceux que les païens employaient à leurs libations,
et, s'il était permis de juger de l'orfévrerie religieuse de
ces premières époques d'après un si petit nombre d'objets,
on devrait en conclure que les orfévres chrétiens n'avaient
point encore de style qui leur fût propre, et qu'ils suivaient, ainsi que les sculpteurs, les traditions de l'art
antique. Le coffret de toilette est également empreint du
style de l'antiquité.

[1] D'AGINCOURT, dans son *Histoire de l'art*, t. I, p. 106, en a donné
la gravure.
[2] *Idem*, SCULPT., pl. IX.
[3] *Lettera di Ennio Quirino Visconti su di una antica argenteria ;*
Romæ, 1793.

II.

Sous les Ostrogoths et les Lombards.

Odoacre ne jouit pas longtemps de sa conquête. En 489, Théodoric, roi des Ostrogoths, envahit la Péninsule avec tout son peuple. Obligé de se renfermer dans Ravenne, Odoacre fut tué en 493 par Théodoric, qui prit le titre de roi d'Italie. Ce prince, élevé à Constantinople, et passionné, comme nous l'avons dit, pour les monuments et les productions artistiques de l'antiquité, s'efforça de relever le culte des arts. Sous son règne, l'orfévrerie ne pouvait manquer de refleurir. Sidoine Apollinaire nous apprend que Théodoric, en homme de goût, ne faisait pas charger sa table d'une argenterie massive, mais qu'on y plaçait tous les jours des vases ciselés avec art [1]. Lorsqu'il vint à Rome, en l'année 500, le sénat lui vota une statue d'or, et le prince, de son côté, tout arien qu'il était, déposa une offrande considérable sur le tombeau de saint Pierre. Ce fut en grande partie, sans doute, à l'aide de ce puissant secours que le pape saint Symmaque (498 † 514) put faire exécuter les nombreuses pièces d'orfévrerie dont le *Liber pontificalis* nous a conservé le détail. Sous le pape saint Hormisdas, Théodoric offrait encore à l'église Saint-Pierre deux magnifiques candélabres d'argent du poids de soixante-dix livres.

Un traité que Théodat, neveu de Théodoric et troisième roi des Ostrogoths, fit avec Pierre, ambassadeur de Justinien, constate qu'après la mort du fondateur du

[1] Sidonii Apollinaris *Opera*, *Epist.*, lib. I, epist. ii; Parisiis, 1652.

royaume d'Italie les arts et l'orfévrerie continuèrent à
être cultivés. Par ce traité, le roi des Ostrogoths s'obligeait
d'envoyer chaque année à l'empereur d'Orient une couronne d'or du poids de trois cents livres, et s'interdisait de se faire élever aucune statue, soit de bronze,
soit de toute autre matière, à moins d'en faire ériger
une aussi à Justinien [1].

Les guerres de Bélisaire et de Narsès, et les invasions
successives des Francs et des Alamans en Italie, ne laissèrent aucun instant de repos à ce malheureux pays
pendant près de vingt années. Ce fut là le signal de la
décadence complète des arts. Cependant, lorsque Narsès
eut renversé le royaume des Ostrogoths et qu'il fut devenu
le véritable souverain de l'Italie sous le titre d'exarque
(554), nous retrouvons encore l'orfévrerie florissante à
Ravenne. L'archevêque saint Ecclésius († 542) enrichit
son église métropolitaine d'une grande quantité de vases
d'or rehaussés de pierres précieuses [2], et Victor, son
successeur médiat (546), fit élever au-dessus de l'autel
de l'église Saint-Ursin un ciborium d'argent [3]. Saint
Maximianus († 553) et saint Agnellus († 556) imitèrent
leurs prédécesseurs et firent à leurs églises des dons
d'orfévrerie considérables [4]. Il est vrai que la ville de
Ravenne jouissait de la tranquillité sous la protection de
Justinien et pouvait se procurer à Constantinople toutes
les productions des arts.

Mais bientôt une nouvelle invasion de barbares vient

[1] Procopius, *De bello Gothico*, lib. I, cap. vi; Bonnæ, t. II, p. 29.
[2] Fabri, *Le sagre memorie di Ravenna antica;* in Venetia, 1664, p. 20.
[3] *Spicilegium Ravennatis historiæ,* apud Muratori, *Rer. Ital. script.,*
t. I, p. 576.
[4] Fabri, *loc. cit.*

fondre sur l'Italie. La nation des Lombards quitte la
Pannonie, et son chef Alboin se rend maitre de la Li-
gurie et entre à Milan en 569. Les Lombards n'avaient
pas été adoucis, comme les Goths, au contact de la civilisation romaine; constitués plutôt comme une armée
que comme une nation, la guerre était leur élément, ils
la faisaient en vrais barbares. Pendant trente ans ils ra-
vagèrent l'Italie; les habitants furent réduits à l'état de
colons ou de tributaires, et à l'exception de quelques
villes, comme Ravenne, Rome et Naples, tout devint la
proie des Barbares. On comprend bien que les arts
furent entièrement abandonnés au milieu d'un pareil
désastre. Cependant, dès que les Lombards eurent établi
leur domination et assuré leur conquéte, l'orfévrerie fut
cultivée de nouveau. Les seuls monuments de cet art remontant au sixième siècle et au septième, qui soient parvenus jusqu'à nous, proviennent en effet des dons faits
par Théodelinde, reine des Lombards († 625), à la basilique qu'elle avait fait édifier à Monza sous le vocable de
Saint-Jean-Baptiste.

En traitant de l'orfévrerie et de l'émaillerie dans
l'empire d'Orient, nous parlerons de ceux de ces bijoux
dont la provenance grecque est incontestable [1]. Parmi
les autres pièces du trésor de Monza, remontant à la
reine Théodelinde, les plus importantes consistaient en
deux couronnes d'or, celles d'Agilulfe et de Théodelinde, auxquelles étaient attachées des croix. Malheureusement ces magnifiques bijoux, qui avaient paru
dignes d'être apportés à Paris en 1799, après la conquéte de l'Italie, furent volés, en 1804, dans le cabinet

---

[1] Voyez ci-après chapitre II, § V, et au titre de l'ÉMAILLERIE.

des médailles de la Bibliothèque impériale, où ils avaient été déposés, et fondus par le recéleur du vol [1].

Le trésor de la basilique de Monza avait cependant échappé, durant l'espace de douze siècles, à bien des causes de destruction, et il est bien regrettable que ses plus curieux objets soient venus périr dans un lieu où l'on devait les croire à l'abri de tout danger. Ce fut surtout à l'époque des luttes entre les Guelfes et les Gibelins qu'il courut les chances les plus fâcheuses. Les archives de Monza en révèlent plusieurs, et Bonincontro Morigia, écrivain du quatorzième siècle, a fait connaître les vicissitudes auxquelles ce trésor fut en butte de son temps. Il n'est pas hors de propos de rappeler ici ces différents faits, parce qu'ils donnent de l'authenticité aux pièces qui subsistent encore, et qu'ils témoignent de l'importance de celles qui n'existent plus.

En 1242, l'archiprêtre de Monza fut contraint par le podestat de Milan d'engager une partie du trésor entre les mains de l'abbé de Chiaravalle, pour obtenir les fonds dont cette ville avait besoin. Le podestat et les principaux habitants de Milan, par un acte du 14 juin de cette année [2], avaient affecté leurs biens propres avec ceux de la commune à la garantie de la restitution des objets, qui en effet furent rétablis exactement dans le trésor de l'église. Mais peu après, en 1245, les Milanais, pour soutenir la guerre contre l'empereur Frédé-

---

[1] On montre encore à Monza une couronne comme étant celle de Théodelinde, mais cette couronne d'argent couvert d'une mince feuille d'or et garnie de nacre de perle et de pierres douteuses, nous a paru n'être qu'une copie de la couronne d'or donnée par Théodelinde.

[2] Il a été publié par FRISI, *Memorie storiche di Monza;* Milano, 1794, t. II, p. 111.

ric II, s'adressèrent de nouveau à l'archiprêtre et aux chanoines, et obtinrent de ceux-ci de mettre de nouveau en gage, à leur profit, un calice d'or à anses du poids de cent sept onces, enrichi de pierres précieuses [1]. Le calice n'ayant pas été rendu par les Milanais au temps fixé, ils furent cités au tribunal du pape, qui, par une bulle datée de 1254, fulmina contre eux l'excommunication. Il paraîtrait cependant que les Milanais rétablirent postérieurement ce calice dans le trésor, car nous le trouvons décrit dans l'inventaire de 1275 [2].

En 1273, Napoléon della Torre, capitaine du peuple de Milan, fit un emprunt sur les plus belles pièces du trésor de Monza, et ce fut seulement quarante-six ans après que Matteo Visconti, premier seigneur de Milan, dégagea tous ces objets et les déposa lui-même dans la cathédrale, sur l'autel de Saint-Jean-Baptiste. Bonincontro Morigia, témoin oculaire, qui rapporte ces faits, estimait alors la valeur du trésor à 26,000 florins d'or [3], somme énorme au quatorzième siècle.

Ces emprunts forcés, qui avaient été successivement faits au trésor de Monza par les seigneurs qui gouvernaient la ville de Milan, avaient éveillé l'attention des chanoines, gardiens du trésor. Redoutant donc les exigences de Galéas Visconti, fils et successeur de Matteo, à cause de la guerre à outrance qu'il soutenait contre le légat du pape Jean XXII, ils prirent, au mois de janvier 1323, une décision capitulaire, par suite de laquelle

[1] La charte du prêt, datée du 3 novembre 1245, a été publiée par FRISI, ouv. cité, t. II, p. 113.

[2] Publié aussi par FRISI, ouv. cité, t. II, p. 131.

[3] BONINCONTRO MORIGIA, *Chronica Modoetiense*, lib. II, cap. XXV, apud MURATORI, *Rer. Ital. script.*, t. XII.

on livra le trésor à quatre d'entre eux, qui furent
chargés de le cacher sous terre. Ceux-ci s'obligèrent à
ne révéler le lieu qu'ils auraient choisi qu'à une personne sûre, et seulement lorsqu'ils se sentiraient sur le
point de mourir. Au mois de novembre 1324, l'un des
quatre chanoines tomba malade à Plaisance, et croyant
sa fin prochaine, il fit connaître à l'archevêque de Milan,
qui se trouvait dans cette ville, le lieu où le trésor était
déposé. Le légat en ayant été instruit par ce prélat,
envoya à Monza le camerlingue de l'Église romaine,
Hemerico, qui pénétra la nuit dans le temple de Saint-
Jean avec une suite nombreuse, fit enlever le trésor et
le rapporta à Plaisance. Le légat le fit transporter à
Avignon ; mais le pape refusa de s'en emparer et le
confia à la garde des chanoines de la cathédrale d'Avignon, après qu'un inventaire détaillé en eut été fait par
Jean Castellan, notaire romain, en présence de quelques-uns des chanoines de Monza qui se trouvaient à
Avignon. Le pape Benoît XII, en 1335, ajourna la
restitution du trésor, que demandaient les chanoines de
Saint-Jean-Baptiste et les représentants de la commune
de Monza. Une nouvelle députation envoyée en 1343
au pape Clément VI eut plus de succès. En mai 1344,
tous les objets qui avaient été compris dans l'inventaire
dressé en 1324 à Avignon furent enfermés dans une
caisse de fer et remis en garde à Mathieu, évêque de
Vérone, et au mandataire des chanoines et de la ville
de Monza ; ceux-ci confièrent ce précieux dépôt aux
mains de l'archevêque de Milan, qui le fit porter à
Monza. On conçoit que ces divers transports et le défaut
d'entretien avaient apporté quelques détériorations aux

pièces d'orfévrerie restituées, et qu'elles avaient besoin
d'être nettoyées et remises à neuf. L'archevêque de
Milan envoya donc aux chanoines, le 9 juin 1345,
Antellotto Braccioforte de Plaisance, son orfévre, artiste d'une grande intelligence et d'une rare habileté.
En moins de quinze jours, Braccioforte restaura tous ces
magnifiques bijoux et leur rendit leur première splendeur. Cette restauration étant opérée, le trésor fut déposé en grande pompe sur l'autel de l'église Saint-
Jean-Baptiste, le 24 juin, jour de la fête du saint
précurseur, en présence d'une foule immense de peuple
accourue de toutes les parties de la Lombardie [1].

Après avoir fait l'historique des vicissitudes qu'é-
prouva le trésor de Monza, revenons aux objets qui s'y
trouvaient provenant de Théodelinde. Si la couronne qui
portait son nom et celle du roi Agilulfe ont péri, on en
a les gravures publiées par Muratori [2] et par Frisi [3], à
l'appui des descriptions qu'ils en ont faites. La couronne de la reine, toute d'or, était dans la forme d'un
cercle de cinq centimètres de hauteur, sans fleurons;
elle était rehaussée de plusieurs rangées de pierres fines
et pesait quatorze onces et dix-neuf deniers. La couronne d'Agilulfe, aussi d'or, du poids de vingt et une onces
douze deniers, se composait également d'un cercle de
quatre-vingt-cinq millimètres de hauteur, sans fleurons.
Le pourtour du cercle était occupé par quinze figures, le
Christ entre deux anges et les douze apôtres. Chaque figure

[1] BONINCONTRO MORIGIA, *Chronica Modoetiense*, lib. III, cap. XVI,
XXVIII et XLIX; lib. IV, cap. VIII, IX, X et XI; ap. MURATORI, *Rer. Ital.
script.*, t. XII.

[2] MURATORI, *Rer. Ital. script.*, t. I, p. 460.

[3] FRISI, *Memorie storiche di Monza*.

était placée sous une arcade composée de feuilles et soutenue par deux colonnes torses. Le bord supérieur du
cercle était enrichi de pierres fines et de perles, le bord
inférieur contenait cette inscription, qui constatait le
don qu'Agilulfe avait fait de cette couronne à l'église
Saint-Jean : AGILULF. GRAT. DĪ. VIR. GLOR. REX. TOTIUS.
ITAL. OFFERET. SCŌ. JOHANNI. BAPTISTAE. IN ECCL. MODICIA.
A en juger par les gravures que nous avons [1], les figures
étaient courtes et lourdes, et se ressentaient de la décadence complète de l'art en Italie au septième siècle. Ces
archivoltes en feuillages et les colonnes torses qui les
soutenaient n'étaient pas d'un bon goût, et nous avions
eu tort de penser d'abord [2] que toute cette partie
artistique de la couronne d'Agilulfe pouvait provenir de
la main de l'orfévre Braccioforte, qui en avait fait la
restauration au quatorzième siècle. Le style des bons
orfévres italiens de cette époque était fin et délicat, et
ne ressemblait en rien à celui des figures et des décorations de la couronne du roi lombard. Au surplus,
Bonincontro nous apprend que Braccioforte n'employa
que quatorze jours à la restauration complète du trésor
de Saint-Jean, et en aussi peu de temps il lui aurait été
impossible, malgré son habileté, de s'occuper de toute
autre chose que des restaurations à faire.

Les deux couronnes n'ont jamais eu pour destination
d'orner la tête des souverains dont elles portent le nom ;
elles avaient été spécialement faites pour être suspen-

[1] On en trouvera une dans les *Mélanges d'archéologie*, t. III, p. 28.
Nous donnons la reproduction de cette couronne dans le cul-de-lampe
de ce chapitre d'après la gravure qu'en a publiée FRISI.
[2] *Description des objets d'art de la collection Debruge Duménil* ;
Paris, 1847, p. 211.

dues au-dessus de l'autel de l'église Saint-Jean. Suivant l'usage des anciens temps, que nous avons déjà signalé dans la description du ciborium de la basilique Constantinienne, les couronnes d'Agilulfe et de Théodelinde étaient accompagnées de croix qui pendaient au-dessous, attachées à des chaînes d'or. Ces croix étaient chargées de pierres fines. Muratori et Frisi en donnent également la gravure dans les ouvrages que nous avons cités. Elles sont pattées et à quatre branches à peu près égales, semblables pour la forme à celle que tient l'archevêque Maximianus dans la mosaïque de Saint-Vital de Ravenne.

On montre encore dans le trésor de Monza, comme provenant de la reine Théodelinde : 1° une poule avec sept poussins d'argent doré. La forme n'en est pas mauvaise, mais la ciselure a une rudesse qui témoigne bien d'une époque de décadence; 2° un peigne d'ivoire, monté en or et enrichi de pierreries. Ce peigne ne ressemble pas à ceux que nous a légués l'industrie occidentale et qui existent encore en assez grand nombre dans les églises et dans les musées; il a vingt-trois centimètres de longueur sur sept de hauteur; la monture, très-large par rapport à cette hauteur, est enrichie de grenats très-rouges enlacés dans des rinceaux formés par un cordonnet granulé. Ce peigne pourrait bien, tout en provenant de Théodelinde, appartenir à l'industrie byzantine.

Certains documents fort importants tendent à donner de l'authenticité à la tradition qui reporte la donation de ces couronnes et de ces bijoux à la reine Théodelinde, et ils sont relatés avec cette indication dans plusieurs inventaires et chartes du treizième siècle et du quatorzième, conservés dans les archives de Monza, et que Frisi a publiés [1]. Nous reviendrons sur ce sujet en décrivant les objets byzantins qui appartiennent au trésor de Monza [2].

La mort de Théodelinde (625) signala la fin d'une ère de paix et de prospérité. A partir de ce moment jusqu'à l'arrivée de Charlemagne (773), l'Italie ne put jouir d'aucun instant de repos, et les arts arrivèrent au dernier degré d'avilissement dans ce malheureux pays. Cependant l'orfévrerie continua à être cultivée, surtout à Rome, et chaque fois que les souverains pontifes purent le faire, ils ne manquèrent pas d'enrichir les églises de pièces d'orfévrerie; mais l'énumération que le *Liber pontificalis* en a donnée est bien maigre auprès de celle des magnifiques ouvrages d'or et d'argent que les papes avaient fait fabriquer depuis saint Sylvestre jusqu'à l'invasion des Lombards, et il n'y a lieu de signaler, comme ayant quelque importance, que les dons d'Honorius († 638) et ceux de saint Sergius († 701). Il est une remarque importante à faire, c'est que depuis le pontificat d'Hormisdas († 523), qui coïncide, à quelques années près, avec la mort de Théodoric (526), jusqu'à l'avénement de saint Grégoire III (731), on ne trouve plus, parmi les dons des papes aux églises, ces statues et ces bas-reliefs d'or et d'argent qui se rencontraient souvent parmi les travaux d'orfévrerie, au quatrième siècle et au cinquième. Durant ce long espace de temps, nous ne voyons mentionné dans le *Liber pontificalis* qu'une image d'or de saint Pierre que fit faire le

[1] *Memorie storiche di Monza*, t. II et III.
[2] Voyez plus loin le § V du chapitre II.

pape saint Sergius [1]. Les orfévres savaient sans doute encore fabriquer les vases sacrés, les lampadaires et les objets usuels d'après les anciens modèles ; mais pour ce qui était de l'orfévrerie artistique, elle avait donc été abandonnée ; cette époque de décadence n'avait pu conserver d'orfévres capables de faire autre chose que des objets purement du métier.

Mais un grand événement s'était produit dans l'empire d'Orient et avait provoqué le réveil de l'art en Italie. Les persécutions que l'empereur Léon III faisait diriger contre les artistes qui, malgré ses édits (726), continuaient à exécuter de saintes images, amenèrent l'émigration d'un grand nombre d'entre eux en Italie. Les papes les accueillirent avec faveur et ouvrirent des asiles aux fugitifs [2]. Les orfévres ne manquèrent pas, bien certainement. Nous pouvons compter en effet un assez grand nombre de pièces d'orfévrerie artistique parmi celles dont le pape Grégoire III enrichit les églises de Rome [3]. Aussi, lorsque Charlemagne, après avoir détruit l'empire des Lombards (774), eut affermi la puissance et la fortune temporelle des papes, Adrien Ier et Léon III, son successeur, trouvèrent à Rome des artistes capables d'exécuter les immenses travaux d'orfévrerie dont nous parlerons plus loin. Avant d'arriver à cette brillante époque pour l'Italie, il nous faut retracer l'histoire de l'orfévrerie dans les Gaules, en Espagne et en Angleterre pendant l'époque mérovingienne.

---

[1] « Imaginem auream beati Petri apostoli. » *Lib. pont.*, t. I, p. 310.
[2] *Lib. pont.*, in S. Paulo, t. II, p. 129 ; in Pascale, t. II, p. 327.
[3] Nous les avons signalées en traitant de la sculpture. Voyez plus haut, p. 105.

§ II.

EN OCCIDENT DURANT L'ÉPOQUE MÉROVINGIENNE.

I.

Historique de l'orfévrerie mérovingienne.

Sous la domination romaine, la Gaule s'était déjà acquis une grande réputation dans l'art de l'orfévrerie. Les villes d'Arles, de Reims et de Trèves avaient des ateliers où l'on fabriquait des pièces d'orfévrerie pour les empereurs; des officiers placés sous l'autorité du comte des largesses impériales étaient chargés de l'inspection de ces ateliers [1].

Lorsque la société chrétienne, qui dès la fin du deuxième siècle travaillait à se produire, eut obtenu, sous Constantin, la sanction de la loi, l'orfévrerie fut appelée à des travaux considérables pour fournir des vases sacrés aux nombreuses églises que de saints évêques faisaient édifier en grand nombre. Les poésies de Prudence et les écrits de saint Paulin en sont une éclatante manifestation [2]. Les terribles invasions qui se précipitèrent sur la Gaule dans les premières années du cinquième siècle durent entraîner la destruction d'une grande quantité d'œuvres de l'orfévrerie. Les Francs et les Allemands arrêtèrent un instant les Alains et les Vandales, qui, partis de la Pannonie et de la Dacie, se précipitaient vers les Gaules; mais de nouvelles hordes vinrent au secours des envahisseurs et passèrent le Rhin

[1] *Notitia dignit. imp. Rom.*, sect. XLII, ex recens. LABBE; Parisiis, 1651, p. 86.

[2] M. AUR. CLEM. PRUDENTII *Carmina;* Romæ, 1788, passim. — S. PONT. MER. PAULINI *Opera;* Parisiis, 1685, passim.

sur la glace dans la nuit du 31 décembre au 1ᵉʳ janvier 407. Mayence, Worms, Reims, Amiens, Arras, Tournai, Strasbourg, toutes ces puissantes cités gallo-romaines succombèrent sous les coups des Barbares. Les provinces d'outre-Loire et l'Aquitaine furent envahies à leur tour. La Gaule était à peine remise de cette terrible attaque, qu'elle eut à subir celle d'Attila à la tête des Huns (451). Les arts de luxe et l'orfévrerie surtout durent avoir cruellement à souffrir de ces désastres de la Gaule, et cependant, les chroniques établissent que, peu de temps après, les travaux de l'orfévrerie avaient produit de nouvelles œuvres qui vinrent surtout enrichir les églises. Un document fort curieux, le testament de Perpétuus, évêque de Tours († vers 474), en fournit une preuve. « A toi, frère et évêque, très-» cher Euphronius, écrit le saint prélat, je donne et lègue » mon reliquaire d'argent, j'entends celui que j'avais » coutume de porter sur moi ; car le reliquaire d'or qui » est dans mon trésor, mes deux calices d'or et la croix » d'or que Mabuinus a faite, je les donne et lègue à mon » église..... » Inscrivons Mabuinus en tête de la liste des orfévres français [1].

L'orfévrerie n'était pas toute dans les églises ; le célèbre général Aétius, le vainqueur d'Attila, qui gouvernait souverainement les Gaules, possédait un trésor considérable. Il en avait tiré un superbe missoire d'or, du poids de cinq cents livres, pour l'offrir au roi des Visigoths, Thorismond, qui avait combattu avec lui à la bataille de Châlons [2]. Les chefs militaires des Bar-

---

[1] *Testam. Perpetui Tur. episc.*, ap. D'ACHERY, *Spicil.*, t. V, p. 106.
[2] FREDEGABII SCHOL. *Chronicon*, cap. LXXIII, apud DUCHESNE, *Hist. franc. script.*, t. I, p. 761.

bares, qui s'étaient établis dans certaines parties des
Gaules, s'étaient fort adoucis au contact de la civilisation romaine, et avaient un goût tout particulier pour
les beaux travaux de l'orfévrerie. Une lettre du célèbre
évêque de Clermont, Sidoine Apollinaire († 484),
nous apprend qu'il avait envoyé à Toulouse une pièce
de vers destinée à être gravée sur un grand vase d'argent à anses, qui avait été fabriqué pour être offert en
présent à la reine Raguahilde, femme d'Ewarik, roi
des Visigoths [1].

Les chroniques de l'invasion et de la conquête de
Chlodowig (Clovis) établissent que le butin que firent
les Francs en pièces d'orfévrerie fut très-considérable.
Quoique l'on ait raconté bien des fois le fait de ce vase
enlevé à l'église de Reims, il se rapporte trop directe-
ment à l'histoire de l'orfévrerie pour que nous le pas-
sions sous silence.

Après la défaite de Syagrius à la bataille de Soissons, les Francs se répandirent dans le pays situé entre
la Somme, l'Oise, l'Aisne et la Marne. C'était une contrée riche, fertile et très-civilisée. Chlodowig, qui avait
déjà quelques ménagements pour les évêques, ne pouvait
cependant empêcher ses soldats de piller les églises partout où il passait. Comme il voulait épargner Reims, que
gouvernait saint Remi, son évêque, pour lequel il avait
une grande vénération, il n'entra pas dans cette ville et fit
passer ses troupes le long de la cité. Cependant quelques
soldats ayant pu y entrer pillèrent l'église en enlevant un
vase d'argent d'une grandeur et d'une beauté étonnantes,
dit Grégoire de Tours. Saint Remi députa aussitôt des

[1] SIDONII APOLL. *Opera*, lib. IV, epist. 8; Parisiis, 1652.

messagers à Chlodowig pour lui demander qu'on rendît
au moins ce vase à son église. Suivez-moi jusqu'à Soissons, répondit le chef des Francs aux envoyés du saint
évêque, parce que c'est là qu'on fera le partage du butin,
et lorsque le sort m'aura attribué ce vase, je ferai ce
que le pontife demande. Les Francs étant arrivés à
Soissons, on mit au milieu de la place tout le butin ;
Chlodowig alors demanda à ses soldats de lui céder le
vase que réclamait saint Remi. La plupart y consen-
tirent ; mais l'un d'eux frappa le vase de sa francisque
en s'écriant que le roi n'avait le droit de recevoir du
butin que ce que lui aurait accordé le sort. Chlodowig
dissimula son ressentiment ; mais un an après, en passant la revue des armes, suivant la coutume, il s'arrête
devant le soldat qui avait brisé le vase de Reims ; il
trouve ses armes mal tenues, lui en fait des reproches,
et lui arrachant sa francisque, il la jette à terre. Comme
cet homme se baissait pour la reprendre, Chlodowig lui
assène un coup de hache sur la tête en lui disant : Voilà
ce que tu as fait au vase à Soissons [1].

Le christianisme eut bientôt conquis les Barbares,
qui rendirent au centuple ce qu'ils avaient enlevé aux
églises. Après son baptême, Chlodowig, qui considérait
Dieu comme le protecteur de ses armes, consacra toujours une partie des dépouilles de ses victoires aux églises,
et les dota de dons considérables en orfévrerie [2]. Après
avoir vaincu et tué de sa main, à la bataille de Vouillé,

---

[1] Gregorii episc. Turon. *Hist. Francorum*, lib. II, cap. xxxvii, ap.
Duchesne, *Hist. franc. script.*; t. I, p. 215.

[2] *Testamentum Sancti Remigii*, ap. Auberti Miræi *Opera diplom.
et hist.*; Bruxellis, 1723, t. I, p. 1.

Alaric II, roi des Visigoths, Chlodowig s'était emparé de ses trésors. Les Visigoths étaient les moins barbares entre les Barbares, et le jeune Alaric avait hérité du goût de son père Ewarik pour les œuvres de l'orfévrerie; aussi Chlodowig trouva-t-il dans les dépouilles d'Alaric un grand nombre de belles pièces qu'il rapporta à Paris et qu'il offrit aux églises, notamment à celles consacrées à saint Martin et à saint Hilaire, à l'intercession desquels il attribuait sa victoire [1].

Le testament de saint Remi († vers 525) est un document qui établit encore la grande quantité de belles pièces d'orfévrerie dont les églises s'étaient enrichies au commencement du sixième siècle. Parmi les legs que fait le saint prélat à son église, on remarque celui-ci : « Je réserve aussi à ma sainte héritière le vase d'or de » dix livres que ce roi déjà nommé tant de fois, Chlo-» dowig (Ludowicus rex) de glorieuse mémoire, que j'ai » tenu sur les fonts de baptême, a daigné me donner » pour en disposer comme je l'entendrais. Je veux qu'il » serve à te faire un ciboire et un calice enrichi de » figures (imaginatum), sur lequel sera gravée l'inscrip-» tion que j'ai composée pour celui de Laon. » Le saint évêque prescrivait donc l'exécution d'une œuvre d'art, d'un bas-relief ciselé ou repoussé sur or. On voit par là que d'habiles orfévres ne devaient pas manquer dans la cité de Reims, et qu'elle avait conservé, malgré les malheurs du temps, quelques-uns de ces ateliers qui travaillaient, comme nous l'avons dit, pour les empereurs romains. C'est dans ces ateliers artistiques, sans

---

[1] S. Gregorii *Historiæ Franc. epitomata per* Fredegarium, § 25, col. 562; Lut. Paris., 1699.

doute, que Chlodowig fit fabriquer la couronne royale toute d'or et enrichie de pierres précieuses qu'il envoya à Rome en offrande à la basilique de Saint-Pierre apôtre [1].

On a vu que l'orfévrerie était fort estimée dans le midi de la Gaule sous le roi des Visigoths Ewarik. Ses successeurs, dont le royaume comprenait la Narbonnaise, la première Aquitaine et une partie de l'Espagne, continuèrent à l'encourager et amassèrent dans leur trésor une quantité considérable de productions de cet art. Grégoire de Tours nous en fournit la preuve. Une fille de Chlodowig, qui portait le nom de Chlothilde comme sa mère, avait été mariée au roi Amalarik, qui était arien. La fidélité de Chlothilde à la foi catholique l'exposait à beaucoup de mauvais traitements de la part de son mari. Comme témoignage de la triste situation où la réduisait le roi des Visigoths, elle envoya un mouchoir teint de son propre sang à son frère Hildebert (Childebert), qui régnait à Paris. Celui-ci, à la suite d'une expédition en Auvergne, se dirigea vers Narbonne, qui était alors la capitale d'Amalarik. Une bataille sanglante (531) fut livrée sous les murs de cette ville; Hildebert ayant remporté une éclatante victoire, entra dans la ville, reprit sa sœur et s'empara des trésors d'Amalarik. Parmi les choses précieuses que Hildebert avait emportées, on voyait, dit Grégoire de Tours, des vases sacrés d'un très-grand prix; on y comptait soixante calices, quinze patènes et vingt boîtes destinées à renfermer les Évangiles; le tout était d'or pur et enrichi de pierres fines. Hildebert ne souffrit pas

---

[1] FLODOARDI *Historiarum libri IV*, lib. I, cap. xv; Parisiis, 1611, p. 41.

que ces beaux objets fussent brisés : il les distribua aux
églises et aux basiliques des saints [1].

Depuis que les rois francs avaient conquis l'or et les
jouissances du monde civilisé, leur turbulente activité
avait commencé à s'amortir; plusieurs d'entre eux préféraient le repos et les plaisirs faciles aux aventures
guerrières; chez tous, le goût pour les productions des
arts et surtout pour les œuvres de l'orfévrerie se faisait
sentir. Chlother, le dernier des fils de Chlodowig, était
devenu seul roi des Franks (558); à sa mort (561), il
possédait un trésor considérable, magnifique entasse-
ment d'or monnayé, de lingots, de joyaux, de vases
précieux, fruit des conquêtes de Chlodowig et de ses fils
depuis quatre-vingts ans, dépouilles de la Gaule, des
Romains, des Goths et des Burgundes. Il laissait quatre
fils qui, aux termes de la loi salique, avaient tous un droit
égal à sa succession : mais Hilpérik (Chilpéric), l'un
d'eux, commença par s'emparer de toutes ces richesses.
Ses trois frères, Haribert (Caribert), Gonthram et Sigebert, s'étant réunis contre lui, il fut obligé d'abandonner ce qu'il avait pris et de se contenter du lot que
le sort lui assigna dans la succession paternelle.

Hilpérik († 584) resta toujours un grand amateur
d'orfévrerie et fit exécuter de beaux travaux par ses
orfévres. Malgré la grande réputation dont jouissaient les
œuvres d'art byzantines, il ne craignit pas sans doute la
comparaison pour les œuvres des artistes de ses États;
car ayant envoyé des ambassadeurs à l'empereur Tibère (578 † 582), il les chargea de riches présents pour

---

[1] GREGOR. TUR. *Hist. Franc.*, lib III, cap. x, ap. DUCHESNE, *Hist.
fr. script.*, t. I, p. 297.

ce prince. Ceux-ci rapportèrent à Hilpérik une quantité de belles choses provenant de l'industrie byzantine,
et des médailles d'or du poids d'une livre, à l'effigie de
l'empereur. Grégoire de Tours ayant été voir Hilpérik
à son habitation de Nogent, le roi lui montra les
présents qu'il venait de recevoir de Tibère ; mais comme
le saint évêque témoignait son admiration, le roi ne
voulant pas que l'orfévrerie française parût inférieure à
celle de Constantinople, lui présenta un grand missoire
d'or du poids de cinquante livres, enrichi de pierres
précieuses et lui dit : « J'ai fait exécuter cette pièce
» pour honorer la nation des Francs et lui donner de la
» célébrité, et je ferai encore beaucoup d'autres choses,
» si je continue à vivre [1]. »

Un autre fils de Chlother Ier, Gonthram († 593),
dont le royaume comprenait l'Orléanais, l'Anjou, le
pays de Chartres et de Sens et toute la Burgundie,
était d'une humeur assez pacifique et protégeait les arts
de la paix. La chronique de Saint-Bénigne de Dijon
nous apprend qu'il avait fait exécuter pour ce monastère un grand nombre de pièces d'orfévrerie [2]. La
révolte du patrice Mummolus le mit en possession
d'un trésor considérable. Mummolus, après avoir com-
mandé les armées de Gonthram, avait pris parti pour
un certain Gondowald, qui passait pour le fils naturel
de Chlother Ier, mais qui, méconnu et repoussé par
son père et par ses frères, s'était retiré à la cour de

---

[1] GREGOR. TURON. *Hist. Franc.*, lib. VI, cap. II, apud DUCHESNE,
t. I, p. 354.

[2] *Chronica abb. Benigni Divionensis monasterii*, ap. D'ACHERY, *Spicilegium*, t. I, p. 370 ; Parisiis, 1655.

Constantinople, où il avait été bien accueilli et comblé
de présents. Après quelques succès, Gondowald et Mummolus, affaiblis par les défections des seigneurs aqui-
tains, furent obligés de s'enfermer dans la cité des
Convènes (Saint-Bertrand de Comminges). Dans l'es-
poir de sauver sa vie, Mummolus trahit Gondowald et
le livra aux généraux du roi ; mais il ne porta pas loin
la peine de sa perfidie, et fut égorgé peu de temps
après (585) par ordre de Gonthram. Le roi fit enlever
d'Avignon les trésors considérables que Mummolus y
avait amassés et ceux que Gondowald y possédait aussi ;
ils furent partagés entre Gonthram et son neveu Hildebert, roi d'Austrasie [1]. Les deux rois se trouvèrent
ainsi en possession de très-belles pièces d'orfévrerie
byzantine.

Les trois fils aînés de Chlother Iᵉʳ ne se contentaient
presque jamais d'une seule femme et entretenaient en
outre, malgré la censure des évêques, plusieurs concu-
bines, souvent prises dans les derniers rangs du peuple.
Le dernier des fils de Chlother, Sigebert, roi d'Austrasie, voyant que ses frères s'alliaient à des épouses
indignes d'eux, en eut honte et résolut de n'avoir qu'une
seule épouse et de la prendre de race royale. Il envoya
donc des ambassadeurs à Tolède au roi des Visigoths
Athanaghild, pour lui demander en mariage sa fille
Brunehilde (la fameuse Brunehaut). Le mariage fut
célébré à Metz (566) avec une grande solennité. Nous
avons dit que les rois goths, beaucoup plus civilisés que
les Francs, cultivaient les arts ; la jeune princesse dut

[1] GREGOR. TUR. *Hist. Franc.*, lib. VII, cap. xxxvi et seq., ap. DU-
CHESNE, t. I, p. 389 et seq.

apporter avec sa dot de belles pièces d'orfévrerie. Au repas des noces, en effet, les tables furent couvertes de plats d'or et d'argent ciselés, et le vin coula dans des coupes de matières précieuses ornées de pierreries [1].

Un document très-curieux, l'histoire des évêques d'Auxerre, qui fut écrite par divers auteurs anonymes et successivement après la mort de chaque évêque, nous fournit le détail des dons en orfévrerie que la reine Brunehilde avait faits aux églises de cette ville sous l'épiscopat de Didier, qui occupa le siége pontifical d'Auxerre dans les premières années du septième siècle. Nous donnons la traduction de cette espèce d'inventaire, qui fera voir d'où venaient à cette époque les plus belles pièces d'orfévrerie. « Pendant l'épiscopat de » Didier, la reine Brunehilde offrit, par les mains de » ce prélat, à Dieu et à saint Étienne (la cathédrale » d'Auxerre est consacrée sous le vocable du premier » martyr) un calice d'agate onyx, monté en or très-pur, » d'une beauté remarquable. Elle donna encore à la » basilique de Saint-Germain (autre église d'Auxerre), » qu'elle avait choisie pour sa sépulture, un missoire » d'argent du poids de trente-sept livres, où est gravé le » nom de Thorsomodus; on y voit l'histoire d'Énée » avec des lettres grecques [2]; un autre missoire sans » bas-relief (planum), pesant trente livres; une coupe » d'anacte (bacchonicam anactcam) pesant quinze livres, » au milieu de laquelle est un lion avec un ours, et sur » le contour, de petits hommes avec des bêtes féroces;

[1] *Vita S. Fridolini*, ap. *Script. rer. Gall. et Franc.*, t. III, p. 388.
[2] Le texte imprimé porte cum libris Græcis; la leçon est évidemment mauvaise, c'est cum litteris qu'il faut lire.

» une autre coupe pesant neuf livres, où il y a un
» homme et une femme, et à leurs pieds, de petites
» fleurs ; une petite écuelle d'anacte pesant cinq livres
» six onces, où l'on voit un homme à cheval, qui tient
» à la main un serpent ; une écuelle d'anacte pesant
» trois livres, ayant au milieu une petite roue niellée,
» avec une bête féroce. Elle donna encore deux petites
» lampes (gabatas [1]) pesant huit livres deux onces,
» enrichies à l'intérieur de lis semblables ; une aiguière
» d'anacte pesant quatre livres, ayant une anse niellée
» au milieu de laquelle est une tête de lion ; un bassin
» (aqmanilia pour acquimanile) à laver les mains pesant
» trois livres neuf onces, au milieu duquel on voit
» Neptune avec un trident [2]. »

On remarquera d'abord qu'aucune de ces pièces
n'avait été spécialement faite à la destination du culte
chrétien. La coupe d'onyx ne pouvait avoir été évidée
en France à cette époque de barbarie, puisque l'art de
travailler les pierres dures n'existait plus qu'à Constantinople ; le missoire qui portait le nom de Thorismond,
roi des Visigoths, l'un des ancêtres de Brunehilde, était
certainement une pièce antique, œuvre d'un ciseleur grec,
ce que démontrent assez et le sujet du bas-relief dont
il était enrichi et les lettres grecques de la légende.
La description des autres pièces constate également
qu'elles appartenaient à l'antiquité. On peut supposer
qu'elles provenaient de ce trésor d'une richesse incroyable
qu'avait possédé le patrice Mummolus et des objets que

[1] Voyez plus loin sur la Gabata le § I du chapitre III.
[2] *Historia episcop. Autissiodorensium*, ap. LABBE, *Nova bibl. mss.
librorum*, t. I, p. 425.

Gondowald avait rapportés de Constantinople. Ces trésors avaient été partagés entre le roi Gonthram et Hildebert, fils de Brunehilde, qui avait eu sans doute sa
part du butin.

L'évêque Didier d'Auxerre donna lui-même à son
église une quantité considérable de pièces d'orfévrerie.
L'inventaire qu'en donne l'*Histoire des évêques d'Auxerre*
est trop long pour que nous puissions le rapporter ici;
mais on peut dire que toutes ces pièces, sauf deux qui
sont désignées comme décorées d'une croix, provenaient
de l'antiquité. Plusieurs sont enrichies de bas-reliefs :
aucune ne reproduit des sujets chrétiens; c'est un « pê-
» cheur armé d'un trident et un centaure avec une pro-
» duction de la mer, cum opere maritimo. » N'est-ce pas là
Neptune traîné dans une conque marine par un centaure?
« C'est un homme portant des cornes; un arbre et deux
» petits hommes tenant des enfants; un ours saisissant
» un cheval; un lion terrassant un taureau; un cerf qui
» paît; un léopard tenant une chèvre; un homme à che-
» val, sous les pieds duquel est un serpent; un homme
» avec un chien; un homme et une femme, et à leurs
» pieds un crocodile. » On y rencontre quelques pièces
dans la désignation desquelles il entre des mots grecs, et
d'autres qui ont des légendes en caractères grecs : « Un
» missoire d'anacte doré pesant cinquante livres, où l'on
» voit sept hommes avec un taureau, et des lettres
» grecques; un autre missoire également d'anacte, pe-
» sant quarante livres et demie, au milieu duquel il y a
» une roue en forme de couronne, cum stephadio (στεφά-
» διον, petite couronne), et sur le contour, des hommes
» et des bêtes féroces. » Des pièces ainsi décorées

n'avaient pas été fabriquées pour l'église. Elles venaient
sans doute aussi des richesses amassées par Mummolus,
qui les tenait, disait-on, de la découverte qu'il avait
faite d'un trésor antique, de reperto antiquo thesauro [1],
et de celles que Gondowald avait rapportées de Constantinople. Le roi Gonthram avait distribué tout ce qui lui en
était revenu aux pauvres et aux églises, et il n'est pas
étonnant que les églises de la ville d'Auxerre, qui faisait
partie de son royaume de Burgundie, en aient eu leur
part.

On a dû remarquer que parmi les pièces d'orfévrerie
données aux églises d'Auxerre par la reine Brunehilde,
la première seule est désignée comme étant montée en
or et la seconde comme étant d'argent ; toutes les
autres sont exécutées en anacte. Aucune des pièces
données par l'évêque Didier n'est désignée comme étant
d'or ou d'argent ; toutes celles, au contraire, dont la
matière est signalée, sont indiquées comme étant également en anacte : bacchonicam anacteam, missorium
anacteum. On s'est demandé d'où venait ce nom et ce
qu'il signifiait. Du Cange a pensé qu'il venait du grec
ἄναξ, roi ; mais ce savant a bien jugé que dans la circonstance le qualificatif anacteus ne pouvait signifier royal ;
que des divers articles de ces inventaires il ressortait
évidemment que le mot anacteus indiquait le nom de la
matière dont les différents vases étaient faits : on trouve
en effet divers objets en anacte doré, missorium
anacteum deauratum ; quelquefois, l'anacte est niellé,
bacchonicam anacteam circulatam et nigellatam. La

---

[1] GREGOR. TURON. *Hist. Franc.*, lib. VII, cap. XL, apud DUCHESNE,
t. I, p. 391.

niellure ne peut s'appliquer que sur les métaux : il y
a donc tout lieu de croire que l'anacte était un métal de
composition, de l'argent, sans doute, dans lequel en-
trait une certaine quantité d'un autre métal. De même
que Pline donnait le nom d'electrum à un alliage composé de quatre cinquièmes d'or et d'un cinquième d'argent, de même on a pu, dans les bas temps, donner le
nom d'anactcum à un alliage de quatre cinquièmes
d'argent et d'un cinquième d'un autre métal, comme
l'or ou le cuivre, par exemple.

La reine Brunehilde ne se contentait pas des pièces
d'orfévrerie antiques, elle en faisait encore fabriquer par
les orfévres gallo-francs. C'est ainsi qu'elle fit exécuter
pour le roi visigoth d'Espagne un bouclier d'or d'une
grande dimension, enrichi de pierres fines, et deux
coupes de bois dont la monture était d'or et enrichie de
pierreries [1]. Les beaux modèles de l'antiquité ne manquaient pas, comme on vient de le voir, aux orfévres
artistes de cette époque, lorsqu'ils n'étaient pas obligés
de suivre les formes rudes et barbares que les Francs
donnaient à leurs joyaux, formes qu'un assez grand
nombre de chefs militaires francs tinrent à conserver
longtemps après leur établissement dans les Gaules.

La ville de Paris était déjà renommée pour ses beaux
travaux d'orfévrerie à la fin du sixième siècle. Grégoire
de Tours rapporte un fait qui établit qu'au-devant de la
cathédrale il existait une place bordée de comptoirs et
de magasins où les orfévres étalaient de belles productions de leur industrie. Leudaste, ex-comte de Tours,

_____

[1] GREGOR. TUR. *Hist. Franc.*, lib. IX, cap. xxviii, apud DUCHESNE,
t. I, p. 424.

était venu à Paris (583) pour implorer son pardon du roi Hilpérik et de la reine Frédégonde. Après s'être jeté aux pieds du roi dans la cathédrale, Leudaste, dit Grégoire de Tours, continua son chemin jusqu'à la place; il parcourait les boutiques des marchands, se faisait montrer des pièces d'argenterie, soupesait l'argent, examinait les joyaux et annonçait qu'il en ferait l'acquisition [1].

II.

Suite de l'historique de l'orfévrerie mérovingienne. — Saint Éloi.

La ville de Limoges paraît avoir aussi, dès cette époque, possédé d'habiles artistes dans l'art de l'orfévrerie. C'est dans cette ville que florissait Abbon, orfévre et monétaire, chez lequel fut placé le jeune Éloi (588 † 663), qui de simple artisan devint l'un des hommes les plus marquants de son siècle, et mérita par ses vertus d'être placé au rang des saints [2]. Quand Éloi fut devenu habile dans son art, il quitta Limoges et vint s'établir en Neustrie, où il fit la connaissance du trésorier du roi Chlothér II, fils de Hilpérik et de Frédégonde, qui avait réuni sous sa puissance toutes les provinces de l'empire des Francs (613) et assuré la paix du pays. La grande réputation de saint Éloi comme orfévre, et la faveur dont il jouit auprès de Chlother, naquirent à l'occasion de l'exécution de deux siéges ou trônes, dont l'un est venu jusqu'à nous et existe aujourd'hui au Louvre, dans le Musée des souverains, sous le nom consacré de fauteuil de Dagobert. Laissons parler

---

[1] GREGOR. TUR. *Hist. Franc.*, lib. VI, cap. XXXII, apud DUCHESNE, t. I, p. 268.

[2] AUDOENUS, *Vita S. Eligii*, ap. D'ACHERY, *Spicilegium*, t. V, p. 157.

saint Ouen, contemporain de saint Éloi, qui nous a
laissé le récit de sa laborieuse et sainte vie : « Quelque
» temps après son arrivée à Paris, Éloi fut connu de
» Chlother, roi des Francs, de la manière que nous
» allons raconter. Ce prince voulait faire fabriquer un
» siége d'or élégant, enrichi de pierres précieuses; mais
» il n'y avait personne dans le palais qui fût capable
» d'exécuter cet ouvrage tel que le roi l'avait conçu. Le
» trésorier de Chlother, qui connaissait le talent d'Éloi,
» commença par le mettre à l'épreuve pour savoir s'il
» pouvait mener à bonne fin la pièce que le roi désirait
» avoir, et lorsque cet officier se fut assuré qu'Éloi était
» parfaitement capable de l'exécuter, il se rendit auprès
» de Chlother et lui annonça qu'il avait trouvé un ar-
» tiste habile qui se mettrait à l'œuvre sans délai. Le
» roi, enchanté, remit à son trésorier une forte quantité
» d'or, que celui-ci livra sur-le-champ à Éloi. L'artiste
» se mit incontinent à l'ouvrage et le mena rapidement
» à bonne fin. Mais avec l'or qu'il avait reçu pour faire
» un seul siége il en éxécuta deux, sans qu'on pût
» comprendre comment il avait pu les faire avec le poids
» d'or qui lui avait été remis ; car loin de commettre
» aucune fraude, il avait terminé la pièce qu'on lui avait
» commandée sans qu'elle eût subi la diminution d'une
» seule silique, et il n'avait point, comme les autres
» orfévres, accusé l'effet de la lime, qui aurait trop
» mordu sur certains endroits, ou l'ardeur d'une
» flamme dévorante. L'ouvrage étant achevé, Éloi s'em-
» presse de porter au palais et de livrer au roi le siége
» dont ce prince lui avait fourni la matière, ayant soin
» de garder par devers lui celui qu'il avait fait par-

» dessus le marché. Le roi commence à admirer le tra-
» vail, il en loue la beauté et ordonne sur-le-champ
» qu'une récompense digne de l'œuvre soit donnée à
» l'artiste. Alors Éloi découvrant l'autre siége : Pour
» ne pas perdre ce qui me restait d'or, dit-il, je l'ai
» employé à cet autre objet, huic operi aptavi. Chlo-
» ther, stupéfait et saisi d'admiration, demanda à
» l'artiste comment il avait pu faire le tout avec le même
» poids d'or; et lorsque celui-ci eut donné les explica-
» tions qui lui étaient demandées : Voici, dit le roi, un
» homme auquel je puis me fier, même dans les affaires
» les plus importantes [1] ».

Quelques historiens avaient parlé de deux siéges d'or,
et le fait a passé, auprès des bonnes gens, pour un mi-
racle du saint orfévre; mais on peut remarquer que ni
saint Éloi vis-à-vis du roi ni son biographe n'élèvent
cette prétention. Saint Ouen ne dit pas que saint Éloi
ait présenté deux siéges d'or au roi, mais seulement
qu'ayant reçu de l'or pour faire un siége il en exécuta
deux, et les expressions dont se sert saint Éloi en présentant au roi le second siége, éloignent toute idée que
ce siége fût tout en or : « Quod superfluit ex auro ne
negligens perderem huic operi aptavi. »

Le roi ayant demandé à l'artiste comment il avait pu
faire un second siége, tout en donnant au premier un
poids égal à celui de l'or qu'on lui avait livré, celui-ci
explique au roi de quelle manière il a pu arriver à ce
résultat. Le biographe de saint Éloi s'en tient là, tant la
chose lui parait naturelle, sans rapporter les procédés

[1] AUDOENUS, *Vita S. Eligii*, lib. I, cap. v, ap. D'ACHERY, *Spicil.*,
t. V, p. 157.

indiqués par l'artiste ; mais M. Charles Lenormant, dans une dissertation très-savante sur le fauteuil de Dagobert [1], a fort judicieusement interprété le texte de saint Ouen, et a fourni la réponse que saint Éloi avait dû faire au roi Chlother.

L'or fin, au titre de vingt-quatre karats environ, n'ayant aucune solidité lorsqu'on le met en œuvre, doit être combiné avec une certaine proportion d'alliage dont le minimum est en orfévrerie d'un neuvième de karat; au-dessous, l'or aurait une ductilité et une mollesse trop grandes. Lorsqu'on se propose de fabriquer quelque grande pièce qui a besoin de solidité, la proportion d'alliage doit même être plus forte. Dans l'ancienne orfévrerie, on avait adopté le titre de vingt karats pour l'or ouvrable. Saint Éloi n'avait pu donner la solidité nécessaire au métal consacré à un siége sans y introduire de l'alliage dans une juste proportion. L'addition de cet alliage n'avait pas été assez considérable pour qu'en éprouvant l'or au moyen de la pierre de touche on se soit aperçu de la présence d'un élément étranger. C'est ainsi que saint Éloi avait pu retirer de la masse totale de l'or qu'on lui avait livrée une certaine quantité de ce métal sans rien diminuer du poids attribué d'avance à l'objet exécuté, et il avait employé cette fraction d'or, remplacée par l'alliage, à la dorure soit d'un modèle en bronze qu'il aurait préparé d'abord, soit d'une copie qu'il aurait faite après avoir terminé le siége d'or. La copie en bronze doré devait dans sa fraicheur offrir le même aspect que l'original, et de là dut venir, au premier moment, la stupéfaction du roi.

[1] *Mélanges d'archéologie*, t. I, p. 157.

Ce trait de la vie du saint orfévre est le point de départ de la tradition qui l'a signalé comme l'auteur du
siége de Dagobert que possède le Musée du Louvre.
M. Lenormant a pensé que l'interprétation qu'il a
donnée au texte de saint Ouen permettait de reconnaître
dans ce tróne de bronze le second siége que saint Éloi
avait trouvé le moyen de dorer avec le résidu d'or remplacé par l'alliage. Le plus précieux des deux trônes
aura disparu, comme la plupart des meubles dont la
matière était de nature à exciter la cupidité ; la copie
donnée par Dagobert, fils de Chlother II, à l'abbaye de
Saint-Denis qu'il avait fondée, s'est conservée, à cause
du peu de valeur du métal dont elle est composée.
Quoi qu'il en soit de l'interprétation fort ingénieuse de
M. Lenormant, il est constant qu'au douzième siècle ce
siége passait dans l'abbaye de Saint-Denis pour un don
de Dagobert. Suger, le plus célèbre des abbés de Saint-
Denis, s'exprime ainsi dans le livre qu'il a laissé sur les
actes de son administration : « Quant au noble siége du
» glorieux roi Dagobert, sur lequel, ainsi qu'un ancien
» récit en fournit le témoignage, les rois des Francs
» avaient coutume de s'asseoir, après avoir pris la cou-
» ronne, pour recevoir les hommages des grands sei-
» gneurs du pays, il avait été endommagé par le temps
» et disloqué; nous l'avons fait restaurer, tant à cause
» de sa haute destination qu'à cause de l'excellence de
» l'ouvrage [1]. »

La tradition constatée par Suger, il y a plus de sept
siècles, est des plus respectables, et si l'on peut conser-

—————————

(1) SUGERII ABB. S. DIONYSII *De reb. in administ. sua gestis*, ap. DU-
CHESNE, *Hist. franc. script.*, t. V, p. 348.

ver quelque doute sur l'auteur du siége de Dagobert, il
est certain du moins qu'il est un des monuments les
plus authentiques de l'époque mérovingienne. Nous en
parlerons de nouveau, en signalant plus loin à nos lecteurs ce qui subsiste de cette époque reculée. Revenons
à saint Éloi.

Le saint orfévre avait su, par sa probité et par ses
talents, obtenir à un tel point la confiance de Chlother,
que le roi lui livrait toujours, sans les faire peser, de
fortes quantités d'or et d'argent. Après la mort de
Chlother, il sut se concilier également l'affection de
Dagobert Ier, son fils : il devint orfévre de la maison du
roi et maître de la monnaie royale. « Il faisait pour
» l'usage du roi, dit saint Ouen, un grand nombre de
» pièces d'orfévrerie d'or enrichies de pierres précieuses,
» et il travaillait sans relâche, avec l'aide de Thillo son
» esclave, Saxon d'origine, qui suivit les traces de son
» maître et mena par la suite une sainte vie [1]. » Saint
Ouen [2] et le moine anonyme de Saint-Denis nous ont
laissé l'énumération des ouvrages artistiques de saint
Éloi ; les principaux sont : une grande croix d'or rehaussée de pierres fines, pour l'église Saint-Denis ; le mausolée
du saint apótre, dont le toit de marbre était couvert d'or
et de pierreries ; les ornements d'or du tombeau de sainte
Geneviève [3] ; les chàsses d'or et d'argent de saint Germain, de saint Severin, de sainte Colombe, de saint
Julien et de beaucoup d'autres. Son œuvre la plus impor-

---

[1] AUDOENUS, *Vita S. Eligii*, cap. IX et X, ap. DUCHESNE, t. I, p. 161
et 163.

[2] *Idem*, cap. XXXII.

[3] LEBEUF, *Histoire de la ville et du diocèse de Paris*; Paris, 1754,
t. I, p. 369, 370 et 375.

tante fut le tombeau de saint Martin, exécuté aux frais
de Dagobert; il était tout d'or enrichi de pierres fines,
et se faisait remarquer par l'excellence du travail, miro
opificio [1].

Avant la révolution de 1792, un grand nombre
d'églises et de monastères possédaient encore des pièces
d'orfévrerie attribuées à saint Éloi, mais on en avait
détruit de très-remarquables bien antérieurement, à des
époques où personne ne possédait le vrai sentiment de
l'art simple et solennel du moyen âge. L'authenticité de
ces monuments devait être sans doute très-contestable;
mais si quelque église pouvait prétendre, à juste titre, à
la possession d'œuvres de saint Éloi, c'était assurément
celle de l'abbaye de Saint-Denis, qui avait été bâtie par
Dagobert et qui avait reçu de ce prince, au dire des historiens, des dons considérables en pièces d'orfévrerie.
Pour arriver à connaître autant que possible le caractère de l'orfévrerie de saint Éloi, examinons donc, à
défaut des monuments qui ont péri, la description qui
est faite des pièces que possédait l'église Saint-Denis,
dans un inventaire du quinzième siècle, des « reliques an-
» ciennes, reliquaires, châsses, parements, bagues, joyaulx
» et ornements qui se trouvaient dans le trésor de l'abbaye
» de Saint-Denis en France [2]. » Mais transcrivons d'abord

[1] AUDOENUS, loc. cit.
[2] *Inventaire du trésor de l'abbaye de Saint-Denis en France, en date
au commencement du 27 mai 1634*; Ms., Arch. de l'Emp., LL. 1327.
L'Inventaire du trésor de l'abbaye de Saint-Denis, que nous citons ici
pour la première fois, a une très-grande valeur pour nos études et nous
a fourni de précieux renseignements sur plusieurs des arts industriels à
diverses époques du moyen âge. Nous puiserons souvent à cette source;
il est donc nécessaire de faire apprécier ce document à nos lecteurs, en
donnant des éclaircissements tant sur l'époque réelle de sa rédaction que

ce que dit le moine anonyme de Saint-Denis, chroniqueur qui écrivait au huitième siècle, sur une grande
croix d'or faite par saint Éloi; nous en viendrons ensuite
à la description qu'en donne l'inventaire : « Dagobert,
» dit-il, fit encore fabriquer, pour la placer derrière l'au-
» tel d'or (de l'église Saint-Denis), une grande croix d'or
» pur, enrichie de pierres fines très-précieuses, ouvrage

sur le manuscrit qu'en possèdent les Archives de l'Empire, lequel paraît
être le seul qui existe aujourd'hui.

Par lettres patentes du 2 avril 1634, le roi Louis XIII ordonna qu'il
serait fait inventaire « tant des saintes reliques anciennes, reliquaires,
» chappes, parements, bagues, joyaulx et ornements, que de celles qui pou-
» vaient avoir été depuis accrues et non encore inventoriées, qui se
» trouvaient dans le trésor de l'abbaye de Saint-Denis en France. »
Antoine Nicolay, premier président en la chambre des comptes, et Jean
Lescuyer, doyen d'icelle, furent nommés par ces lettres patentes commissaires députés pour la rédaction de cet inventaire.

Les commissaires du roi s'adjoignirent Pijart, Boucher et Dujardin,
orfévres et joailliers, et Messier, brodeur, comme experts, et ouvrirent
leur procès-verbal le 27 mai 1634.

Voici de quelle manière les commissaires du roi procédèrent. Ils se
firent représenter le dernier inventaire du trésor de Saint-Denis, qui
avait été dressé le 18 mai 1534 et jours suivants, en vertu de lettres patentes de François Ier, par des commissaires délégués de la chambre des
comptes (Jacques Doublet, Histoire de l'abbaye de Saint-Denis, p. 319).
Le libellé entier de chaque article est d'abord transcrit littéralement sur
le procès-verbal ouvert par MM. Nicolay et Lescuyer. Cette transcription
comprend même l'estimation de chaque objet, faite en écus, monnaie du
temps, par Denis Hofman et Castillon, orfévres qui assistaient les commissaires de 1534. Ceci fait, les experts appelés par MM. Nicolay et
Lescuyer signalent les détériorations ou les changements que l'objet représenté a pu subir depuis 1534, et ils en font une nouvelle estimation
en livres tournois, monnaie usitée sous Louis XIII.

Ainsi on retrouve dans cet inventaire de 1634 la description des objets
précieux du trésor, telle qu'elle avait été faite en 1534.

Il y a mieux : le procès-verbal de 1534 n'était lui-même que le récolement d'un inventaire antérieur, et il y a lieu de croire, d'après les
énonciations portées dans certains articles, que les commissaires de 1534
avaient agi comme MM. Nicolay et Lescuyer, et qu'ils avaient transcrit

» d'art remarquable et d'une délicatesse achevée. Le
» bienheureux Éloi, qui passait pour le plus habile
» orfévre du royaume, l'exécuta, ainsi que les autres
» pièces qui formaient l'ornement de cette église, et les
» conduisit à la perfection, grâce à son talent plein
» d'élégance et de délicatesse et à l'aide de sa sainteté.
» Les orfévres d'aujourd'hui soutiennent qu'il reste à

un inventaire plus ancien, en se bornant à noter les altérations que les
objets avaient éprouvées et à faire une nouvelle estimation. Nous avons
donc par le fait, dans le procès-verbal de 1634, la rédaction de cet ancien
inventaire, dont on n'avait fait qu'un simple récolement en 1534. Ce
mode de procéder a des conséquences fort heureuses, puisque nous
sommes mis à même de connaître, par une description très-détaillée et
en général bien faite, des objets qui dès 1534 avaient été détériorés ou
modifiés, et même ceux qui avaient alors disparu.

Quelle est la date de cet ancien inventaire dont nous retrouvons le texte
dans le procès-verbal de 1634? Cet acte ne la donne pas; mais on peut arriver à la fixer par approximation. L'inventaire ancien comprend une châsse
d'argent, offerte à l'abbaye de Saint-Denis par Louis XI : cet inventaire
ne peut donc remonter plus haut qu'au règne de ce prince. Lorsque les
commissaires de 1534 eurent terminé le récolement de l'ancien inventaire, ils inventorièrent les objets nouveaux qui n'y avaient pas été compris. Ces objets, en petit nombre, proviennent de Louis XII et d'Anne
de Bretagne. Ainsi cet ancien inventaire, dont nous possédons le libellé,
dut être dressé sous le règne de Louis XI ou de Charles VIII, ou dans
les premières années de celui de Louis XII.

Le procès-verbal de 1634 nous offre donc l'état réel du trésor de Saint-
Denis à la fin du quinzième siècle, ce qui explique l'importance que
nous avons attachée à ce document.

La copie, dite collationnée, que possèdent les Archives de l'Empire
(Ms., grand in-folio de 268 folios) est très-défectueuse. Le copiste, dès
la première page, commet une faute grossière, et donne la date de 1634
au récolement de l'année 1534; il répète la même faute dans d'autres
endroits; mais enfin, au folio 239 de sa copie, il prend la peine de
transcrire exactement : « Cy finist le recollement du recollement et inven-
» taire fait en l'année mil cinq cent trente-quatre, pour lequel parache-
» ver, etc. » Il est facile néanmoins de rectifier ces méprises du copiste,
et le document reste comme un des plus précieux que nous ayons pour
nous conduire à la connaissance de l'orfévrerie du moyen âge.

» peine un seul homme, quelque habile qu'il soit en
» toute sorte d'ouvrages, qui puisse de longtemps égaler
» saint Éloi comme lapidaire et monteur de pierreries,
» parce que depuis nombre d'années on a cessé de pra-
» tiquer ces arts [1]. » Le moine anonyme de Saint-Denis
avait la croix d'or sous les yeux en écrivant ces lignes,
et l'on peut juger par son récit quelle admiration le beau
travail de cette œuvre d'orfévrerie excitait de son temps.

Voici maintenant la description que donne l'inventaire
du quinzième siècle. « Au-dessus du contre-autel dudit
» autel, une grande croix nommée la grande croix saint
» Éloy, faite par monsieur saint Éloy, comme disoyent
» les religieux, attachée au derrière dudit autel et fer-
» mant à clef.... et au bas d'icelle, sous un grand verre à
» façon de tableau, une petite croix d'argent doré et un
» crucifiement d'émail dessus, et huit chatons d'or..... et
» une inscription portant DE CRUCE DOMINI..... Au-dessus
» dudit tableau, sur le long de ladite grande croix,
» entre icelui tableau et le rond du milieu de la croisée,
» en trois rangées, vingt-neuf saphirs tant gros que pe-
» tits... (suit la description des pierres). Au milieu de la
» croisée de ladite croix, un rond garny au milieu d'un
» camahieu d'agathe à face d'homme. Derrière de la-
» dite croix. Au bas de la longueur d'icelle, une pièce
» de cuivre doré : l'image de saint Denis et deux angels
» de demy enlevure dessus icelle pièce; et entre ladite
» pièce de cuivre et le milieu d'entre les croisons, aussi
» en trois rangées; c'est à savoir : trois saphirs loupeux...
» (suit la description des pierres), et parmi ces pierres

<hr>

[1] *Gesta Dagoberti*, cap. XX, ap. DUCHESNE, *Hist. franc. script.*, t. I,
p. 578.

» dix-huit nacles, vingt-trois verres et deux cassi-
» doines..... Le champ de ladite croix, tant devant que
» derrière (couvert) de verres ressemblans à jacinthes,
» grenats, esmeraudes et saphirs, et plusieurs petits nacles
» autour du rond du milieu de la croix, et quelque peu
» de place vuide desdits verres. Ledit champ de la
» croix, tant devant que derrière, d'or à feuilles d'ar-
» gent blanc dessous.....; ladite croix bordée d'argent
» doré à rosettes d'argent blanc à feuilles de persil d'ar-
» gent doré, à trois couronnements de feuilles de persil
» aux trois bouts d'icelle, aussi d'argent doré [1]. » Ajou-
tons que Jacques Doublet, moine de Saint-Denis, qui a
publié, au commencement du dix-septième siècle, une
histoire de la célèbre abbaye de Saint-Denis, nous
apprend que la croix de saint Éloi était de la hauteur
d'un homme [2].

Bien que la description de l'inventaire n'offre pas
toute la clarté désirable, on s'aperçoit facilement que
la petite croix d'argent qui portait un Christ en émail
ne faisait pas, dans l'origine, partie de la grande croix :
elle formait un tableau à part et sous verre posé au pied
de la croix et devait être un reliquaire d'une parcelle de
la croix du Christ. Le bas-relief de cuivre, posé également au bas de la croix, par derrière, ne lui appartenait
pas davantage. Au temps de saint Éloi, on ne figurait
pas encore le Christ sur la croix, ou du moins c'est par
exception qu'on signale à cette époque quelques croix à
crucifix peints. C'est précisément parce qu'il n'y en avait

[1] *Inventaire de Saint-Denis*, fol. 163 v°.
[2] Jacques Doublet, *Histoire de l'abbaye de Saint-Denis*, livre I,
chap. xlv; Paris, 1626, p. 333.

pas sur la grande croix qu'on aura, plus tard, placé au bas une petite croix à crucifiement d'émail. Cet arrangement dut avoir lieu à l'époque où la croix de saint Éloi fut élevée au-dessus du retable, qui n'existait pas de son temps. Il n'y avait donc pas d'émail sur la croix de saint Éloi; le moine anonyme de Saint-Denis, qui nous en a donné une première description, n'aurait pas manqué de signaler les émaux s'il en avait existé [1], et tous les historiens qui ont parlé de cette croix pour l'avoir vue l'ont signalée comme étant d'or; les additions faites au bas de la croix de pièces d'argent et de cuivre étaient donc évidemment postérieures à saint Éloi, de même que les morceaux de nacre et les pierres en verroterie mis à la place des pierres précieuses que les religieux de Saint-Denis avaient détachées, sans doute, pour faire face à leurs besoins dans les fréquentes épreuves qu'ils eurent à subir au neuvième siècle et au dixième.

A l'aide de ces documents, et sous le mérite de ces observations, nous pouvons faire la restitution de la croix de saint Éloi. Cette croix, d'une hauteur d'un mètre soixante-dix ou soixante-quinze centimètres, était formée d'une âme d'argent entièrement revêtue de lames d'or; l'artiste avait couvert tout le champ d'or de la croix de plaques de verre de différentes couleurs, afin sans doute d'imiter les émaux de l'orfévrerie byzantine, dont les orfévres de l'Occident ne connaissaient pas les procédés; sur ce champ de verre, l'artiste avait disposé des

---

[1] L'art de l'émaillerie n'existait pas en Occident à l'époque de saint Éloi. J. LABARTE, *Recherches sur la peinture en émail*, p. 136. Voyez au titre de l'ÉMAILLERIE, chap. I, § III.

pierres fines d'un grand prix enchâssées dans d'élégants chatons qui se rattachaient par des filigranes à une bordure d'argent doré enrichie de rosaces d'argent à feuillage d'argent doré. Les trois extrémités supérieures de la croix étaient terminées par un fleuron d'argent doré.

On ne peut s'empêcher de remarquer que le système de décoration adopté par saint Éloi n'est qu'une imitation des procédés employés par les orfévres byzantins. L'ornementation de sa croix est disposée de la même façon que celle de la couronne de fer de l'église de Monza, bijou byzantin donné à cette église par la reine Théodelinde († 625). Dans ce bijou [1], l'or du fond est recouvert d'un émail translucide cloisonné de dessins d'or, et sur ce fond d'émail sont disposées des pierres fines serties dans des chatons se rattachant à la bordure qui encadre l'émail. Saint Éloi ne connaissant pas les procédés de l'émaillerie, remplace le fond d'émail par des verres de différentes couleurs posés sur la feuille d'or qui couvrait l'âme de la croix, et établit les chatons qui sertissent les pierreries sur ce fond de verre; les deux sortes de bijoux présentaient le même aspect : c'est toujours une matière transparente laissant voir le fond d'or de la pièce et recevant les chatons dont elle est enrichie.

L'abbaye de Saint-Denis possédait encore un autre bijou provenant de saint Éloi, c'était un vase en pierre dure de couleur verte, dont le saint orfévre avait fait la monture d'or enrichie de pierres fines, « incluso sancti Eligii opere constat ornatum, » dit Suger. Ce bel objet

---

[1] *Recherches sur la peinture en émail*, p. 12. Voyez aussi plus loin le chapitre II, § V.

avait été mis en gage par le roi Louis le Gros, et Suger
l'avait racheté moyennant soixante marcs d'argent [1],
ce qui était une somme énorme au douzième siècle.
Voici la description qu'en donne Jacques Doublet [2] :
« Une très exquise gondole de couleur verd de mer (ad
» formam navis de lapide prasio, dit Suger), avec le
» pied de même estoffe, garny d'or et la bordeure aussi
» d'or, le tout enrichy de beaux saphirs, grenats, presme
» d'émeraude, et de belles perles orientales au nombre
» de septante. Cette pièce, autant rare et estimée qu'il
» est possible par les orfeuvres, a été faite par la main
» du glorieux saint Éloy. »

S'il fallait apprécier le talent de saint Éloi d'après ce
que dit le moine anonyme de Saint-Denis et d'après la
description qui nous est restée des deux pièces que possédait le trésor de Saint-Denis, on devrait penser que
le saint artiste excellait plutôt dans la joaillerie que dans
l'orfévrerie proprement dite; la façon dont il montait
les pierres précieuses et la fine exécution de ses chatons
attiraient surtout l'admiration des personnes qui avaient
vu ses œuvres. Rien n'indique qu'il ait composé quelque
grande pièce d'orfévrerie sculptée, comme savaient si
bien les faire les orfévres gallo-romains. La décadence
complète où l'art était arrivé au septième siècle en
donne facilement l'explication, et si quelque grande
pièce artistique, telle que le fauteuil de Dagobert, était
alors exécutée, les artistes n'y parvenaient qu'en copiant,
souvent d'une façon peu adroite, les monuments de

---

[1] SUGERII *De rebus in adm. sua gestis*, ap. DUCHESNE, *Hist. franc.
script.*, t. IV, p. 349.
[2] *Hist. de l'abb. de Saint-Denis*, liv. I, chap. XLVI, p. 344.

l'antiquité qui subsistaient sous leurs yeux. Il est certain,
néanmoins, d'après saint Ouen, que saint Éloi avait
fait en or et en argent les tombes de plusieurs saints [1].

Saint Éloi était devenu trésorier de Dagobert, et la
faveur du roi le combla de dons dont il fit profiter les
arts. Il avait obtenu de la faveur royale le domaine de
Solemniac dans le canton de Limoges. Il y fit construire
un monastère (631) où il réunit des moines habiles
dans tous les arts; « habentur ibi et artifices plurimi,
dit saint Ouen, diversarum artium periti [2]. » Thillo,
l'élève de saint Éloi, en fut le second abbé, et sous ce
maître habile le monastère de Solemniac (ou Solignac)
exécuta pour les églises une quantité considérable de
beaux ouvrages d'or et d'argent.

Après la mort de Dagobert (638), saint Éloi ne voulut plus servir que Dieu et les saints. Dans la troisième
année du règne de Chlodowig II, fils de Dagobert, il fut
sacré évêque de Noyon et de Tournay, en même temps
que son ami saint Ouen montait sur le siége épiscopal
de Rouen [3]. Il continua cependant à s'occuper de travaux d'orfévrerie. Ayant découvert, non loin de la ville
de Vermande (aujourd'hui Saint-Quentin), le corps de
saint Quentin, il le fit envelopper dans une pièce d'étoffe
de soie et le déposa en avant de l'autel de l'église; ensuite il fabriqua au-dessus de la sépulture du saint une
tombe d'or et d'argent enrichie de pierres précieuses;
« tombam denique ex auro argentoque et gemmis miro
opere desuper fabricavit [4]. »

[1] Audoenus, *Vita S. Eligii,* lib. I, cap. xxxii; lib. II, cap. vi.

[2] *Idem,* lib. I, cap. xv.

[3] *Idem,* lib. II, cap. ii.

[4] *Idem,* lib. II, cap. vi.

Saint Éloi mourut en 663 ; il fut enterré dans l'église du monastère de Saint-Loup, hors des murs de Soissons, comme il l'avait désiré. La reine Bathilde lui fit élever un tombeau enrichi d'or et d'argent [1].

Sigebert et Chlodowig, deux jeunes enfants, succédèrent au puissant Dagobert, et commencèrent cette longue série de rois fainéants qui pendant un siècle passèrent en silence sur le trône. Durant cette triste période de notre histoire, qui vit les Arabes s'avancer jusqu'à Sens et le pays s'épuiser dans des guerres civiles et étrangères, l'art tomba au dernier degré d'avilissement, et les arts industriels furent à peu près abandonnés. L'histoire de ce temps nous révèle souvent le pillage et la dispersion de riches trésors [2], mais nous ne trouvons plus que bien rarement [3] la mention de l'exécution de pièces d'orfévrerie. Au milieu des débats sanglants et désordonnés qui signalèrent la lutte des grands seigneurs contre le pouvoir royal, lorsque les maires du palais, les ducs, les comtes et les leudes puissants cherchaient à dépouiller à leur gré quiconque excitait leur avidité, que pouvaient devenir ces arts, qui ont besoin de la paix et de la prospérité? L'orfévrerie dut être délaissée dans l'empire des rois francs.

Nous avons déjà démontré combien les rois goths d'Espagne, au cinquième siècle et au sixième, étaient amateurs de l'art de l'orfévrerie; ceux qui régnaient au

---

[1] *Gallia christ.*, t. II, p. 812.

[2] *Vita S. Leodegarii*, § IX, ap. Duchesne, *Hist. franc. script.*, t. I, p. 606.

[3] *Chronicon Fontanellense*, cap. VII et VIII. — *Gesta abb. Trudonensium*, lib. I, ap. d'Achery, *Spicilegium*, t. III, p. 203 et 205, et t. VII, p. 349.

septième siècle avaient hérité du goût de leurs ancêtres :
c'est ce que vient démontrer le trésor de Guarrazar,
dont nous parlerons plus loin.

III.

Monuments subsistants de l'orfévrerie de l'époque mérovingienne.
L'épée et les bijoux de Childéric.

Maintenant que nous avons tracé l'historique de l'art
de l'orfévrerie durant l'époque mérovingienne, arrivons
à l'examen des monuments qui proviennent de ces
temps reculés.

Mais avant tout, faisons remarquer que presque tous
ces monuments ont été recueillis dans des tombeaux qui
remontaient au cinquième, au sixième ou au septième
siècle. C'était, en effet, un usage généralement adopté
chez les peuples barbares qui envahirent l'Italie et les
provinces occidentales de l'empire romain, d'enterrer les
morts de haute condition tout habillés, et avec les armes,
les bijoux et les objets de prédilection qui leur avaient
appartenu. Tacite, en décrivant les mœurs des Germains,
nous avait appris que chacun d'eux emportait avec soi ses
armes dans la tombe ; les découvertes de tombeaux qui
remontent à l'époque mérovingienne nous prouvent que
les anciens peuples d'origine germanique avaient conservé cet usage, puisqu'elles mettent au jour des armes,
des bijoux, des poteries et des verreries qui avaient été
enfouis avec le corps. Mais, en général, les archéologues
qui ont fait ou qui ont constaté ces découvertes se sont
laissé entraîner à considérer tous les objets réunis dans
un tombeau comme appartenant à l'industrie des peuples
envahisseurs, ou tout au moins à l'industrie du pays

où avait été trouvé le tombeau découvert. Il faut bien
faire attention, cependant, que les chefs francs, saxons
ou goths, qui envahirent les Gaules, l'Angleterre et l'Espagne, pillèrent les pays dont ils firent la conquête, et
devinrent possesseurs d'objets précieux qui provenaient
soit de l'antiquité, soit de l'industrie de ces différents
pays au moment de l'invasion, et qu'ils recueillirent
également dans ce pillage général des objets d'origine
étrangère. Il ne faut pas oublier non plus qu'une fois
maîtres des pays envahis, les Barbares utilisèrent à leur
profit le talent des artistes industriels devenus leurs
sujets, et qu'ils reçurent des souverains étrangers, et
notamment de la cour de Constantinople, des présents
qui, comme les autres objets, les suivirent dans leurs
tombeaux. Nous croyons donc que la trouvaille de telle
ou telle pièce d'orfévrerie dans une tombe dont la date
est établie tout au moins d'une manière approximative,
ne peut prouver qu'une chose, c'est que cette pièce
n'est pas postérieure à l'époque où a été creusée la
tombe découverte; il n'en faut pas moins chercher à
quelle époque elle appartient, et quelle en est la provenance.

Des objets trouvés dans les tombeaux de l'époque
mérovingienne il faut donc faire quatre parts : ceux qui
proviennent de l'antiquité, ceux qui appartiennent à
l'industrie barbare, ceux qui sont le produit des artistes
aborigènes, et enfin ceux qui seraient dus à l'importation étrangère. Le style, les procédés d'exécution,
diverses circonstances, doivent servir à ne pas confondre les bijoux de ces diverses catégories, souvent
mêlés ensemble dans les tombes au cinquième, au sixième

et au septième siècle. Nous ne pouvons en donner dans
nos planches qu'un très-petit nombre de spécimens,
mais ils suffiront cependant pour édifier nos lecteurs.

Les plus anciens bijoux de l'époque mérovingienne
parvenus jusqu'à nous sont ceux qui ont été trouvés dans
le tombeau de Childéric († 481), roi des Francs. La
ville de Tournai (Belgique) possède une église sous l'invocation de saint Brice. Cette église était entourée d'habitations ecclésiastiques où logeaient les prêtres attachés
à la paroisse ; l'une d'elles servait en même temps d'hos-
pice pour les pauvres du quartier. En 1653, comme l'édifice tombait en ruine, le curé et le conseil de fabrique en
décidèrent la reconstruction. Un ouvrier maçon, sourd
et muet de naissance, était occupé à fouiller la terre,
afin d'asseoir les fondements de la construction projetée ;
il était arrivé au tuf naturel, à une profondeur de huit
pieds environ, lorsqu'un coup de pioche fit briller à ses
yeux une masse de monnaies d'or. L'ouvrier courut
avertir le voisinage avec des cris inarticulés ; le curé et
deux marguilliers de la paroisse vinrent aussitôt. Les
objets qui frappèrent les yeux de ces premiers témoins
furent cent monnaies d'or des empereurs byzantins contemporains de Childéric, deux cents pièces d'argent
appartenant presque toutes au Haut-Empire, une quantité de ferrements usés et corrodés par l'oxyde, des
ossements humains, deux crânes, une épée avec sa poignée et les garnitures du fourreau, un bracelet, une
fibule, une tête de bœuf, environ trois cents abeilles,
des agrafes, des boucles et des filaments, le tout d'or.
L'épée et plusieurs des autres pièces étaient rehaussées
de verroteries rouges et de pierres fines. On trouva

également, au même instant, deux anneaux d'or, dont
l'un, du plus grand intérêt, portait, avec un buste
d'homme chevelu tenant une lance de la main droite,
cette inscription : CHILDERICI REGIS, qui révélait le nom
du souverain dont les restes étaient mis au jour après
tant de siècles [1]. Ces premières pièces furent ramassées
par le clergé de Saint-Brice ; mais le bruit de la découverte s'étant répandu par toute la ville, le peuple accourut en foule. Plusieurs objets furent brisés au milieu de
ce désordre, et chacun s'empara de ce qu'il trouva sous
ses pieds.

Il n'entre pas dans notre sujet de donner un historique plus étendu de cette précieuse découverte ; on en
trouvera tous les détails dans un excellent ouvrage de
M. l'abbé Cochet [2]. Il suffira à nos lecteurs de savoir
que sur les réclamations de l'archiduc Léopold-Guil-
laume, gouverneur des Pays-Bas pour Philippe IV, et
par suite des démarches de ses agents, et notamment
de Chifflet, chanoine de Saint-Brice, l'un des témoins
de la découverte, ce prince devint propriétaire des
pièces les plus curieuses de ce trésor, et les fit remettre
à son médecin, Jacques Chifflet, en le chargeant d'en
faire un examen scientifique. Ce savant homme fit une

---

[1] Cet anneau a été volé à la Bibliothèque impériale en 1831, et,
jusque dans ces derniers temps, on n'en possédait que des gravures qui
inspiraient peu de confiance, et une empreinte en plâtre fort usée ;
mais M. Dauban, employé au cabinet des médailles, en examinant les
manuscrits de la bibliothèque Sainte-Geneviève, a trouvé une empreinte
en cire du sceau de Childéric dans un manuscrit du P. DU MOULINET,
l'*Histoire de sainte Geneviève*. Cette empreinte a été reproduite par
M. COCHET, *Le Tombeau de Childéric*, p. 369, et par M. PEIGNÉ DE-
LACOURT, *Recherches sur la bataille d'Attila*, pl. IV.

[2] *Le Tombeau de Childéric Ier* ; Paris, 1859.

enquête minutieuse de tout ce qui s'était passé lors de
la découverte du tombeau, et conserva jusqu'en 1655
toutes les pièces à lui remises par l'archiduc et toutes
celles que son neveu le chanoine put se procurer en les
rachetant de ceux qui les possédaient. Il fit paraître
alors, sous le titre de *Anastasis Childerici*, *Résurrection
de Childéric*, une description accompagnée de dissertations et de planches. Beaucoup de pièces cependant
avaient échappé à l'archiduc et étaient restées soit dans
les mains des chanoines, soit chez des amateurs qui ne
voulurent pas s'en dessaisir. Parmi les objets qui vinrent
en la possession de ce prince, il faut signaler surtout la
bague sigillaire; la poignée et la garde de l'épée (la lame
était tombée en morceaux au premier contact); les garnitures du fourreau; les ornements du ceinturon; un
second anneau d'or uni; les montures d'or d'un coffret;
le bracelet; divers boutons, boucles et ornements; vingt-
sept abeilles et une tête de bœuf, toutes ces pièces en or.
Plusieurs étaient ornées de verroteries et de grenats. Aux
bijoux, il faut ajouter sept pièces d'or de l'empereur Marcien (✝ 457), cinquante-sept de Léon (✝ 474), quatorze
de Zénon, son successeur, une de Basilisque (✝ 477).

Après la mort de l'archiduc Léopold (1662), le trésor
provenant du tombeau de Childéric passa à son neveu
Léopold Ier, empereur d'Allemagne. Mais en 1664, par
suite des négociations de Philippe de Schönborn, archevêque de Mayence, l'empereur en fit présent à Louis XIV,
qui le fit déposer au Louvre. Après avoir été portés à
Versailles, les bijoux de Childéric furent réunis aux collections de la Bibliothèque royale de Paris, en conséquence d'une décision de Louis XV, du 27 mars 1720.

Pendant la nuit du 5 au 6 octobre 1831, des voleurs
s'introduisirent dans le cabinet des médailles à la Bibliothèque, et firent main basse sur toutes les pièces
d'or qu'ils purent rencontrer. Le trésor sépulcral de
Childéric ne fut pas épargné ; mais poursuivis par la
police, les voleurs n'eurent pas le temps de fondre tout
leur butin, et ils en jetèrent une partie dans la Seine.
Les objets de ce trésor que possède aujourd'hui le
Musée du Louvre furent retrouvés sous une des arches
du pont Marie.

La pièce la plus importante est certainement l'épée
du roi franc, ou pour mieux dire la poignée de cette
épée et les garnitures du fourreau, car la lame était tombée
en morceaux, comme nous l'avons dit, et le fourreau
avait été détruit par le temps ; la lame actuelle et son
fourreau de velours sont de fabrication moderne et n'ont
été restitués que pour donner à la pièce la longueur et
la forme qu'elle devait avoir.

Nous présentons à nos lecteurs, dans la planche XXIX
de notre Album : 1° un ensemble de l'épée dans son état
actuel, réduit aux deux cinquièmes de l'exécution ; 2° et
de la grandeur de l'exécution, la poignée de l'épée avec
la chape du fourreau, l'anneau qui en décore le centre,
et le dessous de la pièce qui en termine l'ornementation.
Nos lecteurs pourront, à l'aide de cette planche, comprendre parfaitement la description que nous devons
faire de cette épée et apprécier la dissertation dont nous
la ferons suivre [1].

---

[1] Nous avions communiqué cette planche, faite depuis plusieurs années, à M. Peigné-Delacourt, qui a reproduit nos deux figures dans la
planche III de ses *Recherches sur le lieu de la bataille d'Attila* ; Paris, 1860.

Ce qui reste aujourd'hui de l'épée de Childéric consiste dans la poignée, qui a perdu son pommeau, mais conservé sa garde, et dans la garniture à peu près complète du fourreau, qui comprend une chape de deux centimètres environ de large, s'étendant sur le dos du fourreau dans une longueur de douze centimètres environ, un anneau central qui le contourne et un bout qui se termine par une surface plane, épousant la forme ovoïde du fourreau. Ce bout a perdu la partie en surélévation qui garnissait le dos du fourreau sur une longueur égale à celle que couvre la chape.

Le travail de la garde de l'épée et de la garniture du fourreau se compose d'un cloisonnage d'or d'un demi-millimètre environ d'épaisseur, disposé à la pince, suivant les caprices du dessin de l'ornementation. Les battes ou lames d'or de ce cloisonnage, soudées sur le fond, sont établies dans une caisse ou enveloppe d'or (déterminant le contour de chacune des pièces), dont les parois ont environ quatre millimètres de hauteur. Au fond de chaque compartiment du cloisonnage, l'orfévre a d'abord introduit une feuille très-mince de paillon d'or guilloché ou quadrillé, soit au laminoir, soit par l'estampage. Cette petite feuille se relève d'un millimètre environ contre la paroi des cloisons d'or. Le paillon d'or ainsi posé, des morceaux de verre rouge purpurin translucide ont été taillés exactement dans la forme des dessins tracés par le cloisonnage, et enfoncés ensuite dans les interstices des cloisons, où ils sont retenus par un très-léger rabattu de la batte d'or, rabattu que l'on a obtenu par la pression du brunissoir ou de tout autre instrument de même nature.

Le cordonnet granulé qui enrichit ordinairement la bordure des bijoux grecs est représenté sur la chape et sur le bout du fourreau par une rangée de très-petits grenats en grain, enchâssés comme des perles dans des trous pratiqués à cet effet sur le listel d'or qui encadre le cloisonnage.

L'anneau est décoré d'une bordure composée en haut de petits cercles, et en bas de demi-cercles; cette bordure renferme un quatrefeuille au centre, et de chaque côté du quatrefeuille, trois figures formées d'un carré, dont les quatre faces sont surmontées d'un demi-cercle. Cette ornementation, composée de cloisons d'or dressées également à la pince, est remplie de plaques de verre découpées dans la forme des dessins du cloisonnage.

L'extrémité du fourreau se termine carrément. Le champ plat, et de forme ovoïde, qui remplit le dessous, mérite d'être signalé. De petits carrés de verre rouge purpurin formant bordure, en suivent les contours. L'intérieur de l'ovoïde est divisé, par un cloisonnage d'or, en plusieurs compartiments. Le centre présentait deux cavités à remplir. Un verre purpurin, offrant la figure régulière d'une amphore, occupe celle du milieu; quant à l'autre, qui encadre cette figure et la sépare de la bordure, elle contient une cornaline blanche d'une seule pièce qui a été non-seulement taillée et polie, mais encore évidée, de manière à former une sorte d'anneau ovoïde qui pût en garnir entièrement la capacité.

Le Musée du Louvre possède en outre deux abeilles d'or aux ailes de verre rouge, ayant sous le ventre un

petit anneau métallique destiné à les fixer à une étoffe;
la partie hémicirculaire d'une boucle d'or, un bouton,
une petite pièce plate hémicirculaire, l'ardillon d'une
boucle, le tout d'or et enrichi de verroteries rouges;
enfin, un fragment de quatre centimètres de longueur
sur quatorze millimètres de hauteur, terminé par une
tête d'animal, et dont le cloisonnage d'or, rempli de
verre rouge, est absolument semblable à celui de la
poignée de l'épée et des ornements du fourreau [1].

Ce dernier fragment est du plus grand intérêt. En
effet, la poignée, comme le montre notre planche XXIX,
n'a plus aujourd'hui de pommeau; mais ce pommeau
existait lors de la découverte du tombeau, en 1653, et
Chifflet, dans la gravure qu'il a donnée de l'épée [2], la
représente avec son pommeau. M. l'abbé Cochet, en
rapprochant cette gravure du fragment que possède le
Musée du Louvre, a établi que ce fragment était la
moitié du pommeau qui aura été brisé, soit dans les
nombreuses migrations du trésor de Childéric, soit plutôt
lors du vol qui affligea le cabinet des médailles de la
Bibliothèque impériale en 1831 [3].

Les abeilles, les boutons, les boucles exhumés du
tombeau de Childéric ont une épaisseur de cinq à
six millimètres. Le Musée du Louvre ne possède que
peu de pièces, mais les gravures de Chifflet nous en

---

[1] Nous ne parlons ni de la hache d'armes, ni du fer de lance, ni
de la boule de cristal, ni de la dent que possède encore le Louvre.
Ces pièces ne se rattachent pas à notre sujet. On en trouvera la gravure
dans la planche IV de l'ouvrage de M. PEIGNÉ-DELACOURT, *Recherches
sur le lieu de la bataille d'Attila*; Paris, 1860.

[2] *Anastasis Childerici I*; Antuerpiæ, 1655, p. 202.

[3] *Le tombeau de Childéric Ier*, p. 79 et suiv.

font connaître un grand nombre qui sont aujourd'hui perdues. La petite plaque inférieure de toutes ces pièces est ornée dans son contour extérieur d'un cordonnet granulé qui n'est pas formé par un filigrane, comme le dit M. Cochet [1], mais par la lime ou par un poinçon gravé, frappé au marteau.

Nous donnons dans notre planche XXX la reproduction du fragment du pommeau, de l'une des abeilles, du bouton, de la boucle et de l'ardillon possédés par le Musée du Louvre, et aussi, d'après Chifflet, celle de quelques autres pièces provenant du tombeau de Childéric.

Maintenant que nos lecteurs ont été mis à même de bien connaître l'épée et les bijoux du roi franc, recherchons la provenance de cette arme.

Nous avons déjà eu l'occasion de traiter cette question dans nos *Recherches sur la peinture en émail dans l'antiquité et au moyen âge* [2]. « On comprend facilement, disions-nous, que cette belle œuvre d'orfévrerie, dont tous les détails offrent une excessive délicatesse d'exécution, n'a pas été confectionnée dans les États d'un chef de tribu franc. La Gaule romaine, d'ailleurs bouleversée pendant tout le cours du cinquième siècle par les invasions de tant de peuples divers, ne devait pas avoir conservé d'ouvriers assez experts pour un pareil travail. Qu'on réfléchisse, en effet, que cette cornaline blanche qui décore le dessous du fourreau est une pierre très-dure qui demandait, pour être élaborée, la main d'un lapidaire consommé dans la pratique de tous les pro-

---

[1] *Le tombeau de Childéric Ier*, p. 184.
[2] Paris, 1856, p. 98.

cédés de la taille des pierres fines. On a voulu comparer
le travail de cette épée à celui de quelques fibules et
autres bijoux gallo-romains ; il n'y a pourtant pas d'assi-
milation possible, on ne trouve pas là ces cloisons d'or
si. déliées, contournées à la pince, qui tracent l'ornementation capricieuse du dessin, et qui dénotent un
procédé essentiellement oriental remontant à l'antiquité.
En effet, les émaux égyptiens sont cloisonnés ; c'est
encore par des dispositions analogues de l'or que sont
retenus ces lapis, ces verroteries et ces pâtes colorées
des beaux bijoux égyptiens, dans lesquels on a cherché
évidemment à imiter les émaux cloisonnés ; tous les
émaux anciens, sans exception, qui viennent de l'Inde,
de la Chine et de la Perse, sont exécutés par ce procédé
du cloisonnage. Il est donc évident que l'Orient reven-
dique la mise en œuvre de ce mode de fabrication, qui
consiste à rendre le tracé de l'ornementation dans les
bijoux avec de minces bandelettes de métal posées sur
champ, et dans les interstices desquelles on introduit,
soit des émaux par la fusion, soit des pâtes diverses,
des verres ou des pierres taillées. L'ornementation de
l'épée de Childéric étant traitée de cette façon, doit donc
provenir de l'Orient, et ce qui pourrait n'être qu'une
présomption devient presque une certitude, si l'on remarque qu'à côté de cette arme se trouvaient cent
monnaies ou médailles d'or à l'effigie des empereurs
d'Orient contemporains de Childéric. Il y a donc tout
lieu de croire que c'est à Constantinople qu'elle aura été
fabriquée, car l'Italie ne pouvait produire à cette époque
une pièce travaillée avec tant d'art. Durant le cinquième siècle, cette contrée n'avait pas été moins

éprouvée que la Gaule, et les arts s'y étaient ressentis cruellement de tous les désastres qui entraînèrent la chute de l'empire d'Occident : les artistes italiens s'étaient réfugiés à Constantinople, devenue la ville par excellence pour la culture des arts et le développement de l'industrie de luxe. »

Notre opinion a trouvé un contradicteur habile dans M. l'abbé Cochet, qui a étudié tout particulièrement les monuments trouvés dans des tombeaux présumés de l'époque mérovingienne, et qui a publié d'excellents travaux sur ses recherches [1].

« Ce n'est pas par des textes que je combattrai » M. Labarte, dit M. l'abbé Cochet, l'état des arts dans » la Gaule du cinquième siècle ne m'est pas parfaitement » révélé par l'histoire, il est mieux connu par l'archéo- » logie ; aussi, si je puis affirmer une chose qu'une » longue expérience m'a apprise touchant le Bas-Empire » et la période mérovingienne, c'est que les arts de la » joaillerie, de la bijouterie et de l'émaillerie étaient » encore pratiqués, et dans leur plus haute perfection, » en Gaule, en Bretagne et en Germanie.

» Pour preuve de ce que j'avance, je citerai le nombre » infini d'émaux et de bijoux sortis de la terre depuis » quelques années, comme pour rendre témoignage à » cette vérité, et recueillis avec tant d'abondance dans » les cimetières francs, saxons, burgundes ou allemands » de la France, de la Belgique, de la Suisse, de l'Alle- » magne et de l'Angleterre. Et afin de préciser davan-

---

[1] La Normandie souterraine; Paris, 1855; — Sépultures gauloises, romaines, franques et normandes; Paris, 1857; — Le tombeau de Childéric Ier · Paris, 1859.

» tage nos arguments, je citerai tout d'abord le fermoir.
» de bourse d'Envermeu (en Normandie), dont le faire et
» la décoration concordent si bien avec l'épée de Chil-
» déric ; puis l'épée de Beauvais, le poisson symbolique
» de Charnay (en Bourgogne), les bijoux de Pouan, près
» Troyes, les fibules de Bourg-sur-Aisne, près Soissons,
» et par dessus tout, la merveilleuse fibule de Faussett,
» trouvée dans un village du Kent en 1771 ; la riche
» tablette conservée à la Bibliothèque impériale, les
» vases d'or trouvés à Gourdon. Je pourrais citer et
» faire paraître ici, comme une nuée de témoins, cette
» masse innombrable de broches, de fibules, de bou-
» cles, d'agrafes, de fermoirs, de plaques et de déco-
» rations de toutes sortes, exhumés, non des villes et
» des tombeaux des rois, mais du sol de simples vil-
» lages, et sortis de la tombe d'hommes plus inconnus
» encore.

    » Je demanderai maintenant à mes lecteurs, et à
» M. Labarte lui-même, s'il est permis, s'il est raison-
» nable même d'attribuer tous ces fermoirs de bourse,
» ces gardes d'épées, ces boucles, ces fibules, ces bijoux
» du Kent, de la Normandie, de la Picardie, de la
» Champagne, de la Bourgogne, de l'Ile-de-France, de
» la Suisse, de la Hesse, du Wurtemberg et de la Ba-
» vière, à des artistes orientaux ou à des ateliers de
» Byzance. Le commerce qui eût apporté ces trésors à
» travers les guerres et les invasions de cette époque ne
» serait-il pas aussi inexplicable, aussi incompréhensible
» que des ateliers gallo-romains vivant à l'abri des tours
» et des châteaux, dans l'enceinte murée de nos villes et
» de nos cités? Je dirai encore à M. Labarte, contraint,

» pour rester conséquent avec lui-même, d'attribuer
» nos bijoux francs, burgundes, allemands ou saxons
» aux orfévres de l'Orient, que bientôt ces petites mer-
» veilles de notre vieil art national rempliront les musées
» de toutes les villes et les cabinets de tous les ama-
» teurs [1]. »

Nous n'avons rien dissimulé des objections de M. l'abbé
Cochet, qui n'ont pu nous faire dévier de l'opinion que
nous avons émise. Mais il faut avant tout ramener la
question à sa véritable expression. Il s'agit de l'épée de
Childéric et non de cette foule de bijoux décorés de verroteries enchâssées dans de larges cloisons d'or, qu'on a
trouvés en effet dans différents pays, et dont on a voulu,
à tort, assimiler le travail à celui de l'épée du roi franc.
Nous n'avons jamais prétendu que ces bijoux, exécutés
durant l'espace de plusieurs siècles après la mort de
·Childéric, appartinssent à l'industrie byzantine, et dans
le nombre de ceux que M. l'abbé Cochet nous a présentés comme témoins, il n'y en a, sur plusieurs cen-
taines, que cinq ou six, tout au plus, dont le travail soit
analogue à celui de notre épée : tels sont le fermoir de
bourse d'Envermeu, l'épée de Beauvais, la fibule de
Faussett, que nous avons vue à l'exposition de Manchester, et le fragment de plaque conservé à la Bibliothèque impériale. Nous nous expliquerons dans la
dissertation qui va suivre sur ces différents objets. Abor-
dons la véritable question, qui est de savoir si l'épée de
Childéric peut appartenir à l'industrie franque ou gallo-
romaine, ou si elle n'est pas plutôt une production de
l'art byzantin.

[1] *Le tombeau de Childéric Ier*, p. 114.

Nous allons appuyer l'opinion que nous avons émise à cet égard, 1° sur des faits historiques; 2° sur l'origine certaine d'autres objets qui sortirent en même temps que notre épée du tombeau de Childéric; 3° sur la forme même de cette épée, comparée aux épées franques, burgundes, allemandes et saxonnes de l'époque mérovingienne; 4° sur le travail de l'épée, comparé à celui des bijoux nombreux trouvés dans les tombes du cinquième, du sixième et du septième siècle, bijoux qu'on nous présente comme analogues.

M. Cochet nous fait une première concession : c'est que « l'art franc n'existait pas à l'époque de Childéric ». Les bijoux sortis de son tombeau, dit-il, ont été fabriqués par quelque artiste gallo-romain [1]. A l'exposition artistique faite à Manchester en 1857, nous avons vu, dans la vitrine U, un certain nombre de bijoux enrichis de verroteries rouges, renfermés dans des linéaments d'or, et dont le travail avait quelque analogie avec celui de l'épée de Childéric; mais trois seulement, parmi lesquels il faut placer en première ligne la belle fibule trouvée par Faussett, en 1771, dans un cimetière du Kent, pouvaient lui être comparés, et tous étaient catalogués comme des spécimens de la bijouterie émaillée anglo-saxonne, specimens of anglo-saxon enamelled ornament [2]. C'est ainsi que les archéologues se laissent entraîner à attribuer leurs trouvailles à l'industrie du pays où ils les rencontrent. Mais l'art anglo-saxon n'existait pas plus que l'art franc à l'époque où vivait

[1] *Le tombeau de Childéric Ier*, p. 29 et 117.
[2] *Catalogue of the art treasures of the united Kingdom, collected at Manchester in 1857.*

Childéric. Il faut dire en outre que les bijoux exposés
à Manchester ne sont pas émaillés, mais décorés de
verroteries rouges ou de grenats.

Nous sommes loin de prétendre qu'on ne pratiquait
plus l'orfévrerie dans la Gaule au cinquième siècle :
l'historique que nous avons tracé serait le démenti de
cette assertion ; mais on a dû remarquer que les faits
qui établissent que cet art n'avait pas été complétement
anéanti, appartiennent tous aux dernières années de ce
siècle, et si l'on veut faire attention à l'époque où Childéric régnait sur la tribu des Francs-Saliens (456 † 481),
l'on reconnaîtra que si l'art gallo-romain n'avait pas
alors entièrement péri, il devait être tombé au dernier
degré d'avilissement.

En 407, en effet, une nuée de Barbares passe le Rhin
et vient fondre sur la Gaule. Worms, Reims, Amiens,
Arras, Tournai, Strasbourg, Spire, toutes ces villes
puissantes des Gallo-Romains succombent sous leurs
coups. Bientôt les provinces d'outre-Loire sont envahies
à leur tour. « Ni les places fortes entourées par l'eau des
» fleuves, ni les châteaux situés sur des rochers abrupts,
» n'échappaient à leurs furieux assauts ou à leurs strata-
» gèmes perfides, disent les auteurs contemporains. La
» ruine de la Gaule eût été moins complète si l'Océan
» tout entier eût débordé sur les champs gaulois [1]. »
Quelles sont donc ces tours, quels sont ces châteaux et ces cités murées, à l'abri desquels M. l'abbé
Cochet veut faire travailler les orfévres gallo-romains ?

[1] OROS. l. VII. — S. HIERONYMI, *Epist. ad Ageruchiam.* — *Carmen
de Providentia* dans les historiens des Gaules, t. I, p. 777. — M. HENRI
MARTIN, *Histoire de France*; Paris, 1855, p. 337.

Si la valeur du général de Valentinien, le célèbre Aétius, parvint à soumettre une partie de la Gaule à l'empereur (425), il ne put donner à ce pays aucune tranquillité ni le relever de ses ruines, au milieu des guerres incessantes contre les Visigoths, les Burgundes et les Francs, qui continuèrent à désoler le pays. En 440, les Francs firent une irruption terrible dans tout le nord, prirent, saccagèrent et brûlèrent Cologne, Mayence et Trèves. Cette ancienne capitale de la Gaule fut changée en un monceau de ruines. Peu de temps après, les Francs, encore sous la conduite de Chlodio (Clodion), sortant des forêts des Ardennes, apparurent au bord de l'Escaut et occupèrent Tournai ; de là, ils s'élancèrent sur Cambrai et massacrèrent tous les Gallo-Romains qu'ils y trouvèrent [1]. Aétius accourut, mit les Francs en déroute et les chassa de la contrée entre la Somme et le haut Escaut.

Mais bientôt après, une nouvelle invasion, celle d'Attila, vint affliger la Gaule (451) ; le roi des Huns, avec ses hordes de cavaliers, pénétra jusqu'à Troyes et Orléans, ravageant les pays qu'il parcourait. Si la bataille de Châlons délivra la Gaule de ces cruels Asiatiques, la mort du grand Aétius (454), assassiné peu de temps après de la propre main de l'empereur Valentinien, la replongea dans toutes les horreurs des invasions. Les Saliens se jetèrent sur la seconde Belgique, les Allemands pénétrèrent en Helvétie, et les pirates Saxons infestèrent les côtes de l'Armorique [2]. Peut-on croire qu'au milieu de pareilles convulsions, la

---

[1] GREGOR. TURON. *Histor. Franc.*, lib. II, cap. IX.
[2] M. H. MARTIN, *Histoire de France ;* Paris, 1855, t. I, p. 380.

Gaule ait conservé des ateliers d'orfévrerie où se seraient exécutés des objets d'art traités avec l'exquise délicatesse qui se fait voir dans le travail de l'épée de Childéric? C'est cependant dans ces circonstances (457) que ce prince succéda à son père Mérowig (Mérovée).

Au surplus, si un orfévre héritier des traditions gallo-romaines eût été chargé de fournir au roi des Francs-Saliens son épée de cérémonie, il aurait traité tout autrement cette pièce d'orfévrerie. Malgré la décadence complète de l'art, le style de l'antiquité romaine était encore en effet le seul qui fût suivi à cette époque dans toutes les anciennes provinces occidentales de l'empire romain. L'artiste gallo-romain aurait donc donné au pommeau de l'épée une forme orbiculaire ou ovoïde, et aurait décoré ce pommeau, ainsi que la garniture du fourreau, de têtes, de figures et d'ornements ciselés dans le style de l'antiquité; mais il n'aurait pas imaginé cette tête d'animal fantastique ni ce cloisonnage capricieux qui portent au contraire le cachet de la bijouterie orientale, et qu'on ne rencontre jamais dans les productions artistiques du Haut-Empire.

L'histoire, au reste, va nous apprendre d'où Childéric a dû obtenir l'épée et les principaux bijoux renfermés avec lui dans son tombeau : « Hildéric, dit Grégoire de » Tours, s'adonnant à une luxure effrénée, se prit à » abuser des filles des Francs, et ceux-ci indignés le » chassèrent du trône. Informé qu'on voulait l'assassi- » ner, il se retira en Thuringe, laissant chez les Francs » un homme dévoué à sa personne qui pût apaiser par

---

(1) Tels sont les pommeaux trouvés par Faussett et dont M. Cochet a donné la gravure : *Le tombeau de Childéric I*er, p. 89.

» de douces paroles les esprits courroucés. Ils convinrent
» d'un certain signe que celui-ci enverrait à Hildéric
» quand il pourrait revenir dans sa patrie [1]. » Frédégaire, le continuateur de Grégoire de Tours, ajoute que
Childéric, après un séjour en Thuringe chez le roi Basin,
se retira à Constantinople, où il chercha à indisposer
l'empereur contre Égidius, gouverneur de la Gaule romaine, que les Francs avaient choisi pour chef après la
fuite du fils de Mérowig. C'est à Constantinople que
l'ami de Childéric le fit prévenir (463) qu'il pouvait rentrer dans son pays. « Comblé des présents de l'empe-
» reur Maurice, dit le chroniqueur, Childéric revint par
» mer dans la Gaule [2]. » L'empereur d'Orient était encore
alors le souverain nominal de tous les pays qui avaient
composé le grand empire romain ; c'est à lui que les
opprimés avaient recours, et les chefs, quels qu'ils
fussent, barbares ou romains, qui gouvernaient ces pays,
faisaient un grand cas de l'investiture donnée par le
successeur de Constantin. Bien que Grégoire de Tours
n'ait pas parlé du voyage de Childéric à Constantinople,
rien n'est plus vraisemblable. Ses intrigues avec la femme
du roi Basin, constatées par l'histoire, doivent avoir été
le motif de sa sortie de la Thuringe.

C'était, au surplus, un usage constant de la cour de
Constantinople, que d'honorer de magnifiques présents

---

[1] *Histor. Francor.*, lib. II, cap. xii.

[2] « Multis muneribus a Mauritio Childericus ditatus evectu navali
» revertitur in Gallias. » FREDEGARIUS, *Hist. franc. epit.*, ap. DUCHESNE,
Hist. franc. script., t. I, p. 727. Soit erreur de Frédégaire, soit faute
du copiste, ce n'est pas Mauritio qu'il faut lire, mais Marciano. C'est
l'empereur Marcien et non Maurice qui occupait alors le trône de Constantinople ; Maurice (582 ✝ 602) n'a commencé à régner qu'un siècle
après la mort de Childéric.

les princes et les ambassadeurs étrangers qui venaient visiter l'empereur; des pièces de monnaie d'or faisaient toujours partie de ces présents. L'empereur Constantin Porphyrogénète, dans son livre des *Cérémonies de la cour de Byzance,* qui n'a fait que constater les usages de la cour des empereurs depuis la fondation de Constantinople, nous fournit plusieurs exemples de celui que nous rappelons. Nous n'en citerons qu'un seul : La princesse russe Elga, après avoir été reçue par Constantin Porphyrogénète, fut admise à la table de l'impératrice. Après le repas, des friandises furent servies sur une petite table d'or, dans des assiettes d'or, et la princesse reçut en présent cinq cents pièces de monnaie, qui lui furent présentées dans un bassin d'or enrichi de pierres précieuses [1].

Childéric n'eût-il pas reçu son épée de cérémonie pendant son séjour à la cour de Constantinople, qu'elle aurait pu lui être envoyée de cette ville, soit en présent de la part de l'un des empereurs qui régnèrent de son temps, soit même par la voie commerciale. « Le grand » et saint empereur Constantin, dit encore Constantin » Porphyrogénète dans un autre de ses ouvrages, a dé- » fendu aux empereurs romains de contracter aucune » alliance par mariage avec aucune nation étrangère aux » mœurs et aux habitudes des Romains, mais surtout » avec celles qui n'auraient pas reçu le baptême, en » exceptant toutefois les Francs. Ce grand et saint em- » pereur Constantin fit exception en faveur de cette » seule nation parce qu'il avait pris naissance dans le

[1] CONSTANT. PORPHYR. IMP., *De cerimoniis aulæ Byz. libri duo,* lib. II, cap. xv; Bonnæ, p. 597.

» pays qu'elle habite. Des liens de parenté et de grandes
» relations commerciales existaient, en effet, entre les
» Francs et les Romains [1]. »

Les relations de la cour de Constantinople avec les
chefs francs sont donc constatées, et sans nous étendre
au delà de l'époque dont nous nous occupons, ne sait-on
pas que l'empereur Anastase (491 † 518) avait envoyé
au grand Chlodowig, fils de Childéric, le diplôme de
consul avec un diadème orné de pierreries, et que le
roi franc revêtit dans la basilique de Saint-Martin de
Tours la tunique de pourpre et la chlamyde consulaire,
et qu'il y ceignit le diadème envoyé par Anastase, en
reconnaissant ainsi la suprématie nominale de l'empereur d'Orient [2]?

Ainsi le voyage de Childéric à Constantinople, de
même que les relations politiques et commerciales de
l'empereur d'Orient avec les Francs, justifient la possession par ce prince d'objets de provenance byzantine.

Plusieurs objets sortis de son tombeau accusent évidemment au surplus cette provenance.

Le fait de déposer des pièces de monnaie avec les
morts n'est pas particulier à Childéric; cette coutume
était générale chez les tribus de race teutonique à
l'époque mérovingienne, et aussi chez les Romains de
la décadence; mais dans la plupart des tombes on ne
rencontre que quelques pièces de monnaie, rarement
d'or, quelquefois d'argent, le plus souvent de bronze.
Une opinion généralement accréditée veut que la mon-

---

[1] Const. Porphyr., *De admin. imperio*, cap. xiii ; Bonnæ, p. 86.
[2] Gregor. Tur. *Histor. Franc.*, lib. II, cap. xxxviii, ap. Duchesne,
t. I, p. 291.

naie placée dans les tombeaux antérieurs au triomphe
du christianisme ait été destinée à payer à Caron le passage du Styx; de là le nom de naulum, qu'on lui donne
habituellement. Le paganisme ayant continué de subsister dans les campagnes de la Gaule, de la Bretagne
et de la Germanie, durant le sixième et le septième siècle,
un grand nombre d'antiquaires ont prétendu que l'usage
païen du naulum s'était perpétué durant l'époque mérovingienne, même parmi les populations chrétiennes,
qui auraient persisté, malgré leur conversion, dans une
habitude enracinée, sans même y rattacher l'intention
du paganisme. Cette opinion peut parfaitement expliquer la rencontre de quelques pièces de monnaie, mais
ne saurait convenir à un dépôt monétaire de l'importance de celui qui fut trouvé dans le tombeau de Childéric, dépôt tout exceptionnel et sans analogue. M. Cochet,
pour l'acquit de sa conscience, dit-il, émet cette opinion, que le dépôt de l'argent figurait le trésor royal
dont le prince aurait emporté avec lui le symbole, et
que la bourse remplie d'or aurait été placée dans le tombeau, par tradition païenne, pour satisfaire aux besoins
du voyage et aux jouissances de l'autre vie. Mais bientôt
le savant archéologue livre à ses lecteurs « cette hypo-
thèse pour ce qu'elle vaut », et finit par conclure que
l'on ignore la pensée des contemporains de Childéric
quand ils enfouissaient ainsi des pièces de monnaie, et
« qu'il est impossible aujourd'hui de pénétrer ce mystère
» perdu dans la nuit des âges et enseveli dans la pous-
» sière des siècles [1]. »

Ne peut-on pas penser cependant que ces médailles d'or

[1] *Le tombeau de Childéric*, p. 430.

ont suivi Childéric dans son tombeau parce que les ayant reçues des empereurs d'Orient, souverains de droit de toutes les provinces qui avaient composé le grand empire romain, elles étaient pour lui des objets de prédilection, et servaient à constater la reconnaissance par l'empereur de son titre de chef de la tribu des Francs-Saliens établie sur des terres qui avaient fait partie de l'empire?

Les monnaies d'or à l'effigie des empereurs de Constantinople ne sont pas d'ailleurs les seuls objets venus de l'Orient qui aient été trouvés dans son tombeau. « Le » roi Childéric, dit Chifflet, fut enseveli avec des vête- » ments tissus d'or; c'est ce que démontrent de nombreux » fils d'or mêlés à des fragments d'étoffe de soie et de » pourpre dont la couleur avait à peu près disparu [1]. » L'Europe à cette époque ne savait pas préparer ces précieux tissus de pourpre et de soie; le manteau n'avait donc pu venir que de l'Orient. Mais ce manteau de soie était parsemé d'abeilles d'or aux ailes de verre rouge : comment ne pas admettre que cette orfévrerie ait eu la même provenance que l'étoffe dont elle complétait l'ornementation?

Parmi les objets que renfermait le tombeau de Childéric se trouvait encore une pièce fort intéressante, qui malheureusement a disparu, mais que l'on connaît par la description et par la gravure que Chifflet en a données : c'était une fibule que Chifflet avait prise pour un style à écrire, mais à laquelle on a restitué son véritable nom. Cette fibule, de six centimètres environ de longueur, se composait d'une sorte d'étui hémicylindrique surmonté d'une partie ansée qui se terminait, à son extré-

---

[1] *Anastasis*, p. 94.

mité supérieure, par trois pointes disposées en forme
de croix. Tout dans ce bijou dénotait une provenance
étrangère ; la forme et l'ornementation surtout présentaient certaines différences avec les objets de nature
analogue fabriqués par les Gallo-Romains. L'opinion des
archéologues du dix-septième et du dix-huitième siècle,
et celle de M. l'abbé Cochet, le savant explorateur des
sépultures mérovingiennes, nous viennent en aide pour
le démontrer : « Cette fibule, dit M. Cochet, paraît
» appartenir purement à l'art antique. Ce qui la dis-
» tingue surtout, ce qui, en dehors du métal, lui donne
» un caractère particulier de goût et de richesse, c'est
» l'étui inférieur, qui est double et fermé du côté du
» vêtement, ce qui n'a pas lieu d'ordinaire.... Nous ne
» connaissons pas de second exemple d'une disposition
» semblable [1]. »

Ainsi, de l'aveu même de M. Cochet, qui veut que
l'épée et les bijoux de Childéric soient de fabrication
gallo-romaine, la fibule présente un caractère tout particulier qui est étranger aux fibules ordinaires trouvées
dans les Gaules.

Le système d'ornementation de ce bijou dénote encore
bien davantage une provenance étrangère : le dessus
comme le dessous de l'étui était décoré d'une fine gravure
reproduisant une suite de losanges qui renfermaient des
quatrefeuilles sur la face hémicylindrique, et des croix
pattées à branches égales sur la face plate. Cette ornementation, consistant dans une croix pattée renfermée
dans un cercle ou dans un losange, qui a été imitée

[1] *Le tombeau de Childéric*, p. 216, 218 et 219.

depuis, est entièrement étrangère au style de l'antiquité
romaine, le seul qui régnait dans la Gaule à l'époque de
Childéric. Elle appartient au contraire au style byzantin : on la rencontre sur un certain nombre de diptyques
du quatrième, du cinquième et du sixième siècle; on la
voit à Sainte-Sophie de Constantinople, exécutée soit
en sculpture, soit en mosaïque [1]. La croix pattée, semée
à profusion sur la fibule de Childéric, annonce bien
la qualité de chrétien chez le donateur de la fibule; si
elle avait été faite exprès pour Childéric et d'après ses
ordres par un artiste gallo-romain, comme le veut
M. Cochet, cet artiste, eût-il été chrétien, n'aurait pas
osé prodiguer ce signe du christianisme sur un objet
destiné à un prince païen. La répétition d'une croix
pattée, qui est le caractère des croix byzantines, surtout
au cinquième et au sixième siècle [2], ne peut être attribuée au hasard ou au caprice de l'artiste. Cette riche
fibule devait avoir été donnée à Childéric, dit Ribaud de
la Chapelle [3], par un empereur chrétien de Rome ou de
Byzance. Nous allons plus loin, et nous disons que tout
concourt à établir, jusqu'à présent, que le costume complet du roi franc, ainsi que sa riche épée, lui étaient
venus de Constantinople.

La provenance étrangère de l'épée et des bijoux de
Childéric doit se déduire encore, avons-nous dit, de la
forme même de cette épée comparée aux épées franques,

(1) M. de Salzenberg, *Alt-Christliche Baud. von Const.*, pl. XVI,
XVII, XXIV et XXVII.
(2) Voyez les diptyques de Clémentinus et d'Oreste, celui du Musée
Barberini, et l'Ange du Musée britannique, reproduit dans notre planche IV.
(3) M. Cochet, *Le tombeau de Childéric*, p. 68 et suiv.

burgundes, allemandes et saxonnes de l'époque mérovingienne. Les laborieuses recherches de M. Cochet nous serviront de nouveau à établir cette proposition.

L'épée était l'arme d'élite des peuples de race germanique, et particulièrement des Francs; elle était l'arme de la cavalerie, et par conséquent celle des chefs et des rois, qui ne combattaient qu'à cheval. Un assez grand nombre d'épées franques, burgundes, saxonnes et allemandes ont été trouvées par M. Cochet et par des archéologues belges, anglais et allemands. Voici, en résumé, ce que leurs recherches ont appris sur la forme de ces épées : les lames étaient de fer, à pointe aiguë, tranchantes des deux côtés, et longues de quatre-vingts à quatre-vingt-dix centimètres [1]; le pommeau était ordinairement triangulaire [2]; le fourreau, d'une grande simplicité, ne comportait guère que des tringles de cuivre garnissant l'entrée et le bas; le bout offrait une forme ovoïde allongée. Ainsi l'épée trouvée par M. Cochet dans le cimetière franc d'Envermeu avait près de quatre-vingt-dix centimètres au total, et la lame soixante-dix-huit centimètres. Les épées exhumées à Ferebersviller (Moselle) avaient de quatre-vingts à quatre-vingt-dix centimètres de longueur; celles qu'on a recueillies en Belgique et en Allemagne ne sont pas moins longues; toutes sont pointues, et le bout des fourreaux, épousant naturellement la forme de la pointe, est allongé.

[1] M. COCHET, Le tombeau de Childéric, p. 83.
[2] Idem, p. 105 et suiv. Nous n'avons cité que M. l'abbé Cochet, parce que dans son ouvrage, Le tombeau de Childéric, il a résumé toutes les découvertes faites par les archéologues des divers pays. On peut consulter le Mémoire de M. BAUDOT, Sur les sépultures des Barbares, p. 22.

L'épée de Childéric ne présentait rien de semblable,
ni pour la longueur ni pour la forme de la lame et du
fourreau. « Parmi les armes de Childéric qui ne périrent
» pas en totalité, dit Chifflet, fut le glaive royal enseveli
» avec lui, long de deux pieds et demi environ. La lame
» en était seulement affilée, mais n'était pas terminée en
» pointe pour frapper d'estoc, non acuminata in cus-
» pidem, qua punctim feriret. La courte lame d'acier,
» lamella chalybea, tomba en morceaux ; il ne resta rien
» que l'or et les pierreries qui ornaient le fourreau et la
» poignée [1]. »

Chifflet habitait Anvers ; c'est dans cette ville qu'il
publiait son livre sur le tombeau de Childéric ; or, le
pied d'Anvers est de deux cent quatre-vingt-cinq millimètres, la longueur totale de l'épée ne dépassait donc
pas soixante et onze centimètres. Si l'on retranche de
ce total treize centimètres pour la poignée et trois centimètres pour le bout du fourreau, il ne reste plus que
cinquante-cinq centimètres pour la lame, qui était loin
d'atteindre, comme on le voit, les quatre-vingts ou
quatre-vingt-dix centimètres des épées franques et allemandes. Les épées des Barbares étaient longues et pointues, celle de Childéric était courte et ne pouvait piquer,
ainsi que l'indique son fourreau qui se termine carrément. Cette forme de fourreau ne s'est jamais rencontrée dans les épées des Barbares. L'épée de Childéric est
semblable à celle que porte Aétius dans le diptyque de
Monza fait à Constantinople [2] ; partant de la ceinture,

---

[1] *Anastasis Childerici*, p. 199.
[2] Voyez à la Sculpture, chap. I, § II, p. 20, et la planche II de notre
Album.

elle ne dépassait pas le genou ; Chifflet la comparait, pour la forme, aux courtes épées des Romains sculptées sur la colonne Trajane.

De toutes les épées qui sont sorties des tombeaux mérovingiens, la seule où l'on rencontre une ornementation analogue à celle de l'épée de Childéric fut trouvée à Rue-Saint-Pierre, près de Beauvais ; on la conserve dans le Musée de cette ville. Cette épée ne peut entrer en comparaison, pour la beauté, avec celle de Childéric, mais enfin on y trouve un ornement traité de la même manière : c'est une petite bande d'or de sept centimètres de longueur, divisée en plusieurs compartiments, dans le sens de la hauteur, par de légères cloisons d'or dont plusieurs sont ondulées et contournées à la pince, et qui porte au centre un quatrefeuille. Toutes les cloisons sont remplies par des verres rouges découpés. Il est à croire, dit M. Danjou, « que cette » pièce ornait la partie supérieure du fourreau ou le » bas de la poignée de l'épée [1]. » Eh bien, l'épée de Rue-Saint-Pierre, à laquelle cet ornement donnerait la même origine qu'à l'épée de Childéric, ne présente pas plus que celle-ci le caractère des épées franques, et se rapproche des épées de style romain. « Règle générale » pour nous, dit M. Cochet, toutes les épées (franques) » que nous avons trouvées dans la Seine-Inférieure » avaient une poignée en bois et n'avaient que cela. » Cette règle fut aussi celle des épées trouvées en Lor- » raine, en Bourgogne, dans le Beauvaisis, en Picardie, » en Champagne.... La seule exception que nous puis-

---

[1] *Notes sur quelques antiquités mérovingiennes conservées au Musée de Beauvais.*

» sions citer pour la France provient de l'épée qui fut
» trouvée à Rue-Saint-Pierre, près Beauvais [1]. Auprès
» de la poignée se trouvaient deux feuilles d'or très-pur
» et très-mince portant encore les traces visibles des
» lignes parallèles imprimées en creux sur le métal [2]. »
Ces feuilles d'or avaient dû garnir la poignée. Quant au
fourreau, s'il ne se termine pas carrément comme celui
de l'épée de Childéric, il est à peu près aussi large en
bas qu'en haut, les angles du bout ont été seulement
abattus. La lame était brisée, et les morceaux ne paraissent pas se rapporter l'un à l'autre, en sorte qu'il est
difficile d'en assigner la longueur exacte ; mais à en juger
par le dessin qu'a donné M. Cochet d'une réduction au
cinquième de cette épée, la lame n'aurait pas eu beaucoup plus de trente centimètres. Par sa forme comme
par son ornementation, l'épée de Rue-Saint-Pierre paraît
donc étrangère à l'industrie gallo-franque.

Il nous reste maintenant à démontrer que le travail
d'orfévrerie qui enrichit l'épée de Childéric ne saurait
être comparé à celui des nombreux bijoux trouvés dans
les tombes du cinquième, du sixième et du septième
siècle, dont M. l'abbé Cochet a présenté l'étalage. Sur
ce point nous ne discuterons qu'avec les pièces, et nous
engageons nos lecteurs à nous suivre avec nos planches
sous les yeux.

Mais avant de signaler les différences qui séparent le
travail de l'épée de Childéric du travail des bijoux de
l'époque mérovingienne, nous devons faire connaître ces

[1] *Le tombeau de Childéric*, p. 91.
[2] M. DANJOU, *Notes sur quelques antiquités mérovingiennes du Musée de Beauvais.*

bijoux. Ils sont, comme nous l'avons déjà dit, de deux
sortes : ceux des Barbares et ceux des orfévres aborigènes, successeurs des artistes gallo-romains. On les
distingue parfaitement au premier aspect : les premiers
ont quelque chose de rude et de primitif; ils appartiennent évidemment à une industrie importée de la
Germanie par les barbares qui avaient envahi les provinces de l'empire romain. Les bijoux de cette sorte
qui se rencontrent le plus fréquemment sont les fibules,
et différentes plaques et agrafes qui devaient décorer le
ceinturon ou le baudrier destiné à porter le glaive. Les
fibules des Barbares sont ordinairement de forme allongée; la partie supérieure s'élargit et présente soit une
petite plaque carrée, soit un segment de cercle d'où
partent quatre ou cinq rayons. La tige, plus ou moins
large, est courbée pour laisser place à l'étoffe du véte-
ment qu'elle attachait. Les petits appendices et le crochet qui retiennent l'épingle, placés à la partie postérieure, ne sont pas rapportés; on n'y trouve ni travail
de soudure ni filigrane, tout est fondu d'une seule
pièce. La surface est décorée des ornements les plus
simples, tels que méandres, zigzags et lignes ponctuées,
croisées et contournées, ornements qui sont obtenus soit
par la fonte, soit par une gravure grossière en intaille.
Ces fibules sont encore parfois décorées de pierreries, et
plus souvent de verroteries retenues non par une sertissure rapportée et soudée sur le fond, mais par le
rabattu du métal soulevé, ou seulement par un mastic.
On rencontre encore des fibules plus petites reproduisant, dans la forme la plus grossière, des oiseaux, des
chevaux, des animaux fantastiques; presque tous ont

l'œil formé d'une pierre rouge [1]. On a encore trouvé
des épingles destinées à retenir les cheveux, qui appartiennent à l'industrie barbare, et qui sont traitées dans
le même style.

Les Francs, les Burgundes et les Germains étaient
essentiellement guerriers et attachaient une grande importance à la beauté de leurs armes ; aussi a-t-on recueilli
en fouillant les tombeaux de l'époque mérovingienne
une foule d'objets, boucles, agrafes, plaques et ornements divers, qui avaient dû évidemment servir à la
décoration de l'équipement des hommes, et aussi à embellir le harnachement des chevaux.

Ces objets, en argent, en fer ou en bronze, ont été
trouvés, à peu près semblables pour la forme, en Normandie, en Picardie, en Bourgogne, en Suisse, en Belgique, dans le grand-duché de Luxembourg, dans tous
les pays enfin que les Barbares ont occupés après la grande
invasion du commencement du cinquième siècle [2].

Les pièces en fer étaient ordinairement recouvertes
d'une feuille d'argent très-mince plaquée sur le fer, et
décorées de brisures, d'entrelacs, de chevrons, de rubans contournés et de lignes ponctuées. Ces ornements
rudimentaires étaient obtenus par l'enlèvement de l'argent à l'aide d'une pointe ou d'un outil tranchant. Les
parties enlevées ayant noirci, le travail a pris l'aspect de
la niellure ; mais il ne faut pas confondre ce genre de
travail ni avec la niellure ni avec la damasquinure, qui
auraient nécessité la gravure préalable du fer.

[1] M. BAUDOT, *Mémoire sur les sépultures des Barbares;* Dijon, 1860.
[2] *Idem*, p. 29. — M. COCHET, *La Normandie souterraine*, p. 247
et suiv.

Les objets en bronze sont moins ordinaires : ils sont décorés de bossettes, ou têtes de clous hémisphériques, qui n'étaient souvent retenues que par un mastic dans un trou pratiqué sur la pièce pour les recevoir. Quelques-uns sont ornés de verres ou de pierreries incrustés dans le métal et fixés soit par un mastic, soit par un léger rabattu du métal. Plusieurs sont étamés. Quelques boucles de bronze présentent des ornements et même des figures découpés à jour par le travail de la fonte. Les ornements ne sont pas absolument sans goût, mais les figures d'hommes et d'animaux manquent de toute proportion, et leur incorrection témoigne assez que leurs auteurs n'avaient aucun principe des arts du dessin; l'exécution est toujours très-grossière [1].

Notre planche XXXI, n°s 2 à 6, donne la reproduction de deux fibules, d'une épingle à cheveux, et de deux fragments appartenant à l'industrie des Barbares. Nous avons choisi ces objets parmi les plus beaux qu'on ait rencontrés, au dire de MM. Cochet et Baudot, savants explorateurs des tombeaux mérovingiens.

Il y a lieu de croire que longtemps après leur établissement dans les Gaules les Barbares persistèrent à conserver les formes rudes et sauvages, pour ainsi dire, des différentes pièces décoratives de l'équipement militaire qu'ils tenaient de leurs ancêtres; car on trouve quelques pièces qui, tout en reproduisant des formes grossières, sont décorées d'une fine damasquinure d'or et d'argent offrant des entrelacs du même style que ceux des lettres

---

[1] M. Baudot, *Mémoire sur les sépultures des Barbares*, p. 36 et planches. — M. Cochet, *La Normandie souterraine*, p. 19, 41 et 249, pl. VII.

ornées des manuscrits du huitième et du neuvième
siècle [1]. Ces pièces, qui ont dû être faites par des ouvriers gallo-romains, sont rares, et nous pensons qu'elles
remontent aux derniers temps de l'époque mérovingienne, et peut-être même au neuvième siècle.

Les bijoux qui proviennent des orfévres gallo-francs,
successeurs des gallo-romains, n'ont rien de commun
avec ceux des Barbares; ils sont traités avec un certain
goût, ils témoignent d'une certaine élégance, et l'on y
reconnait facilement que ces artistes avaient conservé
quelques traditions de l'antiquité : les formes se rattachent aux formes romaines.

On les rencontre en or, en argent et en bronze. La
décoration la plus ordinaire de ces bijoux est le filigrane,
qui est formé soit d'un seul fil obtenu à la filière et
tordu ensuite plus ou moins, de manière à produire
l'effet d'une spirale, soit, mais plus rarement, de deux
fils ronds tordus ensemble. Le filigrane, qui présente
des dispositions très-variées, est retenu sur le fond des
bijoux par une soudure habilement pratiquée [2]. Les dispositions funiformes du filigrane sont constantes à l'époque
mérovingienne [3]. Les bijoux de cette époque sont encore
décorés de pâtes de verre opaque de différentes couleurs, ou de tables de verre rouge translucide découpées
à froid. M. Baudot assure que parmi les bijoux mérovingiens de sa collection il en existe qui sont enrichis
non de plaques de verre rouge, mais de véritables gre-

---

[1] M. Baudot, *Mémoire sur les sépultures des Barbares;* appendice,
planche supplémentaire.

[2] *Idem*, p. 40 et 45.

[3] M. Cochet, *Sépultures gaul., rom.,* p. 137 et 180.

nats de Syrie taillés en table, coupés à la meule et polis
sur les deux faces ; il faut admettre alors que ces pierres
(grenats ou toutes autres pierres rouges) avaient été
apportées par la voie du commerce, car l'art de tailler
les pierres précieuses était absolument perdu dans les
Gaules à l'époque mérovingienne. Au-dessous de ces
tables de verre ou de pierre rouge on rencontre quelquefois un paillon d'argent doré et gaufré, à quadrille
ou à raies régulières. Les pâtes ou les tables de verre
ne sont parfois retenues que par un mastic, mais le
plus souvent elles sont serties dans des chatons pleins,
soudés sur le fond et rabattus [1]. On trouve aussi sur
les bijoux mérovingiens quelques parties d'ornementation, comme des croix et des bossettes, exécutées au
repoussé [2]. On y voit enfin quelquefois des camées
antiques sertis comme les pâtes de verre [3], mais le caractère de ces pierres gravées ne permet pas de les attribuer à l'époque mérovingienne ; aucune pierre gravée
n'a été rencontrée qui ait porté le cachet de cette
époque.

Les bijoux que l'on trouve le plus fréquemment sont
les fibules, qui étaient le principal ornement des Gallo-
Francs : le pauvre comme le riche s'en servait pour
attacher ses vêtements. Les riches fibules qui appartiennent à l'orfévrerie sont ordinairement de forme
circulaire et d'un diamètre de deux à six centimètres ;
leur épaisseur varie de deux à neuf millimètres. Elles sont
ordinairement composées de deux plaques de métal ; la

[1] M. Baudot, *Mémoire sur les sépultures des Barbares*, p. 40.
[2] *Idem*, p. 45.
[3] *Idem*, pl. XII, 1.

plaque supérieure, d'or ou d'argent, est chargée d'ornements ; la plaque de dessous est d'un métal moins précieux que la plaque supérieure, et porte l'épingle mobile
et le crochet qui servait à attacher le bijou au vêtement.
L'espace vide entre les deux plaques est souvent rempli
par un mastic ; d'autres fois, les deux plaques se touchent
et sont réunies par de petits rivets [1]. Dans quelques
fibules, la feuille d'or décorée de verroteries et de filigranes est enchâssée dans un cercle d'argent faisant saillie sur le plan de l'or, qui est maintenu contre le cercle
d'argent par un anneau d'or [2].

A côté de ces fibules, il faut placer de petits médaillons qu'on rencontre plus rarement, mais qui se rattachent aux fibules par la matière dont ils sont faits, par
le genre de travail et par l'ornementation. Les uns sont
de forme circulaire ; d'autres, arrondis par en haut, sont
terminés en bas par de petits festons ; ils portent tous
une bélière qui servait à les suspendre.

Les épingles à cheveux sont très-différentes de celles
des Barbares, et sont empreintes du style de l'antiquité.
Elles se composent ordinairement d'une boule sphérique
de métal, vide à l'intérieur, formée de deux parties
hémisphériques, dont la réunion est parfaite ; la tige ou
épingle droite qu'on passait dans les cheveux est fixée
sur la boule. On les rencontre encore sous la forme d'un
hexaèdre ou d'un dodécaèdre, et décorées comme les
boucles d'oreilles dont nous allons parler [3].

[1] M. BAUDOT, *Mémoire sur les sépultures des Barbares*, p. 40.
[2] M. COCHET, *La Normandie souterraine*, p. 311.
[3] M. BAUDOT, *Mémoire sur les sépultures des Barbares*, p. 63 et 65,
et pl. XIII et XV.

Les boucles d'oreilles sont très-communes. On les a trouvées en or, en argent et en bronze. L'anneau est ordinairement d'un grand diamètre. Les boutons présentent des formes variées. Ce sont des boules décorées de nœuds ou de nattés de filigranes, des hexaèdres, des dodécaèdres, dont chaque face est ornée d'une petite pierre ou d'une table de verroterie, des ovoïdes, formés de deux demi-coques jointes par le milieu. Quelquefois le bouton est composé de petites lamelles d'or, qui forment des quadrilles à jour [1].

Les bagues et les bracelets se rapprochent des formes de l'antiquité.

Les pièces dont l'ornementation est obtenue par le burin sont très-rares. Nous pouvons en citer une, qui est conservée dans le cabinet des médailles de la Bibliothèque impériale de Paris. C'est une plaque ronde d'or massif, de soixante-trois millimètres de diamètre, découpée à l'intérieur en forme de roue. Au centre est la sainte face du Christ, rendue par un léger relief; les yeux sont en grenats. Les six rayons de la roue figurent le X et le P grecs, monogramme du Christ; mais le ciseleur, au lieu de terminer la partie supérieure du rho simplement par une boucle, y a ajouté la queue du R romain. L'alpha et l'oméga découpés à jour sont attachés aux branches supérieures du X. Divers ornements ciselés et faisant saillie sur le fond champlevé, décorent les branches et les contours de la roue. Les prunelles de la sainte face sont formées par des grenats ou peut-être par des grains de

---

[1] M. Cochet, *La Normandie*, p. 278, 371; — *Sépultures gaul., rom.*, p. 137, 173, 180; — M. Baudot, *Mém. sur les sépult. des Barbares*, p. 64, 143, pl. XV et XVI. Voyez la planche XXXI de notre Album.

verre rouge; on ne trouve sur cette pièce aucune trace
d'émail. Ce monument peut appartenir au sixième siècle
ou au septième. Le travail en est rude et n'a aucune
analogie avec celui d'une autre pièce du cabinet des
médailles, le calice trouvé à Gourdon, qui par son style
se rattache à l'antiquité [1].

Aucun des bijoux de l'époque mérovingienne n'est
émaillé, et c'est à tort que M. Cochet a dit que plusieurs
des fibules des Barbares avaient été recouvertes d'émail
ou rehaussées d'émaux [2]. M. Baudot, dans ses descriptions des bijoux trouvés dans des tombes mérovingiennes, s'est aussi parfois servi d'expressions qui feraient
croire à des bijoux émaillés; mais M. Baudot, comme il
nous l'a déclaré, entendait donner le nom d'émail à des
pâtes de verre opaques, colorées de différentes couleurs,
et fixées à froid sur des bijoux, pour en compléter l'ornementation. La matière de l'émail n'est autre chose
évidemment que du verre coloré par des oxydes métalliques; mais on ne peut dire d'un bijou qu'il est émaillé
parce qu'il est décoré de pièces de verre coloré serties à
froid dans un chaton ou fixées sur le bijou par un mastic [3]. Ce qui constitue l'émaillerie, c'est la fusion de
l'émail dans des interstices ménagés à l'avance, soit par
le cloisonnage, soit par le champlevé, sur une pièce de
métal où la matière d'émail coloré est mise en fusion

---

[1] Voyez plus loin l'article IV de ce paragraphe, et nos planches XXX
et XXXI, où nous reproduisons le vase de Gourdon et la plaque du
Cabinet des médailles.

[2]. *La Normandie souterraine*, p. 269, 271, 364, 367 ; — *Le tombeau
de Childéric*, p. 229.

[3] On donne quelquefois le nom de pâte d'émail à des pièces de verroterie serties à froid sur des bijoux. Voyez le titre de l'ÉMAILLERIE.

et vient adhérer au métal. On a cependant trouvé quelques pièces véritablement émaillées dans des tombes qui pouvaient appartenir à l'époque mérovingienne ; mais ces bijoux remontaient évidemment à une époque antérieure et portaient tous le cachet de l'antiquité. Ils doivent provenir soit de cette école d'émaillerie gauloise dont a parlé Philostrate, soit de l'Orient. Nous avons déjà agité cette question dans nos *Recherches sur la peinture en émail* [1], et nous la traiterons plus loin dans le chapitre Ier de l'histoire de l'émaillerie. La planche cent de notre Album reproduit quelques pièces appartenant à l'ancienne émaillerie gauloise, mais pour établir immédiatement une comparaison entre les émaux gallo-romains et les bijoux des Barbares et ceux des Gallo-Francs de l'époque mérovingienne, nous avons placé au haut de notre planche **XXXI**, qui reproduit quelques spécimens de ces deux sortes de bijoux, une fibule de bronze émaillée, trouvée il y a quelques années dans un tombeau mérovingien, et qui est conservée dans le Musée de Rouen. On se convaincra facilement que cette fibule appartient à un art tout autre que celui de l'époque mérovingienne, et qu'elle porte avec elle le cachet de l'antiquité gallo-romaine.

Il faut maintenant nous occuper d'une certaine classe de bijoux mérovingiens qu'on a cru pouvoir comparer à l'épée et aux bijoux exhumés du tombeau de Childéric et attribuer à la même provenance. Ces bijoux sont en effet enrichis de petites plaques de verre rouge, ou même de pierres rouges renfermées dans un cloisonnage d'or ou d'argent ; mais ce cloisonnage, dont l'épaisseur est ordinairement de plus d'un millimètre, n'offre que des

[1] Paris, **1856**, p. **92**.

lignes droites tracées à la règle, des cercles ou des
segments de cercle fournis par le compas; il ne saurait
entrer en comparaison avec le cloisonnage si mince, si
délicat de l'épée et des bijoux de Childéric, dont les
dispositions capricieuses ondulées à la pince, les quatrefeuilles, les ornements losangés, les festons et les étoiles,
accusent, pour cette époque, un cachet tout oriental.

Le petit cordonnet granulé qui borde la plaque inférieure des abeilles et des autres bijoux du tombeau
de Childéric ne se rencontre pas non plus dans ces
bijoux mérovingiens à cloisons d'or [1]. M. Cochet, qui
n'a peut-être jugé de ce cordonnet que par le dessin qui
lui avait été envoyé de Paris, le croit exécuté avec le
filigrane, qui était universellement employé par les orfévres gallo-francs [2]; mais ce cordonnet n'est pas le
résultat d'un fil tordu en spirale ou de deux fils roulés
l'un sur l'autre et rapportés sur les pièces; les granules
qui le décorent sont obtenus par la lime ou par un poinçon gravé frappé par le marteau; c'est ce granulé que
l'on voit sur les bijoux de Monza, et généralement sur
tous ceux dont l'origine grecque est incontestable [3].

Les artistes gallo-romains qui ont fait des bijoux
enrichis de verroteries cloisonnées d'or, n'ont jamais su
établir ces verroteries que sur des pièces plates ou à peu
près plates; mais parmi les boutons et autres ornements
qui sortirent du tombeau de Childéric, il y en avait
dont le dessin était conique et qui présentaient quelques

[1] Voyez les planches de l'*Anastasis Childerici*, p. 141, 204, 226,
236, et la planche XXX de notre Album, figures 4 à 13.
[2] *Le tombeau de Childéric*, p. 184.
[3] Voyez plus loin chapitre II, § V.

parties hémicylindriques; le verre et le cloisonnage
ondulé épousaient ces formes, qu'on ne rencontre pas
dans les bijoux cloisonnés gallo-francs [1]. L'ardillon de
boucle que possède le Musée du Louvre est encore un
objet unique, en ce que le dessus est décoré de verroteries rouges cloisonnées, même dans la partie recourbée
en forme de crochet. « Cette incrustation de l'ardillon
» est une chose insolite en archéologie, dit M. l'abbé
» Cochet; c'est un détail à peu près particulier au trésor
» de Childéric; l'Angleterre (FAUSSETT, Invent. sepult.)
» nous offre bien des talons d'ardillons ornés de bril-
» lants, mais je ne connais pas une seule aiguille ou
» pointe d'ardillon parée de verroteries parmi toutes les
» découvertes modernes faites en France, en Belgique,
» en Suisse, en Allemagne et en Angleterre [2]. » M. Cochet signale ensuite, d'après les reproductions de Chifflet, une autre boucle dont la forme ne s'est non plus
jamais présentée parmi les nombreux objets de même nature trouvés dans les tombeaux francs, saxons et germains. Le travail de l'épée et des bijoux de Childéric est
donc tout à fait insolite, suivant l'expression de M. Cochet, quand on veut le comparer au travail des épées
et des bijoux des Francs et des Gallo-Francs. Nous ne
pouvons mieux faire apprécier à nos lecteurs la différence essentielle qui existe entre les pièces d'orfévrerie
mérovingienne enrichies de pierres et de verres rouges
cloisonnés et celles du tombeau de Childéric, que de
placer sous leurs yeux dans notre planche XXXI, fig. 17,

---

[1] Voyez la planche de la page 226 de l'Anastasis Childerici, et la
planche XXX de notre Album.

[2] Le tombeau de Childéric, p. 240. Voyez notre planche XXX, fig. 10.

18 et 19, la poignée de l'épée, celle du coutelas et une boucle de ceinturon trouvés à Pouan, près d'Arcis-sur-Aube [1]. Ces pièces, toutes d'or, proviennent d'un guerrier de l'époque mérovingienne enseveli en cet endroit; elles ont paru, à tous ceux qui en ont parlé, offrir un travail complétement analogue à celui de l'épée du roi franc. Mais dans les armes de Pouan, comme dans les

[1] En 1842, un ouvrier occupé à extraire de la grève dans le voisinage de la vallée de l'Aube, près de la commune de Pouan, rencontra à une profondeur de quatre-vingts centimètres de la surface du sol, des ossements humains, deux lames de fer oxydées et des bijoux et ornements d'or d'un poids considérable : un collier, un bracelet et deux boucles d'or massif; une bague d'or de forme romaine, dont le chaton portait le mot HEVA; neuf pièces d'or décorées soit de verre soit de pierres rouges cloisonnés; une épée de sept centimètres et demi de largeur et de quatre-vingts centimètres de longueur, dont la poignée d'or est enrichie au pommeau et à l'extrémité inférieure de plaques de pierres rouges cloisonnées, et un coutelas dont la poignée d'or est décorée au pommeau de verres rouges cloisonnés. Dans une dissertation fort intéressante (*Recherches sur le lieu de la bataille d'Attila en 451*, Paris, 1860), M. Peigné-Delacourt a cherché à établir que la bataille où fut vaincu Attila avait été livrée à Pouan et aux environs, et, partant de là, il a attribué à Théodoric, roi des Visigoths, tué dans cette bataille, les armes et les bijoux trouvés à Pouan. En admettant qu'il fût démontré et reconnu que la célèbre bataille de 451 ait été livrée à Pouan, rien ne vient établir que les armes qui ont été trouvées en cet endroit soient celles de Théodoric. Beaucoup d'opinions se sont produites sur le mot HEVA, gravé sur la bague d'or trouvée avec les armes; on lui a donné la signification de chef, de maître; on l'a considéré comme l'impératif du verbe heven, abattez, frappez; nous partagerions plutôt l'avis de MM. de Longpérier, Max Müller d'Oxford et J. Quicherat, qui ont vu dans ce mot un nom d'homme visigoth. Ceci écarterait l'attribution des armes de Pouan au roi Théodoric. Nous n'avons donc pas dans la trouvaille de Pouan une pièce pour révéler la date de l'enfouissement de ce trésor, comme le faisait l'anneau sigillaire de Childéric. Ce qui est constant, c'est que les armes de Pouan ont tout à fait le caractère des armes des guerriers de l'époque mérovingienne francs ou visigoths sortis de la Germanie, mais elles peuvent aussi bien appartenir au sixième siècle qu'au cinquième. M. Peigné-Delacourt a donné dans son ouvrage des gravures en lithochromie des armes et de tous les bijoux trouvés à Pouan.

autres bijoux cloisonnés gallo-francs de l'époque mérovingienne, le travail du cloisonnage est épais et tracé à
la règle et au compas, ce qui n'offrait aucune difficulté
pour la taille du verre ou des pierres rouges destinés à
remplir le cloisonnage d'or. On ne voit non plus dans les
armes de Pouan, ni dans aucun des bijoux mérovingiens
qu'on a voulu comparer à l'épée et aux bijoux de Childéric, aucune pierre fine qui ait été taillée et fouillée
pour être adaptée spécialement à la pièce dont elles devaient compléter l'ornementation. Aucun des archéologues qui ont attaqué l'opinion que nous avons émise sur
la provenance byzantine de cette épée n'a répondu à
cette preuve, que nous avons tirée de l'existence sur le
bout du fourreau d'une cornaline blanche d'une seule
pièce, taillée et évidée tout spécialement pour servir à sa
décoration et qui n'aurait pu être travaillée dans les
Gaules ni même en Italie à cette époque [1]. Les armes
de Pouan, de même que la plupart des bijoux mérovingiens décorés de verres ou de pierres rouges cloisonnés [2],
ne sont que des imitations plus ou moins grossières, plus
ou moins heureuses des bijoux byzantins apportés dans
les Gaules au cinquième siècle et au sixième, soit comme
présents adressés par les empereurs d'Orient aux rois et
princes de l'Occident, soit par la voie commerciale. Aussi
l'épée de Pouan présente-t-elle dans sa forme le caractère des épées des Barbares ; elle est large de sept centimètres, longue de quatre-vingts, et se termine en pointe
très-aiguë.

[1] Voyez notre planche XXIX, figure 5.
[2] Nous présentons quelques-uns de ces bijoux dans la planche XXXI
de notre Album.

M. de Lasteyrie, dont les opinions en matière d'art
ont beaucoup d'autorité, a prétendu que la joaillerie
à décoration de verre cloisonné n'avait été pratiquée en
aucun pays que par des peuples d'origine nordo-germanique [1]. Le verre coloré se prêtait trop bien à la
décoration des œuvres de l'orfévrerie pour qu'on n'eût
pas cherché partout à l'utiliser, avant que le moyen de
le parfondre dans les interstices d'un réseau de métal
eût été découvert. L'histoire byzantine nous fournit un
argument contre cette opinion absolue, qui veut que
cette orfévrerie de verre cloisonnée soit de provenance
germanique. « Le grand Constantin, dit l'auteur ano-
» nyme qui a écrit au onzième siècle sur les antiquités
» de Constantinople, éleva sur une colonne la croix dorée,
» enrichie par-dessus de pierres fines et de verres, διὰ
» ὑέλων, qui est dans le Philadelphion, sur le type de
» celle qu'il vit dans le ciel [2]. » Ainsi, avant que les
procédés de l'émaillerie eussent été connus à Constantinople, ce qui n'eut lieu au plus tôt que sous Justin Ier
(518 † 527), les orfévres byzantins employaient le verre
concurremment avec les pierres à la décoration des pièces
d'orfévrerie. C'est ce qu'on rencontre dans l'épée de
Childéric. Ne voit-on pas d'ailleurs dans les collections
un grand nombre de bijoux antiques provenant de
l'Égypte et de l'Italie dont l'ornementation est composée de verroteries, soit rouges, soit de toute autre couleur,
cloisonnées d'or? Saint Éloi, qui était de l'école gallo-
romaine, comme le reconnaît M. de Lasteyrie [3], n'em-

---

[1] M. DE LASTEYRIE, *Description du trésor de Guarrazar;* Paris, 1860.

[2] Ap. BANDURI, *Imp. orientale,* t. 1, p. 19. Voyez au titre de
l'ÉMAILLERIE, chap. 1, § III, art. III.

[3] *Description du trésor de Guarrazar,* p. 34.

ployait-il pas les verres colorés dans l'ornementation de
ses bijoux [1]? Comment admettre dès lors que les Barbares qui occupaient le nord de la Germanie aient été
les seuls à renfermer le verre dans des cloisons de métal
pour décorer leurs bijoux? Nous devons faire observer
encore que si l'on trouve quelques parcelles de verre
dans la décoration des bijoux des Barbares, le système
de cloisonnage ne se rencontre réellement que dans
l'orfévrerie gallo-franque et dans des bijoux qu'on ne
peut attribuer qu'à l'industrie des orfévres aborigènes,
héritiers des procédés gallo-romains. Se battre et piller,
voilà ce qui fut pendant longtemps l'unique occupation
des peuplades du Nord. L'art leur était inconnu, et ils
n'ont apporté avec eux que des bijoux grossiers. Pour
justifier de l'habileté des Germains dans l'orfévrerie cloisonnée de verroteries, M. de Lasteyrie a cité un petit coffret appartenant à l'église de Saint-Maurice en Valais, et
qui porte les noms des orfévres qui l'ont fabriqué, Undiho
et Ello, noms qui n'ont rien d'une origine méridionale ou latine, ajoute le savant archéologue. Mais on ne
saurait d'abord donner le nom d'orfévrerie cloisonnée à
celle de ce coffret. Les tables de verre ou de pierre rouge
dont il est décoré, taillées sous différentes formes, sont
encadrées dans des filets d'or, assez épais, disposés en
lignes droites. Ensuite il faut faire attention que les
plus anciennes pièces du trésor de Saint-Maurice remontent à Charlemagne; quatre siècles s'étaient écoulés à cette époque depuis l'invasion des Barbares, et
l'Allemagne méridionale possédait alors d'habiles artistes

[1] Voyez plus haut, p. 440, la description de la croix faite par saint
Éloi pour Saint-Denis.

dans certaines abbayes. Le monastère de Saint-Gall notamment, peu éloigné de Saint-Maurice, avait parmi
ses moines des sculpteurs, des orfévres, des peintres,
et le célèbre Tutilo, moine de ce monastère, dont nous
parlerons plus loin, aurait pu, tout aussi bien que ses
confrères Undiho et Ello, fabriquer ce joli coffret, qui
par son style ne saurait appartenir qu'au neuvième ou
au dixième siècle, et ne peut avoir été produit par les
auteurs des grossiers bijoux dont se paraient les envahisseurs de la Gaule.

Avant de terminer ce qui a rapport aux bijoux à ornementation de verre cloisonné, nous devons dire quelques
mots des deux pièces qui présentent le plus d'intérêt
parmi le petit nombre de celles que nous regardons
comme de la même provenance que l'épée de Childéric : à savoir, la fibule trouvée par Faussett en 1771
dans le Kent, et la plaque du cabinet des médailles de
la Bibliothèque impériale de Paris. La fibule est un
médaillon circulaire de huit centimètres environ de diamètre, qui est enrichi de verres rouges et bleus cloisonnés de filaments d'or; un listel qui fait bordure est
couvert d'ornements contournés dans un style tout
oriental; au revers, l'aiguille est retenue par une tête
de chameau ou de dragon, dont il serait impossible de
trouver l'analogue dans les compositions gallo-romaines
ou gallo-franques. Quant à la plaque du cabinet des
médailles, nous l'avions déjà signalée, dans l'introduction qui précède notre *Description des objets d'art de
la collection Debruge* [1], comme étant la plaque du
manteau de Childéric, et depuis, M. Vallet de Viriville

[1] Paris, 1847, p. 117.

a publié une reproduction en couleur de ce bijou [1], en émettant l'opinion qu'on doit le considérer comme une pièce pectorale semblable à celle que l'on voit sur la poitrine de Childéric, dans la figure gravée sur l'anneau sigillaire provenant de son tombeau.

Cette pièce, de dix centimètres de largeur, n'en comporte que neuf en longueur; mais la cassure du bas annonce évidemment qu'elle n'est qu'un fragment, et nous croyons qu'elle devait avoir une longueur double de celle qu'elle offre aujourd'hui. C'est un réseau à jour formé par des battes d'or qui cloisonnent des tables de verre, de couleur rouge pour la plupart; on y trouve cependant quelques parties du réseau remplies par des verres bleus et verts. Les cloisons d'or sont presque aussi minces que celles de l'épée de Childéric, et ont un millimètre et demi environ de profondeur sur champ. La pièce est divisée, dans le sens de la largeur, en cinq compartiments inégaux tracés par des lignes droites parallèles. Le premier, le troisième et le dernier des compartiments, offrent chacun trois trous carrés, ronds ou ovales, contournés par des chatons qui devaient retenir des pierres précieuses aujourd'hui enlevées; le surplus du champ, dans ces trois compartiments, est rempli par des arcades à méneaux; le cloisonnage des deux compartiments intermédiaires figure des cercles dont l'intérieur est découpé par des cloisons figurant soit des segments de cercles qui se touchent, soit des figures capricieuses contournées. L'ensemble est renfermé dans une bordure présentant des triangles dans le haut, et sur

---

[1] *Revue archéologique*, t. XIV, p. 286. Le lithographe qui a tracé le dessin publié a grossi les traits d'or du cloisonnage.

les côtés, des demi-cercles remplis par des fleurons à trois feuilles. Cette ornementation capricieuse et variée n'a aucune analogie avec celle des bijoux cloisonnés gallo-francs.

Les dessins du cloisonnage de cette plaque diffèrent, il est vrai, de ceux qui sont tracés dans les bijoux de Childéric ; mais qui ne sait que la variété est précisément le témoignage d'une industrie avancée ? Quant au travail de la sertissure, il est analogue à celui des bijoux du prince franc, et se rapproche aussi de celui de la belle coupe de Chosroès Ier, roi de Perse, de la dynastie des Sassanides (531 † 579), qui est conservée à côté de la plaque à la Bibliothèque impériale de Paris. Tout indique donc que cette plaque est d'une origine étrangère à la Gaule.

Si rien n'établit qu'elle soit sortie du tombeau de Childéric, il nous paraît constant, au moins, qu'elle a dû servir à l'ornement d'un manteau ou d'une chlamyde. Les chlamydes, et même d'autres vêtements des empereurs et des dignitaires dans l'empire d'Orient, étaient enrichis à la hauteur de la poitrine d'une pièce oblongue qui prenait ordinairement la forme quadrangulaire. Cette pièce, qui portait le nom de tablion, τὸ ταϐλίον [1], était le plus souvent d'une étoffe qui différait de couleur avec celle de la chlamyde, et qui était rapportée sur ce vêtement ; le tablion était quelquefois formé de fils d'or, de pourpre ou de soie, tissés avec l'étoffe de la chlamyde même. Les chlamydes impériales et celles des patrices étaient ornées d'un tablion exécuté en or, χλανίδια χρυσόταϐλα [2], et souvent enrichi de pierreries et

---

[1] On peut voir le tablion sur la chlamyde de David et sur celles des deux empereurs figurés dans les planches LXXXII et LXXXIII de notre Album.

[2] CONSTANT. PORPHYR., *De cer. aul. Byz.*; Bonnæ, p. 142, 277, 574, 575 et passim.

de perles, comme on le voit dans la plaque d'ivoire
de la Bibliothèque impériale reproduisant l'empereur
Romain IV et sa femme Eudoxie [1], et dans un grand
nombre de miniatures des manuscrits grecs. La plaque
du cabinet des Médailles n'était autre chose qu'un tablion de ce genre.

IV.

Le vase et le plateau de Gourdon.

On s'est plu à ranger parmi les productions de l'industrie gallo-franque le vase et le plateau d'or trouvés à
Gourdon, et que possède le cabinet des Médailles de la
Bibliothèque impériale [2]; occupons-nous donc de ces
objets, bien que dans notre opinion ce ne soit pas à
cette place qu'ils devraient être décrits.

En 1845, une jeune bergère du village de Gourdon,
situé dans l'arrondissement de Chalon-sur-Saône (ancien royaume de Bourgogne), découvrit un riche trésor
placé presque à fleur de terre, sous une large brique
romaine. On ne sait pas exactement ce que contenait
alors ce dépôt, dont la trouvaille fut l'occasion de
grands débats judiciaires; mais ce qui est certain, c'est
qu'on y trouva un petit vase et un plateau d'or massif,
accompagnés de cent quatre médailles d'or des empereurs d'Orient, dont une de Léon (457 † 474), une de
Zénon (474-491), soixante-dix-sept d'Anastase († 518)
et vingt-cinq de Justin Ier (518 † 527)..

Le vase a sept centimètres et demi de hauteur; il est
composé d'une coupe supportée par un pied conique.

---

[1] Voyez plus haut au titre de la SCULPTURE, chap. I, § II, p. 84 et 85.
[2] Nos 2539 et 2540 du Catalogue de M. CHABOUILLET; Paris, 1858.

La coupe est profonde et cannelée par le bas. Au-dessus
des cannelures, la panse est décorée de six feuilles de
deux sortes disposées alternativement; les unes, larges
et en forme de cœur, sont formées par des verres ou
des pierres rouges en table [1]; les autres, qui épousent
la forme de la feuille de vigne, sont en turquoises, décomposées par le temps et l'humidité de la terre. Ces
feuilles sont enlacées dans un cordonnet qui serpente
autour d'elles et les sépare. Ce cordonnet n'est pas un
filigrane tordu en spirale, comme on en voit tant sur les
bijoux gallo-francs, mais un gros fil d'or granulé, qui a
été soudé sur le fond. Cette ornementation circulaire est
encadrée entre deux fils d'or mobiles, qui sont retenus
aux flancs du vase par seize petits anneaux dans lesquels
il est passé.

Le pied est sillonné de cannelures à arêtes vives
et réuni à la coupe par un gros cordonnet granulé.
Deux anses élégantes sont attachées à la panse du vase;
la partie supérieure reproduit une tête de griffon aux
yeux de grenat, dont le bec s'appuie sur le bord de
la coupe.

Le plateau est un parallélogramme, dont les grands
côtés ont un peu plus de dix-neuf centimètres, et les
petits un peu moins de treize. Il a une profondeur de
seize millimètres au-dessous de sa bordure. Cette bordure, de deux centimètres de largeur, est décorée sur

[1] Dans l'introduction qui précède notre *Description des objets d'art
de la collection Debruge* (Paris, 1847, p. 118), nous avons dit que ces
feuilles étaient en émail. La similitude du travail du vase et du plateau
de Gourdon avec l'épée de Childéric, que nous considérions alors comme
émaillée, nous avait induit à cette erreur.

tout son contour extérieur d'un cordonnet granulé; le dessus offre aux angles quatre trèfles entre lesquels se déroule une chaîne de losanges ondulés à la pince, et formant autant de cloisons d'or rapportées et soudées sur le fond. La chaîne de losanges est renfermée entre deux lignes de petits cercles d'or exécutés de la même manière. Les losanges et les cercles d'or cloisonnent des tables de verre; plusieurs sont détruites. Sur le fond du plateau, on voit, à chacun des quatre angles, un cœur, un peu en relief, exécuté en turquoises aujourd'hui décomposées; et au centre, une croix pattée, également saillante, et formée par des verres rouges. La croix et les chatons qui sertissent les cœurs sont bordés d'un cordonnet granulé soudé sur le fond.

Le plateau repose sur une élégante petite galerie d'or à jour, de huit millimètres de hauteur. Cette galerie se rattache par son style aux productions antiques. On trouve des découpures du même genre autour de certaines médailles appartenant à l'antiquité [1]: mais on ne rencontrera jamais rien dans les bijoux mérovingiens, gallo-francs ou barbares, qui se rapproche de cette jolie galerie. La planche XXX de notre Album, sur laquelle nous avons fait reproduire le vase et le plateau de Gourdon, fera parfaitement comprendre à nos lecteurs la description que nous venons d'en donner. Sur la question de savoir quel est l'âge et quelle est l'origine de ces monuments, nous ne saurions mieux dire que M. Rossignol, qui a décrit le premier le trésor de Gourdon, en le signalant au ministre de l'instruction pu-

[1] Nous pouvons citer celles du cabinet des Médailles de la Bibliothèque impériale de Paris, n° 2560 à 2563 du Catalogue de M. CHABOUILLET.

blique [1]. « Les médailles qui ont été trouvées avec le vase
» et le plateau, dit M. Rossignol, donnent une réponse
» péremptoire. En effet, à l'exception de deux pièces un
» peu plus anciennes, dont l'une est de Zénon et l'autre
» de Léon, toutes les autres, au nombre de cent deux,
» sont d'Anastase et de Justin, son successeur, qui a
» régné de 518 à 527 sur le trône de Constantinople;
» les plus anciennes sont plus ou moins usées par le
» frottement, on voit qu'elles ont longtemps circulé; les
» dernières, celles de Justin, ont les traits vifs, les lettres
» anguleuses; la circonférence est fraîchement coupée;
» quinaires et sous d'or sont à fleur de coin; on dirait
» qu'ils ont passé de l'atelier du monnayeur dans les
» mains de celui qui les a enfouies. S'il n'y avait qu'une
» pièce monnayée, elle n'eût donné qu'une indication
» de peu de valeur; mais il y en avait une quantité con-
» sidérable; ce sont autant d'inscriptions qui se répètent
» et se soutiennent; il faut en accepter la signification,
» et placer entre 518 et 527 l'époque où le trésor a été
» caché.

» Sigismond était alors roi de Bourgogne et patrice
» de Justin pour cette partie des Gaules [2]; Anastase, en
» conférant à Clovis cette dignité, lui avait fait don
» d'une couronne d'or. Nos annales ne disent pas ce que
» reçut Sigismond du successeur d'Anastase; mais si

_____

[1] *Lettre à M. le comte de Salvandy, ministre de l'instruction publique, sur le trésor de Gourdon*, par M. Rossignol, membre de la
Société d'archéologie de Chalon-sur-Saône; Chalon-sur-Saône, 1846.

[2] Les lettres de Sigismond à l'empereur Anastase, qui se rencontrent
parmi celles de saint Avit, évêque de Vienne, démontrent les relations
qui existaient entre Sigismond, en sa qualité de patrice, et les empereurs d'Orient. *L'art de vérifier les dates*; Paris, 1784, t. II, p. 424.

» nous rappelons que la question religieuse dominait alors
» toutes les questions dans la Gaule comme en Orient,
» où Justin poursuivait l'arianisme que Sigismond venait
» d'abandonner, ne peut-on pas raisonnablement sup-
» poser que les religieuses dépouilles de Gourdon sont
» une partie du don impérial que reçut Sigismond
» quand il fut décoré du patriciat? Quel intermédiaire
» plus naturel entre Sigismond de Bourgogne et Justin
» de Constantinople?

» Le caractère des vases de Gourdon est antique, et
» les médailles qui les accompagnent fixent notre atten-
» tion entre 518 et 527, sous le règne de Justin; ce qui
» se passait alors dans nos contrées (la Bourgogne) était
» certes de nature à faire cacher les trésors, surtout
» ceux des rois. La Bourgogne est envahie au midi par
» une armée de Théodoric et au nord par les enfants de
» Chlotilde. Sigismond est trahi et battu; il se cache, et
» les moines d'Agaune le livrent avec sa famille aux
» mains des Francs, qui l'égorgent. Tout fut mis à feu et
» à sang; on passa au fil de l'épée les enfants, les
» femmes, les vieillards; on pilla les églises comme les
» palais. Les Francs ne quittèrent la malheureuse Bour-
» gogne qu'après l'avoir entièrement ruinée [1]. Ceci se
» passait en 524, précisément sous le règne de Justin,
» dont les médailles, les dernières du trésor, ont une
» fraîcheur que la circulation ne leur avait pas encore
» fait perdre, et sont toutes frappées au même coin,
» tandis qu'il y en a plus de trente pour Anastase. »

On a vu plus haut que les dons faits par les empereurs byzantins aux princes et aux ambassadeurs

[1] *Gesta regum Francorum.*

étrangers étaient toujours accompagnés de pièces de
monnaie d'or présentées dans un riche bassin. Les
pièces d'Anastase, de Léon et de Zénon, usées par la
circulation, étaient parvenues au possesseur du trésor
par la voie des échanges usuels ; mais quant aux pièces
de Justin, elles sont, sans exception, de la plus grande
fraîcheur ; elles ont dû par conséquent parvenir toutes
en même temps entre les mains du propriétaire du trésor. Il faut aussi faire attention que des pièces d'orfévrerie d'or massif de l'importance de celles qui ont été
trouvées à Gourdon ne pouvaient à cette époque appartenir qu'à des souverains. Rien donc que de très-vraisem-
blable dans cette supposition que les pièces d'or auraient
été offertes par l'empereur Justin à son patrice Sigismond, roi de Bourgogne, sur ce plateau à croix gemmée
qui devait recevoir ensuite une destination religieuse.
Si cette solution de la question d'origine ne reposait
que sur ces probabilités, elle pourrait ne pas paraître
incontestable, mais elle s'appuie aussi sur le style et les
procédés d'exécution des monuments.

Le petit vase appartient certainement, par sa forme
et par son style, à l'antiquité, et pourrait être aussi bien
l'œuvre d'un orfévre gallo-romain que d'un orfévre
byzantin ; mais l'orfévre gallo-romain aurait encadré les
feuilles en pierres fines, qui décorent la panse du vase,
par des filigranes, c'est-à-dire par des fils d'or très-
menus tortillés en spirale, suivant les procédés de fabrication en usage dans les Gaules au sixième siècle et au
septième, tandis que l'artiste byzantin a enveloppé ses
pierres, non dans un filigrane, mais dans ce cordonnet
granulé que l'on rencontre sur les bijoux sortis du tom-

beau de Childéric et sur tous les bijoux byzantins,
comme nous l'avons déjà fait remarquer.

Quant au plateau, son exécution est loin de présenter
la délicatesse qui caractérise le travail de l'épée et des
bijoux de Childéric ; mais les procédés d'exécution et le
style de l'ornementation présentent une telle analogie
qu'il est impossible de ne pas attribuer la même origine
aux pièces du trésor de Gourdon et aux bijoux sortis du
tombeau de Tournay. Ces losanges, dont les faces sont
ondulées, appartiennent essentiellement à l'ornementation orientale ; on les retrouve, avec une variante dans
les ondulations, sur l'anneau qui décore le fourreau de
l'épée de Childéric ; on les voit encore, exécutés en
émail, sur le reliquaire byzantin de Limbourg [1], mais
jamais sur les bijoux gallo-francs, où rien n'est livré au
caprice de l'imagination de l'artiste, et dans lesquels la
règle et le compas déterminent toutes les combinaisons.
Ces pierres ou plaques de verre rouge, et les turquoises
taillées en forme de trèfles, de feuilles et de cœurs, sont
également insolites dans l'orfévrerie gallo-franque.

Le style et les procédés d'exécution des bijoux de
Gourdon venant à l'appui des déductions historiques,
nous devons reconnaître ces deux pièces d'orfévrerie
comme des productions de l'industrie orientale. Comment
s'étonner d'ailleurs que des pièces d'orfévrerie byzantine
aient existé en Occident au cinquième et au sixième
siècle ? Ce qui serait tout à fait extraordinaire, ce serait
de n'en pas rencontrer là. Au milieu d'un monde qui se

---

[1] *Annales archéologiques*, t. XVII, p. 337. Voyez ci-après la description de quelques monuments subsistants de l'orfévrerie byzantine, ch. II,
§ V.

renouvelait par d'effroyables calamités, l'art était tombé, en Occident, au dernier degré d'avilissement ; tous les artistes de renom, fuyant devant la barbarie, durent chercher un asile à Constantinople, le seul point où l'art et le luxe brillaient encore. L'empire d'Orient exerça alors une influence considérable sur le goût des Barbares, qui devinrent les maîtres de l'Europe. Tous les regards étaient tournés vers Constantinople, qui inonda longtemps encore l'Occident des riches produits de son industrie. Tous les chefs des tribus barbares envahissantes briguaient les faveurs et les dons de l'empereur, qu'ils cherchaient à imiter et dont ils empruntaient le costume. Les productions de l'orfévrerie, si faciles à transporter et toujours recherchées des riches et des puissants de la terre, durent être comprises pour une large part dans les importations byzantines, et doivent se rencontrer dès lors assurément parmi les objets de l'époque mérovingienne qui ont pu, à travers tant de périls divers, parvenir jusqu'à nous. Il suffit seulement de les distinguer des productions dues à l'industrie des Barbares et de celles qui appartiennent aux orfévres gallo-francs de la décadence. Nous espérons avoir mis sur la voie en signalant le cachet qui caractérise les unes et les autres.

V.

Le trésor de Guarrazar.

On a vu, dans l'historique que nous avons tracé de l'orfévrerie durant l'époque mérovingienne, que les rois des Visigoths qui, après la grande invasion du cinquième siècle, s'étaient établis dans les provinces méridionales

de la Gaule et en Espagne, étaient devenus de grands
amateurs des productions de cet art [1]; une trouvaille
importante est venue démontrer que leurs successeurs
avaient hérité de leur goût.

Dans les derniers mois de l'année 1858, un officier
français, dont la résidence est fixée en Espagne, entreprit quelques fouilles dans un terrain acquis par lui aux
environs de Tolède, au lieu dit la Fuente de Guarrazar.
Les premiers travaux ayant fait trouver de petites couronnes en treillis d'or, de nouvelles recherches furent
entreprises et amenèrent la découverte d'un précieux
trésor, composé de huit couronnes d'or massif d'un
poids considérable, rehaussées de saphirs, de perles
fines et de pierreries de toute sorte. Apportées à Paris
en 1859, ces couronnes furent acquises par le ministre
d'État pour le Musée de l'hôtel de Cluny, où elles sont
exposées. En 1860, de nouvelles fouilles mirent au jour
une neuvième couronne, qui a été également acquise par
le ministre d'État et réunie aux premières.

La plus grande et la plus riche de ces neuf couronnes
est aussi la plus intéressante, puisque la singulière
inscription qui s'y trouve attachée a révélé le nom de
son premier possesseur, et a fourni en conséquence la
date de sa fabrication.

Cette couronne se compose d'un double bandeau d'or
de dix centimètres de hauteur et de vingt et un centimètres de diamètre, s'ouvrant à charnière. Le contour
est enrichi de trente gros saphirs d'Orient, d'une très-
belle eau, disposés en trois lignes, et alternant avec
autant de perles fines d'une grosseur peu commune. Cet

[1] Voyez plus haut p. 416 et 420.

ensemble est renfermé entre deux bordures d'or figurant des cercles dont l'intérieur est découpé par quatre
segments de cercle; ces cloisons renferment des pierres
rouges et quelques pierres bleues. Un cordon d'or,
autour duquel est tortillé un fil d'or très-fin, termine
en haut et en bas la bordure de la couronne. Ce
cordon n'est pas ciselé sur l'or du bandeau, mais rapporté. La paroi extérieure du bandeau a été légèrement
soulevée entre les saphirs et les perles, et sur ces bos-
sages repoussés l'orfévre a découpé des palmettes dont
les jours sont remplis par des tables de pierres rouges
semblables à celles de la bordure. La feuille d'or intérieure du bandeau est unie.

M. de Lasteyrie, dans un travail fort important sur
le trésor de Guarrazar [1], a désigné comme n'étant que
du verre les matières colorées qui garnissent les cloisons
de la bordure et les palmettes du bandeau. M. Edmond
du Sommerard, conservateur du Musée de Cluny, pense
au contraire que ces matières, qui présentent l'aspect
de la cornaline, sont des pierres rouges de Carie, du
genre de celles qu'Anastase le bibliothécaire désigne
sous le nom de gemmæ alabandinæ [2]. M. du Sommerard, par sa position, a été à même d'examiner les
pierres de la couronne et de faire des essais pour s'assurer de leur nature, et il nous a assuré qu'elles ne pouvaient être rayées par une pointe d'acier, comme le
serait le verre.

Pline range les pierres alabandiques dans la classe

[1] *Description du trésor de Guarrazar*; Paris, 1860.
[2] *Catalogue et description des objets d'art exposés au Musée de Cluny*;
Paris, 1861, p. 350.

des escarboucles; on les trouvait de son temps près d'Orthosie, ville de Carie, mais on les taillait à Alabanda. Dans un autre passage, il dit que ces pierres sont foncées et qu'elles ont l'aspect de la couleur pourpre [1]. Rien ne s'oppose à ce que la taille des pierres rouges de Carie, qui ont la couleur du grenat foncé, n'ait continué à être exécutée à Alabanda sous les empereurs byzantins, et que ces pierres, ainsi préparées, n'aient été apportées par le commerce en Italie, dans les Gaules et en Espagne, et employées par les orfévres de ces pays dans les pièces d'orfévrerie qu'ils confectionnaient.

Revenons à la description de la grande couronne du Musée de Cluny.

Au cercle inférieur de la couronne sont attachées vingt-quatre chaînettes d'or qui en garnissent ainsi tout le contour. Chacune des chaînettes tient en suspens une lettre exécutée en or et dont le dessus est garni de petits morceaux de verre rouge cloisonnés par des traits d'or; ces lettres forment l'inscription suivante : RECCESVINTHUS REX OFFERET. Le roi Reccesvinthe a conquis une place importante dans la dynastie des rois goths d'Espagne. Associé, en 649, à la puissance souveraine par son père Chindesvinthe, il régna seul à la mort de celui-ci, en 653, et fut alors sacré par saint Eugène, évêque de Tolède. Il mourut en 672. Reccesvinthe était donc contemporain de saint Éloi († 663).

A chaque lettre est attachée une pendeloque formée d'un saphir violacé, en forme de poire, qui tient à un ornement d'or décoré d'une pâte de verre.

[1] PLINIUS, *Natur. hist.*, lib. XXXVII, § 25, et lib. XXXVI, § 13; Paris, 1850, p. 551 et 510.

La couronne est suspendue par quatre chaînes d'or, ayant chacune cinq chaînons d'un beau travail qui offrent un ornement découpé à jour. Les quatre chaînes se rattachent à un double fleuron d'or enrichi de douze pendeloques en saphirs, et surmonté d'un chapiteau de cristal de roche finement travaillé; au-dessus s'élève une boule de la même matière qui reçoit l'anneau de suspension. Une chaînette d'or, fixée au fleuron, tient en suspens au centre, et un peu au-dessous de la couronne, une riche croix dont la face principale est ornée de six gros saphirs et de huit perles fines. Les saphirs sont montés à jour et sertis dans des griffes élégantes qui se terminent en forme de fleurs de lis. Les perles, disposées deux par deux aux extrémités des quatre branches de la croix, sont enchâssées dans de petits cylindres d'or. Au pied et aux deux bras de la croix se rattachent des pendeloques semblables à celles qui terminent les lettres de l'inscription. Le revers de la croix est finement travaillé et présente six motifs de rosaces à jour qui correspondent avec la place occupée par les saphirs sur la face antérieure. On y voit une charnière et la naissance d'une attache qui peut faire supposer que cette croix avait servi de fibule. La planche XXXII de notre Album, qui reproduit la couronne, une partie de ses chaînes et sa croix, donnera à nos lecteurs une idée parfaite de cette splendide production de l'art de l'orfévrerie du septième siècle [1].

[1] La couronne de Reccesvinthe et sept autres couronnes du trésor de Guarrazar ont été reproduites par M. DE LASTEYRIE dans sa *Description du trésor de Guarrazar*; Paris, 1860; et par M. PEIGNÉ DELACOURT, dans ses *Recherches sur le lieu de la bataille d'Attila*; Paris, 1860.

Des autres couronnes du trésor de Guarrazar, la seule
qui soit vraiment importante est celle dont la croix
porte le nom de Sonnica, et qu'on s'était plu, dans
l'origine de la découverte, à considérer comme étant la
couronne de la reine. Cette couronne se compose d'un
bandeau d'or formé de deux pièces réunies, à charnières,
ayant huit centimètres de hauteur et près de dix-sept
centimètres de diamètre. Le bandeau est décoré de cinquante-quatre chatons disposés en trois lignes, et renfermant des pierres de diverses sortes et inégales en
grosseur, des perles et des cristaux de roche. Il est bordé,
en haut et en bas, d'une série de perles d'or disposées
quatre par quatre, et alternant avec deux petits anneaux
destinés, suivant M. du Sommerard, à maintenir l'étoffe
qui formait la doublure intérieure de la couronne.

Quatre chaînettes d'or suspendent cette couronne et
la rattachent à un double fleuron d'or à six branches,
duquel descend une petite chaîne qui supporte une croix
de vingt-trois centimètres de hauteur, décorée de cinq
pierres fines alternant avec des pâtes de verre coloré.

Le revers de cette croix porte une inscription gravée
en creux par l'action du repoussé au marteau; elle est
ainsi conçue : ☩ In Di (Domini) nomine offeret [1] Sonnica
Sce (Sanctæ) Marie in Sorbaces. Cette inscription présentait plusieurs problèmes intéressants à résoudre. On s'est
demandé d'abord si Sonnica était un nom d'homme ou
de femme, et quelques personnes voulaient y voir le
nom de la reine épouse de Reccesvinthe; mais on a fait

---

[1] Cette forme offeret pour offert a été l'objet des remarques du savant
épigraphiste M. Léon Renier, dans le *Bulletin de la Société des antiquaires de France;* janvier 1859.

observer avec raison que les noms masculins terminés
en a étaient très-fréquents chez les Goths [1]. La dernière partie de l'inscription offrait plus d'intérêt. Les
mots Sanctæ Mariæ indiquent le vocable de l'église où
avait été consacrée cette croix, et probablement tout le
surplus du trésor de Guarrazar; mais le nombre des
églises dédiées à la Vierge est considérable, et la désignation spéciale de l'église donataire était dans les mots
in Sorbaces. M. Lacroix trouvant dans le mot Sorbaces
la racine gothique shaur, signifiant toit ou crypte, et
devenue sor, avec le mot baces, bas ou basse en mauvais latin, en a fait Sainte Marie d'en bas. M. de Lasteyrie a voulu faire de Sorbaces une sorte de synonyme
du mot latin sorbus, qui aurait pu servir à désigner
un lieu planté de cormiers, comme pomarium désigne
un verger planté de pommiers, tout en convenant
cependant qu'il aurait fallu dire in Sorbacibus; et il
traduit les mots Sanctæ Mariæ in Sorbaces par Notre-
Dame des Cormiers. M. du Sommerard a trouvé une
autre solution plus naturelle. Il existe dans la province
de Grenade une ville du nom de Sorbas; cette petite
ville, oubliée aujourd'hui, est située à six lieues de
Majucar, dans un pays fertile, entourée de mines riches,
dont l'exploitation, délaissée aujourd'hui, remonte à
une époque antérieure à l'invasion des Arabes. « C'est
» là, ajoute M. du Sommerard, un motif plus que suffi-
» sant pour expliquer le culte rendu par une nombreuse
» population, et dans une époque de prospérité, à la
» sainte Vierge, sous l'invocation de sainte Marie de

[1] M. Lacroix, l'Illustration, t. XXXIII, p. 128; — M. de Lasteyrie,
Description du trésor de Guarrazar, p. 19.

» Sorbas. Il est vrai que Sorbas est loin de Tolède, où
» régnait Reccesvinthe; mais Paris n'est pas plus près
» de Loreto, et de nos jours nous avons bien à Paris une
» église consacrée à Notre-Dame de Lorette [1]. »

Il est très-probable que le trésor de Guarrazar aura été
enfoui dans les premières années du huitième siècle,
lors de l'invasion de l'empire des Visigoths par les
Arabes; ne peut-on pas supposer que l'un des dignitaires
de Sainte-Marie de Sorbas, fuyant devant l'invasion en
emportant le trésor de cette église, fut contraint de
s'arréter à Guarrazar, par suite de quelques circonstances
fâcheuses, et d'enfouir là son précieux dépôt?

Quel que soit le lieu qui recélait les couronnes du Musée
de Cluny, ce qui importait surtout à l'histoire de l'art,
c'est que la date de leur exécution fût connue, et
l'inscription qui porte le nom du roi Reccesvinthe ne
laisse aucun doute sur ce point.

Une troisième couronne offre un bandeau à charnière
de treize centimètres de diamètre et de quatre centimètres de hauteur, orné de dessins exécutés au repoussé,
d'un rang de pierres fines et de treize saphirs en pendeloques.

Deux autres couronnes, très-petites, se composent
d'un simple bandeau de onze centimètres de diamètre,
décoré de dessins repoussés assez grossiers. L'une des
deux offre des arcades plein cintre, à jour, supportées
par des colonnes. Des chaînes de suspension sont attachées à ces trois couronnes.

Les quatre dernières couronnes sont très-différentes

[1] *Catalogue et description des objets d'art exposés au Musée de Cluny;*
Paris, 1861, p. 354.

des cinq premières par la forme et les dispositions de l'ornementation. Elles se composent d'une sorte de grillage très-épais présentant deux rangées de mailles superposées, dont les barreaux d'or soufflé sont soudés les uns aux autres. Chaque point d'intersection est orné d'une pierre ou d'une coque de nacre sertis en saillie. Toutes portent à leur extrémité inférieure des saphirs en pendeloques. Dans les deux plus grandes, un saphir est suspendu à l'intérieur de chacune des mailles. Ces quatre couronnes sont munies de chaînes de suspension, et ont au centre une petite chaîne soutenant une croix d'or gemmée.

L'usage de suspendre des couronnes au-dessus des autels a été généralement pratiqué, depuis Constantin, durant tout le cours du moyen âge ; nous en avons déjà cité plusieurs exemples, et nous en rapporterons un plus grand nombre en poursuivant cette histoire de l'orfévrerie [1]. Ces chaînes de suspension attachées à chacune des couronnes de Guarrazar, et les croix qui y sont jointes, indiquaient assez qu'elles avaient reçu cette destination, et leur donnaient tout le caractère d'ex-voto ; mais on s'est demandé si ces couronnes avaient été portées. La question ne pouvait s'agiter que pour les deux premières, bien entendu ; la dimension et la forme des autres ne les rendaient pas susceptibles de s'adapter à une tête humaine. Quant aux deux plus grandes, M. du Sommerard a pensé qu'elles n'étaient pas simplement votives, et qu'avant d'être consacrées à Dieu elles avaient ceint le front de Reccesvinthe et de Sonnica.

[1] Voyez plus haut, p. 397, 406 et 411, et ci-après nos chapitres II et III.

« La dimension de la couronne de Recceswinthe, qui
»_embrasse exactement la forme de la tête, sa disposi-
» tion à charnière, disposition qui a pour but d'enlever
» au métal une partie de sa rigidité, sont des arguments
» suffisants pour permettre d'affirmer que cette cou-
» ronne était bien celle du roi, celle qu'il portait lors de
» son sacre, et qu'il a dû offrir à l'autel après la céré-
» monie de son couronnement. Le diadème royal con-
» sistait alors uniquement dans le bandeau lui-même, et
» ce n'est qu'au moment de la consécration que les
» chaînes de suspension ont été ajoutées, ainsi que
» l'inscription commémorative (¹). » M. de Lasteyrie,
dans son travail sur le trésor de Guarrazar, que nous
avons déjà cité, avait prétendu que cette couronne
n'avait pu être portée, en se fondant sur ce que les
attaches des chaînes de suspension étaient engagées
dans le bandeau même de la couronne et recouvertes
par la bordure cloisonnée, et qu'elles n'étaient pas le
résultat d'une addition ultérieure. Cette objection était
spécieuse, mais l'aspect extérieur de la couronne avait
trompé M. de Lasteyrie. « Les chaînes, ajoute M. du
» Sommerard, ne sont nullement engagées dans le ban-
» deau cloisonné, elles en sont au contraire complète-
» ment indépendantes; leurs attaches sont soudées dans
» la doublure intérieure de la couronne et soudées après
» coup; il en est de même pour les petites chaînettes
» qui supportent chacune des lettres de l'inscription.
» L'appréciation émise par le savant M. de Lasteyrie
» repose sur une erreur matérielle qui se démontre d'elle-

(¹) *Catal. et descript. des objets exp. au Musée de Cluny;* Paris, 1861,
p. 352.

» même. Quant à la croix accompagnant la couronne,
» qui a été trouvée en même temps, et qui a évidemment
» avec elle une origine commune et une connexion
» intime, on ne saurait nier qu'elle n'ait été portée, puis-
» qu'elle conserve encore au revers la charnière et la
» naissance de l'ardillon qui l'attachait au vêtement. »

Pour ce qui est de la couronne de Sonnica, « les
» doubles charnières disposées pour donner de la sou-
» plesse au métal, les petites bélières en forme d'an-
» néaux, évidemment destinées au passage des fils rete-
» nant la doublure; le rebord intérieur, dont le but ne
» saurait être autre que celui de maintenir en place la gar-
» niture destinée à préserver la tête, tout concourt à dé-
» montrer la destination première de cette couronne [1]. »

Ces raisons nous paraissent concluantes : l'état matériel des couronnes établit qu'elles ont été faites pour la
tête; cet ardillon que portait la croix de Reccesvinthe
prouve aussi qu'elle n'était autre qu'une fibule avant
d'avoir été consacrée. Le roi visigoth, après son couronnement, aura déposé tout son costume royal sur
l'autel et l'aura offert à Dieu.

La forme des deux couronnes n'est, au surplus, que
celle du stemma des empereurs d'Orient, qui avait été
adoptée par les rois de l'Occident. De chaque côté de
ce genre de couronne pendaient du bord inférieur deux
fils de pierres précieuses ou de perles qui tombaient sur
les joues, et qui portaient le nom de cataséista [2]. Il
est à croire qu'après la consécration des couronnes de
Reccesvinthe et de Sonnica, les cataséista auront été

[1] Catalogue cité, p. 352 et 353.
[2] Voyez ci-après le chap. II, § III, art. IV.

démontés afin de répartir en pendeloques, autour du
bord inférieur des couronnes, les saphirs dont ils étaient
formés, cette disposition étant plus convenable à la
nouvelle destination des couronnes.

Dans son travail sur le trésor de Guarrazar, M. de
Lasteyrie s'est demandé à quel art on devait attribuer
les bijoux du Musée de Cluny, et a répondu qu'ils appartenaient à un art d'origine nordo-germanique importé
par les Barbares, qui, après avoir envahi les Gaules au
commencement du cinquième siècle, vinrent s'établir en
Espagne. Nous avons déjà contesté cette opinion en
établissant, et par les faits et par l'examen des bijoux
des Barbares, que ceux-ci n'avaient importé avec eux
aucun art, et qu'ils ne connaissaient même pas l'orfévrerie de verre cloisonné d'or. M. de Lasteyrie, trouvant dans la couverture de l'évangéliaire donné à l'église
de Monza par la reine Théodelinde, princesse bavaroise,
une bordure à peu près semblable à celle de la couronne
de Reccesvinthe, en a conclu que cette couronne avait
la même origine que l'évangéliaire, qui, suivant lui,
serait d'origine germanique. Mais cette couverture de
Monza n'est pas décorée de verroteries cloisonnées, on
n'y trouve que des pierres fines ; le travail en est byzantin. La comparaison n'est pas admissible : nos lecteurs,
pour s'en convaincre, n'ont qu'à jeter les yeux sur nos
planches XXXII et XXXIII, où nous avons fait reproduire
la couronne de Reccesvinthe et la couverture de l'évangéliaire de Monza ; nous les renvoyons au surplus à la description que nous donnerons plus loin de ce dernier bijou,
en traitant de l'orfévrerie dans l'empire d'Orient [1]. M. de

[1] Voyez le § V du chap. II.

Lasteyrie, à l'appui de son système, présente encore la couronne du roi lombard Agilulfe, qui existait dans le trésor de l'église de Monza, comme ayant une grande analogie avec la petite couronne à arcades du trésor de Guarrazar. La couronne d'Agilulfe n'existe plus [1], mais nous en possédons la gravure, et il est impossible d'établir aucune similitude entre les deux couronnes. Dans celle du roi des Lombards, que nous avons fait reproduire dans le cul-de-lampe qui termine ce chapitre, les arcades, rendues par des feuillages de mauvais goût, étaient soutenues par des colonnes torses fort lourdes et d'un style qui témoignait de la décadence complète de l'art. Les arcades plein cintre de la petite couronne de Guarrazar sont régulières et empruntées à quelque monument de l'antiquité romaine. Il faut faire attention qu'à l'époque où régnait Reccesvinthe, plus de deux siècles s'étaient écoulés depuis que les Visigoths avaient envahi l'Espagne, qui jouissait au milieu du septième siècle des douceurs de la paix sous des rois législateurs et amis des arts. Les Barbares s'étaient depuis longtemps adoucis au contact de la civilisation. Leur goût pour les arts avait dû porter les artistes qu'ils encourageaient vers l'imitation du style de l'antiquité romaine et des productions byzantines, qui étaient alors fort en honneur. Comment s'étonner dès lors qu'à côté d'une production tout à fait originale, comme ces palmettes à jour, l'orfévre de Reccesvinthe ait rappelé dans la bordure une ornementation qui était familière aux orfévres byzantins?

Les pièces du trésor de Guarrazar viennent au sur-

[1] Voyez plus haut § I, art. II, p. 410.

plus établir, au dire même de M. de Lasteyrie, que les orfèvres espagnols qui en sont les auteurs, bien loin de s'inspirer des productions étranges importées par les envahisseurs au commencement du cinquième siècle, étaient guidés par un retour vers l'imitation plus ou moins heureuse des œuvres de l'antiquité romaine, avec des modifications déterminées par l'influence qu'exerçait l'art byzantin, qui régnait en maître. « Dans la » croix qui accompagne la couronne de Reccesvinthe, » dit le savant archéologue, la monture à jour des » pierreries et la forme des fleurons épanouis qui com- » posent cette monture, peuvent donner beaucoup à » penser. Elles semblent, jusqu'à un certain point, se » rattacher à un art très-différent de celui qui nous a » valu les autres joyaux du trésor de Guarrazar, à un » art plus méridional et plus imbu des traditions de » l'antiquité romaine. » Et après avoir cherché à recon- naître dans la couronne de Reccesvinthe le caractère d'un art nordo-germanique, « les autres couronnes, » ajoute-t-il, n'offrent pas, j'en conviens, des indications » aussi précises [1] ».

Il serait également impossible de rencontrer dans l'orfèvrerie des barbares de la Germanie rien qui res- semblât aux quatre couronnes formées de mailles à claire-voie qui ont été trouvées à Guarrazar. Mais Anastase le Bibliothécaire signale une pièce exécutée dans le même style en Italie, sous le pontificat de Benoît III [2]. Non, les pièces du trésor de Guarrazar n'ont rien qui rappelle les grossiers bijoux ni la rude

---

[1] *Description du trésor de Guarrazar*, p. 35 et 36.
[2] *Liber pontificalis*, t. III, p. 165.

orfévrerie des barbares qui, partis de la Germanie, envahirent les Gaules, l'Italie et l'Espagne au cinquième siècle; elles sont au contraire le produit d'un art assez avancé. Les orfévres de Reccesvinthe, comme ceux de Dagobert, cherchaient des inspirations tout à la fois dans les monuments que les Romains leur avaient légués et dans les productions riches et élégantes de l'art byzantin. Le talent et l'imagination de l'artiste le conduisaient parfois à s'écarter de ses modèles et à donner à ses œuvres une certaine originalité.

FIN DU PREMIER VOLUME.

EXPLICATION

DES VIGNETTES ET CULS-DE-LAMPE.

COMPRIS DANS LE PREMIER VOLUME.

TITRE.

La vignette qui décore le titre est empruntée à un bas-relief de bronze fondu et ciselé qui devait décorer une table tumulaire. Nous avons remplacé par la devise : INSTAURATUR QUOD ABIIT, l'inscription suivante, qui remplit le listel faisant bordure :

BARTHOLOME. HEYDELBERG. GOLTSMYTT. UND. CHRISTINA. SYN. ELICHE. HUSFRAUWE. VON. FRANCKFURT. DEN. GOT. GENADE.

» Bartholomé d'Heidelberg, orfévre, et Christine de Franc-
» fort, sa légitime épouse. Que Dieu leur fasse grâce ! »

Les écus que tient l'ange sont remplis par les armoiries des deux époux, que nous avons remplacées par nos initiales.

Le bronze est peint et doré; il a 37 centimètres de diamètre. Après avoir fait partie de la collection Debruge Duménil, n° 334 du Catalogue déjà cité, ce monument était passé dans celle du prince Soltykoff, n° 184 du catalogue de 1861. A la vente de cette dernière collection, il a été adjugé à M. Webb, de Londres, moyennant 460 francs. Nous avons parlé des médaillons tumulaires page 354.

La vignette a été dessinée par M. Staal.

PRÉFACE.

CUL-DE-LAMPE. Calice exécuté à la fin du huitième siècle pour Tassilo, duc de Bavière. Nous renvoyons le lecteur à la description que nous en donnons au chapitre III, § II, article Iᵉʳ DE L'ORFÉVRERIE. Le dessin est de M. Alexis Noël, la gravure de M. Belhatte.

SCULPTURE.

CHAPITRE PREMIER.

VIGNETTE, page 1. Bas-relief d'ivoire, tiré du coffret byzantin qui appartient au trésor de la cathédrale de Sens; nous en avons donné la description page 73. On voit dans le bas-relief un griffon terrassant un taureau. Il a $0^m,065$ de hauteur sur $0^m,087$ de largeur.

CUL-DE-LAMPE, p. 182. Bas-relief d'ivoire. C'est un fragment du même coffret. On y a représenté Joseph dans son char de triomphe, couronné par un ange. La hauteur de ce fragment est de $0^m,12$, la largeur à sa base de $0^m,09$. Les deux pièces ont été dessinées par M. Staal et gravées par M. Guillaumot junior.

CHAPITRE II.

VIGNETTE, page 183. Partie extérieure d'un dossier de selle exécuté en bois et sculpté en haut-relief. Le milieu est occupé par un quatrefeuille inscrit dans un losange dont chaque face est surmontée d'une pointe d'ogive. Le quatrefeuille renferme une tête de race éthiopienne; les pointes d'ogive sont remplies par des figures de fantassins, toutes d'un caractère différent, dans l'attitude du combat.

Des scènes assez singulières sont sculptées de chaque côté du losange; à gauche, un homme velu aux prises avec un lion; à droite, un chevalier combattant une lionne. Ce guerrier est revêtu du haubert complet et du pantalon de mailles à pieds, avec genouillères. Un casque arrondi en forme de demi-œuf, sans nasal, recouvre la capeline de mailles relevée sur sa tête; par-dessus le haubert, il porte une cotte d'armes à courtes manches, qui lui descend jusqu'aux genoux. La ceinture militaire est bouclée au-dessus de sa cuisse gauche, et soutient le fourreau du braquemart dont sa main est armée.

Ce système d'armure a été en usage depuis le milieu du onzième siècle jusqu'au commencement du quatorzième, avec de légères modifications. Au temps de saint Louis, le haubert de mailles couvrait les membres supérieurs et inférieurs jusqu'aux extrémités. A peu près à la même époque, on commença à appliquer sur la cotte de mailles, aux endroits qui offraient le plus d'intérêt, des pièces de fer plat, particulièrement aux coudes et aux genoux ; enfin, l'usage du pantalon de mailles avait cessé avec les dernières années du treizième siècle. (M. ALLOU, *Études sur les armes du moyen âge. Mémoires de la Société des antiquaires de France*, t. X, et t. IV, nouvelle série.) On retrouve donc dans le personnage armé qui combat la lionne une représentation exacte d'un chevalier de l'époque de saint Louis.

Les sujets représentés de chaque côté du losange ont été particulièrement affectionnés au moyen âge. Le lion, dans la croyance populaire de ce temps, était une des formes particulières attribuées au démon, forme sous laquelle le vulgaire s'imaginait qu'il se rendait parfois visible ; aussi les artistes reproduisaient-ils souvent cette lutte de l'homme avec le lion. Le moine Théophile, dans son *Traité des Arts*, recommande l'emploi de ce sujet sur les vases d'or et d'argent que les orfévres devaient exécuter au repoussé. (THEOPHILI *Diversarum artium schedula,* lib. III, cap. LXXVII). Quant à l'homme velu, c'est une création contemporaine de la chevalerie. Une fois les paladins errants inventés, il leur a fallu des adversaires au-dessus des données communes de l'humanité. M. A. de Longpérier, dans une notice sur les figures velues (*Revue archéologique*, t. II, p. 500), a signalé une foule de monuments du moyen âge où des hommes velus sont représentés. Cette villosité, symbole de la force, apparaît au treizième siècle, et l'on retrouve ce genre de représentation jusqu'au commencement du seizième. Les enchanteurs étaient ordinairement figurés par un sauvage velu. Nous pensons que l'intention du sculpteur de notre bas-relief n'a pas été de représenter un personnage de cette nature : l'homme velu aux prises avec un lion, et l'homme armé qui combat une lionne, ne sont-ils pas mis en regard l'un de l'autre pour symboliser cette pensée, que l'homme doit résister au démon avec les seules forces qu'il a reçues de Dieu, de même qu'il doit combattre avec les armes temporelles les ennemis de la chrétienté sur la terre? Ce double emblème convenait à la décoration du harnois de guerre d'un compagnon de saint Louis. Cette pièce, a 13 centimètres de hauteur et 25 de largeur. Nous en avons parlé page 300. La vignette a été dessinée par M. Alexis Noël d'après l'original, et gravée par M. Brévière.

CUL-DE-LAMPE, page 336. Figure d'ivoire de 13 centimètres de hauteur, représentant le Christ présenté au peuple : Ecce homo. Elle faisait partie de la collection Debruge Duménil, n° 205 du Catalogue déjà cité. Le dessin est de M. Alexis Noël, la gravure de M. Brévière.

CHAPITRE III.

VIGNETTE, page 337. Flambeau de bronze qui reproduit Tyr, l'un des compagnons d'Odin, affourché sur le monstre Fenris. Travail allemand du onzième siècle. Nous l'avons cité page 351. Le dessin de la vignette est de M. Alexis Noël, la gravure de M. Guillaumot junior.

CUL-DE-LAMPE, page 372. Buste à droite de l'empereur Charles-Quint, décoré du collier de la Toison d'or et tenant le sceptre et le globe crucigère. Légende : CAROLUS V. DEI. GRATIA. ROMAN. IMPERATOR. SEMPER. AUGUSTUS. REX. HIS. ANNO. SAL. M. DXXXVII. ÆTATIS. SUÆ. XXXVII. « Charles-Quint, par la grâce de Dieu, empereur des Romains, toujours auguste, roi des Espagnes, l'an du salut 1537, de son âge le trente-septième. »

Au revers, on voit l'aigle impériale à deux têtes. Dans le champ, les deux colonnes d'Hercule et la devise : PLUS OULTRE. Au-dessous, le monogramme de l'artiste : H. R., Henri Reitz, orfévre de Leipzig.

Nous avons signalé ce beau portrait-médaillon page 358. Le dessin est de M. A. Noël, la gravure de M. Brévière.

CHAPITRE IV.

VIGNETTE, page 373. Grand vase de cristal de roche entièrement évidé à l'intérieur, figurant un paon; le plumage est gravé en relief. La monture, en argent ciselé et doré, est enrichie de camées et de pierres fines. C'est un travail du seizième siècle. La hauteur est de 37 centimètres, la longueur de 25. Ce vase faisait partie de la collection Debruge Duménil,

n° 824 du Catalogue déjà cité. A la vente de cette collection,
il a été adjugé à M. Manson, moyennant 3,000 francs.

La vignette a été dessinée par M. A. Noël d'après l'original,
et gravée par M. Brévière.

Cul-de-lampe, page 390. Burette d'autel, en cristal de
roche, montée en or émaillé. La partie inférieure du vase,
de forme ovoïde, est taillée à godron dans le cristal. Toute la
partie supérieure est d'or émaillé. L'anse est formée par un
enfant, de ronde bosse, dont les pieds sont appuyés sur une
tête de taureau; le goulot, par une tête d'aigle, dont le cou
allongé est supporté par un petit ange nu et ailé qui pose les
pieds sur une tête de lion. Des bouquets de fruits, exécutés
en relief et émaillés, complètent la décoration de cette burette, qui a 15 centimètres de hauteur. Elle offre un exemple
des riches montures dont on s'est plu, au seizième siècle, à
enrichir les vases taillés dans des pierres dures. Elle faisait
partie d'un service d'autel composé d'un calice monté dans le
même goût, et de deux burettes. Après avoir fait partie de
la collection Debruge Duménil (n° 913 du Catalogue déjà
cité), ce service était passé dans celle du prince Soltykoff.
A la vente de cette dernière collection, le calice a été adjugé
4,900 francs, et les deux burettes, séparées du calice, 7,700.
Le cul-de-lampe a été dessiné, d'après l'original, par M. A.
Noël, et gravé par M. Brévière.

ORFÉVRERIE.

CHAPITRE PREMIER.

Vignette, page 391. Siége de bronze, connu sous le nom
de trône de Dagobert, dont l'exécution est attribuée à saint
Éloi. Ce trône appartenait à l'abbaye de Saint-Denis, et au
douzième siècle, l'abbé Suger le fit restaurer et y fit ajouter
une galerie au-dessus des bras et un dossier. Nous donnons la
reproduction de ce trône tel qu'il a dû être composé originairement et sans les additions qui y furent faites par Suger.
Nous renvoyons au surplus le lecteur aux détails que nous
avons fournis sur ce beau monument; pages 429 et suivantes.
Il appartient au Musée du Louvre; sa hauteur, dans l'état où
nous le reproduisons, est de 70 centimètres, non compris la

petite boule qui faisait partie de l'ancien trône, et qui a 45 millimètres de hauteur. La vignette a été dessinée, d'après l'original, par M. A. Noël, et gravée par M. Belhatte.

CUL-DE-LAMPE, page 513. Couronne donnée par Agilulfe, roi des Lombards, à la cathédrale de Monza. Nous en avons fourni la description et en avons parlé pages 406 et 410. Le dessin a été fait par M. A. Noël sur la gravure publiée par Frisi; la gravure sur bois est de M. Belhatte.

FIN DE L'EXPLICATION DES VIGNETTES ET CULS-DE-LAMPE.

TABLE DES DIVISIONS

DU PREMIER VOLUME.

Préface.   I

SCULPTURE.

CHAPITRE PREMIER. Notions générales.   1
§ I. De l'art, et particulièrement de la sculpture, en Occident,
     depuis Constantin jusqu'à l'arrivée des artistes grecs en
     Italie au VIIIᵉ siècle.   1
     I. En Italie, depuis Constantin jusqu'à la chute de
        l'empire romain   1
     II. En Italie sous les Goths et les Lombards.   7
     III. Dans la Gaule durant l'époque mérovingienne . . .   14
§ II. De l'art et particulièrement de la sculpture dans l'empire
     d'Orient.   16
     I. De Constantin à Justinien.   16
     II. De Justinien à Léon l'Isaurien.   30
     III. De Léon l'Isaurien à Michel III.   45
     IV. De Michel III à la fin du Xᵉ siècle.   48
     V. De Basile II à la fin du XIIᵉ siècle.   80
     VI. Du XIIIᵉ siècle à la chute de l'empire   90
§ III. De l'art, et particulièrement de la sculpture, en Occident,
     depuis l'arrivée des artistes grecs en Italie au VIIIᵉ siècle
     jusqu'au XIIIᵉ 103
     I. En Italie 103
     II. En France, en Allemagne et dans les pays du nord
        et du midi de l'Europe. 133
§ IV. De la sculpture dans son application aux productions de
     l'industrie, du XIIIᵉ siècle à la fin du XVIᵉ 172

CHAPITRE II. Sculpture en ivoire, en bois et autres matières tendres. 183
§ I. Sculpture en ivoire. 183
     I. Nature de l'ivoire. — Technique. 183
     II. Travail de l'ivoire dans l'antiquité 185
     III. L'ivoire au moyen âge. — Diptyques consulaires et
        impériaux 195
     IV. Sculpture en ivoire dans l'Occident jusqu'à la fin du
        VIIIᵉ siècle. — Diptyques ecclésiastiques, cou-
        vertures d'évangéliaires et instruments du culte. . 205

V. Sculpture en ivoire dans l'empire d'Orient.   210

VI. Époque carolingienne ; IXe et Xe siècles en Occident.   217

VII. XIe et XIIe siècles.   225

VIII. XIIIe, XIVe et XVe siècles. — Sculpture religieuse.   230

IX. XIIIe, XIVe et XVe siècles. — Sculpture profane. .   246

X. XVIe siècle.   250

XI. Ivoiriers italiens, allemands, flamands, et du nord
de l'Europe, au XVIIe et au XVIIIe siècle. . . .   255

XII. Ivoiriers français du XVIIe siècle et du XVIIIe. —
Dieppe.   276

XIII. Utilité des collections d'ivoires. — Principales collections   289

§ II. Sculpture en bois   295

I. Dans l'antiquité et chez les Grecs du Bas-Empire. .   295

II. Au moyen âge en Occident.   299

III. Retables en bois sculpté   308

IV. Sculpture en bois au XVIe siècle.   312

V. Petite sculpture allemande en bois de la première
moitié du XVIe siècle   314

VI. Portraits en bois.   317

VII. Sculpture en bois microscopique.   320

VIII. Sculpture en bois de la seconde moitié du XVIe
siècle et des XVIIe et XVIIIe   324

§ III. Petite sculpture allemande sur pierre au XVIe siècle et au
XVIIe.   326

§ IV. Sculpture en cire.   330

§ V. Sculpture en stuc.   335

CHAPITRE III. Sculpture en métal.   337

§ I. Fonte en bronze.   337

I. Historique de l'art de la fonte au moyen âge. . . .   337

II. Chandeliers allemands de bronze du XIe et du
XIIe siècle   351

III. Vases à eau de fabrication allemande.   353

IV. Médaillons tumulaires allemands du XVe siècle et
du XVIe.   354

V. Portraits-médaillons en métal.   356

VI. Bronzes florentins du XVIe siècle.   363

§ II. Travail au repoussé.   364

§ III. Ciselure en fer.   370

CHAPITRE IV. Sculpture en matières dures. — Glyptique,
art du lapidaire   373

§ I. Glyptique.   373

§ II. Art du lapidaire.   380

ORFÉVRERIE.

PRÉLIMINAIRES. 391

CHAPITRE PREMIER. De l'Orfévrerie en Occident, depuis
Constantin jusqu'a Charlemagne. 395

§ I. De l'orfévrerie en Italie, depuis Constantin jusqu'à l'arrivée
des artistes grecs au VIIIᵉ siècle 395
I. De Constantin à la chute de l'empire. 395
II. Sous les Ostrogoths et les Lombards 404
§ II. En Occident durant l'époque mérovingienne. 415
I. Historique de l'orfévrerie mérovingienne. 415
II. Suite de l'historique de l'orfévrerie mérovingienne.
— Saint Éloi 429
III. Monuments subsistants de l'orfévrerie de l'époque
mérovingienne. — L'épée et les bijoux de Childéric. 445
IV. Le vase et le plateau de Gourdon 492
V. Le trésor de Guarrazar 499
Explication des vignettes et culs-de-lampe compris dans le
premier volume 515